| 光明社科文库 |

古典文学与现代汉语讲析

(上)

丁恩培◎著

光明日报出版社

图书在版编目（CIP）数据

古典文学与现代汉语讲析：上下册／丁恩培著．--北京：光明日报出版社，2021.9
ISBN 978－7－5194－6288－8

Ⅰ.①古… Ⅱ.①丁… Ⅲ.①中国文学—古典文学研究②现代汉语—研究 Ⅳ.①I206.2②H109.4

中国版本图书馆 CIP 数据核字（2021）第 178153 号

古典文学与现代汉语讲析：上下册
GUDIAN WENXUE YU XIANDAI HANYU JIANGXI：SHANGXIA CE

著　　者：丁恩培	
责任编辑：黄　莺	责任校对：叶梦佳
封面设计：中联华文	责任印制：曹　铮

出版发行：光明日报出版社
地　　址：北京市西城区永安路 106 号，100050
电　　话：010－63169890（咨询），010－63131930（邮购）
传　　真：010－63131930
网　　址：http://book.gmw.cn
E － mail：gmrbcbs@gmw.cn
法律顾问：北京市兰台律师事务所龚柳方律师
印　　刷：三河市华东印刷有限公司
装　　订：三河市华东印刷有限公司
本书如有破损、缺页、装订错误，请与本社联系调换，电话：010－63131930
开　　本：170mm×240mm
字　　数：706 千字　　　　　　　印　　张：40.5
版　　次：2022 年 1 月第 1 版　　　印　　次：2022 年 1 月第 1 次印刷
书　　号：ISBN 978－7－5194－6288－8
定　　价：185.00 元（上下册）

版权所有　　翻印必究

序

丁恩培先生,是天水师范学院德高望重的已故退休教师。1924年8月出生于甘肃天水市秦州区,从小受书香门第家庭熏染,接受过良好的启蒙教育,中学时期已崭露头角,高中毕业全省会考名列第一。1945年以优异成绩考入当时享誉国内外的中央大学(今南京大学),主攻历史学专业,打下了扎实的基础。1949年毕业后回归桑梓,一生致力于教书育人事业,勤勤恳恳,任劳任怨,桃李遍陇原。

1977年天水师专恢复高校建置,丁恩培先生先后受命担任中文科主任、教务处副处长,以高度的责任心和满腔的热情投入工作,使天水师专教学及管理工作很快走向规范化,在同类院校享有较高声誉。丁先生在承担繁忙的教务管理工作之余,先后开设现代汉语、古代文学等汉语言文学专业主干课程,留下了不少讲义手稿。其《魏晋南北朝文学》《隋唐五代文学》《中国古典文学作品讲析》《现代汉语》等讲义,内容精宏,观点新颖,其在页眉、页脚及左右两侧空白处多有补注,多为不同时期增补、订正。好多学生忆起当时的情景,感慨万分:先生讲课,旁征博引,以简驭繁,颇具感染力;批阅作业,圈点细致,评语精当,发人深思。先生虽然行政工作繁重,但对待教学却一丝不苟、严谨细致。

先生留下了不少遗稿。这次选编出版的只是其中一些篇幅较长、内容完整、字迹清晰的讲稿。虽个别观点和例证或有可商榷之处,但无疑都凝结着先生的一贯思考和追求。这不仅是先生一生秉持的职业操守,也是当时中文科陈前三、史步蟾、王义、何昌之、张鸿勋等一代师院人甘于寂寞、精益求精的学术精神的真实写照。他们中的好多人虽然生前没有诸如博士、教授之类的头衔,但其游刃有余的学术功力、驾轻就熟的教学艺术,在今天也不逊色。

天水师范学院作为一所地方性师范院校,经过六十多年的艰苦奋斗,实现了从专科到本科、再到硕士学位授予单位的跨越式发展。这里凝聚着一代代师院人淡泊宁静、生生不息的心血和汗水。我们收集、整理、陈列和出版其中一些老先生的讲义和著作，既是对老先生们的一种纪念，也是对师院精神的一种传承。

正是由于历代师院人都恪尽职守、与时俱进，我们才有理由相信：立足陇东南、服务甘肃省、辐射全国，建成西部一流、国内知名、师范特色鲜明的高水平应用型大学的目标一定能够实现！

是为序。

天水师范学院党委书记　李正元

天水师范学院校长　安　涛

2020 年 3 月 29 日

目 录
CONTENTS

第一编 魏晋南北朝文学

绪 论 ………………………………………………………………… 3
第一章 建安和正始文学 …………………………………………… 20
 第一节 曹操 曹丕 ……………………………………………… 20
 第二节 建安七子与蔡琰 ………………………………………… 37
 第三节 曹 植 …………………………………………………… 58
 第四节 阮籍 嵇康 ……………………………………………… 71
第二章 西晋文学 …………………………………………………… 78
 第一节 傅玄 张华（西晋初年）………………………………… 78
 第二节 陆机 潘岳 张协（太康元康时期）…………………… 81
 第三节 左思 刘琨 郭璞 ……………………………………… 85
第三章 陶渊明 ……………………………………………………… 96
 第一节 陶渊明的时代与生平 …………………………………… 96
 第二节 陶渊明作品的思想内容与艺术特色 …………………… 98
 第三节 陶渊明的影响 …………………………………………… 108
第四章 南北朝乐府民歌 …………………………………………… 111
 第一节 南朝乐府民歌 …………………………………………… 111
 第二节 北朝乐府民歌 …………………………………………… 114
 第三节 南北朝乐府民歌的影响 ………………………………… 120
第五章 南北朝诗坛 ………………………………………………… 122
 第一节 谢灵运和山水诗 ………………………………………… 122
 第二节 鲍照和七言诗 …………………………………………… 125

1

  第三节 谢朓和新体诗 …………………………………… 128
  第四节 梁陈诗人和宫体诗 ………………………………… 130
  第五节 庾信与北朝诗人 …………………………………… 131
第六章 南北朝的骈文与散文 ……………………………………… 135
第七章 魏晋南北朝小说 …………………………………………… 144
  第一节 志怪小说 …………………………………………… 144
  第二节 轶事小说 …………………………………………… 146
第八章 魏晋南北朝的文学批评 …………………………………… 148

第二编 隋唐五代文学

第一章 隋及初唐诗歌 ……………………………………………… 157
  第一节 隋及初唐诗坛 ……………………………………… 157
  第二节 初唐杰出诗人 ……………………………………… 159
第二章 盛唐山水田园诗人 ………………………………………… 167
  第一节 孟浩然 ……………………………………………… 167
  第二节 王 维 ……………………………………………… 170
第三章 盛唐边塞诗人 ……………………………………………… 175
  第一节 高 适 ……………………………………………… 175
  第二节 岑 参 ……………………………………………… 177
  第三节 王昌龄 ……………………………………………… 180
第四章 伟大的浪漫主义诗人李白 ………………………………… 182
  第一节 李白生平和思想 …………………………………… 182
  第二节 李白诗歌的思想内容 ……………………………… 184
  第三节 李白诗歌的艺术成就 ……………………………… 191
第五章 伟大的现实主义诗人杜甫 ………………………………… 195
  第一节 杜甫的生平和思想 …………………………………… 195
  第二节 杜甫诗歌的思想 ……………………………………… 198
  第三节 杜甫诗歌的艺术性 …………………………………… 204
  第四节 杜甫在现实主义诗歌发展史中的地位和影响 ……… 208
第六章 现实主义诗人白居易和新乐府运动 ……………………… 209
  第一节 白居易的生平和思想 ……………………………… 209
  第二节 白居易的诗论与新乐府运动 ……………………… 211

  第三节 白居易诗歌的思想和艺术性 …… 214
第七章 古文运动和韩愈、柳宗元的古文 …… 219
  第一节 古文运动 …… 219
  第二节 韩愈的散文 …… 221
  第三节 柳宗元的散文 …… 229
第八章 晚唐文学 …… 234
  第一节 杜　牧 …… 234
  第二节 李商隐 …… 235
  第三节 皮日休　聂夷中　杜荀鹤 …… 235
  第四节 陆龟蒙　罗隐 …… 236
  第五节 韦庄　司空图 …… 236
第九章 唐代传奇 …… 238
  第一节 唐代传奇概况 …… 238
  第二节 唐代传奇的思想与艺术 …… 239
第十章 唐代通俗文学 …… 241
  第一节 唐代通俗文学概况 …… 241
  第二节 晚唐五代词 …… 242

第三编 中国古典文学作品讲析

涉　江 …… 255
崤之战 …… 263
勾践栖会稽 …… 278
虞卿阻割六城与秦 …… 290
鱼我所欲也 …… 301
天　论（节选） …… 307
过秦论 …… 317
屈原列传（节选） …… 333
李将军列传（节选） …… 354
张衡列传（节选） …… 371
订　鬼 …… 380
孔雀东南飞 …… 385
神灭论（节选） …… 408

促　织（节选） ………………………………………………… 415

第四编　现代汉语

第一章　汉　字 …………………………………………… 429
第一节　汉字的特点 ………………………………………… 430
第二节　汉字的造字方法 …………………………………… 433
第三节　汉字的形体演变 …………………………………… 440
第四节　汉字改革 …………………………………………… 446
第五节　汉字正字法 ………………………………………… 458
第六节　汉字检字法 ………………………………………… 464
第七节　汉字书法 …………………………………………… 468

第二章　词　汇 …………………………………………… 474
第一节　词　字　词素 ……………………………………… 474
第二节　词的构造 …………………………………………… 477
第三节　词　义 ……………………………………………… 484
第四节　词汇的来源和发展变化 …………………………… 505
第五节　词汇的风格 ………………………………………… 515

第三章　词的分类 ………………………………………… 520
第一节　语法和词类 ………………………………………… 520
第二节　实　词 ……………………………………………… 522
第三节　虚　词 ……………………………………………… 532
第四节　一词多类 …………………………………………… 552

第四章　句　法 …………………………………………… 554
第一节　什么是句子？ ……………………………………… 554
第二节　句子的类型 ………………………………………… 554
第三节　句子的成分 ………………………………………… 556
第四节　省略句　无主句　独词句 ………………………… 584
第五节　句子的分析和检查 ………………………………… 589
第六节　句法——复句 ……………………………………… 595

第五章　修　辞 …………………………………………… 613
第一节　学习修辞的必要性 ………………………………… 613

第二节 修辞的性质 ………………………………………… 613
第三节 修辞同语法要素和风格文风的关系 …………………… 614
第四节 修辞方式 …………………………………………… 616

后 记 …………………………………………………………… 631

第一编

01

魏晋南北朝文学

绪　论

魏晋南北朝，在我国历史上是长期分裂动乱和各民族大迁徙大融合的时期。这一时期阶级矛盾和民族矛盾错综发展，斗争异常纷繁。作为意识形态领域的文学也随之发生了许多重大的变化。

汉灵帝中平元年（184年）爆发的黄巾起义，猛烈地震撼了东汉王朝，动摇了东汉王朝的统治，使东汉王朝名存实亡。随之而来的是镇压黄巾起义中壮大了力量的各地豪强势力，他们纷纷拥兵割据，成为各霸一方的军阀。从汉献帝初平元年（190年）袁绍讨伐董卓开始，各地军阀之间争权夺地，连年混战不休，使黄河、渭水、淮河流域的人民大量流徙或死亡，户口骤减，《三国志·魏书·张绣传》载："是时天下户口减耗，十裁一在。"田园荒芜，稼穑中辍，社会经济遭到了空前的破坏。繁盛富庶的中原地区竟出现了"出门无所见，白骨蔽平原""白骨露于野，千里无鸡鸣"的凄惨景象。

在军阀混战的过程中，势力发展最快的是曹操，曹操是当时对凋敝的社会现实有较清醒认识的政治家。他接受黄巾起义的教训，推行了一系列改革措施，主要有三个方面：首先，公元196年曹操采纳部下枣祗的建议，在许县招募流亡的农民实行屯田。屯田是把农民按军事组织进行严格的编制，不准随便离开土地。有单独的管理系统，中央设大司农，大郡设典农中郎将，小郡设典农校尉，县设典农都尉和屯司马。每个屯司马管理屯田客50人，屯田客又叫"典农部民"。屯田客每年向政府交纳地租：凡用官牛耕种的交纳收获量的六成，自备耕牛的交纳五成。这是一种残酷的封建剥削方式，但在当时社会残破不堪的情况下，招募流民，免除徭役，专事农桑，对于恢复生产有积极的作用。屯田使大批流民回归土地，许多荒芜的农田又逐渐种上了庄稼。屯田的第一年就"得谷百万斛"，以后陆续向各地推广，"州郡例置田官"（《三国志·魏书·武帝纪》注引《魏书》），"数年中，所在积粟，仓廪皆满"（《三国志·魏书·任峻传》）。从而推动了中原地区社会经济的恢复和发展，为曹操统一北方奠定了物质基础。其次，实行户调制，抑制豪强兼并。

曹操在204年打败袁绍，占领邺城后，即下令实行户调法。每亩地收田租四升，每户每年交绢二匹、棉二斤，除此之外，不得擅自征收。他命令各地官员认真检查，禁止豪强地主隐瞒户口，转嫁租赋给农民（《三国志·魏书·武帝纪》注引《魏书》）。这对当时农业生产的恢复也起到了一定的作用。户调制是战国以来赋税制度的大变动，用户调取代了汉以来的算赋、口赋等人头税。再次，延揽人才，提倡"唯才是举"。曹操曾多次下令求贤，凡"有治国用兵之术"者，不论其出身地位，不论品德作风（盗嫂受金）都可提拔重用。因此史称曹操部下"猛将如云，谋臣如雨"（《资治通鉴·建安四年》），谋士如郭嘉、荀彧、荀攸等，武将有李典、张辽、徐晃、乐进等。曹操推行了一系列的改革措施，发展了生产，壮大了力量，先后大破张绣、刘表联军，击败了在淮南称帝的袁术，擒杀了盘踞徐州的吕布，200年官渡一战挫败了袁绍的进攻，乘胜北进，于204年占领邺城（今河北临漳县），207年平定了乌桓，逐步统一了北方。汉献帝建安二十五年（220年）曹丕代汉，而分据东南、西南地区的孙权、刘备也相继称号建国，于是形成了魏、蜀、吴三国鼎立的局面。

东汉末年社会的巨大变动，也必然引起社会思想的急剧变化，黄巾起义的大风暴，不仅动摇了东汉王朝的统治基础，也有力地冲击了自汉武帝以来儒家思想所占据的独尊的统治地位，于是适应新的社会现实的需要，名、法、兵、纵横诸家思想都有了不同程度的发展，思想界呈现出了一种多姿多彩、自由解放的趋势。这种趋势对当时文学发展的影响也极大，它使文人的创作思想从儒家经典中解放出来，创作的内容也不再局限于六经，而可以自由抒情，文学的独立性明显地加强了。

这一时期的文学，史称建安文学。

"建安"是东汉末代皇帝献帝刘协的第五个年号。建安文学是指东汉末年建安以来至三国时期魏国前期的文学，因吴、蜀都很少有作家创作，所以建安文学以魏国为主，以魏国的统治者曹氏父子，即曹操、曹丕、曹植为核心。曹氏父子（三曹）都酷爱文学，提倡文学，奖掖文士，一时在他们的周围聚集了孔融、陈琳、王粲、徐干、阮瑀、应玚、刘桢等"七子"和女作家蔡琰（文姬）。这些作家在政治上都倾向于曹操的"缓和阶级矛盾以迅速恢复封建秩序"的政策，思想上都有程度不等的摆脱儒家思想束缚的因素。因而形成了以三曹为中心的文学集团和盛极一时的邺下文风。这些作家除了建安七子外还有繁钦、应璩、邯郸淳、杨修、吴质、杜挚、左延年、缪袭等。他们经常聚于邺下，"每至觞酌流行，丝竹并奏，酒酣耳热，仰而赋诗"（曹丕：

《与吴质书》），足以见当时创作活动的频繁和诗坛的繁荣。

这些作家又都曾卷入汉末动乱的漩涡，经历过动乱的苦难，对当时动乱的社会现实有着较广泛的接触和了解，同情民生疾苦，希望改变社会现实。因而他们都乐于接受和继承汉乐府民歌的现实主义传统，采用乐府古题，以诗歌抒写其对于现实生活的真实感受，从而掀起了一个诗歌创作的新高潮，与此同时五言诗体也为文人普遍采纳运用，五言诗风畅开，五言诗体代替了两汉以来盛行的辞赋而居于主要的地位，并在以后的文学领域内逐渐发展成为一股巨流。所以说建安诗歌的繁荣为五言诗的发展奠定了坚实的基础。这些作家的创作一方面反映了社会的动乱和民生的疾苦，一方面表现了统一天下的理想和壮志，悲凉，慷慨，有着鲜明的时代特色。刘勰在《文心雕龙·时序篇》里，曾明确指出建安诗歌创作的特征："观其时文，雅好慷慨，良由世积乱离，风衰俗怨，并志深而笔长，故梗概而多气也。"其《名诗篇》也说："慷慨以任气，磊落以使才。造怀指事，不求纤密之巧；驱辞逐貌，唯取昭晰之能，此其所同也。"所以以悲凉慷慨的情调、豪迈雄浑的气魄和准确、朴素、明朗的言辞来揭示现实的疾苦，抒发"拯世济物"的宏愿就成了建安诗歌独具的特征，也就是后世所乐道的"建安风骨"，这也正是继承和发扬《诗经》以来现实主义诗歌优良传统的充分体现，"建安风骨"对后世的影响是极为深远的。

这一时期，辞赋和散文也发生了变化，汉代那种铺张堆砌的大赋消沉了，篇幅短小，具有浓厚诗意的抒情小赋有了较大的发展。散文则趋于自由通脱，无论抒情、叙事或议论都显得生动活泼。

建安时期，由于曹氏父子的奖掖，文士的地位得到了提高，文学也得到了更高的评价。曹丕在《典论·论文》中曾大胆提出："盖文章经国之大业，不朽之盛事。年寿有时而尽，荣乐止乎其身，二者必至之常期，未若文章之无穷。"把文学提到了经国大业、不朽盛事的高度，这是前所未有的。同时，汉末以来品评人物的风气盛行，由人而及文，促进了文学批评风气的出现，表现了文学的自觉精神。曹丕提出的"文以气为主"的创作原则，概括了建安文学抒情化、个性化的共同倾向，所有这些也都标志着这一时期文学发展中的重大变化。

220年曹操去世，其子曹丕继位魏王，同时继位东汉丞相。为了篡夺汉政权，争取世家大族（士族）的支持，曹丕采纳吏部尚书陈群的建议，实行九品中正制的官吏选拔制度。由政府选择"贤有识鉴"的官吏，按照他们各自的籍贯，兼任本州本郡的"中正"，负责查访本地区的士人，将士人们分为九品，然后按品由吏部授官。由于当中正的都是世家大族，因此品评人物完全控制在世家大族手中。从此，官吏的选任、升降，不论才能，而论门第的高低，微贱的人被排斥不能入品，低级士族只能在下品。这种制度助长了门阀士族势力的发展，曹丕实行九品中正制后，进一步获得了世家大族的支持，于是在220年废汉献帝，自立为皇帝，史称魏文帝。文帝在位六年，226年去世。子曹叡继位，是为魏明帝。魏明帝大造宫殿苑囿，掠夺民间美女，淫侈无度，以致库藏枯竭，百姓怨苦，政治日益腐败，曹魏政权进入了衰落时期，代之而起的是以司马懿为代表的旧的士族势力（豪门地主势力）。司马懿出生于河内温县（今河南温县）的世家大族，从魏文帝曹丕时就官居中枢尚书、侍中、尚书左仆射等要职，统领军队，明帝时任大将军太尉，几次抵御了蜀汉诸葛亮的进攻，大大提高了自己在曹魏政权中的威望。他还利用职权拉拢了一些世家官僚，形成了以司马氏父子（司马懿及其子司马师、司马昭）为中心的政治集团，和曹氏统治集团展开了争夺政权的激烈斗争，直至演变成极为恐怖的大屠杀，这就是曹魏末期政治上的突出特点，其间较大规模的屠杀有：

1. 司马懿屠杀曹爽集团：239年36岁的曹叡去世，继帝位的少主（曹叡养子）曹芳仅8岁，曹叡临终时委托宗室曹爽和太尉司马懿共同辅政。曹爽惧司马懿权重不利于己，于是把曹叡时被抑黜的清淡名士，"浮华交会之徒"何晏、邓飏、李胜、丁谧等"任为腹心"，予以高官，密谋排挤司马懿。丁谧建议曹芳把司马懿由太尉调升至太傅，以削夺军权，司马懿一直装病不预朝政，暗中却密谋对策。"会河南尹李胜将莅荆州，来候帝（指司马懿），帝诈疾笃，使两婢侍，持衣衣落，指口言渴，婢进粥，帝不持杯饮，粥皆流出沾胸。胜曰：'众情谓明公旧风发动，何意尊体乃尔！'帝使声气才属，说'年老枕疾，死在旦夕，居当屈并州，并州近胡，善为之备。恐不复相见，以子师、昭兄弟为托'。胜曰：'当还忝本州，非并州'。帝乃错乱其辞曰：'君方到并州'。胜复曰：'还忝荆州'。帝曰：'年老意荒，不解君言。'……胜退告爽曰：'司马公尸居余气，形神已离，不足虑矣。'……故爽等不复设备。"249年（嘉平元年）司马懿趁曹爽兄弟随曹芳出谒高平陵（明帝陵墓）发动政变，诛灭曹爽、曹羲、曹训兄弟和其集团名士何晏、丁谧、邓飏、李胜、毕轨、桓范等人的三族。从此曹魏政权完全落入司马懿手中，魏皇帝徒具虚名罢了，251年懿死，子司马师代政。

2. 司马师屠杀夏侯玄帝党集团。254年（正元元年）春正月曹芳与中书令李丰、后父光禄大夫张缉、黄门监苏铄、永宁署令乐敦、冗从仆射刘宝贤等谋以太常夏侯玄代司马师辅政，被司马师探知，于是逮捕玄、缉等，皆夷三族，并废芳，立明帝之弟东海定王曹霖之子高贵乡公曹髦为帝。不久司马师死，（初司马师目有瘤疾，使医割之，文鸯来攻，惊而目出。惧六军之恐，蒙之以被，疼甚，啮被而左右莫知焉。）死时年48岁，其弟司马昭代为辅政。

3. 司马昭屠杀曹髦、王经。260年曹髦与尚书王经谋攻杀司马昭。髦自帅僮仆数百，呐喊出宫，中护军贾充随髦战于南阙下，髦自用剑击杀。太子舍人成济向充说："事态紧急，该怎么办？"贾充说："司马公畜养汝等，正为今日。"济持刀上前刺杀髦，髦死，时年仅20岁。立曹奂（武帝曹操孙）为帝，实际权力全归司马昭。265年司马昭死，其子司马炎以禅让方式取得曹魏政权，建立晋朝。以司马氏为首的士族势力最后推倒了原来不是士族的曹氏朝廷。

在曹魏和司马氏两大新旧士族集团争夺政权，大肆凶杀的恐怖黑暗局势下，学术思想领域里出现清谈玄理的风尚，而且盛极一时。

清谈是由东汉末年的清议演变而来的。东汉末清议之士，因批评政治而招致了党锢之祸。接着魏代汉、晋谋代魏，又大肆屠杀政治上的异己人物。不少名士惨遭杀戮，如何晏、嵇康等。于是品评人物、批评时政的清议变为谈说玄理的清谈。清谈的玄理就是崇尚虚无、消极遁世的老庄思想，道家的《老子》《庄子》和阐释人生和自然的哲理的儒家经典《周易》是清谈的资料和依据，被称为"三玄"。正始年间何晏著《道德论》、王弼著《易注》和《老子注》，把道家和儒家思想结合为一，兴起了以纵道家思想为基础的玄学，清谈风气大为风行。何晏、王弼就是当时玄谈界的领袖，开拓了后世清谈家所乐道的正始之风。这对当时的士风、作家的世界观和创作都有深刻的影响。

在上述社会现实的基础上所产生的是：继建安文学之后的正始文学。"正始"是魏少主曹芳在位时的第一个年号。从正始开始曹魏政权趋于衰落，所以正始文学是曹魏末期的文学。

正始时期的代表作家是阮籍和嵇康，他们生活在司马氏和曹氏为争夺政权而展开大屠杀的斗争中，目击了司马氏利用儒家"名教"施行凶恶残暴的统治的过程，大力提倡老庄思想，以老庄的"自然"与"名教"相对抗。同时在政治上以各种不同的方式拒绝与司马氏合作，他们的创作与建安文学有了很大的不同。在内容上，一般来说，反映民间疾苦和追求"建功立业"的内容为揭露政治黑暗恐怖和忧生念乱之情所代替；积极进取的精神为批判否定现实、韬晦遁世的消极反抗的思想所代替。作品中带有更多老庄思想的色彩，向往更广阔的自然境界，甚至是飘飘恍惚的神仙境界。在表达方式和风格上，明朗质朴、悲凉慷慨为隐晦曲折、沉郁艰涩所代替，不过对黑暗现实的不满与反抗仍是作品的主要倾向，在基本精神上还是继承了"建安风骨"的。

西晋政权是腐朽的士族政权，在它的统治下各种社会矛盾迅速加剧。太康元年，司马炎继废除曹魏屯田制之后颁布了占田制，除规定了一般农户的占田数额以外，还规定了官吏按品级占田、占佃客、荫衣食客、荫亲属的特权。以一品官占田50顷，以下每差1品，减少5顷，到第9品占田10顷。第一、二品占佃客15户，第三品10户，第四品7户，第五品5户，第六品3户，第七品2户，第八、九品1户。六品以上荫衣食客3人，七八品2人，九品1人。荫亲属，"多者及九族，少者三世"。被荫的人免除国家的租赋和徭役，完全受官僚地主的剥削和奴役，成为依附他们的人。这样就把官僚地主的经济特权制度化了，士族可以依据官品合法地占有大量的土地、佃客、荫衣食客、亲属，迅速地膨胀了他们的经济力量。九品中正制也日益发展成了保障士族政治特权的工具，中正官只是依据士人的籍贯及祖、父官位，定门第的高低。吏部尚书依据门第高低作为任用的标准。这样按门第选人，结果自然是"上品无寒门，下品无世族"，形成了典型的门阀制度，士族依靠这样制度垄断了经济、政治以至文化特权。他们拥有大量的土地和依附人口：王戎"园田水碓遍天下"，有"家僮数百"，庞宗有"田二百余顷"，石崇有"苍头有八百余人"。他们甚至对奴婢有任意杀戮之权。王恺请客人吃饭，命女伎吹笛，吹笛人小忘，就遭打杀。石崇令美人行酒，客人饮酒不尽，就斩杀美人，甚至一次宴席上一连斩杀三人，残暴到了极点。他们都过着极端荒淫、堕落腐化的生活。273年晋武帝司马炎选中级以上文武官员家的处女入宫，次年又选下级官员和善通士族家的处女五千人入宫，灭吴后，又选取吴宫女五千人。司马炎有宫女近万人日夜饮酒作乐，形同禽兽。大臣何曾每天膳食值钱一万，还说"无下箸处"。他的儿子何劭日食费两万钱，大官僚石崇与王恺斗富，竟用白蜡当柴烧，椒泥涂屋，又作绵绸屏风五十里；厕所里置放着甲煎粉、沉香汁等香料，还备着新衣以便从厕所出来更换。他们生活的奢侈达到了发狂的程度，这自然加深了阶级鸿沟，也造成了寒门与世族的矛盾尖锐化。

司马氏为了巩固一时的统治，避免魏国禁锢君王、孤立皇室的弊端，倒行逆施，大封国姓皇族为王，各王国拥有武装，有权选用文武官吏成为地方势力，以屏卫皇室。其实是制造了大乱危机，290年晋武帝一死，大乱随即开始。291年惠帝皇后贾南风杀武帝杨皇后父杨骏，逼死杨皇后，族灭杨氏，并杀杨氏党徒数千人。接着贾皇后让汝南王亮辅政，让楚王玮杀司马亮，后来贾皇后又杀司马玮。大乱从宫廷内延伸到诸王间。300年赵王伦杀贾后。301年司马伦废晋惠帝，自立皇帝。大乱扩大成诸王间的大混战、大残杀。齐王冏、成都王颖、河间王颙各起兵反司马伦。司马伦战败被杀，惠帝复位，齐王司马冏辅政。302年司马颙与长沙王司马乂杀司马冏。303年颙、颖起兵反乂，进攻洛阳城，乂守城大战，双方兵民死数万人，304年东海王越杀司马乂。司马颖据邺，号称皇太弟、丞相，司马颙据长安号称太宰，大都督。司马越等奉惠帝出兵攻颖，颖击败越，俘惠帝。司马越逃归东海国。司马颙令部将张方入据洛阳城。幽州都督王浚与并州都督司马腾起兵反司马颖。王浚勾结一部分鲜卑、乌桓人充骑兵，司马颖也求匈奴左贤王刘渊助战。刘渊发匈奴五部兵，据离石自立，建号大单于。诸王间大混战从此扩大成各族间大混战。司马颖战败，晋惠帝逃到洛阳，被张方俘获送至长安，司马颙独占朝政。司马越起兵反司马颙，颙战败。306年，司马越杀司马颖，毒死惠帝，立晋怀帝，又杀司马颙，自以为获得了最后胜利。309年，司马越杀晋怀帝亲信，使自己的亲信守洛阳监视怀帝。司马越带着王公朝臣离洛阳，攻击刘渊部将石勒。311年，司马越死，石勒灭越全军，攻陷洛阳俘晋怀帝（司马炽）。是时刘渊已死，其子刘聪继位，为汉国皇帝，都平阳（今山西临汾），杀怀帝，晋愍帝司马邺在长安继位。316年刘曜攻入长安，俘愍帝，西晋灭亡。从300年赵王伦杀贾后至316年西晋亡，长达十六年的"八王之乱"，终于埋葬了西晋王朝，使中原地区又一次遭到兵燹的浩劫。"八王之乱"是一幅禽兽狂斗图，司马集团的全部残忍性、腐朽性集中表现在这场狂斗中，由此引起了百年的战乱与分裂，居住在黄河流域的汉族和非汉族人民无不遭受灾难，司马氏集团的罪恶是罄竹难书的。

317年琅琊王司马睿在建业依靠南北士族的联合支持在江南建立了东晋王朝。晋朝的建立主要依靠南渡的中原大士族王导，他调和南北士族间的矛盾，建立了以北方士族为骨干、南方士族为辅助共同维护司马氏的东晋政权。北方士族都说洛阳话，王导为联络南方士族，常说吴语，还向南方士族陆玩请婚，以此来调和平衡南北士族间的矛盾。东晋政权仍是西晋腐朽士族特权政治的延续。首先，士族的经济力量更加膨胀了，他们占有大量的土地和依附于他们的佃客和奴婢。如刁协一家占田万顷，王导仅在建康的赐田就有80余顷。谢安一家在会稽、吴兴、琅琊三郡广置田产，到了谢混时有"田业十余处，僮仆千人"。刁逵在京口"有田万顷，奴婢数千人"。他们除了兼并土地，还霸占山林川泽，百姓打柴捕鱼，都须向他们交税。其次，门阀制度发展到了顶点，士族与庶族界限分明。士族可以充任高级官吏，且升迁很快，庶族只能充任低级官吏，非有特殊军功，不能任高官要职。士族与庶族不能通婚，不能穿同样的衣服，不能并坐谈话，不能随便往来。士族为了保持身份和特权，防止庶族假冒混淆，还撰定士族家谱，随元帝渡江的有百家，因此江东有《百谱》（《百家谱》）。晋孝武帝时贾弼之广集百家谱记，撰定《十八州士族谱》，共一百帙，七百余卷。贾弼之、贾匪之、贾希境祖孙三代传谱学。贾氏《百家谱》抄本藏官府中，有专人掌管，防止徇滥。这一百家人才是享受政治特权的士族，后来渡江者被这百家人呼为"伧"，不得享受同等权利。东晋政权主要是这百家的政权，西晋士族的全部腐朽性都由这百家移植到长江流域。再次，士族的苟安腐化和争权夺利。士族阶级占有优越的政治地位和社会地位，在雄厚的物质基础上过着苟安享乐的生活。他们不仅无意于收复失地，甚至由于自私自利而害怕收复失地，对爱国志士祖逖等人的坚决北伐行动也横加阻挠，使之无法成功。而他们内部则不断争权夺利，经常发生内讧。322年至323年镇守荆州的王敦两次起兵攻建康，都以失败告终，篡位的野心未能实现。于327年历阳（今安徽和县）镇将苏峻、寿春（今安徽寿县）镇将祖约共同起兵，以杀外戚庾亮为名，攻入建康。幸得陶侃、温峤起兵援救，苏峻、祖约军于329年战败。王导执政，东晋王朝又转危为安。庾氏势力不得专擅朝政，转移至长江上游，宣称以北伐为己任，企图建立自己的基业。庾亮、庾翼兄弟相继镇守武昌，占有晋朝一半的主要领地，实为割据的藩镇。后来桓温任荆州刺史，积极向外发展，347年灭成汉，收复巴蜀失地，威名大振。东晋朝廷疑惧，引用虚名甚大的清谈家殷浩和桓温作对。桓温伐前秦前燕失败，在王谢两大族的抵死反对下，桓温篡位的野心未能实现。373年桓温死，东晋又危而复安。398年京口（江苏丹徒）镇将王恭联络藩镇殷仲堪、桓玄、庾楷等起兵反帝，王恭被杀，藩镇推桓玄（桓温儿子，江州刺史）为盟主，占据建康以西的州郡，409年玄趁孙恩事变破建康，废晋安帝，篡夺东晋政权，整个东晋王朝始终内战不断，政局动荡不安。东晋士族的腐朽统治自然加重了对人民的租赋的压榨和徭役的苛扰，阶级矛盾日趋尖锐，终于在399年爆发了以五斗米道徒孙恩为首的江南诸郡人民大起义，孙恩死后，众推卢循为首领继续战斗，直到411年失败，此次起义给东晋政权带来了毁灭性的打击。在镇压孙恩、卢循起义中得势的刘裕于404年击败桓玄，掌控了晋政权，至420年代晋自立，东晋王朝统治了104年便灭亡了。

两晋是士族制度社会，士族是一个非常腐朽的阶级，他们一味追求享乐，不敢正视充满尖锐矛盾的现实,只是依靠门第,把持高位却又要"不以世务婴心"。在这种情况下清谈玄理的风气更加兴盛,这是当时文化思想领域的一个突出特点。士族阶级一方面用老庄的荒诞思想支持自己不受任何束缚的纵欲享乐生活,一方面又从老庄超然物外的思想中寻求苟安生活中的恬静心境,同时以清谈高妙的玄理点缀风雅,炫耀才华,掩饰精神的空虚。玄学成了士族的精神支柱,在两晋玄学的发展中,由于阶级关系的复杂,代表不同阶级利益的玄学家表现出了不同的政治观点。郭象发展了何晏、王弼的儒道调和思想,主张自然与名教合流,目的在于论证士族统治的一切现行制度是合理的,是士族阶级利益的代表。西晋鲍敬言发展了阮籍和嵇康崇尚自然、反对名教的思想,创立"无君论",认为"君臣既立,众慝日滋",只有"无君无臣"的"曩古之世",才有人民富足安宁的生活,这反映了小私有者的幻想与要求。文化思想领域里另一个突出的特点是佛教和道教的发展,佛教由东汉开始传入,经历三国时代,到两晋时期更为兴盛,佛寺日益增多,佛经被大量翻译出来。不过,在玄学盛行的情况下,士族偏重于佛教义理的研究,他们吸收了佛教中的唯心主义哲学,把玄学推到了更高的阶段。但是清谈家一般是无神论者,只吸收佛教思想,并不奉行佛教,因为佛教戒律与士族纵欲的生活有很大的距离。汉末开始创立的道教,原来只在民间流行,这时也影响了贵族,出现了葛洪这样的道徒,在士族阶层中的影响越来越大。

在上述社会现实的基础上,两晋文学也出现了明显的变化,文学离开了"建安风骨"的传统,很少反映社会现实,变成表现士族阶级狭隘的思想感情和不健康的艺术趣味的工具。为了掩盖内容的空虚,他们刻意追求形式的华美,与前人争胜,在语言上追求声色之美,在句法上讲求对偶整齐,逐渐发展了文学创作上的骈俪之风,把文学推向了形式主义的道路。在诗歌上尤为明显,西晋初年的傅玄、张华的作品中已出现了铺张堆砌、"通首华缛"的形式主义倾向,但他们的一部分乐府诗还未失汉乐府的遗意,也能反映现实问题,有较深刻的社会意义。西晋初年以傅玄、张华为代表的诗歌创作是由魏到晋的过渡,从太康年间起,约有20年时间,社会表面的繁荣使士族文人更加无视现实,一味歌功颂德、讲求辞藻、内容空虚,形式主义得到了迅速发展。不过这一时期由于生活环境安定、创作条件有利,涌现出了众多的作家,形成了诗歌创作的"勃而复兴"的时代。著名的作家有三张(张亢、张载、张协)、二陆(陆机、陆云)、两潘(潘岳、潘尼)、一左(左思)、王瓒、孙楚等。其中以陆机、潘岳为代表,他们的作品不是机械的拟古、毫无新意,便是内容贫乏、只讲求辞藻华美和对仗工整。但是,西晋社会的现实矛盾也促使少数诗人面向现实，写出了内容较充实的诗篇。出身寒微的左思，继承了"建安风骨"，以富有浪漫主义色彩、笔力矫健、情调高昂的诗歌抨击了腐朽的门阀制度，表达了统一国家、积极入世的雄心壮志，代表了太康文学的进步倾向。到了怀帝永嘉时代，由于清谈玄理的风气盛行，"因谈余气，流成文体"（《文心雕龙·时序》），诗坛渐为"理过其辞，淡乎寡味"的玄言诗所统治。其代表作家孙绰、许询等人的创作都"平典似道德论"，继承哲理传统，无新意可言。玄言诗统治文坛达百年之久。它和形式主义的诗歌一样，都标志着士族文学的没落。在此期间，只有爱国志士刘琨和"庶睎河清"的郭璞写下了一些爱国主义和批判门阀的诗篇，可谓寂寞诗坛上的几声清响。直到东晋末年杰出诗人陶渊明的出现，才为消沉空虚的东晋文坛带来了富有现实内容的创作。他的诗歌表现出了对腐朽的士族制度的极端憎恶与否定，以及他和世俗不同流合污的高贵品格和躬耕自给的生活理想。由于在田园劳动中接触了下层劳动人民，也亲身体验了农村生活的贫困，他后期的创作还在一定程度上反映了广大人民反对剥削压迫、要求以自己的劳动创造和平幸福生活的愿望，提出了桃花源的理想。他的诗具有平淡自然的风格，浓郁的生活气息，并能创造出很高的意境，大大提高了五言诗的艺术水平。

　　小说在这一时期也有了重大的发展，我国自秦汉以来神仙之说盛行，汉末又大兴巫术，加之道教兴起，佛教传入，这些巫师僧侣大都"张皇鬼神，称道灵异"，而整个魏晋时代社会动荡不安，人民的生活、生命经常受到威胁，很容易接受宗教迷信思想的影响。在这种情况下出现了很多记录鬼怪灵异的小说，其中干宝的《搜神记》成就最高，作者的主观目的虽在宣扬宗教迷信，但其中保存了一些人们按照自己的愿望去编造的神异故事，具有较高的人民性。魏晋时期清谈玄理、品评人物的风尚又促成了记录人物轶事小说的出现。他与志怪小说的不同是以现实的人物言行为对象，刘宋初年出现的刘义庆的《世说新语》是魏晋轶事小说集大成之作，他广泛地反映了由汉末至晋朝士族阶级的思想、生活面貌，艺术上也有独特成就，我国小说到了这个时候才初具规模，它们标志着我国小说发展的一个重要阶段。

　　另外，挚虞撰《文章流别集》30卷，具备各种文体，按文体论其优劣，是继刘向、王逸所编的《楚辞》以后规模更大的文章总集。书已亡佚，残文中还保存了一些他的论点，如论赋的四过说："夫假象过大，则与类相远；逸辞过壮，则与事相违；辩言过理，则与义相失；丽靡过美，则与情相悖，此四过者，所以背大体而害政教。"言论大意是以事实情义为主，不尚浮丽虚伪。这些虽是传统常谈，但也算是对当时文风的一种批判。

从420年刘裕伐晋到589年隋灭陈，共169年，南方经历了宋、齐、梁、陈四个朝代，史称南朝。南朝继续东晋的偏安局面，社会情况比北朝安定，社会经济有了进一步的发展。南朝个别帝王曾对门阀士族采取过某些限制政策，庶族寒门的力量略有抬头。如宋武帝刘裕独操大权，主要选用寒门，而原来的高门大族只能做名大权小的官员，难得皇帝信任，士族的政治势力被削弱。这与四朝开国皇帝的出身较低有关。宋刘裕幼年贫困，以耕地为主，做樵夫渔夫，贩履卖芦苇，酷爱赌博，为京口大姓刁逵缚马索债。齐高帝萧道侨居南兰陵（今江苏武进），出身"布衣素族"。梁武帝萧衍也是出身侨居南兰陵的素族。早年博通众学，尤其擅长文学，与著名文人沈约、任昉等齐名。陈武帝陈霸先，吴兴郡长城县人（今浙江长兴人），早年当里司、油库吏，传令吏等微职。但南朝基本上仍是两晋士族门阀社会的继续。士族地主攫取了经济发展的果实，大庄园经济得到迅速发展。如宋孔灵符，主业殷富，有墅（庄园）在永兴（浙江萧山区），周围33里，水陆地265顷，又有果园九处。谢灵运求会稽回踵湖、始宁休蝗湖、决水为田，有悬券为凭。他在《山居赋》中勾画了庄园的轮廓。这个谢家庄园拥有大量的土地，"田连岗而盈畴，岭枕水而通阡，阡陌纵横，塍埒交经。"除了耕地，还有"北山二园，南山三苑"，以及大片的湖沼，庄园里种植着各种农作物、果树。

在富裕的物质生活基础上，南朝帝王和士族日益腐朽荒淫，他们已经完全变成了无用的寄生虫。《颜氏家训·涉务》说："江南朝士，因晋中兴，南渡江，卒为羁旅，至今八九世，未有力田，悉资俸禄而食耳。假令有者，皆信僮仆为之，未尝目观起一墢土，耘一株苗，不知几月当下，几月当收？安识世间余务乎？故治官则不了，营家则不办，皆优闲之过也。"一般士大夫通行宽衣大带，大冠高底鞋，香料熏衣，剃面搽粉涂胸脯，出门坐车轿，走路要人扶，官员骑马就会被人上表弹劾。建康县官王复未曾骑过马，见到马跳叫，惊骇失色，告人道："这明明是老虎，怎么说它是马？"侯景之乱，士大夫肉柔骨脆，体瘦气弱，不堪步行，不耐寒暑，死亡不少。因为得不到食物，他们饿成鸠形鹄面，身着罗绮，抱着金玉，伏在床边等死。帝王的荒淫更达到了惊人的程度。《南史·陈后主本纪》载："后主荒于酒色，不恤政事……江总、孔范等十人预宴，号曰狎客。先令八妇人擘采笺，制五言诗，十客一时继和，迟则罚酒。君臣酣宴，从夕达旦，以此为常。"采用特别艳丽的诗篇、造作的歌舞，选拔美女千余人，奏乐歌舞，彻夜不止。

南朝时期，佛教有了更大的发展，东晋时，建康有寺不到40所，到了梁朝，则"都下佛寺，五百余所，穷极宏丽。僧尼十余万，资产丰沃"。梁武帝以最高统治者的身份宣布"为佛教是正道",更确定了它的优越地位,佛教的发展,不光兴起了僧侣地主,也引发了其与儒、道的矛盾,发生了历史上有名的齐梁间有神论和无神论的争论,对文化思想产生了深刻的影响。

在南朝文学中,首先值得珍视的是乐府民歌,它主要是产生于建业和荆州一带的《吴歌》和《西曲》,它们以短小活泼的形式、清新活泼的语言和风格,表现了人民对理想爱情生活的追求和反抗封建礼教束缚的精神,从中也可以看到长江流域商业的发展。南朝民歌不仅限于歌唱爱情,还独取情歌入乐,反映了采集民歌的士族文人的观点和兴趣。

南朝的君主和诸侯王大半爱好文学(主要是诗歌),不少都以提倡文学、招揽文士著称,有的本身还是作家。如梁武帝萧衍,其子萧统、萧绎都是当时著名的文学家。上自朝廷会同,下挚友朋酬酢,都得赋五言诗,否则便被轻视。有一次梁武帝在光华殿宴饮群臣,聊起作诗,武将曹景宗力求参加。梁武帝说,你技能很多,何必在诗上争能,劝他不必在士人面前出丑。曹景宗酒醉,力求不已。梁武帝给他"竟""病"韵。景宗作诗道:"去时儿女悲,归来笳鼓竞,借问行路人,何如霍去病?"坐上人无不惊叹。这说明不入士流的武人,同样学五言诗。正因为这样,所以"天下向风,人自藻饰",写作五言诗的风气十分浓厚,十分广泛,据钟嵘《诗品序》说:"今之世俗,斯风炽矣,才能胜衣,甫就小学,必甘心而驰骛焉。"因此五言诗在南朝,特别是梁朝有了大发展,作家辈出、作品大量增加,成为继建安、太康之后的又一高峰。不过,南朝文学在帝王和贵族的掌控与引导下,只能向形式主义的道路发展,梁元帝说:"至于文者,惟须绮縠纷披,宫微靡曼,唇吻遒会,精灵摇荡。"形式主义的要求是十分明显的。

南朝文人诗歌开始由玄言诗转向山水诗。玄言诗与山水诗有密切关系,玄言诗人常常通过山水体会玄理,而登临山水也很早就成为士族阶级悠闲享乐生活的一部分。东晋末年殷仲文、谢混的诗里,山水成分已逐渐增多。到了谢灵运,由于政治上的失意,"肆意游遨",所至"辄为诗咏,以致其意"。山水成为主要的描写对象,逐渐完成了玄言诗到山水诗的转变。山水诗仍是贵族生活的产物,但他打破了玄言诗的腐滥,反映了自然美,并多少提高了诗歌的表现技巧,具有历史的进步意义。在谢灵运创山水诗的同时,颜延之创立了故事诗,句句用故事,句句相对偶。《诗品》说颜诗"喜用古事,弥见拘束",对偶与用事是不可分的,没有充足的故事,句子就对不起来,对起来也只能称为"言对",属于低级的一类。颜、谢在南朝宋初并称大家,谢诗比颜诗高,颜诗却比谢诗容易学:谢诗要摄取自然界的美,非身临山野不能有所领会,也就不能学得谢诗的长处；学颜诗只要多读书，多记故事就可以，这是士族人所能做的事，因此颜诗远比谢诗盛行。颜诗专在对偶上用功夫，因此故事诗也称对偶诗或俳体诗。南朝宋出身寒微的鲍照继承和发扬了汉乐府的传统精神，成为当时代表进步倾向的优秀诗人。他的作品猛烈地抨击了门阀制度，并表现了士族文学中少见的爱国思想和较广泛的社会内容，他的七言诗和杂言乐府改进了七言诗的形式，扩大了七言诗的影响，对七言诗的发展有重要贡献。

  齐梁时代是我国诗体发生重大变化的时期。我国诗歌自建安以后渐渐重辞藻、对偶、用事，晋陆机更是注意到了声音的协调，到了齐梁间周颙发现了汉语四声，接着沈约把四声运用到诗歌的声律上，提出了"四声八病"之说（八病是平头、上尾、蜂腰、鹤膝、大韵、小韵、旁纽、正纽），创造了"永明体"（永明为齐武帝萧赜年号），诗作讲究声律平仄，为律诗的形式奠定了基础，开创了我国近体诗发展的时代。不过永明体作家王融、谢朓、沈约、范云等人的创作大都内容贫乏，形式主义作风严重，只有谢朓擅于描写山水，成就较高。

  诗歌发展到梁陈时代，在帝王和贵族的手里更倾向了"宫体"（梁武帝皇太子提倡的文体，称宫体）的道路。梁简文帝萧纲、庾肩吾、庾信、徐摛、徐陵都是当时著名的宫体诗人。宫体诗是宫廷荒淫生活的反映，以描写女色为主，充满了色情成分，诗风浮艳绮靡，标志着贵族的文学日益堕落。这时只有江淹、吴均、何逊、阴铿等人的创作略有成就。

  文人所作的五言诗在东晋南朝经过玄言诗、对偶诗、原始律诗（永明体）三个阶段后，结束了汉魏以来的古体诗时期。赋也和诗相似，经过了玄言赋、俳赋、原始律赋三个阶段。东晋盛行玄言赋，孙绰的《游天台山赋》是这一类赋的代表作品。郭璞《江赋》原出于汉魏大赋，气魄宏伟，取材宏博，是两汉魏晋最重大赋，非大学问家不能作，郭璞博学有高才，完成了最后一篇大赋，此后，虽历朝都有人作大赋，却再没有名篇。陶潜的《归去来兮辞》也是出于赋类的名篇，赋的作用在于体物写志，东晋赋家郭璞是体物的巨匠，陶潜是写志的绝手，在玄言赋盛行的时期，郭璞陶潜能违反流俗，卓然自立，可谓豪杰之士。宋齐俳赋兴起，鲍照的《芜城赋》《舞鹤赋》、谢惠连的《雪赋》、谢庄的《月赋》、梁江淹的《恨赋》《别赋》等都是俳赋中的名篇。梁陈间赋向律赋的转变，赋体巨大，协调音节更不容易，因此成形的律赋不多见。范晔认为谢庄通声律，所作《鹦鹉赋》为律赋滥觞，可惜文已残缺。

  这一时期，除诗歌以外，骈文也有突出的发展。骈文起于东汉，魏晋时形成骈文体，其特点是句法整齐（不是对偶）而兼有疏散，色彩淡而兼有华彩（偶用故事），气韵静而兼有流荡，声调平而兼有抑扬（不拘声律），大自论说，小至束札都具有独特的风格，境界之高，难以追攀。东晋骈文仍能保持西晋余风，王羲之尤为出色，以达意为主，不事采饰，恬淡有识见，文辞质直尽言。《晋书·王羲之传》所录：《与会稽王（司马道子）笺》《与殷浩书》《与谢安书》《与谢万书》以及《兰亭集序》《父墓前自誓文》等篇，都是体兼骈散的作品，从风格上面说，应是骈文的上品。到了南朝在形式主义文风盛行的影响下，出现了骈文的高潮。骈文几乎占有了一切文字领域，只在历史和其他学术著作中，散文才保有其一块微小的地盘。南朝骈文的发展：先有以宋颜延之为代表的一派，偏重文采，非对偶不成句，非用事不成言，形体是很美观的，但冗长堆砌，意下语多（所谓瘦义肥辞），也是这一派的通病。次有以齐梁任昉、沈约为代表的所谓"永明体"的一派，辞更加精工，渐开四六门经。最后有以梁陈徐陵、庾信为代表的一派。所谓徐庾体，也是原始的四六体，对魏晋骈文来说，徐庾体是能变成骈文体的，对唐四六来说，徐庾体保持较多古意，南朝骈文演变至徐庾，特别是庾信所作，可称绝美。骈文辞藻华丽，对偶工整，音韵优美，是有其艺术特点的，也有少数内容上有价值的作品，但就其主导方面来说，是以华丽纤巧的形式掩盖空虚贫乏的内容，是唯美主义、形式主义的东西。

南朝文学批评获得了空前的成就，魏晋时期，已不断有文学批评和文学理论著作出现，如曹丕的《典论·论文》、曹植的《与杨德祖书》、陆机的《文赋》、挚虞的《文章流别论》等。到了南朝，由于文学创作的繁荣，文学日益成为一个独立部门，文学观念也日趋明晰，宋文帝开始立文学馆，与儒、玄、史三馆并列，宋范晔著史文苑传。这时发展的文笔之辩，更是一场关于文学界限的争论，这些无疑都对文学研究起着促进作用。形式主义文风盛行，激起了一些进步文人的不满。在这样的情况下，刘勰、钟嵘继承了前人文学批评的成果，创作了《文心雕龙》《诗品》两部文学批评巨著。他们都有鲜明地反对形式主义文风的倾向，同时把文学研究推到了新的阶段。

《文心雕龙》是梁刘勰在齐末年所撰。刘勰是精通儒学和佛学的杰出学者，也是骈文作者中稀有的能手。他撰写的《文心雕龙》五十篇，剖析文理，体大思精。全书用骈文表达精密繁实的论点，宛转自如，意无不达，似乎比散文还要流畅，骈文高妙至此，可谓登峰造极。《文心雕龙》五十篇，总的来说是科条分明、逻辑周密的一篇大论文，也是一部系统全面地讨论文学理论的大著作。《文心雕龙》是文学方法论，是文学批评书，是西周以来文学的大总结。此书与萧统的《文选》相辅而行，引导后人了解齐梁以前文学的全貌。

《诗品》由南朝梁钟嵘所撰，是汉魏以来五言古诗的总结。作者将自两汉古诗至梁沈约等的120人，分为上中下三品。评诗的标准是："干之以风力，润之以丹采。"他对当时的诗人宗师颜延之、鲍照、谢朓、任昉、沈约都的评价都为中品，加以褒贬，提出流弊，无所忌讳，被评论的各诗派也承认他的褒贬确是公正无私的。

南朝还产生了两部文学作品选集。梁昭明太子萧统撰的《文选》三十卷，是最精的文学的总集。《文选》选文的标准是"事出于沉思，义归乎翰藻"，入选的文章必须情义与辞采内外并茂，是内容与形式的统一。《文选》取文，上起周代，下迄梁朝。七八百年间各种重要的文体及其变化都有所体现，可以说，萧统以前文章英华基本上记录在《文选》一书里。唐李善上《文选注》说："后进英髦，咸资准的。"唐士人有"《文选》烂，秀才半"的谚语，可见《文选》对唐以后文学的影响是十分深远的。

《玉台新咏》是徐陵在梁朝末年撰写的。梁皇太子萧纲提倡作艳诗（宫体诗），令徐陵搜集汉魏以来涉及妇女的诗篇，成《玉台新咏》十卷。《玉名新咏》流传很广，这是因为里面的诗专咏妇女，也是编诗集的一种新格局。许多诗篇赖《玉台新咏》得以保存，成为大观，从这里可以了解封建社会妇女的生活状况和士人对妇女的各种态度。如西晋傅玄作《苦相篇》，叙述男女间的不平等，妇女在父家夫家所受的痛苦，但这种同情妇女的诗在这本书中是罕见的。主要由宫体诗人轻侮妇女的诗篇集合而成的《玉台新咏》，由于有了《苦相篇》一类的诗（虽然不多），也就值得流传了。

西晋亡后，北方进入了五胡十六国时期，入居中原的匈奴、鲜卑、羯、氐、羌五族的统治者不断互相攻杀兼并，混战了一百多年，使中原经济文化再次遭到惨重的破坏。他们用血腥的屠杀和落后的军事统治，实行残酷的民族压迫和阶级压迫，百姓生活极端痛苦，不断爆发的以汉族为主体的起义，沉重地打击了各族的反动统治，促使他们逐个消亡。423年，鲜卑拓跋焘做了魏国的皇帝，称太武帝，先后灭夏、北燕和北凉，于439年统一了北方，结束了混战局面。孝文帝拓跋宏为缓和民族矛盾和阶级矛盾，于494年从平城迁都洛阳，一方面推行均田制，促进社会经济的发展，一方面推行汉化政策，加速民族间的融合和同化，给封建文化的发展创造了条件，但是北魏仍是鲜卑贵族联合汉族豪强地主的统治，社会矛盾不断发展，523年终于爆发了六镇起义，接着内乱发生，皇室与权臣朱氏互相残杀，政权分裂为东、西魏。东魏都邺，权臣高欢执政，550年次子高洋废魏孝静帝元善见，自立为帝，国号为齐，史称北齐。西魏都长安，权臣宇文泰执政，进行改革，国力日强。557

年其子宇文觉废魏恭帝自立，国号周，史称北周。577年北周灭北齐，统一北方。前581年杨坚篡夺北周，建立隋，589年隋灭陈。经过400多年的分裂，中国又归统一。北方各族统治者为了巩固其统治，大都积极利用汉族的封建文化，所以推崇儒学，儒家思想占有相当的地位。如建立前赵的刘渊、刘聪和刘曜都是汉化的匈奴人，他们所用文臣多是匈奴族、汉族的儒生，在前赵，儒学保持独尊的地位。建立后赵的羯人石勒、石虎，即使汉化较浅，也不放弃对儒学的利用。石勒在襄国立太学和十几所小学，各置博士教五经；石虎令郡学增设五经博士，经学博士到洛阳写石经，礼优天水名儒杨轲氏族。前秦苻坚大兴学校，每日亲到太学，考核诸生经义的优劣。王猛用事，凡正道（儒）、典学（经）以外的左道异端一概禁止，谈老庄的人处重刑。佛教也受到限制不得流行，王猛死后，符号才倾向佛教。南朝统治者利用佛教麻痹人民，因而佛教大盛，北朝的倡兴佛教与南朝稍有不同，它重在佞佛求福，所以寺院，石窟的建造比南方更多。北魏极盛进期，洛阳有寺1300多所，州郡有寺3万多所，这对我国的建筑、雕塑艺术的发展有重要影响。

北朝文学最有成就、大放异彩的是民歌。它极似汉乐府，相当广泛地反映了北方的社会现实和北方人民的悲惨命运，突出地表现了北方民族的精神面貌，并且具有豪放刚健的独特风格。北朝民歌以军乐战歌——"梁鼓角横吹曲"为主，现存六十多首，数量不多，其中的《木兰诗》，更是一首杰出的女英雄赞歌。

北朝文人创作是很消沉的，五胡十六国时期文学作品几乎绝迹，直到东魏和北齐（相当于南朝的齐梁时期）才出现了温子升、邢邵、魏收三个著名的文士，号称"三才"。三人都模拟南朝人做诗文，并无特色，三人却互相指责，各不相下。邢邵说魏收剽窃江南任昉，魏收说邢邵在沈约集中做贼，又说温子升不会作赋，不算大才士。西魏和北周有从南朝北来的大文士王褒和庾信。王褒、庾信都是南朝作宫体诗的名手，梁国破亡，他们到西魏做官，给北方将兴的文学以很大的推动。王褒人品卑劣不堪，所作无非是些宫体。庾信有国亡家破之痛，所作诗赋，辞采靡丽，情感充溢，如《咏怀诗》《哀江南赋》等篇，华实相扶，文情并茂，以刚健之笔，写出了故国之思，卓然超越了南北朝众多文士，成为当时文宗。庾信集六朝精华，启唐人风气，在文学史上的地位，堪与唐宋君汉相比拟。唐张说诗："兰成（庾信）追宋玉，旧宅偶词人，笔涌江山气，文骄云雨神。"杜甫用"清新"二字评庾信诗说："庾信文章老更成，凌云健笔意纵横。令人嗤点流传赋，不觉前贤畏后生。"唐人对庾信推崇备至，王勃受庾信影响至深。

在南朝骈文统治了文坛，北朝却出现了几部著名的散文著作。

郦道元《水经注》：东汉末桑钦撰《水经》，列举中国境内大小水道137条，大大地扩展了《禹贡篇》，这是《古文尚书》经师对地理学的一个贡献。《四部备要》疑《水经》出三国人之手，非桑钦所作，也可备一说。北魏郦道元注《水经》，成书四十卷，收集有关各水的文记极为广博。清王先谦说郦道元注书肯在"因水以证地，而即地以存古"，凡水道经过的地方，所有山陵、城邑、建筑、名胜珍物、异事等项，详为叙述。元魏以上故事旧记，都可以从注文中考求得知大概。《水经注》不仅是水道变迁、地理沿革的重要记录，就连叙事、描写山水景物，也是极其精美的，读来没有枯燥烦芜的感觉。

杨衒之《洛阳伽蓝记》：杨衒之是魏末和东魏时人。他亲见富贵人掠夺百姓财物，造寺塔，养僧尼，祸害无穷。洛阳残破后，他撰《洛阳伽蓝记》五卷，描写战乱前寺观庙塔的宏壮奢靡，穷形极相，尽文笔之能事，有力地说明了奉佛求福的祸国殃民。此书不仅描写佛寺建筑十分精彩，而且善于用简洁的文笔叙述故事，描写人物。

颜之推《颜氏家训》：颜之推本是梁人，宇文泰破江陵，被俘入关中，他不愿给灭国仇人作臣民，率妻子逃奔至齐，齐亡后入周，至隋文帝时病死。他在《观我生赋》里，说自己一生做过三次亡国的人。自注：一次是侯景杀梁简文帝灭梁，二是宇文泰破江陵灭梁，三次是周武帝灭齐。他反对宇文氏却不得不做周国的官，在这篇赋的结束处，表现出了极其沉痛的心情，他说："向使潜于茅草之下，甘为畎亩之人，无读书而学剑，莫抵掌（误论）以膏身（有声名），委明珠而乐贱，辞白璧以安身，尧舜不能荣其素朴，桀纣无以污其清尘，此穷何由而至，兹辱安所自臻！而今而后，不敢怨天而泣麟也。"

他是南北两朝最通博、最有思想的学者。经历南北两朝，深知南北政治、思想的弊病，调悉南学北学的短长，当时所有大小知识他几乎都钻研过，并且提出了自己的见解，《颜氏家训》二十七篇就是这些见解的记录，《颜氏家训》的佳处在于立论平实，平而不流于凡庸，实而多异于世俗，在南方浮华、北方粗野的气氛中，《颜氏家训》保持平实的作风，自成一家之言，所以被看作处世的良轨，广泛地流传在士人群之中。北方散文的发展以及苏亮、苏绰的提倡复古，都表现出了北方文学与南方不完全相同的倾向。

第一章

建安和正始文学

汉末建安时期，我国文学有了重大的变化，这些变化标志着文学发展的新时期已经来到了。

这一时期文坛上涌现出了大量的作家，"三曹""七子"和蔡琰是其中的代表，他们都曾被卷入极度混乱的时代漩涡，生活、思想都有较大的变化，他们在文学上的成就是：第一，继汉乐府之后打破了汉代文人诗歌消沉的局面，第一次掀起了文人诗歌的高潮。第二，他们的创作反映了丰富的社会生活，表现了新的时代精神，具有"慷慨悲凉"的独特风格，并且形成了"建安风骨"。第三，他们普遍采用新兴的五言形式，奠定了五言诗在文坛上坚实的地位。

第一节　曹操　曹丕

曹操（155—220年），字孟德，沛国谯县（今安徽亳州）人。

曹操是汉末杰出的政治家、军事家，也是杰出的文学家，他"外定武功，内兴文学"，开拓了建安文学的新局面，并以富有创造性的作品开创了文学上的新风气。《三国志·魏书·武帝纪》注引："太祖御军三十余年，手不舍书，昼则讲武策，夜则思经传，登高必赋，及造新声，被之管弦，皆成乐章。"裴注又引《曹瞒传》云："太祖为人佻易，无威重，好音乐，倡优在侧，常以日达夕。"正因为曹操爱好音乐，懂得音乐，所以他的文学创作活动，主要在诗歌方面，作品全是能够入乐、被之管弦的乐府歌辞。这些乐府歌辞，虽然沿用汉乐府古题，但仅仅是取其乐章曲调名，并不因袭古词古意，而是继承了乐府民歌"缘事而发"（《汉书·艺文志》）的精神，"用乐府题目自作诗"，反映了新的现实，表现出新的面貌。

曹操创作的乐府诗，首先反映了汉末动乱的现实。如《薤露行》和《蒿里行》）。

崔豹《古今注》说："《薤露》《蒿里》并丧歌也。出田横门人，横自杀，门人伤之，为之悲歌。言人命如薤上之露，易晞灭也。亦谓人死魂归乎蒿里。故有二章……至孝武帝时，李延年乃分为二曲，《薤露》送王公贵人，《蒿里》送士大夫庶人。使挽柩者歌之，世呼为挽歌。"蒿里，即埋葬死人的地方。曹操借汉挽歌古题，反映汉末现实，抒发悲凉慷慨的感情。

《薤露歌》

惟汉廿二世，所任诚不良。——惟，语首助词无实义。汉朝帝系从高祖刘邦到灵帝刘宏一共是二十二代。灵帝时宫廷之外信任外戚（何皇后兄）何进，让其任大将军统领军队，宫廷之内信任宦官蹇硕。何、蹇都是专横播乱的小人，故言"所任诚不良。"

沐猴而冠带，知小而谋强。——《史记·项羽本纪》："人或说项王曰：'关中阻山河四塞（东函谷、南武关、西散关、北萧关）地肥饶，可都以霸。'项王见秦宫室皆以烧残破，又心怀思欲东归，曰：'贵富不归故乡，如衣绣夜行，谁人知之者？'说者曰：'人言楚人沐猴而冠耳，果然！'（沐猴，猕猴也。言猕猴不任久著冠带，以喻楚人性暴躁）项王闻之，烹说者。"笃人虽有人形，而无人之智慧。《易·系辞下》："知小而谋大。"是说智慧小而所谋大。

犹豫不敢断，因狩执君王。——《后汉书·何进传》：灵帝死，子辩即位，何太后临朝。何进以大将军领尚书事辅政。蹇硕等谋诛何进，消息走漏，进杀蹇硕，因领其屯兵。袁绍建议，趁此机会，诛灭硕之党羽，何进犹豫不决，袁绍劝进召董卓入京，胁迫太后，尽诛宦官。主簿陈琳劝阻之，进不听，竟召董卓举兵入京，于是宦官张让、段珪、毕岚借此进宫杀死了何进。于是进部下吴匡、张璋和袁术王匡共攻宫廷，张让等乃胁迫太后、刘辩、刘协，奔小平津，袁绍等尽杀宦官。董卓入京，废刘辩，杀何后，立刘协是为献帝。董卓为相国，杀戮抢掠，肆意为虐。袁绍等联兵讨伐卓，卓迁献帝西都长安。"于是尽徙洛阳人数百万口于长安，步骑驱蹙，更相蹈藉，饥饿寇掠，积尸盈路。卓自屯留毕圭苑中，悉烧宫庙官府居家，二百里路内无复孑遗。"

白虹为贯日，已亦先受殃。——古人相信天上有了白虹贯日的这种现象，表示人世有凶杀之事，特别是危害君主之事。这里指初平元年（190年）正月董卓弑弘农王刘辩，二月白虹贯日，何进（189年）在前一年八月被杀。

贼臣持国柄，杀主灭宇京。——董卓于中平六年（189年）九月杀何太后，自为太尉，十一月为相国。宇，这里作国解或作天下解。贾谊《过秦论》中有"振长策而御宇内"。

荡覆帝基业，宗庙以燔丧。——荡，《释名》涤除。覆，倾覆。燔，烧也。《韩非子》中有"燔诗书而明法令"。宗庙，祖庙，封建皇权的标志。以，连词，而。此句的意思是：洗劫毁坏了汉皇室事业的根本，黄石宗庙也被焚烧殆尽。

　　播越西迁移，号泣而且行。——播，迁移，流亡，《后汉书·献帝记》："身播国屯（屯，患难）。"越，经过，跋涉。号，大声笑。泣，小声哭。而，连词。且，连词，又，一边。

　　瞻彼洛城郭，微子为哀伤。——瞻，仰望。微子，名启，商纣之兄，微是国名，子是爵位。姓子氏。《尚书大传》说他在商亡后，见宫室毁坏，废墟生长禾黍，作了一首《麦秀》之歌，以表感伤。这里是作者以微子自比，言登洛阳城而感慨，正如微子见殷墟而悲伤。

　　歌辞描写了汉末何进谋诛宦官，召四方军阀为助，以致董卓作乱京师，祸国殃民的事实。

《蒿里行》（蒿，草名，艾的一类）

　　这首歌辞写初平元年（190年）关东州郡起兵讨伐董卓，会师之后，渤海太守袁绍、淮南尹袁术等军阀却为争权夺利而自相残杀，以致战乱连年，百姓遭受空前浩劫的情况。

　　关东有义士，兴兵讨群凶。——关东，指函谷关以东。函谷关在河南灵宝县（今灵宝市）境内。义士，指讨伐董卓的诸州郡首领，有渤海太守袁绍、后将军袁术、冀州牧韩馥、豫州刺史孔伷、兖州刺史刘岱、陈留太守张邈、广陵太守张超、河内太守王匡、山阳太守袁遗、东郡太守桥瑁，以及曹操、孙坚等。群凶，指董卓及李傕等。

　　初期会盟津，乃心在咸阳。——初，起初，开始。期，期望，希望。会，会师。盟，古通"孟"，盟津即孟津，在今河南孟州市南，是当时讨董卓诸军的地方。孟津相传又是武王伐纣大会八百诸侯的地方。这里是纪实与用典相结合。意思是说本来期望关东义士会合起来，共同讨伐群凶。乃心，其心。咸阳，今陕西咸阳市东，是秦都城，这里借指长安王室，当时献帝还在长安。这句说：他们都忠于王事（国事），一心匡扶汉室。

　　军合力不齐，踌躇而雁行。——踌躇，犹豫不前，迟疑不进之状。雁行，飞雁的行列，这里用来形容队列阵以待，徘徊观望，不肯前进。《三国志·武帝纪》载："卓兵强，绍等莫敢先进。太祖曰：'提举义兵以诛暴乱，大众已合，诸君何疑……太祖到酸枣，诸军兵十余万，日置酒高会，不图进取。'"此句言：大军会合而军力分散，不统一，不协调，都如大雁一样，临阵以待，观望徘徊，迟疑不前。

势利使人争，嗣还自相戕。——势力，权势利禄。嗣还，其后不久。还读 xuán。自相戕，自相残杀，指袁绍、韩馥、公孙瓒之间的争战。戕，杀害。按《袁绍列传》载："韩馥见人情归绍，忌其得众，恐将图己，常遣从事守绍门，不听发兵。桥瑁乃诈作三公移书，传驿州郡，说董卓罪恶……馥于是方听绍举兵……馥意犹深疑于绍，每贬节军粮，欲使离散。"馥被高干、荀谌等说服，让冀州于绍。时"公孙瓒大破黄巾，威震河北，冀州诸城，无不望风响应，绍乃自击之"。败瓒，瓒还幽州。

淮南弟称号，刻玺于北方。——淮南，指今淮河下游南部以至长江以北地方。董卓被杀后，袁绍和异母弟袁术闹分裂，术据淮南，于建安二年（197年）在寿春（今安徽寿县）自立为帝。玺，皇帝的印。初平二年（191年）袁绍谋废献帝，立幽州牧刘虞为帝，为之刻玺。北方，与上句"淮南"对言，当时袁绍屯兵河内（今河南沁阳），故称北方。

铠甲生虮虱，万姓以死亡。——此句言：长期战乱不休，将士久披铠甲不脱，以致生出虱子、虮子，生灵涂炭，老百姓大量流徙死亡。以，因之，因而。

白骨露于野，千里无鸡鸣。——此句言：在郊野到处都是死者的白骨，无人收殓；田园荒芜，村庄成为废墟，千里路上听不到鸡鸣的声音。

生民百遗一，念之断人肠。——生民，百姓。百遗一，百人中能生存下来的只一人。遗，遗留，遗为未死之人。此句言：百姓大量死亡，百不遗一，想到这样悲惨的景象，不禁使人悲伤极了。

这首诗前六句叙写初平元年关东诸郡会师讨卓，徘徊不前的事实。中四句写军阀争权夺利，自相残杀，混战不息的情况。末二句概括地写出了军阀混战所造成的惨相，并流露出伤时悯乱的感情，苍凉凄楚，形象鲜明。

这两首乐府歌辞都是用旧题而写时事的，所以明人钟惺说："汉末实录，真诗史也。"

曹操的《苦寒行》《却东西门行》也是反映汉末动乱中的军旅生活的。

《苦寒行》

《乐府解题》中写道："晋乐奏魏武帝《北上篇》，备言冰雪溪谷之苦。其后或谓之《北上行》，盖因武帝辞而拟之也。"

《苦寒行》是建安十一年（206年）春正月，曹操征高干途中所作。高干是袁绍的外甥，原领并州牧。204年曹操破邺城，干降；操北征乌桓，干又据州叛。206年曹操征乌桓之后，四师征干，三月拔之。诗中非常生动形象地描写了行军的艰苦和严寒荒凉的北国风光。

北上太行山，艰哉何巍巍。——太行山，指河内太行山，在河南省沁阳县（今沁阳市）北，是太行山的支脉。高干举兵守壶关口，操从邺城出兵，取道河内，北上太行山。巍巍，山高峻岭。此言：从河内向北攀登太行山，艰险啊，多么高峻，多么陡峭。

羊肠坂诘屈，车轮为之摧。——羊肠坂，指从沁阳经天井关到晋城的道路，盘绕如羊肠，故得名。坂，斜坡，陡峭。诘屈，盘旋曲折。摧，折断。此句言：羊肠坂道盘旋曲折，战车纡曲而上，转弯困难，碰断了车轮。

以上写太行山之高峻艰险和行军之艰难。主要写一艰字。

树木何萧瑟，北风声正悲。——萧瑟，风吹树木的声音给人以凄凉的感受。此句言：北方呼呼，发出了悲壮的号声，树木萧瑟作响，声音多么凄凉。

熊罴对我蹲，虎豹夹路啼。——罴，似熊而体大，俗呼人熊，会爬树游泳。此句言：沿途见到的是对面而蹲的熊罴，听见的是虎豹的哀号，在野兽成群、荒凉可怕的山道上行军。啼，号叫。

溪谷少人民，雪落何霏霏。——溪谷，山里的水沟，山里人傍溪谷而居。霏霏，雪落很密的样子。此句言：溪谷里人烟稀少，大雪纷纷扬扬落个不停。

以上写风雨交加、野兽出没、凄清荒凉的自然景象，突出了悲凉凄楚的行军气氛。

延颈长叹息，远行多所怀。——延颈，伸长脖子。伸长脖子眺望远方。此句言：伸长脖子眺望远方，不觉长声叹息，远行在外，心中更多怀念。

我心何怫郁，思欲一东归。——怫郁，忧伤不乐，忧虑不安。东归，刘履《诗选补注》以为指谯郡而言。曹操是沛国谯县人（今在安徽亳州），他怀念故乡，故说东归。此句言：我心里是多么忧伤不乐，心想何时凯旋，衣锦还乡，东归故乡。一，语助词；似亦可作数词，以表动量。

以上写作者征途所怀，抒发其忧国念家、悲凉慷慨的感情。主要写一怀字。

水深桥梁绝，中路正徘徊。——中路，中途。此言：中途遇到深水而没有桥梁，不得不徘徊不前。

迷惑失故路，薄暮无宿栖。——故路，原来的道路。薄，迫近。暮，日落于草中，晚上。薄暮，傍晚。栖，止息，居住。此句言：迷失了道路，天快黑了还找不到住宿的地方。

以上写征途所遇到的艰难险阻。

行行日已远，人马同时饥。——日已远，时间长了。此句言：走着走着不觉时间长了，人马都饿了。

担囊行取薪，斧冰持作糜。——囊，行囊，行军所带的袋子，犹如背包，挎包。行，去。取，拾。薪，柴草。斧，名词作动词用，砍，凿。糜，稀粥。此句言：挑着行囊去拾柴，凿冰取水煮稀粥。

以上写征途生活艰苦。

悲彼《东山》诗，悠悠使我哀。——《东山》，《诗经·豳风》篇名。这是一首描写久戍还乡的士卒，在还乡途中思念家乡的诗。毛苌说："东山，周公东征也。周公东归，三年而归，劳归、士大夫美之，故作是诗也。"此处似含有自比周公的意思。悠悠，思也，或言，深长貌，即深深地。令，促使，触动。此言：联想起《东山》那首诗来，深深地触动了我心中的哀伤。

以上是全诗结尾，写作者自比周公，同情士卒疾苦。

《却东西门行》

余冠英选注的《三曹诗选》中写道："乐府有《东门行》《西门行》，又有《东西门行》，大约是合并《东门行》与《西门行》的调子。曹操此题作《却东西门行》，后来陆机又有《顺东西门行》，却和顺有人以为是倒唱和顺唱之别，这些都是乐调的变化。"

鸿雁出塞北，乃在无人乡。举翅万余里，行止自成行。冬节食南稻，春日复北翔。——此六句言：鸿雁出于塞北无人地区，远飞万里，自成行列，冬季在南方生活，春天又飞回北方。

田中有转蓬，随风远飘扬。长与故根绝，万岁不相当。——蓬，植物名，亦称飞蓬，菊科，多年生草木。茎高尺余，叶颇似柳叶，秋日开黄花。《埤雅》："蓬，末大于本，遇风辄拔而旋。"故谓之"转蓬"。古诗中常用来比喻征人游子离乡，与故土分离，永远不能会合。若我们常见之蒲公英，与蓬同科相似。当，值、遇。此四句是说蓬草为风所拔，飘扬远方，与故根分离，永不能会合。上文写鸿雁终能北返，此处写转蓬永与根辞，从正反两面衬托出了征人久戍思乡的哀伤。

奈何此征夫，安得驱四方。——奈何，如何？征夫，在行旅中的人。此处指作者自己。安得，怎能。去四方：离开四方而还故乡。此句言：征夫有什么法子呢？怎么能够离开四方而回到故乡去呢？

戎马不解鞍，铠甲不离傍。——战马不解下马鞍，铠甲不离开身旁。长期征战，永无休止。

冉冉老将至，何时返故乡？——冉冉，渐渐地。此句言：渐渐地老年快要到来了，什么时候才能返回家乡？

神龙藏深泉，猛兽步高岗。狐死归首丘，故乡安可忘？——黄节的《魏武帝诗注》中记录了"泉"当作"渊"，避唐讳（唐高祖讳渊）改。丘，指狐窟穴。首，向。狐死首丘，是古谚语，见《礼记·檀弓》："古之人有言曰：'狐死正丘首'仁也。"孔疏："所以正首而向丘者，丘是狐窟穴根本之处，虽狼狈而死，意犹向此丘。"亦见《淮南子·说林》与《楚辞·哀郢》。余冠英《乐府诗选》注："兽拂当作虎，唐人避讳改，太祖名虎也。"此四句言：神龙藏在深渊里，猛虎登在高岗上，狐死也要面对自己的洞穴，人们的家园又怎么可以忘掉呢？篇末以动物各有定所，比人之不忘故乡。

本篇写长期征战，久戍边疆的战士思念家乡之情，思乡不得归。先正衬，再反衬，中叙事抒情，后比喻反问作结。

曹操的另一部分乐府歌辞则表现了他统一天下的雄心和顽强的进取精神。这类诗悲歌慷慨，具有更浓的抒情气氛。《短歌行》是其中的代表。

《短歌行》

崔豹的《古今注》写道："《长歌》《短歌》言人寿命长短，各有定分，不可妄求。"此说前人多非之。《乐府题解》则据《古诗》认为"长歌正激烈"，曹丕《燕歌行》写道："短歌微吟不能长"，傅玄在《艳歌行》中写有"咄来长歌续短歌"，谓"长歌""短歌"是指歌声长短而言。可供参考。

清人朱嘉微说："短歌行，歌对酒，燕雅也。"（见《乐府广序》）他认为这是用于宴会的歌辞，是可信的。陈沆说："此诗即汉高大风歌思猛士之首也。'人生几何'发端，盖传所谓古之王者知寿命不长，故并建圣哲，以贻后嗣。次两引《青衿》《鹿鸣》二诗，一则求之不得，而沉吟忧思；一则求之既得，而'笙簧酒醴'。虽然，鸟则择木，木岂能择鸟，天下三分，士不北走，则南驰耳。分奔蜀、吴，栖皇未定。若非吐哺折节，何以来之？山不厌土，故能成其高；海不厌水，故能成其深；王者不厌士，故天下归心。"（见《诗比兴笺》）这段话可供参考。

曹操《短歌行》《乐府诗集》载二首，第二首述王业之本。这里选的是第一首。这首诗先慨叹时光易逝，继而抒写求贤若渴的心情，最后说出自己的雄心大志。诗的开头稍显消沉，但整首诗的基调还是昂扬的。

对酒当歌，人生几何？譬如朝露，去日苦多。慨当以慷，忧思难忘。何以解忧？唯有杜康。——"慷慨"的间隔用法。犹诗经言慨叹曰"慨其叹矣。"慷慨，形容歌声激昂不平。幽思，深藏着的心事，或作忧思，即忧伤的心情，心思。何以，用什么。杜康，相传是开始造酒的人。一说黄帝时人，一说周时人，这里作酒的代称。此四句言：歌声慷慨激昂，忧伤的心思难以忘却，用什么来解除忧懑呢？只有酒啊！只有借酒消愁抒发念念不忘功业未成的沉闷不平的感情。

青青子衿，悠悠我心。但为君故，沉吟至今。——衿，衣领。青衿是周代学子的服装。悠悠，长远貌，长远的样子，这里指思念感情的深沉。《诗经·郑风·子衿》："青青子衿，悠悠我心，纵我不往，子宁不嗣音。"郑笺也写了："学子而俱在学校之中，已留彼去，故随而思之耳。嗣，续也。汝曾不传声问我以思责其忘己。"这里用子衿成句，借表思慕贤才。但为，只为。君，指作者所思念的贤才。沉吟，低吟，若有所思地吟唱。此四句言：诗经上说"青青子衿，悠悠我心"，只是为了你，我才若有所思地低吟这首诗篇以至今天。抒发了作者思念贤才而不得的沉郁不安的心情。

呦呦鹿鸣，食野之苹。我有嘉宾，鼓瑟吹笙。——呦呦，鹿叫声。苹，艾蒿。瑟，弦乐器，25弦。笙，管乐器，用13根长短不同的竹管制成。以上四句引《诗经·小雅·鹿鸣》篇。《鹿鸣》是欢宴宾室的诗。这里是作者借以表达自己渴望贤才的迫切心情。

明明如月，何时可掇？忧从中来，不可断绝。——掇，停止，同"辍"。此四句言：如同皎洁的月光，什么时候会中断它的运行？我的忧虑出自内心，同样是不可断绝的。进一步表明自己求贤之心不会中止，犹如统一大业未成但不会中断一样。

越陌度阡，枉用相存。契阔谈䜩，心念旧恩。——阡陌，田间小道，南北叫阡，东西叫陌。古谚语："越陌度阡，更为客主。"（见应劭《风俗通》）这里指客人翻山越岭，远道来访。枉，枉驾，屈就。用，以来。存，问，问候，拜望。契，投合。阔，离别。契阔犹言聚散，这里是偏义复词，偏用阔的意思，谓久别。旧恩，往日的情谊。这四句接"呦呦鹿鸣"四句，进一步说明思贤若渴，心情的急不可待。此四句言：翻山越岭，有劳你枉驾前来拜望，久别重逢一定在一起谈心宴饮，推心置腹，因心里常常想念旧日的情谊。

月明星稀，乌鹊南飞。绕树三匝，何枝可依？——匝，周，圈。清人沈德潜说："月明星稀四句，借喻客子无所依托。"（《古诗源》）作者从眼前景物而想到天下还未统一，有才能的人还在选择主子，四方投奔，无枝可依，自己更应该广泛招揽人才。

山不厌高，海不厌深。周公吐哺，天下归心。——《管子·形式解》中写道："海不辞水，故能成其大；山不辞石，故能成其高；明主不厌人，故能成其众；士不厌学，故能成其圣。"上二句源于此。《韩诗外传》卷三载，周公曰："吾文王之子，武王之弟，成王之叔父也。又相天下。吾于天下亦不轻矣！然一沐三握发，一饭三吐哺，犹恐失天下之士。"下二句源于此。哺，咀嚼着的食物。归心，民心归附，这里引申为天下统一。这四句是全篇主旨，是说：山不嫌高，海不嫌深，明主不嫌贤才多，只要像周公一饭三吐哺那样虚心地、诚恳地对待贤才，就会得到天下人衷心的拥戴，天下就会统一起来。

全诗在深沉的忧郁之中激荡着一股慷慨激昂的情绪，我们可以感觉到作者在混乱的现实中建功立业的艰难和他坚定不移的信念。

这首诗经过几个低昂回旋，把诗人起伏不平的心情、复杂多端的感慨，淋漓尽致地表现出来，艺术成就也是很高的。诗中半章或全章袭用诗经成句，而使人毫不察觉，也是本诗艺术特点。

此外，曹操的《步出夏门行》中的《观沧海》和《龟虽寿》两诗，也是独具特色、脍炙人口的名篇。

《步出夏门行》又称《陇西行》。夏门是洛阳西北头的城门。汉代名为夏门，魏晋叫大夏门。古辞只存"市朝人易，千岁墓平"两句，见李善注。宋郭茂倩《乐府诗集》言另有古辞"邪径过空庐"写升仙得道。全诗共五部分，最前是"艳"，是诗的序曲，相当于后来词曲的引子。下有《观沧海》《冬十月》《河朔寒》《龟虽寿》等四章。

《观沧海》

建安十二年（公元207年）曹操北征乌桓，追歼袁绍残部，经过碣石时写的。毛主席在《浪淘沙·北戴河》一词中提到"往事越千年，魏武挥鞭，东临碣石有遗篇"，指的就是曹操北征乌桓的这首诗。这首诗是我国古典诗歌中最早的一篇写景诗。

东临碣石，以观沧海。——碣石，山名。这里指的是《汉书·地理志》所载的在北平郡骊城县（今河北乐亭西南）西南的大碣石山。曹操征乌桓，引军出卢龙塞以前，曾经过此山。后来此山沉陷海中。沧海，大海。海水色苍，故曰沧海。今河北省黎县西北有碣石山，离渤海约80里，秦皇汉武都曾东巡至此，刻石观海。此句言：东行来到碣石山，为了看大海。点明题目。

水何澹澹，山岛竦峙。树木丛生，百草丰茂。——澹澹，水波动荡的样子。竦，同"耸"，高。峙，立。此四句言：登上碣石山，俯瞰沧海，只见一片汪洋，水波动荡不定，山岛高高地对立在那儿。山岛上树木丛生，百草茂盛。先写沧海全貌，后写山岛景物。

秋风萧瑟，洪波涌起。日月之行，若出其中；星汉灿烂，若出其里。——萧瑟，风吹草木发出的声音。洪，大。行，运转。星汉，银河。灿烂，明亮耀眼。此四句言：秋风阵阵，树木发出令人凄凉的声音，巨大的波浪汹涌而起；

太阳月亮的出没,就好像在大海中轮番出入。光辉灿烂的银河也好像出自大海里。

以上写水天空阔,浩渺无边,雄伟壮观的大海景象。日月星汉出没其中,足见海若太空,其大无边。这是作者的玄想,是作者奇妙的比喻。也是作者观海的真切感受,表现了作者囊括海天、雄浑豪迈的气概和胸怀。

幸甚至哉,歌以咏志。——幸,喜庆,庆幸,高兴。至,极。哉,叹词,啊。咏,或作言,表达。此两句言:庆幸极了啊!所以用歌吟诗篇来表达自己的思想。这两句是合乐时所加的,每章章末都有,与正文无关。

这首诗给我们展示了一幅波澜壮阔、海天相映的沧海图景,显示了诗人丰富的想象和囊括一切的情怀,流露出一种乐观豪迈的进取精神。

《龟虽寿》

神龟虽寿,犹有竟时。腾蛇乘雾,终为土灰。——神龟,古以为龟为通灵长寿的甲虫,而神龟是龟类中最灵的一种。据说体长一尺二寸,甲纹作山川日月星辰的形状(见《尔雅·释鱼》)。《庄子·秋水》:"吾闻楚有神龟,死已三千岁矣。"竟,完,此处指死。腾蛇,龙类,传说能够腾云驾雾。《韩非子·难势篇》写有:"飞龙乘云,腾蛇游雾,云罢雾霁,而龙蛇与蚓蚁(蝇蚁)同类,则失其所乘也。"此四句是说:神龟虽然寿命很长,终究会死去。腾蛇虽然能乘雾升天,但终究不免死亡,化为土灰。此处揭示自然规律,任何有生之物终免不了死亡,生命是有限度的。

老骥伏枥,志在千里。烈士暮年,壮心不已。——骥,千里马。枥,马槽,马棚,马厩。烈士,指重义轻死或积极建功立业的人。暮年,晚年。不已,不止。此四句说:千里马虽然老了,终日伏在马棚之下,但它的志向仍在驰骋千里,烈士即使到了晚年,他的雄心壮志也不会消沉。这里接上而言,尽管生命有终点,但是千里马不老其志,烈士不老其心,老当益壮,自强不息,奋斗不已,只有强者才可以和自然规律抗争,不向自然规律示弱。

盈缩之期,不但在天。养怡之福,可得永年。——盈,满。缩,亏。盈缩,来指进退、升降、成败、祸福等,这里指人命的长短。养怡,犹养和。谓修养冲淡平和之气,不为利欲伤神。此四句是说:人的寿命长短的期限,不仅仅是由天来决定的,身心保养得好也可以延年益寿。指人不仅受天支配,还可以主观地努力延长寿命,创造幸福。

幸甚至哉,歌以咏志。

这篇诗先以神龟腾蛇说明生命无常的自然规律,继以老骥、烈士说明强者是可以和自然规律抗争的,最后说明自然规律和主观努力的关系,充满了朴素的唯物的哲理，表现了作者洞察人生事理深刻而锐敏的观察力，表达了作者人老志不老，老当益壮的积极进取精神。

曹操的诗歌创作，就其内容来说有两个方面的作品：一方面是反映汉末动乱现实的作品，如《薤露行》《蒿里行》《苦寒行》《却东西门行》等；另一方面是表达他的雄心宏愿和进取精神的作品，如《短歌行》以及《步出夏门行》中的《观沧海》和《龟虽寿》两章。总的来说，曹操的乐府诗表现出了他的英雄本色、深沉宏伟的抱负、昂扬进取的精神、囊括一切的气度和慷慨不平的感情。集中到一点，就是以质朴的形式披露他的胸襟，所以说读其诗如见其人，我们从作品中见到的是在董卓之乱中哀京师残破的曹操，军阀混战中伤民生死的曹操，行军太行、北征高干的曹操，明知生命有常却依然壮心不已的曹操。曹操是一个雄心勃勃的政治家和军事家，所以他的诗集为本色，宋朝敖陶孙在《臞翁诗评》中说："魏武帝如幽燕老将，气韵沉雄（思想感情深沉豪放雄浑）"；明朝胡应麟的《诗薮》也说："其诗豪迈纵横，笼罩一世。"这些评价都总结了曹操诗的特色，尽管在语言上接近汉乐府，却也独具风格，如直用成句，不露痕迹。

曹操在诗歌上的成就和影响也是很大的，一方面是在于他接受了汉乐府民歌的影响，借用乐府古题抒写现实的生活与感情，继承和发扬了汉乐府民歌的现实主义精神，开创了中国文学史上文人拟古乐府而进行诗歌创作的端绪。从曹操的旧题转事乐府到杜甫的"即事名篇"的就题就事乐府，再到白居易掀起的新乐府运动，可以清晰地看到前后一脉相承的发展线索。另一方面在于《诗经》以后，四言诗很少佳篇，因为四言诗字数太少，没有十分充沛才华和气力是不易写好的。而曹操继承了"国风""小雅"抒情的传统，以独具的政治家的才华和气力，创作出了一些动人的篇章，使四言诗再一次大放光芒，对后世嵇康、陶渊明写四言诗影响很大。

曹操又是"改造文章的祖师"，他的散文和诗一样具有创造性。曹操一反汉末散文骈偶化、程式化的倾向，写出了不少清峻通脱、独具特色的散文，开创了建安散文的新风貌，对魏晋散文的发展有重大的影响。

清峻是指文字简洁、朴素、严密，没有浮华的辞藻。通脱是下笔无所拘束，自由坦率，直言事理，毫无虚伪造作，不受任何拘束，有其鲜明的个性特征。如《让县自明本志令》，就是用简朴的文笔把一生的心事披肝沥胆地倾吐出来，具有政治家的雄伟气魄和斗争锋芒。文中说："设使国家无有孤，不知当几人称帝，几人称王。"这样的话非曹操不能道。

《让县自明本志令》是曹操在建安十五年（210年），56岁时写的。因为有人攻击他有篡汉之野心，企图逼他交出兵权，所以他写了这个令，表明愿让出封地三个县而绝不交出兵权，文中回顾了他30多年来的政治军事生涯，记述了他的思想抱负和事业发展的过程。是一篇斗争回忆录，也是一篇政治宣言书。

曹丕（187—226年），字子桓。沛国谯县（今安徽亳州）人，曹操的第二个儿子。生于富贵之乡、安乐之家，过着富公子、王太子和帝王的生活。"好文学，以著述为务"，精通各种文武技艺，由于生活经历的不同，他的文学创作的数量和所反映的内容不及曹操的多。

曹丕的诗歌有两个明显的特点：一是描写男女爱情和游子、思妇题材的作品很多，而且写得比较好。二是形式多种多样，四、五、六、七、杂言无所不有，但成就最高的是五言诗和七言诗。

五言诗是建安作家普遍采用的形式，曹丕的五言诗，如《清河作》《于清河见挽船士新婚与妻别》《杂诗》等都是好的作品。

《杂诗》二首

唐李善说："杂者，不拘流例，遇物即言，故云杂也。"所以杂诗的意思和"杂文""杂感"是一样的。现存《杂诗》以建安诗人之作为最早，孔融、王粲、曹植等都有。曹丕《杂诗》共二首。

其一

漫漫秋夜长，烈烈北风凉。辗转不能寐，披衣起彷徨。——漫漫，无边无际。《荀子·正名》曰："长夜漫漫兮。"宁戚《饭牛歌》唱道："长夜漫漫何时旦？"《离骚》"宁戚之讴歌兮，齐桓闻以该辅"，王逸注："宁戚，卫人。修德不用退而商贾。宿齐东门外，桓公夜出，宁戚方饭牛叩角而歌。桓公闻之，知其贤，举用为客卿。"烈烈，枚乘《七发》写有："冬则烈风。"即猛烈地，凛冽地。辗转，翻来覆去。彷徨，来去不定，迟疑不决。此四句是说：秋叶漫长得没有休止，北风猛烈地送来了凉意。翻来覆去无法入睡，披衣下床走来走去。

彷徨忽已久，白露沾我裳。——忽，不觉得。沾，浸湿。彷徨不觉时间已久，露珠浸湿我的衣裳。

俯视清水波，仰看明月光。天汉回西流，三五正纵横。——天汉，银河。回，转向。纵横，恣意，交错，这里是密布意。此四句言：低头看清清的水波，仰望明亮的月光。银河转向西方流去，三五星群密布天空。

草虫鸣何悲，孤雁独南翔。郁郁多悲思，绵绵思故乡。——草虫，蚱蜢类的鸣虫，传名纺织娘，学名草螽。郁郁，闷闷不乐。绵绵，连续不断。此四句言：草虫叫的多么悲伤，孤雁独自向南飞翔。闷闷不乐悲思很多，不断想念我的故乡。

愿飞安得翼，欲济无河梁。向风长叹息，断绝我中肠。——中，中心，腹内。此四句言：愿意飞回家乡却怎能得到翅膀，想渡过河去却没有桥梁。只有向着北风长声叹息，悲伤得几乎断绝了我腹内肝肠。

这篇诗是描写游子思乡的情状。以秋夜漫漫、北风烈烈的凄凉环境做烘托，然后细微地描绘思乡的游子。游子思念家乡，辗转不寐，披衣彷徨，不觉时间已久，白露沾裳，百无聊赖，只好俯视清波，仰望明月，不知今夕家乡月色如何？天汉回西，夜已很深，游子耳旁草虫悲鸣，眼前孤雁南归，思乡之情更为急切，想到愿飞而无翅，欲渡河无梁，竟然不如南翔孤雁，心中悲伤到了极点，不禁向风长叹，以抒心中的悲伤。通过游子的种种活动，把游子思乡之情写得细腻入微，委婉动人。

其二

唐李善认为这首诗写曹丕伐吴之事。魏在西北，吴在东南。诗中"西北有浮云"是曹丕自比，"吹我东南行"是说南征，"安得久留滞"是说不克而还。

西北有浮云，亭亭如车盖。——浮云，作者以浮云比游子，游子漂泊四方，犹如浮云。亭亭，耸立而无所依靠的样子。车盖，车篷。此两句言：西北上空有朵浮云，就像车篷一样孤零零地耸立着。

惜哉时不遇，适与飘风会。——时不遇，宾语前置，即不遇时。时，好时机。适，恰巧。飘风，暴风。会，遇到，碰到。此两句言：可惜啊，这朵浮云没有遇上好时机，恰巧碰上了一阵暴风。

吹我东南行，行行至吴会。——吴，指吴郡，今江苏南部。会，指会稽郡，今浙江一带。此两句言：暴风吹着浮云向东南方向飘行，飘行到东南的吴郡会稽郡。

吴会非我乡，安得久留滞。——我，浮云自称，即指游子。此两句言：吴会不是我的家乡，怎能长久停留呢？

弃置勿复陈，客子常畏人。——弃置，抛开，搁在一边。勿，不要。复，再。陈，说。客子，客居在外的游子。常畏人，常常怕人欺负。因为客居异乡，势单力薄，所以怕人欺负。此两句言：把它抛开搁在一边，不要再说了，身在异乡为客的游子常常怕人欺负，"弃置勿复陈"是乐府诗的套语。

这首诗是作者以浮云自比游子，写游子的遭遇和心情。前六句用比兴手法写游子飘零异乡的遭遇，后四句揭示游子客居异乡惴惴不安的心情。

《燕歌行》

曹丕的乐府诗《燕歌行》两首，特别值得注意，因为他采取了七言的形式，其中第一首写得尤为出色。

《乐府广题》说："燕，地名。言良人从役于燕而为此曲。"乐府题上冠以地名，是表示乐曲的地方特点，后来因乐曲失传，作者用来歌咏各地的风土。燕是北方边地，征戍不绝，所以《燕歌行》多是写离别。这首诗写的是一个女子在深秋月夜，遥望银河两旁的牵牛织女，怀念出征不归的丈夫。

秋风萧瑟天气凉，草木摇落露为霜。群燕辞归鹄南翔，念君客游多思肠。——萧瑟，风声，飒飒。摇落，凋残。鹄，天鹅，一作雁。君，指丈夫。多思肠，一作多断肠。此四句言：秋风飒飒天气凉，草木凋残露变成了霜，一群燕子辞别归去，鸿鹄也向南方飞翔，想念的夫君客游不归，这使我愁苦极了。这里是感时物以起兴，起笔先写秋风萧瑟，霜飞木落，燕鹄南翔是勾起想念之情的时物，然后由物及人点出思妇睹时物而伤神，鸟犹知归，独我夫君客游不返，怎不愁思断肠。下接写妇人愁思之苦。

慊慊思归恋故乡，君何淹留寄他方？贱妾茕茕守空房，忧来思君不敢忘，不觉泪下沾衣裳。——慊慊，恨也，不满意。朱东润和吉大选文皆解作空虚之感。君何，《乐府诗集》作"何为"。淹留，久留。寄，寄旅，贱妾，妇人谦称。茕茕，孤单。慊慊句是妾对夫的设想。此五句言：设想您在外生活寂寞空虚也想回到时时恋念的家乡，既然如此，您为什么久留在外寄居他乡呢？您不归来使我孤孤单单地守着冷落空旷的房子，愁思起来实在想念您，心里一个劲儿地想着您，想着想着，不觉泪珠簌簌浸湿了我的衣裳。这里是极力描写相思的缠绵悱恻，既替丈夫设想又埋怨丈夫羁旅不归，自己独守空房朝思暮想，想得泪水长流，衣襟常湿，把妻子的思念之情如泣如诉、绘声绘色地描写了出来，扣人心弦，感人肺腑。

援琴鸣弦发清商，短歌微吟不能长。——援，取。琴，七弦琴。鸣弦，拨动琴弦，发出琴音。清商，乐曲名。琴曲调有四种：缦角、缦宫、紧羽、清商。清商调，节拍短促，音响激越。此两句言：取下琴来拨动琴弦，弹出了清商曲。由于满腹愁伤，按捺不住，不觉琴声短促激越，歌声细微很难弹唱出舒缓平和的调子。这里写妻子借琴作歌抒愁，然而琴声歌声仍然是愁伤之音，相思之情、想念之苦是无法排遣宣泄的。从鸣琴低吟中进一步写相思的缠绵悱恻。

明月皎皎照我床，星汉西流夜未央。牵牛织女遥相望，尔独何辜限河梁。——皎，洁白。此句从古诗"明月何皎皎，照我罗床帏"中脱胎变化而成。星汉，泛指众星与天河（河汉），一说未央，即夜深将半之时。一说央，尽，完了。牵牛，河鼓星，在银河南。织女，即织女星，在银河北，与牵牛相对，每年七夕相会一次。尔，指牵牛织女。何辜，何故，如解为有何罪过，也可通。河梁，指河上的桥。限河梁，平日银河无桥，牵牛、织女为此所限，不能相会。此四句言：皎洁的明月照在我的床上，群星天河向西流逝，夜已深了，妾独守空房，忧伤难以入睡，仰望牛郎织女隔河相望，不禁要问你们为什么被天河分隔在两边。此句进一步写妇人相思之情，妇人深夜空房，愁思不寐，以牵牛织女相比拟，问为何天河隔我夫妇于两地，愁思化为怨恨，悲愁到了极点。

　　这首诗写的感情委婉真挚，音节和谐流畅，语言清丽，在写法上把写景和抒情交融在一起，的确是一篇有很高艺术成就的诗篇。清代王夫之评这首诗说："倾情倾度，倾色倾声，古今无两。"不仅如此，这首诗采用了七言体，在形式上也是一个独创，七言诗在曹丕以前，只有东汉张衡的《四愁诗》，但每段的第一句都夹有兮字。曹丕的《燕歌行》要算现存的最早的完整的七言诗，对七言诗的形成也是有贡献的。《燕歌行》是汉乐府旧题，汉古辞已不存在，但从曹丕以后凡写这个题目的也全是七言这一点看来，很可能这个曲调原来就是配七言的，从这里也可以看出七言诗的形成和乐府的关系，不过曹丕所用的七言是新兴起的形式，逐句押韵，音节不免单调，到了南朝宋的鲍照，七言诗才在艺术上趋于成熟。

　　曹丕也比较擅长散文，他著有《典论》一书，可惜大部分篇章都已散失或残缺不全，较完整的只有《自叙》和《论文》两篇，《自叙》善于叙事，其中写到一些较量才艺的细事，都能真切地传达出当时的情景。《自叙》是一篇自传性的文章，主要是记叙他童年和青年时代的生活经历，所记多半是骑射、狩猎、击剑、弹琴等生活琐事。《论文》则善于议论，简明中肯。此外，他的《与吴质书》《又与吴质书》，悼念亡友，凄楚感人，对后来短篇抒情散文的发展是有影响的。曹丕的这些散文表现了建安散文清峻、通脱的共同倾向，又具有自己清丽的特色。

《与吴质书》

　　建安二十二年（217年）疾疫流行，王粲、徐干、刘桢、应玚、陈琳都在此年去世。作者在这封信里既悼念死去的朋友，同时也表现对过去生活的怀念，文章感情悲怆真挚，文笔清秀婉丽，文中对徐干等人文章的评论也颇为切当。

　　吴质（177—230年）字季重，魏济阴（今山东定陶西北）人，以文才见重于曹丕，曾为朝歌（今河南淇县）令，后官至振威将军，假节都督河北诸军事。

二月三日，丕白。——古代书信款式，以月日落款作为信的开头。

岁月易得，别来行复四年。——易得，容易过去。行，且，将要。复，又。

三年不见，《东山》犹叹其远，况乃过之，思何可支！——《东山》，《诗经·豳风》篇章名，写战士归途思亲的诗篇。诗中第二章："我徂东山，慆慆不归。我来自东，零雨其濛……自我不见，于今三年。"支，支持，担当，忍耐。

虽书疏往返，未足解其劳结。——疏，条称谓之疏。书疏，即书信。解，消除。劳结，劳，忧劳，思念之劳。结，郁结。劳结，相思郁结成的疙瘩。

以上第一段，写别后相思郁结之苦，真挚感人。

昔年疾疫，亲故多离其灾，徐、陈、应、刘，一时俱逝，痛可言邪！——昔年，指建安二十二年（217年）。亲故，亲戚故旧（朋友）。离，意同"罹"，遭受。痛可言邪，悲痛的心情（难道）无以言表？

昔日游处，行则连舆，止则接席，何曾须臾相失！——连舆，车子前后相接。席，草席，座席。接席，座次相接。相失，离开。

每至觞酌流行，丝竹并奏，酒酣耳热，仰而赋诗，当此之时，忽然不自知乐也。——觞，酒杯。酌，斟酒劝饮叫酌。流行，巡回行酒。丝，指弦乐器。竹，指管乐器。并奏，一起吹奏。赋诗，诵诗，也可作即席吟诵新诗讲。忽然，匆匆而过。

谓百年己分，可长共相保，何图数年之间，零落略尽，言之伤心！——谓，是说，认为。己分，自己分内的事。何图，哪里料到。零落，凋谢，指死亡。略尽，将完。

以上第二段，追忆昔日情谊和遭遇，不胜感慨。

顷撰其遗文，都为一集。观其姓名，已为鬼录。——顷，不久以前，近来。撰，编次。都，当"总"讲。

追思昔游，犹在心目，而此诸子，化为粪壤，可复道哉！——粪壤，腐化为泥土。

观古今文人，类不护细行，鲜能以名节自立。——观，观察。类，皆，大率，大都。不护，不注意检点。细行，细节。鲜，少。

而伟长独怀文抱质，恬淡寡欲，有箕山之志，可谓彬彬君子者矣。——徐干，字伟长。怀文，有文才。质，品质，此处指名节。抱质，有好名节。

恬淡，清静无为。寡欲，很少欲望，不为欲望伤神。箕山，在今河南省境内。尧让天下于许由，许由隐于箕山。这里说徐干不慕荣利，不好虚名。彬彬，文质兼备叫彬彬。《论语·雍也》写道："文质彬彬，然后君子。"

著《中论》二十余篇，成一家之言，辞义典雅，足传后世，此子为不朽矣。——《中论》今传上下二卷。成一家之言，见司马迁《报任少卿书》，他说自己著《史记》目的为"究天人之际，通古今之变，成一家之言"。成一家一言就指自成体系的学术论著。辞义典雅，内容典范，文字规范准确。

德琏常斐然有述作之意，其才学足以著书，美志不遂，良可痛惜！——应场，字德琏。斐然，很有文采的样子，这里赞美应场很有文才和修养。

间者历览诸子之文，对之抆泪，既痛逝者，行自念也。——间者，近来。抆，拭、擦。行，且也，并且。自念，想到了自己。

孔璋章表殊健，微为繁富。——陈琳，字孔璋。章、表，封建时代上奏皇帝的两种公文。殊，特别，健，挺拔清秀，或指刚健清新。微，稍嫌。繁富，冗杂，不够简洁。

公干有逸气，但未遒耳！——刘桢，字公干。逸气，词气奔放洒脱。遒，劲健，刚劲有力。

其五言诗之善者，妙绝时人。——妙绝时人，情词美妙，超越同时代的人。

元瑜书记翩翩，致足乐也。——阮瑀，字元瑜。书记，指应用文章、表、书、疏这类文体。翩翩，美好貌。致，得到。足乐，十分高兴。致足乐，使人十分高兴。

仲宣独自善于辞赋，惜其体弱，不足起其文，至于所善，古人无以远过。——王粲，字仲宣。体弱，文章气魄不足，风格纤弱。不足起其文，不能使他的文章具有刚劲的特色。无以，无法。

昔伯牙绝弦于钟期，仲尼覆醢于子路，痛知音之难遇，伤门人之莫逮。——伯牙，春秋时鼓琴技艺精良的人，钟子期是唯一能欣赏理解他的琴音的人，他俩遂成知己。钟子期死，伯牙破琴绝弦，不复鼓琴，以其无知音也。事见《列子·汤问》。醢，肉酱。孔子闻子路被卫人杀害，剁成肉酱，非常哀痛，因此命人把家里的肉酱倒掉。复，即覆，倒掉，倾倒。莫逮，不及，比不上。

诸子但为未及古人，自一时之俊也。今之存者，已不逮矣！后生可畏，来者难诬，然恐吾与足下不及见也。——但，只，仅。但为，只是，仅仅是。俊，杰出者，优秀者。逮，及。后生可畏，语出《论语·子罕》。诬，诬蔑，这里作轻视讲。

以上第三段先写编次七子文集,以志死者。然后评价七子文章,切中要害,最后从与古、今、将来的比较中,肯定七子是"一时之俊"。寓情于叙、议,字里行间充溢着伤悼友人的真挚感情,读之使人泪落。

年行已长大,所怀万端,时有所虑,至通夜不瞑。志意何时复类昔日?已成老翁,但未白头耳!——行,辈分。瞑,闭目。志,志向。意,意气。

光武有言:"年三十余,在兵中十岁,所更非一。"吾德不及,年与之齐矣。以犬羊之质,服虎豹之文,无众星之明,假日月之光,动见瞻观,何时易乎?——光武有言,见《东观汉记》光武赐隗嚣书。所更非一,所经历的事情不止一件。扬雄《法言》写道:"羊质而虎皮,见草而悦,见豺而战。"以,借。质,文对称,言本质和外表。动,一举一动。见,被。瞻观,仰视。瞩目瞻仰,自己受到许多约束,何时易乎——什么时候能使自己的行动简易自由些呢?

恐永不复得为昔日游也!少壮真当努力,年一过往,何可攀援?古人思秉烛夜游,良有以也。——得为,能为,能够做。年一过往,岁月一旦过去。何可攀援,怎能再抓住它呢?古人句见《古诗十九首》之十五:"生年不满百,常怀千岁忧,昼短苦夜长,何不秉烛游。"烛,灯、蜡。以,原因,道理。

以上第四段,叙写自己身为帝王,日理万机,动见瞻观,不能和往日一样回游,怀念伤叹友情,诚挚怆然。

顷何以自娱?颇复有所述造不?东望于邑,裁书叙心。——自娱,自我娱乐。颇,略,少。述造,著作。不,同否。于邑,呜咽。裁书,写信。白,向同辈陈述叫白。此五句言:近来用什么自我娱乐呢?再有些著作没有?向东眺望非常悲伤,不觉呜咽,写这封信叙叙心情。曹丕陈说。

第二节 建安七子与蔡琰

一、孔融(153—208)

孔融,字文举,孔子第二十世孙,汉末名士。小时候聪颖过人,"年十岁,随父诣京师。时河南尹李膺,以简重自居,不妄接士,宾客敕外,自非当世名人及与通家,皆不得白。融欲观其人,故造膺门,语门者曰:'我是李君通家子弟。'门者言之，膺请融，问曰：'高明祖父尝与仆有恩旧乎？'融曰：'然，先君孔子与君先人李老君同德比义，而相师友，则融与君累世通家。'众座莫不叹息。太中大夫陈炜后至，坐中以告炜。炜曰：'夫人小而聪了，大未必奇。'融应声曰：'观君所言，将不早慧乎？'膺大笑曰：'高明必为伟器！'"为人好学，秉性刚直。在政治上"发辞偏言，多致命忤"，常常讽刺曹操的所作所为，为操忌恨。平日言语放荡，在父子伦理上大反孔孟儒家旧说，云："父之于子，当有何亲，论其本意，实为情欲发耳。子之于母，亦复奚为，譬如寄物瓶中，出则离矣！"因此，被曹操加以"败伦乱理"的罪名而杀害，时年56岁。"魏文帝深好融文，叹曰：'杨班侔也。'"孔融在建安七子中年辈较高，在文学上的成就主要是散文。他的文章虽然沿袭东汉文人的老路，骈俪成分极重，却能以气运词，反映建安时期文学的变化。曹丕说他"体气高妙，有过人者"，刘勰说他"气盛于笔"，张溥说他"诗文豪气直上"，都指出了这一特点。

他写的散文，如《论盛孝章书》《荐祢衡表》确乎"飞辩骋辞，溢气坌涌"。另外他的《杂诗》《远送新行客》写悼子之情，哀痛欲绝，是抒情诗中的好作品。

《论盛孝章书》是孔融向曹操推荐盛孝章的一封信。盛孝章，名宪，会稽人，为当时名士，与孔融交好，曾为吴郡太守，后因病去官，孙策平定江东后，诛杀英豪，融恐他不免于祸，乃作书荐孝章于曹操。因此汉朝召他做都尉，诏书未到，孝章已被孙权所杀。时为汉献帝建安九年（203年），孔融52岁，职任少府。文章从交友之道和为国家求贤才两个方面劝说曹操，写得十分委婉。

《论盛孝章书》

岁月不居，时节如流。——居，停。两句言：时光不停，如流水般逝去。

五十之年，忽焉已至，公为始满，融又过二。——忽焉，忽然。此四句言：五十岁，忽然已经到了，您是刚满，我已经超过两岁了。

海内知识，零落殆尽，惟会稽盛孝章尚存。——海内，国内。知识，相知相识的人。零落，陆续死去。殆，几乎。此三句言：国内相知相识的人几乎都陆续死去了，只有会稽盛孝章还活着。

其人困于孙氏，妻孥湮没，单孑独立，孤危悲苦。——其人，指盛孝章。困于，受困于。妻孥，妻子、儿女。湮没，亡。单孑，孤单无援。孑，无右臂（见《说文解字》），此谓孤单无援如只有一臂。此四句言：盛多交困于孙权，妻子儿女都已丧亡，孤单一人而没有援助，处境危险，心情愁苦。

若使忧能伤人，此子不得永年矣！——假使忧愁能伤害人的身体健康，那盛孝章不能长寿了。

《春秋》传曰："诸侯有相灭亡者，桓公不能救，则桓公耻之。"——《春秋》，僖公元年《公羊传》写着："邢已亡矣，孰亡之？盖狄灭之。曷为不言狄灭之？为桓公讳也。曷为桓公讳？上无天子，下无方伯，天下诸侯有相灭者，桓公不能救，则桓公耻之。"这四句以曹操齐桓公比，说明大权在曹操手中，只有曹操才有力量救盛孝章（或说以曹操任重天下，救孝章义不容辞）。

今孝章，实丈夫之雄也，天下谈士，依以扬声，——丈夫，犹今言男子汉大丈夫。谈士，清议、清谈之士。扬声，扬名声。此四句言：盛孝章实在是英杰中的英杰，天下清议之士，都依靠他来宣扬自己的声名。

而身不免于幽絷，命不期于旦夕，——絷，捆绑，拘禁。幽絷，囚禁。期，预料。此两句言：然而自身不免于被囚禁，生命不能预料，可能在旦夕之间就会死亡。

是吾祖不当复论损益之友，而朱穆所以绝交也。——《论语·季氏》中写道："孔子曰：'益者三友，损者三友。友直，友谅（诚实），友多闻，益矣；友便辟（花言巧语的媚人），友善柔（和颜悦色的诱人），友便佞（撒谎诡辩以欺人），损矣。'"益是于己有益，损是于己有损害。朱穆，东汉时人，字公叔，朱晖之孙，常感时世浇薄，慕尚敦实，乃作《崇厚论》，又作《绝交论》，亦矫时之作。《后汉书》有传附《朱晖传》后。此二句言：这就是我的祖先不应当再谈论"损益之友"，而朱穆写《绝交论》的原因了。

公诚能驰一介之使，加咫尺之书，则孝章可致，友道可弘矣。——一介谓一夫；一介之使，犹言一个使者。咫，八寸。咫尺之书，犹言短信。一介咫尺都含有不费力之意。致，招致。友道，交友之道。弘，动词，弘扬。此四句言：你如果能赶快派一个使者，带上一封短信，前往东吴，那么盛孝章可以招来，而交友之道也可以发扬光大。

以上第一段，叙述盛孝章处境和他的声望，并委婉地以友道劝曹操出面营救。

今之少年，喜谤前辈，或能讥评孝章。——谤，诽谤。此三句言：现在少年人喜欢诽谤前辈（说前辈的坏话），或者也有人能讥讽评论盛孝章几句。

孝章要为有天下大名，九牧之人，所共称叹。——要，凡要，总举之词。牧，为州长之称。古分天下九州，九牧即九州之牧，此谓九牧所辖之地，犹九州，即天下之意。称叹，叹赏。此三句言：盛孝章总是有天下大名，为天下人所共同称赞叹赏的。

燕君市骏马之骨，非欲以骋道里，乃当以招绝足也。——道里，犹道路。绝足，绝尘之足，指千里马。《战国策·燕策》中说："郭隗先生曰：臣闻古之君人（人君），有以千金求千里马者，三年不能得，涓人（国君的近侍）言于君曰：'请求之。'君遣之，得千里马，马已死，买其骨五百金，反以报君。君大怒曰：'所求者生马，安事死马，而捐五百金。'涓人对曰：'马死且买之五百金，况生马乎？天下必以王能市马，马今至矣！'于是不能期年，千里之马至者三。"此用其事，意谓孝章纵非贤良，你救了他，天下必知你好贤，贤能的人必然会到你这儿来，为你所用。此三句言：燕国之君买来骏马的骨头，并非想用来驰驱道路，而是借此而招来千里马。

惟公匡复汉室，宗社将绝，又能正之。——惟，思。匡扶，扶正恢复。宗，宗庙，皇帝祭祖的庙堂。社，社稷，皇帝祭天地的地方的总称，后成为国家代称。绝，断绝。宗庙社稷祭祀断绝，即是这个王朝流派的覆灭。此处宗社将绝，指摇摇欲坠的汉王朝的政权。正，犹定。此三句言：我想您正在扶正和恢复汉朝王室，天下动荡不安，汉政权将要覆灭，您又能重新使它安定下来。

正之之术，实须得贤。——术，道路，办法。此两句言：安定天下之道，实在必须得到贤才。

珠玉无胫而自至者，以人好之也，况贤者之有足乎？——胫，小腿，此处指足。《韩诗外传》卷六中有："盖胥谓晋平公曰：珠出于江海，玉出于崑山，无足而至者，犹主君之好也。士有足而不至者，盖主君无好士之意耳。"此从正面用其意。此三句言：珠玉没有脚而自己来了，是因为人们爱好它，何况贤能的人还自己长着脚呢！

昭王筑台以尊郭隗，隗虽小才，而逢大遇，竟能发明主之至心，故乐毅而魏往，剧辛自赵往，邹衍自齐往。——《史记·燕召公世家》记载："燕昭王收破燕之后即位，卑身厚币，以招贤者，谓郭隗曰：'齐因孤之国乱而袭破燕，孤极知燕小力少，不足以报，然诚得贤士以共国，以雪先王之耻，孤之愿也。先生视可者，得身士之。'郭隗曰：'王诚欲致士，先从隗始，况贤于隗者，岂远千里哉？'于是昭王为隗改筑宫而师事之。乐毅自魏往，邹衍自齐往，剧辛自赵往，士争趋燕。"此七句即用此事。言燕昭王建筑了高台以尊敬郭隗，郭隗虽才能不大但遇上了这样大的知遇，竟然能够启发明主的诚心，所以乐毅从魏国到燕国去，剧辛从赵国去，邹衍从齐国去。至心，诚挚的心，谓燕昭王尊士救国的诚心。首句言昭王筑台，此台即后所谓"黄金台"，相传其故址在易水东南,河北省蓟州区附近。《史记》只说筑宫,未说筑台,筑台之说始见于此。

向使郭隗倒悬而王不解,临溺而王不拯,则士亦将高翔远引,莫有北首燕路者矣。——向使,假使。倒悬,倒吊起来,言处境危急。《孟子·公孙丑上》曰:"民之悦之,犹解倒悬也。"临溺,落水时也是危急的意思。拯,拯救。"北首燕路,"向北朝燕国走去。首,向。此四句言:假使郭隗危急的时候昭王不去解救,遇到灾难昭王不去搭救,那么士人也将会远走高飞,不会有人向北朝燕国去了。

以上是第三段,从求贤角度来说服曹操,用燕昭王尊郭隗的故事做比喻,说明盛孝章这个人也许对曹操并无大益,但救盛孝章却可使曹操获得好士的美名,招来更多的贤才。

凡所称引,自公所知,而复有云者,欲公崇笃斯义也,因表不悉。——称引,谓信中所论及和引述到的事。崇笃,推崇重视。义,指友道,好士之义。表,表白,提示。悉,详尽。这四句是信的收尾,大意是说:上面所论述和引用的事自然是您所熟识的,而我之所以还要讲一下,无非是希望您推崇重视这些道理。此谓顺便提一下,不必详说了。刘良所说"言因孝章以表见志,不尽所怀也"于义亦通。

《杂诗》

《杂诗》共两首,这是其中的第二首,写悼念幼子夭折的悲伤心情。

远送新行客,岁暮乃来归。入门望爱子,妻妾向人悲。闻子不可见,日已潜光辉。——远送,远道送行。新行客,初次出门的客人。岁暮,年将终。乃,才。来归,归来。向,朝着。悲,痛哭。潜光辉,失去了光辉。喻儿已殁。此六句言:远道送别初次出门的客人,年终才回家,进门张望心爱的小儿子,妻妾们朝着我哭泣,听说再也见不到儿子了,顷时感到天昏地暗,太阳都失去了光辉。此写远行归来,乍闻失去爱子,悲痛至极的情状。先写岁暮远行归来,入门首先到处张望心爱的儿子,看见妻妾哭泣,听见儿子夭折,意想不到的打击,令作者顿时头晕目眩,心中悲痛极了。

孤坟在西北,常念君来迟。——此两句言:孩子孤零零的坟头在西北方向,常常念叨您迟迟不归,这里插入与家人的对话,交代孤墓所在,并怨其迟迟不归,为承上启下句。

褰裳上墟丘,但见蒿与薇。——褰,提起,撩起,揭起。褰裳,提起衣服的下摆。墟丘,坟墓。蒿,蓬蒿。艾蒿。薇,野豌豆。此两句言:听到家人絮说坟地所在,立即提起前襟登上坟地,只见坟头长满了蓬蒿和野薇,却不见儿子。以下由坟头想到死去的儿子。

　　白骨归黄泉，肌体乘尘飞。——黄泉，地下。乘，随着。此两句言：白骨躺在地下，肌体（肉体）随尘土飞扬化为灰尘。儿子永远见不着了。

　　生时不识父，死后知我谁。孤魂游穷暮，飘摇安所依。——穷暮，长夜，这里指地下。此四句言：活着的时候连父亲都不认识就离开了人世，死后还知道我是谁吗？（死得太早了啊！）孤单单的魂儿在地下游荡，飘飘荡荡在哪里止息？（想到魂儿在何安息，思念之情溢于言表。）

　　人生图嗣息，尔死我念追，俯仰内伤心，不觉泪沾衣。——人生，人生一世，人活着。图，希望。嗣息，后代繁衍。俯，低头看，俯视。内，内心。此四句言：人活着就希望后代繁衍，你死了我十分追念。抬头瞭望你，低头想着你，伤心极了，不觉泪水浸湿了衣裳。

　　人生自有命，但恨生日希。——自，自然，本身。有命，生命有定数。但，只。生日，活着的日子。希，少。此两句言：人一生是有定命的，只是恨活着的日子太少。叹人生有命，生命太短，忧伤儿子早早夭折。

二、王粲（177—217）

　　王粲，字仲宣，山阳郡高平县人（山东邹城西南），献帝西迁，粲徙长安，以西京扰乱，乃之荆州依刘表。表以粲貌寝而体弱，通侻（同"脱"，放荡不拘小节），不甚重也。劝刘琮归降太祖，为丞相掾，军谋祭诵。魏既建，拜侍中。粲强记默识，博物多识，性善算，作算术，略尽其理。善书文，举笔便成，无所改定，虽精意覃思，亦不能加也。

《七哀诗》

　　王粲是"七子"中成就最高的作家，《文心雕龙·才略》中写道："摘其诗赋，则七子之冠冕乎？"诗以《七哀诗》最有名。

　　吴兢《乐府古题要解》中说"七哀起于汉末"，大概是当时的乐府新题，曹植、王粲、阮瑀、张载等人都有《七哀诗》，舞乐用曹植诗为歌词，分为七解。

　　王粲《七哀诗》共三首，非写于一时。第一首写乱离中所见，是一幅难民图，192年董卓部将李傕、郭汜在长安作乱，这首诗当是王粲往荆州避难，离开长安时所作。

　　西京乱无象，豺虎方遘患。——西京，指长安。无象，无道，无法，无秩序，此言混乱不堪，不像样子。豺虎，指李傕、郭汜等人。遘同"构"，造。患，祸乱。此两句言：长安混乱的无法无纪，李傕、郭汜这样披着人皮的豺虎正在为恶作乱。

复弃中国去，委身适荆蛮。——复，又。弃，抛弃，离开。中国，指中原地区。因古时建都黄河两岸，所以把黄河两岸的中原地区称为中国。委身，托身，寄身。适，往。荆蛮，谓荆蛮之地，指荆州。荆州是古楚国地，楚国本叫荆。周人称南方民族为蛮，楚在南方，故称荆蛮。这里沿用旧称。此两句言：又抛弃中原而去，往荆州去寄身。以上四句写作者从长安去荆州投靠刘表避乱，当时荆州未遭兵祸，社会秩序尚可，北方到荆州避乱的人很多，王粲的祖父王畅曾救过刘表，有师生之谊，故王粲投奔刘表。

亲戚对我悲，朋友相追攀。——攀，攀着车辕恋恋不舍。此两句言：亲戚们对着我唉声叹气，朋友们争相追着攀住车子依依不舍。此写亲戚朋友在长安道中送别的情景。

出门无所见，白骨蔽平原。——蔽，遮盖。此两句言：出门什么也见不到，只见白骨遮盖了原野。这里是写军阀混乱下人民大量死亡，白骨蔽野，无人收敛的惨状，曹操在《蒿里行》所写的"白骨露于野，千里无鸡鸣"的景象可以印证。

路有饥妇人，抱子弃草间。——此两句言：途中遇到了一个饥饿的妇人，把怀抱的孩子丢在荒草里。

顾闻号泣声，挥涕独不还。——顾，回头看。挥，洒。涕，泪水。独，独自而去。此两句言：回头听见孩子的啼哭声，挥洒着泪水独自离去不再回来。

未知身死处，何能两相完？——完，全。此两句是妇人的独白，"不知道自己死在哪里，怎能母子两人都保全呢？"

以上六句写作者所见饥妇人弃子逃生的惨事，母子之情最难割舍，饥妇人之所以忍心弃子，是因为自身的生命都不可保全，不得不弃子以逃生，人间最惨痛之事莫过于此。

驱马弃之去，不忍听此言。——此两句言：赶着马离开妇人而去，不忍听这些令人悲伤的话。

南登霸陵岸，回首望长安。——霸陵，汉文帝陵墓，在长安县（今西安市长安区）东。岸，高地。此两句言：向南登上了霸陵高地，回头眺望长安。从霸陵自然联想到西汉文帝，想到文景之治的太平盛世，不禁回过头去眺望长安，长安的战乱何时休止，太平盛世何时再现？诗人想到这里不免又想起了《诗经·下泉》。

悟彼下泉人，喟然伤心肝。——悟，领悟，懂得。《下泉》为《诗经·曹风》篇名。毛诗序说："《下泉》思治也，曹人疾共公侵刻下民，不得其所，忧而思明君贤伯也。"下泉，黄泉，泉下人，既指汉文帝，又隐射诗篇作者。喟然，叹气貌。此两句言：我深深地懂得了《下泉》诗的作者思念明王贤伯的心情，想到了下泉人汉文帝州的太平盛世，不由得伤心叹息起来。

  这篇诗是诗人从长安避乱赴荆州途中所写，写他在途中见闻和感受。诗中通过"白骨蔽平原"的概括描写和饥妇人弃子的特写场面，真实地再现了汉末社会残破的现实，深刻地揭示了军阀混战所造成的惨象，反映了广大人民的深重灾难，表现了诗人对国家命运的关切，对人民遭遇的同情，这首诗和曹操的乐府诗一样体现了以旧题写时事的精神。

  王粲滞留荆州时，曾登临当阳城楼（麦城楼故城在今湖北当阳东南，漳、沮二水汇合处），写下了《登楼赋》，是他赋作中的名篇，也是当时脍炙人口的名篇。北大《资料》认为赋中提到"西楼昭丘"在当阳东，不在当阳西。昭丘在荆州西，以此推断王粲应是登荆州城楼，当时王粲不得志，故作此赋。

《登楼赋》译文

登上这个城楼四处眺望啊，
姑且借此日来消除心中的忧愁。
看一看这个城楼所在的地势啊，
实在豁亮宽敞，很少有比得上它的。
城楼建筑在漳水的支流上，就像城楼挟带着轻轻的漳水啊！
城楼又依靠着曲折的沮水边的狭长的陆洲。
背靠是地势高而平的大陆啊，
面临的是水旁低洼的肥沃的水流。
北面看到尽头是陶朱公的坟墓，
西面又接着楚昭王的坟墓，
果树繁茂、花和果实遮盖了原野，
黍稷等各种作物铺满了田畴。
虽然风物的确很好，却不是我的故乡啊！
有什么值得我暂时停留！
以上第一段写登楼所见和楼的地势，从异乡风物的优美引起思乡怀土之情，深切感人。
遭遇到纷乱污秽的世道不得不迁徙流亡啊，
漫长的时间超过了十二年以至于今天，
心里恋恋不舍，总想回到故乡去呀，又有谁能经得起这思乡愁苦的煎熬，

凭着窗棂栏杆远远地眺望啊，
　　敞开衣襟面对着北风，
　　极目远望平原的深处啊，
　　却被小而高的荆山遮住了视线。
　　道路曲折不平又长又远啊，
　　河水漫长又深得无法渡越。
　　故乡被山川阻塞隔绝啊，
　　泪水乱纷纷地坠落止也止不住，
　　过去孔子在陈绝粮啊，
　　发出了"归欤""归欤"的慨叹声，
　　钟仪被晋国囚禁，仍然弹起楚国的曲调啊，
　　庄舄身居楚国要职仍然说着越国的方言，
　　对于怀念家乡人情感是相同的啊，
　　难道由于处境有穷困和显达的不同，思乡之心也不同吗？
　　以上第二段书写作者真挚深厚的乡土之情，并举例说明乡土之情，不论贫富，人人皆相同。
　　想起光阴一天天地消逝啊，
　　等待黄河水清（天下太平）之日，却永没有到来，
　　盼望王朝的政权统一安定啊，
　　我可以在太平盛世施展才能和力量，
　　怕的是我像葫芦一样白白的挂在那儿啊，
　　怕的是我像淘干净了的井水而没有人吃，
　　迈着步子在楼上游游歇歇行止不定啊，
　　不觉太阳将要沉没。
　　冷风嗖嗖从四面吹起啊，
　　天空昏暗暗地失去了光泽，
　　野兽狂跳乱奔寻找伴儿啊，
　　鸟儿展开翅膀互相鸣叫。
　　原野上寂静的没有几个农人啊，
　　只有出门远行的人没有停息。
　　目击这种情景内心悲伤有所感触啊，心情悲痛又惨伤。
　　沿着阶梯我下了楼啊，
　　一股愤懑之气凝结在心头，

一直到半夜睡不着啊,

思来想去,翻来覆去,感到十分惆怅失意。

以上第三段写作者伤感光阴易逝,天下未定,表现了作者有才能而无法施展的苦闷。这篇抒情小赋通过登临当阳楼的所见所想,表达了作者流亡荆州怀念乡土的深情,抒发了作者处于乱世壮志难酬的苦闷情怀,并反映了作者积极用世、勇于进取的精神,情调悲凉慷慨,具有建安风貌。

这篇赋写景与抒情紧密结合,具有浓厚的诗意,彻底摆脱了汉赋铺陈堆砌的习气,展现了建安以来抒情小赋的成熟。

三、陈琳(?—217)

陈琳,字孔璋,广陵射阳(今江苏扬州)人。起先在袁绍门下草拟公文,曹操攻破邺城,归附曹操,曹操爱其才而不咎以往为袁绍移书,罪及父祖。掌管记室府事(拟文稿的机构),军国书檄,多琳、瑀所作。琳作诸书及檄,草成呈太祖。太祖苦头风,是旧疾发,卧读琳作,翕然而起曰:"此愈我病。"曹丕《典论·论文》中有:"琳、瑀之章,表,书记,今之俊也。"《与吴质书》中写道:"孔璋章表殊健,微为繁富。"

《饮马长城窟行》

陈琳的文学作品仅存诗歌四首,以《饮马长城窟行》为最著。

《饮马长城窟行》是汉乐府古题,属《清商曲·瑟调词》。其古辞即写思妇怀念在远方行役丈夫的"青青河畔草,绵绵思远道,远道不可思,宿昔梦见之"。本篇是通过民夫和妻子的对话,揭露了封建社会繁重的徭役给人民带来的痛苦和灾难,全篇采用对话形式,具有鲜明的民歌色彩。

长城窟:窟,泉窟,今谓之泉眼。长城窟即长城近边的泉眼,可供行役者饮马之用。

饮马长城窟,水寒伤马骨。——此两句言:在长城边的泉眼饮马,泉水寒冷会损伤马的骨头。这里点题开头。

往谓长城吏,慎莫稽留太原卒!——往,前去。谓,告诉。长城吏,监督修筑长城的小吏。慎,小心,留意,此处恳请、叮咛的语气,犹言"千万请您"。莫,不要。稽留,滞留、停留,延误归期。太原卒,从太原郡征调过来服役的民夫。此两句是民夫对长城吏说的话。民夫前去告诉长城吏"请您千万不要延长从太原郡征调过来的民夫的服役期"。

官作自有程,举筑皆汝声。——官作,官府的工程,指修筑长城而言。程,期限。筑,夯,夯土工具。举筑,犹今谓"打夯"。举筑皆汝声,是说你们齐声唱夯歌打夯。此两句言：小吏不耐烦地说："官家的工程自有期限，你们还是伴随着唱夯歌打夯吧！"

男儿宁当格斗死，何能怫郁筑长城！——格斗，短兵相接的搏斗。格，击也。怫郁，忧郁，悲闷，烦闷。此两句言："男子汉宁可与敌人搏斗而死，不能满腹郁闷地在这筑长城。"这是太原卒不满的愤慨的回答。

以上是太原卒与长城吏的对话，表现出长城吏漠视太原卒的请求，不愿听太原卒的要求，而且不要他多说话，要他立即去打夯。为虎作伥的官架子十分可憎，同时也写出了太原卒既担心役期延长，又有男儿志气，宁可打仗战死，也不愿无休止地怀着忧愤修筑长城。太原卒淳朴、刚强，令人喜爱。

长城何连连，连连三千里。——连连，连绵不绝貌。此两句言：长城是怎样地连绵不断，连绵不断三（数）千里。这两句含有工程浩大、竣工无期、还乡无望的愤慨，这愤慨针对上文"官作自有程"而发，同时引起下文"作书与内舍"劝嫁的话。

边城多健少，内舍多寡妇。——边城，长城。健少，健壮的年轻人。内舍，指戍边民夫的家里。寡妇，指民夫的妻子，古时丈夫服役或死亡妇人皆可称为寡妇，与后世专指夫死独居者不同。此两句言：长城边上健壮的年轻人多了，民夫家中的寡妇也就多了。

作书与内舍，便嫁莫留住，善待新姑嫜，时时念我故夫子。——姑嫜，古时称丈夫的父母为姑嫜，亦称尊章，今通称公婆。"故夫子"，指原来的丈夫，作书民夫的自称。此四句言：写信给家里，告诉妻子立即出嫁，不要久留，好好侍奉新公婆，时不时地也念叨念叨我这个原来的丈夫。这四句是民夫写信劝妻子改嫁的话，说明役期无限、归家无望，不如劝妻子改嫁，不要耽误妻子的青春，表现了对妻子的关心疼爱。

报书往边地，君今出语一何鄙？——报书，回信。一，语助词，舒缓语气。鄙，薄，浅陋。此两句：回信去边地："您现在说话怎么这样庸俗？"写妻子拒绝改嫁而且责问丈夫。

身在祸难中，何为稽留他家子？生男慎莫举，生女哺用脯。君独不见长城下，死人骸骨相撑拄！——祸难，指徭役无期，生还无望。何为，为何。子，谓别人家子女，此指其妻。古人亦可称女子为子。脯，肉干。撑拄，支架。秦时民谣："生男慎勿举，生女哺用脯，不见长城下，尸骸相撑拄。"这里借用了现成歌谣。此六句言："自己身处患难中，为什么留置人家的子女，生了男孩千万不要抚养长大，生了女孩儿要喂她肉干好好地抚养（言外之意若让男孩长大之后长期服役受苦至死，反不如不生的好）。难道您自己没有看见长城脚下尸体骸骨，相互撑持堆在一起？"这是民夫回信，说明劝嫁的原因是成期无限、生还难得，表达了劝嫁的沉痛心情。

结发行事君，慊慊心意关，明知边地苦，贱妾何能久自全？——结发，古时男子二十束发而冠，女子十五取簪结发，以示成年。慊慊，怨恨不满貌，愤愤不满地。关，挂牵。全，生存。此四句言："成年出嫁侍奉您不久就离别，我愤愤不满，心里老牵挂着您，我明明知道边疆劳役很辛苦，我怎能（一个人长期生存）生活的长久？"这里又是妻子回信表明，若君不在，我亦死去。

以上通过两次书信往返表现了民夫与妻子间纯洁坚贞的爱情，宁死不渝，同时反映了繁重的徭役给人民带来了妻离子散、家破人亡的灾难，甚至不愿生男孩的痛苦。

这首诗通过民夫与长城吏的对话，以及民夫与妻子的书信往返，艺术地概括了徭役制度下无数家庭夫妻离散的悲剧，是对徭役制度残酷本质的揭露和控诉，同时也是对劳动人民坚贞爱情的歌颂。通过对话、展开情节，真实地表达了人物内心的活动，又是乐府民歌惯用的艺术手法，陈琳的诗歌具体反映了建安时期文学创作的时代特征。

四、阮瑀（165—212）

阮瑀，字元瑜，陈留尉氏（今河南开封市尉氏县）人，汉魏文学家，建安七子之一。少受学于蔡邕，懂音乐，善属文，后与陈琳为曹操共掌记室，当时军国书檄，多为琳瑀二人所拟。曹丕在《与吴质书》中称赞他"元瑜书记翩翩，致足乐也"。阮瑀的作品，诗歌中以《驾出北郭门行》较好。这首乐府诗写继母虐待孤儿："饥寒无衣食，举动鞭捶施，骨消肌肉尽，体弱枯树皮。"逼真地揭露了封建家庭关系的冷酷无情，具有一定的社会意义，与汉乐府的《孤儿行》类似。

陈琳、阮瑀又以书檄善名当时。陈琳为袁绍写的《为袁绍檄豫州》、阮瑀写的《为曹公作书于孙权》都铺张扬厉、纵横驰骋，具有纵横家的特色。文中多用排比对偶句式，表达了散文逐渐向骈文发展的倾向。

五、刘桢（179—217）

刘桢，字公干，东平宁阳（今山东宁阳）人。建安七子之一，也擅长写诗，在当时名气很大。曹丕《与吴质书》说："其五言诗之善者，妙绝时人。"《诗品》也说："自陈思以下，桢称独步。"他的诗刚劲挺拔，注重气势，不讲究琢饰。可惜流传下来的作品只有十五首，其中写得最好的是《赠从弟》三首。

《赠从弟·其二》

亭亭山上松，瑟瑟谷中风。——亭亭，耸立貌，高耸地，挺拔地。瑟瑟，风声。谷中风，山谷中的风。此两句言：挺拔的山上的青松，瑟瑟作响的山谷里吹出来的风。

风声一何盛，松枝一何劲！——一，语助词。何，何等，多么。盛，强盛，迅猛。劲，强劲。此两句言：风声多么强盛，松枝何等强劲！

冰霜正惨凄，终岁常端正。——惨凄，凛冽寒冷。此两句言：冰霜十分凛冽寒冷，松树却常年挺拔端正。

岂不罹凝寒，松柏有本性。——罹，遭受。凝寒，严寒。此两句言：难道松柏没有遭受严寒吗？不是，是松柏有耐寒坚贞的本性。

这首诗通过比兴手法写出了有理想有抱负的志士刚正不阿的节操，以此勉励堂弟也要有松柏那样坚贞挺拔、不畏严寒风霜的高贵的节操，从而表现了作者"真骨凌霜，高风跨俗"的品格。

六、徐干（170—217）

徐干，字伟长，北海（山东寿光）人，为人轻视官禄，不慕虚荣，爱好老庄玄学，重视品德修养，多识多闻，提笔成章。曾著《中论》抨击儒者之弊，是当时有名的学者。曹丕在《与吴质书》中高度评赞他："而伟长独怀文抱质，恬淡寡欲，有箕山之志，可谓彬彬君子者矣。著《中论》二十余篇，成一家之言，辞义典雅，足传后世，此子为不朽矣。"他的文学作品，仅存诗四首。其《室思》一首写得娓娓动人。《室思》是写闺情相思的，如第三段写："人离皆复会，君独无返期。自君之出矣，明镜暗不治。思君如流水，何有穷已时。"写得一往情深，其意境常为后来的诗人所借用。

七、应玚（？—217）

应玚，字德琏，汝南（今河南汝南）人。生年不详，建安七子之一。玚祖父应奉，字世叔，才敏善讽诵，故世称"应世叔读书，五行俱下"。为当时大儒。应奉子劭字仲远，博学多识，著有《风俗通》《汉官仪》等，保存典章制度，很有学术价值。劭弟珣，司空掾，即玚父。应玚著有文赋数十篇。曹丕在《典论·论文》评价说："应玚和而不壮（语言风格平实而不壮健）。"《与吴质书》又说："德琏常斐然有述作之意，其才学足以著书，美志不遂，良可痛惜。"

八、蔡琰

蔡琰是建安时期与"七子"相颉颃，以才华著称的女诗人。琰字文姬，陈留圉县（今河南杞县西北）人。生卒年不可考，大体生活在汉灵献之间，她是东汉末年大学者蔡邕的女儿，自幼就有较好的文化教养。《后汉书·列女传》说她"博学有才辩又妙于音律"。她一生的遭遇非常不幸，幼年因其父上书言事，得罪宦官，被流放到五原郡银城（宁夏银川）守望烽燧，蔡琰也随父度过一段流离的生活。后赦蔡邕还本郡，五原郡太守王智（中常侍王甫弟）送行，邕不为答礼，智遂诬告邕谤讪朝廷。邕亡命吴、会，约十二年，琰亦随于父侧。后董卓令邕返回朝廷。琰嫁河东卫仲道，又遭夫亡，因无子而回家寡居。未几，在汉末大乱中，她为胡骑所虏，流落在南匈奴（今山西南部平阳一带），滞留十二年，嫁给胡人，生了两个孩子。后来曹操哀邕无祀，赎回文姬，她嫁给陈留董祀。董祀又犯法当死，琰蓬首徒行，往求曹操，曹赦董祀。正是这样的文化教养和不幸遭遇，才使她写下了杰出的诗篇。

现在流传下来题为蔡琰的作品共有三篇：五言《悲愤诗》、骚体《悲愤诗》和《胡笳十八拍》。它们都是自传性的作品，由于蔡琰生平历史记载不详，后人对这些作品的真伪有不同的看法，从宋代苏东坡、明代胡应麟、清代阎若璩，到1959年郭沫若等人的讨论，都未全部得出结论，但可以肯定五言《悲愤诗》的确为蔡琰所作，骚体《悲愤诗》和《胡笳十八拍》尚需进一步考证。

《悲愤诗》

汉季失权柄，董卓乱天常，志欲图篡弑，先害诸贤良。——汉季，汉末。权柄，指汉中央统治权力。天常，天理，天道。乱天常，违背天理，干出违背天理的事。篡弑，杀君夺位。指董卓废汉少帝刘辩为弘农王，立陈留王刘协为献帝。诸贤良，指反对董卓西迁的周珌、任琼等人。此四句言：董卓汉朝末年，皇帝失去了统治全国的权力，董卓等竟干出了违背天理的坏事，野心勃勃企图夺取君位，先杀害许多贤臣良将。

逼迫迁旧邦，拥主以自强。海内兴义师，欲共讨不祥。——旧邦，指长安，长安为西汉旧都，故称。拥主，挟持天子。以自强，来加强自己的权势。海内，全国。义师，指讨卓联军。不祥指恶人。此四句言：董卓逼迫朝廷君臣迁往长安，挟持皇帝来加强自己的权势，全国组成了讨卓联军，想去共同讨伐作恶为乱的董卓。

卓众来东下，金甲耀日光。平土人脆弱，来兵皆胡羌。——公元192年（初平三年），卓以牛辅（其女婿）兵屯陕。辅其校尉李傕、郭汜，张济击破河南尹朱俊于中牟。侵略陈留，颍川等县，杀掠男女，所过无复遗类。文姬流亡当在此时。此四句言：董卓的大军东下，金色的铠甲与太阳相辉映，中原的人民脆弱，来到的兵队里大多是胡羌人。

猎野围城邑，所向悉破亡。斩截无孑遗，尸骸相撑拒。——猎，打猎即打仗。截，断。孑，单独。无孑遗，用《诗经·大雅·云汉》中"周余黎民，靡有孑遗"成句。意谓一个不剩，一个不留。撑拒，支柱。相撑拒，形容死人的骸骨杂乱地堆积在地上。此四句言：或在田野打仗，或在城市集镇，所到之处，无不惨遭杀戮。杀戮得一个不留，死人的骸骨，杂乱地堆在地上。

马边悬男头，马后载妇女。长驱西入关，迥路险且阻。——马边，马鞍两侧。马后，马屁股上。长驱，长途驱赶。迥，远。此四句言：马鞍两旁悬挂着男人的头，马屁股后面捆绑着妇女，长途驱赶向西进入函谷关，路途遥远，又艰险又阻塞。

还顾邈冥冥，肝脾为烂腐。所掠有万计，不得令屯聚。——还顾，回顾。邈冥冥，邈远迷茫貌。屯聚，聚集。此四句言：回顾来路邈远迷茫，悲伤得心肝都要烂了。所掠到的人数以万计，不准他们聚集在一起。

或有骨肉俱，欲言不敢语。失意几微间，辄言毙降虏。要当一亭刀，我曹不活汝。——几微，极微小的，犹言"稍许"。要当，应当。亭同"停"。亭刀，犹言挨刀。我曹，犹我辈。此六句言：有亲人同被掳来的想说几句话也都不敢说，被掳掠的人稍有极小的不留意，那些掳人者就骂道："这些降虏应当去挨刀子，我们不养活你。"

岂敢惜性命，不堪其詈骂。或便加棰杖，毒痛参并下。——詈，责骂。棰杖，木棍子。毒痛，毒骂和痛打。参，杂。并，一齐。此六句言：岂敢爱惜生命，实在忍受不了他们的斥责和咒骂，有时使用木棍子打，毒骂和痛打一齐而来（被打者心里的恨毒和身上的痛苦交杂在一起）。

旦则号泣行，夜则悲吟坐，欲死不能得，欲生无一可。彼苍者何辜，乃遭此厄祸！——彼苍者，指天。辜，罪辜。厄，困苦。此四句言：早晨就号哭着上路，夜里就坐着悲声呻吟，想死不能死，想活又活不成，老天爷呀，我们有什么罪辜要遭受这样的困苦和灾祸！

以上第一段，写汉末大乱，作者被掳，沿途受尽了非人的虐待。

边荒与华异，人俗少义理。——边荒，边远荒凉之地，指匈奴南庭，即今内蒙古包头一带。华，指华夏中原地区。少义理，不大讲道理。此两句言：

边远荒凉的匈奴南庭和中原地区不同，人们的习俗粗野不大讲道理。点出匈奴和中原不同，引出下文对胡地生活的描写。

处所多霜雪，胡风春夏起。翩翩吹我衣，肃肃入我耳。——翩翩，风吹衣飘飘貌。肃肃，风声。此四句言：居住的地方常常落霜下雪，朔风从春天刮到夏天，朔风吹动我的衣服翻来卷去，肃肃的声音吹进我的耳中。

感时念父母，哀叹无终已。——无终已，没有个终了。此两句言：在这种情况下，有时想起父母，往往悲哀叹息没个终止。

有客从外来，闻之常欢喜。迎问其消息，辄复非乡里。——此四句言：有时有客从外地来到南匈奴，自己听到了总是非常高兴，赶紧迎上去打探亲故的消息，但那些客人往往又不是同乡同里的人，自然也就打探不出什么消息了。

以上第二段第一节，写作者在胡地的孤苦和对祖国家人的思念。

邂逅徼时愿，骨肉来迎己。己得自解免，当复弃儿子。——邂逅，意外相遇。徼，侥幸。时愿，平素的愿望。骨肉，指亲人，曹操派使者接近文姬。解免，摆脱在南匈奴的生活。当复，得，要。弃，舍下。儿子，在南匈奴所生的二子。此四句言：意外且侥幸地实现了平日的愿望，朝廷派人来迎接我回去，自己得到了离开南匈奴的机会，又得要抛弃在南匈奴生的两个孩子。

天属缀人心，念别无会期。存亡永乖隔，不忍与之辞。——天属，天然的亲属，指直系亲属。缀，连，系，此言母子连心。乖隔，隔离。此四句言：母子之间心心相连，想到离别以后没有再会的日期，生死存亡永远隔离，不忍心和儿子辞别。

儿前抱我颈，问母欲何之？人言母当去，岂复有还时？——此四句言：儿子上前抱着我的脖子，问母亲要到哪里去？人们都说母亲要走了，难道再没有回来的时候了吗？

阿母常仁恻，今何更不慈？我尚未成人，奈何不顾思！——仁恻，仁慈。奈何，如何。不顾思，不思念。此四句言：妈妈平常很仁慈，现在为什么又不仁慈了？我还没有长大成人，您怎么忍心离开我，不再思念我？

见此崩五内，恍惚生狂痴。号泣手抚摩，当发复回疑。——五内，五脏。恍惚，神志不清，迷迷糊糊地。号泣，痛哭流泪。回疑，迟疑。此四句言：见此情景我心里像崩裂了一样，迷迷糊糊地，像发了痴狂，痛哭流泪用手抚摸着儿子，当车子开动时又迟疑不忍走了。

以上第二段第二节，写作者听到将要回国时的高兴心情，但又非与儿子分别不可，不禁悲痛万分。

兼有同时辈，相送告离别，慕我独得归，哀叫声摧裂。——同时辈，同时被俘的人。此四句言：还有同时被俘的人都来送行告别，羡慕只有我一人能回国，哀号哭叫声声入耳，使人肝肠破裂。

马为立踟蹰，车为不转辙。观者皆嘘唏，行者亦呜咽。——踟蹰，徘徊不前。辙，车轮。嘘唏，悲泣抽噎。行者，过路的人。呜咽，低声哭泣。此四句言：马都站着观望不前，车子也不转动轮子，观看的人都悲泣抽咽，过路的人也低头哭泣。

以上第二段末一节，写难友们离别的悲伤情景。

以上第二段写作者在南匈奴的生活和归国时的情景。

去去割情恋，遄征日遐迈。悠悠三千里，何时复交会？——去去，离别。情恋，指母子之情。遄，征，飞快地赶路。日遐迈，一天一天地走远了，悠悠，长远的样子。三千里，泛言道路很长。交会，相会。此四句言：走啊走啊，割断了母子间的情感飞快地赶路，日子一天天过去了，漫长的三千里路，什么时候才能再相逢？

念我出腹子，胸臆为摧败。——出腹子，亲生的儿子。摧败，毁坏。前两句言：想念我亲生的儿子，想得肝肠寸断。

以上第三段第一节，写归途中仍为母子之情所纠缠，悲痛难忍。

既至家人尽，又复无中外。城郭为山林，庭宇生荆艾。——中外，中表亲。中，指舅父子女，为内兄弟。外，指姑母子女，为外兄弟。城郭，城邑。为，变作。庭宇，院子房屋。荆，荆棘。艾，艾蒿。荆艾，杂草。此四句言：回到了家里发现家人都生疏了，又没有了姑舅表兄弟们，城镇荒芜成了山林，院子里、房屋上都长满了荒草。

白骨不知谁，纵横莫覆盖。出门无人声，豺狼号且吠。——纵横，横七竖八地。覆盖，没有人掩埋。此四句言：不知道白骨是谁的，横七竖八地扔在地上没有人掩埋，出了家门几乎听不到人声，只听见豺狼的哀号和叫声。

茕茕对孤景，怛咤糜肝肺。登高远眺望，魂神忽飞逝。——茕茕，孤独貌。景即"影"。怛咤，惊呼。糜，烂，碎。此四句言：孤单单自己的影子，不觉为家乡的荒凉感到痛心而惊叫起来，再登上高处远远地眺望，不觉神魂飞驰。

奄若寿命尽，旁人相宽大。为复强视息，虽生何聊赖？——奄，忽然，奄若，忽然好像。相宽大，相劝说宽慰自己。视息，睁开眼睛，喘过气来，意思是活过来了。聊赖，依靠，乐趣，犹言又有什么意思。此四句言：忽然好像寿命都尽了，旁边的人都劝勉宽慰，因此又勉强睁开眼睛喘过气来了，这样虽然活着又有什么乐趣呢?

以上第三段第二节,写作者回乡后所见家破人亡的情景极其悲痛。

托命于新人,竭心自勖厉。流离成鄙贱,常恐复捐废。人生几何时,怀忧终年岁。——新人,指董祀。勖厉,勉励。流离,流浪生活。鄙贱,粗鄙、卑贱之人。捐废,抛弃,遗弃。终年岁,终身终老。以上六句言:把性命委托给新人努力自勉好好生活下去,流亡生活把我变成受人鄙视轻贱的人,常常担心被人抛弃,人一生能有多久,怀着忧伤到终老。

以上第三大段第三节以悲叹身世作结。

以上第三段写归途和到家情形,悲痛欲绝。

这首诗是一首自传体的五言长诗,全文长达540字,是我国文学史上第一首文人创作的长篇叙事诗。诗中作者叙写了自己十二年中不幸的遭遇和悲惨的经历,真实地反映了汉末社会动乱的面貌和广大人民的悲惨命运,具有深刻的社会意义和强烈的时代气息。

这是一首叙事诗,也是一首抒情诗,作者在叙述悲惨经历的同时,处处注入强烈的感情,把叙事和抒情紧紧地结合在一起,具有强烈的感人力量,对后世诗歌发展也很有影响,杜甫的《北征》显然是受到了《悲愤诗》的影响。

骚体的《悲愤诗》成就不高,《胡笳十八拍》却是一篇长篇的浪漫主义的抒情杰作,它与《悲愤诗》虽然是同写一件事,但风格迥异,它不是客观、细微地描写诗人的种种遭遇,而是饱含血泪地对不幸的命运发出呼天抢地的控诉,感情汹涌澎湃,如第十八拍中写道:

"为(谓)天有眼兮何不见我独漂流?为(谓)神有灵兮何事处我天南海北头?我不负天兮天何配我殊匹?我不负神兮神何殛我越荒州?"这很能表现这首诗的艺术特色。

五言《悲愤诗》译文

汉代末年皇帝失去了统治天下的权力,
董卓趁机祸乱朝纲,干出了伤天害理的勾当,
狼子野心企图杀掉皇帝篡夺汉家皇室,
首先杀害了朝廷的许多贤臣良将。
接着逼迫汉献帝迁都长安回到汉家旧邦,
挟持皇帝发号施令借以加强自己的力量,
天下讨伐董卓的正义之师风起云涌,
想着共同讨伐董卓这个国家的不祥之物。

以上是诗篇的第一段第一节概括地叙写了汉末董卓造乱，关东联军讨卓的事实。

董卓的豺狼兵向关东直扑而下，
铠甲在日光的照耀下闪闪发光，
中原一带的人民比较脆弱，
何况董卓的部下都是些豺狼般的胡羌，
掠夺郊野，围攻城镇，抢杀掳掠，
所到之处无不家破人亡，
屠戮百姓几乎没有剩下几个人。
尸体骸骨横压竖撑积压成堆，
马鞍两边悬挂着血淋淋的男子的头，马屁股后面捆绑着掳掠来的妇女。

以上是第一段第二节叙写董卓部下出关掠夺，杀男掠女，惨无人状，同时暗示作者也被俘。

驱赶着俘虏来的老百姓的长长的队伍向西进入关中，
道路遥远，沿途又是险关要隘。
回顾来路遥远迷茫，
令人伤心的肝脾破裂（肝肠寸断）。
所掠夺俘虏的人数以万计（千千万万），
一路上不许停留不准聚集在一起，
或有骨肉至亲全家人被掳掠来了，
互相间想说几句话也不敢说。
被掠夺俘虏的人稍微不留意，
掠夺者就恶狠狠地骂道：宰了这降虏，
应当让你挨刀子，
我们不想养活你。
怎么敢爱惜自己的生命，
实在忍受不了他们的咒骂，
有时动不动举棍就打，
心头的痛恨和肉体的疼痛交织在一起，清早大声哭小声泣赶路出发，
晚上坐在地上低声地呻吟。
想寻死不能，
想活下去又没有一丝可能，
苍天啊，我们有什么罪孽，

为什么要遭受这样的噩运和灾祸。

以上第一段第三节写作者被掳掠沿途所受的非人的虐待。

上面是第一段写汉末大乱作者被俘虏，沿途备受虐待，痛不欲生，先概括叙写并交代汉末大乱的背景，接着具体描写卓兵四处掳掠，以揭露其凶残暴虐的本性，最后进一步具体描写作者被驱赶沿途所受的种种虐待，形象地再现了汉末人民所受的灾难与痛苦。

荒凉边远的地方与文明的中原地区不同，
人们的习俗很少讲仁义道德，
所住的地方常常是霜落雪飞，
朔风在春天夏天也时时刮起，
寒风吹动翻卷着我的衣服，
肃肃的风声送入了我的耳鼓，
面临这种景象深受感触，时时想念起我的父母，
不禁唉声叹气没完没了，
有时有客人从外地来到这里，
我听到消息总十分欢喜，
我还上前去探听家人亲友的消息，
可来人不是我的同乡同里。

以上第二段第一节，写作者深处荒凉胡地时思念家人祖国，写得哀婉凄切。

意想不到侥幸地得到了当政者的怜悯，
派遣如同骨肉一般的使者来迎接自己。
我得到了脱离胡地的时机，
又面临着要抛弃亲生的儿子。
天伦关系连缀着我的心，
想到一别再没有相会的日期，
无论活着还是死了永远会隔绝在两地，
实在不忍和他们相别离，
儿子上前来抱住我的脖子，
问声"娘你想往哪里去？
听说娘就要走了，
难道没有再回来的时刻？
娘平常怜儿怜女心地仁慈，

现在为什么变得不疼爱儿女？
我还没有长大成人，
您怎么不再恋念我哩！"
这种情景令人五内崩裂（悲痛极了），
心里迷迷糊糊的就像发了痴狂，
痛哭流涕，手抚摩着儿子，
当车子开动时又心生迟疑。

以上第二段第二节，写作者得知归国消息，心情高兴，但又要与儿作别，不禁悲痛万分。写得如泣如诉、绘声绘形、生动感人，特别是插入儿子抱颈诉说的这一段，传神极了，哀伤极了。

还有同时被掳掠来的人，
都来送行告别，
羡慕只有我一个人能够返回家园，
哀痛的号哭声声声使人五脏俱裂，
马儿站着疑虑不定，裹足不前，
车轮也不沿着车渠滚转。
观看的人都一个个悲声啜泣，
过路的人也一个个泣声呜咽。

以上第二段第三节，写难友们送别。第二段写作者在胡地孤苦思乡，亲人来接又与胡儿难舍难割，同难人送别，哀痛感动行人。

走了走了，母子依恋不舍的深情似乎在用刀割，
车子飞驰，一天天走远了，离开儿子也越来越远了，漫长的途程数千里，
何时能再母子相会？
念念不忘我亲生的儿子，
心里悲伤哀痛至极。

以上第三段第一节，写归途仍为母子之情所系，悲痛难忍。

到了家里，家中骨肉亲人都已死去，
连姑舅表亲也见不着了，
城内郭外都变成了荒野山林，
院子里和房屋上也长满了荆棘（杂草）蓬蒿，
死人的白骨不知道都是谁的，
横七竖八扔在地上没有人去掩埋。
出了家门几乎听不见人声，

只听见豺狼号叫的声音,
孤单单地对着自己的影子,
家乡的残破不觉使人悲痛地连声惊叫,
登上高处远远地眺望,
神魂儿似乎忽然离开了躯体。
顿时感到生命已经完了,
近旁的人劝勉我放宽胸怀。
自己才勉强地睁开眼睛,喘过气来,
这样活下来又有什么依托和乐趣呢?
以上第三段第二节,写作者回乡后见到家破人亡,乡里残破,悲痛欲死。
现在又把性命委托给新人了,
努力勉励自己好好生活下去,
过过流亡生活的人被人鄙视轻贱,
身世如此,常常又怕被人抛弃。
人生能有多长还不过是白驹过隙。
那就怀着不可解脱的忧愁终老人世吧!
以上第三段第三节,作者以慨叹身世作结。
第三段写作者归途念子伤情,回家为家人丧亡而伤神,再嫁后为身世常怀忧惧,郁郁终老。

第三节 曹 植

曹植(192—232年),字子建,曹丕之弟。封于陈,为陈王,谥曰思,故世称陈思王。他是建安时期最负盛名的作家,《诗品》称他为"建安之杰"。流传下来的作品也最多,诗有80多首,辞赋散文完整的和残缺不全的共40多篇,从这些作品看来其成就的确在建安一般作家之上。

曹植的一生以曹丕220年称帝为界,明显地分为前后两个时期,前期他以文学才华深得曹操的赏识和宠爱。"年十余岁,诵读诗论及辞赋数十万言。善属文。太祖尝视其文,谓植曰:'汝倩人邪?'植跪对曰:'言出为论,下笔成章,顾当面试,奈何倩人?'时邺铜雀台新成,太祖悉将诸子登台,使各为赋。植援笔立成,太祖甚异之。性简易,不治威仪,舆马服饰,不尚华丽,每进见难问,应声而对,特见宠爱。"曾一度议立太子,意得志满。后期曹丕父子做了皇帝，由于前一时期有过争太子的经历，曹丕对他深怀猜忌、横加压制和迫害。如曹丕即位首先借故诛杀了曹植的党羽丁仪、丁廙及其男女，遣曹植与诸侯都离开洛阳，回各自的侯国封地。曹植虽仍不失王侯的地位，却郁郁不得志，终于在愤懑与苦闷中死去，这种生活遭遇对他的创作有深刻的影响。

曹植的前期虽然过着贵公子的生活，但颇有功名事业心，他热烈追求的是"勠力上国，流惠下民，建永世之业，流金石之功"（《与杨德祖书》）。当曹操奠定了三分天下的业绩时，他的雄心是西灭"违命之蜀"，东灭"不臣之吴"，"混同宇内，以致太和"（《求自试表》），其诗歌的主要内容之一就表达了这种雄心壮志。

曹植前期的诗歌作品，以《白马篇》为代表。

《白马篇》译文

白色的战马装饰着金色笼头，

稍不停歇（蹄）地向北奔驰。

点题开头，写游侠儿跃马飞驰的飒爽英姿。

请问这是谁家的子弟，

是幽并一带重义轻死的好男儿。

少年时就离开了家乡，

扬名在沙漠边疆一带，

经常带着好弓，

楛木做的箭也从不离身。

拉满弓弦射穿了左面的目标，

向右发箭射裂了箭靶月支，

抬手仰射命中了飞起来的东西，

低下头去射碎了靶子射帖。

这一部分写骑射技艺精湛。

灵巧敏捷超过了猿猴，

勇猛轻疾就像豹子和螭。

边塞往常有紧急情报，

匈奴、鲜卑骑兵多次入侵，

告急的羽檄（文书）从北面传来，

游侠儿立刻催马登上高堤——防御敌人的工事，

游侠儿奔马直捣匈奴的军营，

又回过头来压服了入侵的鲜卑人，
游侠儿寄身在枪锋刀刃之间的尖端，
生命还有什么可爱惜的？
父母尚且不顾念，
怎能谈到留恋儿女和妻子？
大名编写在英雄簿上，
就不能心里想着个人的私事，
为了国家危机贡献出自己的生命，
看待死就像回家一样安闲自得。

这首乐府诗歌词通过赞美游侠儿的英姿高艺、勇敢机智、忠勇为国，明确、突出地表达了作者一心为国、宁死不屈的凌云壮志，豪气奔溢，鼓舞人心。

《杂诗》

曹植后期的作品以《杂诗》为代表，更多地表现了壮志不酬、抱负难施的激愤不平之情，《杂诗》共有六首，原非一时之作，内容也互不连接，只是梁萧统编《文选》时编次在一起，我们所选的是其中第五首，这是一首述志之作。

仆夫早严驾，吾行将远游。——仆夫即车夫。严驾，整治车驾，即套好车马。行，且，暂且。游，行。《礼·曲礼》说："游毋倨。"远游，即远行，到远方去。此两句言：车夫早就套好了车马，我暂时要到远方去。

远游为何之？吴国为我仇。——之，往，去。宾语前置。此两句言：到远方去是想去哪儿？吴国就是我的仇敌（我要去消灭我的仇敌孙吴）。设问设答交代作者远游的目的，也就是作者的抱负，灭掉吴国，统一天下。

将骋万里涂，东路安足由？——涂即途。东路，指洛阳到鄄城的路。当时曹植为鄄城王，鄄城即今山东菏泽。足，值得。由，行，去。此两句言：我们将要跃马扬鞭驰骋在万里征途上，向东去鄄城的路有什么值得我走的？说明作者宁愿驰骋万里征战，实现他的雄心壮志，也不愿回鄄城去，愿为国效力，不愿安居封国，作者进一步表明心愿。

江介多悲风，淮泗驰急流。——江介，江边，长江边上。悲风，令人感到悲凉的风。多，很大。多悲风，即悲风多，谓语前置。淮，淮水。泗，泗水，在山东境内，原入淮河，后改道入运河。淮泗皆征吴必经之地。驰，奔腾。此两句言：长江边上令人感到悲凉的风很大，淮河泗水奔腾流去，水流湍急。写长江、淮水、泗水，伐吴必经的险阻。

愿欲一轻济，惜哉无方舟。——愿欲，本想。一，一下子。济，渡过。方舟，两船并行，这里喻权柄。此两句言：本来想一下子轻轻地渡过，可惜啊我没有渡船（本来想一下子渡过这险阻攻破吴国，可惜我没有伐吴的权力）。借济渡无舟，以喻心想灭吴而没有权力。

闲居非吾志，甘心赴国忧。——闲居，养尊处优。甘心，情愿，甘愿。赴，奔赴。国忧，国家的忧患。此两句言：养尊处优不是我的志愿，我情愿为国家的忧患而赴汤蹈火，直接表明作者自己为国赴忧的雄心。

这篇小诗通过回答"远游欲何之?"反复地申述了作者"甘心赴国"的宏愿，抒发了作者欲济无方舟的愤激不平之情。

足以代表曹植这个时期创作特色的是《赠白马王彪》，这首诗写于黄初四年（223年），这一年的六月二十四日是立秋节，按曹魏诸侯王朝拜的制度，每年立春、立夏、立秋、立冬四个节气之前，诸王都要到京师行还气之礼，并举行朝会，谒见皇帝，叫作会节气，会秋气是在立秋前十八日举行还气大典。

诸侯王都要提前来京师。鄄城王曹植、任城王曹彰（字子文，植同母兄，皆卞太后所生；任城，今山东济宁市）、白马王曹彪（字朱虎，植异母弟；白马在河南滑县东）五月动身前往京师，参加会节气。任城王曹彰英武刚强，为兄长曹丕所忌。诸王到京后，一日曹丕和曹彰二人在卞太后暖阁里下围棋，吃枣。丕在枣中下毒，自选可吃的吃，曹彰不知道，没毒的、有毒的都吃，中毒后太后取水解救，曹丕不许，彰须臾而死。七月间曹植与白马王曹彪同路东归，因鄄城、白马都属兖州东郡，本可同行，但监国使者灌均秉承曹丕意旨，不许二王在路上同行同宿。曹植既痛恨灌均，又因曹丕已规定了藩国平常不许互相往来，此次别后，很难再次见面而伤心。为了表白心迹，曹植与白马王彪告别，激愤不平遂写了这首赠别诗。诗前有小序说明原委。

《赠白马王彪》并序

序文：

黄初四年五月，白马王、任城王与余俱朝京师，会节气。——魏黄初四年五月（223年），白马王、任城王和我一起朝会京城，参加会节气大典。

到洛阳，任城王薨。——到了洛阳，任城王曹彰去世。

至七月，与白马王还国。——到了七月间，我准备与白马王同路回国。

后有司以二王归藩，道路宜异宿止，意毒恨之。——后来主管官吏认为我和白马王回藩国去，路上应该各走各的，不应该同行同宿，我心中每每痛恨（曹丕）这样做事。

盖以大别在数日，是用自剖，与王辞焉，愤而成篇。——由于诀别就在这几天，因此把自己心里的话表白出来，与白马王告别，愤慨地写成了这首诗。盖，句首语气词。

这首赠别诗是一首辘轳体的联章诗，全诗共七章。

谒帝承明庐，逝将返旧疆。——谒，朝见。承明庐，汉长安宫有承明庐，此处借用汉家故事，指宫内。逝，语助词。旧疆，指封国，封地，鄄城。此两句言：在宫内朝见皇帝之后，又将返回封地。开头单刀直入，点出返回封地，引出下文写"返"。

清晨发皇邑，日夕过首阳。——发，出发。皇邑，皇城，指洛阳。日夕，傍晚。首阳，山名，在洛阳东北20里。此两句言：清晨从皇城出发，傍晚时经过了首阳山。日落山为夕，一说月半为夕（见《说文解字》）。

伊洛广且深，欲济川无梁。——广，宽阔。济，渡。此两句言：伊水洛水既宽阔又很深，想渡过河去而没有桥梁。

泛舟越洪涛，怨彼东路长。——泛舟，乘船。越，渡过。洪涛，惊涛骇浪。此两句言：乘船渡过惊涛骇浪，心里埋怨着东归的路程那么漫长。

以上写从洛阳出发后所经山川，感伤东归途程太长，以示作者不愿东归。

顾瞻恋城阙，引领情内伤。——顾瞻，回头眺望。城阙，指洛阳。引，伸长。领，脖子。引领，伸长脖子极目眺望。情内伤，即内伤情，内心十分悲伤。此两句言：回头远望洛阳城阙，伸长脖子极目眺望内心十分悲伤。写作者顾恋城阙，愿为朝廷效力，然不为朝廷所用，壮志难酬，内心悲伤。

以上诗篇第一章，写初离京城时的眷恋之情，以示壮志难酬的苦闷。

太谷何寥廓，山树郁苍苍。——太谷，谷名，亦说为关名，在洛阳东南50里，旧称通谷。廖廓，空阔广远貌。郁，树木丛生重重叠叠，一片青葱。苍苍，草木深绿色。此两句言：太谷何等空阔广远，山上树木一片青葱。

霖雨泥我途，流潦浩纵横。——霖雨，不停歇的大雨。泥，动词，使道路泥泞，阻滞不通。潦，积水，路上流水。纵横，横溢四野。此两句言：大雨不停，泥泞阻塞了归路，路上的积水浩荡，四处漫溢。据《魏志文帝记》载："黄初四年六月大雨，伊洛溢流。"

中逵绝无轨，改辙登高岗。——逵，九达之道。中逵，道路交错的地方。绝，断绝。轨，车迹。改辙，改道。此两句言：道路交错的地方断绝了车迹，不得不改道登上高岗。《诗经·周南·兔罝》中有："肃肃兔罝，施于中逵。"

修坂造云日，我马玄以黄。——修，长。坂，斜坡。造，至。言至云日者，坂极高也。玄黄，马病。《诗经·周南·卷耳》中写道："陟彼高岗，我马玄黄。"郑笺注:"玄马,病则黄。"朱熹注:"玄马而黄,病极而色变也。"以,而。此两句言:长长的斜坡插云接日,连我的马都累病了。

以上第二章,写穿行太谷,霖雨不止,道路淤塞,登高涉险,人马不堪其苦。此句比喻自己壮志遇阻,实现不易。

玄黄犹能进,我思郁以纾。——郁,忧郁。纾,屈,此处指心情郁结。以,而。此两句言:马儿病了还能行走,我心情郁结,忧郁难解。

郁纾将何念?亲爱在离居。——何念,念何。在离居,相离别。亲爱,指白马王曹彪。此两句言:心情郁结是念的什么呢?是亲爱的人和我相离别。以上四句写临别时悲伤之深。

本图相与偕,中更不克俱。——本,本来。图,打算。偕,同,一起。更,变更。克,能。俱,一块。此两句言:本来打算一路同行,中途发生变化竟不能一块走。

鸱枭鸣衡轭,豺狼当路衢。——鸱枭,似黄雀而小,恶鸟。衡,车辕前的横木。轭,衡两旁下面用以扼住马颈的曲木。衢,四通八达之路。鸱枭、豺狼,以喻小人。此两句言:鸱枭立在衡轭上鸣叫,豺狼挡住了大道。比喻小人已包围君主,离间了兄弟间的感情。

苍蝇间白黑,谗巧令亲疏。——《诗经·小雅·青蝇》中写道:"营营青蝇,止于樊。"郑玄笺:"蝇之为虫,污白使黑,污黑使白。"间,毁。谗巧,谗言巧语。此两句言:只因为奸佞小人在皇帝面前像苍蝇一样颠倒黑白,搬弄口舌,使得亲生骨肉反而疏远了。

欲还绝无蹊,揽辔止踟蹰。——蹊,路径。辔,缰绳。此两句言:想回朝廷根本没有路,扬起马缰绳,止马前进,徘徊不前。

以上第三节,写心中郁结,斥小人离间,以抒郁结愤懑不平之情。

踟蹰亦何留?相思无终极。——此两句言:徘徊不前还有什么可留恋的?相思之情没完没了。

秋风发微凉,寒蝉鸣我侧。——寒蝉,一名寒蜩、寒螀。此两句言:秋风发出轻轻的凉意,寒蝉在我的身旁长鸣。

原野何萧条,白日忽西匿。——萧条,寂寞冷落。西匿,夕阳西下。匿,藏。此两句言:原野多么寂寞冷落,太阳不觉向西落去。

归鸟赴乔林,翩翩厉羽翼。——乔林,乔木林。赴,往。厉,疾。翩翩,翻转貌。此两句言:回窝的鸟儿飞往乔木林,快速地扇动着两个翅膀。

孤兽走索群,衔草不遑食。——索,寻找。不遑,不暇。此两句言:失群的野兽奔跑着寻找兽群,口中衔着草也来不及吃。鸟兽归林索群,我却与骨肉分离，不禁感物伤情。痛兄弟阋墙，萁豆相煎。

感物伤我怀，抚心常太息。——见此景物，引起离愁，更加伤心，手摸胸口，时时叹息。

以上第四节，写秋原日落景象和作者感物伤情。

太息将何为？天命与我违。——将，会。何为，何用。天命，老天给予的命运。与我违，和我的心愿违背。此两句言：叹息会有什么用呢？天命和我的心愿相违背。

奈何念同生，一往形不归。——奈何，怎奈。同生，同胞兄弟。往，去，此处指死。形，形体。此两句言：怎奈我想念同胞兄弟，灵魂一去形体再不回。

孤魂翔故域，灵柩寄京师。——故域，指封地任城。灵柩，棺材。此两句言：孤单单的灵魂飞回任城，棺材仍寄放在京城。

存者忽复过，亡者身自衰。——存者，活着的人，指曹植与曹彰。亡者，指曹彰。此两句言：活着的人很快又要死去，死了的人身体自会衰败而泯灭。

人生处一世，去若朝露晞。——此两句言：人在世上活一辈子，死去时就像朝露一样很快会消失。

年在桑榆间，影响不能追。——桑榆，在西方。日在桑榆之间，指天色将晚，借喻人之晚年。影，影子，指日光。响，响声。此言：人到了晚年，时光飞逝，就连最快的光和声都追赶不上。

自顾非金石，咄唶令心悲。——顾，念。咄唶，惊叹声。古诗"人生非金石，岂能长寿考"。此两句脱胎于此。此两句言：自念不能像金子、石头那样长久存在，自叹人生短促，令人悲伤至极。

以上第五章，写哀悼任城王，以伤叹人生无常。

心悲动我神，弃置莫复陈。——动，触动，影响。神，精神。此两句言：内心的悲痛影响着我的精神，抛弃悲痛，不要再提它了。

丈夫志四海，万里犹比邻。——比邻，近邻。此两句言：男儿志在四方，虽相隔万里就像近邻一样。

恩爱苟不亏，在远分日亲。——恩爱，恩情友爱。苟，如果。不亏，不减弱。分，情分，情义。此两句言：兄弟间的友爱恩情如果没有减弱，虽相处在远方情分却一天比一天亲。

何必同衾帱，然后展殷勤。——衾，被子。帱，床帐。展，表达。殷勤，委婉的情意。此两句言：何必一定要同帐同睡，同被而眠，然后才倾诉哀情。

忧思成疾疢，无乃儿女仁。——疢，热病。无乃，岂不是。仁，爱也。

此两句言：如果忧伤相思成病，岂不是儿女之情，非丈夫气概。

仓卒骨肉情，能不怀苦辛？——仓卒，指曹彰突然死去。骨肉情，指手足之情。此两句言：想到曹彰突然死去，手足情深，怎能不为他的死而受悲伤的苦辛呢？

以上第六节，写作者安慰曹彪，勉励自己。

辛苦何虑思？天命信可疑。——此两句言：内心忧伤辛苦想些什么？天命的确是可疑的。

虚无求列仙，松子久吾欺。——松子，赤松子，相传为古代仙人。此两句言：寻求诸位神仙的事是虚无缥缈的，仙人赤松子长生不老的事长久地欺骗了我。

变故在斯须，百年谁能持？——斯须，须臾之间，顷刻之间。百年，长命百岁。持，把握。此两句言：人生在顷刻之间就可能发生变故（灾祸），长寿百岁的事谁能有把握？

离别永无会，执手将何时？——离别以后恐怕永远没法相见，重新握手言欢又将在何时？

王其爱玉体，俱享黄发期。——其，你。黄发，人老发黄，老人称黄发。《尔雅》中写道："黄发，寿也。"此两句言：希望你爱护金玉之体，我俩一块享有高寿。

收泪即长路，援笔从此辞。——即，就，登。援，取。援笔，取笔写诗。从此辞，就此告别。此两句言：擦掉眼泪停止哭泣，踏上漫长的归途，提笔作诗相赠，就此告别了。

以上第七章，写天命可疑，人生无常、后会无期，但希望彼此珍重，共享高寿。最后表现赠诗惜别的情意。这首赠别诗表达了作者异常丰富复杂的思想感情：首章忧壮志；次章写境遇；三章哀生离（抒离愁），斥小人；四章写秋原，悲身世；五章伤死别；六章慰生者，充自嘲；七章八章哀无常。这首诗虽然只抒发了诗人主观的感情，客观上却深刻地揭露了统治阶级内部萁豆相煎的残酷，是有其深刻的思想意义的。这首诗的抒情艺术水平也很高，首先是诗人把复杂感情通过章章蝉联的辘轳体的形成，一步步抒发出来，极有层次。其次是诗人的感情虽然十分悲愤，激切，却不是一味直接倾诉，往往通过叙事、写景，通过哀悼、勉励等方式展开去写，这就把感情表现得沉着从容、委婉缠绵、平实深厚。

《吁嗟篇》

乐府古题，乐府《琴调》。

吁嗟此转蓬，居世何独然。——吁嗟，叹词。转蓬，菊科植物，叶子像柳叶，开小白花，蓬花形状如球，遇风就被吹走，随风旋转，所以叫转蓬。居世，生世。独然，孤孤单单的。何独然，为何孤独如此。然，如此。此两句言：唉这个转蓬，生在世上为何孤独如此。

长去本根逝，宿夜无休闲。——去，离开。长去，远离。本，干，根。逝，往。宿，夜。此两句言：远远地离开干和根而去，从早到晚在外漂泊，没有休息消闲的时候。

东西经七陌，南北越九阡。——七陌、九阡，言其地区广远。此两句言：从东到西经过了广大地区，从南到北跨越了广漠的地带。

卒遇回风起，吹我入云间。——卒同"猝"。回风，旋风。此两句言：猝然遇到回风刮起，吹送我进入云中。

自谓终天路，忽然下沉泉。——自谓，自以为。终天路，即天路终，天路的尽头。沉，落。泉，渊。此两句言：自以为被吹到了天路的尽头，忽然下落到深渊里。

惊飙接我出，故归彼中田。——飙，自下而上的暴风。故，事，《说文解字》有解："使为之也"。另一解，故，旧也，此处仍旧意。中田，田中。此两句言：突然一阵风暴把我从深渊中接出去，仍旧把我送回到田中去。

当南而更北，谓东而反西。——当，正。亦可解作应当。更，变更。谓，以为。此两句言：正当向南飞去而又变更方向转向北，以为向东去而反吹向西。

宕宕当何依，忽亡而复存。——宕，与"荡"通。此两句言：飘飘荡荡该当依托什么？一会儿消失而又突然出现。

飘飘周八泽，连翩历五山。——飘飘，飞动不定的样子。周，遍。泽，陆上水聚之地，沼泽。《淮南子》说，中国境内有八大泽，又有"八薮"之称（汉书严助传师古注）。五山即华山、首山、太室、泰山、东莱，一说五岳即泰山、恒山、华山、衡山、嵩山。此两句言：漂泊遍及八大沼泽，接连经历了五大山。

流转无恒处，谁知吾苦艰？——此两句言：到处漂泊没有固定的地方，有谁知道我的艰难与苦辛？

愿为中林草，秋随野火燔。——燔，烧。此两句言：愿做林中草，秋天让野火烧。

糜灭岂不痛，愿与株荄连。——糜，碎烂。荄，草根。此两句言：被野火烧成灰烬难道不痛苦吗？但我宁愿毁灭也要和本根相连。

这篇乐府诗是作者用转蓬来比喻自己迁徙漂泊的生活，以抒写个人的不幸遭遇，客观上揭露统治阶级内部骨肉相残的残酷无情，全诗一喻到底。

《野田黄雀行》

本诗被郭茂倩《乐府诗集》收在《相和歌·瑟调曲》中。《汉鼓吹铙歌》中亦有《黄雀行》，不知与此同否？

本篇诗以少年拔剑捎罗救雀的故事为喻，抒写自己不能解救朋友危难的愤激之情。

高树多悲风，海水扬其波。——悲风，劲疾之风。扬，激扬。此两句言：树林的高处风很强劲，海水汪洋激扬着波涛。风波比喻环境险恶。

利剑不在掌，结友何须多？——锋利的剑不在手中，何须去结交朋友？（权柄不在手中，何须多交结朋友？）

不见篱间雀，见鹞自投罗？——不见，君不见。篱，篱笆。雀，黄雀。鹞，似鹰较小。罗，捕鸟的网。此两句言：您没有看见篱笆间的黄雀，见了鹞鹰就自行投入猎人的罗网？

以上写黄雀见鹞自投罗网。自此以下即写少年救雀故事，寄托了自己渴望救人危难的心情。

罗家见雀喜，少年见雀悲。——此两句言：张罗捕雀的人看见捕到黄雀很高兴，少年看见黄雀被捕很悲伤。

拔剑捎罗网，黄雀得飞飞。——捎，芟除，一作削。此两句言：拔剑芟除了罗网，黄雀能够飞啊！飞啊！

飞飞摩苍天，来下谢少年。——摩，迫近，接触。此两句言：飞啊飞近了苍天，又翩然飞下来感谢少年。

这首诗以黄雀投罗的形象比喻，间接抒写了朋友有难而不能援救的悲愤心情，一喻到底，形象生动，很有启发性，使读者了解了统治阶级内部斗争的残忍。

曹植前期的诗歌主要是表现他的壮志，很少反映社会现实，只有《送应氏》一首展现了当时洛阳残破的景象，《送应氏》是曹植在建安十六年（211年）随曹操西征马超，从邺城出发，经过洛阳，会见诗人应场、应璩兄弟，而应氏兄弟又将北往，故曹植写诗以赠别。诗中对战乱后残破的洛阳做了真实的描写，一方面是宫室烧毁，垣墙倒塌，荆棘参天。"洛阳何寂寂，宫室尽烧焚。垣墙皆顿擗，荆棘上参天。"另一方面是田园荒芜、原野萧条、人烟稀少。"侧足无行径,荒畴不复田""中野何萧条,千里无人烟",抒发了作者对战乱的无限感慨。

曹植后期由于个人生活的不幸,逐渐能了解到一些下层人民的痛苦,才写出了个别的反映人民疾苦的诗篇。如《泰山梁甫行》给我们描绘了一幅海边人民贫困生活的画面,诗人在提出了"八方各异气,千里殊风雨"的自然现象之后,立即发出对海边居民的感叹,"剧哉边海民"——艰难啊!海边的人民。"寄身于野草"指在草丛中生活。"妻子象禽兽,行止依林阻"是说妻子儿女如同禽兽一样行动,住处都依傍着山林险阻。"柴门何萧条,孤兔翔我宇"描述了草房篱笆门,狐兔在周围乱窜的情景,景象是何等萧条,何等荒凉!

曹植还写了不少情诗,如《七哀》《美女篇》等,这些诗与表现壮志的诗风格迥然不同,表现壮志的诗慷慨多气,多不平之气,情诗则感情哀婉缠绵,与汉末古诗中的抒情诗极其相近。《七哀》是描写思妇怀念丈夫的哀怨:"君行逾十年,孤妾常独栖。君若清路尘,妾若浊水泥。浮沉各异势,会合何时谐?"以尘和泥比喻夫妻本是一体,而今丈夫像路上的清尘,自己像水中的污泥,路上的清尘随风飘扬,水中的污泥永沉水底,地位前途不同,不知何时才能会合、和好。和《古诗十九首》中写少妇春日怀人的《青青河畔草》、女子思念远行人的《行行重行行》情调十分相似。

曹植的诗作前期以表现雄心壮志为主,后期以表达壮志不伸、心情激愤为主。前后期都有个别的篇章反映了社会现实,总起来说,曹植的诗歌创作的艺术特色是正如《诗品》所说的"骨气奇高,词采华茂"。曹植一生热衷功名,追求理想,遭遇挫折后仍不屈从于曹丕的压抑和迫害,壮志不衰,反多激愤之情,所以诗歌内容充满了追求与反抗,颇有气势和力量,从而形成了"骨气奇高"的一面,体现了"建安风骨"。

建安诗人中,曹植要算是最讲究艺术表现的,他的诗歌虽然也脱胎于汉乐府,但同时吸收了汉末文人古诗的成就,并努力在艺术上加以创造和发展。建安诗歌是从乐府移植出来逐渐文人化的,到了曹植手里,具有明显的文人诗的面目了。如以美女喻志士的《美女篇》和汉乐府中描写秦罗敷的《陌上桑》,内容极其相似,都是在点出描写对象——美女和罗敷之后,先写采桑,次写装饰和衣服之美,再从侧面描写其美,最后写婚配。《美女篇》模仿《陌上桑》的痕迹是很明显的,但在描写的细微和辞藻的华丽方面,与《陌上桑》迥异其趣,这就是曹植造成了它的"词采华茂"的一面。

他的诗善于用比喻,不只是多而贴切,而且常常全诗作比,如《吁嗟篇》

以转蓬飘荡比喻流徙生活；《野田黄雀行》以少年救雀喻解救受难者；《美女篇》以"佳人慕高义，求贤良独难"比喻有志之士怀才不遇。

他的诗又注意对偶、练字和声色（音韵和色彩）。如"明月澄清影，列宿正参差。秋兰被长坂，朱华冒绿池。潜鱼跃清波，好鸟鸣高枝"，一连三联对偶，后两联尤为工整。从"被""冒"二字就可看出作者选词用字的匠心。有些诗句已暗含律诗的平仄，突出了音乐性。

清代沈德潜《古诗源》说："陈思王最工起调。"也就是说曹植善于在一首诗的起首两句便突出和渲染气氛，使读者一开始便能感觉到诗人所要表达的思想感情。如《野田黄雀行》开头两句用"高树多悲风，海水扬其波"来渲染环境的险恶。《泰山梁甫行》开始用"八方各异气，千里殊风雨"描述各地气候不同，烘托滨海人民生活的困苦。曹植诗中又善造警句。如《箜篌引》中的"惊风飘白日，光景驰西流"。曹氏三人，曹操全保持乐府民歌语言质朴的特点，曹丕则古朴中有清丽，曹植则"词采华茂"，从而提高了诗歌的艺术性，但也开始了雕琢辞藻的风气，对后世陆机、潘岳等人的影响是很大的。

曹植的辞赋，也是抒情小赋，《洛神赋》是他赋中的名作。《洛神赋》是以传记中宓妃的故事为基础，通过想象创造了一个梦幻中的境界，描写了一出人神恋爱的悲剧，塑造了主人公洛神这个美女的形象。试看洛神的姿态多么轻盈，"翩若惊鸿"，多么柔美，"婉若游龙"。远远地看她洁白发光，"皎若太阳升朝霞"，就像太阳从朝霞中升起；靠近看她鲜明艳丽，"灼若芙蓉出绿波"，就像荷花挺立在清水中。"秾纤得衷，修短合度"，丰满苗条恰到好处，不高不矮，刚刚合适。"肩若削成，腰如约素"，两肩倾斜像刀削成似的，腰身细软像一束白丝。"延颈秀项，皓质呈露"，脖子秀长，露出白皙的皮肤。"云髻峨峨，修眉联娟"，高高如云堆一样的发髻，长长稍微弯弯的细眉，"丹唇外朗，皓齿内鲜"，鲜红的嘴唇，雪亮的牙齿，"明眸善睐，辅靥承权"，明亮亮的眼珠子善于顾盼，在颧骨下面有一对美丽的笑窝。"瑰姿艳逸，仪静体闲"，姿态美好，艳而不俗，仪表文静，体态娴雅。"柔情绰态，媚于语言"，情态温柔缓和，语言妩媚动人。洛神是如此的高雅美丽，自然使诗人"余情悦其淑美兮，心振荡而不怡"，我心里爱慕她的美好啊，心神摇荡不安，可是没有良媒传达我的喜爱之情，只能托风波先表达真心诚意，送玉佩给她做定情的信物，洛神也通情达理，以美玉琼琚作答，相约在水中所居相会，诗人既感动又怕受神欺骗，惆怅狐疑，心情十分矛盾。

于是洛灵感焉——于是神受到了感动。

徙倚彷徨——低回徘徊，迟疑不前，
　　神光离合——神女的光彩时现时灭，
　　乍阴乍阳——忽暗忽明。
　　竦轻躯以鹤立——提起脚跟，耸起轻盈的身躯像鹤一样站着。
　　若将飞而未翔——好像要飞去却没有飞起。
　　践椒涂之郁烈——踏着香气浓烈的椒路，
　　步蘅薄而流芳——走过杂草杜衡丛生的地方，散发出阵阵清香。
　　超长吟以永慕兮——惆怅的长啸，表示永久爱慕的深情啊！
　　声哀厉而弥长——声音是那么悲哀，激越而悠长。
　　洛神对诗人也一见钟情，向诗人表示了诚挚的爱慕之情，洛神的长吟引来许多神女——湘妃娥皇、女英、汉水女神都来聚集，或在洛水嬉戏或在水滨岸上飞翔。洛神也时而停立久望，时而轻步水上，好像要离去，又好像要回来，月光转动，炯炯有神，姿态婀娜，诗人看得心驰神往。终因"人神之道殊"，洛神含恨赠珰而去，急得诗人上下求索，盘桓不去。
　　这首抒情小赋是作者驰骋想象，以浪漫主义的手法描写的人神相爱的故事，寄予了作者对君王的忠诚和怀才不遇，无由效忠王室的苦闷，反映了作者执着于建功立业、壮志不衰和身受压抑、功名难成之间的矛盾，具有一定的认识意义和时代气息。
　　曹植的散文，也不乏佳作。《与吴季重书》和《与杨德祖书》是两篇独具特色的书札。特别是《与杨德祖书》，由于杨修是他的知己朋友，所以语中毫无顾忌，坦露胸怀，直抒抱负说："吾虽德薄，位为蕃侯，犹庶勖力上国，流惠下民，建永世之业，流金石之功，岂徒以翰墨为勋绩，辞赋为君子哉！若吾志未果，吾道不行，则将采庶官之实录，辩时俗之得失，定仁义之衷，成一家之言。虽未能藏之于名山，将以传之于同好。"信中也纵笔评论作家，讥谈时人，毫无掩饰。他说："仆少小好为文章，迄至于今，二十有五年矣。然今世作者，可略而言也。昔仲宣独步于汉南，孔璋鹰扬于河朔，伟长擅名于青土，公干振藻于海隅，德琏发迹于大魏，足下高视于上京……然此数子，犹复不能飞轩绝迹，一举千里也。以孔璋之才，不闲于辞赋，而多自谓与司马长卿同风，譬'画虎不成，反为狗也'。前有书嘲之，反作论盛道仆赞其文。"书中所言所论很能表现作者自视甚高的性格，文笔犀利流畅、简洁。曹植不仅长于书札，尤善于拟表。《文心雕龙·章表》说："陈思之表，独冠群才""繁约得正，华实相胜，唇吻不滞"（繁简得当，辞藻与内容统一，诵读朗朗上口，毫无阻滞），如他的《求自试表》《求通亲亲表》都是表中的杰作。《求自试表》写于魏明帝太和二年（228年），首先对他处于高位而无益于国的状况表示不满，表示惭愧，"上惭玄冕，俯愧朱绂"。接着明确提出"方今天下一统，九州晏如，顾西尚有违命之蜀，东有不臣之吴，使边境未得脱甲，谋士未得高枕者，诚欲混同宇内以致太和也"，为此他"寝不安席，食不遑味""以二方未克为念"，于是提出"自试"的要求，要求"使得西属大将军，当一校之队，若东属大司马，统偏师之任……虽身分蜀境，首悬吴阙，犹生之年也"。如果"微才弗试，没世无闻""禽息鸟视，终于白首，此徒圈牢之养物，非臣之所志也。"从正反面提出"自试"要求之后，又说明自己曾随曹操征讨四方，颇得其用，军之神秒，要求"自试"非徒论虚言，而无"自试"的机会，"是以于邑而窃自痛者也"。最后说明敢于自求一试，是由于"诚与国分形同气，忧患共之者也"。这篇表文明确地表达了作者混同宇内、垂名后世的雄心壮志和欲求一试的急切心情，情调沉痛慷慨，文笔骈散交错，错落有致。《求通亲亲表》是请求魏明帝放宽对宗室的限制，"使诸国庆问，四节得展，以叙骨肉之欢恩"。文中也揭露了当时皇室内部不得互相交通的真实情况："近且婚媾不通，兄弟永绝，吉凶之问塞，庆吊之礼废，恩纪之违，甚于路人；隔阂之义，殊于吴越。"连曹植自己也是"每四节之会，块然独处，左右惟有仆隶，所对惟妻子，高谈无所与陈，发义无所与展，未尝不闻乐而拊心，临觞而叹息也"，不能擅自和诸侯王来往，戒备之心不敢松弛。

建安文学在我国文学史上占有重要的地位。一个时期的文学能形成一种风格流传下来是不多的。在两晋以后，唯美主义和形式主义盛极一时，因此钟嵘慨叹"建安风力尽矣！"初唐诗人陈子昂高举"汉魏风骨"的旗帜进行诗歌改革，这表明建安风骨这一风格对后世文学的影响也是深远的。

第四节　阮籍　嵇康

继建安文学之后的正始文学，在文学史上也有它的贡献，代表作家是阮籍和嵇康。

一、阮籍（210—263）

阮籍，字嗣宗，陈留尉氏（今河南尉氏县）人。其父为建安七子阮瑀，以擅长章表而与陈琳齐名。阮籍早年"好书诗"，有"济世之志"，"属魏晋之际，天下多故，名士少有全者，籍由是不与世事，遂酣饮为常""或闭户读书，累月不出，或登临山水，经月忘归。博览群籍，尤好《老》《庄》。发言玄远，几不臧否人物。嗜酒能啸，善弹琴。当其得意，勿忘形骸，时人多谓之痴"。如"邻家少妇有美色，当户垆沽酒，籍尝诣饮，醉便使卧其侧"，"兵家女有才色，未嫁而死，籍不识其父兄，径往哭之，尽哀而还"。阮籍对黑暗恐怖的现实，采取了一种消极反抗的态度，以佯狂放诞的行为，反对残暴黑暗的现实。尽管如此，他内心也是十分痛苦的，史载他"时率意独驾，不由径路，车迹所穷，辄恸哭而返"。他把这种隐藏在内心的、无由发泄的痛苦与愤懑都在诗歌中隐晦曲折地表达出来，这就是著名的82首五言《咏怀诗》。

《咏怀诗》非一时之作，它们真实地表现了诗人一生复杂的思想感情。如：

《夜中不能寐》

夜中不能寐，起坐弹鸣琴。——夜中，中夜，半夜。此两句言：半夜不能入睡，起身坐下弹起了鸣琴。（以抒发作者的哀愁。）

薄帷鉴明月，清风吹我襟。——此两句言：月光照耀在薄薄的床帐上，清风吹开了我的衣襟。清风明月，环境幽静清爽，足以使作者心情一快。

孤鸿号外野，翔鸟鸣北林。——此两句言：失群的孤雁在野外哀号，无处归宿的飞鸟在北林上空鸣叫。既写作者听到鸿号鸟鸣，快慰的心情顿时消失，由孤鸿、夜翔鸟想到自己在恐怖的现实中无所寄身，便停止抚琴独自徘徊。

徘徊将何见？忧思独伤心。——此两句言：这时徘徊会看见什么呢？不过是独自愁思伤心罢了。

这首诗表现了作者在黑暗现实里的孤独无偶、无所寄托、内心苦闷、彷徨不安，末两句充分地表现出了诗人看不见任何希望和出路的伤感。

《嘉树下成蹊》

在魏晋移代之际，最激愤诗人心灵的是恐怖政治。所以诗人在《嘉树下成蹊》里表露了他的消极遁世思想：

嘉树下成蹊，东园桃与李。——这两句是从《史记·李广传赞》中的"桃李不言，下自成蹊"变化而来。意思是说，桃李虽不说话，但花色艳丽芳香，自会吸引许多人来树下观赏，在树下走出一条小路来，比喻盛世吸引贤者。此两句言：东园里桃李这样好的树，会吸引许多人在它们的下面走出一条条的小路。

秋风吹飞藿，零落从此始。——藿，豆叶。此两句言：秋风吹得豆叶乱飞，桃李枝头叶子也开始凋落。比喻世道衰败，人才凋残。

繁华有憔悴，堂上生荆杞。——憔悴，黄瘦，脸色不好，衰败。荆杞，两种杂树，灌木名。此两句言：一切繁华的景象都有衰败的一天，曾经高大的殿堂长满了杂树野草。以植物的春盛秋凋，说明世事无常，人事多变。

驱马舍之去，去上西山趾。——西山，首阳山，伯夷叔齐隐居处。之，指乱世。趾，山脚。此两句言：催马离开这乱世而去，去到首阳山的脚下。以去西山喻作者欲隐居避世。

一身不自保，何况恋妻子。——一身，自身。何况犹言何必。此两句言：自身性命当不可保全，何必留恋妻子和儿女。

凝霜被野草，岁暮亦云已。——已，止，完了。此两句言：野草也蒙上了冰霜，一年快要过去了。比喻说明盛世将终，乱世已临，如不及早避祸就会像霜下的野草，终被凋零、摧残。

这首诗以桃李的荣枯作比喻，抒写世事多变，祸福无常，繁华不能持久。曹魏政权已由盛变衰，乱世将临，应该及早隐退，反映了作者在风云变幻的恐怖政局下的忧惧心理和消极遁世思想。

以上两首咏怀诗，反映了阮籍思想感情脆弱和消极的一面。他的思想感情也有积极可取的一面，反映在《咏怀诗》中，有对暴虐的现实政权表示绝不同流合污，坚持守正不阿的品格的，如：

《徘徊蓬池上》

徘徊蓬池上，还顾望大梁。——蓬池，地名，战国时属魏，在今开封东北，是沼泽地。大梁，战国时魏的首都，这里借指曹魏王室。还顾，回头眺望。此两句言：在蓬池边上徘徊不前、来去不定，回头眺望魏家王朝。

绿水扬洪波，旷野莽茫茫。——旷，空阔。莽，草的通称。茫茫，无边无际。此两句言：泽中绿波激扬起惊涛骇浪，空阔的原野上荒草长得无边无际。

走兽交横驰，飞鸟相随翔。——交横，纵横纷乱。此两句言：野兽纵横奔驰，飞鸟在空中成群地飞翔。这四句写诗人回顾时所见景象是一片荒凉纷乱的景象，借以象征政局的荒乱。

是时鹑火中，日月正相望。——鹑火，古代天文学家把天空中的主要星象，列为28宿，南方七宿称朱雀七宿，其中三、四、五宿叫柳宿、星宿、张宿，此三宿又合称鹑火。"鹑火中"是鹑火星位置较南方正中，时当夏历九至十月之交。《礼记·月令》中记载："孟冬之月，旦，七星中（七星位置在正中)"。"日月正相望",在每月十五日。此两句言:此时正值九月,日子是十五日。意为指司马师废曹芳立曹髦之事。

朔风厉严寒,阴气下微霜。——厉,猛烈。阴气,冷气。此两句言:北风猛烈天气严寒,冷风下降凝结成一层薄霜。以寒霜比喻奸臣、害人者。

羁旅无俦匹,俯仰怀哀伤。——羁旅,留滞旅途。俦匹,伴侣。俯仰,言时间很短,或谓时常,动辄。此两句言:留滞旅途没有伴侣,动辄引起心中的哀伤。象征人生如逆旅,绝不与小人同行合流。

小人计其功,君子道其常。——出自《荀子·天论》"君子道其常,小人计其功"。即言:君子遵循常规办事,小人计较利害得失。

岂惜终憔悴,咏言著斯章。——此句承上而言,君子可能因不苟于乱世而始终不得志,但并不会因此而为自己惋惜。有感于此,写了这首诗。

诗人用朔风、微雪比司马氏的为虐肆暴,用走兽飞鸟比喻小人的逢迎谄媚,用羁旅比喻自己的寡侍,不与世人结交,清楚地表现出时局的险恶和诗人孤立无援的处境,但诗人却坚定地表示不学计功的小人,要做守常的君子。宁可终身憔悴,也不同流合污。

阮籍不仅不满司马氏黑暗残暴的统治,从进步的政治思想出发,对曹魏统治者日趋荒淫腐朽也进行了揭露。如:

《驾言发魏都》

驾言发魏都,南向望吹台。——驾,驾车。言,语助词。魏都,战国时魏国都城大梁(今开封市)。吹台,战国时魏王宴饮之所,遗迹在今开封东南,又称繁台、范台。此两句言:驾车从魏都大梁出发,向南去参观吹台。

箫管有遗音,梁王安在哉!——遗音,战国时期流传下来的音乐,梁王,即魏王婴。此两句言:箫管里还遗留下来了当时的音乐曲调,曾在吹台宴乐的梁王如今却在哪里呢?

首四句从发魏都、望吹台,感叹当日梁王行乐不再来。

战士食糟糠,贤者处蒿莱。——蒿莱,野草。此两句言:战士吃糟咽糠,当政者不予关心,有才能的人都处在野草之中,不为重用。

歌舞曲未终,秦兵已复来。——此两句言:梁王唱歌跳舞的伴奏曲还没有终了,秦兵又乘机再来进攻。

夹林非吾有,朱宫生尘埃。——夹林,梁王在吹台所建的游览之所(《魏策》)。吾,拟梁王自称。朱宫,指吹台宫殿。此两句言:夹林不再为我梁国所有,朱色的宫殿也被尘封。

军败华阳下,身竟为土灰。——华阳,地名,今河南新郑东。公元前273

年，秦兵围大梁，破魏军于华阳，魏割南阳求和。一说华阳是山名，又亭名，在密县，今河南新密市附近。身竟为土灰，身死名灭。此两句言：梁王大军在华阳一战失败，身死名灭，尸体竟化为土灰。

这首诗叙写了梁王耽于游乐，不恤士兵，不惜贤才，终为秦国灭亡的史实，借古以喻今，暗示魏明帝荒淫腐化，必将灭亡于奸权。

《咏怀诗》是一个复杂的总体，除了上述积极内容以外也有不少作品表现了诗人意志消沉、畏祸避世的思想。

阮籍处于政治高压之下，虽然满腹愤懑不平却不能直接说出来。因此尽管他是"使气以命诗"（《文心雕龙·才略》），在表现上却多用比兴手法，或用自然事物做象征，或用神话、游仙暗示，都是言在此而意在彼，隐约曲折地表现思想内容，正如《诗品》说的"言在耳目之内，情寄八荒之表……厥旨渊放，归趣难求"。

《咏怀诗》继承《小雅》和《古诗十九首》，但比兴手法的大量使用，则又显然是受了楚辞的影响，所以阮籍不仅是建安以来第一个全力写五言诗的人，而且能吸收多方面的影响，创造独特的风格，在五言诗的发展中占有重要的地位。

阮籍这种以咏怀为题的抒情诗对后世作家有很大影响。陶渊明的《饮酒》、庾信的《拟咏怀》、陈子昂的《感遇》、李白的《古风》，显然都是继承阮籍《咏怀诗》这一传统而来的。

阮籍的《大人先生传》是一篇有价值的散文。传中以当时隐士孙登为对象，所塑造的超世独往、与道合一的大人先生的形象，虽然是虚幻的，并有某种引导人们脱离现实的倾向，但对于封建社会的揭露和批判却是深刻的。传中说的"君立而虐兴，臣设而贼生，坐制礼法，束缚下民"，一语便揭穿了封建礼法的本质。作者指出这样的统治者无法巩固的，必有一天会遭到"亡国戮君溃散之祸"，到了这时，那些依附于封建统治者的寄生虫，也必然同归于尽。

"且汝独不见虱之处于裈中乎？逃乎深缝，匿乎坏絮，自以为吉宅也。"——且，况且。独，偏偏地。之，用于主谓之间，无义。乎，于。吉宅，吉利的住宅。

行不敢离缝际，动不敢出裈裆，自以为得墨绳也。——墨绳，木工打直线的工具。

饥则啮人，自以为无穷食也。——啮，咬。无穷食，享用不尽的食物。

然炎丘火流，焦邑灭都，群虱死于裈中而不能出，汝君子之处区内，亦何异于乎虱之处裈中乎？——炎丘，犹炎土，南方炎热之地。火流，炎热如火船流来。区内，世上，人世间。

这段文字讽刺讥笑礼法之士生存于世，犹虱子之处裤裆也，语言泼辣，讽刺尖锐而深刻。

这篇散文显然是受了《庄子》寓言、楚辞神游、汉赋铺张的影响。全篇使气骋辞，奇偶相生，韵文与散文间杂，有它的独特风格。

二、嵇康（223—263）

嵇康，字叔夜，谯国铚县（今安徽宿州）人。

康早孤，有奇才。学不师受，博览群籍，无不该通。与魏宗室婚，拜中散大夫，世因以称嵇中散。

嵇康的性格明显地表现为两个方面：一方面是崇尚老庄，恬静寡欲，好服食，求长生。"康尝采药，游山泽，会其得意，忽焉忘返。时有樵苏者遇之，咸谓为神。"另一方面却狂放任性，刚肠嫉恶，在现实生活中锋芒毕露，积极反对司马氏所宣扬的礼法，为司马氏所不容，竟遭杀身之祸。"初，康与东平吕昭子巽，及巽弟安亲善。会巽淫安妻徐氏，而诬安不孝，囚之。安引康为证，康义不负心，保明其事。"另外嵇康在《与山巨源绝交书》中非汤武、薄周孔。司马昭亲信钟会，以前嫌而借机杀康与安。康临刑自若，援琴而鼓，既而叹曰："雅音于是绝矣。"时人莫不哀之。

嵇康之所以反对司马氏，固然与他是魏宗室姻亲有关，但根本原因在于他不满意司马氏残暴、黑暗的统治。

他在《太师箴》中揭露季世的情况说：

"骄盈肆志，阻兵擅权，矜威纵虐，祸蒙丘山，刑本惩暴，今以胁贤。昔为天下，今为一身。"这实际上是对司马氏的痛斥。

嵇康反抗现实的表现比阮籍激烈，诗歌成就却不如阮籍，他的诗歌主要表现一种清逸脱俗的境界。如《酒会诗》之一："淡淡流水。沦胥而逝。泛泛柏舟。载浮载滞。微啸清风。鼓楫容裔。放棹投竿。优游卒岁。"

淡淡流水，沦胥而逝，泛泛柏舟，载浮载滞。——沦胥，谓相率牵连也。《诗经·小雅·雨无正》中有"若此无罪，沦胥以铺"。铺，病也。泛泛（同汜），迅急而不碍。《易林》中有"泛泛板舟，流行不休"。载，动词词头。此四句言：淡淡的流水连续不断地逝去，急速的板舟，一会儿浮一会儿滞留。

微啸清风，鼓楫容裔，放棹投竿，优游卒岁。——楫，船桨。《孙子兵法》中有"不须舟楫"。棹，在船旁拨水曰棹。舟旁拨水之具，长者曰棹，短者曰楫。容裔，高低之貌。此四句言：对着清风低声长啸，摇起桨来随风漂泊，放下棹投下竿，闲暇自得地度过一年。

因吕安事牵连入狱后所写的四言体《幽愤诗》，叙述了他托好老庄，不附流俗的志趣和耿直的性格。虽然也责备自己"惟此褊心，显明臧否"以致"谤议沸腾"，但他并不肯改变素志，最后表示要"采薇山阿，散发岩岫"。仍然是以俊逸之词表现了他的硬骨头。

他的四言诗艺术成就高于五言，散文的成就更高于诗歌。

嵇康的《与山巨源绝交书》是一篇有浓厚的文学意味和大胆的反抗思想的散文。山巨源，即山涛，任尚书吏部郎时，想请嵇康来代替自己的职务，未成，一年后嵇康写信与他绝交，时间约在魏元帝景元三年到四年之间，即262—263年。这封信固然是痛骂山涛不该纠缠他出仕，更重要的是以满腔愤慨攻击了时政。魏末晋初，司马氏借礼法之名，阴谋篡夺政权。对于异己，采取笼络欺骗甚至于横加迫害的手段，政治十分黑暗，嵇康绝世不仕，就是表示与这种政治对抗，有一定的进步性。文中说："人伦有礼，朝廷有法。自惟至熟，有必不堪者七，甚不可者二。"他的"必不可堪者七"是表示蔑视虚伪的礼数。"甚不可者二"，更是公然对抗朝廷法制，所谓"每非汤武而薄周孔"正是公开揭穿了司马氏夺权的阴谋，也正因为这篇书信，司马昭终于杀害了他。

这篇散文自始至终贯穿着对司马氏残暴统治的决绝态度，他把山涛推荐他做官比作"羞庖人之独割，引尸祝以自助，手荐鸾刀，漫之膻腥"，极尽辛辣讽刺之能事。并表示如果司马氏强迫他要做官，他就会像野性难驯的麋鹿一样"狂顾顿缨，赴汤蹈火"。全文嬉笑怒骂，锋利洒脱，很能表现他峻急刚烈的性格。

第二章

西晋文学

我国文学发展到西晋，开始了明显的转变，西晋的士族制度加深了阶级鸿沟，士族文人远离社会和人民，他们的创作缺乏现实内容，只追求形式的华美，逐渐走上了形式主义道路。所以《文心雕龙·明诗》对这一时期的文学有"体情之制日疏，逐文之篇愈盛（体现真情实感的作品一天比一天少，逐渐追求文字华美的作品越来越多）"的评价。晋初傅玄，张华已经表现出这样的倾向，到了陆机、潘岳发展到了严重的阶段，这一时期只有左思、刘琨等个别作家在文学上表现出了突出的成就。

第一节 傅玄 张华（西晋初年）

傅玄、张华是西晋初年著名诗人，他们的诗风表现出了由魏到晋的过渡，这就是说他们的作品一方面，在某些方面或一定程度上反映了社会现实，继承了建安以来的现实主义优良传统；另一方面，有些作品内容空疏，单纯追求辞藻华丽，有了形式主义的倾向。

一、傅玄

傅玄（217—278），字休奕，北地泥阳（今陕西耀州区西南）人。玄少孤贫，博学善属文，解音律。"性刚劲亮直，不能容人之短。"撰著有《魏书》《傅子》。

傅玄的诗歌作品，大致可归纳成三类：

第一类乐府诗，傅玄以乐府诗见长，他的一部分乐府诗继承了汉乐府民歌的传统，反映了社会问题，具有现实意义，其中尤以反映妇女问题的作品最为突出。如《豫章行·苦相篇》，这首乐府诗比较深刻地揭露了在封建礼教的束缚下，妇女所处的卑贱的压抑的社会地位。

《豫章行·苦相篇》

苦相身为女，卑陋难再陈。——身为女子就是一副苦命相，地位下贱，卑鄙到不能再说了。这两句总起一笔。

儿男当门户，堕地自生神。雄心至四海，万里望风尘。——男儿生下来就传宗接代、顶立门户。呱呱坠地自身就有神气，雄心是在四方建功立业，可以看见他在万里路上风尘仆仆。又推开一步写男儿的福命相，以与下文对比。

长大逃深室，藏头羞见人。——长大了躲避在深闺，藏头遮面见人就害羞。写深居闺阁之情。

垂泪适他乡，忽如雨绝云。——流着眼泪去他乡，忽然就像雨断绝了云，一下就像和父母断绝了关系。写出嫁他乡，远离父母。

低头和颜色，素齿结朱唇。——事事低着头和颜悦色，白白的牙齿咬着红红的嘴唇。写在婆家温顺恭从，有怨有苦也只能默默忍受。

跪拜无复数，婢妾如严宾。——跪拜（磕头作揖）的次数多得无法再数，女婢、小妾都像堂堂正正的宾客。写在夫家见家人女婢都要跪拜。

情合同云汉，葵藿仰阳春。——情投意合就像天上牵牛织女，夫唱妇随就像葵花豆荚永远仰视着太阳。写夫妻合好，妻仍卑下如葵藿。

心乖甚水火，百恶集其身。——心里不合，关系甚于水火不容，一切过错都加在她的身上。写夫妻关系不和。

玉颜随年变，丈夫多好新。——如玉似花的容貌随着年龄而衰败了，丈夫大多喜新厌旧。写老了为丈夫不爱。

昔为形与影，今为胡与秦。——过去是形影不离，现在是胡秦仇敌。

胡秦时相见，一绝逾参辰。——胡人和秦人尽管是仇敌，有时还会相见，丈夫一绝情就像参与商永不相见。参为参星，辰即辰星，亦称商星。参居于西，商居于东，虽有方位，出没两不见。夫妻决绝，甚于仇敌。

这首诗是利用汉乐府古题《豫章行》的旧题写现实事情，显然是受到了曹操乐府诗的影响。

第二类情诗，描写爱情，艺术性较高，如《西长安行》《短歌行》《昔思君》等都是好作品，这类诗善用比兴，构思新巧，语简情深，清丽可喜。

第三类机械的模拟之作，一般内容空虚，辞藻华丽，既开了后世的拟古之风，又助长了形式主义。

二、张华

张华（232—300），字茂先，范阳方城（今河北霸州）人。早年贫苦，自牧羊，由于阮籍的赏识，赞他是"王佐之才也"，渐为时人所重。"华强记默识，四海之内，若指诸掌。武帝曾问汉宫室制度及建章宫千门万户，华应对如流，听者忘倦，画地成图，左右瞩目。以伐吴有功，封侯。尽忠匡辅，弥缝补阙，虽当暗主虐后之朝，而海内晏然，华之功也。"后在八王之乱中为赵王司马伦所杀。著有《博物志》10 篇。

张华的诗歌作品也大致可分为两类：一类是针对时弊、揭露社会的黑暗面的。如针对名士多崇尚玄虚，写了《壮士篇》："壮士怀愤激，安能守虚冲？"玄虚之道是壮士所不为的。针对士族游荡无度，写下《游猎篇》，通过描写游猎生活，揭露士族生活放荡。他写的《轻薄篇》更是用铺张的笔法，淋漓酣畅地揭露了士族生活的骄奢淫逸。诗篇写道："甲第面长街，朱门赫嵯峨。"头等住宅西临着长街，红色的大门相当显赫。"苍梧竹叶青，宜城九酝醝。"苍梧出的竹叶青，宜城精工酿制的醇酒。"浮醪随觞转，素蚁自跳波。"浮着泡沫的醪酒巡行斟酒饮，酒的泡沫在酒杯里上下浮动。"美女兴齐赵，妍唱出西巴。"从临淄邯郸来的美女，演唱出动听美妙的"齐歌巴舞"。"盘案互交错，座席咸喧哗。"杯盘互相交错，座席上一片喧哗声。"簪珥或堕落，冠冕皆倾斜。"美女头上簪子耳坠有的掉落了，宾客头上戴的冠冕也都倾斜了。"酣饮终日夜，明灯继朝霞。"夜以继日地痛快地饮酒作乐，从初上华灯一直到朝霞布满天空。"绝缨尚不尤，安能复顾他？"美女扭断了官帽上的帽系也不算过错，还能再顾及其他？这类针对时弊的作品不多，其他作品大都内容单薄，且爱铺排对偶，堆砌典故和辞藻，显得非常乏味，甚至发展到了病态的程度。另一类是情诗，艺术性较高。

《情诗五首·其三》

清风动帷帘，晨月照幽房。——清风吹动了帐幔，晨月照耀着闺房。

佳人处遐远，兰室无容光。——丈夫处在很远的地方，闺房也显得暗淡无光。

襟怀拥虚景，轻衾覆空床。——怀里拥抱着虚幻的影子，轻轻的被子覆盖着空床。

居欢惜夜促，在戚怨宵长。——欢乐时惋惜夜太短，悲戚时抱怨夜太长。

抚枕独啸叹，感慨心内伤。——抚摸着枕头独自一人长啸叹息，无限感慨内心悲伤。

《情诗五首·其五》

游目四野外，逍遥独延伫。——在野外随意观览四处，一个人自在地久久地站立。

兰蕙缘清渠，繁华荫绿渚。——沿着青渠长满了兰蕙，盛开的兰蕙花荫覆着绿洲。

佳人不在兹，取此欲谁与？——妻子不在这里，摘取兰蕙赠给谁呢？

巢居知风寒，穴处识阴雨。——鸟儿巢居树梢先知风寒，蝼蚁住洞穴预识阴雨。

不曾远别离，安知慕俦侣。——没有曾经受过别离的人，怎能知道思慕伴侣的感情？

这类诗共五首，总的来说，写得真实动人，朴实清新，没有繁缛堆砌的毛病。

第二节 陆机 潘岳 张协（太康元康时期）

西晋太康元康时期，由于经济发展，政局稳定，出现了"小康局面"，因而文坛繁荣，出现了不少作家，著名的有三张（张载、张协、张亢）、二陆（陆机、陆云）、两潘（潘岳、潘尼）、一左（左思）。在"小康局面"下士族阶级得意忘形，看不见任何社会矛盾，因此这一时期以陆机、潘岳为代表的一些士族文人，极大地发展了形式主义的诗风。

一、陆机

陆机（261—303），字士衡，吴郡吴县（今江苏苏州）人。祖父陆逊为东吴丞相；父亲陆抗为吴大司马。吴亡后，陆机退居旧里，闭门勤学，积有十年。太康末与弟陆云俱入洛，成为太康时期最著名的作家，他的文风对当世有深刻的影响。八王之乱时死于成都王颖军中，年四十二，二子同被害。

陆机的诗内容贫乏，无非是一般士大夫的感慨，却竭力追求辞藻和对偶，结果流于呆板，烦冗无力。另一特点是机械地模拟前人，比如乐府，曹氏父子是"用乐府题目自作诗"，他却是因袭旧题，敷衍成篇。"踏前人步伐，不能流露性情。"如模仿曹操的《苦寒行》，远不及原诗的形象生动。他的《拟古诗》十二首是模仿《古诗十九首》所作的，虽曾名重一时却也是意不出于原诗，只略微变换填词句而已。陆机诗的这些特点，使他成为形式主义诗风的代表人物。

<h2 style="text-align:center">《赴洛道中作》</h2>

陆机只有少数作品略微可取，如《赴洛道中作》，这首诗写于太康末年，赴洛阳途中所作，共二首，选其一。诗篇描写途中情景和客子哀伤心情。

远游越山川，山川修且广。——长途旅行，跨越山川，山川漫长高大广阔。

振策陟崇丘，安辔遵平莽。——甩动马鞭登上高山，按着缰绳沿着草地驱马走去。

夕息抱影寐，朝徂衔思往。——晚上休息时抱着自己的影子而睡，早上出发时怀着悲伤继续上路。

顿辔倚高岩，侧听悲风响。——放开缰绳停住马依靠着高岩，侧耳听见悲愤的响声。

清露坠素辉，明月一何朗。——明月多么明亮皎洁，清露下滴闪耀洁白的光辉。

抚枕不能寐，振衣独长想。——抚摸着枕头不能入睡，只好重新穿上衣服独自长想。

这首诗不仅铺排辞藻，而且能比较形象地写出诗人离故国远行途中的一些亲身感受。此外，他的诗也往往有些警句，诚如当时孙绰说："陆文若排沙简金，往往见宝。"

陆机的赋与散文虽然内容不够深厚，但较有自己的感受和体会，成就比较高。如他的《叹逝赋》《吊魏武帝文》都写得凄婉动人，《文赋》则是他的杰作，精心撰写的讨论创作的辞赋，容在文学批评一章再讲。

二、潘岳

潘岳即潘安（247—300），西晋文学家。字安仁，荥阳中牟（今河南中牟）人。小时聪颖过人，乡邑号为奇童。岳才名冠世，为众所嫉，遂栖迟十年。后为县令。岳为人轻浮急躁，趋势赴利，与石崇等谄媚权奸贾谧，每候其出，与崇辄望尘而拜。谧结二十四友，岳为其首。岳母数劝岳："尔当知足，而干没不已乎？"而岳终不能改。初潘岳小史孙秀奸诈狡猾，岳不喜，数挞辱之。秀于是衔恨在心。及赵王伦辅政，秀为中书令。岳于省内谓秀曰："孙令犹忆畴昔周旋不？"答曰："中心藏之，何时忘之。"岳自知不可免。俄而秀遂诬岳及石崇、欧阳建奉淮南王允、齐王冏为乱，诛之，夷三族。岳将诣市，与母别曰："负阿母。"初被收，俱不相知，石崇已送在市，岳后至。

崇谓之曰："安仁，卿亦复尔邪！"岳曰："可谓白首同所归。"潘岳《金谷诗》云："投分寄石友，白首同所归。"乃成其谶。

岳美姿仪，辞藻艳丽，尤善为哀诔之文。

潘岳与陆机齐名，都是形式主义诗风的代表人物。他的诗和陆机的一样，缺乏深厚的内容，其艺术表现特点之一是辞采华艳，所以孙绰说他："潘文灿若披锦，无处不善。"其次是铺张叙述过多，往往平缓烦冗而缺乏含蓄。

不过他的诗间有真挚的感情，比陆诗要高一等，特别是他的《悼亡诗》。《悼亡诗》共三首，都是为悼念亡妻而作。《朱选本》所选为第一首，叙亡妻既葬，自己准备赴任时的情景。

《悼亡诗三首》·其一

荏苒冬春谢，寒暑忽流易。——从冬至春一年渐渐辞去，从冷到暖不觉时令变化，古制男子服妻丧一年。此两句写不觉冬春换季、寒暑一易，一年丧期已满。

之子归穷泉，重壤永幽隔。——妻子殡葬在深深的黄泉，重重土壤把她隔在深邃的地方。这两句写妻子已殡葬，夫妻永隔绝。

私怀谁克从，淹留亦何益。——私心想留在妻子墓葬身边，有谁能顺从自己的心愿，长期滞留在家也有何益。这两句写礼法朝命都不允许长留在家。

僶俛恭朝命，回心反初役。——勉强服从朝命，回心转意回到原任所去。

以上八句写服表期满，必须离家赴任。

望庐思其人，入室想所历。——看见住宅就想起了妻子，进入内室就想起了妻子生前的行迹。这两句写见庐室而思人。

帏屏无髣髴，翰墨有余迹。——屏风帐子里没有髣髴之影，笔墨还留下了遗迹。这两句写见陈设而思人。

流芳未及歇，遗挂犹在壁。——妻子用过的脂粉还没有消失香气，留下的遗物仍挂在墙壁。这两句写见妻子遗物而伤神。

怅恍如或存，回惶忡惊惕。——心情恍惚就像她还活着，一时惶恐极了，又忧伤又惊惧。（以"如或存"照应上文"髣髴"写思念愈久，哀伤愈深，以致神情恍惚）这两句写失神如见其人。

以上八句写流连庐室，见物思人，触目伤神，以至失神。

如彼翰林鸟，双栖一朝只。——就像那振翅飞翔在林中的鸟，夜夜双栖一朝变成了一只。这两句以双栖鸟来比喻夫妻分离。

如彼游川鱼，比目中路析。——就像那在河里游的鱼，成对儿游去中途忽分离。这两句以比目鱼失偶比喻夫妻分离。

春风缘隙来，晨溜承檐滴。——春风沿着门户缝隙吹进屋来，清晨檐前水槽承接着檐口滴下的露水。这两句写春意袭人，更感孤哀。

寝息何时忘，沉忧日盈积。——安寝或休息什么时候都忘不了，深沉的忧伤日日郁积已无所容纳。这两句写忧思已无处可积。

庶几有时衰，庄缶犹可击。——希望有什么时候能减轻心里的哀伤，能像庄子一样丧妻击缶而歌，这两句写思绪反常，更见忧思之深切。

以上十句写失侣独居，忧伤至极。

潘岳的《悼亡诗》共三首，这是其中的第一首，也是三首中最好的一首，其他两首都不免堆积辞藻之嫌，只有这一首是真挚感情的自然倾泻，只是丧期已满，从私怀欲留和朝命难违之间的矛盾心情写起，继写作者流连空房，见物思人，触景伤情，失神悲痛的感情达到了极点。接着以生动而凄切的比喻，以春意清新袭人为映衬，写独居孤苦愁思，哀伤难耐，以致想起了庄子击缶歌，悲痛的感情又达到了升华的地步。以此戛然作结，言虽尽而情不尽，使读者也不禁随着作者感情的起伏陷入深沉的哀思中。全诗借物借景以抒情，写得细致入微、委婉逼真、哀戚动人。

潘岳"又善为哀诔之文"。诔是一种文体，属于应用文，叙述死者生前行事，在葬礼中宣读的文章，犹今日悼词及死者生平事迹报告。如《哀永逝文》：

昔同涂兮今异世——过去同路而行啊，如今隔绝两世。

忆旧欢兮增新悲——回忆过去的欢乐啊，更增添了新的悲伤。

谓原隰兮无畔——似乎那广阔的沼泽啊，没有边际。

谓川流兮无岸——似乎那滔滔的河水啊，没边没岸。

望山兮寥廓——远望高山啊广远辽阔。

临水兮浩汗——面临大水啊浩瀚无垠。

视天日兮苍茫——看天日啊苍苍茫茫。

面邑里兮萧散——面对家乡啊萧条荒乱。

匪外物兮或改——不是外界的事物啊有时会改观。

固欢哀兮情换——原来欢乐与悲哀啊是心情转换。

写丧失亲人之后，觉得周围一切都变得空旷萧条，表现哀思曲折而深入。

三、张协

张协（？—307年），字景阳，安平（今河北安平县）人。少有俊才，居唐河间内史，在郡清静寡欲。于是天下大乱，所在寇盗，协遂弃绝人事，屏居草泽，守道不竞，以吟咏自乐，世以为工，永嘉初终于家。

张协的诗歌艺术成就较高，在当时日趋雕琢繁缛的诗风里，既能"文体省净，少病累"，又能"巧构形似之言"，写景状物都很形象。《杂诗》十首是他的代表作，内容都是随感抒情，较为广泛而情志高远，造诣在潘岳、陆机之上。如其第一首《杂诗》

《秋夜凉风起》

秋夜凉风起，清气荡暄浊。——秋天的晚上凉风吹来，轻轻地气流涤荡了闷热混浊。暄，暖。

蜻蚓吟阶下，飞蛾拂明烛。——室外廊阶下蟋蟀长吟，室内飞蛾拂过光亮的灯烛。

以上四句写秋夜景色，凉风清气、蜻蚓长吟、飞蛾飘拂，一派凄凉孤寂的气氛。

君子从远役，佳人守茕独。——游子去远方服役，思妇独自守空闺。

离居几何时，钻燧忽改木。——离别没有多久，节令很快变易。（李善注《郑子》中写道："古四季钻木取火所用之木不同：春取榆柳，夏取李杏，秋取柞楢，冬取槐檀。"）

房栊无行迹，庭草萋以绿。——室内没有丈夫的踪影，庭院里秋草长得青葱茂密。栊指房屋。萋，草茂密。

青苔依空墙，蜘蛛网四屋。——墙头上爬满了青苔，屋子四角结上蛛网。

以上八句写思妇独守空闺感时感物而伤怀。先写感时令节气易变，再写低头看"行迹"，其次写抬头平视唯见高墙青苔，最后写回头向内仰屋而叹，但见蛛网四结而已。状物抒情极有层次。

感物多所怀，沉郁结心曲。——眼前景物引起了许多怀念，沉重的忧思纠结在心灵的深处。心曲，心中深隐之处。

这是一首思妇感时怀远之作。但从其中所写时节易变，当是隐约地影射当时政局的变化。整首诗以明晰流畅干净的语言，就眼前事物涂染出一片凄清冷落、索寞孤寂的情景与气氛。艺术风格的纯净和婉，颇似《古诗十九首》。全诗情景结合，情缘景发，这种借写景以抒情的手法对后世颇有影响。诗品总结他的艺术特点是"词采葱菁，音韵铿锵"，信不诬也。

第三节　左思　刘琨　郭璞

在形式主义诗风盛行的太康时期，能够继承和发扬"建安风骨"的传统、写出了有充实内容的作品的是杰出的诗人左思。

左思，字太冲，临淄（今山东临淄县）人。大约生于魏废帝时期，卒于西晋末年。左思出身寒微，晋武帝时，妹左棻以才名被选入宫，全家迁居京师。思欲为《三都赋》，恐所见不博，求为秘书郎。终以《三都赋》名显当时。惠帝时，曾参加贾谧二十四友，并曾为贾谧讲《汉书》，永康元年（300年）贾谧被诛，乃退居宜春里。八王之乱中，齐王同命为记室督，辞不就。惠帝太安（302—304）中，河间王司马颙据长安，以部将张方据洛阳，张方播乱京师，遂全家迁冀州，数年而死。

左思以写《三都赋》著称当世，《三都赋》的构思创作长达十年，左思家里"门庭藩溷，皆著笔纸，偶得一句，即便疏之，及赋成，时人未之重"，"互有讥刺，思意不惬，后示张公（华），张曰：'此二京可三。然君文未重于世，宜以经高名之士。'"思乃询求于皇甫谧，谧见之嗟叹，遂为作叙。"于是先相非二者，莫不敛衽赞述焉"（《世说新语》）"于是豪贵之家竞相传写，洛阳为之纸贵。"《晋书·左思传》："初，陆机入洛，欲为此赋，闻思作之，抚掌而笑，与弟云书曰：'此间有伧父，欲作《三都赋》，须其成，当以覆酒瓮耳。'及思赋出，机绝叹伏，以为不能加也。遂辍笔焉。"

左思的诗歌代表作是八首《咏史》。《咏史》非一时之作，生动形象地反映了诗人一生由积极转为消极的思想转变过程。

左思的《咏史》从诗篇的思想内容大致可分为四类：第一类反映左思为国立功的雄伟抱负：如第一首，即八首中的序诗：

《咏史八首·其一》

弱冠弄柔翰，卓荦观群书。——我二十岁时就很会写文章，遍观群书，才学出众。《礼记·曲记》："人生二十曰弱冠。"卓荦，卓越。

著论准《过秦》，作赋拟《子虚》。——自己写政论以《过秦》为原则，作赋以《子虚赋》为典范。以上四句是自豪地肯定自己学识出众，才华过人。

边城苦鸣镝，羽檄飞京都。——边疆受到羌胡的侵犯，紧急文书飞快地传到了京师。此两句写边关告急，外族来侵。

虽非甲胄士，畴昔览《穰苴》。——自己虽非披甲戴盔的战士，过去也阅读过《穰苴兵法》。此两句写自己懂兵法，有武略。

长啸激清风，志若无东吴。——长长的啸声激荡着清风，志气豪迈没有把东吴放在眼里。这两句写自己的豪情壮志。

铅刀贵一割，梦想骋良图。——铅刀虽钝也贵在一割（试），在梦中都想施展自己的抱负。这两句写急求一试，以实现抱负。

左眄澄江湖，右盼定羌胡。——向左看要澄清长江湘水，讨伐东吴；向右看要平羌胡，解除边患。这两句接上文，具体写自己的良图。

功成不受爵，长揖归田庐。——战功完成不受分爵，长揖谢绝封赏回到家了隐居田园。

这首诗是借咏史之名且抒怀抱，重点为突出自己的才能和抱负，在当时东南吴国和西北羌胡不断入侵的情况下，左平吴国，右伐羌胡，正是大有可为之时，但是作者也感到报负难施，志向高远依稀难得，所以只有托之梦想。这首诗充分地表达了作者的雄心壮志和志向高远的崇高品质。

第二类是对门阀制度的揭露和抨击。如《咏史》第二首：

《咏史八首·其二》

郁郁涧底松，离离山上苗。——青葱茂密的谷底的松树，弯曲下垂的山上的小苗。这两句以松喻才高位卑的寒士，以山上苗喻才庸位高的士族。

以彼径寸茎，荫此百尺条。——凭小苗直径寸许的茎干，覆盖青松百尺高的干枝。这两句比喻说明士族依凭位高压抑寒士。

士胄蹑高位，英俊沉下僚。——世家子弟登上高位，英俊之才埋没为下级僚属。胄，后裔。蹑，登。

地势使之然，由来非一朝。——这种情况正向涧底松和山上苗一样，是地势使得他们如此，由来已久、非一朝一夕。之，代词，代松和苗，英才与世胄即他们。然，如此。

金张藉旧业，七叶珥汉貂。——金张两家子弟借祖先功业，七代人做汉朝的贵官。金指金日磾家，自汉武帝时起至汉平帝时止，七代为内侍。《汉书·金日磾传赞》："七世内侍，何其盛也。"张，指张汤家。张汤子张安世，"子孙相继，自宣元以来为侍中、中常侍……者凡十余人。功臣之世，唯有金氏张氏亲近贵宠，比于外戚"。（《汉书·张汤传》）珥，插。貂，指貂尾。"侍中，中常侍冠武弁，貂尾为饰。"《汉书·金日磾传》："金日磾，字翁叔，本匈奴休屠王太子也。……日磾父以不降（不降汉，为昆邪王）见杀，与母阏氏、弟伦、俱没入官，输黄门养马，时年十四矣。久之，武帝游宴见马，后宫满侧。日磾等数十人牵马过殿下，莫不窃视。至日磾独不敢。日磾长八尺二寸，容貌甚严，马又肥好，上异而问之，具以本状对，上奇焉，即日赐汤沐衣冠，拜为马监……日磾既亲近，未尝有过失，上甚信爱之，赏赐累千金，出则骖乘，入侍左右……莽何罗谋杀武帝，日磾当场捉获，由是著忠孝节。"

冯公岂不伟，白首不见招。——冯唐难道不奇伟出众，头发白了都不被朝廷重用。（冯唐为汉文帝郎中署长，以直言敢谏，拜车骑都尉，主管中尉及全国车战部队。景帝主为楚相，武帝即位求贤良，举唐，唐时年九十余，不能为官，乃以子遂为郎。此言白首不见招，实际上是招而未用）

这首诗以生动贴切的比喻和历史事实说明历来都是无能恭顺的人得到重用，奇伟骨鲠之臣受到冷落，借以揭露批判当时"上品无寒门，下品无世族"的门阀制度的不合理，并为自己出身寒门、壮志难伸的遭遇表示愤懑不平，后来指出门阀制度由来已久，连古人的牢骚都给发了，这就扩大了诗歌所包含的内容，加强了诗的思想和感染力。

第三类是反映诗人对门阀士族的强烈反抗精神的，如第五首。

《咏史八首·其五》

皓天舒白日，灵景耀神州。——明亮的天空中展现出灿烂的太阳，太阳的光辉照耀着神州大地，皓，明。舒，舒展，舒现。以上两句写神州景明。

列宅紫宫里，飞宇若云浮。——在帝王的宫廷里建有一排排的住宅（紫宫即紫薇宫，星名，汉未央宫中有紫宫，紫宫即帝王宫禁。宇，屋檐），高高的像鸟儿飞翔的翅膀似的，屋檐如同天空的浮云。这两句写宫廷建筑的高大壮丽。

峨峨高门内，蔼蔼皆王侯。——巍峨高大的门第内，居住着众多的王侯。这两句写高大建筑物皆王侯府邸。峨峨，高大貌。蔼蔼，众多貌。

以上四句写帝王宫室的壮丽。

自非攀龙客，何为欻来游。——自己不是攀龙附凤的人（也就是自己不是追随帝王求取功名利禄的人），为什么忽然来此远游呢？欻，忽然。

以上两句是写诗人反问自己何为来帝都。

被褐出阊阖，高步追许由。——穿上布衣服离开帝都，迈开大步去追随许由。这两句直接写诗人情愿离开繁华尘世，去世外隐居。被，披也，阊阖宫门。高步，迈开大步。许由，古隐士，尧让位于许由，许由不受，隐居箕山。

振衣千仞冈，濯足万里流。——在高高的山岗上抖落衣服的尘埃，在漫长的河水里洗掉脚上的污垢。这两句写除去世俗尘污，洁身隐居山野。

这首诗前半段通过描写帝都宫殿的壮丽豪华，反映了世族生活的骄奢腐化。对于这样的社会现实诗人表达了他的决绝态度，他绝不羡慕世俗的荣华富贵，绝不做攀龙附凤趋炎附势之徒，而要远离这龌龊的门阀社会，与腐朽的门阀世族决裂，决心以许由为榜样隐居世外，从而表现了诗人强烈的对门阀士族制度的反抗精神，同时也反映了诗人由积极济世转而消极遁世的思想转变。后半段是诗人直接言志抒情，是以前半段描写帝都豪华为依据的，前后的两段有着内在的、不可分割的联系。

第四类是表现对豪门右族（世家大族）的轻蔑与鄙视的，如第六首。

《咏史八首·其六》

荆轲饮燕市，酒酣气益震。——荆轲在燕京市上饮酒，酒喝得半醉时豪迈的气概更加威风。酣，半醉。震，威。

哀歌和渐离，谓若傍无人。——悲壮的歌声伴随着高渐离击筑的乐曲（战国燕人高渐离，善击筑），自以为身旁好像没有任何人。和，相和，伴唱。谓，以为，认为。傍，身旁。

以上四句写荆轲慷慨高歌，旁若无人，睥睨四海，借以表示对权贵的蔑视。

虽无壮士节，与世亦殊伦。——荆轲虽然远没有壮士的操行，但与世俗的人相比也大不相同。节，操守。殊，并。伦，类，等，辈。

高眄邈四海，豪右何足陈。——放眼纵观，以四海为小，豪门右族有什么值得一谈？眄，斜视。邈，同"藐"，小视。豪右，古时以右为上，故称豪门贵族为豪右。陈，陈述。

以上四句赞扬荆轲睥睨四海，蔑视豪右，志气与世不同。

贵者虽自贵，视之若尘埃。——豪贵的人虽然自以为贵，我看他们就像渺小的尘埃。

贱者虽自贱，重之若千钧。——贫贱的人虽然自以为贱，我尊重他们就像家有千钧之重。三十斤为一钧。

以上四句写诗人对历史和现实的看法：世族大家自以为高贵，实际上是可藐视的，寒门素族自以为卑贱，实际上是可看重的。蔑视世族，尊重寒门。

这首诗通过评价赞扬壮士荆轲，充分表达了诗人对豪门贵族的蔑视和对寒门素族的赞扬、同情。

把咏史作为诗题，始于班固，班固的《咏史》，仅咏一事（即缇萦救父）。建安时代，曹植，王粲都有咏史之作，仍然是一诗咏一事。就其内容来说，大抵是"隐栝本传，不加藻饰""质木无文"，在史事的客观复述中略见作者的旨意。左思继承了历史上的咏史诗，却打破了一诗一事的传统写法，将"咏史"与"咏怀"结合起来，开了"名为咏史、实为咏怀"的先河。从此咏史诗为之一变。

左思的八首《咏史》，有的先述己意，而以史事证之。如第二首先比喻说明门阀士族制度的不合理，然后引西汉金日䃅、张汤史事加以证明。有的先述史事，而以己意断之。如第六首先述荆轲慷慨悲歌，睥睨四海，然后作者加以论断："贵者虽自贵,视之若埃尘。贱者虽自贱,重之若千钧。"有的只述己意而史事暗含,如第一首只述壮志,却符合当时东南吴国、西北羌胡不断侵扰的事实。有的只述史事,如以鲁仲连义不帝秦而救赵的史事,隐喻自己功成高隐的理想。有的错综史实,连类引喻,如第七首错综东西汉史连引主父偃、朱买臣、陈平、司马相如四人少受困厄为喻,有力地说明不少奇才埋没于野草中的事实。这就打破了原来一诗咏一事的体例,把咏史和咏怀巧妙地结合了起来,这是对咏史诗创造性的发展,对后世产生了良好的影响,给了后代诗人如鲍照、杜甫、李白等人不少启发。

左思志高才雄,胸怀旷迈,富有反抗精神,所以它的咏史诗笔力矫健,情调高亢,气势充沛,具有积极的浪漫主义色彩。《诗品》称之"左思风力"。这显然是"建安风骨"的继承和发展。《诗品》又说他"文典以怨",就是针对咏史诗而言的。诗中多引史事,所以"典";借史事发泄对现实的不满,所以"怨"。从他的诗里还可以看到建安以来文学技巧的发展。诗中使用对偶,也用辞藻,但由于剪裁得当,严格地为表现内容服务,使风力内充,毫无平沓冗弱的毛病。左思的诗不只丰富了五言诗的艺术风格,而且使五言诗的艺术表现更为成熟了。

此外他的《娇女诗》以现实主义的描写手法,使用俚语,生动地描绘了两个小女孩的天真情态,后来陶渊明的《责子》诗、杜甫《北征》中的片段、李商隐的《娇儿诗》,显然都受了它的影响。

刘琨(270—318年)是略后于左思的有成就的作家。刘琨,字越石,中山魏昌(今河北无极县)人,中山静王刘胜之后,出身士族。少时以写诗著名,好老庄,尚清谈,生活浮华放荡,与石崇、陆机等以文章事权贵贾谧,为二十四友之一。于怀帝永嘉元年(307年)出任并州刺史,在尖锐的民族矛盾中,合募流民,与刘渊刘聪对抗,成为爱国志士,兵败父母遇害。晋愍帝建兴三年(315年)刘琨受命都督并幽冀三州军事,又为石勒所败。败后投奔幽州刺史段匹磾,相约共扶晋室,后因儿子刘群得罪段匹磾,刘琨被牵连入狱,不久被缢杀,时年四十八。

关于刘琨前后思想的转变,他在《答卢谌书》中自叙得很清楚:

"昔在少壮,未尝检括(检点约束)。远慕老庄之齐物(庄子有齐物篇,论人与物齐哲理),近嘉阮生之放旷……自顷辀张(辀张亦作侜张,犹强梁),困于逆乱,国破家亡,亲友雕残。负杖行吟,则百忧俱至,块然独坐,则哀愤两集……然后知聃周为虚诞,嗣宗之为妄作也。"他在外族的入侵下出任并州刺史,始幡然醒悟。

刘琨现存诗歌虽只三首《扶风歌》《答卢谌》《重赠卢谌》，但都是后期保卫中原战斗生活的产物，有丰富的现实内容和深厚的爱国感情。永嘉元年九月，诗人赴并州刺史任，这时北方"胡寇塞路"，他"以少击众，冒险而进，顿伏艰危，辛苦备尝"，写下了有名的《扶风歌》。

《扶风歌》

《扶风歌》叙述自洛阳赴晋阳沿途所见所感，最后表达了一种忧危忠愤的心情。扶风，郡名，在今陕西宝鸡扶风。

朝发广莫门，暮宿丹水山。——早晨从洛阳城北广莫门出发，晚上住宿在丹朱岭。广莫门，洛阳城北门。丹水山，丹朱岭，在今山西高平市北。

左手弯繁弱，右手挥龙渊。——左手拉满（弯）大弓，右手挥动宝剑。繁弱，大弓名。龙渊即龙泉，古宝剑名。这两句写戎装出发。

顾瞻望宫阙，俯仰御飞轩。——出了广莫门回头眺望宫阙，只见高高低低的走廊宇檐。御，驾也。俯仰，犹高下也。飞轩，廊宇也。这两句写四顾宫阙、眷恋不止。

据鞍长太息，泪下如流泉。——依靠着马鞍长声叹息，眼泪就像泉水似的往外涌。这两句写离别故国，悲痛落泪。

以上八句写从洛阳戎装出发时眷恋故国的情景。

系马长松下，发鞍高岳头。——在丹朱岭的长松下拴住马，在高山头上卸下了马鞍。

烈烈北风起，泠泠涧水流。——猛烈的北风吹来，岩中泉水泠泠地流去。泠泠，泉水声。

挥手长相谢，哽咽不能言。——挥动着手长时间地和京城告别，声音哽咽，连话也说不出来。再写告别京都。

浮云为我结，归鸟为我旋。——浮云替我伤心凝聚不散，归鸟也替我伤情盘旋不去。

以上八句写暮宿丹朱岭和京都最后告别情景。再一次表现了诗人怀念故国，不忍离去。

去家日已远，安知存与亡？——离开家一天比一天远，哪知将来是死是活？

慷慨穷林中，抱膝独摧藏。——在这偏僻的森林慷慨高歌，抱着膝头独自伤情。摧藏，悽怆之转。（见闻一多《乐府诗笺焦仲卿妻注》）

麋鹿游我前，猿猴戏我侧。——麋鹿在我的面前行走，猿猴在我的身旁嬉戏。

资粮既乏尽，薇蕨安可食？——盘缠粮饷已经断绝，怎能希望用已老的薇蕨野菜当粮食？

　　以上八句写中途穿行深林所遇荒凉窘困情况。

　　揽辔命徒侣，吟啸绝岩中。——挽住缰绳命令随从准备重新启程，在这绝壁峭岩中放声高歌。揽，挽。徒侣，随从。吟啸犹言高歌。

　　君子道微矣，夫子固有穷。——君子之道已经衰微了，没落了，连孔子也有穷困的时候。这两句以孔子在陈绝粮的故事比喻自己所遭受的困厄。

　　惟昔李骞期，寄在匈奴庭。——想起过去李陵出击匈奴，过期不回，流落寄居在匈奴王庭。骞，通"愆"，愆期，过期不归。时琨领匈奴中郎将，故传李陵以见志。

　　忠信反获罪，汉武不见明。——李陵对汉朝本来忠信却反而获罪，不被汉武帝所谅解。

　　以上八句写在绝望中长啸解忧，想起孔子受厄、李陵受冤，不禁联想到自己，唯恐讨贼不效，白白孤忠不获朝廷谅解。

　　我欲竟此曲，此曲悲且长。——我想结束这个曲（调）子，这个曲子又长又悲伤。

　　弃置勿重陈，重陈令心伤。——弃置在一边不要再说了，再说实在令人心伤。

　　这首诗的前半段表达了作者对故国的深沉眷恋，接着描写赴任途中的困苦情况，从不畏艰险艰难的前进中披露了作者的赤诚爱国之心，最后以李陵忠而被疑的故事揭露了抗敌斗争中来自统治阶级内部的干扰和困难，从而透露了晋政权的腐朽。

　　刘琨的诗清刚悲壮。《诗品》说"善为凄戾之词，自有清拔之气"，《文心雕龙》说"雅壮而多风"，都很能说明刘诗的特色。

　　刘琨的爱国行为和爱国诗歌给后世产生了深刻的影响。南宋爱国诗人陆游在《夜归偶怀故人独孤景略》中说："刘琨死后无奇士，独听荒鸡泪满衣。"可以看出诗人对他的赞扬。元好问《论诗绝句》说："曹刘坐啸虎生风，四海无人角两雄。可惜并州刘越石，不教横槊建安中。"把刘琨与曹操相比，感叹他未能实现雄心壮志。

　　魏正始时玄学兴起，阮籍、嵇康的作品已有浓厚的老庄思想。西晋时期，玄学有了进一步的发展，至西晋末年遂兴起了玄言诗。《诗品》说："永嘉时，贵黄老，稍尚虚谈，于时篇什，理过其辞，淡乎寡味。"在这种文学风气里，能够"变创其体"，而且获得一定成就的是诗人郭璞。

郭璞（276—324）字景纯，河东闻喜（今山西闻喜）人。"郭璞好经书，博学有高才""词赋为中兴之冠""好古文奇字，妙于阴阳算历，有郭公者，客居河东，精于卜筮，璞从之受业。公以《青囊中书》九卷与之。由是遂洞五行、天文、卜筮之术，攘灾转祸甚为灵验""然性轻易，不修威仪，嗜酒好色，时或过度"。他注释过《尔雅》《山海经》《楚辞》等书。西晋灭亡随晋室南渡，为大将军王敦记室参军，后王敦谋反，使璞筮之，璞对不决。"敦将举兵，又使璞筮，璞对曰：'无成。'乃向璞曰：'卿更筮吾寿几何？'答曰：'思向卦，明公起事，必祸不久，若住武昌，寿不可测。'敦大怒曰：'卿寿几何？'曰：'命尽今日日中。'敦怒，收璞，诣南冈斩之。"郭璞因反对王敦谋反而被害，朝廷追赠璞为弘农太守，年四十九岁。

郭璞是南渡之际的重要作家之一，他的代表作是《游仙诗》十九首。

游仙诗的来源很早，秦博士有《仙真人诗》，汉乐府中也有这类作品。建安、正始时期更不断有人继作。游仙诗中明显存在两种倾向，一种是所谓正格游仙诗，如李善注《文选》解释游仙诗是认为尘世是污秽的，官场是渺小的，只有摆脱尘世和官场，像诗仙那样在河边上一边注视侧影，一边对着云霞呼吸，在神仙的住所食玉石之类（隐居练功为仙）。也就是写遗世隐居，求为神仙的作品。另一种是借游仙以表示对现实的不满与反抗，如曹植、阮籍的某些作品。郭璞显然继承了后一种传统。他的游仙诗是借游仙以咏怀，有一定的现实内容，如第一首。

《游仙诗十九首·其一》

京华游侠窟，山林隐遁栖。——京城繁华的地方是有志之士活动的所在，山野林薮是隐士栖居的场所。京华，繁华京都。游侠，指抱着雄心壮志希望做一番事业的人。隐遁，隐居避世者。栖，山居曰栖。

朱门何足荣，未若托蓬莱。——荣华富贵有什么值得炫耀的，不如寄身于仙境蓬莱山。朱门指豪门贵宅或者荣华富贵。托，脱身，寄身。蓬莱，传说中的仙山。

以上四句是指尘世和蓬莱加以比较，隐居仙境要比留在京华高级得多。

临渊挹清波，陵岗掇丹荑。——渴了可到水源头处斟饮清波，饿了可以登上高岗采食灵芝。渊，水源头。挹，斟。陵，登。掇，采食。丹荑，初生亦芝草。丹，丹芝，又名赤芝，据《本草》说服之延年。荑，初生草之总称。这两句写隐居生活。

灵蹊可潜盘，安事登云梯。——灵蹊水可以隐居盘桓，何必做登上云梯求神仙这种事呢？灵蹊，水名。潜盘，隐居盘桓。安事，何必做。云梯，仙人升天因云而上。灵蹊水，在今湖北江陵县西。一说登云梯，指青云直上仕宦顺利。按此解则与诗内容吻合。

以上四句极力美化隐居生活的悠闲自得。

漆园有傲吏，莱氏有逸妻。——漆园有骄傲的小吏，老莱子有隐逸的妻子。

进则保龙见，退为触藩羝。——进而隐遁就可保持中正之道（就能保证见到保持中正之德的神龙），退而处于世俗，那就像把角卡在篱笆缝隙间的公羊一样进退两难。

以上四句肯定赞扬庄周和老莱妻的坚持隐居生活，不受世俗的约束。

高蹈风尘外，长揖谢夷齐。——远离尘世去求神仙，我要长揖辞别伯夷和叔齐，我的隐逸远远超过了伯夷叔齐讲求气节、不食周粟、隐退首阳。

以上两句以点明远大意向作结。

这首诗诗人直抒胸怀，表示了对"山林隐遁"生活的追求和向往，表达了对"金华""朱门"及"触藩羝"生活的轻蔑与否定，也就是对现实的不满与反抗。

郭璞游仙诗的另一特色是富于形象性，不同于一般的游仙诗往往写得过于抽象，如第三首写想象中的神仙居处和生活情态，形象、鲜明而生动。

《游仙诗十九首·其三》

翡翠戏兰苕，容色更相鲜。——翡翠鸟儿在兰草和苕草丛里嬉戏，互相映衬颜色更加鲜明。

绿萝结高林，蒙笼盖一山。——高树林中长满了绿色的萝草，密密麻麻的覆盖一整座山。

以上四句写自然环境优美。

中有冥寂人，静啸抚清弦。——山中有隐居修仙的人，安稳的长啸抚摸琴弦，发出清脆的声音。

放情凌霄外，嚼蕊挹飞泉。——奔放的感情凌驾在云霄之外，口嚼着花蕊斟饮着瀑布的水。

以上四句写仙人生活。

赤松林上游，驾鸿乘紫烟。——仙人赤松子在高林上空遨游，跨着鸿雁乘着紫色的烟雾。

左把浮丘袖，右拍洪崖肩。——向左袖子下垂在浮丘山，向右手可拍打洪崖山山巅。浮丘，山名，在广州市西，相传为浮丘道人得道之处。洪崖，山名，在江西新建县（今南昌市新建区）西南，相传洪崖先生得道于此。

以上四句写仙人赤松子跨鸿仙游。

借问蜉蝣辈，宁知龟鹤年。——请问蜉蝣一类的小飞虫，怎么能知道高寿的龟与鹤的年龄。比喻世俗之人不知道隐居成仙的好处。

《诗品》说他的诗"彪炳可玩"（文采焕发可供玩赏），正是指出了这种特色，不过游仙诗的主旨毕竟在歌咏遗世隐居上，所以消极倾向仍然是很明显的。

第三章

陶渊明

东晋时期，士族清谈玄理的风气更盛，对文学的影响也更大，出现了孙绰、许询等一系列作家，他们"诗必柱下之旨归，赋乃漆园之义疏"（诗一定要以老子的思想为依据，赋就是庄子哲理的解释）。玄言文学占了文坛的统治地位，这种文学在内容上是"世极迍邅而辞义夷泰"（现实极端困难而文学内容平稳安详），严重脱离了现实。在艺术上则"理过其辞，淡乎寡味"，失去了艺术的形象性和生动性，直到东晋末的陶渊明，才给文坛带来了富于现实内容、具有独特风格的创作。

第一节 陶渊明的时代与生平

陶渊明（365—427），名潜，字渊明，又字元亮，浔阳柴桑（江西九江）人。曾祖父陶侃曾官至大司马，祖父茂和父亲逸也做过太守，外祖父孟嘉做过征西大将军。不过到了陶潜时，家境已经衰落。

陶渊明的少年时代，由于受家庭和儒经的影响，对统治阶级抱有幻想，有"大济苍生"的壮志。但他的家庭身世和所处的时代对他却是十分不利的。

这时，反动的门阀制度发展到了顶点，门阀士族垄断了高官要职，出生于寒门素族的人则遭受到了无理的压抑。陶渊明的曾祖父陶侃，虽以军功取得晋朝的高官，但本身并非门阀士族，在当时就已经被讥骂为"小人"和"溪狗"。到了陶渊明时代，连这样的家世也没落了，他自然得不到社会的重视。这时东晋政治又极端腐败，统治阶级内部矛盾十分尖锐。此时当政的晋孝武帝司马曜整天酒醉昏迷，重用同母弟司马道子，司马道子也是个酒徒，用一批奸人做爪牙，合力排斥谢安。385年谢安病死，司马道子和儿子司马元显当政，皇室内部一片混乱，司马道子与司马曜兄弟之间、司马道子与司马元显父子之间争权夺利，同时帝室与大族之间也展开了权力的争夺。389年京口（今江苏镇江）镇将王恭，联络藩镇段仲堪、桓玄、庾楷等起兵反对皇室，王恭被杀，藩镇共推桓温的儿子江州刺史桓玄为盟主，形成了大族推翻帝室的中心力量。399年孙恩、卢循带领东南人民起义，402年桓玄从武昌顺流东下，攻入建康，杀司马道子与司马元显，404年桓玄废晋安帝，自立为皇帝，国号楚。就在这一年，镇压孙恩起义的刘裕从金口起兵，攻破建康，玄逃江陵。晋兵杀桓玄，刘裕恢复晋安帝，然大权在握，准备篡晋。左右政局的士族和军阀都热衷于争权夺利，既不想整顿政治，又无意收复失地。在这样的政治局面下，想实现进步的政治理想是不可能的，这样的客观现实对陶渊明的生活道路和思想变化有着深刻的影响。

陶渊明直到29岁才出仕，以后十多年里，几次做官，都不过祭酒、参军等小职，不仅济世的抱负无法施展，而且必须降志辱身和一些官场人物周旋，使他感到"志意多所耻"和"违已交病"。仕途不顺利是一个方面，另一方面是在老庄思想和隐逸风气的盛行下，陶渊明早年就有爱慕自然、羡慕隐逸的思想，所谓"闲居三十载，遂与尘事冥，诗书宿风好，园林无世情"。当他仕途不得志时，就更怀恋这种生活，"静念园林好，人间良可辞"。所以这十多年里他一直是"一心赴两端"，行动上也是仕隐无常。

陶渊明39岁时思想有了更大变化，他说："先师有遗训，忧道不忧贫，瞻望邈难逮，转欲志常勤。"想到仕道不行，就只好躬耕自给了。这一年他亲自参加了劳动。此后他又做过镇军、参军等小军职，也因为"耕植不足以自给"，又一度做了彭泽县令。在官八十多日，逢郡督邮来县，属吏告诉他要束带接待。他叹道："我不能为五斗米向乡里小儿折腰。"即日解职而归。从此结束了他仕隐无常的生活，坚决走上了归田的道路。

在陶渊明归田以后的二十多年中，以镇压孙恩起义和桓玄叛乱而起家的刘裕独揽了东晋军政大权，又在北伐南燕、后秦中壮大了声势，终于代晋称帝。但是门阀士族的势力依然存在，黑暗腐败的社会并未改变。看惯了篡夺、阴谋、危机的陶渊明，为了避祸决心不再出仕。晋末征他为著作郎，辞不就。刘宋元嘉时，他"偃卧瘠馁有日"，江州刺史檀道济劝他出仕，他也拒绝了，道济馈他粱肉，他"麾而去之"，表现了他与统治阶级决裂的坚定态度。

"世与我而相违，复驾言兮焉求？"陶渊明的归田，是在对污浊的现实完全绝望之后，采取的一条洁身自守的道路。这时儒家独善其身的思想占了主导地位。从他放弃了实现济苍生的理想来说，具有一定的消极性，但从他坚持高尚的志趣、决不和统治阶级同流合污来说，仍有一定的积极进步的意义。正因为他把壮志埋藏在心里，所以一直没有忘却现实，常常流露出对腐朽现实的不满和壮志难伸的焦灼和悲愤。

　　同时，道家思想对他也有很大影响。他吸收了道家思想中朴素唯物论的成分，认为万物都按照自然规律而生灭变化，否定了道教的长生永世之说和佛教神不灭的思想，这是进步的方面。但他由此出发而采取"委运乘化"、听天由命的人生态度，却是消极的。"聊乘化以归尽，乐夫天命复奚疑"，说明他处在极端不合理的现实中，想用这种态度消除思想矛盾，完全超脱于现实之外。

　　陶渊明的后期最值得重视的是他亲自参加劳动。这对当时文人来说是一件了不起的大事。封建社会和儒家思想本是鄙视劳动的，两晋南北朝士族尤甚。颜之推《颜氏家训》说"多见士大夫耻涉农务。"《南史·到溉传》载，到溉先祖曾担粪自给，别人骂他"尚有余臭"。陶渊明却冲破了这种剥削阶级的意识，坚决走上了躬耕自给的道路，这样他的思想就产生了一系列的变化，他改变了剥削阶级鄙视劳动的态度，在一定程度上认识了劳动的价值，也在和农民的共同劳动、平等交往中，对农民产生了亲切的感情，培植了倾向于平等的思想。他本来认为劳动可以自养，所谓"力耕不吾欺"，但是他的生活却和一般农民一样，不断走下坡路，时常受到饥寒的威胁，有时甚至不得不出去乞食。这也是促使他不能不从别的方面去寻求改变贫困的原因。上述思想的发展推动诗人提出了没有剥削和压迫的桃花源的社会理想，对不合理的封建社会表达了抗议，这是陶渊明思想的精华所在，在我国政治思想史上也是有其光辉的地位的。

第二节　陶渊明作品的思想内容与艺术特色

　　陶渊明的作品现存诗120多首，散文6篇，辞赋3篇，还有《读史述九章》和《扇上画赞》两篇接近四言诗的韵文。
　　诗歌是他成就最突出的方面，具有丰富的内容。
　　陶渊明生活在极端黑暗的社会里，却坚持高远的理想和志趣。一部分作品表现了他守志不阿的耿介品格。这种品格在诗篇中以耐寒经霜的菊花和青松为象征。他在《和郭主簿》其二中说（《和郭主簿》写于402年他38岁时）：
　　芳菊开林耀，青松冠岩列。怀此贞秀姿，卓为霜下杰。——芳香的菊花盛开在林中光彩耀人，青青的松树整整齐齐挺立在山岩上。菊和松具有这样坚贞秀丽的姿色，与众不同地做了寒霜凌厉的杰出者。

他在《饮酒》第八首中说：

青松在东园，众草没其姿。凝霜殄异类，卓然见高枝。——青松依然挺立在东园，众草连姿态都枯萎了（没有了）。凝结似冰的寒霜消灭了其他各种草木，只有青松傲然挺立显现出高高的枝条。

他是以霜下盛开的菊花和严冬不凋的青松象征自己卓然挺立，不屈不挠，经得起寒霜凌厉。

正由于诗人具有寒菊青松的高贵品格，所以他一方面对腐朽和统治阶级表现了一种孤高的态度，如《咏贫士》第一首说：

万族各有托，孤云独无依。暧暧空中灭，何时见余晖？——万类万物都有所依托，只有孤独的云朵独自飘浮，无依无靠，在天空中黯然消失，什么时候又能见到它的残存的光辉呢？这朵晴空飘浮的孤云象征诗人的处境和命运，它孤独无依会无声无息地消失，但也表现了诗人态度，他要远离尘世，永远保持自由和高洁。

另一方面是对污浊的现实表现了强烈的不满。在《饮酒》二十首里他借着"醉人"的语言，或指责社会上是非颠倒，毁誉雷同；或揭露政治陷阱政治危机；或鄙弃世俗的虚伪和欺诈。这类诗作表现诗人守正不阿的品格。

陶渊明的志趣和性格，终于使他同统治阶级上层社会完全决裂，回到田园中来。他写下了大量的田园诗，他的田园诗充满了对污浊的社会的憎恶和对纯洁的田园的热爱，如《归园田居》第一首。

《归园田居·其一》

《归园田居》共五首，成一组，写于晋安帝义熙元年（405 年）十一月，即诗人自彭泽归隐之次年。其第一首是叙述归田的原因和归田后的生活及愉快心情：

少无适俗韵，性本爱丘山。——少年时候就没有适应世俗的风度，自己的性格本来就爱慕丘陵高山。这两句写他本来就不好世俗，爱慕自然。

误落尘网中，一去三十年。——错误地落在尘世的网罗之中，一去就是十余年。诗人自太元十八年（393 年）出仕为江州祭酒，至乙巳（405 年）辞彭泽令归田，是十二年，次年此诗，正好十三年。所以"三十年"应为"十三年"之误。这两句写断续出仕犹如落入罗网，长达十三年。

羁鸟恋旧林，池鱼思故渊。——束缚在笼中的鸟依旧依恋不舍于旧日的树林，养在池子的鱼思念着原来的深水潭。这两句比喻作者如羁鸟、池鱼在仕途中仍然思念田园生活。引起下文写田园生活。

以上六句写诗人本爱自然，误入仕途，犹思田园。

开荒南野际，守拙归田园。——开荒在南面的荒野间，自己宁愿抱守愚拙的本性归隐田园。际，间。拙，愚笨。

　　方宅十余亩，草屋八九间。——住宅的四周有田十余亩，住宅是茅屋八九间。

　　榆柳荫后檐，桃李罗堂前。——榆柳树的树荫遮盖了后檐，桃花李花罗列在堂屋的前面。荫，遮蔽。

　　以上六句写住宅的四周和庭院的自然景象。

　　暧暧远人村，依依墟里烟。——住宅模模糊糊的远离人们的村庄，村子里的炊烟还依稀可辨。

　　狗吠深巷中，鸡鸣桑树颠。——狗在深巷子里叫，鸡在桑树梢头鸣。

　　以上四句写住宅的远处炊烟可辨，鸡鸣狗吠可闻。

　　以上八句写纯洁优美宁静的田园风光，以示作者由衷的喜爱。

　　户庭无杂尘，虚室有余闲。——门庭里没有尘俗的杂事，虚空安静的居室里有多余的闲暇。

　　久在樊笼里，复得返自然。——就像长久关在笼子里的鸟兽，又能够重新返回大自然一样，自由自在，无拘无束。

　　诗人把统治阶级的上层社会斥为"尘网"，把投身其中的自己看作是"羁鸟""池鱼"，把退出田园说成是冲出"樊笼"、重返"自然"，表示了他对丑恶的社会的鄙视。诗人着重细微地描写了纯洁、优美的田园风光，字里行间流露出他对田园生活的由衷喜爱。在这里淳朴、宁静的田园生活与虚伪、欺诈、互相倾轧的上层社会形成了鲜明的对比，具有格外吸引人的力量。

《饮酒·其五》

　　当诗人尚未离开宦途时，有一种"暂为人所羁"的感觉，心情无法平静下来，他"望云惭高鸟，临水愧游鱼"。但当他远离了这污浊的现实，回到田园中来，却感到获得了归宿。他在《饮酒》第五首写道：

　　结庐在人境，而无车马喧。问君何能尔，心远地自偏。——陶渊明《饮酒》二十首，非一时之作，大约写于40岁以后，内容是酒后的题咏，或抒写对时局的蔑视，或赞美隐逸闲适，表白自己的志向。第五首写远离世俗社会之后生活显得悠然自得。虽然在人世间建造了住室，却没有车马的喧闹纷扰。请问您为什么能够如此，是我有心疏远世俗，世俗也就疏远了我，因此住地更显得偏僻。以上四句是先写住处住在尘世而不受尘世的干扰，再以设问设答，说明不受干扰的原因：自己思想上远离尘世，断绝交往，所以住地显得僻静。

采菊东篱下，悠然见南山。山气日夕佳，飞鸟相与还。——在东面的篱笆里摘取菊花，悠然自得地望见了南山。山上的雾气在傍晚时候映衬着云霞更加好看，飞鸟儿也成对成群地飞回南山。丁福保认为南山即指庐山，从九江可以遥望南面的庐山，王瑶以为诗经言"南山之寿"，所以南山为寿考的象征。相传服菊可以延年，采菊方可服食。以上四句是写诗人采菊东篱，观赏大自然的景色，给我们描绘出了一幅深秋傍晚，寂静优美的大自然画面：在诗人的近旁篱笆花圃，秋菊盛开，远远的庐山雾气徐徐缭绕，与天空的晚霞交相辉映，鸟儿也成对成群地从东篱的上空飞回。面对境界开阔、意境优美的大自然画面，诗人的心情是多么悠然自得、怡然自乐啊！

此中有真意，欲辨已忘言。——在这个时候，这个环境里含有人生的真正意义，想把这个意义辨别出来，却已忘记了该说些什么，也无须明白说出来。陶渊明的真意，就是远离了污浊的社会现实，自身得到了彻底解脱，隐迹田园，委运乘化，自由自在。

诗人的田园生活远离统治阶级，却更接近下层文人和农民。这里有志同道合的朋友谈心赏文，如他《移居》中写道："邻曲时时来，抗言谈在昔。奇文共欣赏，疑义相与析。"邻居时时来拜访（指殷晋安），一来就高谈阔论过去的事情，有了奇特的文章一块欣赏，有了疑难的文义互相在一起分析。有朴实的农民共话桑麻，如《归园田居》第二首中说："时复墟曲中，披草共来往，相见无杂言，但道桑麻长。"时常又和山村中、偏僻地方的人，拨开荒经的野草互相来往，彼此见面没有多少闲话，只是谈谈桑麻长得如何？墟，乡野。曲，乡僻。披，拨开。有邻里的相与宴饮，"漉我新熟酒，只鸡招近局"（《归园田居》第五首），意思是过滤好我新近酿成的酒，杀只鸡邀请近邻来欢聚。所以，他的田园诗有着丰富的现实生活内容。

《归园田居》

尤其可贵的是他的田园诗还反映了劳动生活的内容，如《归园田居》第三首：

种豆南山下，草盛豆苗稀。——在南山（庐山）下种上了豆子，杂草长得茂盛但豆苗稀疏。

晨兴理荒秽，带月荷锄归。——早上起来去锄田中的杂草，直到月亮出来，才扛着锄头戴月回家里。理，清理。

道狭草木长，夕露沾我衣。——狭小的路上草木丛生，晚上的露水沾湿了我的衣服。

衣沾不足惜，但使愿无违。——衣裳湿了不值得可惜，只希望不要违背我的心愿。诗人的心愿是隐居田园，不与世同流合污。

诗篇活生生地刻画出了一幅劳动归来的图景，一个带着月色、从草木丛生的小径上荷锄归来的劳动者的形象，跃然纸上，如在眼前。

由于诗人亲自参加了劳动，并由衷地喜爱它，劳动，第一次在文人的创作中得到了充分地歌颂。他的一些田园诗还表现了只有一个劳动者才可能体会的思想感情。如《归园田居》第二首说：

桑麻日已长，我土日以广。常恐霜霰至，零落同草莽。——桑麻一天天已经长起来了，我开垦的土地也一天天扩大了，常常担心霜霰到来，桑麻受到摧残零落成了丛草。诗人和桑麻同呼吸共命运了，只有农民才会有爱苗如子的感情，诗人也具有了这种感情，实在是可贵。

《庚戌岁九月中于西田获早稻》

人生归有道，衣食固其端。——人生的归趣（目的意义）是有常理的，原以劳动营求衣食作为它的开端。

孰是都不营，而以求自安。——怎能连衣食都不去经营，却来寻求自己生活的安逸。孰，何？是，此。

开春理常业，岁功聊可观。——一开春就进行耕作，一年的收成才姑且可观。

晨出肆微勤，日入负耒还。——早晨出门从事轻微的劳动，太阳落山才扛着农具回家。

山中饶霜露，风气已先寒。——山里头多霜多露，气候冷得比较早。

田家岂不苦？弗获辞此难。——农家难道不觉得辛苦？只是不能得到摆脱这种艰辛劳动命运的机会罢了。

四体诚乃疲，庶无异患干。——四肢的确是疲乏，但也许不受横祸的冒犯（不会横祸的临头）。异祸，横祸。干，冒犯。乃，是。庶，也许大概。

盥濯息檐下，斗酒散襟颜。——洗了手洗了脸坐在房檐下休息，喝一杯酒散散心消消愁。散襟颜，涤愁散心。盥，洗手。濯，洗。

遥遥沮溺心，千载乃相关。——遥远的长沮、桀溺的心情，相隔千年仍然和我的情息息相关。

但愿长如此，躬耕非所叹。——只愿长久过这样的生活，亲自参加耕作毫不叹息。

这首诗一开始就以诗人在劳动实践中获得的真知灼见，说出了颇富哲理意味的认识，衣食是人生的第一需求，怎能不劳求安逸？接着写一年之计在于春，从春天忙起，早出晚归，一年到头才可能获得可观的收获，农事是不容易的。耕作在山野，霜凌露侵，寒气袭人，农家是辛苦的。虽然辛苦却少遭横祸，劳动完了可以喝杯酒散心消愁，这是千百万封建社会的农民生活写照和真实想法。那么作者的想法是什么呢？远追沮溺，长期耕作，无所悔惜，作者鲜明地表露了自己和士族阶级寄生虫、吸血虫们的尖锐对立的观点，饱含着亲切的心情，写出了农事的辛苦和农家的真实思想，也表示了自己不辞辛劳，坚定躬耕的顽强态度，大大地超出了一般士大夫文人的思想意识，他的田园诗的确闪烁着进步的思想光辉。

陶渊明还有一些田园诗，描写了他的田园生活的贫困状况。如《怨诗楚调示庞主簿邓治中》说：

夏日长抱饥，寒夜无被眠，造夕思鸡鸣，及晨愿乌迁。——夏天常常忍饥挨饿，冬天的晚上没有被子御寒，到了晚上盼望着鸡鸣（早点天亮），早上又希望太阳快点下去，夏日白天挨饿，寒夜晚上受冻，饥寒交迫，情景逼真。《有会而作》说："弱年逢家乏，老至更长饥。菽麦实所羡，孰敢慕甘肥。"年轻时候正遇上家境困难，老年时更是常常挨饿，豆子麦子实在是我羡慕的，谁还敢垂慕甘甜肥美的东西。这些诗虽然只是描写他晚年每逢天灾不免屡受饥寒，但我们也可以从中想见当初普通农民更加悲惨的生活情景。

陶渊明在艺术上具有独特的风格和极高的造诣。他的诗给人的突出印象是平淡自然，这种艺术风格是两方面的因素造成的，一方面是内容上的，一方面是方法上的。陶渊明的诗主要内容是平淡的田园风光，农村的日常生活以及生活中的恬静心境，而又是通过朴素的普通的田家语言和白描的手法直率自然地抒写出来的，使人感到好像是从"胸中自然流出"，没有一点斧凿的痕迹，读起来毫不吃力，毫不阻滞，朗朗上口，给人以真切的生活感受。

陶渊明的诗歌虽然平淡，却不浅薄，相反只让人感到淳厚有味。形成这个特点的原因，主要是语言精粹，富有形象性，具有浓烈的生活气息。如《和郭主簿》中的"蔼蔼堂林前，仲夏贮清荫。"这是写诗人堂前林木成荫。一个贮字就把林荫浓郁、苍翠清幽、凉爽的形态具体刻画了出来，好像可以贮存、可以掬取的一瓮清泉。"有风自南，翼彼新苗"中一个"翼"字使我们清晰地看到和煦的南风温存抚爱着欣欣向荣的禾苗的景象，生意盎然。又如《饮酒》其九："清晨闻叩门，倒裳往自开。问子为谁与？田父有好怀。"四句话把仓皇开门的情态、动作和声音活生生地刻画了出来了，苏轼说陶诗"似癯实腴"即似消瘦实丰满。

陶诗颇富意境，在田园诗中表现得更为突出。陶渊明的田园诗在描绘田园风光时往往能创造出一种引人入胜的境界。如前引第一首《归园田居》：

"方宅十余亩，草屋八九间，榆柳荫后檐，桃李罗堂前，暧暧远人村，依依墟里烟，狗吠深巷中，鸡鸣桑树颠。"我们不仅能看见榆柳桃李中的几间茅草房，四周的土地，远处村落中的几缕炊烟，还能听见深巷狗吠，树梢鸟鸣，这一切构成了一种境界，给人以宁静安谧、淳朴自然的感受，使读者也不觉纺耕，置身其中，为田园风光所陶醉。这样一种独特风格的形成和诗人的创作目的和方法是有密切关系的。从创作目的来说，陶渊明创作田园诗不是为了客观地描摹田园生活，而是为了集中地突出地表现田园生活中的某种情趣，所以从创作方法上来说，不是随意摄取田园生活的镜头，而是把那些最能引起自己思想感情共鸣的东西摄取到诗中来，在平凡的生活素材中含有极不平凡的思想意境，因而有引人入胜的艺术魅力。陶渊明在诗歌创作上的这些独特风格，追根究底，根植于深厚的生活基础，生活是创作的渊源，这一真理在陶渊明的诗歌创作中也获得了明证。

陶渊明的词赋和散文虽然数量不多，但也都写得很好。他的散文都是用朴素简洁的文笔描写真实的思想感情，真切而传神。《五柳先生传》是诗人自撰的小传，或者说诗人的自我画像。

《五柳先生传》

先生不知何许人也，亦不详其姓字，宅边有五柳树，因以为号焉。——先生不知是何等模样的人（哪里人），也不清楚他的姓和字。住宅旁边有五棵柳树，因而就用五柳作为别号了。以上简介五柳先生名号来历。

闲静少言，不慕荣利。——文雅沉静话不多，不追求名利。以上介绍先生的性情思想。

好读书，不求甚解，每有会意，便欣然忘食。——爱好读书，不要求对字句的通透了解，每逢对书中的意义有一些体会，便高兴得忘了吃饭。以上写先生读书的方法和习惯。

性嗜酒，家贫不能常得。亲旧知其如此，或置酒而招之。造饮辄尽，期在必醉，即醉而退，曾不吝情去留。——生性好喝酒，家境贫穷不能经常喝酒。亲戚朋友知道他的生计情况是这样的，有的人准备了酒叫他去喝，一去喝酒常常要把酒喝个精光，总希望一定要喝个酩酊大醉，已经醉了便起身告辞，从来不留恋舍不得走。以上写先生嗜酒及造饮习惯。吝情，舍不得。去留，偏义副词，偏在去。

环堵萧然，不蔽风日，短褐穿结，箪瓢屡空，晏如也。——住室只有四堵墙，空空荡荡，什么陈设也没有，房子破旧不能遮风蔽日，穿的粗布短衫也是破烂不堪，到处打着结，吃饭用的篮子、舀水用的瓢常常空放着，先生却是安然自如。

常著文章自娱，颇示己志，忘怀得失，以此自终。——常常写些文章欢娱自己，文章很能表达自己的志趣。忘记了尘世的得失，就凭着这个（过穷日子写文章）终了一生。

这篇不到二百字的短文，以精粹的笔墨描写了先生的性格、思想、喜好、生活状况、人生态度等各个方面，惟妙惟肖地刻画出先生的肖像，栩栩如生。表达了先生不慕荣利、忘怀得失、安贫常乐、著文示志的崇高的思想境界，同时以不言姓氏家世，表示先生甘居寒门，隐姓埋名，并以此抒发其愤世嫉俗的反抗精神。

《桃花源诗并记》

魏晋人写诗赋往往在前面附有小序或记，以说明诗赋产生的原委。陶渊明写了《桃花源诗》，诗前有记，记述武陵人偶入桃花源的所见所闻。记和诗所写的重点和表现手法都不同，诗是直接表达作者对淳朴的理想社会的向往，有描述，有议论，有抒情。记则完全用记叙的方法，客观地塑造了一个没有剥削、没有压迫、人人劳动、自由平等的世外桃源，一个理想的社会图景。表达了作者对现实社会的不满和否定，反映了广大人民向往追求美好生活的愿望。

《桃花源记》

东晋孝武帝太元年间，有个武陵郡人，以捕鱼为职业，沿着溪水往前走。走着走着忘记了路的远近，忽然遇见一片桃花林，桃林分布在溪水两岸，沿着溪水向前延伸，约有几百步远，林中没有其他树木，芳香的野草鲜明美丽，零落的桃花乱纷纷飘舞（初开的桃花密密麻麻繁盛了），渔人非常诧异，这是来到了什么地方？（以上写渔人缘溪行，遇桃林而惊异）

又往前走，想走到林的尽头，林的尽头就是溪水的源头，遇到了一座山，山脚下有个小洞口，若有若无的，似乎里面有光亮，于是离开船从山口进入。（以上写渔人经过桃林尽处，溪水源头，遇山得洞而入）进入洞里，一开始极其狭小，仅仅能使一个人通过，又走了几十步，眼前开阔明朗了。（以上写渔人入行洞中情景）

只见土地平坦广阔，房屋整整齐齐，有肥美的耕地、有美丽的池子、有桑树竹子之类的东西，田间小路交错畅通，可以听见鸡鸣犬吠的声音，在田野中人们往来行走，或耕种庄稼，男女的衣着，全像山外的人，老人小孩都表现出愉快高兴的样子。（以上写渔人在桃花源所见自然和人们景象）一个源中人见到渔人就非常吃惊，问渔人从哪里来，渔人毫无保留告诉了他，他就

邀请渔人到他家里去摆酒杀鸡做饭，招待渔人。（以上写源中人请渔人回家并招待了他）

村里的人，听到有这么个人都来打探消息，他们自己说先辈们躲避秦朝末年的战乱，带着妻子和村子里的人来到这个与世隔绝的地方，不再出去了，就和外界的人分离隔阂了。渔人问他们现在是哪个朝代，既不知道有汉朝更谈不上魏晋了。渔人把听到的事情一一给他们讲了，源中人都感到惋惜。其他的人各自又请渔人到他家里，都拿出酒食招待。（以上写渔人在源中的活动）渔人停留了几天，告别而去。源中人告诉他说："这里的情况不值得向外界人说。"（以上写渔人辞出桃花源）

渔人从桃花源出来后，找到了他的船，就沿着来时的路回去，处处做了标记。到了郡城，去太守府说了这样的事情，太守立即派人跟着他去桃花源寻找过去所记的标记，就迷了路，再也不能找到去路。（以上写复往迷路，不能再入桃花源）

南阳隐士刘子骥是个品德高尚的文人，听到这件事，高兴地计划要去，没有实现，不久后他病死了。以后就再没有问路探源的人了。

《桃花源诗》译文

秦嬴扰乱了天下的秩序，贤能的人远远地避开了这个乱世。
夏黄公、绮里季去商山隐居，这些源中人也去隐居。
过去的行迹渐渐湮灭了，出来的小路也就荒废了。
以上写桃花源中人秦时隐居遂湮灭无闻。
相依为命尽力耕种下田，太阳落山才一块回家休息。
桑树竹子铺下宽大的树荫，豆类五谷随季节种植。
从春蚕身上收取长丝，秋田熟了没有官府收税。
荒芜的小路隐蔽了与外界的交往，只有鸡犬互相听见鸣叫的声音。
祭祀祖先仍用先秦老办法，衣裳没有新的式样。
儿童们纵情地唱歌，白发老人高兴往来游玩。
草木茂盛开花就知道季节暖了，草木凋落衰败就知道北方凛冽。
虽然没有记载岁月的历书，四季的变化自然成为一年。
生活愉快，乐趣横生，何用去劳心弄机巧智谋。
以上写桃花源是无剥削压迫，人们耕种自食其力、老幼咸乐的理想社会。
桃花源的奇迹已经隐蔽了五百多年，一旦敞开了神仙般的境界。
人心的敦厚与淡薄已经有着不同的源头，随即又隐蔽了起来。
请问游荡在尘世间的人，怎能探测室外的仙境呢？

我愿驾着清风，高飞远举去寻找桃花源中志同道合的人。

以上写诗人寄寓于桃花源的思想意义和诗人对世外仙源的向往。

陶渊明的辞赋继承了抒情小赋的传统，但都写得铅华洗净、雅意深邃，又极自然，和诗、散文保持了风格的一致。

《归去来兮辞并序》

[原序译文]：我家贫穷，耕种所得不够维持自己的生活，孩子满月，瓦瓮里没有余粮，想维持生活的所需，又找不到营求的本领窍门。亲朋多劝我出去做个县小吏，思想上活动起来有了做官的念头，谋求官职却无门路。适逢王室多事，战争频频，各地州郡都标榜爱惜人才。我叔父因我贫穷就把我安排在小县城，这时战乱末年心里怕去远方服役，彭泽县离家只有百里地，俸禄田的收获，足够喝酒，所以请求去那里了。不多几天，念念不忘田园，有辞官归去的念头。为什么？资质本性爱好自然，不是造作勉强能办到的；饥饿受冻自然迫切，违背本心与官场交往，心里更是沉痛的。自己曾经在官场来往，都是为了满足口腹的要求而强迫自己，于是自己感觉失望的心情激动，深深愧对平生的志向。但我还指望公田谷物成熟收获一次庄稼，再收拾行装连夜走掉。不久程氏妹死在武昌，心里急于赶快奔丧，就自行解职而去。从仲秋至冬，任职八十多天。因上述的事情就顺随心意执笔写了两篇文章，题目叫《归去来兮》。晋安帝义熙元年（405年）冬十一月。

《归去来兮辞》译文

回去啊，田园快要荒芜了，为什么还不回去？既然自己使心灵受形体的驱使奴役，为什么要失意而独自悲伤，认识到过去的一切已不可改正，还知道未来的事情还可以挽回。实在是迷失了道路那还不远，觉得今天是对的而昨天是错了。船遥远地轻轻地飘荡，风飘飘荡荡吹动了衣裳。问同行人前面路程的远近，恨早晨的星光微弱。一看见了简陋的房子，又高兴又奔跑，家童仆人出来欢迎，幼稚的孩子等候在门口，庭园间的小路已经荒芜，且喜松树菊花还在，手拉着孩子进入住室，准备好的酒装满了一酒樽，拿起酒壶酒杯自酌自饮，看见庭院的树木喜形于色。靠着南面窗子表现我的孤傲的意志，觉察到简朴的生活也容易使人安乐。在园中每日散步久而趣味自生，园门常常关着，拄着手杖或游或息，时时抬头远远眺望。云气自然而然露出了山峰，鸟儿厌倦了飞翔也知道飞回。太阳昏暗暗的将要落下去了，手抚摸着孤立的青松徘徊不去。

回去啊，请允许我停止交往断绝交游，世俗和我的心愿相违背，又驾车出去追求什么！喜欢和亲戚谈谈心里话，乐于弹琴作书来消愁解闷。农夫告诉我春天到了，将要在西边的田里去耕作。或者驾上有布棚的车子，或者划着一只小船。既寻求幽深曲折的山谷，也经过高低不平的小山丘。树木欣欣向荣，泉水清清流出。羡慕万物及时荣发，感叹我一生即将结束！

算了吧，寄身在天地间还能有多少时间，为什么不放心任其自然地或生或死！干什么啊？心神不定地想到哪儿去？富贵不是我的心愿，天帝的家乡不可希望。爱惜美好的时光独自去远游，或者插杖田边除草培苗。登上东边的山岗，慢慢地发出长啸，来到清水边上吟诗。姑且随着大自然的运转变化而终于死去，乐于顺从天命还有什么可以怀疑的呢！

《归去来兮辞》是历来为人称颂的名篇。这是诗人在晋安帝司马德宗义熙元年乙巳冬十一月自彭泽令归田后所写。全辞分四段，第一段写在归田途中的心情，觉今是而昨非，愿及早归田。第二段写归家后情景，父子团聚、引觞自酌、南窗寄傲、涉园成趣、策杖流息、抚松盘桓，充分表达了诗人喜悦而又伤感之情。第三段写诗人断绝交游、琴书自娱、从事耕作或遨游山水，以至终老，表达了诗人对田园生活热爱和对世俗的决绝态度。第四段写诗人的人生态度，人生有限，常乐天命、乘化归尽。总之这篇辞表现了诗人厌弃仕途、热爱田园的生活态度与情趣，表达诗人绝不与世俗同流合污的精神以及乘化归尽的消极情绪。

第三节　陶渊明的影响

陶渊明的影响是随着历史的发展而逐渐扩大的。他曾和周续之（入庐山事释、惠远）、刘逸民（名程之，佛教徒，为刘裕所赏识，逸民也是刘裕送的雅号，曾做过柴桑令）被称为"浔阳三隐"（庐山三隐），只是作为一个合于雅道的隐士而被人们注意。人们对他并没有正确的认识，同样他的作品在当时也得不到人们的重视。其原因有三个方面：第一，东晋时期玄言文学占据统治地位，他的田园诗与贵族文坛格格不入，自然得不到士族文人的重视。第二，宋齐时期山水诗盛行，他的诗中淳朴淡泊的田园风光也不合于贵族欣赏名山大川的口味。第三，他的平淡自然的艺术风格也和当时崇尚藻丽的文风大相径庭。所以说他的作品在他生活的时期及后面的一段时间并不为贵族文人所重视，在文坛上没有什么地位。到了梁陈时期，钟嵘、萧统才开始重视他，但重视程度也还是十分有限的。《诗品》将他列入中品,《文选》选录他的作品也仅有五篇。不过梁昭明太子萧统对他的作品的教育意义却是倍加赞扬,萧统在《陶渊明集序》中说:"尝谓有能读渊明之文者,驰竞之情遣,鄙吝之意祛,贪夫可以廉,懦夫可以立,岂止仁义可蹈,亦乃爵禄可辞,不劳复傍游太华,远求柱史,此亦有助于风教尔。"唐以来,他的作品越来越受到人们的重视,在我国文学史上产生了深远的影响。

　　陶渊明的诗歌内容是复杂的,因此不同方面的内容,在不同的历史时期,对不同的作家,所起的作用也是不同的。他诗中表现的光明磊落的人格和绝不与世俗同流合污的高尚品质教育后代文人不屈从于权贵,不与庸俗之流为伍。唐代大诗人李白不肯摧眉折腰事权贵的傲然不屈的精神与陶渊明"不为五斗米折腰"的精神是一脉相承的。诗人高适在做封丘尉的时候,对"拜迎长官心欲碎,鞭挞黎庶令人悲"的现实无法容忍,也"转忆陶潜归去来",要学陶渊明那样与污浊的现实一刀两断。在强敌压境或政治十分黑暗、社会变革即将到来时候,他的"金刚怒目式"的作品,他的疾恶除暴的精神也给作家以巨大的支持与鼓舞。南宋爱国词人辛弃疾在《水龙吟》中高唱道:"须信此翁未死,到如今凛然生气。吾侪心事,古今长在。"清末诗人龚自珍也赞许陶渊明说:"陶潜诗喜咏荆轲,想见《停云》发诺歌。吟到恩仇心事涌,江湖侠骨恐无多。"他的桃花源的理想,对后世也有积极影响,如北宋政治家王安石歌颂这个社会是"虽有父子无君臣",对"闻道长安吹战尘"的现实表现了深深的感慨。当然陶渊明的消极避世思想也对后世一些作家起了消极作用,如唐代大诗人白居易在晚年退隐生活中、宋代苏东坡谪居海南时期都酷爱渊明,实际上是从他那超脱现实的态度中寻求精神安慰。宋代以后有许多闲居安逸生活的地主,喜爱陶渊明,也都是从这一方面出发的。

　　陶渊明对后世的艺术影响同样是广泛的,从南朝文人江淹、鲍照作了学陶体的诗歌以后,历代"拟陶""和陶"相沿成风。我国历代有成就的诗人很少有没表示过对他的创作的企慕和受到他的艺术熏陶的。李白说:"何时到彭泽,狂歌五柳前。"杜甫说:"焉得诗如陶谢手。"白居易说:"常爱陶彭泽,文思何高玄。"陆游说:"我诗慕渊明,恨不造其微。"清人沈德潜说:"陶诗胸次浩然,其中有一段渊深,朴茂不可到处。"唐人祖述者:"王右丞(维)有其清腴,孟山人(浩然)有其闲远,储太祝(光羲)有其朴实,韦左司(应物)有其冲和,柳仪曹(宗元)有其峻洁,皆学焉而得其性之所近。"(《说诗晬语》)仅从陶诗对盛唐、中唐一些诗人的影响中,便可以体会到陶渊明诗歌艺术影响之广泛。

　　陶渊明开创了田园诗一体,为古典诗歌开辟了一个新的境界。从他以后,田园诗不断得到发展,到了唐代就已经形成了田园山水派。宋以后描写田园的诗人就多到不可胜数了。

第四章

南北朝乐府民歌

继周代民歌、汉乐府民歌之后出现的是南北朝乐府民歌,它是我国文学发展史上又一次以比较集中的方式出现的一批人民口头创作。它反映了新的社会现实,创造了新的艺术形式和风格。一般说来,它的篇幅短小,抒情多于叙事。

第一节 南朝乐府民歌

南朝乐府民歌,以"吴声歌"和"西曲歌"为主,前者计326首,后者142首,这些歌词在内容上有一个共同的特点,就是几乎全是情歌,所谓"郎歌妙意曲,侬亦吐芳词"(《子夜歌》)。这些情歌十之八九出自女子之口,且由妓女婢妾所作,其中某些情歌还含有较浓厚的色情成分和脂粉气。

产生上述特点或局限性的主要原因是:第一,这些民歌并不是来自农村,而是以城市特色为其策源地,大体来说"吴声歌"起于首都建业,"西曲歌"出于荆、郢、樊、邓等长江中游的重镇,都是商业发达的都会,所以这些民歌都是"都市之歌",反映了聚居在都市的士族贵族和富商的声色生活以及小市民的低级趣味,因此不能不带有色情成分。第二,统治阶级有意识地采集这些民歌。南朝统治阶级,是腐朽透顶的士族地主,他们采集民歌只能按照他们的低级趣味享乐要求来加以选择和集中,凡是不合他们口味的或者具有反抗性的民歌,自然都被排除掉,不得纳入乐府。这就是南朝民歌几乎全是情歌的关键所在。

尽管如此,南朝民歌仍然是现实主义的,因为它在一定程度上,在某些方面仍然揭露了封建社会的罪恶。

封建社会的罪恶之一是恋爱不自由、婚姻不自由,这在南朝民歌中有强烈的反映,这里有婚恋失败者的哀鸣。

如《华山畿》：

懊恼不堪止，上床解腰绳，自经屏风里。——懊恼，悔恨。堪，能。为什么上吊呢？《懊侬歌》回答了这个问题。

懊恼奈何许，夜闻家中论，不得侬与汝！——从歌词里我们可以了解当时青年男女为了爱情不顾"父母之命，媒妁之言"而自行结合，最后仍然得不到父母的允许，结果仍不免殉情以死。

这里也有胜利者的喜悦，这类作品往往对爱情做赤裸裸的天真而大胆的抒写，最能显示出南朝情歌的特色。

如《读曲歌》：

打杀长鸣鸡，弹去乌臼鸟。愿得连冥不复曙，一年都一晓！

一种相乐相得的喜悦心情跃然纸上。这类歌词所表现的爱情显然是男女双方的自由结合，这首情歌无疑是对封建礼教的勇敢而大胆的挑战。

封建社会的另一罪恶是男女不平等。这种现象在上层社会、大都市里更加普遍。因此在这些情歌中虽有少女们青春的欢笑，但更多的却是对男子负心背约的猜疑和哀怨，如：

《子夜四时歌》：渊冰厚三尺，素雪覆千里。我心如松柏，君情复何似？

《子夜歌》：侬作北辰星，千年无转移。欢行白日心，朝东暮复西。（欢，女子对其所爱男子的称呼）

《懊侬歌》：我与欢相怜，约誓底言者？常叹负情人，郎今果成诈！（约誓底言者：相约发了誓言的人。底，无实义。）

从这些歌词中可以看出女子坚贞爱情，也可以看出她们的悲惨命运，在男女不平等的封建社会，男子负心，女子固然伤心，即使男子倾心，女子也提心吊胆。这就是离别时或离别后总是"泪落便如泻"的根本原因。如《华山畿》：

相送涝涝渚，长江不应满，是侬泪成许！（许，如许，这样，如此。）

啼着曙，泪落枕将浮，身沉被流去。

这眼泪中有如胶似漆般的爱情，也有"莫作瓶落井，一去无消息"的忧虑。

南朝民歌既多来自商业发达的大都市，因而其中有不少被屈辱的妓女们的悲诉。如《寻阳乐》：

鸡亭故侬去，九里新侬还，送一却迎两，无有暂时闲。（鸡叫时送旧客去长亭，走了九里路新客又来了，送一个却遇上了两个，没有暂时的闲暇。）

此外也有少数反映劳动人民爱情生活的，这类作品的特点，是结合劳动来描写爱情。有的是女子独唱，如《拔蒲》：

朝发桂兰渚，昼息桑榆下，与君同拔蒲，竟日不成把。

有的是男女对唱的，如：

《莫愁乐》：闻欢下扬州，相送江津湾，愿得篙橹折，交郎到头还！

《那呵滩》：篙折当更觅，橹折当更安。各自是官人，那得到头还！

在艺术形式方面，南朝民歌最突出的特点是体裁短小，多是五言四句，和周、汉民歌不同。其次是语言清新自然，《大子夜歌》说"歌谣数百种，子夜最堪怜。慷慨吐清音，明转出天然"，其实不只是《子夜歌》。第三是双关语的广泛应用。双关语是一种谐声的隐语，有一底一面，约可分为两类，一类是同音同字的，如"合散无黄连，此事复何苦"，用药名"散"双关离散的散，用黄连的"苦"双关相思的苦。另一类是同音异字的，如"燃灯下不炷，有油那得明？"以"油"双关"理由"的"由"。双关语的运用可使表情委婉含蓄，另一方面也显示民歌作者巧于联想。

《西洲曲》

《西洲曲》是南朝民歌乐府民歌中的长篇抒情诗，它的作者有争议。《玉台新咏》以为江淹作，但宋本不载。宋郭茂倩《乐府诗集》、明代冯惟讷《古诗记》都以为是古辞、晋辞；《诗镜》又作梁武帝。大概这首民歌经过了文人的加工润色。

这首民歌是写一名多情的女子，曾和情人在西洲赏梅。这时又想到西洲，折一枝梅花寄往江北去而做了个梦。全诗描写这个做梦的女子自春及秋的别后相思之情。

忆梅下西洲，折梅寄江北。——想起了梅花就想到了西洲，折枝梅花寄往江北。

单衫杏子红，双鬓鸦雏色。——身着杏红色的单衫，两鬓像鸦雏般的乌黑。

西洲在何处？两桨桥头渡。——西洲在什么地方？只有两桨之地的桥头渡口。

日暮伯劳飞，风吹乌桕树。——傍晚时分伯劳独飞，风吹着乌桕树。伯劳，仲夏始鸣。

树下即门前，门中露翠钿。——树下面就是大门前面，门缝中露出了头上戴的钗钿。

开门郎不至，出门采红莲。——打开大门郎君没有来，走出大门去采摘红艳艳的莲花。（"莲"双关"怜"，怜爱）

采莲南塘秋，莲花过人头。——秋天在南塘采莲，莲花高得超过了人头。

113

低头弄莲子,莲子清如水。——低下头来摆弄摆弄莲子,莲子青青就像碧绿的水。

置莲怀袖中,莲心彻底红。——把莲子(可怜爱的人)放在袖子里揣着,莲心彻底变红了。

忆郎郎不至,仰首望飞鸿。——想你久不来,仰望是否有捎书的鸿雁飞过。

鸿飞满西洲,望郎上青楼。——鸿雁落满了西洲,因盼望郎君上高楼远眺。

楼高望不见,尽日栏杆头。——登上高楼望不见郎,整日站在栏杆旁。

栏杆十二曲,垂手明如玉。——栏杆十二根,扶手光亮如玉石。

卷帘天自高,海水摇空绿。——卷起竹帘天空显得很高,海水拍打着碧绿的天空。

海水梦悠悠,君愁我亦愁。——海水遥远就像我的梦一样,你愁我也愁。

南风知我意,吹梦到西洲。——南风知道我的心意,把我在梦中想的人儿吹送到西洲。

这首民歌写一个青年女子在梦中犹思慕男子,从春至秋、从早到晚。从景物变化表明季节的变化,随季节的变化写人物不同活动,把梦境与现实、人和物、情和景紧紧地结合在一起,表达了女子真挚迫切的爱情。

第二节　北朝乐府民歌

北朝文人诗歌创作异常寂寥,而乐府民歌却大放异彩。

北朝民歌以《乐府诗集》所载,"梁鼓角横吹曲"为主。所谓"横吹曲"是当时北方民族一种在马上演奏的军乐,因为乐器有鼓有角,所以也叫作"鼓角横吹曲"。北朝的"鼓角横吹曲"曾先后输入齐、梁,并由梁乐府保存。因陈释智匠著《古今乐录》冠以"梁"字,后人遂沿用不改。其实从乐曲到歌词都是北方各民族的创作。

《折杨柳歌》说:"遥看孟津河,杨柳郁婆娑。我是虏家儿,不解汉儿歌。"由此反证北朝民歌的歌词作者是鲜卑族和其他各民族的人民。"其词虏音,竟不可晓",而现存歌词却全是汉语,其原因有两个方面:一方面是由通晓汉语的鲜卑人或通晓鲜卑语的汉人翻译,如有名的《敕勒歌》,是由通晓汉语的鲜卑人斛律金翻译的,《折杨柳歌》是由通晓鲜卑语的汉人翻译的。另一方面是鲜卑诸民族的汉化。北魏孝文帝太和十九年（495）年，曾"诏断北语，一从正音""若有违者，免所居官"（见《魏书》）。所谓"北语"即"胡语"，亦即"鲜卑语"，所谓正音即汉语。

鼓角横吹曲现存60多首，数量远不及南朝清商曲，但内容却平实得多，相当全面地反映了北朝二百多年间的社会状况和时代特征，战斗性也比较强，酷似汉乐府民歌。北朝乐府歌辞就其内容来看，可分作五类：

第一类是反映战争的：战争是北朝社会一个最突出的现象，整个北朝的历史几乎始终有战争的影子，在前期"五胡十六国"的130多年中，战争尤其频繁。统治民族与被统治民族之间的复杂而尖锐的矛盾，更使这些战争具有异乎寻常的残酷性。这种残酷性集中的表现，便是人民的大量死亡，汉族人民固然遭遇浩劫，少数民族人民也同样做了各民族统治者用来进行争夺战的牺牲品。如《企喻歌》：

男儿可怜虫，出门怀死忧。尸丧峡谷中，白骨无人收。尸丧，丧命。（《唐书·乐书》认为此歌星是十六国时期后燕慕容垂与北魏道武帝拓跋珪作战之时的鲜卑民歌）

这便是当时各族人民大量死亡与战争的真实写照，各少数民族的统治者为了保存实力，往往用非本民族的人在前冲锋陷阵，甚至迫使汉人和汉人作战。对此北朝民歌也有揭露。如《慕容垂歌》第一首：

慕容攀墙视，吴军无边岸。我身分自当，柱杀墙外汉。

这篇歌词是有事实为根据的，385年后燕国主慕容垂发兵攻前秦（氏），困苻丕于邺城。丕被逼降晋，晋遣刘牢之救丕，垂驱汉人打头阵，抵挡晋军。垂军败绩，退守新城。晋军进逼。这首歌词描写：慕容垂扶着城墙向外看，晋军像海潮一样无边无际。我本应该自己去抵挡，牺牲在城外的抵御晋军的汉人实在冤枉。

胡应麟在《诗薮》中说："秦人（氏族人民）盖因此作歌嘲之。"嘲笑慕容垂卑鄙怯懦。所以词中本用第三人称，而中间换用了第一人称。

在野蛮的大混战中，手足兄弟之间也往往被逼迫而互相攻杀。如《隔谷歌》：

兄在城中弟在外，弓无弦，箭无括，食粮乏尽若为活？救我来！救我来！——兄在城中守御，弟在城外进攻。城中弓断了弦，箭断了括，食粮用光了如何活？救我来，救我来！箭末端为括。若为，犹如何。（见余冠英《乐府诗选》注）

第二类是反映人民疾苦的：北朝社会的另一特殊现象是和上述那种野蛮

战争相辅而行的是掳掠人口。几乎每一次战争，不论胜负，各族统治者都要照例进行一次人口掠夺。大批人民被迫离乡背井，转徙于道路。因而在北朝民歌中出现了不少反映流亡生活的怀念思乡之作，而且都流露出一种绝望的悲哀和愤激，不同于一般的游子诗。如《紫骝马歌》：

高高山头树，风吹叶落去。一去数千里，何当还故处？——风吹叶落，一去千里，正是被俘远远流徙的人民自我写照。

《陇头流水歌》更写道流离道路的苦况：

西上陇坂，羊肠九回。山高谷深，不觉脚酸。手攀弱枝，足逾弱泥。——向西登上陇坂，盘旋曲折的小径多次迂回，山高谷深，不觉脚酸，手拉着细细的枝条，脚下跨越深泥潭。（陇坂指陇山，今陕西陇县西北，绵至于宝鸡和甘肃镇原、清水、秦安、静宁等地）

写得最动人的是《陇头歌》三首：

陇头流水，流离山下。念吾一身，飘然旷野。——陇山头上的流水，水流山下淋漓四溅，想我独自一人在旷野飘零。

朝发欣城，暮宿陇头。寒不能语，舌卷入喉。——早晨从欣城出发，晚上住宿在陇头，冷得不能说话，舌头都卷入了喉咙。（冷而发抖牙打战则舌自卷）

陇头流水，鸣声呜咽。遥望秦川，心肝断绝。——陇山头上的流水水声就像呜呜咽咽的哭声。远远地眺望秦川，伤心得似乎心肝都要断绝。

有些民歌还反映了人民饥寒交迫的悲惨生活，涉及贫富对立的社会问题。如《雀劳利歌》：

雨雪霏霏雀劳利，长嘴饱满短嘴饥。——雨雪交加纷纷落，雀鸟儿齐声喧闹。长嘴雀吃饱了，短嘴雀儿饿着肚子叫。这里长嘴、短嘴是剥削者与被剥削阶级象征性的概括。

又如《幽州马客吟》：

快马常苦瘦，剿儿常苦贫。黄禾起羸马，有钱始作人。——跑得快的马儿常常劳累变瘦而苦闷，勤劳的人常常贫穷而痛苦，干草不会使马变瘦，有了钱才能做人。

通过尖锐的对比揭露了阶级社会的不合理。"有钱始作人"是对金钱万能的拜金主义的彻底暴露和鄙视。在北朝，阶级压迫与民族压迫同时存在，不少被俘的人民沦为奴隶，阶级对立特别明显，这就不能不激起人民的反抗意识。

第三类是反映北方各民族的尚武精神的。北方各少数民族向来以能骑善射、好勇尚武著称，这种民族特性在北朝民歌中也有很突出的反映，如《企喻歌》：

男儿欲作健，结伴不须多。鹞子经天飞，群雀两向波。——男儿想做健儿，不要约伴儿。鹞子满天飞，成群的雀鸟向两旁飞逃。

这里是把自己比作猛禽，把敌人比作小雀，充分表现了"以刚猛为强"的本色。他们爱姑娘，却更爱大刀和快马，如《琅琊王歌》：

新买五尺刀，悬著中梁柱。一日三摩挲，剧于十五女。——新买的五尺刀悬挂在中梁或柱子上，一天三抚摸，（爱刀）胜过爱妙龄女郎。

第四类是反映爱情生活的。由于北方诸民族性格和习俗的差异，同时又不曾或很少受到礼教的约束，因而北朝情歌的特色是心直口快、有话直说、毫不掩饰、毫不扭捏。南朝说："感郎千金意，渐无倾城色"。北歌却说："女儿自言好，故入郎君怀"。南歌中常常是"泪落便如泻"，而在北歌中找不到一个泪字，有时情人失约不来，他们只是说上一句"欲来不来早语我"。

对男女相悦的看法，北朝情歌也表现得更为大胆、干脆。如《捉搦歌》：

谁家女子能行步，反著夹禅后裙露。天生男女共一处，愿得两个成翁妪。——谁家的女子能走路反穿夹衣草衣后面露出了裙子，天生男女共居一起，祝愿咱们两个白头到老。

又如《地驱乐歌》：

驱羊入谷，白羊在前。老女不嫁，蹋地呼天。

和南歌的迂回婉转，大异其趣。北朝有关爱情婚姻的民歌并不多，但是其中就有两首提到"老女不嫁"的事，这可能和战争频繁、丁壮死亡过多有关。高欢曾"请释芒山俘桎梏，配以人间寡妇"，寡妇之多，竟成了社会问题，这一事实也正说明了这点。

第五类是反映北方民族的游牧生活和北国风光的。如《杂歌谣辞》中的《敕勒歌》：敕勒川，阴山下。天似穹庐，笼盖四野，天苍苍，野茫茫，风吹草低见牛羊。

二十七个字便出色地画出辽阔苍茫的草原景象，反映了北方民族的生活面貌和精神面貌，具有无比的魅力，的确是"千古绝唱"，史载北齐神武帝高欢让斛律金唱敕勒歌，神武自和之。《乐府广题》说："其歌本鲜卑语，易为齐言，故其句长短不齐"，也许就是斛律金译的。

《杂歌谣辞》的另一首《陇上歌》是汉族人民歌颂陈安为反抗前赵刘曜（匈奴族）的压迫而壮烈牺牲的挽歌：

陇上壮士有陈安，躯干虽小腹中宽，爱养将士同心肝。——陇上壮士名陈安，个子虽小腰围宽，爱抚养育将士同心同胆（如同心肝）。此句当是说陈安有谋有勇。

　　驫驫父马铁锻鞍，七尺大刀奋如湍，丈八蛇矛左右盘，十荡十决无当前。——挎着青骢马背上铁色段鞍，挥舞七尺大刀，就像湍急的流水一般，使动丈八蛇矛左右盘旋，十次冲杀十次冲垮敌人无人敢在前面抵挡。

　　战始三交失蛇矛，十骑俱荡九骑留，弃我骠骢窜岩幽。——交战才三个回合就落失了蛇矛，抛弃我胯下的战马窜躲在幽深的山岩。

　　天大降雨追者休，为我外援而悬头！——大雨阻住了追兵，为等外援而被杀头！

　　西流之水东流河，一去不还奈子何！——向西流的水啊，向东流的河，一去不返能把你怎么样！

　　诗篇叙事与晋书刘曜载记如出一手，忠实而生动地塑造了陈安英勇献身的英雄形象，歌颂了他抗击敌人的英雄事迹。

　　北朝民歌不仅内容丰富，在艺术上也有其独创性。它的语言是质朴无华的，表情是爽直坦率的，风格是豪放刚健的。在这里没有巧妙的双关语，在这里也没有一唱三叹的袅袅之余音，而是名副其实的悲壮激越的军乐、战歌。这些，都和南朝民歌形成鲜明的对比。体裁方面，北歌虽以五言四句为主，但同时还创造了七言四句的七绝体，并发展了七言古体和杂言诗，这也是南朝民歌所不及的。

　　最后，我们论述北朝乐府民歌的代表作《木兰诗》。

　　《木兰诗》是一篇歌颂女英雄木兰戎装代父从军的叙事诗，也可以说是一出喜剧。它和《孔雀东南飞》是我国诗歌史上的双璧，异曲同工，先后辉映。胡应麟《诗薮》说："五言之瞻，极于《焦仲卿妻》；杂言之瞻，极于《木兰》。"这样的提法和评价是很恰当的。但是和《孔雀东南飞》一样，也有一个产生的时代问题，而且更为纷纭，魏、晋、齐、梁、隋、唐，各说都有。有的还提出了主名，把著作之权归之于曹植与韦元甫。

　　目前我们可以肯定它是北朝民歌。因为陈释智匠撰《古今乐录》中已选了这首诗，这是不可能作于陈以后的铁证。北朝战争频繁，好勇当武，这首诗正是反映了这一特定的社会风貌。而且诗中君主称可汗，出征地点都在北方，也都说明了他只能是北朝的产品。大约作于北魏迁都洛阳以后，东、西魏分裂以前。在流传过程中，它可能经过唐人的润色，以致中杂唐调，如"万里赴戎机，关山度若飞，朔气传金柝，寒光照铁衣，将军百战死，壮士十年归"六句。但就全诗而言，仍然保持着北朝民歌的特色。

　　木兰的英雄形象出现在文学史上具有不平凡的意义。她是一个劳动织布的普通姑娘，"唧唧复唧唧，木兰当户织。不闻机杼声，惟闻女叹息"。由于木兰所处的时代战争频繁，征调频繁，丁壮无所幸免，老弱也难以回避。所以木兰"昨夜见军帖，可汗大点兵，军书十二卷，卷卷有爷名"，连老爷子也要被迫当兵，"阿爷无大男，木兰无长兄"，家中无人可替父从军，于是木兰毅然承担了一般女子所不能承担的代父出征的任务。"愿为市鞍马，从此替爷征""东市买骏马，西市买鞍鞯，南市买辔头，北市买长鞭"，做了一番准备之后，决然戎装入伍，随军出征。"朝辞爷娘去，暮宿黄河边，不闻爷娘唤女声，但闻黄河流水鸣溅溅。旦辞黄河去，暮至黑山头，不闻爷娘唤女声，但闻燕山胡骑鸣啾啾。"离家愈远，愈听不到爷娘的呼唤之声，只听见河水溅溅，胡骑啾啾，一片边塞萧杀战争景象。木兰身临前敌，无所迟疑，投身战斗，度越关山，转战万里。"万里赴戎机，关山度若飞。朔气传金柝，寒光照铁衣。将军百战死，壮士十年归。"木兰经过十年铁衣戎马的战斗生涯，终于凯旋了，劳苦功高，功绩显著。因而"归来见天子，天子坐明堂。策勋十二转，赏赐百千强。可汗问所欲，木兰不用尚书郎，愿驰千里足，送儿还故乡"。木兰功成不居，赏赐不受，明请还乡，其精神境界何等崇高，气概何等磊落轩昂。回到家里，"爷娘闻女来，出郭相扶将；阿姊闻妹来，当户理红妆；小弟闻姊来，磨刀霍霍向猪羊"。在家人的一片欢迎气氛中，木兰"开我东阁门，坐我西阁床，脱我战时袍，著我旧时裳。当窗理云鬓，对镜帖花黄。出门看火伴，火伴皆惊忙：同行十二年，不知木兰是女郎。"战功卓著的壮士，原来是个女郎。扑朔迷离的传奇色彩更使这个勇敢、坚毅、纯洁的姑娘，戎装换红装显现出天真、活泼、机智的本来面目。"雄兔脚扑朔，雌兔眼迷离，双兔傍地走，安能辨我是雌雄？"雄雌两只兔子一起并排着跑时，怎能辨别出哪只是雄兔，哪只是雌兔呢？

《木兰诗》是现实主义和浪漫主义相结合的诗篇。木兰既是现实人物，又是人民理想的化身。在北朝妇女中出现这样勇敢善战的人物是不足为奇的。如《北史·李安世传》所载《李波小妹歌》就提供了一个武艺卓越的真人真事："李波小妹字雍容，褰裙逐马如卷蓬。左射右射必叠双。妇女当如此，男子安可逢！"但是木兰的形象比之李波小妹的形象却有本质的差别。李波小妹是豪强地主家的妇女，而木兰却始终不失劳动女子的本色，她不惜自我牺牲，也不顾男女有别，"弯弓征战作男儿"，既保全了老父，又捍卫了边疆。由于故事本身的正义性和传奇性，使民歌作者有可能在木兰身上集中地体现了劳动人民高贵的品质，突破"女不如男"的封建传统观念，把她塑造成一个压倒须眉的女英雄，为千百年来千千万万的妇女扬眉吐气。这一点在封建社会具有崭新的教育意义。

在表现手法上,《木兰诗》也具有两结合的因素,繁则极繁,简则极简。如开头一段写木兰问答买马都很烦琐,但不如此夸张铺叙就无法渲染人物的紧张心情和战争气氛。谢榛《四溟诗话》说"若一言了问答,一市买鞍马,则简而无味,殆非乐府家数"是有道理的。又如写木兰回家,也很繁。但这里不夸张,而是精雕细琢,通过人物行动来刻画人物性格。十年征战,难苦备尝,事情很多,但作者六用"万里赴戎机"六句三十个字就包举无遗。作为简繁的标准是人物形象的特征,全诗是紧扣"木兰是女郎"这一特点来进行剪裁和描写的,所以两次写"不闻爷娘唤女声"突出了女儿闺情,切合木兰的身份,挪动不得。《木兰诗》的语言丰富多彩。有朴素自然的口语,如"开我东阁门,坐我西阁床,脱我战时袍,著我旧时裳,出门看火伴,火伴皆惊忙,同行十二年,不知木兰是女郎"。也有精妙绝伦的律句,如"万里赴戎机,关山度若飞。逆气传金柝,寒光照铁衣,将军百战死,壮士十年归"。不同风格的语言在生动活泼的基调上取得统一和协调。此外句型或整或散、长短错综,排句反复咏叹,譬喻新奇幽默,"雄兔脚扑朔,雌兔眼迷离,双兔傍地走,安能辨我是雌雄",以雌雄双兔傍地同行比喻木兰乔装与男子并肩战斗,却瞒过了不少男子的眼睛,幽默且有风趣。

第三节 南北朝乐府民歌的影响

南北朝乐府民歌的影响也是显著的、巨大的。它继承了周民歌、汉乐府民歌的现实主义精神,北朝乐府尤其突出。在形式主义文风泛滥的南北朝时期,这种"清新刚健"的民歌的出现,就显得特别可贵,成为一种新力量、新血液。

在诗的体裁方面,南北朝民歌开辟了抒情小诗的新道路。这就是五七言绝句。五言八句的小诗,汉民歌中虽已出现,但为数不多,也没有产生什么影响。因此绝句的真正源头要追溯到南北朝乐府民歌。当时有名的诗人如谢灵运、鲍照、谢朓已纷起模拟,但还只是一种尝试。到了唐代,便由附庸而蔚为大观,而在和音乐的结合上几乎垄断了唐三百年间的歌坛,并出现了以绝句闻名千古的诗人李白和王昌龄。汉代民歌中的杂言体虽然很多,且有不少优秀作品,但篇幅都较小,像《木兰诗》这样长达三百多字的巨制还是前所未有的。它对唐代七言诗歌的发展也起到了示范性的推动作用。

在表现手法方面，南北朝民歌对唐代诗人也有许多启发。例如杜甫《草堂》："旧犬喜我归，低徊入衣裙。邻舍喜我归，酤酒携葫芦。大官喜我来，遣骑问所须。城郭喜我来，宾客隘村墟。"一连用八个"喜"字造成排句，便是从《木兰诗》"爷娘闻女来"等句脱化出来的。前人说李白的《长干行》以《西洲曲》为范本，他的绝句"从六朝清商小乐府来"，也都是信而有征的，另外口语入诗，对后代诗人是一个很好的借鉴。

南朝民歌是都市之作，几乎全为情诗，所以胡应麟批评其"了无一语有丈夫气"。这对梁陈宫体诗的形成和泛滥，在客观上起了一定的作用。唐五代以后许多描写男女艳情的小词，在意境、语言等方面也受了南朝民歌很大影响。

第五章

南北朝诗坛

南北朝时代，文人的诗歌创作有了新的发展。首先是宋齐时代的山水诗代替了东晋以来的玄言诗，这是新发展中的第一个重要的变化。山水诗的创作是由东晋后期的谢混开始的，到了刘宋初期，谢混的侄子谢灵运大量创作山水诗，终于确立了山水诗在诗坛的统治地位，谢灵运就是山水诗的奠基人。山水诗和玄言诗都是士族文学，山水诗以描摹自然景物为主，略微有些生活气息，相比"理过其辞，淡乎寡味"的玄言诗，多少给人以清新开朗之感，因此山水诗出现和确立是诗歌发展中的一大进步。

第一节 谢灵运和山水诗

谢灵运（385—433年），原名公义，字灵运，祖籍陈郡阳夏（今河南太康附近）人，后世居会稽。

祖父是东晋车骑将军，以淝水之战，封康乐公，父瑛，生而不慧，早亡。灵运十八岁袭康乐公，故后世称其为谢康乐。灵运少好学，博览群书，文章之美，江左莫逮。刘裕代晋，削弱贵族势力，降爵为侯。由于政治地位的贬落，心怀愤恨，因此在永初三年（423年），出任永嘉太守后，肆意游邀山水，不理政事。元嘉五年（429年）辞官回会稽，大建别墅，凿山浚湖，经常率僮仆门生数百人，寻山游水，探奇访胜，排遣政治上的不满情绪，写山水诗以求得暂时的适意，后因谋反在广州被杀。

谢灵运的山水诗绝大部分是做永嘉太守以后写的，诗篇以富丽精工的语言描绘了永嘉、会稽、彭蠡湖一带的自然景色。

《石壁精舍还湖中作》

精舍，李善以为读书斋是也。刘履以为精舍太尉谢安故宅。近人黄节以为读书授生徒处，或以为佛寺。是诗人营立精舍时作，写从精舍还巫湖之事。

精舍在始宁墅附近。

昏旦变气候，山水含清晖。——早晚气候发生变化，山水总是含孕着一种清幽的光辉。

清晖能娱人，游子憺忘归。——清辉能使人乐而忘忧，赏心悦目，游览的人竟安乐于山水而忘记了回去。

以上写石壁之景，游壁之乐。

出谷日尚早，入舟阳已微。——离开山谷的时候太阳还在高照，驾小舟回来的时候阳光已经暗淡了。点明游览竟日，日落才还湖。

以上六句写石壁风景和游赏山川的乐趣。

林壑敛暝色，云霞收夕霏。——树林山沟里凝聚着苍茫的暮色，云霞集聚着傍晚的余晖。

芰荷迭映蔚，蒲稗相因依。——菱角荷花交相映照形成阴荫，蒲草稗草相互依偎。

披拂趋南径，愉悦偃东扉。——拨开小路两旁的杂草向南疾走，愉快地躺在东轩的床上休息。

以上写湖中晚景和归来休息。

虑澹物自轻，意惬理无违。——思虑淡薄就自然把身外之物看轻了，心情愉快就不会违背自然的常理。

寄言摄生客，试用此道推。——此言送给懂得养生之道的人，可从思虑淡泊方面去推求道理。

以上写从山水而联想到养生之道，宣扬道家淡泊轻物的思想。

这首诗写他去石壁精舍游览竟日，乐而忘归，傍晚时分泛舟归来如入画图之中，并由自然山水领悟养生之道，流露出诗人借游览山水而养生的情趣，也是借此排遣政治上的不满情绪。叙事、写景、抒情、言理次序井然，很像一篇山水游记，语言精雕细刻而又出于自然，但结尾依然残留玄言诗的痕迹，标识着玄言诗向山水诗的过渡。

《石门岩上宿》

朝搴苑中兰，畏彼霜下歇。——清早摘取花园里的兰草，怕它在霜下零落。

暝还云际宿，弄此石上月。——夜里回到高插云霄的石门岩住宿，欣赏这石门岩上的月色。

以上从晨搴兰于花圃引出夜宿石门赏月，点题开篇。

鸟鸣识夜栖，木落知风发。——鸟儿叫了就知道它要归巢，树叶落了就知道风在吹动。

异音同至听,殊响俱清越。——不同的声音同时传进我的耳膜,不同的响声都发出清亮悠扬的声音。

以上从夜里所闻描写清雅幽美的夜色。

妙物莫与赏,芳醑谁与伐?——奇妙的自然景物没有人和我一块欣赏,芳香的美酒谁和我一起品尝赞扬?

美人竟不来,阳阿徒晞发。——品位高尚的人竟然不来,在山南曲阿白白地晒干了头发(洁身以待贤人是徒劳无用的)。典出《楚辞九歌·少司命》:"与汝沐兮咸池,晞汝发兮阳之阿,望美人兮未来,临风恍兮浩歌。"

以上写待知音共赏山景的失意之情,也是抒发待贤君而不至的失意心情。

这首诗通过写诗人夜宿石门,观赏夜景,待知音不至,从而抒发了作者贤君不遇,政治上每况愈下的失意心情,表现了诗人孤高自傲的人生态度。

诗中对夜宿石门时期待知音的感受和山中月夜清雅幽静的环境气氛的描写是相当成功的。诗篇把叙事、写景、抒情自然地结合起来,情景交融,艺术风格比较完整,又不带任何玄言佛理的辞句,这样的篇章在他的作品中是不多的。

谢灵运的山水诗以富艳精工的语言描写自然景色,歌颂祖国山川的秀丽幽美,突破了玄言诗的空洞说教,赋予诗歌以新的内容,使当时诗坛面貌为之一新,从而开创了南朝诗歌的新局面。同时他的山水诗追求雕琢字句,崇尚典丽新奇,又开辟了南朝文风的新面貌,谢灵运在诗歌史上是有一定的地位和成就的。但是他的作品大多是纯客观地描摹外界景物,很少触及心灵深处的真实的思想感情。玄言诗句多,辞藻堆砌多,且往往有句无篇,结构上多半用"叙事—写景—说理"的固定章法,不免显得单调呆板。谢灵运诗歌创作的这些缺点的形成,主要的原因是他热衷于权势地位,不甘心于权位的下降,而又要掩饰内心的失意和不满,所以在写作时不免要控制真实感情的流露,多借用玄言辞句装点门面,因此他的作品很难做到情景交融、篇章丰满、风格完整。

总的来说,谢灵运是扭转玄言诗风的第一个诗人,自他之后齐梁间的谢朓、何逊,唐朝的王维、孟浩然等许多山水诗人出现,他们以优美的山水诗篇,丰富了诗歌园地。谢灵运是一个全力雕章琢句的诗人,这方面他也为齐梁以后的新体诗打下了一定的基础,他对后世诗歌的影响也是不容忽视的。和谢灵运齐名的诗人有颜延年,文学史常合称他们为"谢颜",但颜延年的作品"始固抄书",缺乏智慧和才华,成就远不及谢灵运,其作品从略不谈。和

"颜谢"齐名,被称为"元嘉三大家"之一的还有鲍照("元嘉"为南朝宋文帝刘义隆的年号)。

第二节 鲍照和七言诗

鲍照(414—466年),字明远,东海(今江苏涟水县北)人,出身寒微,曾从事农耕,少有文学才情,但生活在门阀士族统治的时代,处处受人压制。后因给临川王刘义庆献诗,受到赏识,才逐步在仕宦途中有所升迁,最后做临海王刘子顼的参军,世称鲍参军。子顼因谋反赐死,他也死于乱军之中。

鲍照的出生和生活经历,使他在创作上走一条相谢灵运不同的道路。当谢灵运大力做富丽精工的山水诗时,鲍照也开始了创作生活,并以"文甚遒丽"的古乐府闻名于诗坛。他现存的诗约有200多首,其中乐府诗就有80多首。他的乐府诗继承和发扬了汉乐府民歌的现实主义精神,描写了广泛的社会生活,对被压迫的人民表示了深刻的同情,他的乐府诗按内容可分为两大类:

第一类是反映征夫戍卒生活的,如《代东武吟》。

《东武吟》属楚调曲。东武,泰山下小山名。写汉代一个有功军的人,多年戍边归家的痛苦遭遇以及他的怨恨与希望。全篇用老兵自述的口气写成。

译文:

主人们暂且不要喧哗,听我卑贱的人歌唱一番。我本是贫寒的乡下人,能够出头全是汉皇帝的大恩。开始跟随校尉张骞,响应朝廷招募从军到黄河之源,后来追随轻车将军李蔡(李广从弟),因紧逼匈奴兵,而出了边塞。光是抄近路就走了万里以上,即使在安宁的日子也要多次追奔。体力在马鞍上铁铠甲中消耗尽了(体力全消耗在行军打仗中了),心思经历了人间的寒来暑往、世态炎凉。将军既然死去,部下的士兵能存活的也很少。政治局势一旦发生变化,仅有的战绩谁去谈论?少年时辞别家乡而去,贫穷年老才返回家门。腰间插上镰刀去割蔬菜豆叶,扶着拐杖去放鸡牧猪。过去就像在树上的猎鹰,如今就像关在山洞里的猿猴。白白地郁结了千年的恨,空负着百年的怨。我虽是一张被抛弃的席子还想着君王的宫室,我虽是一匹疲惫不堪的老马还恋恋不舍君王的马车。希望君主能像晋文公一样下赐恩惠,也无愧于田子方说的那一番话。

晋文公入国,至于河,令弃笾豆茵席,颜色黧黑,手足胼胝者在后,咎

犯闻之，中夜而哭练而收回成命。(事见《韩非子·外储说左上》)

昔者田子方出，见老马于道，喟然有志焉。以问于御者曰："此何马也？"御曰："故公家畜也，罢而不为用，故出放之也。"田子方曰："少尽其力，而老弃其身，仁者不为也，束帛而赎之。"(事见《韩诗外传》)

这首诗通过一个汉朝穷老还乡、报国无门的士兵的悲痛自述，借古喻今，揭露了当时统治者对待下属士兵的冷酷残忍的本性，表达了诗人对征夫戍卒的同情，也曲折地表达了诗人怀才不遇的悲痛。鲍照的这首为士兵请命的诗篇，是刘琨死后一百多年中已成为绝响的悲凉慷慨的爱国主义的杰作。

第二类反映门阀社会不平现象的，如《拟古诗》(共八首，此其六)。

译文：

在阴暗的竹林里打柴火，在阴森的山涧里割谷物。北风吹裂我的皮肤，哭叫的鸟儿惊动了我的忧思之心。年终便交纳完了田赋，杂税(徭役)接着而来。把田赋粮送往函谷关，把兽草运到上林苑。黄河渭水的坚冰还没有消融，关中陇东的积雪还很深。官家有打板子的惩罚，又受小吏呵骂的欺辱。不料本有高车做大官(从政)的志向，却屈从于世一直到今天。

这首诗写农夫完纳钱粮、民夫运送粮草的痛苦生活，揭露了士族社会的不平现象，表达了诗人对人民疾苦的深切同情，同时抒发了屈志伏枥、不为世用的愤慨。

以上所举都是鲍照的五言乐府诗。但是最能显示鲍照的反抗精神和艺术特色的，还是他的七言和杂言乐府诗。《拟行路难》十八首是尤为杰出的代表作。这是一组诗，非一时一地之作，内容也十分丰富。首先是对门阀士族的压迫表现出了强烈的不满和反抗。如其四："泻水置平地，各自东西南北流。人生亦有命，安能行叹复坐愁？酌酒以自宽，举杯断绝歌路难。心非木石岂无感，吞声踯躅不敢言。"

水倾泻在平地上，就向东西南北各自横流，人生也由天命，怎么能走着叹气又坐着忧愁！斟杯酒来自我安慰，举杯饮酒而中断了歌唱《行路难》。人心不是木头石头怎么能没有想法，忍住要说的话犹豫不决不敢说出。

这首诗作者通过对失职闲居生活的叙述，抒发了内心的悲愤不平之气。

又如其六：

泽文：

面对着托盘里的酒肴吃不下去，拔出剑来砍向柱子长声叹息。大夫生在世上能有好久，怎么能垂着脑袋小步走路(怎么能小心翼翼可怜的样子)呢？弃官自行罢官而去，回到家里自行休息。早晨出门与双亲告辞，晚上回来在双亲身旁伺候。逗着孩子在床前游戏,看着妻子在织布机前织布。自古以来圣贤都生活贫贱,何况我这样的人孤寒又正直。

前一首虽然没有说出所感叹的是什么,但从"吞声踯躅不敢言"中,深深感到他心中有一股悲愤不平之气。在后一首诗中这种不平之气,一开始就在对案不食、拔剑击柱中爆发了出来,他宁肯罢官回家,也不愿蹀躞垂翼、受人压抑,这就是他所以愤慨不平的内容。最后两句更鲜明地表现了孤直耿介的性格和对门阀社会傲岸不屈的态度。

在这一组诗里,他对妇女在爱情上的不自由,也表示了深切的同情。

《拟行路难》第三首,也是闺情诗。写贵族妇女们生活的空虚,诗中写小家碧玉嫁在贵族人家,不忘旧日的爱情。

译文:

美石建造的闺房,门有玉石台阶,沿阶直上,进入了又香又暖的住室,雕刻的窗子和锦绣装饰的门上都挂着罗绮帘幕。室中有一人名叫金兰,衣着都是极细的罗绮上绣着霍香草。春燕展翅在空中飞翔,春风也送来了梅花的芳香,拉开幕帘迎着日光观看春天的雀儿,默想着歌儿含而不发,擦擦眼泪常常心怀愁思,人生什么时候才能称心作乐?宁愿做郊野中的双飞凫,不愿做云中的失偶鹤。

这是一首闺怨诗,写贵族人家的姬妾叫金兰的,虽然是璇闺椒房,遍身罗绮,总是对景伤情,思念旧日的情人,"宁作野中双飞凫,不愿云间之别鹤",表示了她憎恶牢笼似的闺阁,要追求爱情的自由。

总的来说《拟行路难》是一组非常杰出的乐府诗。思想内容丰富深刻,感情强烈奔放。尤其是采用了七言杂言体,使音节激昂顿挫,富于变化,更使思想感情焕发光彩熠熠。

七言诗的产生和发展过程:

七言诗的产生和发展过程比五言诗更为漫长曲折。先秦西汉时代已经有七言的民间谣谚。

荀子《成相篇》仿民间劳动歌谣写成了七言杂言体韵文:"世之衰,谗人归。比干见刳箕子累。武王诛之,吕尚招麾殷民怀。世之祸,恶贤士。子胥见杀百里徒。穆公任之,强配五伯六卿施。"

《汉书》所载的《楼护歌》《上郡歌》,《汉书·楼护传》:(护)母死,送葬者致车二三千辆。间里歌之曰:"五侯治丧楼君卿。"

司马相如《凡将篇》、史游《急就篇》等是七言韵语的蒙童字书。"急就奇觚与众异,罗列诸物名姓字。分别部居不杂厕,用日约少诚快意。"

东汉戴良的《失父零丁》是一篇七言俗体韵文。

《搜神后记》中有:"丁令威学道于灵墟山,后化鹤归辽,徘徊空中而言曰:'有鸟有鸟丁令威,去家千岁今来归。城郭如故人民非,何不学仙冢累累。'遂高上冲天。"

张衡的《四愁诗》是趋向完整的七言抒情诗。

"我所思兮在太山,欲往从之梁父艰。侧身东望涕沾翰(衣襟)。美人赠我金错刀,何以报之英(玉之光泽)琼瑶。路远莫致倚逍遥,何为怀忧心烦劳?"但首句参用骚体句式。

建安时代曹丕两首《燕歌行》是现存最早最完整的七言乐府诗。

曹丕以后,文人中再没有作七言乐府诗者,但是民间一直流传着七言歌谣,如反映魏文帝迎美人准灵仙的《行者歌》、反映西晋八王之乱时汲桑聚众抢掠最后并州大姓田兰杀死的《并州歌》、十六国前期豫州人民歌颂祖逖北伐的《豫州歌》、十六国时期歌颂陈安的《陇上歌》、北朝乐府中的《捉搦歌》以及杂言《雀劳利歌》等。鲍照的《拟行路难》大胆地采用了一般文人所不为的七言体,而且以丰富的内容充实了这种形式,以革新的精神改造了这种形式,把逐句用韵改为隔句押韵,并且可以自由换韵,为七言诗奠定了基础,并开拓了广阔的道路,自他以后七言体就在南北文人诗歌中日益繁荣起来了。

鲍照是南北朝时期最杰出的诗人,他的七言及五言乐府作品对唐李白、杜甫、高适、岑参等都有很大影响。

第三节 谢朓和新体诗

中国文字的特点有两个方面,从字形上讲是独立的方块形体,宜于讲对偶,从字音上讲一字一音都是单音节的,宜于讲音律。字句的对偶,从东汉王褒、张衡,建安的王粲、曹植,西晋的陆机、潘岳、左思等人的诗赋开始使用日繁,演成了六朝骈俪极盛之风。至于音律,太康诗人陆机在文赋里即提出"暨音声之迭代,若五色之相宣(音韵交相替换,就像五色相间鲜明)",初步认识到诗歌音律应用必须协调,未提出具体协调的办法。宋齐以来,由于佛教盛行,传读佛经必须传其有轻重节奏的声音。于是在印度梵音学的影响下,中国的声韵学也有了新的发展,到了齐朝永明年间,周颙发现了二字反切之法和汉字平上去入四种声调。同时著名诗人沈约等人又根据四声和双声、叠韵来研究诗句中声、韵、调的配合,提出了八病之说,必须避免，要求做到"一简之内，音韵尽殊；两句之中，轻重（平仄）悉异"。自觉地运用声律来写诗，这是诗歌史上的空前的创举。沈约等发现诗歌音律，和从汉魏以来诗歌中出现的对偶形式互相结合，就产生了"永明体"。这种新诗体就是我国格律诗产生的开端。新体诗的出现反映了诗歌发展的必然趋势，由比较自由进而到讲究格律。声律论的产生除了对诗歌形式有直接影响外，对于辞、赋、骈文以及后来的词曲等文学形式，也有很大影响。

沈约倡导诗歌声病说以后，王融、刘绘、范云等人都积极地响应宣传，声韵之道大行。永明时代的著名诗人王融、沈约等虽在运用声律，辞藻上有了新的成就，但思想内容平庸乏味，甚至有不少空洞无物的形式主义的作品，只有谢朓是永明时代比较优秀的诗人。

谢朓（464—499年），字玄晖，陈郡阳夏（今河南太康）人。出身贵族，与谢灵运同族，受谢灵运影响颇深，世称"小谢"。495年曾一度任宣城太守，世称谢宣城，齐东昏侯永元元年（499年）为萧遥光诬陷，下狱而死，年仅三十六岁。

谢朓模仿谢灵运写山水诗而自成风格，诗风清新流丽，较少辞藻堆砌和玄言辞句，现存作品将近1/4是在宣城任太守的两年内写的。

《之宣城郡出新林浦向板桥》

这首诗写于赴任宣城的途中，新林浦在南京西南，板桥在新林浦南，今南京西南40里，离开新林浦向板桥进发前往宣城郡。

译文：

沿长江向西南逆流而去水路很长，江水顺流向东北方向奔腾归入大海。站在船头极目眺望，只见从天边远归而来的船只隐约可识，云雾缭绕中的江岸两旁的树木依稀可辨。厌倦了旅途的思绪恍恍惚惚，单身远游已不止一次了，既然欢快地抱着做官的愿望，又投合到了江边幽居的志趣。嘈杂繁乱的（尘世）环境从此离开了，心中高兴的事就在这里有缘的相逢了，我虽然没有金钱豹的资质，但现在远离京都，就像金钱豹终于幽居在南山的云雾中，可以幽居避祸了。

这首诗通过描写旅途大江景色，表达了诗人远离京都、隐遁避祸的思想情绪。

谢朓的永明新体诗，作品不多，约28首。其中名作如下：

《入朝曲》："江南佳丽地，金陵帝王州。逶迤带绿水，迢递起朱楼。飞甍夹驰道，垂杨荫御沟。凝笳翼高盖，叠鼓送华辀。纳献云台表，功名良可收。"

新体诗的力求平仄协调、音韵铿锵、词采华丽、对仗工整。其中值得注意的是模仿南朝乐府民歌的小诗：

《玉阶怨》："夕殿下珠帘，流萤飞复息。长夜缝罗衣，思君此何极。"

傍晚放下了殿前的珠帘，萤火虫儿飞来飞去又停下，深夜里缝着罗衣，想念你的这种相思之情哪有个终结？

《王逊游》："绿草蔓如丝，杂树红英发。无论君不归，君归芳已歇。"

碧绿青草如丝一样蔓延，各种树木都开放了鲜红的花朵，不要说你现在不回来，等你回来恐怕春花已经谢了。

这些诗虽写贵族生活，和民歌内容有别，但语言精练，情味深长，艺术性上比乐府有所提高，对唐代的律诗绝句的形成是有影响的。

第四节　梁陈诗人和宫体诗

诗歌发展到梁陈时代，诗人和作家数量越来越多，而诗歌内容愈来愈空虚堕落了。由于梁简文帝萧纲积极提倡写色情的诗篇，宫廷文人庾肩吾、庾信、徐摛、徐陵大肆煽动宫体诗风，以满足皇帝贵族变态性心理的要求，迎合其低级庸俗的生活趣味。这种谣声媚态的宫体诗，自梁至唐初相继了一百多年。不过这一时期还有少数诗人写出了少数内容比较健康的作品。

一、吴均（469—520 年），字叔庠，吴兴故鄣（今浙江安吉）人，出身贫贱，诗文有清拔之气。

如《赠王桂阳》："松生数寸时，遂为草所没。未见笼云心，谁知负霜骨。弱干可摧残，纤茎易陵忽。何当数千尺，为君复明月。"

松树生长才几寸的时候就被杂草所淹没，还没见到遮蔽云彩的心，谁知道又辜负了傲霜的骨，柔弱的树干可以摧残，纤嫩的枝条容易挫折，什么时候长到几千尺高，替您遮住明月？

二、何逊（？—518 年）字仲言，东海郯（今山东兰陵）人。八岁能诗，弱冠州举秀才，官至尚书水部郎。诗与阴铿齐名。何逊的诗作，擅长抒写离情别绪及描绘景物。

如《临行与故游夜别》："离稔共追随，一旦辞群匹。复如东注水，未有西归日。夜雨滴空阶，晓灯暗离室。相悲各罢酒，何时同促膝。"

多年一起相追随，一旦要辞别众朋友，而像东流的水，没有向西倒流的日子。夜里雨点滴落在没有人迹的廊阶上，天亮了房子里灯光暗淡了，在座的朋友互相悲痛，各自罢酒不饮，不知什么时候能再在一块儿促膝谈心。

《相送》："客心已百念，孤游重千里。江暗雨欲来，浪白风初起。"

异乡作客，心中已百念交集，何况这次出游仅我一人，更加上路途千里。江色昏暗大雨将要来了，滚滚的浪随风滔天。（情辞婉转，浅语俱深）

三、阴铿（生卒不详），字子坚，武威姑臧（今甘肃武威）人。南北朝时期梁朝、陈朝著名诗人。铿幼年好学，能诵诗赋，博涉史传。他生活在梁陈之间，曾做过参军、太守、散骑常侍等官。他的诗以写景见长，风格流丽，篇章完整，平仄协调，近于律诗，是陈代有名诗人。

《江津送刘光禄不及》译文：

依依不舍地来到江边小洲，在渡口长时间眺望。鼓声随船远去，一直到听不见了，远去帆影和天边的云彩接近，停泊的地方空荡荡的只有几只鸟儿飞翔，送别的亭子里人们都已经散了。天气寒冷树木正在落叶，天色已晚，钓鱼的人正要收钓丝回家，为什么俩人相背道而行越走越远，原来是一去江汉、一归城门。

《和傅郎岁暮还湘州》译文：

天气寒冷天色灰暗一年快要终了，辛苦的客人正在远行。大江风静时仍然浪滔天，一叶小舟孤零零地将要远行。棠树枯萎了红叶落尽，芦苇冻死了，芦花轻飏，守边的人由于天寒也不出来眺望，远远的沙洲上的飞禽没有被船惊动。湘水各处深浅不同，您亲自去体验吧，我不能归去（君归我留），白白地有此一番思念回乡的悲痛之情。

第五节　庾信与北朝诗人

庾信（513—581年），字子山，南阳新野（今河南新野）人。生于梁武帝天监十二年，幼聪敏绝伦，博览群书，尤其精通《左传》。十五岁入宫作昭明太子萧统的侍从官，为太子伴读。十九岁时父肩吾为梁太子中庶子，掌管记室，信和徐陵并抄撰学士，同时二人写许多宫体诗文，世号"徐庾体"。父子两人甚得皇帝和太子的宠爱，自由出入宫禁。同时庾信是个文武双全的人，后任东宫学士、兼任建康令。梁武帝太清二年（548年）侯景叛，由寿阳出兵，顺江而下，势如破竹，一直打到建业城下。梁简文帝萧纲命信率宫中文武千余人营于朱雀桥，士兵望敌逃散，信遂走。后借出使名命奔江陵。不久侯景陷京城。551年（简文帝大宝二年）侯景西上攻江陵，信在半道遇上侯兵，情况危险，躲在江夏（武昌黄鹤山），七月梁元帝命胡僧佑击败侯景，诗人终于到了江陵。552年梁元帝萧绎派大将王僧辩，平景乱。梁元帝都江陵。554年西魏宇文泰发兵攻江陵，恰好信出使西魏，于是留长安。魏兵陷江陵，杀梁元帝，俘虏江陵王子、王公以下十多万人赶回长安，信老母、妻子、儿女也被俘到长安。而魏、北周都十分重用他，任至骠骑大将军，开府仪同三司。尽管官位极高，生活非常优越，但他始怀着故国之思，念念不忘江南，加之在"胡马哀吟，羌笛悽转"的北国风土的影响下，他的诗风为之大变，融合南北文风自成一种风格。他的作品一方面具有南方的秀丽细微，一方面又有北方的豪迈慷慨，二者融合产生了一种悲壮瑰丽的风格。在一定的程度上体现了南北文学合流的趋势，庾信是继鲍照之后的又一南北朝时期杰出的诗人。

最能反映他后期生活思想感情的杰出名作有《拟咏怀二十七首》，是诗人模拟阮籍的《咏怀诗》写成的抒情诗。大都是记述离乱、感叹身世遭遇之作，第一首叙述了他作诗的心情："步兵未饮酒，中散未弹琴。索索无真气，昏昏有俗心。涸鲋常思水，惊飞每失林。风云能变色，松竹且悲吟。由来不得意，何必往长岑。"

如果阮步兵不饮酒，嵇中散不弹琴，那就死板地没有一点纯洁天真的气质，昏暗暗地有逐名追利的世俗之心。在枯竭了的车辙中的鲫鱼常常想的是水，受惊而飞的鸟常常失去了巢窝。风云能在瞬息间变化颜色，松树竹子尚且为此而愁声低吟。人们从来是不如意的，为什么一定要学崔骃去长岑呢？

头四句是以阮籍、嵇康自喻，说明身处乱世不能和阮步兵、嵇中散一样弹琴饮酒，弃绝人事，不追名逐利，保持天真纯洁的本性，而是俗心迷乱丧失本性，昏昏然追逐名利，仍恋想在魏国当大官，心情惭怍愁伤。

其后两句是以涸鲋、惊鸟作比喻，说明自己丧失了故国旧邦，常常思念，心情忧郁急切。

又其次两句以风云松竹为象征，说明政治形势变化，节操之士都为之哀鸣，而我自己在梁亡之后屈从敌国，丧失节操，心情愤激沉痛。

最后两句直言感受，说明人生从来不如意，不必学崔骃自取打击，流露出诗人的另一层忧虑，忧谗畏祸，怕受当政者的打压迫害。

总体来说，这首诗直接抒发了诗人屈节敌国后惧谗忧祸的沉痛心情以及思念故国、追慕阮嵇而不得惆怅痛苦的思想感情。索索，无生气貌。真气，纯洁天真之气，没有沿袭世俗习气。昏昏，迷乱，暗昧貌。

《庄子·外物篇》有如下记载：庄周家贫，故往贷粟（借粮）于监河侯，监河侯曰:"诺,我将得邑金,将贷子三百金。可乎?"庄周忿然作色曰:"周昨来,有中道而呼者。周顾视,车辙中有鲋鱼焉,周问之曰:'鲋鱼来!子何为者耶?'对曰:'我,东海之波臣也。君岂有斗升之水而活我哉?'周曰:'诺,我且南游吴越之王,激西江之水而迎子,可乎?'鲋鱼忿然作色曰:'吾失我常与,我无所处。吾得升斗之水然活耳,君乃言此,曾不如早索我于枯鱼之肆!'"

东汉崔骃,传学有才,善属文,为车骑将军,宪擅权骄恣,骃直言上谏,宪不能容,令出为长岑长。骃自以远去,不得意,遂不赴任而归,卒于家。

第二十首诗人以无比沉痛的心情剖析了自己内心的痛苦:"在死犹可忍,为辱岂不宽。古人持此性,遂有不能安。"

杀头(死到临头)尚且可以容忍,被人羞辱难道不能宽容?千古以来,人们如果为了保持这样的性情(逆来顺受),那就含有内心不能安宁的隐痛,他的脸面虽然可以自然伪装和悦,他的内心常常悲凉沉痛。

他的《拟咏怀诗》还倾诉了对故国的深沉怀念,如第十一首:"摇落秋为气,凄凉多怨情。啼枯湘水竹,哭坏杞梁城。天亡遭愤战,日蹙值愁兵。直虹朝映垒,长星夜落营。楚歌饶恨曲,南风多死声。眼前一杯酒,谁论身后名。"

草木凋落是秋天气候的作用,秋天使人感到凄凉,内心充满了悲怨的情绪。娥皇女英哭干了湘妃竹(斑竹),杞梁妻哭坏了城墙(暗喻梁元帝萧绎在江陵败亡或以典故比喻自己亡国的悲痛沉重)。天意要灭亡梁朝,因而遇上了使人怨恨的战争(指555年江陵陷落,萧绎被杀),战事日益紧迫,敌兵一天天逼近而又遇上了愁苦厌战的士兵。长虹早晨映照阵地,大流星晚上落在军营(写天亡梁,萧绎败亡)。四面楚歌充满了含恨的曲调,南方的乐曲包含着死亡的声音(写梁元帝惨败)。梁朝的君臣眼前仍然是一杯酒(贪图一时之乐),谁还谈论将来的名誉(就是这样一群昏溃腐朽的梁朝君臣断送了国家命运)!

全诗分两段:前六句写梁亡后凄凉的景象和败亡的原因。后六句倒叙战争的经过及作者的感受,天固亡梁,梁君臣亦不争气。

这首诗写诗人的亡国之痛和亡国之恨,表达了对故国的深切怀念和对梁君臣的无比愤慨。

庾信怀念故国的重要作品,还有一些小诗,例如:

《寄王琳》:"玉关道路远,金陵信使疏。独下千行泪,开君万里书。"

这首诗是庾信以诗代书回王琳的。王琳字子衍,梁朝大将,曾平定过侯景之乱，江陵失陷时，曾出兵援救，后又伐陈霸先兵败被杀。此时琳在郢城练兵。

去玉门关（长安）的道路很远，金陵捎信的人不多，打开您从万里路上捎来的信的时候，一个人独自流下了千行的眼泪。

《重别周尚书》："阳关万里道，不见一人归。唯有河边雁，秋来南向飞。"

周尚书指周弘正，曾任左户部尚书，陈文帝天嘉元年（560年）他从南方到北周迎接在江陵被北魏掳去的陈宗室陈顼，562年南归，庾信又写诗赠别，故言重别。庾信原写过《送周尚书弘正》二首，《重别周尚书》也是二首，这是其中的第一首。

阳关有万里路远，不见一个人回南方去。

只有黄河边上的鸣雁，秋天来了向南飞去（只有弘正一人像南归雁一样回到南方去，实在令人悲伤而又羡慕）。

庾信的诗歌作品在艺术形式上也有所发展，他的有些新体诗在声律上已经暗含后来唐代的五律五绝或七律七绝。在艺术手法上善于用典，而且很有创造性，擅于变化，自然合拍，增强了他的诗歌的艺术表现力。

庾信的诗初步融合了南北诗风，是南北朝最后一个优秀的诗人，也是唐诗的前驱者，对唐人的影响最为直接，深受唐人的重视。

第六章

南北朝的骈文与散文

南北朝时期，骈文畸形发展，几乎一切表情达意的文体不论叙事文、议论文，还是书、札、碑、志等日常应用文，都骈俪化了。散文只占有史、地等学术性著作的狭小地盘。

南北朝时期骈文的形成技巧也更加精密了，在句法上不仅讲求对偶，而且把对偶分成言对、事对、正对、反对四种。《文心雕龙·丽辞篇》说："故丽辞之体，凡有四对：言对为易，事对为难，反对为优，正对为劣。"句子的字数也渐趋骈四俪六，四字少而不迫促，六字多而不迂缓，或杂以三、五，作为适当的调剂变化。在声律上则要求平仄配合，辘轳交转。由于形式技巧上更加成熟，使得起源于两汉辞赋的骈文，到了南北朝，在形式上和骈赋的关系更为密切了。

南北朝时期著名的骈赋和骈文有鲍照的《芜城赋》，齐朝孔稚珪的《北山移文》，江淹的《恨赋》《别赋》，梁陶宏景、吴均的几篇书札，庾信的《哀江南赋》等。

孔稚珪，字德璋，会稽山阴（今浙江绍兴）人。生于447年（宋文帝元嘉二十四年），死于501年（齐东昏候永元三年）。少好学，有美誉。官至散骑常侍。史传称他好写文作诗，为人淡泊，不乐世务，喜饮酒，好山水，"门庭之内，草莱不剪，中有蛙鸣"，或问之曰："欲为陈蕃乎？"稚珪笑曰："我以此当两部鼓吹，何必期效仲？"具有魏晋文人的遗风。

北山，紫金山，钟山。移文是官府文书的一种，相当于现在的"文告"。文中周子，据吕向注《文选》指南齐周颙，先隐居钟山，后应召为海盐（浙江海盐县）令，期满入京，欲经过钟山，稚珪就写这篇文章讽刺他。但是根据《南齐书·周颙传》，周颙做过海盐令，而且一生仕宦，没有隐居之事。文中周子可能是作者虚构，不一定实有其人。

《北山移文》译文

钟山的山神，草堂的神灵，驰骋于山路的烟雾之中，刻此移文于山庭。

因为有光明正直超出世俗的风度,洒脱自在超出尘世的情怀,他们的品行就可以和白雪比较,纯净纯白,他们的志向就可以凌驾青云之上,这正是我所了解的人了。像那些挺立在万物之上、洁白的云霞之外的隐者,视千金如草芥而不值一提,弃天子之尊如脱草鞋,在洛水边上听仙人太子晋吹风笙,在长长的流沙水边碰上了打柴作歌。人世间本来就有这样的人。哪里料到有一种人始终不一、变化无常,使墨翟悲痛而流泪,使杨朱哭得极为伤痛,暂时避迹而心里被利禄所染,或者开始时较为坚贞而后来被污染了,这是多么错误啊!尚子平已经不存在了,仲长统已经去世了,山里隐僻的地方寂寞荒凉,千年之间还有谁来欣赏。

以上第一段,先写高士之可贵,次写隐士之可尊,其次写矫情者之谬误,最后叹真隐者之不复存在。铺叙三种人加以对比,从对比中表明作者态度,为展开全文做好了准备。

世间有位周先生,是世俗中才智出众的人,既有文采又博学,也通玄学也通历史。然而学习颜阖隐居起来,学习凭几而坐的南郭子綦的超然物外,在草堂上跟人一起吹奏乐器(冒充隐士),住在钟山却戴上隐士的头巾,引诱我青松和芳桂,欺骗我白云和深谷,虽然在江边装出一副假象,仍然系情于朝廷的好爵位。

以上是第二段,介绍周子才智出众和伪装隐居的情态。

他开始来到钟山,排斥巢父,催败许由,傲视百家诸子,蔑视王侯,风度情志高得要遮蔽天日,严肃如霜的神气比深秋还严厉,或者赞叹隐士隐遁不返,或者埋怨王孙公子贪图富贵不隐。谈论佛经的万物皆空的哲理,或论道家玄而又玄的理论。隐者务光哪能比得上他,齐隐者诸子也都不能和他相匹敌。

以上第三段写周子出道钟山,谈玄论佛,自矜高于一切世人和隐士。

等到朝廷的使者带着随从、仪仗队和卫队喝道进入山谷,招贤诏书送到山岗,就狂跳乱跑连魂魄都失落了,志向变了,思想动摇了。于是在座席上眉飞色舞,在宴席上举手扬袖,烧掉了绘莲蓬的服装,撕裂画有荷花的衣服,呈现出尘世的仪容,表现出世俗的样子。风和云都悲痛地带着愤恨,山石和泉水都哭泣而流泪怨恨。远看树林山峦都对他失望了,回看身旁花草好像都对他丧气了。

以上第四段,写周子被召,撕破假相,决然出仕,风云、山石、泉水、山峦、树木、花草都为之悲伤愤怨。以拟人的手法表达了人们对周子的悲愤,和前段周子自矜高隐形成了尖锐鲜明的对比,从而揭露了周子沽名钓誉、热衷利禄的丑态。

后来他佩戴大印，铜印上系着黑色丝带，在超越郡属各县的最大的县里，做了方圆百里的一县之长，在海滨（海盐县）传扬着美好的名声，在浙水之北流传着好声誉。道家的成套书籍永远抛弃了，佛家讲法的座席（蒲团）也被长久尘封埋没了，敲打犯人的喧闹声扰乱了他的思虑，公文诉状一类的烦恼事务装满了他的胸怀。弹琴唱歌的事已经断绝了，饮酒赋诗的事也无法继续下去。常常纠缠在赋税的杂务之中，往往忙乱在判决诉讼的事情里。政绩超过了张敞、赵广汉过去在典籍上记载的事迹，也超过了卓茂和鲁公过去的政绩，追踪三辅（首都地区）的杰出官吏，远扬名声在九州长官之间。使我像高空的云霞独自映照，像明月一样独自高悬，青松垂下了树荫，白云飘浮有谁做伴？山涧的路断绝了，没有人一起归来，石路也荒凉了，白白地久久地等着有人经过。至于旋风吹进帐幕，前庭廊柱间倾泻出来雾气，画有蕙草的帐子空空啊，夜里鹄哀愁，隐士离开了啊，早晨猿惊恐。过去听说抛弃官职隐遁海滨，现在却见到了他解下了佩兰，系上了世俗的冠缨。

以上第五段、第六段以拟人的手法写周子走后，钟山荒凉冷落，虽然如此，钟山毕竟是伪君子，是周子改节出仕的见证人，所以钟山也不禁发出了今昔之感。

于是南面的山峰嘲笑讽刺，北面的山岗哄然大笑，条条山谷争着讥讽，聚在一起的山峰跳动讥笑。感慨周子欺侮了我，悲伤的是无人来慰问，所以那些树木惭愧不止，山涧惭愧不已，秋桂把风打发回去，春萝让月回去，迅速传达西山隐者的清议，赶快传布东皋清贫者的议论。

以上第七段，以拟人手法写钟山的山林、水涧、桂、萝都嘲笑讥讽周子，替周子羞愧，要把周子变节的事张扬出去，引起隐士们的清议，表示了对周子的愤慨鄙视。

现在又在小县城急于整理行装，驾船到了首都。虽然他对朝廷一往情深，一心投靠，也许借路钟山（指周子重游钟山）。难道可以使芳桂杜若有愧于色，香草薜荔遭受耻辱，碧绿的山岭再次遭辱，红崖重新蒙上污浊，长满芳草的小路上的隐者的足迹受污染，因为听了他的话又要洗耳而又污染了清水吗？应该关上山穴的窗户，让云彩掩蔽北山，收起轻雾，藏住哗哗的急流，在谷口截住往来的车子，在山外杜绝不该来的车马。于是丛聚的枝条睁大愤怒的眼睛，气炸了肝胆，层层芳草都怒气勃勃，有的枝条扬起来打断他的车轮，有的忽然低下枝条扫除周子的足迹，请以此文挡回凡夫俗子的车驾，为北山山灵谢绝逃客。

以上第八段，以拟人手法写北山愤怒拒绝逃客周子，表达了人们对变节者的抵制和反对。末两句明确指出作者代替山灵写此文告，回应文章的开头。

　　这是一篇檄移体的文告，也是一篇辛辣的讽刺性很强的骈文，文中以对比的手法，深刻地揭露了周子伪装隐居、变节出仕、一味追名逐利的丑恶本质和庸俗贪鄙的面目，又以拟人的手法，赋予北山以生命，使山岳草木人格化，都能嬉笑怒骂对周子变节行为给予无情的嘲笑和辛辣的讽刺，情趣横生，意味隽永。末尾点明代山灵写此移文，谢绝逃客，以与开头"勒移山庭"呼应，首尾浑然一体。

　　江淹（444—505年），字文通，济阳考城（今河南兰考）人。出身寒微，早孤，采薪养母。六岁时即能写诗，常慕司马长卿、梁伯鸾为人，不事章句之学，留情于文章，因此以文章显达，历仕宋、齐、梁三朝。官居秘书监兼卫尉，封醴陵侯，晚年才思微退，世谓"江郎才尽"。据《南史·江淹传》载：做宣城太守罢官回家时，晚上船泊禅灵寺。夜梦一人自称张景阳（张协，西晋太康人），对江淹说："前以一匹锦相寄，今可见还。"淹探怀中得数尺与之，此人大喜曰："那得割截都尽！"自是江淹文章不据。又尝宿冶亭，梦一丈夫自称郭璞，谓淹曰："吾有笔在卿处多年，可以见还。"淹乃探怀中得以五色笔一以授之，尔后为诗，绝无美句，时人为之才尽。他的诗幽丽精工，意境清丽幽深，刻画形象精工细致，善于模拟，缺乏创造性。抒情赋艺术成就较高，所写《恨赋》《别赋》名噪一时，但内容狭隘，思想性不强。

《别赋》译文

　　诗人面色惨淡失魂落魄的，只有生死离别罢了啊。何况秦国与吴国相距绝远，又如燕国与宋国远隔千里（相隔甚远，离愁愈深）。或者春天苔衣啊刚刚出生，骤然间秋风啊一霎时刮起。春来草木初生或秋至草木凋零，最容易使人触景伤情，感受生离愁别。

　　以上六句，总写离别最苦。

　　因此出外旅行的人愁肠寸断，种种感受却是悲伤的。风声凄凉发出了不同的音响，阴云无边无际呈现出了不同的颜色，小船滞留在水边，车子停留在山脚，船荡漾而不能前进，马哀鸣而不能停息。倒放金杯谁也无心饮酒，搁下琴瑟挥泪登车而去（以上从行人方面写离情）。留在家里的人忧愁卧床，恍恍惚惚若有所失，太阳从屋后落下而消失了光彩，月亮升上楼头而散发着光辉。看见红兰受到露水的侵凉，照着清楸遇上了寒霜，绕行在高高的廊柱间而房门紧闭显得空旷，抚摸锦绣的帐幕而使人感到空虚凄凉，可以预知行人在离别的梦境里徘徊不前，可以意料（设想）行人别后神魂飞扬不安。

以上第一段，先概述离愁之苦，再从行人与居人两方面加以具体描写：行人断肠百感交集，居人愁伤行坐不安。

所以离别的情绪虽然是一样的，离别的事情却千差万别（总提一笔，下写各种离别）。至于高头大马银饰马鞍，朱红高车，公卿设帐于长安东部门外饯别，像石崇那样在洛阳金谷别墅为客人送行。琴弹奏出羽声而箫鼓齐鸣，燕赵美人和乐歌唱而十分悲伤。乐伎身上装饰的珠与玉啊比晚秋的景色还艳丽，身上穿戴的罗与绮比初春景物还娇艳，音乐动听，惊动了驷马仰头咀嚼饲料，感动了深渊里的赤金鱼浮在水面。到了分手的时候含着泪水，都感到寂寞而悲伤。

以上第二段，写富贵者的离别。

还有因惭愧而报恩的侠义之人，都是少年报恩之士，韩国聂政感恩严仲子刺杀侠累，赵国豫让报恩智伯瑶在宫厕谋刺赵襄子，吴专诸为公子光刺杀王僚，燕荆轲为燕太子丹谋杀秦王嬴政。忍心割断父母妻子的深情，离开故国辞别家乡，与亲人洒泪诀别，抆血相视，驱赶征马头也不回走了，只见路上的尘土时时飞扬。正因为怀着知遇之恩而想仗剑行刺，并不是为了在黄泉而换取身价。钟鼓震动而面如死灰，骨肉悲痛而决心一死。

以上第三段，写刺客的生离死别。

或者就像边疆的地区有战事，带上羽箭去从军了。辽水没有尽头，燕山高入云霄。闺房里有风也是温暖的，田畔上的青草芬芳。太阳升在天空而光辉照耀，露水滴在地面而闪耀着光彩，照耀得红尘明亮灿烂，侵入春天郊野空气笼罩缭绕，攀住桃李啊不忍离别，送别亲爱的人啊，泪沾湿了衣襟。

以上第四段写从军之别。

至于去了遥远的国家，岂有相见的日期。凝视着高大的树木啊，恋恋不舍故乡，在北面的桥梁上告辞诀别。左右随行的人啊魂飞魄散，亲戚宾客泪流不止，只可铺把野草席地而坐啊，互相赠答离别之恨，唯有一壶酒叙叙悲伤的心情，正值秋雁飞翔的日子，恰逢白露降落的时候。怨恨了又怨恨啊，望着那远山弯曲的地方，走远了又走远了啊一直望到河水边。

以上第五段，写远赴绝国者的离别。

又像远离家乡的丈夫住在淄水的右畔，家中妻子住在黄河的北边。在朝阳的照耀下一块儿戴上佩玉，傍晚在金炉旁香烟袅袅中共话家常。丈夫做官啊远在千里，怜惜瑶草（妻子）白白地放出清香。惭对深闺中尘封的琴瑟，织机上的丝织品落满了灰尘。春天深闺关闭了如此青青的苔衣色，秋天帐子里含蕴着这样明亮的月光，夏天席子清凉啊白天长得等不到晚上，灯光凝聚啊冬夜是多么长。想起了织锦曲啊泪水落尽了，默念着回文诗啊对影独自伤心。

以上第六段写忧患之别与闺中的相思。

倘若有华阴的道士，炼丹服食归回山中。仙术已经高妙还在练习，道行已深而没有传人。守着炼丹灶而不顾人世，正在金炉炼丹而意志正坚，驾着仙鹤直上天河，乘着鸾鸟飞腾上空。霎时云游万里，天上少别人间已是千年。只有人世间啊重视离别，告辞主人啊依依不舍。

以上第七段，写求道成仙者的离别。

人间有男女相爱赠送芍药的诗篇，有赞美美人无偶的歌词，有《桑中》篇幽会桑林的卫女，有被截留在上宫的女子。春草一片碧绿，春心荡漾着清波，送郎君送到南浦，悲伤到怎样的程度，至于秋天的露水如珠啊，秋天月儿洁白如珪，明月照耀着白露。季节更换，时光流逝，想起和您离别，思念之心徘徊不安。

以上第八段，写男女情人之别。

因此离别的地方并不固定，离别的原因也有种种不同。有离别就必然有别怨，有别怨就必定怨情饱和，使人意志沮丧神魂惊慌，心被摧伤骨被震惊。虽有王褒、娴熟般的精妙的笔墨，有严安、徐乐精到的手笔，有金马门待诏的许多才华出众的学士，有兰台的一批杰出的文人，写赋有如相如获得凌云的称赞，论辩有如驺奭获得雕龙的声誉。有谁能描摹出霎时离别的形象情景，描写出永别的心情？

以上第九段，总结全文，说明《别赋》写作之难。

这篇基本上以四言六字句组成的骈赋，通过横写七种不同类型人物的离情别绪，刻画了不同群相的不同的心理状态，突出了具有不同特色的生离死别，有载歌载舞的豪华之别；有剑客报恩一去不返的死别；有送别亲人从军的感春之别；有远赴绝国，再难相见的伤秋之别；有夫君远游，四时思念的闺怨之别；有道士仙升，感谢主人的永别；有痴男情女的春别秋怨。其别虽一，其事则异，各有不同，各有千秋。同时通过典型环境的塑造，烘托不同类型人物对离别的同一感受，增强了抒情的气氛和感染力量。全赋以"黯然销魂者，惟别而已矣"为中心，选材、剪裁、布局谋篇，因而虽同写一个中心，而各段内容并不雷同，结构完美，层次分明，条理极其清晰。先总起一笔，统摄全篇，突出主题，再从别子与居人两方面作一般性的概括描写，把离情和别绪两个方面自然地有机地结合起来，给人以完整的概念，然后再以"别虽一绪，事乃万族"将似收之文，一下荡开，引出写七种不同类型的离别，洋洋洒洒，淋漓酣畅。最后以有别必有怨，使人意夺神骇，黯然销魂，回应了开头，首尾浑然一体。并以写赋之难煞尾，流露入了诗人，自矜《别赋》之作前无古人。不过《别赋》的主题没有触及社会重大问题，思想意义是有限的。

南北朝时期，在史传、地理等学术著作中，还可以看到一些较质朴的叙事、抒情、写景的散文作品。但这些作品仍然在不同程度上受到骈文的影响，和魏晋以前散文的风格颇有不同。

郦道元（？－527年）字善长，范阳涿州（今河北涿州市）人。北魏孝明帝孝昌三年，曾任尚书主客郎，御史中尉等职，一生好学不倦，博览群书；又勤于调查各地山川风土，著有《水经注》四十卷，是一位优秀的地理学家，也是一位杰出的写山水游记的散文大家。他的散文文字简洁生动，并兼有骈文修辞精细的特点，"片言只字，绝妙古今"。唐柳宗元、宋苏轼等人的山水散文都受过他的影响。

《河水·龙门》译文

黄河河水回南经流北屈（今山西吉县东北）县旧城城西。城西四十里是风山，风山以西四十里，是黄河南岸的孟门山。《山海经》上说："孟门山，它的上面蕴藏着丰富的金矿玉石，它的下面有很厚的黄沙土和矾石。"《淮南子》上说：龙门山没有劈开，吕梁山没有开凿，黄河河水从孟山上流出，水流漫衍四处横流，淹没了丘陵，较高的土山头也被淹没。大禹疏通河道，称他做孟门，所以《穆天子传》上说："北面登上孟门众河的斜坡。"

孟门，即龙门的北口，实在是黄河的大隘口，并且还有孟门渡的称号。这座石山由大禹开始开凿，河水从中间冲刷，把两岸冲刷得非常广阔，河水两岸又高又深，倾斜的山崖又反而坚固起来，巨大崖石面临着垮下来的危险，似乎要坠落又紧紧地依靠着山崖，古代的人有过这样的话："水不是石头凿成的，却能攒进石头里去。"这确实是啊！河中水流交相冲击，白色的水汽像云一样浮在水面，往来远远观看的人，常常就像雾露沾湿了人，探看深处使人惊动魂魄。河水还崩裂起万丈高的浪花，悬挂起来的水流有几千丈，又深又大的水流莽撞咆哮，涌起的巨浪就像山一样奔腾，巨大波浪翻腾而下，一直到龙门的下口。方才知道慎到去过龙门，见到过水流快速就像射出的竹箭，不是四匹马可能追上的。

《洛阳大市》

出了洛阳正西门（西阳南）外四里路御道的南面，有洛阳大市，周围八里。市东南有座皇女台，是东汉大将军梁冀建造的，尚有五丈多高。北魏宣武帝景明年间和尚道桓在它的上面建立了灵仙寺。皇女台的西面是河阳县，台东是侍中侯刚的住宅。大市西北有土山鱼池，也是梁冀建造的，也就是《汉书》所说的："采土筑山，山上十里九坡，用来象征东西二崤山。"

以上第一段，介绍大市的位置及周围名胜建筑。

市东有通商、达货的两条街，街上的人都是靠手艺、屠宰、贩运谋生的，资本财产千千万万。有个姓刘名宝的人，是最大的富户。各州郡所属的都会地方都设立一所住宅，每所住宅各养马十匹。至于盐米的贵贱、市价的高低，所在的地方都是一个标准。船车所通行的地方、足迹能达到的地方，莫有一个地方不买进卖出、倒贩货物的。因此，国内的货物，都聚集在他的庭院，财产相当于邓通的铜山，家藏金窖，住宅房屋超过了制度，楼房台榭高出云霄，衣服装饰可与王侯比拟。

以上第二段，写市内东二街商业的繁荣和商人刘宝的富有。

市内南面有调音、乐律两条街，街上的人搞管弦乐器唱歌子，天下技艺高超的乐工、歌妓都出于这里。有田僧超这个人，擅长吹胡笳，能吹奏《壮士歌》《项羽吟》，征西将崔延伯非常喜欢他，北魏孝明帝正光末年，高平（固原）失守，暴虐的官吏很多，强盗的统帅万俟丑奴侵犯骚扰泾川凤翔一带朝廷为这件事忧虑，诏命崔延伯统帅步兵骑兵五万讨伐他。延伯从洛阳城西张方桥出师，张方桥就是汉代的夕阳亭。这时百官贵族都来祭路神，饯别送行，车马排成了行列，延伯戴着头盔配着长剑在前面威风凛凛，僧超在后面吹着壮士笛曲，听到曲声的人，懦夫变成了勇士，仗剑行义的人都精神振奋起来，都想振作一番。延伯胆量见识与众不同，威名早就显露出来了，为国家施展力量，二十多年，若进攻，没有城池是牢不可破的，若决战，没有一个敌人的阵地是强横不败的，因此朝廷一心一意送他出征。延伯每在阵地前作战，常常命令僧超吹奏壮士歌曲，带盔披甲的战士无不踊跃向前。延伯单枪匹马冲入敌阵，旁边就好像没有一个敌人，勇敢是三军的头一名，威风震慑敌人。两年之内，接连向朝廷报告胜利的消息，交献战利品。丑奴招募好射手把僧超射死了，延伯悲伤惋惜哀痛大哭，左右的人认为伯牙失去了钟子期的哀痛也不能超延伯的哀痛。后来延伯被流箭射中，死在军队里，于是五万人的部队，一霎时溃散了。

以上第三段，简略介绍大市西二街概况，追叙了崔延伯的英勇善战，用侧面烘托和正面描写相结合的手法突出描写了僧超吹奏胡笳的战斗作用。

市内西面有延酤、治觞两条街，街上的人大多以酿酒为职业。河东人刘白堕最擅长酿酒。夏季上月间，正当暑天十分炎热的时候，用罂贮存着酒，中午在太阳下面晒，经过十天，罂子里的酒味不变。饮用这种酒又香又美，喝醉了整整一个月都醒不来。大多数首都朝廷的达官贵人都要给在外郡做官或去封地的远行人送这种美酒，路程超过了千里。因为它从远方而来，就把它叫作鹤觞，也叫作骑驴酒。北魏孝武帝永熙年间，南青州（山东沂水县一带）刺史毛鸿宾带着酒到封地去，路上碰到了强盗，强盗喝了这种酒立即醉倒，一个个被拷住了，因此又叫作擒奸酒，好抱不打不平的人有一句顺口溜："不怕拉满弓拔出刀子，只怕刘白堕春天酿造的美酒。"

以上第四段简介大市西面人多酿酒，着重描写了酿酒能手刘白堕所酿造的名酒，具有擒贼的作用。

大市北面有慈孝、奉终两条街，街上的人以出卖棺椁为职业，以出租丧车为营生之事。有个唱挽歌的人名叫孙岩，娶妻三年，妻子始终不脱衣服睡觉。岩因而感到奇怪，观察等候她睡着了，偷偷地掀开她的衣服，发现她身上有毛长约三尺，好像野狐的尾巴，岩因害怕而离弃了她。妻子临去时，用刀截断岩的头发跑了。邻居的人追赶她，又变成了一只狐狸，追赶不上她。这件事发生以后，京城里被割了头发的有130多人。刚开始变成妇人，穿上人的衣服，脸上抹上胭脂，走在路上人们见了都喜欢接近她，但都被她割了头发。当时妇人有穿华丽的衣服的，人们都指着说她是狐狸精。北魏孝明帝熙平二年（517年）四月发生的这件事，到秋天才平息。

以上第五段，简介大市西二街的人以丧葬为业，着重描写孙岩遇狐和狐魅为害的情状。

另外有阜财、金肆两条街，有钱的人都集中在这里。总之以上这十条街住的大多是各种工匠和商贾。有千金财产的人一家接着一家，高层的楼房面对面地耸立在地上，一重重的房门打开了门扇，有阁道互相连通，可以相互登高相望。金银锦绣不计，奴婢都穿着彩衣，丰盛的菜肴连奴仆都能吃到。北魏孝明帝神龟年间，因为工商界暗中超越制度，朝廷议决不许他们穿戴金银锦绣。虽然立下了这个制度，但最终也未能实施。

这篇散文以记叙和描写相结合的手法，反映了当时洛阳大市工商业繁荣的情况，富人的豪华奢侈以及当时的民情风俗。追记了四个民间传闻的故事，勾画了人物的形象，特别是对民间歌手田僧超、酿酒能手刘白堕的侧面烘托是十分成功的。但这篇节选的文字中，也可看出杨衒之散文中的骈俪成分更多。

总的来说南北朝是散文中衰的时代，教材所列几个作家的散文都受骈文影响，其中以范晔、杨衒之更为显著，要彻底改变散文中衰的局面，还有待于唐朝的古文运动。

第七章

魏晋南北朝小说

我国小说起源于古代神话和历史传说，都是民间的产物。

先秦古籍中保存神话最多的是《山海经》，其次是《穆天子传》，这两书可以说是古代小说的萌芽，魏晋以来的志怪小说都和这两部书有渊源关系，另外先秦典籍中如《左传》《国语》《战国策》《论语》《孟子》《庄子》等都具体地记述了一些人物的言行轶事，可以看作是魏晋以来轶事小说的先声。

我国小说的产生略晚于诗歌和散文。小说之名最早见于《汉书·艺文志》，所载小说作品十五种，1380篇，今已几乎全部失传，只有《青史子》残存几条遗文。《汉书·艺文志》中还有杂事一类的作品，如现存的《吴越春秋》和《越绝书》等，叙述越王勾践的故事，内容情节富有小说意味，汉代小说发展的情况大抵如此。

小说发展到了魏晋南北朝时期开始繁荣兴盛起来。写作小说成为一种风气，不仅作品数量多，而且内容丰富，出现了前所未有的盛况，按其内容大体可以分为两类，一类是谈鬼神怪异的志怪小说，一类是记录人物轶事琐闻的轶事小说。

第一节 志怪小说

志怪小说盛行于魏晋南北朝，和当时社会动乱、政治黑暗、佛道两教盛行以及求仙炼丹等社会风尚有密切的关系。今传存的完整与不完整的志怪小说30多种，其中比较重要的作品有15种，以东晋干宝的《搜神记》成就最高，也是这类小说的代表。

干宝（约282—351年），字令升，新蔡（今河南新蔡）人，东晋文学家、史学家。东晋元帝时官居散骑常侍，大抵生活在西晋末到东晋初年，所撰《搜神记》20卷，记录故事450则，多为神怪灵异之事，宗教迷信成分不少，但也保存了许多优秀的神话传说和民间故事，反映了人民的反抗斗争、追求真理、热爱劳动、忠于爱情的事迹和品质，有一定的积极意义。

《三王墓》一题《干将莫邪》

这篇小说的故事梗概是：春秋时的铸剑能手干将、莫邪为暴君楚王铸剑，"三年乃成"，因为这个原因，王怒杀之。莫邪生遗腹子，名赤，长大后思欲报仇，为楚王察觉，儿逃亡入山，遇剑客，客愿借人头见楚王，为儿复仇，儿即自杀。剑客见楚王，令以镬煮儿头，不烂，剑客趁楚王下视镬时，杀王头掉入镬，随即自刎，头亦落入镬，三头煮烂，不可识别，分成三份汤葬之，故名三王墓。

《三王墓》正面人物有干将、莫邪、干将赤及剑客。

干将、莫邪为楚王铸剑"三年乃成"，剑有雌雄两把。足见以铸剑不易，技术高超，功力很深，不愧为天下铸剑名手。预知"王怒，往必杀我"，于是遗言妻子，若生遗腹子，则按其遗言找寻雄剑，然后自将雌剑见楚王被杀。由此可知干将不仅是天下铸剑名手，而且是遇事有预见、有胆识、勇于牺牲、不向暴君低头告饶的铁汉子。

干将赤能自悟父亲遗言所指，竟找到了雄剑，足见其聪明，当听到剑客说"将子头与剑来，为子报之"，赤回答道："幸甚。"又立即自刎，献出头与剑，从语言行动中表现出了他性格的刚强、果断和复仇心切。又从"主僵""乃仆"看出他以复仇为快慰，而且遇事细心，总之干将赤是个聪明刚强、果断细心、具有为复仇而甘于自我牺牲精神的孩子。

剑客与孩子邂逅相逢，得知赤欲报仇，立即提出替赤报仇，并声言决"不负子也，"足见其有见义勇为、勇于扶弱锄强的精神。从他杀楚王而又自杀，看出他处事沉着机智，早已成竹在胸，舍死赴义，由此可知侠客是位见义勇为、沉着机智、勇于舍死赴义、可叹可敬的壮士。

三个人物的共同性格特征是不惜以自我牺牲而反抗暴君的斗争精神。

《韩凭夫妇》

《韩凭夫妇》叙述宋康王霸占韩凭妻子何氏，韩凭夫妇先后自杀的悲剧，暴露了封建统治者荒淫和凶残的本性，歌颂了韩凭夫妇生死不渝的爱情，尤其是何氏不慕富贵、不畏强暴的刚强意志，体现了劳动人民贫贱不移、威武不屈的高贵品质。结尾通过幻想的情节展现了人民的美好愿望。

志怪小说对后世的影响是很大的，唐代的传奇就是在志怪小说的基础上发展起来的。不少的传奇作品在内容和志怪小说有直接继承的渊源关系，宋伐平话中的"烟粉灵怪"的故事，宋以后笔记小说，如金代元好问的《读夷坚志》、明代瞿佑的《剪灯新话》、清代纪昀的《阅微草堂笔记》都接受了这一时期志怪小说的影响。

第二节 轶事小说

记录社会人物轶事琐闻的小说在南北朝也很盛行，这和当时社会品评人物的风尚有着密切的关系。《世说新语》是轶事小说集大成的著作。

《世说新语》是南朝宋临川王刘义庆和手下的文人杂采众书编纂而成的。梁时刘孝标为此书作注，引书400余种，更加丰富了本书的内容。《世说新语》主要编入了东汉末年至东晋士族阶层人物的遗闻轶事，言行风貌。按照清谈家的观点分类系事，把全书分为三十六类，编成三十六门。书中大多数篇章是描写魏晋风度、名士风流，反映士族的放诞生活和清谈风气的，有着消极的因素。但也有一部分作品揭露了豪门贵族穷奢极欲的糜烂生活，表彰了一些好人好事，有一定的积极意义。在艺术上，善于把记言和记事结合起来，展现生活的断面，善于通过一言一行刻画人物肖像和精神面貌，语言凝练含蓄，隽永传神，耐人寻味。

《华歆王朗》译文

华歆、王朗一块儿乘船避难，有个人想搭乘他们的船，歆立即为这件事犯难心。朗说："好在船还宽，为什么不可？"后来贼追赶上来了，王朗想抛弃所携带的人。歆说："当初迟疑，正是为了这个缘故罢了，既然已经接受了他的请求，难道可以因为事情紧急就抛弃他吗？"于是还像当初一样携带求救的这个人。世人据此（凭着这件事）评定华、王品质的好坏。

这篇轶事，以小见大，用解人危难的极小的生活题材反映了东汉末年士大夫阶层中品评人物的社会风尚，用白描的手法，勾画了华歆、王朗不同的心理活动，肯定了华歆行急人所难、言行一致的优良品质，批判了王朗为人虚伪、自食其言的丑陋行为。

《过江诸人》译文

从北方南渡而过江的许多人，每到风和日丽的日子，常常邀请在新亭聚会，坐在草地上饮酒吃喝。周侯在座位上感叹说："风景还是和过去一样，只是自己有了对山河的不同感受。"大家都面面相觑流下了眼泪。只有王丞相不愉快地变了脸色说："大家应当为朝廷尽力，收复中原，何至于像囚犯一样相对流泪？"

这篇轶事反应西晋亡后南渡的士大夫阶层只知逍遥山水，安于宴饮、空发慨叹、不知尽力收复失地的消极没落的情绪。

《石崇斩美人劝酒》译文

石崇每次邀请宾客宴会，常常命令美人斟酒劝客，客人有饮酒不尽兴的，就让黄门校（侍者）砍下美人的头。王丞相与大将军曾经一起到石崇家宴饮，丞相平常不能喝酒，就自己勉强喝，以至于大醉。每次斟酒到大将军跟前，他坚持不喝，来观察这石崇的变化。已经斩了三个美人，他脸色依然和原来一样，还是不肯喝。丞相责备他，大将军说："他杀自己家里的人，关您什么事？"

这篇轶事揭露了西晋贵族石崇以杀人为乐的残暴行为，故事中三个人物：一个石崇草菅人命、残忍凶狠，一个王敦有意作态、幸灾乐祸，一个虽加责问，但并不劝止，同时反映了奴婢的人身依附的卑贱地位。

《王蓝田性急》

王蓝田性子急躁。有次吃鸡蛋，用筷子戳鸡蛋戳不上，就十分生气，举起鸡蛋扔在地上。鸡蛋在地上滚动转圈不止，因而下地用木屐齿踩鸡蛋，又踩不上，再从地上捡起鸡蛋放进口中，把蛋咬破了就吐掉，王右军听到了而大笑说："就算王安期（王承，王蓝田父亲）有这样的性格，都毫不值得谈论，何况是王蓝田呢！"

这件琐事生动传神地刻画了王蓝田急躁的性格，活灵活现，很有趣味。

《世说新语》是后来轶闻隽语的笔记小说的先驱，也是后来小品文的典范。《世说新语》中的许多故事都成为了后来诗文中的典故或戏剧小说家创作的素材。如《祢衡击鼓骂曹》至今还在戏剧舞台上演出，"谢女咏雪""登龙门""一往情深"等成语典故都出自《世说新语》。

第八章

魏晋南北朝的文学批评

建安以前文学批评的言论散见于经、史、诸子的著作中，如《论语》中的"诗三百，一言以蔽之，曰'思无邪'"，这是孔子肯定诗经305篇作品的思想内容是健康的、无邪的，是对诗经的评价。诸如此类的文学批评言论散见于先秦著作中的还不少，只是没有形成专著。建安时代，受东汉末品评人物的清议风气的影响，又由于文人都集中在邺下，创作活动频繁，文学创作的自觉性提高了，开始产生了曹丕的比较系统的文学批评的论文——《典论·论文》和专门批评建安七子的《与吴质书》。

《典论》共20篇，是谈论"古代经典文事"的论著，《典论·论文》是其中一篇，是讨论文章体裁的论文。在论文中他首先批评了"文人相轻，自古皆然"的通病，指出产生这种通病的原因是"夫人善于自见，而文非一体，鲜能备善，是以各以所长，相轻所短"。接着逐一批评价了建安七子在文学创作上的优缺点，是比较公正客观的，也是为后世人们所公认的。接着他又根据不同文体的性质提出了不同的创作要求，"奏议宜雅，书论宜理，铭诔尚实，诗赋欲丽，此四科不同，故能之者偏也，唯通才能备其体"。从而为各类文章的创作和批评提出了一个初步的客观标准。最后他提出了"文以气为主"的创作原则，他说："文以气为主，气之清浊有体，不可力强而致。"他说的气，大致可以肯定是指作者的才性及作者本身具有的才华、禀赋、气质，以及在作品中的反映。大体就是我们现在所说的作者的个性和风格以及作品的个性化和独特风格。"文以气为主"的观点正反映了建安文学向个性化发展的趋势。曹丕还有意识地提高了文学的地位，把文学创作看作是"经国之大业，不朽之盛事"。提倡人们积极创作。

曹丕的《典论·论文》是我国文学史上第一篇文学批评论文，标志着我国文学批评进入了一个新的时期。

陆机的《文赋》是继《典论·论文》后的又一篇文学理论文章。

第一，他把文章的体裁分为：诗、赋、碑、诔、铭、箴、颂、论、奏、说十类，并提出了各类文体的不同特征和要求。显然比曹丕分文体四科更为细密了，要求和标准也有所不同了。比如曹丕说"诗赋欲丽"，而陆机则分别提出"诗缘情而绮靡（诗因情而生，特色是华丽）""赋体物而浏亮（赋铺陈事物特点是清明）"，曹丕说"铭诔尚实"，而陆机则分别提出"诔缠绵而凄怆（感情缠绵情调悲哀）""铭博约而温润（事博文约温和平顺）"。

第二，他生动地论述了作家创作构思的过程。

他认为创作的动机是由客观事物而引起的，是"遵四时以叹逝，瞻万物而思纷"，是四时变化的感触，是万物引起的思绪，"咏世德之骏烈，诵先人之清芬"，是前人的骏烈、清芬。他对客观事物的认识仅此而已，是十分有限的，谈不上社会内容。

他认为构思是复杂的过程，应排除干扰、集中精神、深思旁求、驰骋想象、探索情思、捕捉形象，然后按分段布局的需要选词遣词，进入写作阶段。这是他自己创作实践的体会，具有积极意义。

第三，他认为立意和选辞的关系，是"理扶质以立干，文垂条而结繁"。有如树干和枝条的关系，立意是干、是主要的，选辞是条、是次要的，选辞是从属于主干、从属于立意的。

第四，他论述更多的是修辞。他主张"谢朝华于已披，启夕秀于未振"，修辞贵在创新，不因袭陈词滥调。主张"立片言而居要，乃一篇之警策"，文章中必须有警策警句，他要求"苟伤廉而愆义，亦虽爱而必捐"，不能以辞害义。要求"要辞达而理举，故无取乎冗长"，反对冗长。这些论点都是有益的。

陆机把创作的动机构思、立意、修辞等问题提到文学批评的议程，加以讨论，功绩是不可忽视的。但他忽视了文学的思想内容，只谈方法技巧，也是不容讳言的。这在一定程度上助长了当时及后来文学创作中的形式主义倾向。

陆机之后，刘宋萧齐时代的刘勰又写下了他不朽的文学批评巨著——《文心雕龙》。

刘勰（466—520年）字彦和，祖籍东莞莒（今山东莒县东莞镇）人，世居京口（镇江市）。早孤，笃志好学，家贫不能婚娶，依附名僧僧祐十多年，博通经论，整理佛经。梁武帝天监初，曾任东宫通事舍人，很受昭明太子萧统的赏识。晚年出家，改名慧地，不到一年就去世了。

《文心雕龙》是他三十多岁时的作品，是在齐朝时写成的，初写成不为当时重视。勰欲取定于沈约，又无由自达，于是背着书等候在沈约的车前，就像商人买货的样子。沈约读了作品，十分器重刘勰，赞扬他的巨著"深得文理"，常陈列在几案上翻阅。刘勰在其《序志篇》中就开宗明义，说明了著作名称的由来："夫文心者，言为文之用心也。昔涓子琴心，王孙巧心，心哉美矣！古来文章，以雕缛成体，岂取邹奭之群言雕龙也。"意思是煞费苦心构思，精工雕琢辞句的著作。

从《文心雕龙》的内容来看，刘勰前期的思想基本上是儒家朴素唯物主义思想，也有一些唯心主义成分。《文心雕龙》的创作目的，主要是为了纠正南朝"浮诡""讹滥"的文风，也要纠正过去曹丕、陆机等文论"各照隅隙，鲜观衢路"的严重缺点。

全书50篇，包括总论、文体论、创作论、批评论四个组成部分。总论5篇是全书理论的基础。文体论20篇，下篇25篇（包括创作论、文史论、批评论二十四篇和总序一篇），每篇分论一种或两三种文体，对每一种主要文体都要追溯源流，解释名称的内涵和外延，选评典范作品，论述历代典范作品间的继承和发展，展示分解详细、论述周密，远远超过曹丕、陆机。创作论19篇分创作过程、作家个性风格、文质关系、写作技巧、文辞、声律等问题，其详细深刻也远远超过陆机。批评论5篇，从不同的角度对过去时代的文风、作家成就提出批评，并专门探讨了批评方法，是全书最精彩的部分。最后以自序性的《序志篇》一篇总结全书，说明编撰此书的目的和全书部署的意图。书分四个部分，但理论观点首尾一贯，各部分之间又互相照应，密切关联，结构十分严谨。其体大思精，在古典文学批评著作中是空前绝后的。宋以后，文学批评多采用"诗话"形式，像《文心雕龙》这样的著作又是后无继响了。

总论5篇是全书的理论基础。第1~3篇即《原道》《征圣》《宗经》是全书的理论枢纽，《宗经》更是贯穿全书的思想主线。它从五经探索了文体的本源，并从"宗经"引出了"六义"，作为创作和批评的根本原则。这"六义"是：一则情深而不诡，二则风清而不杂，三则事信而不诞，四则义贞而不回，五则体约而不芜，六则文丽而不淫。只要符合六义，就算宗经了。所以他说的宗经是从创作原则和方法方面说的，是继承经书的写作原则和方法，而不是继承它的义理形式，不是用"经"代"文"，而是以"经"指导"文"。

第一，他初步建立了用历史的眼光分析评论文学的观念，用他自己的话说就是"振叶以寻根，观澜而溯源"。

首先注意探索历代文学发展变化的历史根源，他在《时序》里告诉我们自古以至宋齐间的文学转变都被打上了历史的烙印，有鲜明的时代特色，受到当时政治宗教、学术风俗、社会生活、地方色彩等各方面的影响,如建安文学"雅好慷慨"的特色,是由于"世积离乱,风衰俗怨"的长期战乱、世俗衰败、社会动荡的时代环境造成的。他认为文学的变化受到当时社会风气的影响,文学的兴衰和当时政治的变化密切相关,这样探求文学发展的始终,那么历代文学发展变化的情况就都是可以知道的。他强调从文学以外的历史和现实环境中探索文学的发展变化,具有朴素的唯物主义精神。其次他在《通变》里系统地论述了历代文风先后继承和变革的关系。他认为楚辞骚体取法于周代诗歌,汉代的赋颂接受了楚辞的影响,曹魏的奏议和汉代文风有关,晋代辞赋文章又继承了曹魏清丽的文风,由此推论,历代的文学特征都是具体而微、信而有征的。总之是从淳朴发展到妖艳而新奇,越往后质朴的文风越淡薄,考察其原因,人们总是趋向现在疏远古代,古朴的风格发展到了末期,力量也就衰微了。除此之外,他还对每种文体、语言修辞都做了历史性的考察和探索。

第二,他从不同的角度阐发了质先于文、文质并重的文学主张,比较全面地说明了文学内容的形式的关系。

他在《情采篇》里说:铅粉青黛是修饰面容的,而美目顾盼巧笑媚人是生长在窈窕淑女的身上的,辞藻是修饰语言的,而文章有说服力有感染力的,根本还在于思想感情和禀赋气质。所以思想感情是辞藻的经线,辞藻是思想感情的纬线,经线端正了,然后才能织上纬线,思想内容确定了才能文辞畅达,这就是文学创作根本和源泉。这就是说文章的思想感情是主要的根本的,辞藻是次要的,是从属于思想感情的。根据这个原则,他主张作家从事创作应该为了表达思想感情而写文章,不应该为了写文章而造作感情。并且一针见血地指出了晋宋以来许多作家,内心深处想的是坐高车戴王冕,口里却泛泛地吟咏着山林隐居,心思纠缠在几案上的官场事务里,却虚伪地述说超凡出世的事情。这真是伪装清高的假名士,矫揉造作的伪道学,这也是对魏晋士族冒充风雅附会清高的玄谈之风的批判。

他在《风骨篇》里,更强调文章要有风有骨。所谓风是指高尚的思想和真挚的感情,所谓骨是指坚实的事理内容及清晰的结构条理,相依不可分割的。他说:"心里惆怅失意想述写思想感情,一定先要考虑思想感情的感染力,低声吟诵铺排辞藻进行创作,莫有不先考虑语言文字的表现力的。"如果辞藻繁富外表好看,思想感情的感染力和语言文字表现力不高,那么表现出来的感情色彩就不鲜明,发出的声调就没有力量。这里是反复强调风骨是创作的关键所在,是十分重要的。

他还引用曹丕的"文气说",说明文气也就是"笔墨之性"文章的个性化,和他的风骨论有相同之处。

他在《定势篇》里还指出要根据思想感情来确立文体,按照一定的文体形成文章的风格。

以上所说的情理与辞采的关系、风骨关系(文质并重)及其重要性、思想内容决定文体风格这三个方面都说明了文学内容和形式的关系,内容是先决的主导的,形式是从属的、附着的,应该文情并茂、有风有骨、文质并重而以质为先。

第三,他比较全面地总结了创作经验。

他在《神思篇》里总结了作家创作构思过程中主观的"神"与客观的"物"之间的关系,他认为精神隐藏在胸中,意志气质是统帅,它的关键(是由意志气质支配的)外物沿耳目等感觉器官进入,引起精神活动,语言是控制它的枢纽。精神与外物之间是靠意志和语言来沟通的,意志活跃了,语言通畅了,精神活动才能充分。要使意志活跃、语言畅达,一方面要保持客观环境的虚空寂静,另一方面也是更重要的是积累学识、储存创作珍宝(资料)、审辨事理来丰富创作的才能,参考以往的阅历来洞察事物的真相,培养情趣来熟练地运用语言。这些平时的修养和锻炼,就是驾驭文章的首要的本领,是谋篇布局的最主要的方法。

他在《附会篇》里以生动的比喻说明了文章体别的有机的完整性。他说:"有才华的儿童学习作文章,应该端正体制,一定以思想感情为灵魂,以事理为骨架,以辞采为肌肉皮肤,以音韵为声气"。构成文章体制的各个方面,就像组成人体的各个部分一样,是一个有机的完整的统一体。他关于文章风格的论述也非常精彩,他认为形成文章的因素有才(艺术才能)、气(气质性格)、学(学识修养)、习(生活习惯)四个方面,这四个方面存在的差别形成了典雅、远奥、精约、显附、繁缛、壮丽、新奇、轻靡八种不同的风格。对人们认为玄奥的风格问题做了比较具体的说明。

此外他对文章的修辞、用典、对仗、声律等文章的形式技巧方面也都逐一提出了他自己的看法和见解。

第四,他初步建立了文学批评的方法论。

首先他要求批评家不能专凭自己的直觉,而要有广博的学识修养,才能评论作品的优劣及其嬗递变革的原因,才不致闹出以雉为凤、信伪为真的笑话。所以他在《知音》篇里指出"凡操千曲而后晓声,观千剑而后识器",掌握了成千的曲子然后才能通晓音乐,观察过成千的剑然后才能识别武器。

其次要求批评家要有公正的态度，有了广博的学识修养，而没有公正的态度，只是党同伐异，故作曲辞，不是恶意地攻击，就是阿谀谄媚，不仅无益反而有害。因此他对批评的态度，提出了三点要求：不能贵古贱今，不能崇己抑人，不能从主观好恶偏见成见出发。为此他提出了"六观"的批评标准和方法。一观位体，观察体裁运用是否得当；二观置辞，观察语言的运用，修辞的美丑；三观通变，观察是否为抄袭模拟之作，是否能推陈出新，具有独创性；四观音正，观察文章出奇新颖的地方和庄重严肃的态度，有无流于轻佻、猥亵、游戏之处；五观事义，观察思想内容丰富不丰富有无错失；六观宫商，观察音韵的运用，即文学的音乐性。同时他认为"披文入情""沿波探源"，只有从文字入手才能深入了解文章的思想内容，犹如只有沿着水流逆流而行才能探出水流的渊源。另外他认为不怕文章的内容深刻，只怕批评家调照文章的鉴赏能力和知识太浅薄，从而说明了文学批评上不存在、不可知论的观点。

刘勰的50篇作品中，文体论21篇，几乎占了一半的篇幅，耗费的气力不少，但这部分次序分类比较杂乱，议论也比较牵强，同时也很少触及汉魏以来的民歌和小说，这些都是难以回避的缺点。

尽管如此，刘勰仍然是我国文学批评的集大成者，是杰出的文学理论家，也是罕见的骈文能手，用骈文从事文论著作，不仅篇幅大，而且文字典丽通畅，实在也是前无古人、后无来者的。他对后世文论、创作和文学革新的活动都有深远的影响。

继刘勰之后，又有齐梁间钟嵘的《诗品》，齐梁时代能相继出现两部文学批评的专著，是和他们反对形式主义文风的斗争分不开的。

钟嵘，字仲伟，颍川长社（今河南长葛）人，生卒年不详，《诗品》是梁天监十二年（513年）以后写成的。

钟嵘的时代，诗风衰落，诗坛混乱。士大夫谈论诗歌"各按自己的喜好，评论各不相同，好坏一样，是非不分，各种议论同时并存，没有标准可以依存"。钟嵘为了纠正这种局面，模仿汉代"九品论人、七略裁士"的先例写下了文学批评专著。

《诗品》主要评论五言诗。全书评论了自两汉至梁代诗人122人，按九品分等，上品11人，中品39人，下品72人。《诗品》一书的主要论点有：

第一，反对用典。谢灵运写山水诗的同时，还有颜延年（延之）大写言事诗，句句用典，而且好用事典堆砌典故，形同抄书，影响所及，成为一时风气。钟嵘为了反对这种风气，在《诗品》中积极反对用典。他认为诗歌是吟咏性情的，不需要过多地用事用典而不得情感地抒发。应以自然地抒发感情、描摹景物为主，可适当地用典。

第二，反对"四声八病"说。

钟嵘认为诗歌应注意自然的音律，能达到和谐悦耳就够了，无须人为加以限制，反而伤害了诗的自然美。他认为写作诗歌，本来就须诵读。诵读起来没有阻碍，只要是轻重音节流畅，朗朗上口，这就已经够了。至于平上去入，他不能达到，蜂腰鹤膝，民间歌谣本来就有，不须多谈。"四声八病"像折叠布匹一样把声韵分得那样细微，专门互相牵扯限制，所以使诗歌受到很多约束忌讳，伤害了它的真正的美。

第三，比较准确地概括了许多诗人的独特风格。

第四，历史地论述了五言诗的不同流派。

第五，仍然受到了形式主义潮流的影响。

钟嵘《诗品》是第一部论诗的著作，后来唐代的司空，宋代的严羽、敖陶孙，明代的胡应麟，清代的王士禛、袁枚、洪亮吉等人论诗都在观点上、方法上或词句形式上，不同程度地受到了《诗品》的启发和影响。

第二编 02
隋唐五代文学

第一章

隋及初唐诗歌

第一节　隋及初唐诗坛

从公元581年隋文帝杨坚夺取北周政权、建立隋朝起,到公元978年北宋赵匡胤消灭南方吴越政权又一次实现大一统的局面,其间约397年,是我国历史上的隋唐五代时期。隋朝和秦王朝一样都是统一的短命王朝,在历史上只存在了三十七八年;618年李渊在长安建立了唐朝;907年朱全忠夺取唐政权,建立后梁,又开始了大分裂的五代十国局面,一直到978吴越被宋灭亡。五代十国的分裂局面约有71年,唐朝存在了289年。在统一的局面下,唐初继续推行北周和隋朝以来的均田制和租庸调制,摧毁了士族地主的经济基础,同时用科举制度代替了九品选人法,剥夺了士族的政治世袭权力,为中小地主在经济上、政治上的发展开辟了出路,劳动人民的处境也相应地有了一些改善,因而社会经济迅速发展,到了开元时代出现了空前繁荣的景象。正如杜甫在《忆昔》诗中描写的:"忆昔开元全盛日,小邑犹藏万家室。稻米流脂粟米白,公私仓廪俱丰实。九州道路无豺虎,远行不劳吉日出。齐纨鲁缟车班班,男耕女桑不相失。"在社会经济高度繁荣的同时,唐初采取征服和亲的两手战略,征服了东西突厥,大漠南北和西域地区都纳入了唐的版图,设立了都护府,并且打通了中西交通大道,促进了中西文化和经济的交流,建立了雄视五洲的统一富强繁荣的大唐帝国。在文化上,采取兼容并蓄的政策,积极吸取外来文化,除了儒、道、释三家思想并行发展外,袄教、摩尼教、回教也得以流传,思想界呈现出一种自由活跃的新局面。由于海上和陆道交通的发达,朝鲜半岛、西域、吐蕃、日本、印度、中亚大食等各地的商人、高僧、留学生都千里迢迢来唐朝经商、传教、留学,随之带来了域外不同风格的音乐、绘画、雕刻、建筑艺术、南北文化，中西文化都在大唐帝国汇合交流，形成了欣欣向荣、生机勃勃的文化新局面。文学自然也不例外，诗坛呈现出百花齐放、万紫千红的喜人景象，诗歌作品的数量多达近五万首，比西周至南北朝诗歌作品的总和至少要多出两三倍。诗歌的体裁也是各种各样、琳琅满目，有歌行、新乐府，有五古、七古，也有五律、七律、五绝、七绝。此外，古文运动的成功促进了散文的蓬勃发展。传奇小说的兴起、变文的出现、词的形成都是唐代文学的新发展。特别是词的产生，极大地丰富了诗歌的样式，开辟了我国诗歌发展的新蹊径。总之唐代是中国富强繁荣的时期，也是古典文学兴旺发达的时期。

由于隋代历史很短，文学上也没有什么突出的成就，所以，一般都归并在唐初讲授。唐代文学以诗歌为主。诗歌的发展一般分作四个阶段：

1. 隋和初唐阶段（唐初约100年，从高祖、太宗、高宗、武后、中宗到睿宗）

2. 盛唐阶段（约50年，玄宗和肃宗期间）

3. 中唐阶段（约70年，从代宗、德宗、顺宗、宪宗、穆宗至敬宗）

4. 晚唐阶段（约80年，及从文宗至唐哀帝）

隋及初唐是诗歌史上的过渡时期。隋朝的前期，除了卢思道、杨素、薛道衡等诗人曾受庾信、王褒的影响，写了一些较好的边塞诗，含有一些清新刚健的气息以外，整个隋朝都受梁陈浮艳淫靡的诗风的影响，宫体诗占统治地位。隋炀帝杨广就是醉心于写宫体诗的，至于来自南朝的诗人虞世南、虞世基更是积习很深，习惯了写宫体情诗，加上隋炀帝的提倡就更肆无忌惮地写起宫体诗来了。唐朝初期唐太宗也是宫体诗的爱好者，他喜爱虞世南和他所写的宫体诗。虞世南在陈朝以"文章婉缛""徐陵以为类己"而知名，入唐以后写了不少奉和、应诏、侍宴之类的淫艳浮靡的作品。他死后唐太宗还非常惋惜说："今其云亡，石渠东观，无复人矣！"

虞世南之后的上官仪（字游韶，今河南陕州人）贞观初进士，太宗每属文，遣仪视稿，私宴未尝不预，也深受太宗高宗的宠信，他的诗十之八九是艳情诗。不过他在律诗的形成方面做了一些贡献。他把诗歌的对偶，归纳成六种对仗的方法：一正名对，天对地，日对月。二同类对，花叶对草芽。三连珠对，赫赫对萧萧。四双声对，绿柳对黄槐。五迭韵对，放旷对彷徨。六双拟对，春树春花对秋池秋月。此外还有异类对（如"风织池间树，虫穿草上文"，风虫草地皆异类）、回文对（如"情新因意得，意得逐情新"）、隔句对如（"相思复相忆，夜夜泪沾衣，空叹复空泣，朝朝君未归"）。这九类对仗的方法变成了律诗的对偶的法式。宫廷诗人在武后时又有沈佺期、宋之问，他们依附权贵张易之，为张易之代笔作诗，因替张易之奉夜壶而受到武后的宠爱。作品大多是宫廷应制之作。他们在完善律诗的形式上也有主要贡献，就是把南朝齐梁间新体诗在句式上、韵脚上、字面对仗和平仄对仗上加以改造使其定型化。不论五言、七言律诗，在句式上八句四联，每两句一联。中间两联必须字面对仗（或言对、或事对、或正对、或反对不拘），八句平仄例对仗。从而使律诗定型化，有了固定的格式。律诗的定型化当然是诗歌发展的产物。沈宋两人不过总结阴铿、庾信、隋炀帝、杜审言等前人和当代人诗歌创作的经验，把已经成熟了的形式在实践中肯定下来，绝不是他们自己制定了一套格律。律诗的定型化，使古体诗与近体诗分道扬镳，彼此有了明确的区分界限，明代胡应麟认为是"词章改革之机"，在诗歌发展史上是有重要意义的。

在上述初唐宫体诗人之外，在唐高宗和武后初年还出现了一些地位低下的新起的诗人，主要以初唐四杰王、杨、卢、骆为代表，他们努力摆脱齐梁宫体诗风的影响，积极开拓诗歌思想题材的领域，取得了一定的成就。

第二节　初唐杰出诗人

王勃（649—676年），字子安，古绛州龙门（今山西河津）人。聪敏好学，六岁能文，下笔流畅，被赞称神童。由于家贫，以对策，授朝散郎，十四岁就出仕了。后任沛王府修撰，诸王斗鸡，勃为英王鸡作檄文，被高宗罢官，后任虢州参军，也因罪革职，一生不得志。最后其父因受连累，被贬官至交趾令，勃渡海省亲，溺水惊悸而死，死时仅二十八岁。勃为文敏捷时人称之为"腹稿"。所作骈文以《滕王阁序》最驰名。诗歌以五言律诗和七言歌行见长。他以自己的诗歌创作实践，体现了他对诗歌革新的主张，一方面促进了五言律诗格律的定型化，探索了七言、杂文歌行的新形式。另一方面以充沛的思想感情、真实的生活基础，有风有骨地写出了内容健康、语言清新、气象宏浑的篇章，初步显示了唐诗的独特风格，摆脱了齐梁以来淫艳浮华的习气——宫体诗的影响，为唐代诗歌的建设尽了前驱者的作用。

他现存的诗篇不多，名篇有《送杜少府之任蜀州》。唐人称县尉为少府，杜少府不知其名，是作者的知己朋友。之任，上任。蜀州，蜀地，四川。"城阙辅三秦，风烟望五津。与君离别意，同是宦游人。海内存知己，天涯若比邻。无为在歧路,儿女共沾巾。"

险要的三秦拱卫着巍峨的长安城楼和宫阙,(登上城楼)在茫茫的轻风拂起的烟尘里远远地眺望着蜀地的五津。这是首联,诗人以严整的对仗,从送别的地点着笔,点出送别的地点是三秦拱卫的长安。这是一笔,接着又一笔点出了少府远行的地点蜀地,交代了全诗的主题送友去蜀川上任,是首送别诗。其次用"三秦""城阙"写长安的所处地势的险要和城阙的巍峨,显示出一派雄壮宏浑的气势,又用"风烟""五津",写风尘弥漫的景象,显示出了开阔深远的意境。这样就生动传神地烘托出了两个朋友在送别时时而仰首看看长安城阙,时而翘首远方,想象蜀川,依依惜别的神态。所以首联不限于交代地点,还烘托了人物的神情动作。

与您离别的心意一样,我们都是出外做官、远离家乡、做客他方的人啊!这是颔联,接上一联而来。不是写悲凉忧伤的愁别之苦,而是以两人处境相同、情感一致来劝慰朋友,以减轻他孤身远游的离别之苦。也就是说,我俩"同是天涯宦游人",四处漂泊远行他方,是我们的身世处境决定了的,作别,又有什么可伤痛的?不应该常常悲叹自己的身世处境,不应和儿女们一样为一时的离别而过分愁伤,流下眼泪。这样就把离别之情提高到忧伤身世的高度,扩大了诗的思想境界,而且为下文结尾做好了铺垫。

只要海内有知己朋友存在,就算远隔天涯海角,思想感情也总是息息相通地联系在一起,就像紧挨着的邻居一样。这是颈联,接上而来,进一步劝勉朋友,不要执着于一时的离别,而要想到我们之间知己的友谊,不管相隔多远,心意是联系在一起的。

因此,不用在岔路分手的时候,就像儿女们离别一样眼泪都沾湿了手巾。这是尾联,承接上文,水到渠成地做出了结尾,坦率地道出了诗人的心意,不作儿女之情,不为离别而伤心落泪。

这首五律,叙写了两人的友谊真挚不移,表现了作者胸襟开阔,自有识见,不肯作儿女之态。这样劝勉远行的友人,自然会使他精神开朗,意气振奋,慷慨而别,鼓舞而去。这样写送别诗,自然不落俗套,新颖出奇,思想意境深远,情调高昂。

这首五律,首联对仗,二三两联对仗不够工整,正说明五律格律还在探索之中,但平仄、押韵和粘对都是符合律式的。平起律,首句入韵,五韵脚,押上平十一真韵。

杨炯(650—693年),字令明,华州华阴(今陕西华阴)人。年十三举神童,授校书郎。高宗时,为崇文馆学士。武后时出为梓州司法参军,盈川令（四川筠连），以严酷称，吏稍忤意，捶杀之。卒于任上，时年四十三。时称王杨卢骆四杰。炯曰："吾愧在卢前，耻居王后"，似不满王勃，实际上他作品很少，成就最低。只有几首写边塞的五律较好。《从军行》是他的名作："烽火照西京，心中自不平。牙璋辞凤阙，铁骑绕龙城。雪暗凋旗画，风多杂鼓声。宁为百夫长，胜作一书生。"

战争的烽火照耀着西京，心中自是愤激不平。投军跟随主帅辞别都城，出动精悍的骑兵包围了敌人的要塞。雪色灰蒙蒙地映照得军旗上的绘画也黯然失色，北风强劲夹杂着战鼓的声音（描写激烈紧张的战斗气氛）。宁愿做个百夫长，也胜过做个书生。

这首五律表达了诗人听到边塞吃紧，愿投笔从戎、驰骋疆场的豪情壮志，描写想象中的急激紧张的战斗场面，气氛悲壮，气势雄伟，也显现了唐诗的风格。格律符合要求，平起式，首句入韵，五个韵脚，押下平八庚韵，中间两联对仗工稳。

卢照邻（约635—689年），字升之，号幽忧子，幽州范阳（今河北涿州）人。十岁从曹宪王义方授诗赋，为邓王府典签，王称其为"此吾之相如"。后调新都令，病，去官，居太白山中。因服丹药中毒，手足残废。买园数十亩，移居颍水旁，预筑坟墓，偃卧其中。一生穷困潦倒终以病痛不堪忍受，投颍水自杀。

他的诗以七言歌行最为擅长，《长安古意》是他著名的代表作。译文如下：

长安大街连接着狭小的巷道，青牛白马拉着华丽的车子。贵族的精致的车子穿梭似的经过了公主的府第，金鞭挥动车马络绎不绝地奔向王侯之家。雕刻成龙形、装饰着珠宝的车盖和朝阳照映，雕刻成凤形、四周缨络下垂的车盖和晚霞相辉映。虫儿吐出长长的游丝绕满了树木，一群美丽灵巧的小鸟儿一起对着春花鸣叫。漂亮的蝴蝶在千门万户旁边春花戏弄，碧绿的树木、洁白的台阶形成多种不同的色彩。阁道和百叶窗都呈现出合欢叶的样子，两面望楼上的房脊就像凤凰展翅下垂。梁冀家（豪门家）的雕梁画栋在空中矗立，汉皇帝（皇家宫廷）的高台崇楼直插云外。在楼上彼此遥望却互不相识，路上相遇怎能想到谁认识谁？（以上写皇室达官贵人车马住宅的富丽豪华）请问吹洞箫凌紫烟的仙子，是否曾经靠弦歌舞蹈度过美妙的青春。只要能成为伴侣一死不辞，愿作鸳鸯也不羡慕成仙。比目鱼、鸳鸯鸟实在值得羡慕，双去双来您没有看见？最讨厌帐檐上绣上孤身的鸾鸟，喜欢看门帘上贴的双飞燕。成对的燕子双双飞绕着彩画的屋梁。罗绮的帐子、翡翠装饰的被子凝聚着郁金香的香气，结成蝉翼形的发髻，鬓影蓬松有如片片浮云，额头上画的鸦黄色的装饰像一钩细小弯弯的新月。鸦黄的头额、粉白的脸蛋从车中伸出探看，含娇带媚情态各自不一。游侠儿跨着有铁青色圆钱形斑点的宝马，青楼女子头上的蟠龙钗都是用铰链连缀装饰物漆绘而成的。御史府里冷冷清清晚上乌鸦哀鸣，廷尉府门前冷落静寂鸟儿都想栖息。

这首歌行揭露了长安城中上层社会骄奢豪华、狂热糜烂的生活面貌，并指出这种生活终久会发展到幻灭的结局。感情奔放，辞采华丽，是一首具有现实主义倾向的作品，但也还存留着一些宫体诗的影响。这说明卢照邻既继承了宫体诗，也改变了宫体诗，正在朝刚健朴实的诗风发展。

骆宾王（约619—687年），字观光，婺州义乌（今浙江义乌）人。出身微寒，少有才名。七岁能赋诗，有《咏鹅诗》："鹅，鹅，鹅，曲项向天歌，白毛浮绿水，红掌拨清波。"为人不苟小节，好与博徒来往。高宗末，为长安主簿。坐赃，贬为临海县丞，怏怏失志，弃官而去。睿宗时光宅元年（公元684年）随徐敬业在扬州起兵讨伐武则天，写了著名的《讨武曌檄》，兵败被杀，时年三十五。他的生活阅历丰富，作品在四杰中数量最多，也长于七言歌行，名作《帝京篇》和《长安古意》相近。他曾久戍边城，写下了不少边塞诗。五言律诗的名作有《在狱咏蝉》："西陆蝉声唱，南冠客思深。那堪玄鬓影，来对白头吟。露重飞难进，风多响易沉。无人侍高洁，谁为表予心。"这首诗写于高宗仪凤三年（678年），骆宾王为侍御史，数上书言事，得罪武后，下狱中。

秋天蝉儿长声哀鸣，囚犯思念家乡的心情更迫切。哪能忍受黑色鬓发般的影子，来面对我白头老翁的哀吟。露水凝重使得蝉儿难以向前飞去，风势强劲轻易淹没了蝉儿的鸣声。没有人相信我清高洁白，又能向谁表明我的心境？

这首五律诗借蝉自喻，托物起兴，抒写诗人自信高洁而遭受不白之冤无法辩解，无由申诉的悲愤沉痛的心情，是一首感时伤世的政治抒情诗，既讲风骨，又讲声律，显示了唐诗的风格。二联对仗工稳。四韵脚，押下平十二侵韵。仄起，首句不入韵。

总之，初唐四杰，虽然没有洗尽齐梁铅华，但他们毕竟以创作实践为声律风骨兼备的唐诗的形成起了积极的奠基作用。他们把诗歌从宫廷馆阁中解放出来，移到市井、江山、塞漠，题材夸大了，思想严肃了，五律在他们的创作中开始定型化了。当时人民称赞他们"以文章齐名天下"并不是偶然的。杜甫称赞他们的历史功绩说："王杨卢骆当时体，轻薄为文哂未休。尔曹身与名俱灭，不废江河万古流。"

继四杰之后，坚决反对齐梁诗风影响，在理论上和实践上大胆革新创作的诗人，是陈子昂。

陈子昂（661—702 年），字伯玉，梓州射洪（今四川射洪）人。家庭富有，轻财好施，慷慨任侠，而能节守自励，有远大抱负。刻苦读书，遍览经史子集，24 岁举进士。时武后初当政，他上《大周受命颂》，赞颂武后，受武后重视，任麟台正字，再升为右拾遗。他支持武后的政治改革，也多次上书批评时弊。关心国家安危与人民疾苦。他 26 岁和 36 岁曾两次从军边塞。696 年从武攸宜出征契丹，多次要求分兵万人为前锋，为武攸宜忌恨，给予降职处分。698 年（38 岁）辞职回家。最后被武三思指使县令段简诬陷他，下狱死。

陈子昂对诗歌革新的主张：一方面反对"彩丽竞繁而兴寄都绝"的齐梁诗风，一方面主张恢复"风雅兴寄""汉魏风骨"。这是在复古的旗帜下，实现诗歌内容的革新，取法《诗经》的托物即兴，使诗歌具有鲜明的政治倾向和批判现实的传统；学习汉魏诗歌的有风有骨，使诗歌具有高尚的思想感情和现实生活的内容。或者说使诗歌的思想感情具有鼓舞人心的感染力，使诗歌的语言文字具有反映现实的表现力。只有这样才能革除诗歌中的浮艳文风，创造出诗歌的新风格。同时由于高宗到武后期间初唐四杰的积极实践，新风格的唐诗已经出现，齐梁诗风已经衰微。陈子昂在这个时候，提出革新诗歌的理论问题，不仅有理论意义，而且具有抨击陈腐、激励新生的实践意义。

陈子昂的诗歌创作，生动地体现了他的革新主张。《感遇诗》38 首就是他革新心血的结晶。《感遇诗》非一时之作，所咏也不限一事。有讽刺现实、感慨世事的，有感怀身世、抒发理想的。内容充实，思想也矛盾复杂。先看看他的现实性很强的边塞诗。

《感遇诗》第二十九首："丁亥岁云暮，西山事甲兵。赢粮匝邛道，荷戟争羌城。严冬阴风劲，穷岫泄云生。昏曀无昼夜，羽檄复相惊。拳局竞万仞，崩危走九冥。籍籍峰壑里，哀哀冰雪行。圣人御宇宙，闻道泰阶平。肉食谋何失，藜藿缅纵横。"

诗篇本事是武后垂拱三年（687 年），准备开凿蜀山道路，由崖州进攻羌人，进击吐蕃。时陈子昂任麟台正字，上述劝阻。这首诗也是同年写的。

丁亥年的冬天，雪岭发生了战争（交代战争发生的时地）。带着干粮沿着邛崃山山道盘旋而上，扛着戈戟去争夺羌人的地盘。（写大军出发和行军目的，暗示战争的非正义性）严寒的冬天阴森的北风劲吹，深山里冒出的云气四处弥漫，昏暗暗的分不出是白天还是黑夜，紧急的调兵文书使大家更加惊慌不安。（写在严冬寒风中、深山瘴疠之气中、在紧急文书的催逼下行军的艰难紧张和战士们的惊慌不安）曲卷着身子争着攀行万仞的高山，冒着山崖崩塌的危险急趋极深而又幽暗的山谷。在山峰上在深谷里军队拥拥挤挤，乱成一片，在冰天雪地里行军实在令人哀伤极了！（写在群山万谷中行军的艰险可哀）听说圣人治理天下，天下就会太平。曹刿所鄙视的肉食者出谋有什么错误呢？只是征调吃野菜的穷苦百姓，流离远方。（斥责武后不听作者的建议致使黎民遭殃）

这首五古以武后发动伐羌战争为背景，描写了士兵穿行山险深谷的艰难困苦，揭露了非正义战争给人民带来的灾难，指斥了武后及其大臣黩武政策的错误，也表达了作者对人民的深切同情和对当政者的不满，是一首感时抒慨的现实性极强的作品。也是他追踪"汉魏风骨"主张的具体实践。五言古诗，一韵到底，押下平八庚（九青）韵。

他感怀身世的作品，如《感遇诗》原第二首："兰若生春夏，芊蔚何青青。幽独空林色，朱蕤冒紫茎。迟迟白日晚，袅袅秋风生。岁华尽摇落，芳意竟何成！"

兰草杜若生长在春夏之间，花繁叶茂多么茂盛。清幽独特有空绝众花的花色，红色的花朵冒出在紫色茎上。（以上作者以兰杜这种特殊花草，比拟自己的情怀高洁，志向不凡）渐渐地白天短了，微微的秋风吹起了。一度盛开的花朵全凋零了，芳意究竟有什么成果！（以兰杜秋天花落芳谢比拟自己遭受诽谤，表达美好的愿望不能实现的忧闷）

这首五古以比拟的手法表现了诗人志向的高洁不凡和遭受诽谤、政治失意的苦闷。全诗以兰杜比拟自己，抒发个人的感怀。这种托物寓意的手法，是诗经楚辞中常见的手法。也就是对他提出的"风雅、兴寄"主张的实践。五古，隔句押韵，韵脚下平八庚九青韵。

《登幽州台歌》："前不见古人，后不见来者。念天地之悠悠，独怆然而涕下。"

这首诗是万岁通天元年（696年）以右拾遗身份随建安王武攸宜征契丹，屡建议不纳，甚失意，登蓟北楼（即幽州台，故址在今北京市西南）感昔燕昭王重用乐毅事，咏怀而作此诗。

向前看不到像燕王那样的古人，向后看不到像燕昭王那样的后来的人。想到天长地久的宇宙是永恒的没有穷尽的，而人生有涯，不禁独自伤感而掉下了眼泪。

这首山水诗抒写了登高望远的感受，说出了宇宙无限、人生有涯的哲理，抒发了生不逢时、伯乐难遇的感慨，表现了作者胸襟的开阔和气度的豪迈。真不愧为千古传颂的名作。这首诗是五七杂言体，《唐诗三百首》把它列入七古。押上声二十一马韵。

总之，陈子昂在复古的旗帜下，从理论上实践上进行了大胆的革新，表现在其诗歌内容上极力反映现实，抒发真情实感，洗尽了齐梁浮艳脂粉气，奠定了以风骨为主的唐诗的基础，他在文学史上的成就常为后人所称道。当然他在艺术上也有一些缺点，不重视七言诗这种诗歌的新形式，诗集中没有一首七言诗。《感遇诗》中还有一些作品受玄言诗的影响，说理成分多，枯燥乏味。

张若虚（约670—730年），江苏扬州人，中宗时以吴越之士与贺知章、邢巨、包融等驰名京都，开元初又与贺知章、张旭、包融并称"吴中四友"。事迹亦不可考，《全唐诗》录存诗二首。

《春江花月夜》："春江潮水连海平，海上明月共潮生。滟滟随波千万里，何处春江无月明！江流宛转绕芳甸，月照花林皆似霰，空里流霜不觉飞，汀上白沙看不见。江天一色无纤尘，皎皎空中孤月轮。江畔何人初见月？江月何年初照人？人生代代无穷已，江月年年望相似。不知江月待何人，但见长江送流水。白云一片去悠悠，青枫浦上不胜愁。谁家今夜扁舟子？何处相思明月楼？可怜楼上月徘徊，应照离人妆镜台。玉户帘中卷不去，捣衣砧上拂还来。此时相望不相闻，愿逐月华流照君。鸿雁长飞光不度，鱼龙潜跃水成文。昨夜闲潭梦落花，可怜春半不还家。江水流春去欲尽，江潭落月复西斜。斜月沉沉藏海雾，碣石潇湘无限路。不知乘月几人归，落月摇情满江树。"

春天江水涨潮和海潮连成一片，江海不分，明月从海上和潮水一起涌起。清光闪闪随着潮水照耀着千万里，春潮泛滥的江水何处没有月亮的清辉？（点题开篇，写明月随海潮涌起，月亮的清辉照耀着大江千万里）江水曲曲折折地绕着遍生花草的原野，月光照耀着花草林木都好像落上了雪珠，就像空中落霜不觉得它在纷飞，小洲上就像覆盖了白霜连沙土都看不见了。（以上写月光如霰如霜照耀得花木沙土一片洁白）大江天空上下一色没有一点尘埃，洁白的空中高悬着一轮孤月。江边上是哪个人第一次见到了明月？江上明月是哪一年开始照耀人间？人们生活在世上一代一代地传递着无穷无尽，江上的明月年年看起来十分相似；不知道江上明月等待什么人，只见长江江水不息地奔流。（以上写诗人面对江月发出了富有哲理意味的疑问和感慨：大自然和人生究竟是怎样的先后关系？是月先于人，还是人先于月？人生无穷，江月永恒，江月不待人，人生如流水逝去。人生是无穷的却也是无常的）像一片白云一样一去就是很长很长的时间见不到，遥远荒僻的水边上的人儿忧愁难耐。谁家的游子今夜驾着小船漂泊在外？什么地方的月夜楼上的思妇在相思？可怜楼上的月影移动，应该是月光照耀着离别人儿的妆镜台。月光照进竹帘里卷起竹帘也卷不去月光（带来的愁思），在砧石上捣衣（棒槌也挥不去月光射回来的愁思）。这个时候只有两地相望不能倾诉哀情，我情愿随着月光的流动始终照耀着您。仰望长空鸿雁远飞也不能超越月光，俯视江面潜伏的鱼龙跃出水面击起了水上的波纹。（以上着重写月夜思妇愁思的百态千情）昨晚上梦见花落江潭，可怜春天过了一半了您还不回家。春天像江水般地流逝快要完了，江潭的落月又向西倾斜，斜挂的月儿昏暗暗地藏进了海雾，去碣石山潇湘源头路途遥远。不知道乘月归来的人又多少，落月激荡着人心余晖挂满了江边的树林。（以上写月沉西落，春天将尽，愁思不断）

　　这首歌行体的写景抒情诗，描写了春江月夜的景色，抒发了诗人哲理性的慨叹，描绘了月夜思妇相思离别之苦，从月生起，至月落结，层次清楚，结构严谨。写景与抒情交融，反复咏叹；四句一换韵或两句一换韵，音节有长有短，错落有致，和谐自然朗朗上口，毫无窒碍。辞采清丽，不加粉饰，一洗齐梁余风。但全诗总的情调是伤感的，表现了封建士大夫的没落情绪。

第二章

盛唐山水田园诗人

唐开元天宝年间，经济繁荣，国力强盛。诗歌也在这个时期发展到了繁荣的顶峰。这就是后人所说的盛唐时期。

盛唐时期优秀的诗人犹如群星丽天，优秀的作品犹如群芳争妍，并且出现了李白、杜甫两个光耀千古的伟大诗人。由于作家的生活、思想以及作品的题材、风格的不同，自然地形成了两大派：一派是较多地描写山水田园、闲适隐逸生活的诗人，一派是较多地描写边塞风光、征战生活的边塞诗人。两派的划分是相对的。

山水田园诗派的主要作家是孟浩然和王维，还有储光羲、常建、祖咏、裴迪等人。山水田园诗的兴盛，是和当时的经济繁荣、社会秩序安定分不开的，而佛老盛行又渗透到政治生活领域，形成了仕隐相通、仕隐俱荣的风尚，文人由隐而仕，或由仕而隐，或边隐边仕，都可以受到社会的看重，达到名利双收的目的。因此继承陶渊明的田园诗，继承谢灵运、谢朓的山水诗的山水田园诗歌便勃然兴起，蔚为大观。

第一节　孟浩然

孟浩然（689—740年），名浩，字浩然，号孟山，襄州襄阳（今湖北襄阳）人。少好侠义，喜解人危难。四十岁前家居种菜务竹，过着田园悠闲生活，其间曾一度隐居鹿门山。四十岁后才远游长安，应进士举，太子吟诗，一座皆惊，失意而去，漫游江淮吴越各地，重回故乡。后来张九龄任荆州长史，曾引他做过短期的幕僚，仍回故乡，过其闲适的田园生活。开元二十八年，王昌龄游襄阳，与浩然相遇甚欢，因"鲜食疾动"，病疽背而死，年五十二。他的诗歌作品反映了他的生活、思想的发展历程。他四十岁前虽然过着隐居家乡的生活，但思想上并不甘寂寞，出仕求宦的心情还是迫切的。这种仕隐矛盾的心情在他作品中流露得不少。

《望洞庭湖赠张丞相》："八月湖水平，涵虚混太清。气蒸云梦泽，波撼岳阳城。欲济无舟楫，端居耻圣明。坐观垂钓者，徒有羡鱼情。"

这首诗写于开元二十一年（733年）。孟浩然西去长安赴考，时张九龄在长安为丞相，他希望得张九龄的引荐，在途经洞庭湖时，写了这首寄赠诗，表示了他的从政热情。

八月洞庭湖秋水上涨几乎与湖岸平接，湖水包涵着太空和太空混合成一片，水天相连。首联写洞庭水势浩大，汪洋万顷，色天映日，气象雄伟。

水气笼罩着广大的沼泽地带，水波冲击摇撼着岳阳城。颔联从湖水对周围的影响，进一步写洞庭湖的气势壮阔，水气四处弥漫，滋润了广大的地面，水波汹涌澎湃，摇动着岳阳城，岳阳城在它的脚下，显得异常渺小了。

以上两联描写洞庭气象雄伟、气势壮阔，是写景，以下由景及人，抒写诗人触景而言志。

想渡过洞庭而没有船只，隐居家乡无所作为实在愧对圣明的时代。颈联写作者由洞庭而想到自己，想求得一官半职却无人引荐，所以第一笔，是用比拟的手法，以渡湖无船比拟求官而无人引荐，写得隐晦曲折，委婉含蓄，是暗示张丞相，乞求他予以引荐，所以第一笔包涵着两层意思，字面义是欲渡无船，比拟义是欲求官而无人引荐。这样写作者还觉得不够。于是下一笔迫不及待地明确说出隐居有负于时代，明确表达了出仕做官的愿望。这又透露出了作者求官心情的迫切。于是下面又委婉地说出请求张丞相予以引荐的话。

旁观那些钓鱼的人，自己空有一缕羡慕的心情。言外之意是说，自己也想钓鱼，求得一官半职，只是乏人引荐，希望能得到张丞相的帮助，不使这种愿望落空。

以上两联作者委婉而又明确地要求张丞相予以引荐以实现出仕的愿望。是言志部分。

这首五律托物言志借写洞庭而表明作者十分迫切的求仕心情，所以也是一首比较高明的干谒诗。唐代虽有科举制度，但要考中，还得有人引荐，如王维能名中解元是由于岐王的引荐。陈子昂之所以考中进士，是由于不惜"碎琴"吸引王孙公子，一日之间名闻都城而为吏部选中的。唐代的干谒诗是很多的。孟浩然的这首诗也是想求得张丞相的帮助，顺利地通过科考而出仕。所以这首诗又从侧面反映了唐代科举制度的真相，是有一定的社会意义的。首句入韵，五韵脚，下平八庚韵。

诗人求仕失败，远游江淮，途返浔阳，写了《晚泊浔阳望香炉峰》，反映了他在旅游中的思想感情。"挂席几千里，名山都未逢。泊舟浔阳郭，始见香炉峰。尝读远公传，永怀尘外踪。东林精舍近，日暮空闻钟。"

扬帆远行几千里，都没有遇上景色驰名的大山。首联写远行千里，来游名山，甚感失望。先行收缩，蓄足气势以便反衬推出下联。

今晚小船停泊在浔阳城外，方才见到了庐山的香炉峰。颔联由首联反衬而得，写泊舟浔阳，始见名峰，喜出望外。与上联形成鲜明对照，一写未逢，一写始见。以未逢反衬始见，更显得始见之不易和难得。流露了诗人喜出望外的心情。

以上两联叙写旅途情景，抒发诗人惆怅而又喜悦的心情，一弛一张，一伏一起，行文波澜，颇有变化。以下以庐山而言志抒情。

曾经读过东晋高僧慧远的本传，永远向往他那隐遁世外的踪迹。颈联写作者由庐山而想起在庐山结社讲经的慧远，由慧远而想到隐遁尘世。

东林寺的佛舍就在眼前，傍晚只听见悠扬的钟声。尾联写傍晚的南佛寺钟声，作者不再寄情仕途决心隐归。

这首五律写旅途泊浔阳望香炉峰而产生的感想，是一首叙事言志诗，和《望洞庭湖赠张丞相》形成了鲜明的对比，一热衷出仕，一决心归隐，前后判若两人，说明作者出仕前后思想变化还挺大的。

孟浩然的山水田园诗，一部分是漫游吴越时写的；一部分是写家乡鹿门山、岘山、万山、鱼梁州、高阳池等名胜景物的。虽然没有像陶渊明那样参加一定的劳动，但毕竟半生住在农村。所以他的田园诗虽然数量不多，田园生活气息却相当浓厚，如《过故人庄》："故人具鸡黍，邀我至田家。绿树村边合，青山郭外斜。开轩面场圃，把酒话桑麻。待到重阳日，还来就菊花。"

老朋友准备好了鸡和黄米饭，邀请我到他的农村家舍里去。首联点题叙事开篇说明去故人庄的原因，是朋友邀请小宴。"鸡黍"二字点出了田家生活的风味。农村没有多少丰盛的饭菜，鸡肉、黄米饭就是最好的菜肴。

村边碧绿稠密的树木环绕着村庄，郊外倾斜的山坡一片青葱。颔联接上联写去故人庄途中所见景色，首先见到的是郊外村庄景象，山坡青葱，绿树绕庄，一派草木繁茂，生机勃勃的景象，于是下联接写到故人家小宴的情景。

打开面临着谷场菜园花圃的窗子，端起酒杯边喝边谈农作物的生长情况。颈联承上联写在田家小院情景：端杯边喝边谈时而看看窗外的场圃，充满了愉快舒适的生活情趣。这样的生活使诗人十分喜爱留恋，不禁向主人提出了再来的要求。

等到重阳节来临的时候，再来叨扰，在您的花圃旁欣赏盛开的菊花。尾联接上联写诗人喜爱田家风光田家生活，要求重阳再来赏菊，表现了诗人安于田家生活的情趣。

这首五律描写了田园风光和田园生活，写出了田园风光的一派生机，写出了田园生活的淳朴乐趣。虽然没有像陶诗那样的崇高的思想意境，却也写得生活情趣盎然，耐人回味。

还有首五绝小诗脍炙人口、家喻户晓，那就是《春晓》："春眠不觉晓，处处闻啼鸟。夜来风雨声，花落知多少。"

春夜睡得很沉不觉天已破晓，只听到这儿那儿雀鸟在鸣叫。在夜间的风声雨声里，不知道花朵零落了有多少？这首小诗描写作者在春风雨声中入睡，不觉一觉醒来，只听见窗外一片雀鸟鸣叫的声音，由雀鸟鸣叫又想到昨夜的风雨声，想到花木的零落。诗人抓住春夜风雨声和春晨雀叫声，从声音角度描写春晓，因而意境新鲜，不落俗套。同时从风雨花落，暗示了时值暮春，春事将了，表现了诗人惜春伤春的心情。

总之，孟浩然的山水言志诗和山水田园诗是他半生隐居生活的写照。由于思想上存在隐仕矛盾，因而佳篇不多，长篇巨制更少。他所擅长的五古五律，取法鲍谢，独具风格，可以和王维相颉颃。所以杜甫评论他"赋诗何必多，往往凌鲍谢"，当时第一个给他编订诗集的王士源也赞美他"文不按古，匠心独妙"。他在吸收前人素养的基础上，推陈出新，为创造盛唐诗歌的新风格做出了贡献。李白称赞："吾爱孟夫子，风流天下闻。"（《赠孟浩然》）杜甫也说："复忆襄阳孟浩然，清诗句句尽堪传。"（《解闷》）

第二节 王 维

王维（701—761年）字摩诘，号摩诘居士。太原祁县（今山西祁县）人。九岁就能写文章，存于诗集中的二十岁以前的作品约5篇，如《九月九日忆山东兄弟》（独在异乡为异客，每逢佳节倍思亲。遥知兄弟登高处，遍插茱萸少一人）即为十七岁作品。十九岁赴京兆府应试中了第一名解元。二十一岁中进士，为太乐丞，后迁官至事中。他的一生思想发展以四十岁为分界线。四十岁以前，虽然笃信佛教，却又热衷功名富贵，向往开明的政治思想，不满社会上的弊病。有一定的政治热情，并支持过张九龄的相对开明的政治思想。四十岁以后，天宝年间由于权臣李林甫为相，他深感政局险恶，便开始"万事不关心"的亦官亦隐的生活。天宝十四年（公元755年）诗人五十四岁，爆发了安史之乱，安禄山攻陷洛阳长安，他被安禄山胁迫至洛阳。安禄山宴凝碧池，召梨园诸公合乐，维悲伤赋诗曰："万户伤心生野烟，百官何日更朝天，秋槐落叶空宫里，凝碧池头奏管弦。"事平之后，唐肃宗回京，他一度被贬官，后又升官至尚书右丞，世称他为"王右丞"。经过安史之乱的刺激，他便皈依佛门，成为了参禅诵经的佛教徒。最后卒于官，时年六十一。

王维也是个多才多艺的作家，还擅长草书、绘画、音乐。绘画以山水见长，和他的田园诗有着密切的关系。苏东坡称赞他"诗中有画，画中有诗"，这是一点也不错的。他的诗善于创造画图般的意境，画是以写意为主的水墨山水画，不加色彩，给人以清淡萧疏的感受，颇富诗意。在音乐上精通音律，擅长作曲、演奏琵琶。这些特长和他的诗歌创作有密切关系。

另外和他的诗歌创作有关系的是奉信佛教。安史之乱后，更加信仰佛教，平常不吃荤腥，不穿绣花衣服，房子里没有多少陈设。只有茶具、药罐、绳床（棕床）。下朝后焚香独坐以诵经为事。妻子死后，独居30年。这正是他晚年的生活情景。对他的诗歌创作是有影响的。

另外，他有一所别墅，在蓝田辋口山水胜地，年日与道友裴迪会舟来往，弹琴赋诗，以此娱乐。闲适超逸的生活，正是他山水田园诗创作的源泉。

王维的诗保存至今的有400多首，均见《王右丞集》。其中反映他的前期生活思想感情的代表作品有《老将行》和《使至塞上》。

《老将行》译文：

正是十五到二十岁的少年时期，能像李广那样步行夺得匈奴士兵坐下的战马，能像周处那样射死凶猛的额虎，有谋有勇，能骑善射，邯城的黄须儿曹彰又算得了什么？（以上写老将青年时期就有勇有谋、能骑善射）匹马单身转战了几千里，凭着一把剑曾经抵挡了百万雄师。汉家的士兵奋勇快速地冲锋就像一声晴天霹雳，敌人的骑兵崩溃逃跑又怕遇上了蒺藜。卫青（霍去病）屡战不败是由于老天爷照顾，李广百战无功因为运气不好。（以上写老将英勇善战，战功辉煌，远非霍去病、李广所能比拟）自从抛弃在一边便渐渐地衰老了，无所事事虚度光阴竟变成了白头老翁。过去射箭能射中飞鸟的一目（使飞鸟双目不全），技艺精湛，现在射垂杨的枝条就好像左肘上长了个疙瘩，技艺生疏了。像东陵侯那样种瓜又在路旁常常贩卖瓜，门前也学陶潜种上五棵柳。远远地大树连接着老将的住处，冷落荒凉的山坡面对着虚掩的窗户，发誓要做耿恭那样的人让疏勒城流出泉水，决不像灌夫那样白白地使酒气。（以上写将军年老穷困而壮心犹存）贺兰山脚下的军营密集如云，紧急的公文来往飞驰早晚都可以知道。节度使在三河地面招募青年入伍，朝廷颁发诏书命令五路将军分兵出动。试着掸去铠甲上的灰尘，铠甲就像雪一样发出寒光，姑且拿起宝剑，剑上的北斗星纹闪闪发光。情愿能有张好弓射死敌人的大将，耻让强敌压境惊动了国君。不要嫌弃旧日的像云中太守魏尚那样的在边疆有战功的老将，他们还能经得起战斗为国家建立功勋。（以上写老将不嫌衰老，奉诏效命为国立功）

这篇歌行刻画了一个有勇有谋、剽悍善战、屡立战功、晚年贫困衰老仍愿奉诏效命疆场、为国立功的英雄形象，歌颂了人民群众中的无名英雄人物，同时揭露了唐代兵役制度的不合理和统治者的冷酷无情，具有一定的思想认识意义。全诗三换韵，用到了解上平四支韵、上声二十五有韵和上平十二文韵。

《使至塞上》："单车欲问边，属国过居延。征蓬出汉塞，归雁入胡天。大漠孤烟直，长河落日圆。萧关逢候骑，都护在燕然。"

开元二十五年（737年）河西节度副大使崔希逸战胜吐蕃，王维以监察御史从军赴凉州，出塞宣慰，并在河西节度使幕府兼判官。这首诗描写了出塞途中景色。

轻车简从准备去慰问边疆的战士，使者车辆经过了居延边塞。就像被风卷起远飞的蓬草随风而去离开了祖国的边塞，就像北归的鸿雁进入了胡人的天地。大沙漠上旋风卷起的烟尘就像孤立的柱子一样直摇天空，黄河上的落日显得分外浑圆。在萧关遇到侦察骑兵，听说河西节度使在最前线。首联写出塞的目的和离开居延塞。次联写诗人远看边塞进入胡人地面。三联写塞外奇景。用倒叙手法，写途经边防萧关打探消息的情景。并回应上文，交代了途中所经（从萧关至居延，又从居延出塞去前线，去会见都护），使全诗行程首尾完整。

这首五律首尾完整地交代了出使的行程，生动逼真地描绘了塞外雄浑壮丽的奇景，也流露出诗人出塞时孤单而又豪迈心情。下平一先韵，首句入韵，押下平一先韵。

王维后期的诗主要反映了他的闲情逸致的隐居生活——山水田园诗。

《渭川田家》："斜阳照墟落，穷巷牛羊归。野老念牧童，倚杖候荆扉。雉雊麦苗秀，蚕眠桑叶稀。田夫荷锄至，相见语依依。即此羡闲逸，怅然吟式微。"

西斜的阳光照耀着村落，隐僻的小巷有牛羊成群归来。（写傍晚牧童赶牛羊归来）老农操念着牧童，拄着拐杖在柴门等候。（写老农等候牧童归来）野鸡鸣叫麦苗即将抽穗了，蚕儿入眠，桑树上叶子稀疏了。（写农村初夏景象）农夫扛着锄头走来，互相见面说话没了没完。（写农夫劳动归来途中说话）面对如此令人羡慕的农家闲情逸致，使人失意地吟起了《式微》篇。（写作者想隐逸田园）

这首五古描绘了夏初农村傍晚劳动归来的图景，表现了农村人们相互关心、亲切友爱的生活气氛，也表达了作者羡慕农家生活，想归田隐居的心情。一韵到底，五韵脚，押上平五微韵。

《山居秋暝》："空山新雨后，天气晚来秋。明月松间照，清泉石上流。竹喧归浣女，莲动下渔舟。随意春芳歇，王孙自可留。"

空旷辽阔的山野里刚刚落过了一场雨，天气似乎已经是晚秋时候。（写山中一雨变成秋）明月从松树的空隙里洒下了清辉，清清的泉水从石子面上流过。（写月夜松林清泉美景）竹林里传出了喧闹，原来是洗衣女归来的声音，水上莲花莲叶摆动原来是渔船沿流而下。（写人们乘月色归来或归去）任凭春天的花草随意的凋零（秋景也佳），王孙游子自己徜徉在山中。（写山中秋景大可欣赏，暗喻自己大可山中隐居）

这首五律生动地描绘了秋夜山中幽美的景色，构成了一幅月色照耀下的山林图画：远景是一渠清泉从石子面上淙淙流过，是一丛竹林中一群洗衣妇女在喧闹。这是作者听到的，从听觉上表现远景；近景是月光从松林中洒下，渔舟穿过莲叶莲花，是作者看到的，从视觉上表现近景。远近结合，构成了一幅静中有动、以静为基调的山水画卷，此乃摩诘之诗，诗中有画；王摩诘真不愧是位诗人也是一位画家。首句不入韵，平起，四韵脚，押下平十一尤韵。

王维后期作品中为人乐道的篇章，还有一些绝句，是写他的辋川别墅及其周围的山川景物的。

《鹿柴》是其中的代表作。"柴"读作 zhài，就是栅栏，别墅周围有篱落，也叫柴。鹿柴是辋川的地名。"空山不见人，但闻人语响。返景入深林，复照青苔上。"

空旷高远的深山里看不见人，却听见有人说话的响声。从不见人而闻人声，真是贴切地写出深山的高俊幽深，草木繁茂，山上的或沿谷的小径盘旋曲折，稍一转弯，就看不见人，却能听见人声，这样就将景象惟妙惟肖地刻画出来了。一写见，一写闻；一写静态，一写动态，以动衬静，更显得深山的空旷幽静。

夕阳返照的光辉射进了幽深的树林里，又从树林返照在地面的青青的苔衣上。这一联写夕阳返照下的深林景象。的确是观察入微，描写细微。深林本来是深暗阴森的，甚至给以可怕的感受，但在斜阳照射下阴森可怕之感没有了，却给人以清幽寂静的美的感受。青苔本来在森林的覆盖下很不易见到阳光的，似乎是阴暗中的东西，却在树林阳光的反映下见到了光明，有了活气，诗人就是从画家观察光线明暗的角度，抓住了夕阳反照深林的美景，在诗篇里给我们画出夕阳返照下，清幽寂静而有活气的深林画面。

总的来说前后两联描绘了一幅傍晚清幽寂静的深山深林的画卷，给人以美的艺术的享受。

《竹里馆》："独坐幽篁里，弹琴复长啸。深林人不知，明月来相照。"

独自一人坐在深邃茂密的竹林里，弹一阵琴又撮口长啸，幽深的林子里没有来人的踪影，只有明月的清辉映照着我。

这首绝句是诗人的自我画像，描绘了他在竹林深处，在月光照映下弹琴长啸的情景，表现出了他寄情山水、皈依佛教的精神境界。

《送元二使安西》："渭城朝雨浥轻尘，客舍青青柳色新。劝君更尽一杯酒，西出阳关无故人。"

元二，不悉何人。安西，今新疆库车，安西都护府所在。这是一首送别诗。后来入乐，取名《渭城曲》。因诗中有阳关句，又名《阳关曲》。又因曲要反复三唱，又叫《阳关三叠》。

渭城的清晨细雨濛濛润湿了大道上浮动的尘土，客舍旁边的青青的柳条颜色更加青翠干净了。劝君（您）再喝干这一杯临别的酒，向西出了阳关就再也遇不上老朋友了。

作者首先在第一联里选择了清晨细雨濛濛，柳色清新更能引起离愁别绪的特定环境，烘托惜别的凄凉的气氛。于是下联选取临分手的场面，从送别人的角度写出恋恋不舍、谆谆嘱托、依依惜别之情，劝饮最后一杯酒，嘱咐西出阳关见不到故人，多多珍重。

王维在诗歌创作上的艺术成就是很高的。他有着非凡的艺术观察能力、概括能力和表现能力。他善于捕捉自然景物中最能表现特定环境的独特风光的景物，高度概括和细微描绘相结合，描写静态美和描写动态美相结合，以写静态为主，写下了祖国山水风光，留给了后人一笔可贵的精神遗产，是值得我们来批判继承的。此外，他的语言也是在高度清新洗练之中稍带华采，最宜于状物绘景，传神绘色，表现力极强。后世虽诗人辈出，但语言能达到王摩诘水平的，的确不多。

第三章

盛唐边塞诗人

盛唐边塞诗歌繁荣的原因有如下点：首先由于初唐，主要是唐太宗时期，军队征服东西突厥、铁勒诸部、高句丽甚至一度攻入印度，取得了一系列对外战争的胜利，边塞地区逐渐成了中西各民族间经济文化交流的前沿阵地或者说第一道枢纽站，边塞地区逐渐繁荣起来了，从而使人们对边塞的认识改变了，不仅不再感到边塞地区荒凉可怕，而且边塞地区成了一些冒险家的乐园，有的人把立功边塞当作求取功名富贵的新出路，作为意识形态的文学不能不反映边塞地区的新变化。其次从文学本身来讲，随着初唐版图的不断扩大，边塞地区的逐步繁荣，反映边塞生活的文学作品也就逐渐增多了，如初唐四杰和陈子昂都写了一些边塞诗，到了盛唐以边塞为主题从事创作的人更多了，而且形成诗歌领域的一个新派别。这个派别的代表人物是高适、岑参、王昌龄、李颀等诗人。

第一节 高 适

高适（704—765年），字仲武，号达夫，沧州渤海（今河北沧县）人。高适的一生大致以五十岁为分界线。五十岁以前他是一个放荡不羁的流浪汉。早年家贫，求仕失败，于是北上蓟门边塞寻求出路而不得，便漫游燕赵齐一带（河北、山西、山东一带），后又在梁宋（河南东部）地区"以求丐取给"或"混迹渔樵"。天宝八年（749年）举有道科，任封丘县尉，又耻做小官，去官流浪至河西。由于河西节度使哥舒翰赏识和推荐，任幕府书记。这时他已经是五十出头的人了，恰好天宝十四年（755年）安史之乱爆发，高适随着哥舒翰守潼关，潼关失守，适奔玄宗行辕，陈述军事，为玄宗、肃宗赏识，逐步升官，先后任淮南节度使、剑南西川节度使，代宗时官至散骑常侍，以军功封渤海侯。开元天宝间诗人封侯的只高适一人。所以高适五十岁以后，是官运亨通、飞黄腾达的时期。

高适擅长写七言古体诗。诗歌作品大部分是赴河西以前创作的。五十岁以后官居要津，创作活动不多，好作品更少。他的杰出代表作品有：

《封丘县》："我本渔樵孟诸野，一生自是悠悠者。乍可狂歌草泽中，宁堪作吏风尘下？只言小邑无所为，公门百事皆有期。拜迎长官心欲碎，鞭挞黎庶令人悲。归来向家问妻子，举家尽笑今如此。生事应须南亩田，世情付与东流水。梦想旧山安在哉，为衔君命且迟徊。乃知梅福徒为尔，转忆陶潜归去来。"

这首七古是高适于开元二十三年（735年）初任封丘尉时所作。

我本来在孟诸泽中打柴捕鱼，自然是一个安闲自得无所牵挂的人。只可在杂草丛生的沼泽里放声吟诵诗篇，怎能忍耐做个小吏受官场纷扰。（以上诗人自述习惯于过去自由不羁的贫困生活，不堪充当小吏，忍受官场纷扰）只以为小县没有多少事可做，哪里知道一进入衙门事务繁杂，样样都要按期完成。送迎长官忍受屈辱使人几乎心都碎了，鞭打老百姓令人悲伤极了。（以上写做官的苦恼与伤心）回家面对家人给妻子诉说，全家人都笑我如今落得这样迂阔（不通世事）。求生之道应该是耕种田亩，出来做官的心情让它随着东流水逝去。梦里都想旧的家园在哪里？为了身负君命暂且欲去而未去。这才知道弃官只是为了这个缘故，（不禁）转念又想起了陶渊明的《归去来辞》。（以上写作者询问家人，反复思考，决心弃官而去）

这篇七古是诗人自述不堪卑微和虐民的小吏生活，决心弃官而去，不做统治者的爪牙，从而揭露了封建官场小吏的卑贱和残暴，表达了对人民的同情，是一首现实主义的作品。

《燕歌行》译文

原序云："开元二十六年（738年），客有从御史大夫张公出塞而还者，作《燕歌行》以示适，感征戍之事，因而和焉。"

祖国的东北边疆烽烟尘土滚滚，朝廷的将士欲辞别家园去歼灭残余的敌人。男子汉本来自己就重视驰骋疆场，天子非常喜悦厚加赏赐。（以上写战争开始，将军准备出征）敲金打鼓出了榆关，沿海滨地区旌旗连绵不断。校尉的部队带着紧急文书越过了沙漠，单于大规模阅兵打猎的野火照耀着狼居胥山。（以上写大军出行和敌我即将接战）一直到最边远的地方山川都是一派荒凉景象，敌人凭着优势发动了暴风雨般的进攻。战士在阵地前死亡了一半，美人还在军帅的营帐里唱歌跳舞。大沙漠的深秋野草枯萎了，被围的孤城在日落时候，坚持战斗士兵更少了。身受朝廷的厚待的主将骄傲专横，常常轻视敌人，在关山消耗尽了力量也未能解除敌人的围困。（以上写张守珪部将赵堪、白真陀罗矫诏平卢军，使乌知义与契丹余部作战，被围困事；将帅骄横荒淫不爱惜士兵，士兵消耗殆尽仍不能解除敌人的围困）身着铁甲远守边疆长期辛勤，思妇在离别后哭泣眼泪不止。少妇在长安城南悲伤得几乎肠断裂，出征的人在蓟门以北白白地回头怅望。（以上写战士和思妇两地相思）去都督府的路途遥远哪能逾越，处在极其偏僻的地方，辽远荒凉没有凭借。坚持斯守一整天，杀气腾腾化作了阵阵乌云（杀得天昏地暗），彻夜传来了刁斗凄凉的声音。互相看看刀刃上的血迹斑斑点点，为国死节难道是为了个人的功勋？（以上写边疆战士英勇杀敌，不惜为国死节，和上文骄淫的将军形成了鲜明的对照）您没有看见沙场征战的辛苦，令人至今还念念不忘爱惜士卒、与士卒同甘共苦的李将军。（结尾作者表明战士在沙场艰苦战斗，为国死节，只是没有体恤士卒的好将领）

　　这是以张守珪部将和叛变的奚人作战失败为背景而写的一首边塞诗。以对比的手法，揭露了边塞将领身受朝廷重恩而不知体恤战士，骄惰荒淫、昏庸无能，坐令战役失败、战士鲜血白流的真相，生动地描写了边塞战士艰苦战斗、不怕牺牲、为国死节的英雄群相和爱国主义精神。热情地歌颂了爱国战士，沉痛地指出战争失利责任在将领。中间还穿插了战士和家人的相思的片段，描写了久戍边塞战士内心的复杂变化，更加衬托出战士在激烈持久的战斗中不顾家人，不为个人功勋，勇敢击敌，不惜为国牺牲的高贵品质。全诗以错综交织的诗笔，把荒凉绝漠的自然环境、如火如荼的战争气氛、战士在战斗中复杂变化的内心活动交织在一起，构成雄浑深厚、悲壮苍凉的边塞画卷（也就是他的风格）。全诗四句一转韵，因而避免了语句整齐呆板的缺点，从音节旋律上显出了跳跃奔放的气势，这也是高适古诗创作的独特风格。不愧为唐代边塞诗中现实主义的杰作。

　　总之，由于高适前期过着贫困流浪的生活，熟悉边塞战士的生活，因而写下了不少反映社会现实和边塞现实的现实主义作品，给我们留下了一份了解盛唐社会和边塞真相的珍贵遗产。他的边塞诗内容充实，意境雄浑，气势豪迈，感情奔放，语言朴实遒劲而富于音律变化。

第二节　岑　参

　　岑参（约715—约770年）（生卒有争议），荆州江陵（今湖北江陵）人或南阳棘阳（今河南南阳）人。小时孤贫好学，遍读经史。天宝四年（745年）诗人三十岁时中进士，进入仕途。一生中有两次任职边疆。一次是天宝八年（749年），任安西四镇节度使高仙之幕府书记，去安西，天宝十年（751年）回长安。一次是天宝十三年（754年）任安西北庭节度使封常清的判官，再度出塞，直到安史之乱后，肃宗至德二年（757年）才归朝，前后在边塞六年。最后流寓四川，代宗大历五年客死成都旅舍，活了五十五岁。

诗人两次出塞，在安西、北庭的新天地里，在鞍马风尘的战斗生活中，眼界胸怀开阔了，驰骋奇思奇情追求新的创作特点，形成了他的作品中雄奇瑰丽的浪漫主义色彩，也就是他的边塞诗的主要风格。他边塞诗的杰出代表作有以下两首：

《走马川行奉送封大夫出师西征》译文

您没有看见走马川的老河床，就在雪海的一边，平坦的沙漠无边无际，黄色的尘土直升天空。轮台九月间，夜里狂风怒吼，河床如牛的碎石，被风吹得满地乱跑，匈奴人那里正是草黄马肥的时候，阿尔泰山以西只见烽烟尘土飞扬，朝廷大将向西出征。将军的金光闪闪的铠甲夜里都不脱，半夜行军只听见兵器相撞之声，凛冽的寒风就像刀刃一样锐利，刮在脸上就像刀割。急驰的战马汗气直冒，溶化了马毛上的雪花，但转眼汗与雪水又在战马身上的五花纹和连钱纹立即凝结成了冰层。军帐里草拟檄文砚台里的水都结成了冰。敌人的骑兵听到朝廷大军出征必然胆战心惊，料定不敢和我军短兵相接，都护也在车师城西门久久等待献上胜利的战果。

这首七言歌行，的确用酣畅的笔墨、充沛的激情，写出了塞外行军的壮阔图景。诗人首先点题从描写自然环境入手，写轮台走马川一带，冰封雪覆大漠深似海，沙漠伸入天极，秋夜狂风怒吼，飞沙走石激扬，一派雄伟壮阔塞外风光。塞外景象，作为全诗的自然背景，来烘托一场大战即将爆发的紧张严肃的气氛，引出下文我军行军气势。接着作者以敌我对照的手法，先写敌人兵强马壮、烽烟滚滚、来势汹汹，反衬引出"大将西出师"，在朔风扑来如刀割的深夜里，将军夜不解甲，战士摸黑急行军，只偶尔听到戈与戈轻轻碰撞的声音，行军肃穆森严、军纪严明，和前面敌人来势相对照，更映衬出我军镇定不慌、不动声色、训练有素、精锐强悍、战必取胜。再写在雪飘冰冻、冰雪凌厉下，战士胯下的战马或驰或停，将军草拟檄文的情景，又一次显示了我军不怕严寒、不畏风雪、不惧艰难、勇往直前的乐观主义精神和大无畏的战斗意志。如此声威是可以慑服敌人的。以上作者以对照的笔法，只写了行军、不写具体战斗，却饱满有力地展示了战斗的胜利是必然的。所以结尾预祝胜利的话，就是水到渠成的画龙点睛之笔。全诗三句一换韵，音节短促紧迫，正是为了描写紧迫多变的军情和瞬息万变的塞外风光而特意精心安排的，使人读起来必须三句蝉联，不可遏止。这也是诗人在音律上的一种创造。

《白雪歌送武判官归京》译文

北风卷地而起吹断了白草，塞外的天气八月间就雪花纷飞。忽然就像吹来了一夜的春风，千万棵树上梨花盛开。（以上先从北风起笔写雪，就使八月雪飞有了着落。作者用春风吹开梨花比喻北风吹雪，雪落万树，树树如盛开的梨花，这样奇妙的比喻，就把雪落满枝的严冬景象，写得春意盎然，生机勃勃，给人以新奇又喜悦的艺术感受，不能不惊叹作者想象力的丰富）雪花零零星星地飘进了珠帘，浸湿了罗质的帐幕，身穿狐皮衣服感到不温暖，盖上锦绸被子也感到单薄。将军的硬弓拉不开，都护的铁甲冰冷得难以着身。（以上写室内一片酷寒冰冷的气息）大沙漠上覆盖着很厚的冰层，万里太空凝聚着使人感到愁苦的阴暗的乌云。主帅营帐里摆下了酒钱饮归京的客人，拉弹吹奏起了胡琴、琵琶与羌笛。（以上写在冰覆云暗的塞外，军帅饯别，演奏胡乐，一派异国情调）晚上大雪纷飞，落在军营门外，北风搜动红旗红旗被冰冻得硬邦邦的不能翻卷。在轮台的东门送您归去，去时白雪铺满了天山的道路。山势回环路曲折一转弯就不见您了，雪上只留下了马走过的一串马蹄印迹。（以上写在风雪中送君归去的情景）

这首送别歌行，集中地表现了岑参创作中的乐观的浪漫主义风格。首先写八月雪落、万树梨花的域外奇特的景象，给人以无边春意的感觉；其次写军营室内的寒冷，虽然狐裘不暖、锦衾单薄却不是冷冻难挨的，虽然雪飘入室却仍然悬挂珠帘罗帷，虽然硬弓不空、铁衣难着，却并不是心不在焉，而是过着塞外难得的和平生活，这一切都表现了域外寒冬奇异的生活情景，又给人以安闲自得的感受。再次写军营饯别，演奏的都是异域音乐曲调；最后写送行以景衬情写雪满天山的路上留下的马蹄印，更交织着送行人的惜别思乡之情。这样就把送别的诗写得新奇豪壮，富蕴着鲜明的乐观主义情调和浪漫主义色彩。这自然是和作者在创作中善于驰骋想象、追求新奇的特点是分不开的。

这首诗又是以描写雪景为特色的，比如开篇写"千树万树梨花开"雪附着于树，"散入珠帘湿罗幕"雪附着于帘，"纷纷暮雪下辕门"雪附着于辕门外，"雪满天山路"雪附着于天山，"雪上空留马行处"雪附着于马蹄踪迹，或专写雪景，或写雪景以叙事，或写雪景以衬情，从不同的写法上表现了雪的不同的静态美和动态美。这又和作者善于构思、精于安排是分不开的。

总之岑参的诗，富有浪漫主义特色，气势磅礴想象丰富，色彩鲜明，热情奔放。他的出奇的思想性格使他的边塞诗显出奇情异彩的艺术魅力，所以当时"每一篇绝笔，则人人传写，虽闾里士庶，戎夷蛮貊，莫不讽诵吟习焉"。不仅雅俗共赏，而且还为各族人民所喜爱。由此可见岑参之诗感人至深。

第三节　王昌龄

王昌龄（698—757年），字少伯，长安人。开元十五年（727年）中进士，二十二年（736年）中宏词科。他一生做官职位都不高，曾任江宁府丞，两次做县尉，氾水县尉和龙标县尉。在仕宦途中又两次遭受打击，一次贬官，一次流放岭南。后隐居江夏（武昌），安史之乱中为刺史闾丘晓所杀，一生遭遇很不幸，这对他的诗歌创作影响很大。

王昌龄的边塞诗，大部分采用乐府旧题为题目，诗体却是用易于入乐的七绝，和高适多写七言古诗、岑参多用七言歌行不同。王昌龄是写七绝的圣手，所写七绝被明代人评为"神品"。认为可以和李白并驾齐驱。他的七绝，一部分是边塞诗，一部分是闺怨诗。边塞诗的杰作是《从军行》，共七首。

其一："烽火城西百尺楼，黄昏独上海风秋。更吹羌笛关山月，无那金闺万里愁。"

在城西高高的施放烽火的瞭望楼上，黄昏时分独自一人坐着，海风阵阵吹送着凄凉的秋意。更加令人愁伤的是听到吹奏《关山月》的羌笛声，引起了无可奈何地想念妻子的万里相思的哀愁。

这首七绝抒写的是戍边战士的"边愁"，由眼前的景物引起了万里相思的哀愁，是触景生情、融景入情，情调是悲凉的，但也是豪迈的、激越的，因为那是在相隔万里的边塞。诗的境界是开阔而雄浑的，因为高楼、烽火、海风、羌笛构成了高远辽阔境界。

其四："青海长云暗雪山，孤城遥望玉门关。黄沙百战穿金甲，不破楼兰终不还。"

只见青海湖上浓云密布使雪山昏暗无光，在孤绝塞外的城头遥遥眺望玉门关。身经百战黄沙穿破了铁甲，不斩掉楼兰王的头绝不还乡。

第一联写战士在域外孤城回望边关，关心祖国，关注家园，第二联写身经百战，金甲磨穿的战士消灭楼兰，为国立功的豪情壮志。

王昌龄的《出塞》历来被推为唐人七绝的压卷之作："秦时明月汉时关，万里长征人未还。但使龙城飞将在，不教胡马度阴山。"

还是秦汉以来明月秦汉以来的边关（塞），万里长征的战士没有全部归还（不少的战士为国牺牲在关外）。假使龙城的飞将军李广还活着，我们绝不让敌人的骑兵越过阴山。

这首绝句抒写了边塞战士的共同心愿。自秦汉以来对外战争不止，战士万里长征也是永远无休止，所以边塞无宁日，不能巩固，主要是没有像李广那样的将领。希望朝廷重视边塞将领的人选，边塞战士就一定能够阻止敌人的进犯，捍卫和加强祖国的边防。

第一联是回顾边防战争的历史和教训，长期以来的边防战争，是边防战士用血鲜写成的历史，战争无休止，边防不巩固，责任不在战士。诗人不仅用"明月""边关""万里长征"构成了高远的意境，而且用"秦汉""未还"概括了长期以来的战争和战争的沉痛教训。

第二联，接上联而来直接表明了战士的心愿，既沉痛深刻，又含蓄委婉，使读者不能不联系到封建时代的对外战争的历史，哪个朝代不是将领不得其人，徒使战士血染边疆呢？这样的情况只有在社会主义的今天，才有了彻底的改变。

另外王昌龄还写了些出色的闺怨诗。

《闺怨》："闺中少妇不曾愁，春日凝妆上翠楼。忽见陌头杨柳色，悔教夫婿觅封侯。"

闺房里的少妇不晓得离愁的滋味，春天仔细地打扮起来登上了翠楼。忽然看见大路边上杨柳青青的颜色，触动了离愁，心中懊悔让丈夫从军边疆求取封侯的爵赏。

王昌龄的七绝善于把错综复杂的事件或深切曲折的感情，加以提炼和集中，以适应短小的七绝形式，做到言少意多、意长情深，耐人寻味和思索。语言朴实自然，音律严谨，节奏明快，和谐婉转，民歌气息浓厚。

第四章

伟大的浪漫主义诗人李白

第一节 李白生平和思想

李白主要生活在唐玄宗统治的开元、天宝这40多年间，正是所谓的盛唐时期。这是一个经济极其繁荣、国力极度强盛，而又潜伏滋长着各种社会矛盾和危机的时代。这一时代的特点，结合李白独具的思想个性和生活经历，就形成了李白在诗歌创作中与杜甫迥然不同的风格，也就是具有鲜明独创性的浪漫主义。

李白的一生大部分时间是在漫游中度过的。他的生平可以分成五个阶段：

（1）出生和蜀中生活阶段（701—725年）

李白（701—762年），字太白，号青莲居士，唐代伟大的浪漫主义诗人。与杜甫并称为"李杜"。祖籍陇西成纪（今甘肃天水秦安县），是西汉李广的后代。先世在隋末因罪徙居中亚，他诞生在中亚碎叶城（今巴尔喀什湖南通的楚河流域），他的母亲是胡人，李白是个胡汉混血儿。五岁随父亲迁居四川彰明县青莲乡，因此自号青莲居士。他自述"五岁诵六甲，十岁观百家"，少年时代读书的兴趣是广泛的，所读的书也是驳杂的。"十五观奇书，作赋凌相如"，又说"十五游神仙""十五好剑术"，十五岁时不仅是个"凌相如"的辞赋家，而且爱好和兴趣也是多方面的，爱好道家的炼丹求仙，爱好剑术，做行侠仗义的游侠。他曾"三拟《文选》，不如意，辄焚之，唯留《恨》《别》赋"。"世人见我恒殊调，见余大言皆冷笑。"二十岁以后漫游蜀中峨眉山、青城山，曾经到过成都。李白青少年时期的这些生活经历对于他豪放的性格和诗风的形成都是有影响的。

(2) 以安陆为中心的漫游兼求仕阶段（726—740年）

开元十四年（726年）李白二十六岁，为了实现"为辅弼、定寰区"的政治理想，决定"仗剑去国、辞亲远游"，开始一个漫游兼求仕的阶段。他从成都出发，到了渝州坐船沿江东下，经奉节（白帝城），出三峡，高唱"朝辞白帝彩云间，千里江陵一日还，两岸猿声啼不住，轻舟已过万重山"，至江陵、巴陵（岳阳）、汉阳，折而向西，沿汉水到了襄阳。又从襄阳取陆道向东至安陆、云梦，游云梦七泽。顺江东下，登庐山，至金陵，至扬州，又返回安陆，娶故相国许圉如孙女为妻。此后"酒隐安陆，蹉跎十年"，后以安陆为中心，北游洛阳、龙门、嵩山，在嵩山与元丹丘隐居，经太行坂道至太原；东至齐鲁，寓家任城，与孔巢文、韩准等会隐徂徕山，登泰山，上天门；南游洞庭；东南游黄山太湖，至会稽、天台山，在剡县（嵊州）与道士吴筠相会，隐居剡中。在十多年中游踪几乎占半个中国。李白漫游不光是为了恣情山水，以求快意，也有别的目的。一方面为了游说卿相，求得引荐，如曾上书荆州韩朝宗朝京，希望得到一个"扬眉吐气，激昂青云"的机会，然而都使他失望了；另一方面借隐居学道，树立名声，再由隐而仕，这也是当时盛行的一条求仕的捷径，所以他先后在徂徕山与孔巢文等人隐居，在嵩山与隐者元丹丘，在剡中与道士吴筠隐居。这一条道路倒是走对了，产生了效果。从而结束了以安陆为中心的漫游生活。

(3) 长安阶段（741—743年）

天宝元年（741年），因吴筠推荐，玄宗下诏征李白赴长安。他在漫游安徽东南的南陵时得到诏书，即从南陵起程去长安。他在《南陵别儿童入京诗》里毫不掩饰内心的高兴说："仰天大笑出门去，我辈岂是蓬蒿人。"到了长安又受到了太子宾客贺知章的称扬，被称为"谪仙人"，名声大震。玄宗命李白供奉翰林，充任宫廷御用文人，自然和李白"为辅弼、定寰区"的政治理想是不相吻合的。三年的翰林供奉，使李白初步认识到了统治集团的腐朽和现实政治的黑暗，虽然生活在"王公大人借颜色，金章紫绶来相趋"的环境里，但他内心苦闷，感到"北阙青云不可期，东山白首还归去"，终于上书请还，离开了长安。这个阶段他写了一些抒发愤懑和抨击现实的作品。

(4) 以东鲁、梁园为中心的漫游阶段（744—754年）

天宝三年（744年）春李白离开长安后，再度开始了他的漫游生活。他先西去凤州、邠州，次年由商州（商县）出关，在洛阳会见杜甫，在汴州与高适相遇，三人一同游梁园、济南等地，李白和杜甫结下了深厚的友谊，"醉眠秋共被，携手日同行"。天宝四年（745年）秋与杜甫分开后，杜去咸阳，李白开始以鲁东、梁园为中心的东南游。李白从游会稽、春江,又返金陵,在金陵闲居二年,又往浔阳,转襄阳至洛阳,又返鲁省家。再北游长城雁门关、幽州(北京市)等地又返鲁东。又南下宣城,在御史崔成甫家住了两年,安史之乱发生,避地剡中。肃宗即位,经金陵秋浦、浔阳,隐居庐山。这个阶段是李白创作最丰富的阶段,深刻地揭露现实和强烈的反抗精神是这个阶段的创作特色。

(5) 安史之乱以后的阶段(755—762年)

安史之乱发生后,756年永王李璘起兵讨叛,由江陵率师东下,过庐山时,请李白参加幕府,李白出于爱国热情,接受了邀请,后来永王争夺皇位的野心暴露,兵败被杀。李白也被下浔阳狱,出狱后又被判长流夜郎(今贵州桐梓一带),李白这时已经58岁了。乾元二年(公元759年)李白西行至巫山,遇赦,又流落在江夏和岳阳间,曾南下潇湘,登九嶷山。不久又往浔阳,安家豫章(南昌)。上元二年(761年)东游金陵,常往来于金陵至宣城间。时李阳冰为当涂令,李白去当涂,听到李光弼率大军征讨史朝义,要求从军杀敌,行至金陵,因病折回。代宗李豫宝应元年(762年)李白病死在当涂李阳冰家中,时年62岁。

李白的思想是复杂的,一方面接受了儒家"穷则独善其身,达则兼济天下"的思想,要求"济苍生""安社稷""安黎元",并且认为"苟无济代心,独善亦何益";另一方面又接受了道家特别是庄周思想的影响,追求绝对自由,蔑视世间一切权威;同时又受游侠思想的影响,主持正义公道,敢于冒犯法禁,不夸耀自己,助人为乐。儒、道、侠三者本来是不相容的,李白却把三者结合起来,这就形成了他思想上敢于蔑视封建秩序、打破传统偶像、轻尧舜、笑孔丘、平交诸侯、长揖万乘、具有反抗精神的一面,又怀抱大济苍生、为世所用、功成身退的理想,当理想不能实现,遭受打击,便又产生了愤懑狂放的一面。当然从李白的政治思想政治态度来看,主导的一面应该还是大济苍生,功成身退。李白追求功名富贵、学道求仙、醉酒携妓,也是他思想和生活上难以回避的消极成分。

第二节 李白诗歌的思想内容

李白诗歌现存900多首,它的内容是十分广泛和丰富的。其中最能展示李白的精神面貌和思想光辉的,是他的一些抒情诗。这些诗篇集中地表现了李白的浪漫主义精神。

李白大济苍生的政治理想是他的浪漫主义精神的主要动力。他用诗篇热烈地纵情歌唱对政治理想的追求和建功立业的渴望；他用诗篇激昂慷慨地抒写自己的理想不能实现、才能被压抑的愤懑不平的心情。这方面的代表作品有：《古风》《行路难》《将进酒》《宣州谢朓楼饯别校书叔云》等。

《古风》共五十九首，此其第十首："齐有倜傥生，鲁连特高妙。明月出海底，一朝开光曜。却秦振英声，后世仰末照。意轻千金赠，顾向平原笑。吾亦澹荡人，拂衣可同调。"

齐国有气度昂扬、足智多谋、迷离官场、无拘无束的士人，鲁仲连就是特别突出的一个。他就像夜明珠一样离开了海底，一霎时放射出了灿烂耀眼（夺目）的光彩（指鲁仲连挺身而出和魏国使者新垣衍展开激烈的争辩，坚持吃素，不尊秦王为帝，不屈从秦国）。斥退了包围邯郸的秦军而英名大震，后世的人都钦佩瞻仰他那英雄的形象。思想上轻蔑平原君的千金酬谢，只愿向平原君连声大笑。（以上写鲁仲连不受千金、大笑而去的功成身退的崇高思想）我也是淡泊明志、不慕荣利、放浪不羁、自由自在的人，决然而又高超地要与鲁仲连同曲同调、志同道合，做鲁仲连式的人物。（诗人表明自己在政治上的愿望和志向，要像鲁仲连那样为国解除危难，一鸣惊人，而决不受封赏，功成身退地做自由自在的人。）

这首五古是首怀古述志诗，热情地歌颂了鲁仲连义不奉秦的高义行为，表达了作者的政治愿望和理想：要为国建功立业、功成身退，功成不居。

《将进酒》译文

您没有看见黄河的水流从高入云霄的地方奔腾而来，奔流到大海一去不复返。（以上以河水奔流一去不返比喻光阴易逝，一去不返，以引起下文）您难道没有看见在高堂的明镜里照见白发而深感悲伤的人，早上还像黑丝般头发晚上就变得雪一样白！（以上伤叹白发早生，人生易老）人活在世上有兴致的时候就必须尽情欢乐，不要使酒杯空对着月光坐失良辰美酒。（以上写当欢乐时必尽欢，不要失去欢乐的机会）世上有我这样的人才就一定有用处，千金花完了还会有来的时候。（以上写人生自有用，千金不足惜，不要为一时为世不用、政治理想不能实现而可惜，不要因花完了千金而忧心）杀羊宰牛姑且作乐，有了作乐的机会就一定要喝它三百杯（酩酊大醉）。（以上写人生须及时行乐）岑夫子、丹邱生，端起杯子喝酒，不要放下杯子。（以上写招呼同座喝酒而尽情喝酒听我歌唱）我给你们歌唱一曲，请你们侧耳仔细听：富贵利禄（人家的生活）不值得羡慕，只愿永远酒醉不愿酒醒。（以上写诗人只愿在秽浊的现实社会里自我麻醉，不愿清醒地面对现实。表现了对现实社会的深恶痛绝）自古以来圣人贤人在当时都是寂寞无闻的，只有好喝酒的人才留下他的大名。（以上写为圣做贤臣历来不为当时重视，在现实的社会里为圣作贤还不如喝酒出名，抒发了作者对现实的强烈不满）陈思王曹植在平乐宫欢宴，尽情欢乐嬉戏，一杯酒就值十千钱。（引曹植不惜斗酒千钱大宴平乐为证据）主人为什么以为我钱少，应该毫不犹豫地去打酒好和您对饮。呼唤孩子把五花马、千金狐裘拿去换成好酒，和你们一块儿消除千古以来的忧愁。（以上写诗人要学陈思王，不惜身边值钱之物换取美酒，以消除古代圣贤和自己不能实现政治理想的忧愁。）

  这篇七言歌行是感时抒怀诗。淋漓尽致地抒发了诗人有才华而受压抑，有政治理想而不能实现的愤懑不平之情，表达了诗人对权贵的蔑视、对现实社会的强烈不满以及寄情于酒的消极反抗精神。

《行路难·其一》译文

  酒壶里的清酒一杯就值十千钱，白玉似的盘子里的珍贵的菜肴价值是上万钱；（面对这样价值昂贵的好饭菜）放下杯子扔下筷子无意去吃，拔出宝剑砍向柱子心里不知道该怎好。（以上写作者离开长安时深感政治理想破灭、前途渺茫，愤激不已）想渡过黄河，坚冰却堵塞了河道，准备登上太行山，大雪却封住了山路。（以上比喻自己在实现政治理想途中受到了阻碍）姜尚闲来无事在碧绿的磻溪上钓鱼（却遇到了文王），伊尹忽然梦见乘船经过了日月旁边（而遇上了商汤，事出偶然，人生遭遇变化无常）。走路难，走路难，岔路很多，现在在哪儿？（以上以行路艰难比喻抒写慨叹人生道路、政治道路十分曲折艰险）会有乘长风破万里浪的时候，我将乘上像在云雾里行驶的渡船，扬起帆远航渡过大海。（以上写作者相信会有乘风破浪渡沧海之日，又表现了诗人积极乐观的精神）

  这首七言歌行也是感时抒怀诗，激昂慷慨地抒发了诗人深感理想破灭、政治失意、前途迷茫的愤慨和不满，表达了诗人对人生道路曲折艰难和遭遇无常的愤激和不平。同时也表达了诗人对前途还抱有幻想的乐观的情绪，反映了诗人骄傲不屈的斗争精神。

  李白的浪漫主义是以揭露和抨击现实社会的黑暗和政治的腐败为思想基础的，所以他的浪漫主义是积极的健康的。

  《古风·其二十四》；"大车扬飞尘，亭午暗阡陌。中贵多黄金，连云开甲宅。路逢斗鸡者，冠盖何辉赫。鼻息干虹霓，行人皆怵惕。世无洗耳翁，谁知尧与跖！"

大车滚滚激起了尘土飞扬,(甚至)正午日中的时候南北大道上也是昏暗无光。(以上写长安城中大车激扬尘土遮天蔽日)宫中得宠的宦官拥有大量的金银财宝,皇帝赏赐的头等住宅矗立空中,一座接着一座好像连绵不断的云层。(以上写贵人受宠骄纵)豪华富有路上遇到了斗鸡侍者,衣冠车盖多么光彩照人。(以上写斗鸡侍者恃宠放纵、冠盖逾制)鼻孔一出气都直冲天山的霓虹(气炎冲天),路上的行人都心怀畏惧。(以上总写宦官侍者气焰冲天,路人畏惧)世上没有像许由那样清高的人,有谁能辨清他们是尧还是跖,是贤人还是盗贼!(以上写世上都是贪慕权势的人,这些人也都是残害人民的强盗)

这首五古是感时抒愤之作。诗人深刻地揭露了宦官侍者恃宠放纵、豪华富有、气势嚣张的真相,愤怒地指斥了这些统治者爪牙都是害民的强盗,从而反映了诗人敢于蔑视权贵的反抗精神。同时诗篇也从侧面透露了人民对这些强盗心怀畏惧、十分憎恶。这样揭露抨击现实社会,的确是切中时弊,真实深刻,既是现实的忠实写照,又具有浪漫主义的色彩。

《古风·其十九》:"西岳莲花山,迢迢见明星。素手把芙蓉,虚步蹑太清。霓裳曳广带,飘拂升天行。邀我登云台,高揖卫叔卿。恍恍与之去,驾鸿凌紫冥。俯视洛阳川,茫茫走胡兵。流血涂野草,豺狼尽冠缨。"

在西岳华山最高峰莲花山上,远远地出现了华山仙女。洁白的手里捧着一枝莲花,轻轻地踏着太空凌空而行。彩虹般的衣裳拖着又长又宽的飘带,衣带飘动升向天空又凌空而去。邀请我一块儿登临云台高峰,拜见仙人卫叔卿。恍恍惚惚地和他一块儿去了,驾着鸿鸟飞翔在紫色的高空。(以上写超越现实的虚幻境界的纯洁幽美,以反衬下文人间世界)低头看洛阳平原,广阔的大地上尽是走动的胡兵。(以上写洛阳的山川、平原都被胡兵占领,成为了胡兵出没的地方)老百姓流下的鲜血涂满了野草,而豺狼们都一个个戴上了官帽。(以上写现实世界豺狼当道,人民受害)

这首五古也是一首游仙诗,通过写幻觉世界的纯洁幽美,高雅绝世,表现了诗人痛绝现实社会,追求向往中的神仙世界,又通过从神仙世界俯视现实社会,揭露了豺狼当道、人民流血的惨象,表现了诗人关心国家危难和人间疾苦的情怀,这正反映了当时诗人隐居庐山,冷静地观察时局变化的矛盾心情,全诗充满了瑰丽缤纷的浪漫主义色彩。

《梦游天姥吟留别》译文

天姥,姥,音 mǔ,山名,在浙江新昌县东,天台山的西北。吟,诗歌名称的一种,留别,临别纪念。题意是"写这首梦里玄游天姥山的诗篇作为和大家临别的纪念"。天宝四年（公元 745 年）李白第二次漫游期间，曾由东鲁，至金陵，至会稽、富春江一带漫游。行前在东鲁和朋友分别时写了这首诗作为纪念。

　　从海上来的客人谈论起仙山瀛州，在浩淼迷茫、烟雾弥漫的海水里（烟波迷茫），实在难以寻求。越地人谈说天姥山，山上的彩霞出现或消失或许都能见到。（以上对比写海上仙山难求，天姥山景象美丽可观）天姥山高入青云横向太空，山势高峻超过了五岳，掩蔽了赤城山。天台山高有四万八千丈，面对天姥山（相形见绌）几乎要向东南倾倒。（以上写天姥山高峻庞大）我想乘着月光一个晚上飞越过镜湖，湖上月光照耀着我，把我送到了剡溪。（以上写诗人梦中趁月光一夜越镜湖到剡溪）谢灵运住宿过的地方现在还在，清水荡漾猿鸣凄清。脚上穿着谢灵运曾经穿过的那种登山木屐，身子登上入云霄的山路上。半山腰上看见了从海上升起的太阳，高空中听到了天鸡的叫声。（以上写登山时所见所闻。）绕着群崖多次盘旋道路曲折去向不定，迷恋着烂漫的山花，有时靠着山石观赏，走走停停不觉天色昏暗。（以上写边盘行山路，边观赏野花，不觉天晚。）熊在怒吼、龙在长鸣，回声像雷鸣般的震响岩石和山脉之间，使深林里的游人战栗，使一层高出一层的山顶上的游人恐惧。（以上写天晚熊咆龙吟的山林景象。）云层黑沉沉的啊似乎要下雨，泉水静静的啊冒出了雾气。（以上写乌云密布泉水生烟的山林静态。）云层裂开了口子像电光闪闪一声霹雳，山丘峰峦都几乎摧垮震塌。（以上写雷声轰鸣震天动地）天上仙洞的石门扇，轰的一声打开了。天宫广大深远看不见底，日月照耀金银筑成的宫阙。（以上写仙宫出现）彩虹充作衣服，凤鸟充作马，还有云中众神仙们纷纷都来临。老虎弹瑟，鸾鸟驾着车子，众神仙啊一列一列地多得如麻。（以上写众仙游出宫迎接客人）忽然魂悸魄动，恍然惊起长声叹息。只有醒来时的枕头和席子，梦中的烟雾和云霞消失了。（以上写诗人从梦中惊醒，一梦结束）人世间行乐也应该是这样的，千古以来的许多事情都像东流水一样逝去。（以上写诗人慨叹人生如梦，万事如流水，不断消失）离别你们远去啊什么时候再回来？暂且把白鹿放在青青的山崖间，必须去的时候就骑上它访问名山。（以上写诗人有心离开人世，访道求仙）怎能低头弯腰侍奉权贵，使我不能心情开朗、面色不能舒展呢？（表示诗人宁可求仙学道，远离人世，也不向权贵低头，委屈自己）

　　这首杂言歌行通过描写梦中登天姥、见仙宫、遇仙人，表现了诗人厌恶现实社会、向往崇高的理想的神仙境界。同时明确地表达了绝不屈从权贵、委屈自己，反映了诗人追求绝对自由的骄傲不屈的反抗精神。

李白的浪漫主义又是以歌颂英雄主义和爱国主义为其基本内容之一的。这方面的代表作品有《塞下曲》《永王东行歌》《奔亡道中》等。

《塞下曲》："五月天山雪，无花只有寒。笛中闻折柳，春色未曾看。晓战随金鼓，宵眠抱玉鞍。愿将腰下剑，直为斩楼兰。"

五月间天山仍是积雪覆盖，见不到花开只有出奇寒冷。（以上写天山终年覆盖，四时奇寒）只能从羌笛的吹奏中听到《折杨柳歌》的曲调，杨柳青青的春色却从来没有见到过。（以上写天山边塞不见春色）以上两联描写天山边塞终年积雪，奇寒无春，荒凉冷落的自然环境和气氛，以此来烘托下联战士。

天亮随着鸣金击鼓声音出战，晚上睡觉也抱着马鞍。（以上写战士为捍卫边疆日夜鞍马，战斗生活不停）情愿手持腰下挂的长剑，勇往直前为君王斩下楼兰王的头来。（以上写战士消灭敌人、献身报国的决心和壮志）

这首五言歌行通过描写在终年冰天雪地、奇寒荒凉的边塞，日夜坚持战斗，誓为祖国消灭敌人的战士形象，热烈地歌颂了战士的英雄气概和爱国主义精神。具有激励人心、鼓舞斗志的战斗作用。

李白还有一些描写现实生活的诗篇，具有强烈的现实主义精神。如反映劳苦人民悲惨穷困生活的，有《丁督护歌》《五松山下荀媪家》等，反映妇女生活的有《长干行》《子夜吴歌》等。

《丁督护歌》用乐府旧题写新诗，与原乐府内容无关，新乐府歌词。"云阳上征去，两岸饶商贾。吴牛喘月时，拖船一何苦。水浊不可饮，壶浆半成土。一唱督护歌，心摧泪如雨。万人凿盘石，无由达江浒。君看石芒砀，掩泪悲千古。"

从云阳（今丹阳）乘船沿运河向北出发而去，运河两岸生意买卖繁盛商人富足。（写船从云阳出发北经富商地区，引出富商以与拖船民夫形成对照）拖船民夫就像吴牛喘月一样气喘吁吁，拉着船纤多么地辛苦！（写船盛暑拉纤辛苦）水流混浊不能喝，壶里的汤水一半是泥土（写船行水中，却无水可喝，喝混浊泥水）一唱起督护歌，心中伤痛泪落如雨（写船夫拖着船，边唱督护歌边流泪）万人（开采）拖运的又多又大的石料，靠不多的民夫无法拖运到江边。（写民夫差役任务繁重，无法完成）您看看山石又多又大，就会掩面流泪哀叹千古以来民夫生活的痛苦。（直接表明作者对人民的同情）

这篇新乐府歌词描写了民夫生活的痛苦，揭露了官府徭役的繁重，表达了诗人对人民的深切同情。

《宿五松山下荀媪家》："我宿五松下，寂寥无所欢。田家秋作苦，邻女夜春寒。跪进雕胡饭，月光明素盘。令人惭漂母，三谢不能餐。"

我夜宿在五松山下，寂寞孤单没有什么可欢乐的。（点题开篇，点出夜宿地点及心绪）农家秋天耕作辛苦，邻居深夜舂作凄清寒凉。（写农家日夜辛劳）荀妈妈恭敬地端来菰米饭，明光照映着盛着素饭的盘子。（写月下作者见到了农家生活的贫困）令人对老妈妈的殷勤善意深感惭愧，再三道谢不忍去吃。（写诗人因农家生活贫苦深受感动）

这首五律描写了农家生活的辛劳贫苦，表达了诗人对人民的真切同情。

《子夜吴歌》乐府旧题，乐府诗。"长安一片月，万户捣衣声。秋风吹不尽，总是玉关情。何日平胡虏，良人罢远征。"

长安城里一片皎洁的月光，家家户户响起了捶衣的声音。（写长安千家万户趁月夜拆洗棉衣的情景）秋风吹不完的，总是思念丈夫远在玉门关外守边的相思之情。（写思妇相思之情缠绵不断）哪一天才能平定敌人的侵扰，使丈夫结束长途出征。（写思妇的愿望，希望能够停止边疆战争，让我丈夫结束远征夫妻团聚）

这首乐府歌辞描写思妇思念亲人的愁伤和愿望，表示了对善良妇女的同情。

此外李白还写了不少送别、赠答、写景抒情的诗，也都浸透了真挚的感情和对生活的热爱。

总之，李白是伟大的浪漫主义诗人。他的伟大的浪漫主义是以大济苍生的政治理想为主，以揭露和抨击现实社会的黑暗和政治的腐败为思想基础，以追求自由、蔑视封建统治秩序、傲视权贵势力的反抗精神为基本精神，以歌颂英雄主义和爱国主义为基本思想内容的。这四个方面构成了李白浪漫主义的思想内容和精神，并且错综交织地贯穿在他的优秀作品中，在我国文学艺术史上，李白的浪漫主义是光耀千古的、为后世所敬仰的。作为一个浪漫主义的诗人，李白是伟大的，也是最典型的，这是祖国的骄傲，是民族的骄傲。

但是，李白毕竟是封建时代的诗人。他的大济苍生的政治理想受到阶级和时代的局限，只不过是一些轻徭薄赋、缓和阶级矛盾的改革罢了。他的反抗精神和对社会现实的抨击也是有限度的，局限于统治阶级内部的某些黑暗现象，局限于妨碍他个人自由发展的那些压迫和束缚。他同情人民、为人民发出了呼吁，也仅限于同情而已，并不能反映人民改变现实的根本要求。当然这些局限性是诗人无法摆脱的，我们不能苛求于诗人，但也必须有一个明确的认识。

第三节　李白诗歌的艺术成就

李白自己说他的诗歌创作是"兴酣落笔摇五岳,诗成笑傲凌沧洲",诗兴饱满的时候下笔可以摇撼五岳,写成了诗篇仰天长啸,自豪的气势凌驾大海。杜甫也称赞他"笔落惊风雨,诗成泣鬼神"。这种无比神奇的艺术魅力,不仅来自光耀照人的浪漫主义的思想内容,而且来自丰富多彩的浪漫主义手法。他的浪漫主义的艺术手法,归纳起来就表现在如下几个方面:

1. 浓厚的自我表现的主观感情色彩,是李白浪漫主义的艺术手法之一

李白的诗歌创作,不论写人、写事、写景都贯注着他自己的浓厚的主观感情色彩,往往自己也进入诗篇,直接表明态度,抒发思想感情。比如《古风》中的"齐有倜傥生,鲁连特高妙",歌颂鲁仲连义不帝秦的高义的行为和思想,处处贯注着诗人自己的思想感情,"明月出海底,一朝开光曜",我李白也要和鲁仲连一样不鸣则已,一鸣惊人;"却秦振英声,后世仰末照",我李白也要和鲁仲连一样建功立业,声名大震,使后世瞻仰我的光辉;"意轻千金赠,顾向平原笑",我李白也要和鲁仲连一样义不受金,功成身退,大笑西去。最后还直接表明态度,抒发激动得无法掩盖的主观感情,"吾亦澹荡人,拂衣可同调",我也就是和鲁仲连一样的人,我决然拂衣远去和鲁仲连并驾齐驱,同唱一个调,做出同样的事业,所以诗篇是给鲁仲连画像,实际上也是给他自己画像,诗篇里的鲁仲连实际上就是诗人的化身,诗人给鲁仲连贯注了自己的感情色彩,这就是把远隔几千年历史人物,写得像活人一样栩栩如生,光彩照人。李白不仅在个别篇章贯注自己主观的感情色彩,而是很多篇章都直接表现了主观思想感情,而且是直呼"我"来表现的。如"我欲因之梦吴越",我在梦中都想着游吴越,"安能摧眉折腰事权贵,使我不得开心颜"。又如《南陵别儿童入京》:"仰天大笑出门去,我辈岂是蓬蒿人!"自我表现出高兴得无法掩盖的主观感情色彩。当他离开长安政治失意时,他大声疾呼:"大道如青天,我独不得出。"李白的这种自我表现的主观感情色彩,往往能增强诗篇的气势,加强作品的抒情色彩和感染力量。他那贯注在诗篇里的自我表现的炽热的主观感情色彩就像一轮红日喷薄而出、光耀千里,又像长江大河从天上滚滚而来一泻千里,的确有惊风雨、泣鬼神的艺术魅力。

2. 大胆的夸张和奇丽惊人的幻想,是李白浪漫主义的又一艺术手法

诗人李白常常用大胆夸张的艺术手法来弥补语言表达的不足,如《秋浦

歌》其二："白发三千丈，缘愁似个长，不知明镜里，何处得秋霜。"这是以有形的发，比喻无形的愁。"白发三千丈"是大胆的夸张，不如此夸张，就不足以比喻出愁思的既深且长，因此这样的夸张使人感到并不失实。又如《古风·其二十四》："鼻息干虹霓，行人皆怵惕。"《蜀道难》："蜀道之难难于上青天。"登蜀道山险比登天还难，这也是夸张。大胆的夸张当然离不开诗人的惊人想象。足以表现诗人驰骋想象力的作品有很多，如《梦游天姥吟留别》。这篇以七言为主的杂言歌行，首先从"海客谈瀛洲，烟涛微茫信难求"起笔，既是对照写"越人语天姥，云霞明灭或可睹"，又是为下文写仙人境界预作伏笔，语不虚发。全诗给我们描写了三个境界：现实境界、梦幻境界、仙人境界，从现实境界开篇，最终又回到现实境界，中间描写了梦幻界和仙人境界。作者用一句话"我欲因之梦吴越"就把读者带进梦幻境界，游览天姥山。从时间来看，诗人从"一夜飞度镜湖月"到"半壁见海日"再到"迷花倚石忽已暝"，从月夜到日出到天晚写了一日的游山经过。从路线来看，从镜湖到谢长宿处（即剡溪），从剡溪登山梯，绕行山崖曲径至深林山泉。游览山景，一路所见有身悬青云山梯的险境，有红日涌出大海的壮观，有千岩万转的山径，有烂漫盛开引人观赏的山花，有熊咆有龙吟，有深林有层巅，惊人魂魄、动人心弦，天空浓云密布，水澹生烟，景象不但雄伟壮丽，而且变化万千，愈变愈离奇，愈变愈新异，使人不能不惊叹作者想象力的丰富多彩。然后诗人又用一声炸雷，打开了仙宫石门，突然转入了仙人境界：是太阳月亮一齐照耀下的黄白相映的金阙银宫，是身着彩霞般的华丽的衣服又乘着长风的仙子纷纷出了宫门，是虎弹瑟鸾鸟驾车，一列列密密麻麻的仙子来迎接诗人，这真是一个五光十色、五彩缤纷的奇妙绝异的令人魂惊魄动的画图般的境界，诗人也经历了梦幻境界中千变万化的奇景，又进入了五彩缤纷的仙人境界，这才是诗人理想的境界，诗人的精神得到了彻底解脱，将要过无拘无束、自由自在的神仙般的生活，却又回到了现实，不能不发出"世间行乐亦如此，古来万事东流水"的慨叹（人世间的作乐亦如大梦一场，千古以来的事情都如流水一般不断地消失了。人生如梦，人生无常），不能不发出激动人心的呼声"安能摧眉折腰事权贵，使我不得开心颜"，诗人之所以驰骋想象，集中力量从梦境写到仙境，集中力量写理想的境界，正是为了对照诗人痛绝的现实世界，明确表示绝不屈从权贵的政治态度。所以结尾两句是全诗的主旨所在，是画龙点睛之笔。

诗人描写仙人境界的诗篇还有"西岳莲花山，迢迢见明星"，也是和豺狼当道、人民血流的现实社会做对比，以抒发其思想感情的。

3. 表达思想感情富于变化，或者说把思想感情表达得奔腾跳跃，千回百折，又是李白浪漫主义的表现手法之一

如《梦游天姥吟留别》写三个境界：用"我欲因之梦吴越"一句突然从现实境界进入梦幻境界，又用"列缺霹雳，丘峦崩摧"一句突然打开仙宫石门，出现了仙人境界，正在写仙人来，又突然转入现实世界，突起突落，有如江河奔腾跳跃，转折迅速，有如万岩千转，变化莫测，具有不断引人入胜的艺术魅力。又如《行路难》也是写得奔腾活跃，起伏不平。刚写"停杯投箸不能食，拔剑四顾心茫然"，愤慨不满到了极点，笔锋一转又写"闲来垂钓碧溪上，忽复乘舟梦日边"，姜尚、伊尹偶然遇到文王商汤，慨叹人生遭遇无常、道路艰险，突然笔锋又来了个大转弯写出了"长风破浪会有时，直挂云帆济沧海"，诗人的心情又乐观起来了。从愤怒、到感伤、到喜悦，一篇之中思想感情三变，诗人的笔下实在是变化多端神妙莫测。这种奔腾跳跃富于变化的艺术手法的进一步发展，就使诗人在一篇之内同时运用现实主义和浪漫主义的两种创作方法，把抒写美好的理想世界和描写苦难的现实社会结合起来。如《古风》中写道"西苑莲花山，迢迢见明星"，把纯洁幽美的仙人世界和满目疮痍的现实社会结合在一起，互相映衬，更显出祖国灾难和人民苦难的深重，抒发了诗人无比沉痛的爱国爱民的心情。

4. 李白的诗歌语言的特色是朴素自然，不加雕饰，清淡中显出华丽，有如"清水出芙蓉，天然去雕饰"

李白诗歌语言所以具有这样的特色是和学习汉魏六朝民歌分不开的。李白的作品中用乐府题目，写歌行，作新诗的篇章是很多的。我们学过的，除了《古风》之外，几乎都是乐府歌行，如《将进酒》《行路难》《梦游天姥吟留别》《塞下行》《丁督护歌》《子夜吴歌》等。李白诗歌语言就是受乐府民歌语言影响的，具有淳朴自然、天真明朗、易于上口的民歌风格。从诗歌体裁上来说，李白推动了上古和七绝的发展，七古包括以七言为主的杂言歌行。七古和七绝都是当时新兴的诗体，七古从张衡的《四愁诗》、曹丕的《燕歌行》到鲍照的七言乐府诗，奠定了格律基础，到了唐代成为广泛应用的新兴的诗歌形式。七绝也是源出民歌，到盛唐王昌龄手里在格律上加以完备，并形成了能广泛入乐府歌唱的新兴诗体。李白多用新兴的诗体是和他追求自由的豪放的性格分不开的。他的七绝可以和绝句圣手王昌龄并驾齐驱，但在接近民歌的语言和意境上又远远超过了王昌龄。

李白创作继承了前人创作的丰富遗产，首先是继承民歌和楚辞。他不仅继承了屈原的爱国主义和坚强不屈的斗争精神，而且继承了屈原的浪漫主义

的创作方法。在运用神话传说、大胆的幻想夸张、重视吸收民歌遗产等方面都和屈原是一致的。其次，他也学习汉魏六朝文人的作品，他学习阮籍、陶渊明、谢灵运、鲍照、谢朓、阴铿，化用这些人的诗篇诗句的地方是不少的。没有对遗产的认真学习，绝不可能成为伟大的浪漫主义诗人。

如果说屈原吸收江汉民歌、古代神话故事、民间传说为我国浪漫主义的文学传统创造了第一高峰，那么李白就是继承汉魏六朝民歌和前代浪漫主义创作的成就，创造性地扩大了浪漫主义的表现领域，丰富了浪漫主义的艺术手法，在一定的程度上体现了浪漫主义和现实主义的结合，从而为我国浪漫主义的文学传统创造了第二个高峰。他是我国文学史上继屈原之后的又一位伟大的、杰出的浪漫主义诗人。

李白对唐代诗歌的革新也有其杰出的贡献。他继承了陈子昂文学革新新主张，在理论上赞扬陈子昂主张的汉魏风骨和风雅兴寄。他在《古风》第一首中说"自从建安来，绮丽不足珍"，又说"蓬莱文章建安骨"，他是十分推崇建安风骨、汉魏风骨的。他在《古风》第三十五首又写下了"一曲《斐然子》，雕虫丧天真"，批评当时还存在的雕琢辞藻的齐梁余风。他在创作实践中也和陈子昂一样，多写古体，少写律诗。陈子昂在创作中忽视了学习民歌和七言新形式，而李白虽然主张汉魏风骨、风雅兴寄，却不执着和拘泥于复古，在学习民歌和七言新体诗上，成就远远超过了陈子昂。他是在复古旗帜下的彻底革新，最终地结束了六朝余风。

李白对后世的影响也是极为深远的，他的诗名在当时已广泛传扬，如杜甫就称颂他："李白斗酒诗百篇，长安市上酒家眠，天子呼来不上船，自称臣是酒中仙。"他死后约二十多年里，也就是到德宗贞元年间，不完卷的诗集已"家家有之"，足见他的作品在中唐时期已广泛流传。中唐诗人韩愈、孟郊就是力追李白，创造了自己纵横豪放的诗风。李贺的浪漫主义的诗风，显然是受到了李白的影响。宋代以苏轼和辛弃疾为代表的豪放派的词风，也受到了他的影响，这都是前人已有评的。

第五章

伟大的现实主义诗人杜甫

杜甫是我国文学史上伟大的现实主义诗人,也是历来受人们推崇的诗人。北宋黄庭坚推赞他为"诗中之史",南宋杨万里推称他为"诗中之圣",明王世贞则推崇他为"诗中之神",杜甫之所以受到这样崇高的评价,自然是和他的诗歌创作分不开的。杜甫生活在玄宗、肃宗、代宗三个朝代,正是大唐帝国由盛而衰的急剧转变的时代,先有安史之乱,继而吐蕃入侵、藩镇(刺史、边将)割据叛乱,战祸不息。统治阶级内部矛盾和民族矛盾、阶级矛盾交织在一起,造成了人民的深重灾难和国家的严重危机。杜甫生活在这个时代,被时代的浪涛卷入了社会的底层,和人民同呼吸、共患难,这就使他能以诗歌形式描绘了这个"万方多难"时代的生活画卷,并逐渐登上了现实主义的高峰。这也可以说是时代成就了杜甫,当然杜甫也为时代做出了贡献。

第一节 杜甫的生平和思想

杜甫的一生和思想可分为四个阶段:

(1) 出生和北游阶段(712—745年):

杜甫,字子美,自号少陵野老,生于唐睿宗先天元年(712年),出生在河南巩县瑶弯。他的十三世远祖杜预是西晋的镇南大将军,于太康元年出师江陵灭掉孙吴,结束了三国鼎立的局面。杜预不仅长于军事,且长于历法、文史,著有《春秋左氏经传集解》,对后世影响极大。祖父杜审言是武则天的宫廷诗人,与沈佺期、宋之问齐名。父亲杜闲曾做过兖州司马、奉天县令。因此杜甫出生在一个"奉儒守官"的官僚地主家庭。

杜甫7岁时咏凤凰诗,刻苦读书,博览群籍,"读书破万卷""群书万卷常暗诵"。15岁时已经"出游翰墨场",投入了笔墨写作场所。当时洛阳的名士如崔尚、魏启心都称赞他为"班、杨再世"。从20岁(731年)开始了漫游生活。先南游吴越，从河南南下先到姑苏、游览阊闾庙、虎丘、太伯庙；至会稽（绍兴）游镜明、剡溪、渡浙江（钱塘江）游天姥山，又至金陵。在吴越游历了约四年，开元二十三年（735年）24岁时回来，专心准备应试，赴长安应试，结果考试失意了。于是又漫游齐赵（山东、河北、山西），这时他父亲杜闲为兖州司马（今山东济宁市），所以他先到兖州、又至齐州（济南），北上到邯郸，游赵王宫丛台，再至青州游青丘（今高青县），齐景公打猎的地方。开元二十九年（741年），杜甫30岁，回东部洛阳。天宝三年（744年），李白至洛阳会见杜甫，又在汴州遇高适，一道游梁园，向东到齐州（济南），从此两位诗人建立了兄弟般深厚的友谊。第二年李白南游吴越，杜甫留齐州。次年天宝五年（746年），诗人35岁又去长安。这个阶段，作品不多，可以说是诗人创作的准备阶段。

（2）困守长安阶段（746—754年）

这时候诗人父亲从兖州司马调奉天（今陕西乾县）县令，杜甫也来了长安。由于李林甫、杨国忠专权，唐明皇深居宫廷纵情声色，杜甫求仕无望，流落成了达官贵人堂前求食为生的宾客。骑不起马，每日骑头驴，"朝扣富儿门，暮随肥马尘，残杯与冷炙，到处潜悲辛"。甚至经常忍饥受冻，"饥饿动即向一旬，敝衣何啻悬百结"。生活的贫苦折磨了杜甫，也成全了杜甫，使他逐渐接近了人民，看到了人民的痛苦，也深深地了解统治阶级的荒淫和腐朽，写出了反映社会现实的杰作：《兵车行》《丽人行》《赴奉先咏怀》。困守长安十年，使杜甫成为一个忧国忧民的诗人，也确定了杜甫今后的创作道路和方向。

（3）陷贼与为官阶段（755—758年）

天宝十四年冬十一月（755年），安史之乱爆发了，次年六月两京陷落，唐玄宗仓皇逃往凤翔。诗人携家，从奉先去白水崔少府舅家，又逃往鄜州羌村。八月听说肃宗在灵武即位，遂独自往灵武，中途为安禄山军队俘虏，禁在长安。诗人目睹了长安破后的惨状，更激发了他爱国爱民的热情，在长安生活了约半年，他因不能忍胡人的横行，徒步奔往凤翔，见到了肃宗，肃宗任命他为左拾遗。任职的第一月，因房琯兵败罢相，杜甫上疏营救，触怒肃宗，几遭刑戮，从此肃宗疏远了他。他也于肃宗至德二年（757年）八月由凤翔赴鄜州看妻子。十一月官军收复两京，肃宗回长安，杜甫也回长安仍为左拾遗。次年（758年）六月贬为华州司户参军，冬末去洛阳。乾元三年春（759年）返回华州，这时诗人48岁了，由于连年旱灾，兵祸又起，杜甫又携家弃官去了秦州。这一阶段，诗人深入人民生活，又投入实际斗争，因而写下了具有高度人民性和爱国精神的篇章。如《哀江头》《春望》《羌村》《北征》以及三吏三别等，标志着诗人创作达到了现实主义的高峰。

（4）漂泊西南阶段（759—770年）

这时他的侄儿杜佐在秦州，诗人携家投靠杜佐。他从华州到凤州，从关山到了秦州。他的侄儿住在西枝村。诗人往来于西枝村与秦州之间，靠采药卖药为生。在秦州四个月，生活又无依靠，听说同谷易谋生，于是在这一年天寒岁暮时，又往西和，到成县，生活更苦，穷到拾吃橡子、黄独。在同谷不到一个月，只好离开同谷，十二月进入四川，到了成都。在成都西郊浣花溪盖了一所草堂，暂时定居下来。他先后受到高适、严武的帮助，严武还让他当节度使幕府参谋，检校工部员外郎。但他只当了六个月，就告辞回家了。代宗永泰元年（765年）严武死了，他无所依靠，离开成都逐渐东移，先到渝州、忠州（忠县）、云安（云阳），55岁又自云安到夔州，在夔州住了三年，写了大量的诗篇（437首）。诗人57岁（768年）出川，到荆州依靠同族弟弟杜位，已经是"右臂偏枯半耳聋"，生活无着，又去长安，从长安转岳州，本想回北方，由于北方兵乱，又南下潭州、衡州，"亲朋无一字，老病有孤舟"，只好以船为家在湘江漂泊，回潭州靠野菜度命。潭州兵乱，诗人又逃回衡州，想去郴州寻舅父崔伟，到耒阳，江水涨，停泊方田驿，五天没有吃的。从耒阳又到岳阳，代宗大历五年（770年）冬天，诗人逝世在岳阳船上。

杜甫的思想基本上是儒家思想，但对儒家思想有所发扬和突破。比如儒家主张"穷则独善其身，达则兼济天下"，杜甫却不管穷达，都兼善天下。儒家主张"不在其位，不谋其政"，杜甫却不管在位不在位要谋其政。他敢于正视现实，批判现实，也要求改变现实，在任何穷困的情况下，他都没有停止过要求改变现实的呐喊！儒家也主张"民为贵，社稷次之，君为轻"，但又轻视劳动，轻视劳动人民，认为劳动是鄙事，劳动者是野人小人。杜甫的生活实践使他接近劳动人民，他喜欢劳动，甚至愿为广大劳动人民的幸福牺牲自己，"安得广厦千万间，大庇天下寒士俱欢颜，风雨不动安如山？呜呼！何时眼前突兀见此屋，吾庐独破受冻死亦足"。在民族关系上，儒家主张"华夷之辨"，杜甫却在一定的程度上摆脱了狭隘的民族主义，主张敦睦四邻、民族和好，反对杀伐政策。

杜甫的思想在很多方面都对儒家思想有所突破和发展。"穷年忧黎元"的忧民爱民的思想是他的主导思想；"济时肯杀身"的敢于为时代的需要而献身的精神，是他的一贯的精神；"致君尧舜上，再使风俗淳"，他还希望君上如尧舜那样为民爱民，使社会风气更加淳朴，人人都爱人。这是他的最高理想和主要手段。这些进步思想，形成了杜甫永不衰退的政治热情和坚忍不拔的顽强性格；胸怀开阔的乐观主义精神，成为我国历史上政治性最强的伟大诗人。这当然是和他接近人民的生活实践分不开的。杜甫虽然把君臣关系看成是天经地义的，但他的忠君思想是从爱国爱民出发的，一方面希望尧舜一样的皇帝大济苍生，一方面也敢于讽刺昏君，揭露达官权贵们祸国殃民的罪行。

第二节　杜甫诗歌的思想

  杜甫热爱人民，关心人民疾苦，对人民的态度达到了以前作家未曾达到的高度，这就使他的诗歌具有高度的人民性。这种人民性具有如下三个特征：
  对人民的深刻同情是杜甫诗歌人民性的第一个特征。杜甫始终关切人民，只要一息当存，他总希望人民过点好日子，因此他的诗不仅广泛地反映了人民的痛苦生活，而且大胆深刻地表达了人民的思想感情和要求。这方面的代表作有《兵车行》《三吏》《三别》《羌村》《赴奉先咏怀》《又呈吴郎》。

《兵车行》译文

  车声隆隆，马鸣萧萧，出征战士每个人都腰间配弓带箭（带着弓箭）。（写出征军容，雄壮威严）爷娘妻子追随送行，激扬起的尘土遮盖住了咸阳桥。（写行人众多，尘土遮蔽咸阳大桥）拉着衣服连连跌脚拦路痛苦，哭声一直冲上了云霄。（写送行人哭声震动云霄）路旁走路的人问出征战士，出征战士只言道"多次点兵出征"。（写路人与行人对话，引出下文写兵役之苦）有的从十五岁起在北部边防守西河，一直到四十岁又在西部边防屯田。（写战士长期守边，屯田兵役没有期限）离开家乡时年纪还小，还要里正给他缠上头巾，回到家乡时头发花白还要去防守边疆。（写多次点兵服役，到老仍要服役当兵）边疆战士流下了鲜血汇成了海水，唐明皇开拓疆域的野心还不止。（写统治者穷兵黩武的政策不止，边疆战士流血不止）您没有看见唐朝华山以东约有二百多州，千千万万的村落都长满了野草。（写唐关中以外广大地区土地荒废）即使有健壮的妇把锄扶犁、耕种田地，田禾长在地里不成行列。（写居家妇女种田，庄稼也长不好）何况又因为关中一带的士兵能经得起艰苦的战斗，被赶上去出征和鸡狗没有什么不同。（写这次大规模征兵的原因，一则山东无兵可征，二则秦兵耐战）老大爷虽然没有询问，当兵的怎敢说出心中的愤恨？（此诗人写役人不敢回答路人询问的原因）就像今年冬天，没有（复员）函谷关以西（即关中）的士兵。（写关西征兵不止）官府催收十分追急，以上是行人自述。租税从哪里出？（写官府逼收、租税无着，关西人民身受租税兵役两大关难）这才令人知道了生下男孩子是可怕的，反而是生下女孩子好，生下女孩子还可以嫁给近邻，生下男孩埋没地下和百草一齐凋落。（以上写战争使人们包括诗人改变了重男轻女的封建传统）您没有听见青海边上，自古以来战士的白骨没有人去收敛。新鬼含冤烦恼，旧鬼在哭泣。（新死战士有说不完的冤枉，旧死的战士又流不完的眼泪）天阴沉沉的洒下湿了大地，鬼的哭泣声也啾啾不断。

这首新乐府歌词（歌行）深刻地揭露了唐朝统治者施行黩武政策的罪恶和繁重的兵役给人民带来的深重灾难：不仅兵役使人民大量死亡，生产荒废，而且官府催促租税，民不聊生，影响所及，甚至改变了重男轻女的封建传统。

《赴奉先咏怀五百字》译文

天宝十四（755年）十一月杜甫赴奉先（蒲城）探望家室到家时所作。（一说天宝十三年冬赴奉先咏怀。）

杜陵有个平民，年纪大了意志反而更坚决。要求自己是多么迂阔？私自比拟自己是忧民爱民的稷与契。（写诗人忧民爱民的意志老而弥坚，决不迎合歪风邪气）竟然变得不合时宜，头发白了仍甘愿辛苦。死了万事就罢了，（若不死）这个志向常常希望能达到。（写诗人甘受贫困，坚持忧民爱民的志向不变）常年为老百姓担忧发愁，叹口气激情荡漾，心如火烧。越是同辈的人嘲笑我，我越要大声歌唱，忧民的心情就越发激烈。（写忧民爱民的思想与激情不怕嘲笑奚落）并不是没有寄迹江湖的志趣，无拘无束地度日月。只因为活着遇到了明君，不忍心就永远告辞而去。（写诗人也有隐退之意，只因遇到明君，所以想做一番事业）现在朝廷人才具备，建造大厦（建立宏图大业）怎能说缺乏人才？有如葵花藿叶朝向太阳，万物的本性本来就不可改变。（写诗人愿为朝廷重用，永远忠于朝廷）回想像蚂蚁一样的小人，只是自己经营自己的巢穴；为什么羡慕大鲸鱼，常常打算游息在大海（比喻诗人蔑视自私自利、只顾自己的小人，羡慕有远大理想的人），由此懂得了生活的道理，我独自羞耻于投靠高门，乞求利禄。生活穷困就一直到今天，怎忍被尘埃埋没（穷愁潦倒，一生无闻）（写诗人不愿乞求利禄，也不忍埋没无闻）终于愧对巢父与许由，因为我不能改变自己的既定志向。默默地饮着酒，姑且自我派遣忧闷，放声歌咏打破愁闷（失望）的心情。

第一段，四句一联，八联三十二句，抒写诗人自述其忧闷爱民的志向，老而弥坚，终生不变，不怕别人讥笑，不愿隐于江湖，不忍心离开明君，不做自私小人，不乞求利禄。当志向不能实现，就饮酒赋诗抒发忧国爱民的沉痛心情。

年终寒冷百草凋零，强劲的北风在高高的山岗上撕裂。天空中寒气阴森森的，出门做客的人半夜就出发了。（写诗人于岁末风号天寒中出发上路）严寒的风霜连衣带都吹断了，手指冻得僵直不能结好衣带。（写天气极冷）天麻麻亮经过了骊山，皇帝住在骊山高峰。雾气充满了寒冷的天空。踢踏过的崖谷又陡又滑。（写崖谷陡滑）华清池上热气蒸腾，羽林军兵仗互相摩擦。（写华清池景象和侍卫众多）皇帝大臣留连欢乐，奏乐的声音直震太空。（写君臣留恋欢乐盛况）赏赐洗浴的都是达官贵族，参加宴会的都不是穿粗布短衫的。（写达官贵族洗浴宴会）朝廷所分的绢帛，本来由贫穷人家的妇女织出。鞭打她们的丈夫家人，横征暴敛献纳到京城。（写朝廷横征暴敛民间绢帛）皇帝用筐筐赏赐绢帛的恩情意图，其实是国家更好地生存发展。当臣子的如果不知道这个最高原则，当君主的难道不是白白丢了这些财物？（写皇帝恩赐的目的是要臣下治理好国家）朝廷官员很多，凡是爱民的都应该对此恐惧战悚。况且听说宫内的珍贵的器物，全赏赐在外戚杨氏家里。（写朝廷无仁者，外戚更得宠）大堂上有仙子般的歌妓舞女，香烟缭绕笼罩着冰肌玉肤。衣着温暖的客人穿着貂鼠皮衣，低沉的管乐配合着清脆的弦乐，劝客解酒用的是驼蹄汤，还有结霜的香喷喷的橙子与桔子。（写外戚家生活豪华奢侈）豪门贵族家的酒肉多得发霉变臭了，大路上又冻饿而死的尸体。朱门内外相隔极近就有豪华富贵与冻饿身死的不同，令人难受得难以再述说了。（写诗人揭露和感慨现实社会贫富极端悬殊）

第二段共有三十八句，写诗人旅途所见所闻及当时的感慨。深刻地揭露了唐明皇和大臣们的荒淫腐化和外戚势力的豪华奢侈，并（指出）了贫富悬殊的社会现象。

车向北走靠近泾渭二水交汇处，官家的渡口又改了道。（写渡口改道）河水挟带着无数冰块从西边流来，极目望去河水波涌如山又高又险，令人疑惑它是否从崆峒山流来，恐怕是共工怒触不周山使天柱断绝。（写泾渭二水水势很大）河上的桥梁幸好没有拆，走在桥上木桥架子摇摇晃晃发出窸窸窣窣的声音。行人一个拉着一个，河床很宽不好越过。（写从快要倾塌的桥上走过十分危险）年老的妻子寄居在外县，十口之家被风雪阻隔在两地。谁能长期不顾家小？希望这次回去和家人团聚共度（苦）日子。（写诗人回家探亲的原委和心情）一进门就听见嚎啕大哭的声音，小儿子已经活活地饿死了。我可以舍弃父子之情强忍住悲痛，街坊邻居还在呜呜咽咽地哭泣。（写幼子饿死哀痛至极）自己愧做孩子的父亲的，给孩子没有饭吃使孩子小小年纪就死去。哪里知道秋田收割上场了，穷贫人还发生了意想不到的事情。（写诗人孩子的惨死责在父亲的贫穷）活着常常免交租税，名字也不在出外打仗时的征兵名册上（连这样的家庭都遭到儿子饿死的事情）。反复思考所遭遇的事情心情仍是酸辛的，一般的平民生活本来就动荡不安。（写诗人自叹出身官僚尤遭酸辛之事，何况一般平民）默默地想到破产失业的农民，顺便想到在远方防守边疆的士兵。忧愁的思绪像终南山一样高，像大水漫漫无边不可收拾。

第二段，共三十句，写诗人回家后的情景，从自己惨遭幼子饿死的不幸，想到了自己遭遇不幸的原因在贫穷，想到了一般平民生活的动荡不安，想到了破产的农民和边疆的戍卒的痛苦，体现了诗人对人民疾苦的深切关心。

对祖国的无比热爱，是杜甫诗歌人民性的第二个特征。

杜甫是一个不惜自我牺牲的爱国主义者，他诗歌渗透着热国的血诚。他的喜怒哀乐是和祖国命运的起伏相呼应的。像他的"三吏"——《新安吏》《石壕吏》《潼关吏》和三别——《无家别》《垂老别》《新婚别》，虽然是揭露兵役黑暗，同情人民的疾苦的讽刺诗，但也是爱国的诗篇，因为在这些诗中也反映并歌颂了广大人民忍受一切痛苦的爱国精神。

三吏三别是杜甫在乾元二年（759年），写的一组"即事名篇"的新乐府诗。

肃宗至德二年（757年）冬，郭子仪收复两京，但河北未平，乾元元年（758年）冬郭子仪、李光弼、王思礼等九个节度使，率兵二十万人围攻安庆绪占领的邺城（安阳），指日可下。但次年（759年）春，史思明派援兵至唐军，因监军使者鱼朝恩不能统帅大军，内部矛盾重重，全线溃败。郭子仪等退守洛阳（孟津、孟县西），并四处抽丁补充兵源。这组诗写的是杜甫从洛阳回华州任所，征途中所见事实。

《新安使》译文

我在去新安县的途中，听见到处喧哗呼喊点兵入伍的声音。（开门见山点题，揭示诗篇主题：新安县境征兵入伍）请问新安县小吏："难道小县城没有及龄的壮丁？"（诗人问新小吏）"征兵文书昨晚上下达了，依次选拔不及龄的预备兵入伍。"（这是新安吏的回答：朝廷决定征未成年的男子入伍）"预备兵个子都很矮小，怎么能靠他防守洛阳？"（写诗人自己慨叹和疑虑）长得健壮的未成年的男子还有母亲送行，长得瘦弱的未成年的男子孤伶伶地独自一人入伍。（写入伍未成年的男子情况不同）白哗哗的水流晚上向东流去，青青的山野里还有哭声（象征送新兵出发时的悲惨气氛。新兵如东流水一去不返，青山还在永埋忠骨，亲人扶墓哭泣）"不要使自己的眼泪都哭干了，把你脸上纵横交错的泪水擦掉。眼泪哭干了（也要见到死者的白骨）。"人生活在天地之间终归是无情的，是要死去的。（写诗人劝慰送行者不要过分悲伤）我军攻取相州，旦夕之间可望攻下相州平定叛贼。哪里能想到叛贼是难以预料的，大军溃退分散逃回本镇。（写诗人转述战争真相，以慰送行者）军粮供应很近，就旧营地，练兵依照旧日在京城的样子。掘战壕沟也不会深得见水，放马的差事轻松。（写诗人以离家不远吃粮方便，军营不甚劳苦，劝慰送行人）况且我军出师名正言顺，对士兵的抚养爱护是非常明确的。送行的人不要哭得眼中流出了血，郭仆射就像父兄一样爱护士兵。（写诗人以师出有名，郭子仪一贯爱兵劝慰送行人）

　　这是一首新乐府诗，也是一首叙事诗，叙述了诗人途经新安县境时遇到的征兵事件，既揭露了兵役的繁重（不合理）又表达了诗人热爱人民，更关心祖国命运的爱国之忧。因为安史之乱不仅是统治阶级内部的斗争，也是一场民族斗争。诗人是从民族自卫、捍卫祖国的高度来关心人民的，更显出诗人识大局、顾大体的高度的爱国主义精神。

《新婚别》译文

　　菟丝子依附在蓬草和籽麻上，蔓子所以拽得不长。（这是托物以起兴，比喻下文嫁女与征夫。）出嫁女儿给出征战士，还不如扔在大路旁。（比喻不可依靠）十五岁就出嫁做（征人的）妻子，连您的床上的席子都没暖热。晚上成婚早晨就告别，岂不是太匆忙了！（写新妇诉说结婚相处太短暂）您出现的地方虽然不远，去河阳（孟县）防守边防。但我的身份还不明确，凭什么去拜见公公婆婆？（写新妇委婉诉说心中委屈）我父母亲养育我的时候，日夜让我藏在闺房。生下女子总要出嫁，就是鸡狗也得跟随他。（写新妇诉说女子在家随父母，出嫁随丈夫）您现在前往战地，我内心充满了沉痛的愁绪。我发誓要跟你一道去，情势紧迫反而感到慌乱不定。（写新妇心情沉痛，内心矛盾复杂）不要因刚结婚而思念我，要在战斗的行列里杀敌。妇道人家在军队里，士气恐怕就不能振作发扬。（写新妇顾全大局转而鼓励丈夫一人前往）伤叹自己是穷人家的女子，好长时间才置办了一件罗质的短衫。（写新妇改装以免丈夫思念）抬头看见好多鸟儿飞翔，飞鸟儿大大小小都是成对成双。人间的事情总是错综矛盾的，愿意和您两地永久相望相守。（写新妇对爱情的坚贞不变，以坚定丈夫出征的决心）

　　这首新乐府诗也是一首叙事诗。通过描写新妇和丈夫离别时的诉情说理的独白，描写了新妇的内心变化，终于抑制了内心的悲痛，勉励丈夫努力从军，从而体现广大人民为祖国的前途而忍受一切痛苦的爱国精神，也集中地反映了诗人对人民的同情和对祖国前途无比关怀和热爱。

强烈的憎恨揭露统治阶级各种祸国殃民的罪行，是杜诗人民性的第三个特征。这方面的代表作品有《丽人行》该诗大概写于天宝十二年（753年）

《丽人行》译文

三月三日天气清爽明媚，长安曲江两岸春游的美人很多。（点出时间和丽人）姿色艳丽神气孤傲雅重，娴静而又自然。皮肤肌肉纹理细腻，身材不胖不瘦很匀称。（写丽人姿色、神气、肌理、骨肉之美且丽）绣花的罗质衣裳照映着晚春的明媚风光，衣裳上是金线绣的孔雀和银线绣的麒麟，金银翠绕，珠光宝气。（写丽人衣裳的华丽）头上有什么？是翡翠的𦽅叶垂在两鬓直到嘴唇边。看见背后有什么？只有缀满珍珠的后襟和腰取齐显得非常合身。（写丽人装饰的富丽）其中就有皇后贵妃的亲戚，赏赐的名号是用春秋时期大国名号虢国（夫人）和秦国（夫人）。（点出外戚杨国忠家的姊妹）翠色的锅子里现出了香喷喷的驼峰肉，水晶的盘子里送上来了白色的鱼。拿起犀牛角筷子由于吃得腻烦了，很久不能下筷，带有鸾铃的刀子一丝丝地切肉，白白地忙乱了一阵子。（写精美的菜肴，写外戚家菜肴精美仍吃不下去）太监驾着快马奔驰，快得连尘土都激不起，皇帝的厨房里不断地送来了极其珍贵罕见的菜肴。（写御厨还不断送来名菜）箫管发出乐声凄婉悠扬能够感动鬼神，杨国忠门下的宾客和追随者熙熙攘攘都占据了朝廷的重要地位。（外戚杨国忠神通广大，操纵朝廷，有通天通鬼神的本领）后来的骑马的人多么地神气十足，一直到当厅才下了马，踏着锦制的地毯走了进去。杨花如雪似的飘落，覆盖了白苹，青鸟飞去传递消息，口中还衔着红色的手帕。（象征写杨国忠生活的荒淫卑劣）一伸手就感到热气烤人（气焰灼人），权势无人能比。小心些不要到跟前去，去了丞相会发怒的！（写杨国忠不可一世，人人畏怕）

这篇新乐府诗描写并揭露了贵族外戚妇女的装饰华美，衣着华贵，并重点深入揭发了外戚杨国忠生活豪华卑鄙，受皇帝宠信，把持朝廷，气焰嚣张、不可一世。表达了诗人对外戚势力的痛恨和不满。

《三绝句》

其三："殿前兵马虽骁雄，纵暴略与羌浑同。闻道杀人汉水上，妇女多在官军中。"

皇帝殿前的兵马虽然强悍英勇，但纵兵暴虐百姓和羌人全然相同。听说在汉水畔上乱杀百姓，掳掠的妇女多藏在官军营中。

这首小诗里反映官兵屠杀奸淫的暴行更甚于盗贼。

除了上述三个方面，他的写景诗中还渗透了同情人民的思想感情。如

《春夜喜雨》："好雨知时节，当春乃发生。随风潜入夜，润物细无声。"在《大雨》篇里说："敢辞茅苇漏，已喜禾豆高。"如果久雨成灾，他就怒不可遏地发出呼喊："吁嗟呼苍生，稼穑不可救。安得诛云师，畴能补天漏。"可见他的喜怒是从人民利益出发、以人民的利益为转移的。在咏物诗中，有的直接和现实联系，有的借物寓意，因小明大。如《麂》里，谴责贪官暴吏"衣冠兼盗贼，饕餮用斯须"。他的写景诗也表现了热爱生活、热爱祖国山川的激情。"秦城楼阁烟花里，汉主山河锦绣中。"表达了对祖国山川名胜的无比热爱。

第三节　杜甫诗歌的艺术性

杜甫对诗歌艺术性的要求是非常严格的，必须达到"毫发无遗憾"，正因为这样，他的诗歌作品不仅具有高度的思想性，而且具有高度的艺术性，是内容和形式高度统一的典范。

首先值得珍视的是杜甫的叙事诗。在他以前，文人写叙事诗是很少的，叙人民的诗更少。杜甫的叙事诗不仅数量多，而且质量高，现实主义的特色也表现得最为突出，最为充分。杜甫在他的叙事诗中所表现出来的现实主义的艺术特色有几个方面：

1. 善于从现实生活中选取和概括艺术典型，通过艺典去反映现实生活

比如《兵车行》，选取了"道旁过者"和"行人"谈话的片段，把兵役的灾害，集中地由"行人"口中讲出，不仅增强了谈话内容的真实性和亲切感，而且讲出了千百万征夫戍卒的相同和相似的遭遇，具有典型的意义。不仅揭露了繁重的兵役造成的一系列灾祸，而且触及封建赋役制度的本质，赋和役就是套在农民身上的两条绳索。所以"行人"代表了征夫戍卒也代表了千百万劳动者道出了"千村万落生荆杞"的惨象，提出了"租税从何出"的质问和谴责。反映现实生活，不仅广泛，范围涉及全国，而且深刻，触及了封建制度的本质。

杜甫还善于把巨大的社会内容高度集中概括在一两句诗里。如："彤庭所分帛，本自寒女出。鞭挞其夫家，聚敛贡城阙。"这就活生生地画出了封建统治者的残暴的形象：一手执皮鞭刑具"鞭挞其夫家"；一手抢夺"本自寒女出"的绢帛。"彤庭"及"聚敛贡城阙"的爪牙和寒女及其夫家是奴役和被奴役、剥夺与被剥夺、损害与被损害的关系。封建的社会关系就是这样的血

淋淋的人吃人的关系。"朱门酒肉臭,路有冻死骨"就是这样"人吃人"关系的最集中最典型、最形象、最生动的高度的艺术概括和艺术对比,深刻地反映了贫富悬殊、贫富对立的生活真实,是千百年来动人魂魄、感人肺腑的不朽的名句。只有像杜甫这样伟大的现实主义诗人,诗坛上的史家、圣人,才有这样非凡的形象思维能力和艺术概括能力。

2. 寓主观于客观

杜甫善于将主观意识和思想感情融化在具体的客观的描写之中,而不明白说出,不浅露锋芒。这是杜甫叙事诗的最大特色,也是杜甫的超人的艺术本领。这和杜甫饱经沧桑事变的坎坷的人生经历以及能够克制感情的激动、保持清醒的头脑的个人性格是分不开的。

比如《丽人行》就是寓主观的贬斥于客观的具体描写之中。诗人用极细致的笔锋,首先刻画了丽人的姿态、服饰。不仅描绘了艳丽迷人的姿色,孤傲雅重、娴静自然的神气,而且由表及里,描绘了肌理的细腻诱人和骨肉的匀称美好。这样的天生妖娆的丽质,又身着刺绣金银孔雀麒麟的罗衣,鬓角装饰着垂及口唇的翠匐,和玉颜丹唇相映衬;后身腰衱缀满了珍珠,闪闪发光,由表及里,由里及外,从上到下,从前到后天生的妖娆丽质加上豪华艳丽的服饰,这就是外戚虢国夫人和秦国夫人,她们就是凭着姿色的美好,受到了君主的宠爱,她们就是凭着皮肉赢得了政治资本,获得了大国夫人的称号。她们无功于国,无功于民,却身受高爵,享有世上罕见的豪华奢侈的生活:翠色锅子里的精致的驼峰肉,水晶盘里的白色鱼,还"犀箸厌饫久未下",吃不下去,于是"黄门飞鞚不动尘,御厨络绎送八珍"。她们享用着与皇帝同等的饮食,的确是极人间之富贵豪华了。通过对外戚姿态、服饰、饮食的客观的真实的细致的描绘,不明言其富有豪华、荒淫奢侈的罪恶,而字字句句渗透了诗人的贬斥指责,既寓主观于客观,又冷静忠实地反映了社会的现实,无愧为诗坛上的史篇。末尾用"炙手可热势绝伦,慎莫近前丞相嗔"两句十几个字就把杨国忠凭借裙带关系,爬上丞相高位、垄断朝廷、作威作祸的恶棍流氓无赖的丑相生生揭露、描画、概括出来了。全诗寓揭露贬斥于客观描绘之中,使人不能不惊叹佩服诗人创作态度的冷峻和寓意的深刻。

3. 对话的运用和人物语言的个性化也是杜甫叙事诗中常用的现实主义艺术手法和艺术特色

杜甫吸收汉乐府民歌的经验,常常在叙事诗中运用对话或人物独白,并做到了人物语言个性化,从而把人物的形象塑造得栩栩如生、逼真传神,具有光彩照人的艺术魅力。例如《新婚别》是写一个刚结婚一宿,丈夫即从军离去的新娘子,面临着燕尔新婚之夜变成了生离死别之晨,想到丈夫"君今往死地",自然是"沉痛迫中肠",痛不欲生。但又一想到刚刚过门,想到"父母养我时,日夜令我藏",受过封建的家庭教养,因此强抑悲痛,独自诉说心事心情:匆匆一夜,席不暖床,暮婚晨别,不能不使新妇埋怨"无乃太匆忙"。也仅仅是埋怨,既不嚎啕大哭,也不向隅啜泣,即使悲怨也显得出语拘束、语意吞吐,似乎话没有说完,又转念丈夫去河阳不远,强自宽慰,但婚礼未成,身份未定,"何以拜姑嫜"。新妇不能不诉说内心的委曲,不能不出话吞吐、语带羞涩。又想到父母的教养,"嫁鸡随鸡、嫁狗随狗"的信条,因而"誓欲随君去",又转念"妇人在军中,兵气恐不扬",终于从大局着眼,从祖国的需要出发,甘受新婚离别之苦,勉励丈夫"勿为新婚念,努力事戎行"。而且为了使丈夫"勿为新婚念""罗襦不复施,对君洗红妆",以脱下红妆的行动,坚定丈夫从军卫国意志,末尾以"人事多错迕,与君永相望"表示坚贞的爱情永远不变。人物独白的语言符合新妇刚刚结婚的特殊身份,符合出身贫寒、善良温顺、顾全大局、甘愿牺牲自己幸福的性格和思想感情。所以读起如闻其声,如见其人,把新妇内心的复杂活动和变化表现得委婉曲折,把新妇的感情表现得哀而不怨、怨而不怒,很符合典型的封建贤妻的身份。

4. 采用俗语

杜甫在抒情诗中多用结语,在叙事诗中尤为突出。因为叙事诗多是叙写人民生活的,采用俗语入诗,自然能增强内容的真实感和亲切感,并有助于突出人物的性格和语言的个性化。如《兵车行》中的"爷娘妻子走相送""牵衣顿足拦道哭""君不见青海头,古来白骨无人收"、《新婚别》中的"父母养我时,日夜令我藏,生女有所归,鸡狗亦得将"、《前出塞》中的"挽弓当挽强,用箭当用长。射人先射马,擒贼先擒王"几乎和民歌民谣没有什么区别了。

5. 细节描写

杜甫善于捕捉富于表现力的、能够显示事物本质和精神面貌的细节。例如《兵车行》中的"长者虽有问,役夫敢申恨",这样一个细节描写既揭示了役夫敢想不敢言的内心痛苦,又揭露了封建统治者的残酷压迫,对士兵毫无人身自由可言。又如《丽人行》中用"犀箸厌饫久未下"这一小动作活活地画出了贵妇人的娇气十足。

上面所介绍的艺术手法和艺术特色在杜甫的叙事诗中是同时出现的。杜甫的抒情诗也有他自己的独特风格。往往像叙事中刻画人物性格那样,善于对自己曲折、矛盾的内心世界进行深入的解剖。如《赴奉先咏怀》诗的头一段，反复申述自己"窃比稷与契"的远大志向时，也表明了思想上的各种想法：不怕别人讥笑奚落，越是讥笑越要大声歌唱越发心情激烈；也曾想退隐江海，但又不忍离明君，想做一番事业；希望得到朝廷重用，永远效忠朝廷；蔑视自私自利的小人，羡慕有远大理想的人；他"独耻事干谒"能忍受生活穷困，却不能忍受一生无闻；志向一时不能实现，就饮酒赋诗抒发忧国爱民的心情。

杜甫在叙事诗中，寄情于事；在抒情诗中，寓情于景，或者融景入情，使情景交融。这也有两种情况：一种是情景同时出现，如他的名作《春望》："国破山河在，城春草木深。感时花溅泪，恨别鸟惊心。烽火连三月，家书抵万金。白头搔更短，浑欲不胜簪。"一种是见景不见情的，如《登慈恩寺塔》："秦山忽破碎，泾渭不可求。俯视但一气，焉能辨皇州。"其中即包含着忧国忧民之心。在叙事诗中很少发议论，在抒情诗中往往大发议论，直接提出自己的政治见解或批评时事。杜甫的叙事诗一概用收缩性较大的五、七言古体，而抒情诗则多用五、七言近体。

杜诗之所以能够达到现实主义的高峰，绝不是偶然的，而是毕生呕心沥血换来的。第一是杜甫有虚怀若谷的学习态度和孜孜不倦的学习精神。他向古人学习、向同时代人学习、向作家学习、向民歌学习。杜甫自己在《戏为六绝句》其一中说："不薄今人爱古人，清词丽句必为邻。窃攀屈宋宜方驾，恐与齐梁作后尘。""未及前贤更勿疑，递相祖述复先谁。别裁伪体亲风雅，转益多师是汝师。"正因杜甫采取了兼容并蓄、古今作家民歌都学习的态度，所以在创作兼有众长，兼工各体，并能推陈出、新别开生面。第二是苦心写作。他在创作上既勤奋，又刻苦，他要求自己"语不惊人死不休"，在创作上呕心沥血、惨淡经营。一生写诗1458首，大部分是他晚年在蜀中的作品。他自己也说"老去渐于诗律细"，越老作品越多。第三好细论创作。盛唐诗人很多，细论诗歌创作的却很少。杜甫不但勤于创作，而且好细论创作和作品。他对李白说："何时一樽酒，重与细论文。"对严武说："题诗好细论。"有了作品，谈论作品，集思广益，交换经验，确是提高创作水平的有效方法。杜甫对自己的好细论作品是很自负的。他说"论文或不愧""说诗能累夜"。由此可知，他不但好谈诗，而且健谈诗，长于论诗。

第四节　杜甫在现实主义诗歌发展史中的地位和影响

　　杜甫在我国现实主义诗歌发展史上占有继往开来的地位。所谓继往，就是继承了唐代以前现实主义的传统。从以《诗经·国风》为代表的周代民歌，到两汉乐府民歌，特别是汉乐府中的叙事诗，以及建安时期曹操、王粲、陈琳、曹植、蔡琰等人的作品，一脉相承的就是现实主义创作传统。杜甫不仅继承了这个传统，而且发展了这个传统，把这个传统推到更高、更成熟的新阶段。杜甫的叙事新乐府诗，就是本着汉乐府"缘事而发"的精神，自创新题自作诗，即所谓"即事名篇"或"因事命题"作品，也叫新乐府诗，或新乐府歌词，有的也可以叫作叙事诗，如《兵车行》《丽人行》《新安吏》《新婚别》等，对建安诗人用乐府旧题作新诗的乐府诗有了进一步的发展，不仅抛弃了乐府旧题，而且五言、七言、杂言兼用，不过在题目上或命之以"行"或命之以"歌"，保留了乐府体裁的一些名称。更重要的是继承并发展了现实主义传统，都是即事之作，也就是说都是反映社会现实的作品。杜甫的新乐府诗，就是对自西周民歌以来的现实主义传统的进一步发展，为中唐新乐歌运动的开展尽了先驱者的作用，使中唐时期现实主义逐渐进入了全面发展的阶段。这就是开来。

　　杜甫在诗坛上对后世的影响，不仅限于开创了新乐府诗。他的爱国主义精神鼓舞也影响了后世不少爱国主义诗人，如陆游、文天祥、顾炎武，都是学杜甫其人，也学杜诗。"诗出于人"，学人是根本的，没有崇高的灵魂，就没有崇高的诗篇，这是一条经过千百年的实践所证明了的真理。此外，杜甫诗作中运用对比、俗语等入诗的现实主义表现手法，都对后世有很大影响，如中唐元稹、白居易诗歌语言的通俗化，就是直接受到了杜甫影响的结果。

第六章

现实主义诗人白居易和新乐府运动

从唐代宗（李豫）大历（年间）起（即公元8世纪60年代），经过德宗、顺宗、宪宗、穆宗到敬宗、文宗（9世纪30年代），这60~70年是唐代诗歌史上的中唐时期。中唐前期，诗歌呈现出一种过渡状况，元结、顾况等人是杜甫的继承者，是现实主义的诗人，是新乐府运动的先驱者。刘长卿、韦应物主要以写山水诗见称，李益则继承了盛唐边塞诗的传统。他们在艺术上都各有特色。此外，还有影响较大而实际成就较差的"大历十才子"卢纶、钱起、司空曙、韩翃等。

经过大历前后的过渡阶段，到了唐德宗贞元年间和宪宗元和年间，我国现实主义文学又进入了一个全面发展的新阶段。散文方面有韩柳的古文运动；小说方面传奇达到了空前繁荣。尤其值得注意的是诗歌方面出现了白居易倡导的新乐府运动。

第一节 白居易的生平和思想

白居易是杜甫有意识的继承者，也是杜甫以后杰出的现实主义诗人。他继承和发展了《诗经》和汉乐府以来的现实主义传统，沿着杜甫开辟的而为元结、顾况等所走过的道路，进一步从文学理论上和创作上掀起一个波澜壮阔的新乐府运动——现实主义诗歌的高潮。

白居易的一生以四十四岁被贬为江州司马为分界线，可分为前后两个时期。

1. 前期生活：

白居易（772—846年），字乐天，晚年居洛阳龙门山东香山，与和尚如满为友，自号香山居士。后人因此称之为白香山。又曾官居太子少傅，后人因此称之为白傅，或白太傅。原籍太原，后迁居下邽（陕西渭南）。唐代宗大历七年（772年）正月二十日白居易出生在河南新郑县。他祖父白锽曾做过巩县令，父亲白季庚为宗州司户，后为彭城令，他的家庭是一个小官僚家庭。白居易六七岁开始读书、学习作诗，九岁就懂得了声韵。十一岁时迁家徐州符离（安徽宿县），学习非常勤苦，"昼课赋，夜课书，间又课诗，不遑寝息"，以至于念书念得"口成疮"，写字写得"手肘成胝"。不久，他父亲改任衢州别驾，随父亲去越中避难，常常是"衣食不充，冻馁并至"以至于"索米乞衣于邻郡邑"，过了一段流离不定的贫困生活。他的创作一开始就走上了现实主义的道路，与之有直接关系的。白居易十五六岁就开始创作了，《赋得古原草送别》就是他16岁的作品："离离原上草，一岁一枯荣。野火烧不尽，春风吹又生。远芳侵古道，晴翠接荒城。又送王孙去，萋萋满别情。"18岁时从江南又去襄州，他父亲在襄州别驾任上去世，这时白居易22岁了，他的家可能就近迁往洛阳了。三年居丧期满，他大哥白幼文做了饶州浮梁县主簿。28岁（贞元十五年，799年）的白居易去浮梁，在宣城参加了乡试，考中了。他29岁在长安考中了进士，又去江南宣州、浮梁，路过符离镇又去襄州。802年（贞元十八年）32岁应吏部试，以书判拔萃科中式，授校书郎。住在长安。35岁（805年）夏应制举"才识兼茂明于体用科"，以第四等入选。由校书郎转周至县尉，37岁（807年）又入翰林院为学士。所以他曾自负地说："十年之间，三登科第，名入众耳，迹升清贵。"不久入门下省为左拾遗，这是他在政治上积极活跃的阶段，上书言事很多，而且语多激切。40岁（元和六年，811年）母亲去世，按礼制回家居丧。43岁（元和九年，814年）丁忧期满回到长安，授任左赞善大夫，属东宫官属，职掌不过是向太子讽过世、赞礼仪，是个冷官。44岁那年（元和十年，815年）宰相武元衡在六月三日清早上朝路上被人刺杀，惊动长安。白居易上书，要求捕贼雪耻，于是受到别人的诽谤，八月贬官为江州司马，强加的罪名是母亲看花坠井而死，而白居易还作过《赏花》和《新井》诗，有伤名教，贬为江州司马。白居易离开长安，取道商县，出武关，经内乡，到襄阳。从襄阳乘船，由汉水入长江，十月到了江州。从此他的意志消沉了。47岁（元和十二年，817年）改任忠州刺史，白居易从江州沿江东行至忠州，三年任满，改任尚书司门员外郎，司门属刑部，返回长安。51岁（长庆二年，822年）任杭州刺史，五十三岁以太子右庶子征还京师。行至洛阳，又改任苏州刺史，此后又回到长安任秘书监、刑部侍郎、太子宾客等，57岁（文宗太和三年，829年）回洛阳，直到唐武宗会昌六年（846年）死在洛阳，活到74岁，是唐代诗人中仅次于顾况的长寿诗人。

白居易的思想带有浓厚的儒释道三家杂糅的色彩，但主导的是儒家的"穷则独善其身，达则兼善天下"的思想。他说："仆虽不肖，常师此语。"又说："仆志在兼济，行在独善，奉而始终之则为道，言而发明之则为诗。谓之讽喻者，兼济之志也；谓之闲适诗，独善之义也。"这是诗人自己说明他不论在政治思想上或创作思想上都是以儒家思想为主导思想的，是统一的。

诗人四十四岁以前，"三登科第，名入众耳"，身居言官，责在谏言，因此"兼济天下"思想占了主导地位。在政治上热情高，积极勇敢，甚至不怕牺牲自己，勇于"为民请命"，当校书郎任满时，闭户累月，揣摩当代之事，写成了《策林》七十五篇，针对经济、政治、军事、文教各方面存在的弊端，提出了改革意见。他指出人民的贫困，是由于"官吏之纵欲""君上之不能节俭""财产不均，贫富相并"。他要求统治者"以天下之心为心""以百姓之欲为欲"。为了辞民"心"建议统治者"立采诗之官，开讽谏之道"。在任职左拾遗期间，一方面，利用谏官的职位，"有阙必规，有违必谏，朝廷得失无不察，天下利害无不言"。一方面利用诗歌来配合斗争，凡"难于措言者，辄咏歌之"。许多讽喻诗，如《秦中吟》《新乐府》便是这时写出的。这些诗就像连弩箭似的射向黑暗的现实，几乎刺痛了所有权豪的心，使他们"变色""扼腕""切齿"。然而诗人却是"不惧权豪怒"！

2. 后期生活

贬官江州是对诗人的沉重打击，他意志消沉了，从此"独善其身"的思想就居于主导的地位。而且佛道思想也逐渐滋长了。儒家的"乐天安命"、道家的"知足不辱"、佛家的"四大皆空"都成了他明哲保身（独善其身）的法宝，从此他缄默了，不再过问政治。为了避免卷入朝廷的党争，要求出仕杭州、苏州，以做地方官为隐身之术，最后18年在东都洛阳过着"似出复似处"的生活。刘禹锡说他"吏隐情兼遂，儒玄道两全"，其实是可悲的。在这种消极思想支配下，白居易的诗歌失去了他的战斗性和光芒，大量的"闲适诗""感伤诗"代替了前期的"讽喻诗"。

第二节　白居易的诗论与新乐府运动

白居易在我国文学史上的独特贡献，就是他总结了我国自《诗经》以来现实主义诗歌的创作经验，建立了现实主义的诗歌理论基础。在他的先进理论的指导下开展了新乐府运动。他的《与元九书》就是一篇文学生活的自白

书,也是一篇系统全面的诗论。有力地宣传了现实主义,批判了文学上的形式主义。白居易诗论的基本点:

1. 他提出了诗歌必须为政治服务的主张

他认为诗歌必须担负起两大政治任务:一是"补察时政",考察补救当代政治的缺失;一是"泄导人情",疏导民情。诗歌创作所要达到的政治目的是"救济人病,裨补时阙",解决老百姓的疾苦,有助于补救当代政治的缺失;要"上下交和、内外胥悦",使上下情况沟通、互相了解,使朝廷内外都感到喜悦。他还响亮地提出了"文章合为时而著,歌诗合为事而作"的口号,要求为时代而写文章,为时事而创作诗歌。他在《新乐府序》中还特地解释了"为时""为事"的问题,他说诗歌要"为君为臣为民为物为事而作,不为文而作也",君、臣、民、物、事五者都是服务的对象、写作的对象。在这"五为"之中,他从当时社会的需要出发,特别强调"为民",认为诗歌应该反映人民的疾苦——"唯歌生民病""但伤民病痛",他把反映人民疾苦作为唯一的主要的任务。白居易把诗歌和政治和人民疾苦紧密地联系在一起,提出了诗歌为政治服务、以反映人民疾苦为主的观点,这就是他的诗论的核心。这样的观点,在我国文学史上旗帜鲜明地提出来,应该说是从白居易开始的。

为政治服务反映人民疾苦的观点,就是白居易自己的创作指南,是他衡量古代作家作品的标准,也是他指导新乐府运动的纲领。他据此观点,彻底批判了六朝以来诗歌脱离现实、脱离政治、以风雪花草为内容的形式主义。他认为屈原的"泽畔之吟"是"归于怨思",总归都是发泄个人怨气的作品,缺乏易风易俗的社会作用,只"得风人之什二三",屈原的作品大多数(十分之八)是够不上为政治服务的标准的。他还认为李白的才华是突出的,一般人是达不到的。但从他的作品中"索其风雅比兴",寻求诗经中风雅比兴反映现实、讥刺政治的特点,那是"十无一焉",十成里没有一成,不如杜甫的"尽工尽善"。即使是杜甫他也以为"为时""为事"的作品还不够多。这样的批评的确是大胆的、勇敢的,也是有所指的,但是光从诗歌的政治性,从诗经的风教说,要求所有的作品,也未免失之于偏激,失之于狭隘。

2. 他提出了文学来源于现实生活,又反映现实生活的观点

他在《策林》六十九里,从反映论出发,阐明了诗歌产生的过程。他认为:"大抵来说,人接受客观事物刺激,就必然触动感情,然后就发生了慨叹,发出了吟咏诗句,而后形成了诗歌。"这也就是说诗歌来源于现实生活的刺激,又反映了现实生活。他认为《诗经·邶风·北风》是讽刺卫国的暴虐之政的,诗人号召他的朋友相携而去。

北风其凉，雨雪其雱。惠而好我，携手同行。其虚其邪？既亟只且！

北风多么凛冽，雪落得纷纷扬扬。我和有恩情、与我相好的人，手携手一块去他方。这能再犹豫吗？情况紧急得很了！

《诗经·魏风·硕鼠》是讽刺魏国赋敛繁重，民不堪命，相率而去。《汉童谣》都是"感于事""动于情"而产生的。因此，他指出要写作为政治服务的诗，就必须要关心政治，主动地从现实生活中汲取创作泉源。

3. 他论述了诗歌的四要素以及诗歌的教育作用和社会功能

《与元九书》说："构成诗歌的要素有四个，就是情、言、声、义，这四个要素就好像果树的根、苗、华、实。"情是根、言是苗、声是华、义是实，四者是缺一不可的。四者之间关系，即内容和形式的关系是情和义是内容，言和声是形式。其中以义为最重要。他所说的义，即《诗经》六义——风、雅、颂、赋、比、兴，主要是指六义的"美刺"精神，就是赞扬和讽刺的精神。诗歌只有有了"美刺"的内容和精神，才符合诗经的六义，才会感人至深，并感人为善，从而收到"补察时政""泄导人情"的教育作用和社会功能。

4. 他强调内容与形式的统一，并提出了形式必须服从内容，为内容服务的主张

他在《新乐府序》中说："诗歌的辞藻质朴而简洁，使人看了容易明白，诗歌的语言直率而激切，使人听了就会深深地警惕自己，诗歌的内容确凿而实在，就可以使采诗的人相信它流传它。诗歌的节奏顺口而响亮，就可以传授与乐章歌曲。"这就是说形式是有助于表现内容的，是为内容服务的，形式和内容是统一的。所以白居易主张"不求宫律（音律）高，不务文字奇"，而力求做到语言通俗平易，音节和谐婉转。这不能不说是诗歌上的一大革新。

新乐府运动便是在诗论的指导下开展起来的。由于贞元、元和年间内则藩镇割据、官宦专权、战乱频仍、赋税繁重，外则回纥、吐蕃不断入侵，大唐在阶级矛盾和民族矛盾日益尖锐下衰落了。以白居易、元稹为首的一些文人，以诗歌为武器，想"补察时政""泄导人情"，挽救大唐衰微的趋势，因而有意识地开展了旨在批评现实的新乐府运动。

"新乐府"一名是白居易提出来的，新乐府诗是杜甫开创的它的特点是：自创新题，不同于建安时期用古题（旧题）；全是即事之作写时事，讽刺现实；不以入乐与否为衡量标准，不入乐的徒诗，亦称为乐府。从汉乐府的"缘事而发"一变而为建安曹操诸人的利用旧题写时事，再变为杜甫的"即事命题""因事立题"，三变而成为白居易的讽喻现实的新乐府运动，这就是新

乐府运动的一般历史过程。元稹、张籍、王建是这一运动的主要作家。

第三节　白居易诗歌的思想和艺术性

白居易是个多产作家，一生写了三千多首诗。它曾把自己五十一岁以前写的1300多首诗编为四类：即讽喻诗、闲适诗、感伤诗和杂律。其中以讽喻诗的成就最高。讽喻诗的代表作就是《新乐府》50首、《秦中吟》10首，是有组织有计划的杰作，具有高度的人民性。讽喻诗的第一个特点是广泛地反映人民的痛苦，并表示了极大的同情。首先是对农民的关切，如《观刈麦》。作者三十五岁考取"才识兼茂明于体用科"后，由校书郎调周至县尉。这首诗是宪宗元和二年（807年）在周至县尉任上所作。

《观刈麦》

田家少闲月，五月人倍忙。夜来南风起，小麦覆陇黄。妇姑荷箪食，童稚携壶浆。相随饷田去，丁壮在南冈。足蒸暑土气，背灼炎天光，力尽不知热，但惜夏日长。复有贫妇人，抱子在其旁，右手秉遗穗，左臂悬敝筐。听其相顾言，闻者为悲伤。家田输税尽，拾此充饥肠。今我何功德，曾不事农桑。吏禄三百石，岁晏有余粮。念此私自愧，尽日不能忘。

农民很少空闲的月份，五月间人们加倍的忙碌。昨晚上南风吹来，一夜之间覆盖田埂的小麦全部黄了。（采取步步进逼地写法，由少闲月到五月倍忙，再到麦黄一夜，大忙开始，全句写一个忙字。以见农民的勤劳辛苦。）妇女们挑着装有干粮的竹笼，孩子们用壶提着汤水。一个跟着一个往地里送饭去，精壮的男子在南冈割麦。（写妇孺送饭，农村妇女孩子都在忙碌。）两脚被地里的热气熏蒸着，脊背被炎热的阳光烤晒着。尽力割麦连热都忘记了，只是贪恋夏日天气长。（写农民割麦的勤劳辛苦。）还有个穷妇人，抱着娃娃在农民的身旁；右手拿着拾下的麦穗，左胳臂上挎着破筐子。（写穷妇人抱子拾麦，和农民又成鲜明映照。）听她和大家相互诉说，听的人都替她悲伤："家里的土地为了缴纳税金全都卖光了，拾些麦穗去填饱肚子"。（写官府租税繁重，迫使农民破产，靠拾麦度饥荒。）我现在对农民有什么功德，从来不参加农业劳动；每年收取禄粮三百石，年终家里有余粮。想到这里我自己深感惭愧，整天忘不了这件事。（作者写自己的感受。）

这一篇讽喻诗，诗中描写一个群象和两个个体形象。通过描写农村五月妇女孩子和精壮男子的收麦劳动，反映了广大农民生活的勤劳辛苦，通过写穷妇人的拾麦和诉苦的话,揭露了在中唐繁重赋税的剥夺下,农民终年劳累,最后仍不免破产穷困,以乞讨为生。穷妇人的下场,就是广大农民的下场,也就是中唐时期存在的严重的社会危机。作者又通过自我画像,揭示了与农民对立的官僚阶层无功于民、不劳而食,家有余粮却鲸吞农民的劳动果食,造成了严重的社会危机。最后以"念此私自愧,终日不能忘"反映了诗人对严重的社会问题有所认识,对广大农民表示了极其深切的同情。这首诗就是对中唐农村重重危机的生动写照。诗篇以农村生活为题材,而农村生活中也只选取了刈麦一件事,题材是单一的,主题是专一且明确的。这就是白居易讽喻诗的艺术特点之一。

白居易的讽喻诗的另一特点是揭露统治阶级的荒淫享乐生活和各种弊政。

《轻肥》译文（《秦中吟》十首之一,原作第七首）

大路上拥满了意气骄横的人,他们胯下的漂亮的鞍与光照纤尘。请问这些都是干什么的人?人们言道是宫内的宦官。（先写气势,再点出宦官,以见宦官气势的嚣张）配青红色带子的都是大夫,配紫色带子的大概是将军。（写宦官兼任文武官职,掌握朝廷大权,揭示中唐宦官专政真相,此两句交互为文）夸耀自己去参加禁军的宴会,驰马而去就像乌云似的遮天蔽日。（写宦官赴宴声势很大。）酒壶酒杯里溢出了极醇香的酒,桌上摆满了水陆出产的极其名贵的食品。掰开的果子是洞庭湖产的桔子,切细的肉是天池产的鱼。（写享用极其珍贵的食品,豪华奢侈无比）好菜吃饱了心里安然自得,美酒喝足了意气更加飞扬。（与前照应再写意气飞扬跋扈）这一年江南大旱,衢州地方已经出现了人吃人的现象!（与宦官豪华生活对比）

这篇讽喻诗通过描写宦官的嚣张气势和豪华生活,深刻地揭露了中唐宦官专政、人民遭殃的社会真相。中唐时期宦官专政,肆意搜刮人民,以致生产失调,水旱频发,灾荒不断,导致衢州发生了人吃人的惨象。作者最后两句诗,点出了宦官专政的时弊,加以讽喻。全诗用铺叙和对比的写法,先集中笔墨铺叙渲染宦官之嚣张和豪华,然后在末尾由作者指出人吃人的社会惨象,突然提出一个与宦官豪华生活的对立面,构成了尖锐鲜明的对比,从而给统治者以有力的当头一击。这种先铺叙后对比的写作方法也是白居易常用的艺术手法之一。

《卖炭翁》

《新乐府》组诗之第32篇《卖炭翁》自注云"苦宫市也","卖炭翁,伐薪烧炭南山中。满面尘灰烟火色,两鬓苍苍十指黑。卖炭得钱何所营?身上衣裳口中食。可怜身上衣正单,心忧炭贱愿天寒。夜来城外一尺雪,晓驾炭车辙冰辙。牛困人饥日已高，市南门外泥中歇。翩翩两骑来是谁，黄衣使者白衫儿。手把文书口称敕，回车叱牛牵向北。一车炭，千余斤，宫使驱将惜不得。半匹红纱一丈绫，系向牛头充炭直。"

从唐德宗贞元末年起，宫中日用不需官府承办，由太监直接向民间采购，太监及爪牙多至数百人，日常在市上巡逻，强买或强夺百姓的东西。

卖炭老人，在南山里砍柴烧炭。（点明卖炭翁是个体劳动者）满脸的尘土炭灰烟熏火燎的颜色，两鬓灰白十个指头全是黑的。（写卖炭翁的肖像）卖炭得来的钱有什么用？来换身上的衣裳和吃的东西。（设问设答，交代卖炭翁靠卖炭所得维持吃穿）可怜身上的衣服实在单薄，心里却发愁炭价太低了，希望天气寒冷起来。（写卖炭翁内心痛苦，为了求生宁可受冻）昨晚上城外落了一尺厚的雪，一清早驾上炭车辗着冰冻的车渠而去。（写卖炭翁趁雪天赶早去卖炭，希望能卖得好价钱）太阳已经升高了，牛也困了，人也饿了。在长安市场南门外的泥雪里歇息。（写走了一早上才到长安市场外卖炭的劳累辛苦）两个骑着轻快的马而来的是谁，原来是皇帝的使者黄衣大宦官和白衣小太监（写卖炭翁目击太监来临）手里拿着文书，口里说着皇帝有命令，拉转车头，吆喝着牛，牵动车子向北面而去。（写太监强行拉走牛车）一车子炭，有千余斤，宫廷的使者把牛车赶走，卖炭翁百般不舍但又无可奈何。两丈红纱一丈绫，缠在牛头上作为炭的价值。（写宦官用微不足道纱绫，讹诈走了千余斤炭。揭露宫市是对老百姓的无耻的敲诈勒索，是强加于民的暴政。）

这首讽喻诗通过叙写卖炭翁的不幸遭遇，揭露中唐时期的宫市是强加于民的一项暴政，直接暴虐人民的是皇帝身边的一群爪牙。君与民之间是一种残酷的剥夺与被剥夺的关系。诗篇塑造卖炭翁的形象，侧重于肖像和心理等细节描写。首先通过"满面尘灰烟火色，两鬓苍苍十指黑"刻画出了饱经烟火、备受艰辛、十指如炭的老炭工的肖像，接着又用"可怜身上衣正单，心忧炭贱愿天寒"描画出老炭工畏寒又愿寒的内心矛盾和为了求生活命甘愿受寒的内心痛苦。宦官赶走炭车夺走了老炭工的命根子，而老炭工竟表示"惜不得"，无可奈何，只有逆来顺受，将红纱绫带走，这是多么善良老实的劳动者。白居易善于通过人物肖像心灵的描绘，塑造人物的形象，这是他的常用的艺术手法之一。

白居易的讽喻诗的第三个特点是爱国主义思想。

《杜陵叟》

《杜陵叟》是《新乐府》组诗50篇中的第30篇。唐宪宗元和四年（809）旱灾严重，白居易、李绛上疏请免农民租税，唐宪宗虽然颁布了免税命令，但贪官污吏照旧横征暴敛，农民并未得实惠。本篇即借杜陵叟之口来控诉贪官暴吏。

　　杜陵老头，在杜陵住，一年耕种薄地一顷多。（点明杜陵叟是家有薄田的自耕农）三月间天不下雨干燥的风刮来，麦苗不扬花，大部分枯黄而死。九月间降霜秋寒来得早，田禾的穗子没有成熟，禾苗都青干了。（写春寒秋寒灾情接连发生）地方官吏明明知道却不向上申报、说破事实的真相，反而大肆搜刮赋税以完成征收任务求得好考绩。（地方官吏为了自己升官发财知情不报，肆意搜刮百姓）典当桑树、出卖土地纳完了官家的田赋，明年的吃的穿的将怎么办。（写农民倾家荡产完纳官租，生活无着）剥走了我身上的衣料，夺走了我口里的粮食，暴虐百姓搜刮百姓的东西，糟害老百姓的财物就是豺狼，何必像野兽一样长上钩形的爪子、锯齿形牙齿、吃人肉？（杜陵叟对贪官暴吏的强烈控诉）不知道什么人上奏皇帝，皇帝心里伤痛知道人民痛苦。白麻纸上写着免税的好消息，京城一带全部免去今年的租税。（写皇帝同情百姓，下令全部免除今年租税）昨天里正才到了门口，手里拿着公文在农村贴出了免税的公文。（写里正迟迟贴出公文）十家的租税有九家已经完成了，白白地受了我皇帝豁免租税的大恩。（揭露由于贪官暴吏的阻扰，免税成了一场骗局）

　　这篇讽喻诗借杜陵叟之口，深刻地揭露了封建统治者在灾荒持续的情况下，横征暴敛，肆意掠夺农民，迫使农民倾家荡产的滔天罪行，揭穿了皇帝以一纸免税长文欺骗人民的花招，并愤怒地控诉了贪官污吏，讽刺了封建皇帝。反映了诗人对人民的深切关怀和爱护，也曲折地反映了诗人关心国事的爱国精神。诗篇采取叙议结合的写法，在杜陵叟带着激情叙述事实的同时，愤怒地控诉贪官污吏，揭露贪官污吏的豺狼本性，指斥贪官污吏是披着人皮、长着钩爪锯牙的野兽，是嗜食人血吞食人肉的豺狼。同时用"虚受吾君蠲免恩"讽刺了用一纸空文骗人的皇帝。这样在叙事中穿插议论，就有助于主题的深化，有助于人物形象的塑造。从这样的控诉和讥刺语言里，我们清楚地看到了杜陵叟是个为人正直、性格倔强的老头。

　　以上我们介绍了白居易讽喻诗的思想内容和艺术手法。白居易的讽喻诗可以说是反映中唐社会真实的史诗，好多篇章的锋芒已触及到了阶级对立、阶级压迫、阶级剥削的社会实质问题，他不仅仅反映社会现实，而且指斥现实、批判现实，把我国现实主义诗歌推向了更高、更成熟的阶段。白居易常用的艺术手法和作品的艺术特征，如上所诉，有四个方面，即主题的专一和明确，"一吟悲一事"；善于肖像、心理描写刻画人物形象；善于运用对比手法，从对比中深入揭露事物本质；善于叙议结合直率地表示政治态度。另外语言的通俗化、口语化也是白诗显明昭著的艺术特色。

白居易从理论上总结了我国自诗经以来的现实主义传统，从实践上领导了新乐府运动，是一位从理论到实践、为推动我国现实主义诗歌传统的发展做出了巨大贡献的诗人，是继杜甫之后的又一伟大现实主义诗人。首先他影响了同时代的元稹、张籍、王建等诗人，使他们追随他创作新乐府，反映人民疾苦，形成了以元稹为代表的现实主义诗派。其次是他领导的新乐府运动的精神和他的文学理论，不仅直接影响了晚唐的皮日休、聂夷中、杜荀鹤等诗人，而且一脉相承地影响了宋代王禹偁、梅尧臣、张耒、陆游等人，一直到清代的爱国诗人黄遵宪。最后是白居易以诗歌语言的通俗化，开创了我国文学史上的"浅切派"即通俗诗派。白诗由于语言通俗，平易近人，在当时即流传甚广，不仅国内各阶层爱读，甚至传播到少数民族和国外。所谓"童子解吟长恨曲，胡儿能唱琵琶篇"。

白居易的闲适诗和感伤诗，虽然思想内容不够积极向上，但有些诗篇在艺术上成就是很高的，而且达到了千古流传、家喻户晓的程度，如《长恨歌》《琵琶行》。

第七章

古文运动和韩愈、柳宗元的古文

第一节 古文运动

一、什么叫古文运动？

唐以前，在文学上无所谓古文。古文的概念是韩愈提出的，他把自己写的上继先秦两汉文体的奇句单行的散文叫作古文，和六朝以来流行已久的骈文相对立。唐德宗贞元年间，由于韩愈的大力提倡以及李翱、皇甫湜等人的积极响应和拥护，古文产生了广泛影响。到了唐宪宗元和年间又有同路人柳宗元大力支持推动，古文影响更加扩大了。从贞元到元和的二三十年间，古文逐渐压倒了骈文，取代了骈文的统治地位。写古文成为文坛上的主要风尚，这就是文学史上的古文运动。

二、古文运动的发展过程

古文运动的兴起绝不是偶然，而是有其发展过程的。六朝时期崇尚对偶辞藻，骈词俪句的骈文占据统治地位，散文仅仅在史地等科学论著中保留着一小块地盘，不绝如缕。这种状况一直相沿到盛唐都没有多大改变，不过恢复先秦古文和儒家道统的活动，却时有出现，而魏时宇文泰曾经重用苏绰进行政治改革，改革的内容之一，就是命苏绰模仿《尚书》中的典、谟、训、诰、誓、命各种文体，编写《大诰》作为文章的程式，有意识地提倡质朴的先秦散文，以代替浮华的骈文。这是最早出现的恢复古文的活动。由于单纯的模拟尚书古文，矫枉过正，不切合实际应用，因而只是昙花一现，并没发生多大的实际成效。隋文帝又提倡"公私文翰，并宜实录"，隋唐之际的王通也曾竭力提倡恢复古文,特别要以恢复儒家正统思想,也就是所谓"道"作为复古文的核心。这些活动虽无明显成效,但都产生了一定的思想影响。到了初唐陈子昂在复古的旗帜下,进行诗歌革新,同时在论文、叙事、书信、奏疏等文体中采用先秦两汉的单句散行的古文,产生了较大的影响。陈子昂以后文人写文章逐渐开始以儒家的经典为本。天宝以后,萧颖士、李华、元结、独孤及、梁肃、柳冕等人,都研习经典,道奉儒家思想和写单句散行的文字结合起来,掀起了复古活动。像李华的文章都"大抵以五经为泉源""非夫子之旨不书"的。他们认为文章必须宗经、载道、取法三代两汉的思想,在创作实践中虽未能独树一帜,但力求摆脱骈文影响,从而为韩柳古文运动做好了充分的思想准备。

三、古文运动之所以发生在中唐时期和当时的时代条件是分不开的

公元780年,唐德宗(李适)建中元年,采纳宰相杨炎的建议实行了两税法,整顿中央财政税收,把原来的按人口占田收赋的租庸调法,改为按资产多少于夏秋两季征收现金的两税法。虽然加重了对人民的剥削,但增加了唐中央的财政收入,无疑给唐中央打了一剂强心针。实行两税法的第二年(建中二年,781年)成德节度使(河北正定县一带)李宝臣死了,子李惟岳要求袭位,德宗不肯答应,于是李惟岳联合魏博、淄青、山南东道节度使,反对唐中央,战争开始了,并扩大到淮西镇。建中四年(783年)唐德宗调关内镇兵支援淮西战争,泾源兵五千多人,途经长安,索饷哗变,唐德宗逃出长安,形势更加混乱,唐德宗不得不向节度使屈服,承认了李惟岳的合法地位,战乱才结束。从此唐德宗不再触犯各地藩镇的利益,和割据的藩镇和平相处。尽管藩镇与藩镇之间时有局部战争,但唐中央直辖的地区,保持着安定和平的局面,一直延续到贞元末年,约二十多年。中央统治的地区,社会生产有了一定的恢复和发展,这种苟安的和平局面在当时被号称为"太平"和"中兴"之世。但是实际上藩镇割据依然存在,佛道两教更加盛行,僧侣阶级成为一种特殊势力,享有特权,不劳而食,更加重了对农民的负担,社会危机依然是严重的,所以统治阶级内部的一些思想先进的人们希望能出现挽救社会危机、促进真正统一的"中兴"局面,以恢复和巩固大唐帝国的统治。在这种情势下,韩愈清醒地认识到,如果动摇了儒家思想的正统地位,就意味着封建制度的瓦解和封建帝国的崩溃。因此他以卫道者的精神,打着复古的旗帜,竭力主张恢复孔孟儒家思想的正统地位,反对佛、道二教,极力从意识形态的领域内挽救封建统治的危机。要想宣扬儒家思想,就需要革

新文体，抛弃骈文，提倡古文。因为两汉以前的散文体语言长短不齐，抒写自由，便于表达思想感情，而且本来就是宣扬儒家思想的，是载道的。所以开展古文运动是恢复儒家思想的需要，是挽救社会危机的需要，是时代的需要。

四、韩愈提倡古文运动的宗旨

韩愈提倡古文总是和学习古道联系在一起的。所以他在《答李秀才书》中说："愈之所志于古文者，不唯其辞之好，好其道焉尔。"这就说明韩愈提倡古文是为了提倡古道，学习古文是为了学习古道。道是目的，文是手段；道是内容，文是形式。这就是韩愈古文运动的基本内容。韩愈提倡学习古文，但也反对模拟抄袭古文的不良文风。他主张"惟陈言之务去"，不抄袭古文的陈词滥调；主张运动语言必须"文从字顺"，合乎自然语气；必须"因事陈词"，符合事实；必须做到"丰而不余一言，约而不失一辞"，做到"其事信，其理切"。

柳宗元是稍晚于韩愈的古文大家，也主张恢复儒道，为地主阶级说教，但和韩愈还有不同。韩愈宣扬儒道侧重于论理方面（即君臣父子之义），封建色彩浓厚。柳宗元则侧重于宣扬儒家的唯物论思想，在提倡古文方面，也高唱文以明道，反对颓靡文风。但他还强调文章要有褒贬或讽喻的社会功能，强调文字批评要重视作品的思想价值；强调文章要有正确而充实的内容和完美的形式，二者不能偏废。

第二节　韩愈的散文

一、韩愈的生平和思想

韩愈（768—824年，即代宗大历三年至穆宗长庆四年），字退之，河阳（今河南孟州市）人。一说唐邓州南阳人，又说河北昌黎人。三岁而孤，由兄嫂郑氏抚养成人。小时自知读书，日记数千百言，及长，博通六经百家之学。叔父韩云卿，哥哥韩会都是在李华、萧颖士影响下的复古派的人物，由于家庭的影响，韩愈早年即以复古主义者自命。25岁（贞元八年，792年）举进士。29岁进入仕途，曾任汴州观察推官、四门博士、监察御史。贞元十九年（803年）关中夏天大旱、秋天早霜，灾情严重，韩愈以监察御史上疏请免租赋徭役，指斥朝廷，触怒当局，被贬为阳山令（今广东阳山县）。宪宗元和初年为国子博士，后任职方员外郎，因上书为华阴令柳涧辩白，又降职国子博士，史馆修撰。元和十二年（817年）随宰相裴度征讨淮西吴元济叛乱，愈为行军司马，元和十三年（818年）淮西平定后，愈以有功，升刑部侍郎。元和十四年（819年）唐宪宗自凤翔迎一节佛骨入宫中，长安轰动，韩愈上表极谏，要求把佛骨"投诸水火""永绝根本，断天下之念，绝后世之惑"。宪宗见表大怒，要杀韩愈，由于裴度等人营救，改贬为潮州刺史。后又改官袁州（江西宜春市）刺史，后召回长安任国子祭酒，兵部侍郎，吏部侍郎，京兆（长安附近汉县）尹，57岁（穆宗长庆四年，824年）卒，北宋神宗和南宋宁宗先后于元丰七年（1084年）和庆元五年（1199年），追封韩愈为"昌黎伯""昌黎公"，世称韩昌黎。

韩愈的思想是比较复杂的。在政治思想上，反对藩镇割据，拥护中央集权制的统一；反对官吏暴敛横行，主张施行"仁政"，这些都是其政治思想上的进步的一面。在学术文化思想上反对佛老，提倡儒家正统思想，也有一定的进步性。但他也宣扬了儒家学说中的封建糟粕，如《原性》中宣扬了董仲舒的人性等级说；《原道》中宣扬了君、臣、民三者不可改变的封建等级说。

韩愈在政治思想上是坚持儒家的道统的，但在创作思想上又认为"物不得其平则鸣"，一切文辞著作及诸子百家的思想，都是在不同的时代，在不平的现实环境中鸣不平的产物。所以他提倡的古文既是载道的工具，又是鸣不平、反映现实的工具。他的创作思想和政治思想并不是完全统一的，突破了儒家思想的束缚。正因为他在创作思想上坚持了文学反映现实的进步观点，他的散文和诗歌创作都有揭露和批判现实的光芒，使他成为了一个杰出的作家。

二、韩愈的散文作品

韩愈的散文作品，内容复杂丰富，形式也是多种多样的。不论是论说、叙事、抒情，都有不少佳篇。

在论说文中，他的"杂著"或"杂文"，具有杂文的战斗作用，不少作品达到了思想性和艺术性的完全统一。

《进学解》

题解：进，增进。学指学业和德行。古人言"学"不单指学业务，也包括做人、品德修养。解，对疑难问题的辨析。题目的意思是："对于增进学行问题的辨析"。

本文写于宪宗元和八年（813年），是韩愈复任国子博士后写的。贞元十九年愈贬阳山令，宪宗即位后，愈调长安任国子博士后调职方员外郎。元和七年（812年）因为华阴令柳涧有罪将贬谪，愈上疏请辨曲直而被贬为国子博士，这是韩愈第二次做国子博士。

国子先生早晨进了太学，招集学生们站在学舍（教室）前面，教导他们说："学业精到由于勤奋，学业荒废由于贪玩；德行有所成就由于好思考，德行败坏由因循苟安。现在圣君贤臣相遇在一起，法令全部能够贯彻施行。除掉凶恶奸邪的人，提拔才德优良的人，有一点优点的人都已录用，能通一种技艺而有名的人没有不被录用的。寻求搜罗剔除差的，选取好的，刮去他们身上的污垢把它们磨光（克服他们身上的缺点磨炼发扬他们的优点）。大概有侥幸被选拔上的人，但是谁多才多艺而未被选拔？同学们，学业怕的是不能精到，不怕主管的官吏看不清；德行怕的是不能有所成就，不怕主管吏不公正。"

第一段是写国子先生教诲学生的言谈，向学生提出了进学的要求（目的和方法），勉励学生认清形势、重视增进自己的学业德行，不要顾虑有司之不明。

话还没有说完，有个在行列里笑的学生说："先生欺哄我啊！弟子侍奉先生（跟先生学习），到现在有几年了。先生对于六经的文字口里不断地朗读，对于诸子百家的著作手里不停地翻阅，对于论事的书籍一定提出它的细要，对于立论的书籍一定探索它的深奥的道理；贪图多学、追求收益，大的小的都不放弃，点燃灯烛来接上日光，经常劳苦而到年终。先生对于学业，可称得上勤奋了。抵制排斥不合孔孟的学说，排斥佛家学道家的学说，填补儒家学说缺漏的地方，阐发儒家学说深奥隐微的地方；寻求遥远的一蹶不振的儒道，独自广为搜求而远承前贤；防堵百川泛滥而使它东流，把已经倾泻出去的狂波挽转过来。先生对于儒学，可以称得上勤劳了。沉浸在书籍的浓烈的芳香之中，口里含着、咀嚼着书籍的精华，写作的文章，装订成书摆满家里。以上取法于舜禹，遥远无涯。周书商书，文辞艰深难读，《春秋》褒贬严谨，《左传》的文辞铺张华美，《易经》变化奇妙而有法则，《诗经》思想端正而辞藻华丽，下及《庄子》《离骚》，司马迁、班固的史书，杨子云、司马相如的赋，作法不同各有特色。先生的文章可以称得上内容精深博大、文辞波澜壮阔了。少年时开始懂得学习，就勇于实践；长大了之后贯通做人的道理，对各方面全是合宜的。先生对于做人，可以称得上完备无缺了。然而在公事上不被人相信，在私事上不被朋友相助。进退两难，动不动就犯了罪。做监察御史不长,就被流放到边远荒凉的地方。当了三年的博士,职位闲散展现不出治理国家才能。命里注定和仇敌打交道,多次受到挫败。冬天出了太阳但孩子冷得号叫,年成丰收但妻子饿得哭泣。头秃了牙齿脱落露出了缺口,直到老死有什么好处?不知道考虑这些事情,却反来教别人有所作为?"

第二段写弟子以国子先生为例,提出了对增进学行的质疑,为下一段申说做了准备。

先生说:"吁!你到前面来!大木头做梁,小木头做椽,墙柱、斗拱、梁上短木、门臼、门间短木、门闩、门两侧长木,都各有各的用处。把它们用来盖成房子,这是工匠的精工技巧。地榆朱砂,天麻龙芝,牛尿马勃,陈旧朽烂的鼓皮,都收集储藏起来,等到用的时候就不会有缺少的药材,这是医生的好方法。提拔人才看得明白、选用人才态度公正,好的差的一齐量材进用,或以委曲求全为美好,或以旷达豪放为杰出,比较短处衡量长处,按照才能给以适当的职务,这是宰相治国的方法。从前孟轲好辩论,孔子的学说得以光大,他周游天下,终于老死在游说途中。荀况坚持儒家正道,博大精深的理论因此得到发扬,逃避谗言到了楚国,被废黜而死在兰陵。这两个儒家的大师,说出的言论成为经典,一举一动成为天下人的法则,超出同类、超越同辈(无与伦比),卓越到进入了圣人的境地,他们在世上的遭遇是怎样的啊!现在我治学虽然勤奋却不超出儒家的道统,言论虽然多却不能求得他们的要害,文章虽然奇特却无助于实际应用,德行虽然修养高不能却在众人中显扬,况且月月耗费俸钱,年年浪费仓库的粮食。儿子不知道耕田,妻子不知道织布,骑着马跟随着仆人,安然地坐下吃饭。劳累不停地按照常规走路,偷取旧书中的说法而无创见。但是不被圣明的君主加以诛戮,不被宰相加以斥逐,这不是很幸运吗!一行动就受到毁谤,名声也跟着毁坏。安置在闲散的地方,是分内应该的。至于计较有无利禄,较量班辈资格的高低,忘记了自己的才能和什么职位相称,指责前人(执政者)的缺点,这就是所说的责问工匠为什么不用小木桩做大柱,批评医生用菖蒲延年,竟想进用猪苓啊!"

第三段列举例证反复申说人才不论大小贵贱都各有用处,朝廷的指责是善于使用各种人才,从而证实进学是必要的。作者并以孟荀自比,抒发了个人累受怜斥,有才能而不被重用的怨愤。

本文多出押韵,具有骈文的特色,是骈散结合的文章。

《张中丞传后叙》译文

元和二年四月十日晚上,我和吴郡(吴县)张籍翻阅家里的旧书,找到了李翰所写的《张巡传》。翰以文章自称其名，这篇传写得非常详尽周密。但是令人遗憾的是还有些缺漏的地方：不给许远写传，又不记载雷万春事迹的始末。

第一段：交代写后叙的事件和缘由。

许远虽然才能有赶不上张巡的地方，打开城门迎接张巡，地位本来在张巡之上。却把大权交给他而自己居于他之下（充当助手），毫不猜疑妒忌，竟然和张巡一块死守城地，成全了大功大名，城地陷落而被叛贼俘虏，只是和张巡死的时间有先后不同罢了。两家的子弟才能智慧低下，不能理解知道两位父亲的志向，认为张巡被杀而许远接受俘虏，怀疑许远怕死而向叛贼招供屈服。如果许远真的怕死，为什么苦守很小的地方，吃他心爱的人的肉，来和叛贼对抗而不投降呢？当城池被围死守城池的时候，外面连像蚍蜉、蚂蚁一样极小的援兵都没有，一心想尽忠，为着国家和君主罢了，而叛贼告诉他国家君主死了。许远目睹救援的军队不到，而叛贼越来越多，一定会认为叛贼的话可信，外面没有可等待的援军而仍然死守，人吃人快要把人吃完了，即使是愚笨的人也能算着的日子而知道自己死的地方了。许远不怕死也就明了了！哪有城池陷落、他的部下全牺牲了，独自蒙受着羞愧耻辱去求活命的？就算是最愚笨的人也不忍心做出这样的事，唉！难道许远贤明却做了这样的事情吗？

第二段，据后死屈敌一事为许远辩白，肯定其为国牺牲的爱国思想和无畏精神，消除对许远的莫须有的误解。（叙议结合，立驳结合）

议论的人又认为许远和张巡各守城池的一方，城池陷落，是从许远分守的一方开始的。根据这件事诽谤诋毁他，这和小孩的见解没什么不同。人快要死了，他的五脏六腑一定有先受影响出现病变的地方。拉绳子而弄断它，一定有一个先断的地方，旁观的人看见它们如此，就指责它们，那也太不通情达理了！（比喻说明城池一定有个先沦陷的地方，就像脏腑生病处、绳子绝断处，这是必然的，但要亲自看见才好诽难，才于道理通达）小人爱好议论别人，不愿成人之美，就是这样啊！像张巡、许远的成就如此杰出，还不能避免受诽谤，其他人还有什么可说呢！

第三段，再据城从许远处陷落一事，为许远辩白，并指出诽谤来自别人的妒忌。

当看到两位开始守城，哪能知道人们最后不来援救，放弃城池而事先转移；如果这座城不能守，即使躲避到其他地方又有什么好处？等到他们没有救援而且困难到了极点，统率他们的受伤、残废、饥饿、瘦弱的残部，虽然想去他处，也一定去不了。两位贤明，他们考虑得很精密周到了！守住一座城池，捍卫了天下，凭千百个将要死去的士兵，抵挡住成百万天天增加的叛军，屏障了江淮，阻挡遏止了叛贼的气势，国家未灭亡，那是谁的功劳啊！这个时候，放弃城池而求生存的人，不可以只用一二人来计算；掌握着强劲的部队坐在旁边而观战的人，互相连接成了环形。不追究议处这些人，却责备二公以死守城，也证明他们自己依附于叛乱，制造荒谬的言论而帮助叛贼进攻。

第四段，论述和高度评价了张巡、许远死守睢阳的英明决策和卓著的功勋：挽救了国家的灭亡。同时明确指出攻击张巡许远的人就是认贼为友、以我为敌的人。

愈曾经在汴州、徐州两府任职，常常从两府地区路过，观看在那个号称双庙前祭祀的盛况。那里的老人常常述说巡、远时候的事情说：南霁云向贺兰进明乞求救兵的时候，贺兰妒忌巡、远的声望、威信、功劳、成绩超出自己之上，不肯出兵救援；但看上了南霁云的勇敢而且强悍，不听他的话，强留他。准备了饮菜和乐队，请南霁云入座。南霁云出语激昂慷慨地说："云来的时候，睢阳的人，已经一个多月没吃东西了！云虽然想一个人吃，道义使我不忍心吃；就算能张口吃，也咽不下去！"因而拔出佩带的刀子，砍断一个指头，鲜血淋漓，用这样的行动向贺兰表明态度。所有座位上的人大惊，都（受到）感动激励（替云）流下了眼泪。云知道贺兰始终没有为自己出兵的意思，立即骑马奔驰而去；快要出城时，抽出箭射向寺庙的佛塔，箭射入塔砖中约半射深，说："我攻破叛贼回来，一定要消灭贺兰！这支箭用来作为标记。"愈贞元年间经过泗州，同船上的人还指着箭而互相谈论。睢阳陷落，叛贼拿刀威胁张巡投降，巡不屈服，立即被拉出去，将要杀他；又让云投降，云不出声。张巡呼喊云说："南八，男子汉一死罢了，不可为不义的人屈服！"云笑着说："原打算将要有所作为；明公有话，云怎敢不死！"随即不屈而死。

第五段：作者根据自己的见闻补写了南霁云的英雄事迹，弥补了李翰《张巡传》的不足。

张籍说："于嵩这个人，少年时依附于张巡，等张巡起兵讨贼，嵩也在围城之中。"张籍大历年间在和州乌江县遇见了嵩，嵩这时已六十多岁了。因为张巡的推荐初次做了临涣县尉，好学习，所有的书籍没有不读的。籍当时年龄还小，大略听到一些巡、远的事迹，无法细说。只听说张巡身长七尺多，嘴边上的和面颊上的胡子像神灵的一样。曾经见到嵩在读《汉书》，告诉嵩说："为什么老读此书？"嵩说："没有读熟。"巡说："我对书诵读不超过三遍,一辈子不会忘记。"顺便背诵嵩所读的书,背完一卷,不错一字。嵩大惊,以为巡偶然背熟了这一卷,因而乱抽其他卷来试验他,他也和刚才一样都背了出来。嵩又取出书架上各种书试着来问张巡,巡应声背诵毫不迟疑。嵩跟随张巡的时间很长,也不见张巡经常读书。做文章,拿起纸笔立即就写,不曾起过草。开始守睢阳时,士兵大概有一万人,城里居民户口也将近数万,巡随便见一次面问了姓名,以后再见就没有不认识的。巡一生气,胡须就常常竖起,等到城陷,叛贼绑张巡等几十人坐着,并且将要杀掉他们。巡起身绕行,他的部下看见巡起身,有的站起来,有的哭泣。张巡说:"你们不要怕!死,是命运。"众人哭泣抬不起头来向上看他。巡要被杀死时,脸上颜色不变,安详从容就和平常一样。许远是个宽厚的长者,面貌就和他的内心一样。和张巡同年生,出生月日比张巡晚些,称呼巡为哥哥,死时年龄四十九岁。嵩贞元初年死在亳州、宋州之间。有的人传说嵩有土地在亳宋地区,军人强夺而占有了它,嵩将要往州衙诉讼处理,被人所杀。于嵩没有儿子,这些都是张籍说的。

第六段:写客人张籍述说他从于嵩处听到的有关张巡过目成诵、聪颖过人、出笔不假思索和临刑时从容自若等情节,也弥补了《张训传》的缺漏。

全文六段:第一段叙言段,为全文帽子。二、三段为许远辩白,澄清事实真相。第四段论述巡死守睢阳重大功绩,指明妒忌者的附敌本性。以上四段叙议结合以议为主。第五段补叙南霁云的英雄事迹。第六段补叙张巡事迹。全为叙事。

韩愈根据文道结合的原则,把思想上的恢复儒家学说的正统地位和文体上的恢复先秦两汉散文结合起来,开创了古文运动。古文运动,从思想上来说是恢复儒道的复古运动,从文体上来说是以散文代替骈文的文体革新运动,就恢复先秦两汉单句散行的散文来说,也不是单纯的模拟抄袭古文,而是本着"物鸣不平"的原则,反映现实,对古文加以创新。由于韩愈不顾流俗的诽议,大力提倡古文,抗颜为师,当时就产生了广泛的影响。许多人向韩愈请教,一时间韩愈子弟甚众,如樊宗师、李翱、皇甫湜、李汉、沈亚之等。张籍、元稹、白居易也受韩愈古文运动的影响。韩愈不仅从理论上加以倡导,而且在创作实践上也做了榜样和典范,对我国散文的进一步发展做出了卓著的贡献。苏轼评价他是"文起八代之衰",从首创古文运动,开创散文的局面来说并不过分。

韩愈散文创作的成就是突出的。首先,在文体上,各体兼备,形式多样。杂著、杂文、颂、赞、传、记、书、序、哀辞、祭文、碑、墓志、表、状,几乎当时流行的各种文体都有一定数量的优秀作品。其次，运用各种体裁，不落陈套，勇于创新。几乎每一种体裁中，每一篇作品都各有独特的结构、独特的意境、独特的手法、独特的格调，篇篇风貌不同，各有特色，极尽变化创新之能事。再次，从文章的气势和行文的变化来说，气势雄奇奔放，变化曲折不穷，而语言又流畅明快、朗朗上口，具有节奏或音乐感，所以苏洵评赞说："韩子之文，如长江大河，浑号流转"。最后，韩愈也是一位语言大师（巨匠）。他做到了"惟陈言之务去"，文章中绝少陈词滥调，而且新创了许多精炼的语句，有不少已经成了成语，流传至今，如"细大不捐""佶屈聱牙""动辄得咎"等。善于活用词语，如《原道》"人其人，火其书，庐其居""相环也"。善于运用各种比喻，增强语言的形象性。

韩愈不仅是杰出的散文家（古文大家），也是中唐诗坛上的富有创造性的诗人。他的诗歌特点是：笔力健劲，气势豪放。贞元年间他试图把散文的句法和结构运用于诗，"以文为诗"，扩大了诗歌的表现领域，纠正了大历十才子的平庸浮荡的诗风，开创了诗歌句式散文化的新风貌。元和以后又逐渐发展成为"新奇险怪"的诗风，走上了歧途。韩愈的诗歌在中唐影响颇大，和孟郊、贾岛形成了一个较大诗派。

孟郊，字东野，湖州武康（浙江武康）人。46岁始中进士，一生做过几次小吏，贫寒至死。孟郊是位苦吟诗人。不仅遭遇苦、生活苦，而且吟诗煞费苦心。在《夜感自遣》里说："夜学晓未休，苦吟神鬼愁。如何不自闲，心与身为仇。"韩愈非常推崇他的作品，他的作品大多自吟贫苦，也反映人民生活贫困，揭露和诅咒黑暗现实。如《游子吟》：

慈母手中线，游子身上衣。临行密密缝，意恐迟迟归。谁言寸草心，报得三春晖。（三春晖，春天阳光，比喻母爱。寸草，小草，比游子。）

贾岛，字阆仙，范阳（北京）人。早年为僧，法名无本。后在京洛认识了韩愈，从韩愈学文章，遂还俗，举进士，曾官长江主簿。长年累月有病，愈常接济他衣食。他和孟郊一样，也是"苦吟诗人"。流传的推敲的典故，就说明他吟诗入迷。他自己也说："二句三年得，一吟双泪流。知音如不赏，归卧故山秋。""一日不作诗，心源如废井。"把作诗当作日常生活。他的诗缺乏社会内容，多警句，少佳章，艺术成就不如孟郊。

第三节　柳宗元的散文

柳宗元（773—819年），字子厚，生于唐代宗大历八年，死于元和十四年。河东（山西永济）人，21岁为进士，31岁为监察御史里行。他一生最大的政治活动，就是参加了以王叔文、王伾为首的政治革新运动。贞元二十年（805年）正月德宗去世，子李诵即位，是为顺宗。顺宗做太子二十多年，关心政治，有志改革，对宦官专权很不满。即位后，任命当太子时的侍读，出身卑微的王叔文、王伾执政。二王引进柳宗元、刘禹锡、韦执宜、韩泰、韩晔、陈谏、凌准、程异等八人，共议国事，进行了一系列改革：一是处死贪官京兆尹皇族李实；二是罢除宫市，免除民间欠税、杂税、停止"进奉"，降低盐价；三是重用人才，让善于理财的杜佑掌管朝廷计划和财经。使德宗以来的苟安腐朽政局，焕然一新。顺宗即位前，即得中风不语之症，往往不能裁决政事。于是宦官首领俱文珍知道王叔文要夺他们的兵权，一方面密令神策军拒绝交权；另一方面联合节度使上书反对王叔文，俱文珍也要求顺宗让位给儿子李纯代国政，顺宗被迫于这年七月二十八日让李纯监国，八月初十正式让位，半年光景，一场改革失败了。王叔文贬渝州，王伾贬开州（今重庆市开州区）。次年王伾病死，王叔文被杀，柳宗元、刘禹锡相继被贬。柳宗元被贬为永州司马（湖南零陵），时年37岁。十年后，改柳州刺史，元和十四年，死于柳州。终年47岁。

柳宗元的哲学思想是朴素的唯物论。他在《天说》一文中阐述了宇宙是物质的观点，他认为天、地、元气、阴阳都是自然生成的，和瓜果草木一样，并不神秘。天也不能赏善罚恶，人们的功祸是人自己造成的。他针对屈原的《天问》写了《天对》，进一步论述了宇宙是由物质组成的。他认为天是由阴阳气积累而成的，天体自然旋转，没有什么人去推动他。宇宙是由混沌状态的、庞大的、运动着的元气构成的，不是什么人创造的。柳宗元的宇宙观是唯物的、是先进的。他在《封建论》中，论述了分封制的产生和郡县制代替分封制都是历史发展的必然趋势。"封建非圣人意也，势也。"从而批判了圣人创造历史的唯心主义。在《封建论》中，他还肯定了秦始皇以郡县制代替分封制的做法，认为这对维护国家的统一起了积极的作用。汉初"有叛国，而无叛郡"，唐朝"有叛将（藩镇）而无叛州"，都证明郡县制的设立是正确的。秦"失在于政，不在于制"，在对人民暴虐，不在郡县制有什么不妥。科学地说明了分封制被郡县制代替是历史发展的规律,这是柳宗元的唯物主义的历史观。

在政治思想上,柳宗元具有儒家的民本思想。他在《送薛存义序》一文中,明确指出官吏是人民的奴仆,不是人民是官吏的奴仆。人民"出其十一"之税,是雇佣官吏为人民服务的。在《答元饶州论政书》中,又认识到当时社会中贫富的对立,提出了均土地的平均主义思想。尽管柳宗元的思想还有其局限性,如信佛教、不斥佛,认为佛教经义和《易经》相通,但他在中国思想史上的光辉地位是不可磨灭的。

柳宗元一生的文学创作是丰富的,大部分是在元和被贬期间的作品。除了上述哲学、政治论著外,他的诗文真实地反映了现实生活的许多方面,具有强烈的现实主义精神,在艺术上也有突出的独创性。他的散文作品,大致有三个类型:讽刺小品文、传记散文和山水散文。

《永某氏之鼠》译文

永州有人,怕凶忌之日,拘束忌讳非常厉害。认为自己生年恰逢(正当)子年。老鼠,是子年的神灵,因而爱老鼠,不养猫狗,禁止仆人打老鼠。仓库厨房,全让老鼠随意去吃,不加过问。

第一段:介绍永州某人由讳老鼠而爱鼠,放纵老鼠为祸。

由于这个原因,老鼠互相告知,都来这个人家里,填饱了肚子又没有祸殃,这个人屋子里没有一件完整的器具,衣架上没有一件完好的衣服,吃的东西大都是老鼠吃残的。老鼠白天不断地和人偕行,夜间偷咬东西互相斗架,声音是千奇百怪的,吵得人睡不了觉,却始终不厌其烦。

第二段:群鼠为祸,横行无忌。

过了好几年,这个人迁居别的地方,新迁户来居住,老鼠做出的样子和过去一样。新住户说:"这是阴暗的中动物,是害人的东西,盗窃捣乱尤其厉害。而且为什么达到这样的程度呢?"借了五六只猫,关门、揭瓦、灌老鼠洞,奖励仆人围捕老鼠。杀死的老鼠堆积如小山,扔在隐蔽的地方,臭气几个月才消散。

第三段:后来者以老鼠为恶物尽捕杀之。

唉!那些老鼠以为他们吃饱东西没有祸殃是可以持久的吗?

指出老鼠饱食无祸是不会长久的。

这是一篇寓言故事,以鼠拟人,说明坏人横行为害是头脑糊涂的人放纵的结果,只要认清坏人作恶的本质,加以捕杀,坏人饱食无祸的日子就是不会长久的。

《始得西山宴游记》译文

《始得西山宴游记》是永州八记的第一篇，写于元和四年（809年）于永州。

自从我成了罪人，住在这个州里，经常忧惧不安。空闲时，就缓步行走，无拘无束地去游玩，天天和那随行的人上高山、钻深林，探寻盘旋曲折的小山水沟的尽头，深深的泉水、奇形怪状的山石，遥远的地方没有不去的。到了那里就拨开草坐下，喝完壶里的酒就醉了，醉了就互相枕着，一个挨着一个躺下来，躺下就做梦。想着在那里，做梦也就在那里。梦醒了就起身，起身就回去。认为凡是这个州的山水有特殊姿态的地方，都是我游过了的，而从来不知道西山的奇怪独特。

第一段，叙写作者漫游永州山水，过着酒醉迷梦的生活，并引出西山，为下文的开展做好了准备。

今年九月二十八日，由于坐在法华寺西亭，远望西山，才开始指点而称奇特。于是打发仆人，渡过湘江，沿着染溪，砍除丛木丛草，烧去茅草，一直到山的最高处而止。扶着山崖、拉着树枝登上了山顶，席地坐下而游目眺望，那么几州的田地，都在我的座席下面。地势高低不平，有空旷的山谷、深远的山涧，高处像蚁穴外的积土，低处像洞穴。登高远望看起来只有尺寸之间的距离，实际上远在千里，山峦密集紧接，一个高出一个，不能隐匿。缠绕着青天缭绕着白云，外表与天相接，四面一望都是一样的。然后才知道这座山的独特耸立，不能和小土堆相比。深远啊，和天地间大气在一块儿，而没法得到它的边际，广大啊和大自然同游，而不知道它的尽头。拿起酒杯斟满酒，萎靡不振地喝醉了，不知道太阳落山了。黑沉沉的夜色，从远处而至，到了什么也看不见的时候，也还是不想回去。思想凝固形体涣散，与万物浑然一体。然后知道了我过去不曾游过，游玩从此才开始。

第二段论游西山的始末和心情的变化。

所以为这次游山写文章来记述这一年，今年是元和四年。

第三段，交代写文的原因和时间。

这篇游记记述了诗人在永州漫游山水、寄情啸傲的生活，着重描写了西山的峭拔高峻、独特耸立，抒发了诗人与宇宙（天地）万物浑同一体的忘我情怀，显示了诗人崇高的思想境界和对现实的蔑视。

柳宗元的散文成就是多方面的。他的哲学论文体大思精，结构严谨，论辩周密，逻辑性和说服力都很强，为我国思想史留下了一笔珍贵的遗产。他的寓言讽刺小品，语言犀利简洁，内容幽默深沉，具有不朽的讽刺艺术魅力，

231

是对先秦寓言的继承和发展。他的传记文学多写下层人物，揭露阶级矛盾深刻，有强烈的现实主义精神。形象生动、富有战斗性，继承和发扬了司马迁现实主义传记文学的传统。他的山水散文不仅文笔清秀，富有诗情画意，而且善于借景抒情，寓激愤于写景之中，对后世影响更大，是对郦道元山水游记的继承和发展。

柳宗元以自己的创作实践推动了古文运动的发展。他贬谪以前，向他登门求教的"日或数十人"，他也"好以文宠后辈"，后辈因他的教导而知名的"亦为不少"。被贬谪以后，"衡阳以南为进士者，皆以子厚为师。其经承子厚口讲指画为文词者，悉有法度可观。"柳宗元当时在文坛上的影响就是很大的。

柳宗元不仅是有重大影响的散文家，也是优秀的诗人。他的诗和散文一样，大部分是贬官永州柳州时期的作品。他的诗歌特点是明净简峭。内容大多抒发自己内心的悲愤抑郁和离乡去国的情思。如《登柳州城楼寄漳、汀、封、连四州》：

城上高楼接大荒，海天愁思正茫茫。惊风乱飐芙蓉水，密雨斜侵薜荔墙。岭树重遮千里目，江流曲似九回肠。共来百越文身地，犹自音书滞一乡。

城头上的高楼看到了边远荒僻的地区。像大海、天空似的愁思正广阔无边涌现。

暴风杂乱地吹起了荷花池里波浪，骤雨斜倾注在长满薜荔的墙上。

五岭的树木重重叠叠遮住了远望千里的目光，柳江流水曲曲折折就像多次盘旋的愁肠。

一同来到断发文身的百粤地区，各自的消息书信仍然阻滞在一方。

也有反映劳动人民生活的，而他的山水诗更是别树一帜，与陶渊明并称。如《江雪》就是历来传诵的名作。"千山鸟飞绝，万径人踪灭，孤舟蓑笠翁，独钓寒江雪。"千山万岭鸟儿飞得不见踪影了，千万条小路上行人的踪迹都消灭了。只有两只小船上身穿蓑衣头戴斗笠的渔翁，独自一人在雪天寒江上钓鱼。通过写寒江独钓的渔翁，画出了诗人绝世独立人格高洁的风貌。写江雪，句句不直写雪，而写出雪天意境使人感到处处都有雪，所以直到最后一句最后一字才点出雪来。

刘禹锡，字梦得，洛阳人，和柳宗元一道参加永贞革新活动，后贬官朗州。刘禹锡也是一位唯物主义思想家和现实主义诗人。他的作品有抒写自己内心愤烦和痛苦的、有讽刺当朝权贵的、有发泄对时政不满的、有怀古慨叹千古兴亡的，特别值得重视的是他被流放到巴楚之间，学习当地民歌俗调，写了民歌体的乐府小诗,反映了劳动人民的生活和地方风貌以及农村妇女的健康的爱情。如《竹枝词》:"杨柳青青江水平,闻郎江上踏歌声。东边日出西边雨,道是无晴却有晴。""山桃红花满上头,蜀江春水拍山流。花红易衰似郎意,水流无限似侬愁。"刘禹锡的民歌小诗是对诗体的一种创新。

第八章

晚唐文学

从唐文宗太和、开成之后，中经武宗、宣宗、懿宗、僖宗、昭宗至哀帝天祐四年（907年）朱温建立后梁，唐朝灭亡，约七八十年间，文学史上一般称晚唐时期。唐中央王朝更加衰落了，阶级矛盾日益尖锐，终于在僖宗乾符元年（874年）爆发了黄巢起义，建立了大齐政权，斗争持续了整整十年。这个时期的诗坛也因尖锐的阶级斗争和农民起义，出现了三个不同的流派。一类是以聂夷中、皮日休、杜荀鹤为代表的诗人，继承新乐府运动的传统，反映人民的苦难和社会的黑暗，反映了唐末尖锐的阶级矛盾，走上了现实主义的创作道路。一类是以杜牧、李商隐为代表的诗人，他们都有一定的政治抱负，对现实也有所关心，用诗批评时政，抒写忧时悯乱，感叹身世的伤感，消极颓废的情绪严重。另一类以温庭筠、韦庄、司空图等人为代表，政治意志消沉，他们的诗，或歌咏艳情，或追求隐逸，甚至发泄对农民起义的仇恨。总的来说，晚唐诗风的主流是华艳纤巧的形式主义。

第一节 杜 牧

杜牧（803年—约853年），字牧之，号樊川居士，京兆万年人（今陕西西安），是宰相杜佑之孙，是一个思想上有所作为、政治上有所抱负的人。他的诗歌作品反映了一定的爱国忧民的思想感情，希望为国家做一番事业："平生五色线，愿补舜衣裳。""生人但眠食，寿域富农桑。"他也借历史题材讽喻现实，揭露统治阶级的骄奢荒淫。如《华清宫三绝句》：

"长安回望绣成堆，山顶千门次第开。一骑红尘妃子笑，无人知是荔枝来。"他的咏史诗在当时是闻名于世的。他的写景抒情诗也有很高的成就。例如《泊秦淮》："烟笼寒水月笼沙，夜泊秦淮近酒家。商女不知亡国恨，隔江犹唱后庭花。"

又如《山行》："远上寒山石径斜，白云生处有人家。停车坐爱枫林晚，霜叶红于二月花。"这些诗词采清丽，画面鲜明，声调悠扬，反映了他的才气俊爽，思想活泼。他也有些情调感伤，甚至专写征歌狎妓的颓废糜烂生活的作品，反映了诗人精神的没落和空虚。

第二节 李商隐

李商隐（约813年—约858年），字义山，号玉溪生，怀州河内（今河南沁阳）人。一生在牛李党争中受排挤，过了一辈子在节度使幕府当幕僚的清寒生活，潦倒至死。他的作品有关心现实政治、表现对现实政治愤慨不满的，也有借咏史揭露统治者荒淫腐化的。他的抒情诗融合了自身的遭遇和时代的没落感，形成了凄婉感伤的基调。最特殊的是他的无题诗或取篇中两字为题的诗，大多反映了诗人对爱情的希望、失望以至绝望的种种复杂心情。如《无题》：

"相见时难别亦难，东风无力百花残。春蚕到死丝方尽，蜡炬成灰泪始干。晓镜但愁云鬓改，夜吟应觉月光寒。蓬山此去无多路，青鸟殷勤为探看。"

李商隐成就最高的是近体诗，尤其是七律，他继承了杜甫的严谨沉郁，又融合了齐梁诗的浓艳绮丽、李贺诗的幻想象征等手法，形成深情绵绵、绮丽精工的独特风格，对后世影响颇大。特别是爱情诗，影响了宋初西昆派诗人和唐五代婉约派词人。

第三节 皮日休 聂夷中 杜荀鹤

皮日休（约834—约883年），字逸少，又袭美，襄阳人，出身贫寒，曾隐居襄阳鹿门山，从"老牛瞪不行，力弱谁能鞭"来看可能参加过劳动，约878年他参加了黄巢起义。880年义军入长安称帝，他做了翰林学士，883年黄巢出长安，他即死在这一年。他的诗歌作品主要反映了大起义前尖锐的阶级矛盾，具有强烈的现实主义精神，他的散文继承发扬了韩愈古文运动的精神，尤其是讽刺小品文具有比诗更为强烈的战斗性。如《鹿门隐书》：

"古之杀人也怒，今之杀人也笑。古之用贤也为国，今之用贤也为家。古之置吏也，将以逐盗。今之置吏也，将以为盗。古之为官人也，以天下为己累，故己忧之；今之为官人也，以己为天下累，故人忧之。"

聂夷中（837—？），卒年已不详。字坦之，河东（今山西永济）人，出身贫寒，中进士后仍为衣食奔波，最后做了华阴县尉。生活经历使他一面疾视贵族权贵，写了讽刺贵族公子的诗；一面同情农民疾苦，写了《伤田家》等诗，如："二月卖新丝，五月粜新谷。医得眼前疮，剜却心头肉。我愿君王心，化作光明烛。不照绮罗筵，只照逃亡屋。"聂诗现存三十七首，其中乐府古题和自创新题诗占有十九首，是个有意识地写乐府诗的诗人。

杜荀鹤（约846—约907年），字彦之，池州石埭（今安徽石台）人。出身寒微，自谓"天地最穷人"。四十六岁中进士，唐亡，依附朱温，为翰林学士只有五天即死了。作品反映了唐末的黑暗现实和人民灾难。如《再经胡城县》这首七言绝句："去岁曾经此县城，县民无口不冤声。今来县宰加朱绂，便是生灵血染成！"他的作品以七律为最多，诗歌的特点是语言通俗浅显，如话家常，可以说是律诗的通俗化，和新乐府运动的精神是一致的。

第四节　陆龟蒙　罗隐

晚唐时期，散文创作虽不及中唐那样波澜壮阔，但是，讽刺小品文却随着阶级斗争的尖锐化而得到了更广泛的运用和更深入的发展。代表作家除了皮日休外，还有陆龟蒙和罗隐。

陆龟蒙（？—881年），字鲁望，号天随子，吴郡（今江苏苏州）人。举仕不第，隐居松江甫里。陆龟蒙的讽刺散文或利用寓言、比喻，借物讽喻，或用历史故事，借古刺今。讽刺诗也很尖刻。著有《笠泽丛书》四卷，又《甫里先生文集》二十卷。

罗隐（833—909年），字昭谏，新登（今浙江新登）人。他讽刺散文比诗成就要高，著有《谗书》。

第五节　韦庄　司空图

韦庄（约836年—910年），字端己，京兆杜陵（今陕西西安）人。后入蜀为王建书记，唐亡，王建称帝，庄为宰相，死于蜀。他写了长篇叙事诗：

《秦妇吟》，借一个被义军俘虏的妇女的自述，诬蔑嘲笑义军，同情被义军诛杀的公卿贵族，尽管也无法回避地反映了官军的腐败残暴。韦庄的诗大多怀慕往日的繁华生活，具有轻浮艳丽的形式主义的倾向。

司空图（837年—908年），字表圣，河中虞乡（今山西永济）人。黄巢起义后，隐居中条山王官谷，成为著名的大庄园主。朱温代唐，不食而死。他的诗，主要写山水隐逸的生活，文字浮縻纤巧，具有形式主义的倾向，司空图以《诗论》而著名，著有《诗品》一书，把诗歌按"韵味"（意境风格）分成二十四类（品），都用四言诗写成十二句，以象征性的手法，谈诗的意境和风格（韵味）。这是一种脱离生活体验的纯主观意念的产物，品与品之间分类往往含混不清，实践意义不大。不过文字艳丽优美，往往能吸引读者，对南宋严羽、清代王士禛、袁枚都有一定的消极影响。

第九章

唐代传奇

第一节　唐代传奇概况

新乐府和古文运动兴起的同时，唐代小说传奇也达到了空前繁荣的程度。

唐代小说之所以被称为"传奇"，是由于晚唐裴铏把自己写的短篇小说集题名为"传奇"，于是宋以后的人把唐人小说统称为传奇。唐传奇的出现，使我国小说的发展进入了一个新的阶段，不论是内容和形式都发生了前所未有的变化。

传奇的兴起和发展的原因有四：第一，唐代城市经济的繁荣和市民阶层的兴起，不仅为传奇小说提供了丰富的素材，使它由六朝单纯的志怪小说，逐步向反映复杂的社会生活发展。同时为了满足市民阶层对文化娱乐的需要，产生了流行民间的"市人小说"，又为文人写作传奇提供了新的题材内容和艺术手法。第二，唐代各类文学的普遍繁荣，为传奇的发展提供了丰富的营养。如史传文学影响传奇，扩大了体制篇幅，增强了故事情节的曲折性和人物形象的鲜明性。唐代的讲、唱、俗文学，变文、俗赋、话本使传奇也采用散韵夹杂的文体，或为传奇提供一定的蓝本。古文运动对文体的解放有深远的影响，传奇作家吸收其经验，自由地抒情叙事，不受骈文的束缚。新乐府运动的现实主义精神，在一定程度上引导传奇作家面向现实。而传奇又往往和诗歌创作并行，是诗人和传奇家相结合的产物。如白居易写《长恨歌》，陈鸿写《长恨歌传》。正是由于各种文学形式为传奇的发展提供了丰富的营养，唐代传奇才有了诗歌和散文相结合、抒情和叙事相结合的独特风格：既有美妙的意境和细微的刻画，又有丰富的想象和如实的描写，其现实主义价值和艺术价值都超过六朝的志怪小说。第三，唐代科举制度中的"温卷"对传奇的发展也起了一定的作用。唐朝的举子们,为了取得达官贵人的赏识,让他们在主考官面前替自己说几句好话,以便录取,往往把写好的小说送给达官贵人或主考官,过几日写了又送,叫作"温卷",如裴铏的《传奇》。因为小说中可以反映出举子的史才、诗笔、议论,兼备各体,容易对举子做出全面了解。由于利禄关系,中晚唐"温卷"风气更加盛行,因而促进了传奇的繁荣发展。第四,佛道教义、神怪传说的流行,对传奇创作也有一定的影响。

第二节 唐代传奇的思想与艺术

唐代传奇的发展过程可分为三个阶段。

1. 初盛唐阶段:作品数量很少,内容和六朝志怪小说相去不远,艺术上也不够成熟。但已经注意到形象的描绘和结构的完整。主要的作品有:王度的《古镜记》、无名氏的《补江总白猿传》、张鹜的《游仙窟》。

2. 中唐时期:作品空前增多,反映现实的作品占了主要地位。主要作品有:沈既济的《枕中记》、李公佐的《南柯太守传》《古岳渎经》是反映仕宦如梦的。沈既济的《任氏传》、李朝威的《柳毅传》、蒋防的《霍小玉传》、白行简的《李娃传》、元稹的《莺莺传》、陈玄祐的《离魂记》、许尧佐的《柳氏传》都是反映男女爱情的。郭湜的《高力士大传》、姚汝能的《安禄山事迹》、无名氏的《李林甫外传》、陈鸿的《长恨歌传》《东城父老传》都是以历史故事为题材的。

3. 晚唐阶段:大批传奇专著出现,说神谈怪的六朝风气死灰复燃。这一时期也出现了新的题材,就是描写剑侠的作品,如杜光庭的《虬髯客传》、袁郊的《红线传》、裴铏的《聂隐娘》《昆仑奴》、薛调的《无双传》。描写爱情的有:薛调的《无双传》、牛僧孺的《崔书生》、裴铏的《裴航》、牛肃的《吴保安》等,神话小说有牛僧孺的《郭元振》、李复言的《李卫公靖》、裴铏的《韦自东》等。

唐人传奇和六朝志怪、轶事小说相比,虽然篇幅体制扩大了。但内容反映了复杂的社会生活,特别是下层社会妇女的生活。故事情节曲折了,人物形象鲜明了。唐传奇的产生标志着我国小说的发展已逐渐趋于成熟。从此我国小说有了自己的规模和特点,成为了一种独立的文学样式。而且出现了一些专门从事传奇创作的作家,促进了小说在写作艺术上的丰富和提高。传奇的出现和发展,在我国文学史上具有一定地位和影响。

传奇揭开我国现实主义小说的序幕，反映了城市经济的繁荣和社会生活的复杂。特别是以男女爱情为主题的传奇，反映了下层社会妇女的生活，娼妓婢妾第一次成为小说描写的主角，颂扬了出身卑贱的妇女，反门阀、反封建礼制，忠贞爱情，坚持人身自由的反抗精神。这一精神影响了后来宋元话本和明清小说，后世作品都是以这一封建压迫精神为基本主题思想线索的。传奇对元明清戏曲影响也不小。不少的戏曲作品就是根据唐人传奇改编的。如马致远的《黄粱梦》、汤显祖的《邯郸记》都是根据沈既济的《枕中记》改编的，王实甫的《西厢记》是根据元稹的《莺莺传》改写的，洪昇的《长生殿》是依据陈鸿的《长恨歌传》加工改编的，汤显祖的《紫钗记》是据蒋防的《霍小玉传》改写的，《南柯记》是据李公佐的《南柯太守传》改编的。唐人的传奇为后来的戏曲提供了丰富的题材。

　　传奇在艺术上的成就也是显著的。如故事情节的完整性和传奇性，从揭露社会矛盾中展现人物形象性格的手法，大胆的想象、生活细节的细微刻画等，都对后世的戏曲和小说创作有借鉴的意义。

　　但是传奇中并没有深刻地反映民间疾苦和阶级斗争的作品，也没有一个劳动人民的形象，这一点既比不上同时代的诗歌，也不如后来的小说，不能不说是传奇的缺点。

第十章

唐代通俗文学

第一节 唐代通俗文学概况

唐代通俗文学引起人民的注视和研究是近代才开始的。具体地说是1899年（光绪二十五年）以后的事。1899年在河南发现甲骨文字的同时，由于藏经洞墙壁塌坏，在敦煌石窟发现了大批唐人抄写的佛经、古籍以及曲子词和通俗文学作品，这些文化遗产开始零星地在社会上流传。1907年英国人斯坦因来甘肃考古，从敦煌道士王圆箓手里骗购去大批写本，约七八千卷，次年1908年法国人伯希和闻风又来敦煌盗取两千多卷。从此唐代俗文学才开始引起国内史学界文学界的注视和研究。在敦煌发现的唐代俗文学作品，一类是变文，一类是不属于变文的，有俗赋、话本和词文。

变文是寺院僧侣向听众宣讲佛经神变故事的一种文体。它包括两类作品：一类是讲唱佛经的。方式有两种，一种是先引一段经文，然后边讲边唱，加以演义；一种不引经文，直接讲唱佛教故事。在讲说时多用四六言句子，在唱时多用五七言句子，是韵散夹杂的一种文体。另一类变文是通俗讲唱文学作品，大多是讲唱历史故事的，比前一类有生活气息和现实意义。如《伍子胥变文》《孟姜女变文》《张议潮变文》等。这种变文的形式是：一段散文，一段诗歌，边讲边唱，交互进行的。宋元时期的说唱文学如词话、鼓子词、诸宫调以及杂剧、南戏等戏曲，都是变文的继承和发展。

不属于变文的俗文学作品有俗赋，是一种赋体韵文；有话本，宋代话本小说已在唐时出现；有词文，是一种通俗叙事诗，这些也都是可以讲也可以唱的通俗文学体裁。

第二节　晚唐五代词

词从广义上说也是一种新体诗。词即歌词，和乐府歌辞的辞本来是一个字，都是指一切可以合乐歌唱的诗体。词在唐代原叫"曲子词"，后来才简称为词。唐代把词称之为曲子词，是由于词以曲谱为主，先有声，后有词，是依声填词的，或者说依曲谱填词的。和乐府民歌之先有徒歌、口头歌唱、后由乐府官署作曲入乐是不同的，这就使词和音乐的关系更为密切。词的产生和音乐是分不开的。

唐代的音乐主要是周、隋以来从西北传入的燕乐和魏晋南北朝以来流行的清商乐。燕乐乐器以琵琶为主，琵琶有28调，音律变化繁多。清商乐以传统乐钟、鼓、琴、瑟、笙、笛、箫为主，乐调变化较少。所以随着燕乐的流行，在民间就产生了与其相适应的、节拍旋律有长有短的"胡夷、里巷之曲"，所谓里巷之曲是当时民间流行的俚曲小调，如《渔歌子》《望江南》等。所谓胡夷之曲，即当时从外国或边疆少数民族地区传入内地的乐曲，如《苏幕遮》《菩萨蛮》等。这胡夷、里巷之曲，在城市流传的过程中，不免渗入市民阶层的思想意识；在乐工、歌妓传唱的过程中，音乐上也不断得到加工和丰富。和胡夷、里巷之曲相适应而产生了句式有长有短的歌词，或叫曲子词。这是一个方面。

另一方面，唐代近体诗不论律诗或绝句，特别是绝句都是可以合乐歌唱的。但是由于五七言句式固定，不易入乐，尤其不适应燕乐音律变化繁多的要求。因此合乐时就不能不增减原近体诗的句式，从而产生了句式有长有短的歌词即曲子词。如《浪淘沙》《雨霖铃》等都是七言绝句演变成长短句的曲子词调。而文人在撰写那些"胡夷、里巷之曲"的歌词时，又往往按照近体诗的声律要求来写，这样曲子词的内容、手法和声律上都受到了近体诗的影响。

所以唐代曲子词是随着西北各族燕乐的传入和胡夷、里巷之曲的流行而产生的一种长短句的歌词。它既影响了近体诗的句式的改变，形成一种新的曲词，又受到近体诗的影响，继承和发展了近体诗的格律成就。所以曲子词的音乐性是很强的。

曲子词有许多调子，本来是乐曲的调子，由于乐曲失传，变成词调。每调有一个名称,统称做词牌,如《菩萨蛮》《西江月》《念奴娇》等。词牌绝大多数是乐曲的调名,也有少数是曲词的题目,如《渔歌子》是咏渔夫生活的,《更漏子》是咏春夜闲情的。词调,不分段的叫单调,如《十六字令》《望江南》《如梦令》;分段的叫双调、三叠、四叠。双调以上的为了配合乐曲的反复歌唱,都要分阕分片。双调的分上下两阕,称上阕、下阕;或上下二片、上片下片。大多数词调是双调。少数是三叠、四叠,分做三片或四片。每个词调都有其固定的词谱。每个词调的句数、每句字数、用韵的位置、字声的平仄都是固定的,有一定的格式,写词的人就要按谱填词。和五七言诗相比,多数词调的句子,由于入乐合曲,字数长短不齐,所以词又叫长短句。

开元天宝年间崔令钦所著的《教坊记》记录了当时流行的 300 多种曲名,有不少跟后来的词调同名,可能在盛唐以前,民间已有流传的词调。词是在初盛唐产生、中唐以后流行起来的。

现传最早的唐代民间词是在敦煌发现的曲子词。就其内容和时间来看,有涉及府兵制的盛唐的作品,也有涉及黄巢起义的晚唐作品。敦煌曲子词的题材比较广泛的,有写妇女生活的,有写商人、渔夫、书生各类人物生活的,有歌颂皇帝功德的、有夸耀菩萨灵验的,也有类似医生汤头歌的,可看出当时词调在民间的广泛应用和流传的情况。

敦煌曲子词的成就也很不一致,其中少数优秀作品想象丰富,比喻贴切,生活气息浓厚,而且语言通俗生动,具有南北朝乐府民歌共同的艺术特色。

《望江南》

莫扳我,扳我大心偏。我是曲江临池柳,者(这)人折去那人扳,恩爱一时间。

不要扳我,扳我心太偏。我是曲江畔靠近江水的柳,这个人折去那个人扳,恩爱只有一时之间。

中唐前后,由于民间曲子词的广泛流传,一部分比较接近人民的诗人开始了词的创作。主要的作家有张志和、韦应物、刘长卿、白居易和刘禹锡。

张志和(732—774 年),字子同,号玄真子,婺州金华(浙江金华)人。肃宗时为待诏翰林,坐事贬官,后不复仕,放浪江湖间,自称烟波钓徒。今传《渔歌子》五首。

《渔歌子·西塞山前白鹭飞》译文

西塞的前面白鹭飞翔,桃花随着流水漂浮鳜鱼儿正是鲜肥的时候。头戴深绿色的竹编斗笠,身着浅绿色的蓑衣,正好在斜风细雨里钓鱼怡然自得,不应回去。

　　这首词是作者借渔人以自喻，抒写其隐居江湖，怡然自得的乐趣。词的头两句描绘了垂钓的自然背景，先写高空，青葱的西塞山前白鹭飞翔，山色鹭色白绿映衬；再写低处，碧绿的流水上漂浮着红色桃花瓣儿，和青黄色的鲜肥鳜鱼。水色、花色、鱼色即红、绿、黄三色相辉映，从高到低构成了一幅色彩斑斓的暮春时节的大自然的美景。后三句写垂钓者（也就是作者）的形象和心情，在斜风细雨里，在山水斑斓的画图中头戴箬笠，身穿绿蓑衣，垂钓鳜鱼，乐而忘归。全词如画图，在一片青绿色中有点点桃红。

　　刘长卿（约709—约780年），字文房，河南洛阳人。曾遭人诬陷下姑苏狱，贬南巴尉。他是中唐初期山水派的著名诗人，擅长近体诗，尤工五律，善于写景抒情，反映山水隐逸生活。如著名绝句《逢雪宿芙蓉山主人》："日暮苍山远，天寒白屋贫。柴门闻犬吠，风雪夜归人。"

　　韦应物（737—792年），长安（今陕西西安）人。以写山水田园诗驰名。高雅闲谈，自成一家之体。形式多用五古，常流露出对民间疾苦的关怀，生活气息比较浓厚。他的词作有《调笑令》：

　　胡马，胡马，远放燕支山下。跑沙跑雪独嘶，东望西望路迷。迷路，迷路，边草无穷日暮。

　　词中胡马是远戍边塞、无家可归战士的象征。

　　中唐时期写词较多的作家有白居易、刘禹锡。

《长相思》

　　汴水流，泗水流，流到瓜洲古渡头，吴山点点愁。思悠悠，恨悠悠，恨到归时方始休。月明人倚楼。

《忆江南》

　　江南好，风景旧曾谙。日出江花红胜火，春来江水绿如蓝。能不忆江南？

　　江南忆，最忆是杭州，山寺月中寻桂子，郡亭枕上看潮头。何日更重游！

　　忆江南，其次忆吴宫，吴酒一杯春竹叶，吴娃双舞醉芙蓉。早晚复相逢！

　　以上张志和、韦应物、白居易三人代表了从盛唐到中唐时期和贞元、元和间文人的词作，和敦煌曲子词相比，既保留了民间诗通俗清新，又具有近体诗讲究声律的精神。

　　另外文人词中还有传为李白所做的《菩萨蛮》和《忆秦娥》。

《菩萨蛮》

平林漠漠烟如织,寒山一带伤心碧。暝色入高楼,有人楼上愁。

玉阶空伫立,宿鸟归飞急。何处是归程？长亭更短亭。

平平展展的树林,迷迷蒙蒙的烟气,弥漫就像错织似的,高寒的山岭一带是一片令人伤心的碧绿色。昏暗的暮色进入了高楼,有人在楼上忧愁。

上阙写主人公在高楼远眺,见平林寒山处处伤情,暮色降临,仍愁伤不已。

在玉石阶梯上白白地、长久地站立等候,回巢的鸟儿向回飞得急速。哪里是回去的路？十里一长亭连着五里一短亭。

下阙下主人公思念恋人,深感归途茫茫的苦闷。

这首词写思念恋人的愁伤与苦闷。

《忆秦娥》

箫声咽,秦娥梦断秦楼月。秦楼月,年年柳色,灞陵伤别。

乐游原上清秋节,咸阳古道音尘绝。音尘绝,西风残照,汉家陵阙。

箫声呜咽,惊醒了在长安楼上明月照耀下做梦的长安美女。在长安楼上明月照耀下,年年青青的柳色,（都能见到了）在灞陵痛伤离别的情景。

上阙写箫声惊醒了长安美女,在月光中又见到了年年所见的灞陵柳色。

清秋节日在乐游原上,远望去咸阳的大道音讯断绝。音讯断绝,在西风的吹拂下夕阳的余晖照耀着,汉朝的陵墓和墓前牌楼。

下阙写长安美女想起了登临乐游原时的情景是咸阳古道,音讯断绝,西风残照,汉家陵阙一片衰败,令人忧伤。

这首词写长安美人怀念远人、叹伤离别,缅怀汉家陵阙,更感伤痛。表达了怀念远人的伤痛,怀念历史兴废的伤痛。

中唐以后（晚唐五代）,文人写词渐多,温庭筠是写词最多、对后世影响最大的作家。

温庭筠（约812？—约870？）,原名岐,字飞卿,太原祁（今山西祁县）人。兼工诗词。诗与李商隐齐名,而成就不如商隐。但他精通音律,熟悉音调,在词的创作上成就超出了晚唐其他人。

温词现传60多首,题材窄狭,大多是描写妇女容貌、服饰和情态的。如《菩萨蛮》:"小山重叠金明灭,鬓云欲度香腮雪。懒起画蛾眉,弄妆梳洗迟。照花前后镜,花面交相映。新帖绣罗襦,双双金鹧鸪。"

能折叠的画屏上阳光斑斑点点一明一暗,蓬松如云的鬓发几乎贴在又香又白的面颊上；懒得起床描绘又细又长的眉毛，妆饰打扮、梳头洗脸已经迟了。

上阙写女主人公日照画屏，迟迟起床打扮。描绘女主人公头发蓬松、发贴香雪面颊的懒散情态。

在前后镜子的对照中出现了头上的花枝，花枝和面颊交相辉映；新绣的罗质短袄（上），是对对双双的金色鹧鸪。

下阙写女主人公花枝招展的姿态和金线绣着双双鹧鸪的短袄。

这首词专写妇女的容貌、服饰和情态，描绘了一个服饰华美、容貌华丽、体态娇弱的女子。

《望江南》

梳洗罢，独倚望江楼。过尽千帆皆不是，斜晖脉脉水悠悠。肠断白苹洲。

梳洗罢了，独自倚靠望江楼栏杆眺望，从眼前经过了成千的帆船都不是（我所等待的），夕阳的斜光含蕴着深深的情思，愁思似流水般的长久，面对着阜平丛生的小洲，忧伤得几乎肝肠断裂。

这首词抒写了女主人公从晨至夕依楼眺望、怀念远行人的愁思。

温庭筠在词的创作上善于以妇女的闺情愁思为题材；善于选择典型景物构成艺术境界；善于融情入景，做到情景交融，意味深长；善于锤炼词句，做到语言含蕴双关，绮丽多彩；善于协调音律增强词的音乐感。温庭筠在词的创作上的艺术成就是突出的，对词的发展起了一定的推动作用。但是他上继六朝艳丽文风，下开花间词派雕琢堆砌之词，也起了一定的消极影响。

花间词派，是指晚唐五代以温庭筠为鼻祖，以描写妇女闺情为主题，崇尚雕琢词句的唯美主义的和形式主义的流派。之所以被称为花间派，是因为后蜀赵崇祚编撰了一部词的选集，题名《花间集》，囊括了温庭筠、孙光宪、韦庄等十八家词人的作品。后世因为他们作品风格一致，就叫他们为花间词派、花间词人。花间词人中，以韦庄和温庭筠齐名。韦庄既是诗人，也是词人，他的诗具有轻浮艳丽的形式主义倾向，他的词虽然脱离不了花间词风，但比温词清新明朗，饶有不同。

《菩萨蛮》

人人尽说江南好，游人只合江南老。春水碧于天，画船听雨眠。

垆边人似月，皓腕凝霜雪。未老莫还乡，还乡须断肠。

人人都说江南风光好，游人应当在江南留恋到老。春天江水比蓝天还碧蓝，在画船里听着雨声不觉入眠。上阙写江南水色媚人，应当盘桓到老。

酒家娘子就像月儿似的明媚，手腕就像霜雪般的洁白。人没有老就不要回到家乡去，回到家乡会相思断肠。

下阕写江南美人媚人，也应盘桓到老。

这首词写江南水色美人亦可恋，抒发作者终老蜀中的心情。

《思帝乡》

春日游，杏花吹满头。陌上谁家年少，足风流？

妾拟将身嫁与一生休。纵被无情弃，不能羞。

春日郊游，杏花被风吹落了满头。田间小路上是谁家的少年，十分风流，我打算把自己嫁给他，一辈子的心愿就了了。即使被无情地抛弃，绝不会含羞。

这首词写女主人公坦率地表达了求爱的心情。

五代时期，除了以西蜀词人为主的花间派外，还有几个和花间派同时代但年代稍晚的词人，集中在当时南唐首都金陵，这就是一般文学史家所称的南唐词人，主要有冯延巳、李璟、李煜，李煜成就较高，影响较大。

冯延巳（904—960年）字正中，广陵（江苏扬州）人，曾官至中主朝宰相。有《阳春集》，留词100多首，著名作品有：

《鹊踏枝》

谁道闲情抛掷久？每到春来，惆怅还依旧。日日花前常病酒，不辞镜里朱颜瘦。

河畔青芜堤上柳，为问新愁，何事年年有？独立小桥风满袖，平林新月人归后。"

谁说道把感伤的心情抛弃已久，每到春天来到，心情失意还是和过去一样。天天在鲜花前常常痛苦地沉醉在酒里，从不顾在镜子里照见自己红颜消瘦。

上阕写春天不辞对花饮酒，红颜消瘦，愁情最苦。

河畔草色碧绿，堤上柳色青青，来问新愁，为了什么事情而年年都有？独自站在桥头，春风吹满了衣袖，一钩新月从平展展地树林中升起，盼望的人儿归来已经迟了。

下阕写在春草柳色中思念的人在新月升起时迟迟归来。

这首词写春日思念之愁苦。

《谒金门》

风乍起，吹皱一池春水。闲引鸳鸯香径里，手挼红杏蕊。

斗鸭阑干独倚，碧玉搔头斜坠。终日望君君不至，举头闻鹊喜。

一阵风骤然吹起，吹得一池春水波纹四起。闲来无事引逗着鸳鸯嬉戏在花园的小路上，手搓着红杏的花蕊。（两句倒装用法）

上阕写女主人公心情缭乱闲步花径，手搓杏蕊，引逗鸳鸯，表现出悠闲无事、百无聊赖的情态。

在斗鸭栏杆旁独自倚靠，发髻松掉了，翡翠的簪子斜垂着几乎要坠落下来。整天望您您不到，抬头听到了鹊儿报喜。

下阕写女主人公看鸭斗仗，发簪歪斜，情态懒散。听到鹊叫，望君心情始得安慰。

这首词写女主人整天思念丈夫，心情缭乱、坐立不安、百无聊赖，这儿走走逗弄鸳鸯，那儿站站看看鸭斗仗，精神空虚\情态懒撒。

这首词多用禽鸟点缀风景，以抒发思妇无聊心情。

冯延巳作品和花间派词人有不同的地方。从主题方面讲，逐渐摆脱对妇女容貌服装的描绘，而着力于描写内心无可排遣的哀愁。从语言方面讲，比较清新流畅，不像花间词人的雕刻堆砌。描写妇女内心活动缠绵悱恻，隐约流露了对南唐没落王朝的关心和忧伤。冯词的这些内容和手法，把从温庭筠以来的婉约词风更推进了一步，并为后来的晏殊、欧阳修所继承。

李璟（916—961年），字伯玉，是唐烈祖李昪的长子，青年时好读书，能诗，多才艺，943年即位，史称中主，后向北周称臣，治国平庸，而在文学上造诣颇高，是五代著名词人。遗留词四首，最著名的是《摊破浣溪沙》。

《摊破浣溪沙》

菡萏香销翠叶残，西风愁起绿波间。还与韶光共憔悴，不堪看。

细雨梦回鸡塞远，小楼吹彻玉笙寒。多少泪珠何限恨，倚阑干。

荷花的芳香消失了，翠绿的荷叶凋残了，西风从绿波之间、从残花败叶之间吹起了无限的愁思。还是和夏日大好时光一块儿零落消瘦，不能看！

上阕写景抒情。描绘西风起，韶光逝，荷池花残叶败，一片令人愁伤的景象。

细雨霏霏做梦也萦回着边远地区，小楼上吹奏到最后一遍，玉石装饰的笙管里传出凄凉的调子。无穷的泪珠无限的仇恨，倚靠着阑干。

下阕直接抒情。主人公在雨夜里思念远人，吹笙解愁而更愁，独自倚阑，愁伤无限。

这首词写深切思念远人的愁苦。

李煜（937—978 年）字重光，号钟隐，李璟的第六子，继位后世称南唐后主。他即位时北宋已代后周，南唐只剩下江南一隅，成为宋的附庸。南唐形势岌岌可危。李煜就是在这种形势下，过了 14 年的苟安生活，还纵情声色、沉溺游宴，终为宋所灭，被俘汴京，过了两年囚徒生活。978 年乞巧节日，终为宋太宗毒死。李煜在政治是个昏庸无能的亡国之君，但在文学上却是个天才。他从小工书法、善绘画，洞晓音律，多才多艺，多情善感，天真幼稚。当宋兵兵临城下时，他还在静居寺听和尚讲经。他不仅有擅长词作的父亲，而且有个美貌情深、精通音律的夫人，周后和小周后姊妹两人围绕着他，对他的创作也有一定的影响。

李煜前期的作品都是艳情之歌。自从亡国之后，做了囚徒，"此中日夕，只以泪洗面"，深感亡国之痛，写了不少伤今忆往的作品，基调是感伤的。

《相见欢》

无言独上西楼，月如钩。寂寞梧桐深院锁清秋。

剪不断，理还乱，是离愁。别是一般滋味在心头。

默默不语独自上了西楼，月儿就像弯钩，在寂寞的梧桐笼罩下的幽深的庭院里，充满了凄凉的秋意。

上阙写景，借景烘托出孤寂凄凉的气氛。

剪也剪不断的（无法断绝），清理还是一团乱的，就是离开故国的哀愁。另是一种滋味，在心头。

下阙抒情，抒发了沉痛难忘的思念故国的感情。

这首词抒写了词人怀念故国的沉痛感情。

《浪淘沙》

往事只堪哀，对景难排。秋风庭院藓侵阶，一任珠帘闲不卷，终日谁来。

金锁已沉埋，壮气蒿莱。晚凉天净月华开。想得玉楼瑶殿影，空照秦淮。

以往的事情只能使人悲哀，面对着当前的情景悲哀之感难以排除。秋风吹拂庭院里的苔藓逐渐长上了廊阶。就让竹帘间挂着不去卷动，终日有谁来！

上阙写囚禁中荒凉冷露，孤独悲哀的生活情景。

鱼腹剑已经沉埋，志气消沉。晚间凄凉，天空明净月光璀璨如花开。想到月宫玉楼瑶殿的影子，白白地照耀着金陵城区。

下阙写意志消沉，面对月华，思念故国。

这首诗抒写囚禁中的孤哀生活和故国之思。

《虞美人》

春花秋月何时了？往事知多少。小楼昨夜又东风，故国不堪回首月明中。雕栏玉砌应犹在，只是朱颜改。问君能有几多愁？恰似一江春水向东流。

春日花开，秋夜月明，良辰美景何时能了？对景忆旧，欢乐的往事有多少，精神痛苦也就有多少。怕忆往事，也就怕见落月秋月。囚居的小楼上昨夜又吹来了东风（又是春天的消息来了），在皎洁的月光中故国欢乐的往事不忍回忆。

上阙写怕见春花秋月，良辰美景。怕触景生情回忆故国往事。

雕绘的栏杆玉似的石阶应该还在吧，只是自己红润的脸色显得苍白憔悴了。问我能有多少忧愁，正像春天的江水一样滔滔不绝向东流去。

下阙写物是人非，愁思如江水一样不绝。

这首词写作者深切怀念故国的忧伤心情。

《浪淘沙令》

帘外雨潺潺，春意阑珊。罗衾不耐五更寒。梦里不知身是客，一晌贪欢。

独自莫凭栏，无限江山。别时容易见时难。流水落花春去也，天上人间。

帘子外面春雨潺潺，春天的风光衰残。盖着罗质的被子受不了天亮时的寒冷。只有在梦境里不知自己是来做客的，片刻间贪恋着暂时的欢乐。

上阙写暮春雨夜梦中犹怀念往日之欢，伤痛难眠。

独自一人时不要靠着栏杆远望，那无限美好的江山，离别的故国容易再见时就难。水飘浮着落花春天过去了（往日欢乐生活已消逝了），就像天上与人间一样远离，永无相见的时刻。

下阙抒写作者怀念故国再难相见的婉转凄凉的哀愁。

这首诗抒写作者怀念故国的哀愁。

李煜在词作里念念不忘的"故国"和"往事"，自然是小朝廷的皇帝生活，这种生活在当时来说也是必然要没落的，是无可挽回的，因而偏处一隅，苟安腐化的小朝廷是无法抗拒北宋政权所代表的统一的历史趋势的，所以他的词作是以忆旧为内容、以感伤为基调的，这是李煜所处的时代和阶级的具体条件所决定的。所以李煜在我国词史上的地位，更多地取决于他的艺术成就，不取决于他的作品思想内容。第一，他摆脱了晚唐五代以来以妇女的闺情哀愁为词篇主题的局限，直接抒发自己失掉小朝廷、留恋小朝廷的深哀与剧痛，扩大了词的表现领域，使词可以从多方面言怀述志，在艺术上对后世的豪放词派的诞生有所影响。第二，和直接抒情相联系的是，善于运用白描手法抒写国破家亡后的生活感伤，如"梦里不知身是客，一晌贪欢""小楼昨夜又东风，故国不堪回首月明中"。第三，善于运用贴切的比喻将抽象的感情形象化，如"恰如一江春水向东流""流水落水春去也"等。第四，语言明净、优美，接近口语，进一步摆脱了花间词人雕琢堆砌的作风。

  李煜的这些艺术成就，不仅取决于他个人的遭遇和在词创作上的努力，同时也源于自韦庄在花间派中独树清新明快的词风后，南唐冯延己、李璟又沿着这一方向发展，李煜在吸收前人的经验的基础上，进一步提高了词的艺术表现力，创造了独具自己特色的风格。

| 光明社科文库 |

古典文学与现代汉语讲析

(下)

丁恩培 ◎ 著

光明日报出版社

# 第三编 03

中国古典文学作品讲析

近来有人主张摆脱按文章体裁讲授写作的体例，另辟蹊径，从汉字入手，汲取传统经验，探讨新的写作教材体系，建立文章学，颇使人耳目为之一新。其实，这种主张和前人所说的词章学，名殊而实一，并无多大轩轾。词章学融铸字、词、句、段篇于一体，既讲求立意谋篇、布局剪裁，又讲究造句、遣词，将词法与章法紧密结合，而以章法为统帅。八股文是文章写作程式，专讲篇章结构，以便于初学写作者构思，写作时有式可循，此为前人练习写作的入门，对于我们亦不无可资借鉴的地方。基于此种认识，笔者在1963～1964年间，为中师讲授语文即借鉴于词章学与八股文，除解字释词中贯注文字、语法知识，以利学探生本求源外，还特别重视篇章结构的讲析，为学生树立写作程式，便于模拟。并于命题作文时，要求学生以所讲范文之结构为样式，谋篇布局，练习写作；立竿见影，收效甚速，颇受学生欢迎。此稿原为讲选文时所涂写，并无严谨体例，穿插所讲字词辨析与虚词语法常识亦多简略从事，聊供讲课时备思，东鳞西爪，不成系统。讲析文章原有30多篇，经十年动乱，灰烬所余者仅14篇，合订成册，以见当日教学情景。原无著书立说之奢望，所以献曝前辈专家者，饶助笑谈而已。

丁恩培志于天水师专
1981年6月20日

涉 江

一、作者介绍

屈原（前340年—前278年）是我国战国时期的一位爱国诗人，他生活在楚威王、怀王和顷襄王时期。屈原的爱国主张，主要有两个方面。在内政上主张改革政治，革新旧贵族的腐朽统治，所以"入则与王图议国事以出号令""怀王使屈原为造宪令"。在外交上主张联齐抗秦，反对旧贵族的亲秦政策。因此屈原遭到了旧贵族上官大夫、令尹子兰等人的排斥和打击，先后被楚国统治者流放过两次。一次是在楚怀王二十四年（前305年），秦楚和好，楚背齐约，屈原四谋怀王，怀王不听，将屈原流放汉北。一次是在楚顷襄王二年（前297年），屈原憎恨令尹子兰劝怀王入秦而不返，因而子兰使上官大夫短屈原于顷襄王，顷襄王怒将屈原流放到江南。从此屈原流浪江南，过着颠沛流离的生活。这时的楚国在一群奸佞小人的操纵下，政治愈加昏暗，对外连年遭到秦国的攻伐，疆土日削。直到顷襄王二十年（前278年），秦派大将白起攻破郢都，烧毁了楚王先祖的坟墓，顷襄王逃亡陈。楚国灭亡的前途已经注定了，流浪江南的屈原，不忍目睹楚国的灭亡，便在这一年的五月五日投汨罗江自杀殉国了，享年62岁。

二、题解

除长篇抒情诗《离骚》外，屈原在两次流放期间，还写了《天问》《九歌》《九章》。《天问》是诗人向天提出的170多个问题，反映了诗人的宇宙观和人生观。《九歌》是诗人根据楚国古代流传下来的乐曲加工写成的祭神歌词，共十一篇。《九章》有两种解释，一种是王逸的《楚辞章句》，认为它是屈原为自己的九篇长诗设立的总称。一种是朱熹的《楚辞集注》，认为屈原死后，后人辑录他的遗作，"得其九章，合为一卷，非必出于一时之言也"。《九章》共九篇抒情诗，九篇的先后次序没有内在联系，形式也各不一样，就现在而言后一种意见比较合理。

《九章》是诗人的九篇抒情诗的总称。《涉江》是《九章》中的一篇,是屈原二次流放江南时的作品,大致写于前297—前278年之间。《涉江》是写诗人离开了郢都,渡过长江湘江,溯沅江而上,经过辰阳到达溆浦的情景,抒发了诗人沿途思念祖国的爱国心情、忠而被疏的悲愤心情、忧国伤时的悲痛心情,同时体现了诗人的崇高品质、远大理想和绝不与世俗同流合污的顽强战斗精神。一言以蔽之,《涉江》记叙的是屈原渡江南下的行程和沿途的心情。

三、串讲分析(全文可分为五段)

第一段:

余幼好此奇服兮,年既老而不衰。——幼,幼年。古代从出生至十九岁为幼年。衰(cuī),麻衣,孝服,"子墨衰绖",引申为等衰、等差、等第,如《齐语》中有言:"相地而衰征,则民不移。"兮,语气词,啊。本句大意:我年幼的时候就喜爱这种奇特的服装啊!如今虽已老了但这种爱好并不减。

带长铗之陆离兮,冠切云之崔嵬,被明月兮珮宝璐。——铗,剑柄,用借代手法,以部分代整体,以剑柄代剑,长铗即长剑。陆离(lùlí),双声词。解释有三:漫长的样子;剑上下摆动的样子,参差不齐的样子;五光十色的样子,如成语"光怪陆离"。切,近,挨。切云,摩云,高冠名,取高摩青云的意思。崔嵬(cuīwéi),形容山高耸不平的样子。被,通"披",指披于肩背之上。明月,珠名,夜明珠,因珠光晶莹,夜似有月光,故名。珮,通"佩",胸前佩戴的。璐,美玉。本句大意:腰间佩戴着上下摆动的长长的宝剑啊!头上戴着高高的切云冠,肩背上披挂着夜明珠啊!胸前佩戴着珍贵的美玉。

以上三句,是屈原用与众不同的奇服,比喻自己品质的崇高和理想的远大。用切云冠、长铗、明月、宝璐,比喻自己崇高的品质和远大的爱国理想;用自己自幼爱好此奇服一直至今,说明自己绝不肯放弃崇高品质和远大理想,不与世俗同流合污。

世溷浊而莫余知兮,吾方高驰而不顾。——世,世俗、世间,现实世界。溷浊,通"混浊",即肮脏、龌龊。莫余知,即莫知余,宾语前置句式。方,时间副词,将要,刚才。高驰,高视阔步。抬起头来,大踏步地前进。顾,回顾,回头看。不顾,置之不理。本句大意:现实世界这样的肮脏龌龊而没有人了解我啊！我将抬起头来，大踏步地前进而绝不回头看一眼这肮脏的现实。抒发了诗人激愤的心情，体现出了诗人绝不肯与世俗同流合污、傲然而立的坚贞不屈的顽强战斗精神。

驾青虬兮骖白螭，吾与重华游兮瑶之圃。——古时以四马拉车，驾辕的马称驾，两旁的马称骖。虬（qiú），通"虯"，形声字，青虬即青色有角的龙。白螭（chī），白色无角的龙。虬、螭都是神兽，非人世间所有。重华：舜的名字，相传舜死于楚之苍梧，楚人尊为神。舜重瞳，故名重华。苍梧，今湖南省永州市。瑶，美玉。圃，花园。瑶之圃，神仙所居（上帝所居）的美玉般的花园（即仙宫）。本句大意：用有角的青龙和无角的白龙来驾车啊！我和重华同游啊那美玉般的仙宫。

诗人对现实感到激愤，不与现实同流合污，要昂首阔步离开混浊的现实，于是想象自然离开了现实，驰骋、飞跃到理想世界以及崇高、光明的天界。用神兽驾车，与舜帝同游美玉般的仙宫。

登昆仑兮食玉英，与天地兮同寿，与日月兮齐光。——昆仑，即昆仑山，传说中西方最高的山，是神仙居住的地方和产玉的地方。登，爬。英，花蕊，花心所在，玉英即玉石的精华，或指花一般的美玉。登昆仑言所至极高，食玉英言所食至洁。本句大意：登上昆仑山啊！吃那花一般的美玉，和天地啊一样长寿（永远存在），和日月啊一般永远光明。

诗人写在理想、崇高、光明的世界，登上最高的地方，吃最纯洁的玉英，和天地永存，和日月齐光，展现了诗人绝不与世俗合污的战斗精神。这是浪漫主义的手法，诗人描写理想中的崇高光明，以批判混乱的楚国现实。

哀南夷之莫吾知兮，旦余济乎江湘。——哀，叹词，可哀啊、可悲啊！"南夷"有两解，旧解：楚本南蛮，中原各国称其为荆蛮，所以可当楚国人理解；新解：屈原流放所经沅江一带是楚国边缘未开化的地区，当地人被称为"南夷"。这里有双关意，既指南夷，又指楚国统治集团的昏暗愚昧、忠贤不辨。旦，天一亮。济，渡过。江湘，长江和湘江。之，乎，在句中为舒缓语气。旦，金文为太阳从黑暗的地面上升的形象，"日"本来和地面连在一起，后来小篆将其线条化了，把地面画成了一条线，跟日分开了。旦的本义即日出。本句大意：可悲啊！边远地区的楚国人和楚国的统治集团中都没有人了解我啊！天一亮我就要渡过长江和湘江，走向那遥远的南方。

诗人又回到现实世界，写他渡江南行的原因，抒发诗人忠而被疏的悲愤心情，以及眷顾楚国的爱国之情。

第一段写诗人渡江前的情景，抒发了诗人对楚国统治集团的愤恨以及对楚国的眷恋，体现了诗人坚守崇高的品质和远大的理想，绝不与世俗同流合污的坚贞不屈的斗争精神。

第二段：

乘鄂渚而反顾兮，欸秋冬之绪风。——乘，登上。鄂渚，长江中小洲，在今湖北省武汉市境内。"乘鄂渚"有两解：其一，登上鄂渚；其二，从鄂渚登上长江南岸。反顾，反身回看，亦即回头遥望（国都）。欸，叹气的声音。"绪风"有两解：其一，《涉江》写于初春，初春的风是像秋末冬初一样的残风，所以绪风即余风、残风的意思；其二，《涉江》写于秋末冬初，此时寒风已起，故绪风即寒风。本句大意：从鄂渚登上长江南岸而回头遥望国都，面对着秋末冬初的寒风叹气。

步余马兮山皋，邸余车兮方林。——步，慢步而行。"步余马"有两解：其一，让我的马儿慢慢地走；其二，溜溜我的马。山皋，指山岗或解依山傍水的高地。邸，本义为客店，引申为停驻、到达。方林，地名。本句大意：溜溜我的马啊，在那山岗。停下我的车子啊，在那方林。或可译为：让我的马儿慢慢地走啊，走上那山岗。让我的车子来到啊，那方林。

第一层写诗人陆道行程，抒发诗人眷念祖国的爱国之情。写景抒情，情景交融。

乘舲船余上沅兮，齐吴榜以击汰。——乘，乘坐。舲船，有窗的小船。"余"有两解：其一，相当于"而"；其二，作实词用，郭沫若有此说。上，溯流而上。齐，同时并举。吴，吴国。榜，船桨。以，而。击，拍打。汰，水波。本句大意：坐上有窗的小船而我溯沅江而上啊！船夫们齐举起船桨拍打着水波前进。

船容与而不进兮，淹回水而凝滞。——容与，缓慢前进的样子。淹，淹留，停留。回水，回旋的水流，即漩涡。凝滞，停滞不前。本句大意：船慢腾腾的而不向前进啊！停留在漩涡里停滞不前。抒发诗人欲进不前、徘徊留恋的眷念祖国的心情。

朝发枉陼兮，夕宿辰阳。——朝，早晨。发，出发。枉陼，地名，在今湖南常德南。陼，通"渚"。夕，晚上。宿，住宿。辰阳，地名，今湖南辰溪县西。早晨从枉陼出发啊！晚上住在辰阳。

苟余心之端直兮，虽僻远其何伤？——苟，如果，只要。之，舒缓语气。端直，正直。僻远，偏僻荒远。其，那。伤，损伤。本句大意：只要我的心是正直的啊！虽被流放到偏僻荒远的地方又有何伤？

第二层写水路行程的情景，抒发了爱国之情，展现斗争精神。写景抒情，情景交融。

第二段主要写现实中行路的情景，借景抒发诗人眷念祖国的心情，展现诗人坚贞不屈的斗争精神。

第三段：

入溆浦余儃佪兮，迷不知吾所如。——入，到了。溆浦，地名，今湖南怀化市溆浦县。余，而。儃佪，犹徘徊，指犹豫不决、无所适从的样子。迷，迷惑了。如，往。所如，到哪里去。本句大意：进入溆浦而犹豫不决啊，心中迷惑了不知道要到哪里去。表现诗人到溆浦后，徘徊犹豫、欲进又止、眷念祖国的心情。

深林杳以冥冥兮，猿狖之所居。——深林，茂密的树林。杳，会意字，日在木下，表示太阳落到树下，看不见了，显得幽深、阴暗。以，而。冥，由"冖""日""六"三部分组成，是从"帽"的本字"冒"分化出来的，有笼罩的意思，"六"是隆起的形象，冥就是陆地上的太阳被笼罩住了，天昏地暗，即幽深昏暗的意思。冥冥，叠词，昏暗的样子，黑沉沉的。乃，那，这。狖，黑猿。所居，居住的地方。本句大意：茂密的树林阴暗、幽深而黑沉沉的啊，那是猿类居住的地方。

山峻高以蔽日兮，下幽晦而多雨。——峻，山高的样子。峻高，很高。蔽日，遮蔽太阳，此处形容山高。下，山下。幽，幽暗。晦，无光。幽晦，阴沉沉的。多雨，常常下雨。本句大意：高高的山峰而遮住了太阳啊，山下阴沉沉的常常下雨。

霰雪纷其无垠兮，云霏霏而承宇。——霰，雪珠。雪，雪花。纷，纷纷飞扬的样子。垠，边际。无垠，无边无际。其，而。霏霏，云气浓重缓缓下降的样子。承，接，压住。宇，屋檐。本句大意：雪珠雪花纷纷飞扬而无边无际的啊，浓云徐徐下降而压在了屋檐上。

以上诗人描写溆浦的山林景象。深林幽暗，高山蔽日，猿狖出没，是一片阴森凄惨的景象。细雨连绵，霰雪纷纷，浓云霏霏，更是一派昏暗阴沉的景况。诗人借景物的昏暗阴森，比喻现实世界的混浊险恶，借景抒情，表达了诗人对楚国统治集团的痛恨，抒发了其心中的愤懑。

第三段写溆浦山林景象，抒发诗人为世不容、忠而被疏的激愤心情。写景抒情，情景交融，采用借喻的修辞方法。第三段皆偶句，两句一换韵。

第四段：

哀吾生之无乐兮，幽独处乎山中。——吾生，我活着。之，的。无乐，没有乐趣。幽，幽静，寂寞。独，孤独。处，住。乎，于。山中，深山之中。

本句大意：可哀啊！我活着没有乐趣啊！寂寞孤独地住在深山之中。

吾不能变心以从俗兮，固将愁苦而终穷。——心，志向，意志。以，而。从，顺从，跟着。俗，世俗的人。固，当然。愁苦，忧愁痛苦。终，终生。穷，穷困，郁郁不得志。本句大意：我不能改变自己的志向去顺从世俗的人们啊，当然将要忧愁痛苦而穷困终生。抒发了诗人一心报国却被流放至深山孤处的愤懑痛苦之情。

接舆髡首兮，桑扈臝行——接舆，春秋楚国人，姓陆，名通，字接舆。楚昭王时，政治混乱，接舆佯装疯狂，剃去头发，不出来做官，以示不与世俗同流合污。人们称他为楚狂（楚国的疯子）。孔子到楚国，接舆唱着歌经过孔子的门前："凤兮凤兮！何德之衰？往者不可谏，来者犹可追，已而已而，今之从政者殆而！"传说凤凰是神鸟，圣人出现，凤凰方出来。圣人未出而凤凰出现就是凤凰德行衰微的表现。这里是把孔子比作凤凰，劝孔子赶快隐退，不必周游列国、到处奔波。歌辞的意思是"凤凰啊！凤凰啊！为什么您的德行衰微了呢？过去的事情已经过去了，未来的事情，还来得及去做，算了，算了，现在的执政者都无可救药了！"孔子听到歌声，赶紧出门去寻，但接舆已经跑远了，孔子始终未能与他谈成话。楚昭王听说接舆是个有品德的人，派人送了黄金百镒以及车马迎接他出来做官，但接舆拒绝了，并和他的妻子一道逃往峨眉山，隐居起来。相传他活了几百岁，最后成了神仙。（见《论语·微子篇》《高士传》）髡首，剃发，古代一种刑罚。臝，通"裸"，裸行，赤身露身而行。桑扈，即子桑伯子，愤世嫉俗之隐士，故裸行。诗人借古喻今，以古人自况。

忠不必用兮，贤不必以。——忠，对国家忠心耿耿的人。不必，不一定。用，被任用。贤，有才能、有道德的人。以，这里作动词，指被任用、信任。本句大意：对国家忠心耿耿的人不一定被任用啊，有才能、有道德的人不一定被信任。

伍子逢殃兮，比干菹醢。——伍子胥，名员，字子胥，楚国将领。楚平王听信奸臣费无极的谗言，杀害了他的父亲伍奢和兄长伍尚。伍子胥从楚国逃至吴国，帮助吴王阖闾伐楚，以报父仇。攻破楚都郢，楚昭王逃亡山中，伍子胥掘楚平王墓，出其尸，鞭尸三百。后又帮助吴王夫差，打败了越王勾践。勾践率领残兵五千人，困守会稽山，遣大夫文种去贿赂吴太宰伯嚭，请求投降，做吴王的臣子。吴王夫差准备答应勾践的要求，伍子胥建议说，勾践为人很能吃苦，是有志向的人，现在不杀他，将来必然后悔。夫差不听，与勾践和而退兵。后来吴王夫差又接连北上伐齐，伍子胥屡次建议，先灭越，后伐齐，夫差不但不听，还听信伯嚭的谗言，赐了伍子胥一把宝剑让他自杀。伍子胥死前说："抉吾眼悬吴东门之上，以观越寇之入灭吴也。"他自刎后，夫差果悬其眼于东门之上，不瞑目，直到越灭吴，始瞑也。逢，遭到。殃，祸患。比干，商纣王的叔父。纣王宠信妲己，荒淫无道，作酒池肉林，为长夜之饮，砍朝涉者之胫，剖孕妇之胎，残暴无比。比干多次劝谏纣王，纣王不听，大怒，"吾闻圣人心有七窍"，遂剖观其心。菹（zū），酸菜。醢（hǎi），肉酱。菹醢，是纣王的残刑之一，杀人菹醢。此处指受到残杀。本句大意：伍子胥遭遇了祸殃啊，比干遭到了残杀。

举前世而皆然兮，吾又何怨乎今之人？——举，列举。前世，前代的人。皆，都。然，如此，这个样子。何，何必。怨，埋怨。今之人，现在的君王。本句大意：列举前代的人都是这个样子的，我又何必埋怨现在的君王？

余将董道而不豫兮，固将重昏而终身。——董道，正道。董，督正也。豫，犹豫。不豫，毫不犹豫。重，层层。昏，黑暗。重昏，处于重重黑暗之中。终身，一辈子。本句大意：我将要恪守正道而毫不犹豫啊，当然将会陷入重重黑暗而一辈子不得志。

第四段写诗人独处山中，绝不变心从俗的心情，借古喻今，指斥楚国统治集团的黑暗残暴，抒发诗人忠而被疏的愤懑心情，表达诗人忠贞不屈的斗争精神，是借喻抒情。

第五段：

乱曰：鸾鸟凤凰，日以远兮。——乱，曲终的尾声，乐曲终了时，众乐齐奏，曰乱。也用以称歌辞卒章。一说"乱"是古代的"辞"字。鸾鸟，传说中的神鸟，据说形如凤，羽毛五彩，鸣中五音，鸾鸟出而天下安。郭沫若以为鸾鸟即孔雀。凤凰，传说中的瑞鸟，雄的称凤，雌的称凰。传说凤凰出，天下太平。或曰忠臣贤相出而鸾凤出，昏君奸臣在，鸾凤避而远飞。屈原自比为鸾凤。远，飞远了。本句大意：鸾鸟凤凰，又一天一天地飞远了啊！（忠臣贤士又一天一天地远离朝廷了啊）

燕雀乌鹊，巢堂坛兮。——燕雀乌鹊，皆昏庸的飞禽，以喻小人。巢，名词动用，做巢。堂，殿堂。坛，祭坛。堂和坛都是国君朝会群臣、祭神祭祖的地方，用以借代指朝廷。本句大意：燕子、麻雀、乌鸦、喜鹊在殿堂祭坛上做巢啊！（借喻，指许多小人盘踞在朝廷作威作福）露申辛夷，死林薄兮。——露申、辛夷都是植物名，其花香而美。木丛生为林，草木交错叫薄，林薄即草木丛中，或作荒野。用露申、辛夷比喻贤人忠臣被放逐山野，以致困顿而死。本句大意：露申、辛夷都死在草木丛中啊！（忠臣贤士都被放逐以

致死于荒野啊）

　　腥臊并御，芳不得薄兮。——腥，腥气。臊，臊气。并，都，同时，一齐。御，进用。芳，芳香。薄，接近。比喻坏人得势，好人被排挤。本句大意：腥的、臊的都进用了，芳香的却不得接近啊！（小人、佞臣都得势了，忠臣贤士却被排挤啊）

　　阴阳易位，时不当兮。——阴，夜里。阳，白天。易位，改变了位置。时，时序。不当，不合适，错乱了。这里用阴比喻小人、佞臣，用阳比喻正人君子，易位，指小人在朝，正人君子被逐在野。时不当兮，屈原自伤的话，感叹自己生不逢时，时运不好。本句大意：黑夜白天改变了位置，时序错乱了啊！（黑白颠倒，我生不逢时，时运不济啊）

　　怀信佗傺，忽乎吾将行兮。——怀，怀抱。信，忠信。佗傺，惆怅失意的样子。忽，飘忽，飘然。本句大意：怀抱着忠信而不得意，我就要飘然远行了啊！诗人再一次表明自己宁可怀信而失意地远行也不愿与世俗同流合污，再一次表达了自己坚贞不屈的精神。

　　第五段揭露了楚国朝廷小人当道、忠贤被疏的黑暗情况，表达了诗人忠而被疏的激愤心情和忠贞不屈的斗争精神，是借喻抒情。

四、中心思想

　　这篇抒情诗，记述了诗人涉江南下的历程，抒发了诗人忠而被疏的激愤心情以及眷念祖国的爱国之情，体现了诗人崇高的品质、远大的理想和顽强的斗争精神。

五、写作特点

　　比喻的应用。比喻是用感性的东西来说明理性的东西，用熟悉的事物来说明不熟悉的事物。所以文章中使用比喻可以使抽象的事物具体化，使复杂的道理通俗化，使文章不仅浅道易懂，而且生动形象。诗歌用最精炼的语言，形象、集中地反映现实，要求用具体事物来形象地说明道理，所以比喻在诗歌中广泛被应用，以达到生动形象、集中精炼的要求。

　　本文使用的均为借喻。写景抒情，情景交融。也就是写景和抒情相统一，以景物描写衬托出强烈的感情，唤起读者的共鸣。如"乘鄂渚而反顾兮，欸秋冬之绪风""船容与而不进兮，淹回水而凝滞"，描写溆浦阴沉昏暗的山林景象，衬托屈原忠而被疏、独处山中的孤独激愤之情，唤起读者对诗人的同情和对楚国统治集团的憎恶。

殽之战

一、题解

(一)《左传》简介

《左传》是我国的一部叙事完备的编年体史书,传说为春秋时鲁国史官左丘明所著。它比较系统地记述了春秋时期各国的政治、经济、军事、外交、文化等方面的重大事件,比较全面地反映了当时社会的真实情况,是研究中国古代史的极其重要的文献。

《左传》以鲁国之君在位的时间为纪年。上起鲁隐公元年(前722年),下讫鲁悼公十三年(前454年),共论述了鲁国十三个国君(隐、桓、庄、闵、僖、文、宣、成、襄、昭、定、哀、悼)在位时的约270年的历史事件。

《左传》本名《左氏春秋》,是一部独立的历史著作。西汉哀帝时刘歆认为《左传》是解释《春秋》(鲁国的一部编年体史书)的,故改称其《春秋左氏传》,简称《左传》,与《公羊传》《穀梁传》合称"春秋三传"。

《左传》在文学上和语言上的成就很高。它的作者善用简洁的语言写出复杂纷繁的事物,特别善于描写战争,也善用精炼的笔墨刻画人物的细微动作和内心活动,使人物生动。因此《左传》是叙事散文的典范。

课文选自《左传》鲁僖公三十二年至三十三年(前628—前627年)。题目为笔者所加,"殽之战"即"殽山的战役"。

(二)《殽之战》的时代背景

殽之战发生前后秦、晋、郑、滑等国所处位置如下图3-1所示。

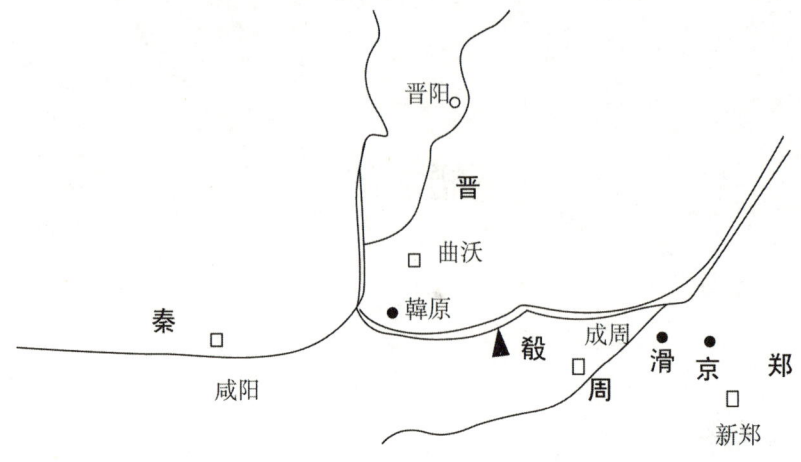

图 3-1　公元前 628 年后各国所处位置示意

晋国内部的斗争激烈，晋献公有六姬，共生五男一女，其关系如图 3-2 所示。

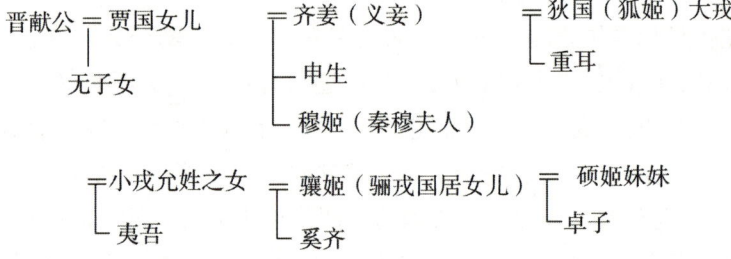

图 3-2　晋献公六姬及其子女关系示意图

前 656 年，晋献公逼迫申生自杀于新城。重耳逃向封邑蒲城，夷吾逃向封邑屈城。献公派寺人披追杀重耳于蒲，重耳越墙而逃，披斩其衣袖。重耳逃往狄国，随行者有狐毛、狐偃、赵衰、先轸、介子推等。

前 651 年，晋献公去世，奚齐拥戴荀息。大臣里克，在郑吊丧时杀奚齐。荀息又立主卓子，里克又杀了卓子及荀息，一时晋国无君。穆姬央求秦穆公帮助，秦穆公便派兵送夷吾回国做了国君，是为晋惠公。惠公怕重耳回来夺位便派勃鞮去狄国刺杀重耳，于是重耳从狄国逃走。惠公即位原受秦国帮助，答应割河西五域给秦，即位后却背约不割。适逢晋国连年灾荒，粮食无着，派人向秦求粮，秦穆公答应了。第二年秦国受灾，穆公派使者求粮，晋国丰收却不肯援助，郤芮还责骂了公子挚，要秦派军队来讨粮。前 645 年，秦穆公率兵伐晋，打败了晋军，俘虏了惠公。后由于穆姬说情，才释放了惠公，惠公向秦割让了河西五域，并派公子圉为人质。穆公将女儿文嬴嫁给太子圉。不久惠公病了，公子圉怕王位被别人夺取，于是偷回晋国，连文嬴也不要了。惠公病死后，公子圉即位，是为晋怀公。由于晋怀公不听从秦国指挥，于是穆公接重耳回秦，决定以重耳代怀公。

　　重耳离开了狄国，经过卫国，从五鹿经过时乡人献土块，重耳大怒，狐偃劝说："此上天赏赐的呀！"耳收掷于车上。介子推割下大腿肉供重耳充饥。至齐，齐桓公厚待，娶妻姜氏。前642年，桓公死，五子争夺君主之位。重耳离齐，到曹，曹国公观重耳胼胁。僖负羁大夫派人送食物一盘，内藏玉璧一块，重耳受食却玉。继至宋，为宋襄公厚待。再至郑，为郑文公所鄙贱。转而至楚，受楚国礼待，重耳示意有"退避三舍"之言。秦穆公接重耳至秦，又让其娶文嬴为妻。前636年，秦派军队帮助重耳渡河回到晋国。怀公逃高梁地方，重耳派人刺杀了他，从此重耳做了晋君，是为晋文公。（重耳43岁逃脱，55岁至齐，61岁至秦，62岁返晋）前632年的城濮之战，晋国率晋、宋、齐、秦联军，在城濮打败了楚、陈、蔡联军，杀楚将子玉，晋逐渐成为中原诸侯的霸主。鲁僖公三十年（前630年），晋文公、秦穆公联合伐郑，以报其以前对文公的无礼。晋君驻扎西边函陵，秦军驻扎东边汜南。郑国危急，郑文公采纳佚之狐建议，派烛之武去见秦穆公。烛之武夜缒城而出，见穆公后说明利害，郑亡只能壮大晋国，对秦不利。穆公听信烛之武的话，背晋而与郑私自结盟，派大夫杞子、逢孙、杨孙三人带兵两千人驻守郑国，伐郑设防，实际上是对付晋国。于是秦晋两国的关系产生了裂痕，狐偃劝文公攻打秦军，但文公念及秦过去的帮助，始终不愿与秦起冲突，主动退了兵。前628年冬天，晋文公去世，公子骧即位，是为晋襄公。这时秦为了与晋争霸，也因有杞子等人做内应，趁晋国新丧悍然向郑进军，因此就有秦晋崤之战的发生（前627年春天）。

二、串讲分析（全文可分为四段）

第一段：

杞子自郑使告于秦曰："郑人使我掌其北门之管。"——杞（qǐ），从木从己。植物名，枸杞。又作国名，夏代后裔被商封于杞（今河南杞县），"杞人有忧天地崩坠，身亡无所寄，废寝食者"（《列子》），故有"杞人忧天"这一成语，比喻多余的无谓的忧虑。杞子，人名，杞为姓，子为对男子的尊称、美称，秦国大夫。使告：使动词，打发，派遣。省略了宾语"人"。于，介词，给。秦，秦国国君。掌，执掌，管理。其，代词，指郑国，它的。之，助词，的。管，本为乐器，或称锁钥为管。本句大意：杞子从郑国派人去告诉秦国国君，郑国人让我掌管他们国都北门的钥匙。

"若潜师以来，国可得也。"——潜，隐藏在水下面，这里用作动词。潜师，指秘密的行军。以，连词（表承接），而。来，动词，前来。国，略去定语，郑国。可以取得，可以不战而得，唾手可得。也，表示肯定的句末语气词。本句大意：（杞子）若秘密派遣军队前来偷袭郑国，郑国就可以得到了。

第一层写杞子的建议（秦国国君利用其掌管郑国北门的便利，偷袭郑国，里应外合，利用内应，潜师袭郑，则郑国唾手可得）。

穆公访诸蹇叔。——访，咨询，征求意见。在上古汉语中，"访"只有咨询的意思。先秦以后引申为拜望、探望。诸，兼词，单音词兼有不同的两种意义和作用。诸，之于，兼有指示代词和介词的两种作用，其中"之"指伐郑的事情，"于"表示向。蹇（jiǎn），足跛曰蹇，蹇足，行走迟缓，蹇叔为秦上大夫。

蹇叔曰："劳师以袭远，非所闻也。"——劳，动词，使疲劳、使劳累。以，而。袭，偷袭、袭击。"袭"与"伐""侵"的区别在于"凡师有钟鼓曰伐，无曰侵，轻曰袭"（《左传》）。"伐"是正式的战争，所以有钟鼓，而且进攻的国家总要找一些进攻的理由，如"苞茅不入"；"侵"不需任何理由，只是"不宣而战"；"袭"比"侵"更多了一重秘密性质，只是偷偷地进攻。远，形容词作名词，远方的国家，指郑国。非，不是，否定副词。所闻，所字和动词组成的词组带有名词性，所闻，即听过、见过的事。非所闻也，不是我一向听过、见过的事，是委婉的说法，实际之意为不赞成。此句为蹇叔提出自己对利用内应、偷袭郑国一事的看法和态度。

"师劳力竭，远主备之，无乃不可乎？"——劳，劳苦。力，兵力，力量。竭，尽，消耗完。师劳力竭，军队劳累，兵力也消耗完了。远主，远方的君主，指郑国的国君。备，防备。之，指偷袭郑国之事。远主备之，远方的郑国已有了防备。无乃，复合虚词，相当于口语中的大概、恐怕，表示委婉的语气。乎，疑问语气词，不可乎，不可以吗？此句为蹇叔申述自己的看法，提出忠告：从军队的角度看，劳师的结果必然力竭，士兵筋疲力尽；从远袭的结果看，郑国应早有防备，正以逸待劳，必然不能实现"国可得也"的目的。所以他委婉地提出自己的劝告，"无乃不可乎"，即不可袭郑。

"师之所为，郑必知之，勤而无所，必有悖心。"——师，军队。所字词组和名词之间的"之"为介词，一般无实意。为，做。所为，所做的事情，即行动。第二个"之"为指示代词,它,指袭郑之事。勤,与劳同义,劳苦、劳累,与"逸"相对。而,承接词。"无所"后省略了动词"得",无所得,毫无收获。有,会产生。悖(bèi),违反常理则悖,动词。悖心,违反常情常理的心理。蹇叔进一步申述自己的看法,说明"远主备之"的可能性。因为是长途行军,所以军队的行动郑国一定知道,所以他们很有可能有所防备。在这种情况下发起远程袭击,军队不仅精疲力竭、毫无收获,而且会产生悖心,导致纪律涣散,军队不战而败。"且行千里,其谁不知!"——且,况且,连词,表递进。行千里,行军千里。其,代词,这件事。再进一步申述自己的看法。秦偷袭郑国,劳师袭远,千里行军,不仅郑国知道,其他国家也会知道,特别是和秦争霸的晋国。晋国决不会善罢甘休,势必出军截击秦军。这样秦既达不到袭郑的目的,又可能受到晋军的截击,后果是不堪设想的。

  公辞焉。——辞,拒绝接受。焉,句末语气助词,表示直接陈述语气。

  第二层写穆公访诸蹇叔,蹇叔提出自己对利用内应、潜师袭郑的看法、态度并劝告穆公不要兴兵袭郑。蹇叔从国际关系、地理形势、历史关系和出师作战等方面做了全面分析,表现出他的深谋远虑,但是秦穆公野心勃勃,拒不接受。

  召孟明、西乞、白乙,使出师于东门之外。——召,召见,略去主语"公"。孟明,秦百里奚之子,姓百里,字孟明。西乞、白乙皆为蹇叔之子,姓蹇。西乞,其名为求,字西乞;白乙,名为丙,白乙其字,皆为秦有名的将领。使,命令,略去宾语"其"。出师,率领军队出发。于,介词,从。之,结构助词。

  蹇叔哭之,曰:"孟子!吾见师之出而不见其入也!"——之,代词,指军队。孟子,对百里孟明的尊称。之,介词,主谓间"之"字的作用在于取消句子独立性。而,并列连词。其,指"师"。本句大意:蹇叔哭着对军队说:"我看得到军队出师,而看不到军队回来(言外之意为师出必败)。"这一句是蹇叔明确提出自己对潜师袭郑的预见,也是诚恳的劝谏,表现出蹇叔对国家、对秦国军队的关怀和热爱。但是,这样的劝谏和预言自然引起了穆公的不满。

  公使谓之曰:"尔何知!中寿,尔墓之木拱矣。"——公,穆公。使,派遣、打发,略去宾语"人"。谓,对……说。之,指蹇叔。"谓"和"曰"的区别:"谓"是说的意思,后面有引语,但不与引语紧接;"曰"后面紧跟引语。尔,第二人称,你。何知,宾语前置,知道什么。中寿,中等寿数,古代以60岁以上、80岁以下为中寿。这时蹇叔年龄已在80岁以上,超过中寿的年龄了。墓，坟墓。之，助词，的。木，树木。拱，两手合抱。矣，表示已然的句末语气词，相当于"了"。本句大意：穆公打发人对蹇叔说："你如果活到中寿的年龄死去，你墓坟上的树木也该长到两手合抱那么粗了。"这句话是秦穆公骂蹇叔老而无知，出语不祥。

蹇叔之子与师，哭而送之。——与，参与、参加。哭，前置主语蹇叔。之，指示代词，指蹇叔的儿子，即西乞、白乙。本句大意：蹇叔的儿子参与此次出征，蹇叔哭着送他们。

曰："晋人御师必于殽。"——御，伏兵狙击。师，秦军。于，在，介词。殽，山名，指崤山，在今河南洛阳洛宁县附近。西北接陕县，东接渑池，有东、西两个山头，相距三十五里。其山上有峻坡，下临绝涧，山路奇狭，不能容两车并进，故为绝险之地。

"殽有二陵焉，其南陵，夏后皋之墓也。"——陵，山头。夏，夏代。后，古代称国君为"天子""君"或"后"。战国时，一国之主称"王""大王"，不再称"君"，"君"渐变为一般对地位较高的人的尊称。皋（gāo），人物名，桀之祖父。本句为判断句式，即"……者……也"。

"其北陵，文王之所辟风雨也。"——文王，周文王。之，介词，无义。所辟风雨，避风雨的地方。用掌故极言二陵之险要。

"必死是间，余收尔骨焉。"——是，代词，指二陵。间，两山之中。必死是间，指晋人一定在二陵之间设有埋伏以拦击秦军。骨，骨骸。焉，兼词，于此，相当于"在这里"。

以上为蹇叔哭师，他预见秦军一定会在崤山遭晋伏兵拦击，秦军必败。

秦师遂东。——遂，时间副词，接着就。东，方位词作动词，向东进发。

第三层，写蹇叔预言秦师必遭晋军伏击，在军队前痛哭。秦穆公召三帅出师，并责备蹇叔老悖无知。表现出了蹇叔的深谋远虑、关心国家命运以及秦穆公的急于袭郑、刚愎自用。

第一段写穆公不顾蹇叔劝告，悍然出师袭郑，与晋争霸。蹇叔哭师，预见秦军必败于殽。从全篇结构看，第一段以蹇叔的劝告和哭师为主要内容，写战前蹇叔对秦潜师袭郑的正确看法和预见，是全文的总领段。

第二段：

三十三年春，秦师过周北门，左右免胄而下，超乘者三百乘。——鲁僖公三十三年，即前627年。过，经过。周，指周国的国都洛邑。左右，指兵车上立左右两旁的武士。春秋时代，一般用车战，兵车一乘有甲士三人、步卒七十二人。御者在中，左右两旁各一人，为武士。立左者用弓箭，立右者用矛。免，免除，脱下。胄（zhòu），头盔。而，连词，表承接。下，下车步行，表示对周王的敬意。超，跳跃。乘，动词，登车。超乘者，一跃而登车的人。三百乘，三百辆车，其中"乘（shèng）"作量词，兵车，包括一车四马，谓之一乘（指车和士）。先秦车马相连，有车必有马，有马必有车。刚一下车又跳上车去，这是轻狂无礼的举动。

王孙满尚幼观之，言于王曰："秦师轻而无礼，必败。"——王孙，帝王的后代。满，其名。尚幼，还在幼年。之，指秦师。观之，看到秦师。言，主动地跟人说话。于，介词，向。王，国王，周襄王。轻，轻狂，放肆。而，并列连词。必败，一定会失败的。按照古礼，军队经过天子城门前，应卷甲束兵，把铠甲和武器暂时解除，现在秦军只免胄而下，又超乘而去，是轻狂而无礼的表现。

"轻则寡谋，无礼则脱。入险而脱，又不能谋，能无败乎？"——（王孙满）"轻狂放肆就缺乏计谋，没有礼貌就会纪律涣散。进入险境而不谨慎，又无计谋，能不失败吗？"

第一层写王孙满观师，断言秦师轻狂无礼，此战必败。王孙满虽然年幼，但观察敏锐。

及滑，郑商人弦高将市于周，遇之。——及，本义为追赶上，引申为达到。滑，姬姓小国，在今河南省洛阳市偃师区或安阳市滑县境内。弦高，郑国商人。市，动词，做买卖、做生意。于，介词，在。之，指秦师。

以乘韦先，牛十二犒师。——以，介词用。乘（shèng），因一辆兵车叫一乘，每乘驾以四马，所以"乘"可以作数词"四"使用。韦，熟牛皮。先，先行礼物。古人送礼，必有先行礼物，然后再送正式礼物，礼物先轻后重。犒（kào），用食物慰劳军队。

曰："寡君闻吾子将步师出于敝邑，敢犒从者"——寡君，我们的国君。吾子，我尊敬的先生，亦可译为"您"。步，动词，行走，步师即行军。出，经过。于，介词，从。敝，谦称，敝邑即敝国。敢，副词，大胆地，冒昧地。从，随从，从者即随从的人，亦即部下。本句大意：（弦高）说："敝国国君听说你们将要行军经过敝国，大胆地来慰劳您的部下。"

"不腆敝邑，为从者之淹，居则具一日之积，行则备一夕之卫。"——腆（tiǎn），丰富、丰厚。为，为了。之，取消句子独立性，无义。淹，淹留，耽搁。居，留居，居住。则，承接连词，就。具，具备，准备。积（zī），米粮蔬菜，柴薪马料等。一日之积，一天用的柴薪食粮。行，走，开拔。备，准备。一夕，一晚上。卫，保卫工作，名词。

且使遽告于郑。——且，而且，递进连词。使后省略了"人"。遽，驿车。古代每过一驿站，就换一次传递信件的驿车。此处是说弦高用驿车迅速告知郑国。告，告知。于，介词，给。第二层写弦高犒师，揭露秦师袭郑的阴谋，表现出了弦高的爱国和聪慧。

郑穆公使视客馆，则束载，厉兵，秣马矣。——使后省略了"人"。视，探视，察看。客馆，客栈。"则束载"前省略了主语"杞子及部下"。则，就。束，捆绑。载，行李。厉，通"砺"，磨。兵，兵器。秣（mò），给马喂粮草。本句大意：郑穆公派人到客栈察看，杞子及部下早已捆好了行李，磨快了兵器，喂足了马匹（准备好做秦师的内应了）。

使皇武子辞焉，曰："吾子淹久于敝邑，唯是脯资饩牵竭矣。"——皇武子，郑大夫。辞，用一番言辞让秦人离开郑国，下逐客令，警告。焉，语气词，常用于叙述句句末，表示停顿。唯是，只是。脯，干肉。资，通"粢"，粮食。饩，古代馈赠牲畜及食物。牵，尚未宰杀的牲畜。竭，用完了。本句大意：郑穆公让皇武子下逐客令说："您在敝国耽搁很久了，只是干肉、粮食和牲畜都用完了（意为郑国不能再继续供应了）。"

"为吾子之将行也，郑之有原圃，犹秦之有具囿也。"——为，为了。之，取消句子独立性，无义。行，走。原圃，郑国畜养禽兽及打猎的地方。犹，如同，就好像。具囿，秦国畜养禽兽及打猎的地方。

"吾子取其麋鹿，以间敝邑，若何？"——取，猎取。其，指郑国的原圃。麋，似鹿而大。以，使，给，介词。间，休息。还有一种说法是"间"应为"閒"，即"闲"，中止、留下之意。"以间敝邑"有两解：其一，仍留在敝国；其二，使敝国得到休息。若何，复合疑问代词，怎么样。表商量的语气。本句大意：你们自己在郑国的原圃打的麋鹿，就留在敝国，怎么样？或言：你们自己在郑国的猎苑里打些麋鹿就走吧，使敝国得到休息，怎么样？

杞子奔齐，逢孙、杨孙奔宋。——奔，跑，特指战败逃跑或政治避难。皇武子这一段话，表面上是关心秦人，佯装不知秦人在做内应，以缺粮为由让其回国，实际上是下逐客令，暗示郑国已识破秦人的阴谋。

第三层写皇武子辞客，揭穿秦人阴谋，断绝秦国的内应。秦军无内应必不敢攻郑。

孟明曰："郑有备矣，不可冀也。攻之不克，围之不继，吾其还也。"灭滑而还。——有，有了。备，准备、防备。冀，希望。之，指郑国。克，战胜，攻破。继，增援。其，语气词，无义。还，回去。而，承接连词。

第四层写秦师袭郑失败，灭滑而还。

第二段写秦潜师袭郑的经过。王孙满观兵，料秦必败。弦高犒师，皇武子辞客，使秦人袭郑的阴谋败露，劳而无功只得灭滑而还。

第三段：

晋原轸曰："秦违蹇叔，而以贪勤民，天奉我也。"——原轸即先轸，封地在原（地名）故也称原轸。秦，秦国。违，违背。而，并列连词。以，因为，介词。贪，贪婪。而以贪勤民，因贪得无厌而使人民劳累。奉，助，给予。

"奉不可失，敌不可纵，纵敌患生，违天不祥，必伐秦师。"——奉，上天给予的机会。失，失去。纵，放纵，放过。患，祸患。生，发生。不祥，不吉利。伐，讨伐。

栾枝曰："未报秦施而伐其师，其为死君乎？"——施，恩惠，指秦穆公援助晋文公回国。而，转折连词，却。其，指秦。其，语气词，加强反问的语气。为，为了。死君，已死的国君。乎，疑问语气词。

先轸曰："秦不哀吾丧而伐吾同姓，秦则无礼，何施之为？"——哀，哀悼。吾丧，我国的丧事，秦不哀吾丧，即秦国不哀悼我国的丧事。而，转折连词，却。伐，讨伐，攻伐。吾同姓，我们同姓的国家（郑、滑都是姬姓国家，与晋同姓）。则，就。无礼，不讲礼。何……为，表示委婉的反问语气，构成反问句式。何施之为，还讲什么恩惠呢？

"吾闻之：'一日纵敌，数世之患也。'"——之，指下文，即听说过的内容。世，一世三十年，亦称一代。数世之患，好几代的祸患。

"谋及子孙，可谓死君乎？"——谋，打算，考虑，商议。及，到。谓，认为，叫作。本句大意：考虑到子孙后代的利益（不可纵敌），（纵敌）可以被认为是为了已死的国君吗？

遂发命，遽兴姜戎。——遂，时间副词，接着就。兴，发动，调动。用驿车传令调动姜戎的军队。姜戎，住晋国南部，同晋国关系亲密。或曰秦晋间的一种部族，因一向为秦所逐，所以肯为晋出力。

第一层写先轸与栾枝的辩论，先轸认为秦师必伐，可见先轸的深谋远虑。

子墨衰绖，梁弘御戎，莱驹为右。——子，指晋襄公。春秋时期，旧君未下葬时新君只能称"子"，不能称"公"。衰（cuī），白色孝衣，麻衣。绖（dié），孝带，麻腰带，都是白色。古代白色是不吉利的颜色，故用墨染之以避免其不吉祥之意。梁弘，晋大夫。御，驾车。戎，戎车，战车，主帅乘的车，主帅居车左，御者居中，武士居右以护卫。莱驹，晋大夫。为，做，当。右，车右武士。

夏四月辛巳，败秦师于殽，获百里孟明、西乞术、白乙丙以归。——辛巳，十四日。获，俘获，俘虏。以，连词，而。

遂墨以葬文公，晋于是始墨。——遂，副词，接着就，于是。墨，墨色丧服。以，来，趋向动词。于是，从此。始，开始。

第二层写晋败秦师于殽，俘秦三帅。

第三段写晋伏击秦军的经过。晋襄公听从先轸建议，出师击秦，大败秦师于殽山并俘其三帅（也验证了秦穆公不停蹇叔劝阻，袭郑果遭晋军伏击，最终败于殽山的预言）。

第四段：

文嬴请三帅，曰："彼实构吾二君，寡君若得而食之，不厌，君何辱讨焉？"——文嬴，晋文公夫人，秦穆公女儿，晋襄公之嫡母。请，请求。请字后面带动词时，有两种不同的意义：其一，请你做某事，如《左传·隐公元年》中有"则请除之"；其二，请你允许我做某事，"请"后动词表示"我"的行为，如《左传·隐公元年》中有"臣请事之"。古汉语里，第二种情况比较常见。请三帅，为三帅请求。彼，远指代词，那里，那个，这里指那三个人。构，挑拨离间。二君，秦、晋两国国君。寡君，我们秦国之君。之，人称代词，他们。厌，通"餍"，表示吃饱的意义时，一般写作"餍"，可引申为满足，亦可引申为讨厌、憎恶，还可引申为嫌，如"食不厌精，脍不厌细"。君，对人尊称，您。何，何必。辱，屈辱，委屈。讨，治罪，惩罚。焉，表示语气，句末助词，相当于"呢"。

"使归就戮于秦，以逞寡君之志，若何？"——就，接受。戮，死刑。于，介词，在。以，连词，表承接，而。逞，满足。志，心愿。

公许之。——公，晋襄公。许，允许。之，指文嬴的要求。

第一层写文嬴为三帅求情，襄公许之。

先轸朝，问秦囚。公曰："夫人请之，吾舍之矣。"——朝，朝见。夫人，老夫人，对老妇人的尊称。之，人称代词，他们。舍，释放。之，他们。矣，了。

先轸怒曰："武夫力而拘诸原，妇人暂而免诸国，堕军实而长寇仇，亡无日矣。"——怒，生气地。武夫，战士们。力，动词，努力、奋力。而，连词，表承接。拘，俘获，俘虏。诸，之于。原，原野，战场。战士们努力作战才在战场上俘获了他们。妇人，此词体现先轸怒极忘了尊卑口气。暂，仓促之间。免，赦免。妇人暂而免诸国，仓促之间就因一个妇人在国内赦免了他们。堕（huī），通"隳"，即毁坏。军实，战绩，指俘获敌人。长，助长。

寇仇，同义复合词，敌人。堕军实而长寇仇，消耗了军力而助长了敌人的气焰。亡，亡国。无日，没有多少时候。矣，了。

不顾而唾。——不顾，不顾襄公在面前。而，连词，表承接。唾，吐唾沫。

第二层写先轸盛怒而斥责襄公及其怒极而失体之状，以见先轸的刚正。

公使阳处父追之，及诸河，则在舟中矣。——公，晋襄公。阳处父，晋国大夫，又称阳子。之，第三人称代词，他们。及，追赶到。诸，之于。及诸河，追赶他们到了河边。则，承接连词，表示事情的结果早已出乎意料，相当于"就已经"。则在舟中矣，他们就已经在船上了。

释左骖，以公命赠孟明。——释，解下。左骖，一车四马，最左边的叫左骖。以，介词，用。公，晋襄公。意为用晋襄公的名义赠送给孟明，以便引诱他们到岸上来拜谢，再行逮捕。

孟明稽首曰："君之惠，不以累臣衅鼓。"——稽（qǐ），叩头至地曰稽首。君，晋国的国君。惠，恩惠，恩典。以，介词，把。累臣，俘虏之人。衅鼓，以血涂鼓。古代有"衅祭"的仪式，凡新制成的钟鼓之类，都用牲血涂抹于上，以防罅裂，然后祭之，引申为杀死之意。

"使归就戮于秦，寡君之以为戮，死且不朽。"——之以为戮，介词倒置在代词或名词的后面，即"以之为戮"。以，把。以为戮，处死刑。且，尚且。不朽，不忘大恩。"死且不朽"为反语，意为死了也不忘这次失败。

"若从君惠而免之，三年将拜君赐。"——从，听众，遵从，依赖。"君"有两解，一曰"您"，一曰"晋君"。惠，恩。免，赦免。之，指罪过。三年，三年之后。拜，拜谢。赐，赏赐。此句为反语，意为三年后再来复仇。

第三层写阳处父追三帅，欲诱他们上岸然后再行逮捕，孟明不受诱骗，婉言表明三年后将来复仇。

秦伯素服郊次，向师而哭曰："孤违蹇叔，以辱二三子，孤之罪也。"——素服，白色衣服，孝服。次，驻，等候。秦伯，即秦穆公。向师，面对军队。孤，古代国君的自称。以，以致。辱，受屈辱。二三子，你们。

不替孟明，曰："孤之过也，大夫何罪？"——替，废，中止。孟明，指其率领的袭郑之师。本句大意：没有废弃孟明，秦穆公说："这是我的错误，大夫有什么罪啊？"

"且吾不以一眚掩大德。"——且，况且。以，因为。眚（shěng），眼睛长白翳，引申为过失。以一眚掩大德，因为一次过失掩盖大的功劳。

第四层写穆公哭师，承认错误。

第四段写战后情况，晋释三帅，秦穆公向师而哭，承认错误，吸取教训。

三、中心思想

这篇历史散文，记述了崤之战的前因后果，反映了秦晋争霸的矛盾斗争，指明了以贪勤民、劳师袭郑是秦失败的主要原因。

四、写作特点

（一）从结构上来看，本文结构完整，中心突出，前呼后应，条理分明

本文共分四段，第一段写战前秦准备潜师袭郑的情况；第二段写秦潜师袭郑的经过；第三段写秦潜师袭郑的结局，即晋败秦师于崤，俘其三帅；第四段写战后秦、晋不同的措施。这四段文字系统地记述了秦晋崤之战的全部过程。从战前到战后，从前因到后果，从秦穆公不顾蹇叔劝告、悍然出师到承认错误、接受教训，根据事件的发生发展，按照时间顺序来写，不仅完整地记叙了崤之战的前因后果，而且全面地反映了当时秦晋争霸的错综复杂的矛盾和斗争。全文结构是十分完整的。但是作者记叙崤之战，并不是为记事而记事，而是为了突出崤之战中"秦师必败"的原因。此战中秦晋矛盾的主要方面是秦，矛盾斗争的结局是秦国的失败，所以突出秦师必败的原因，不仅为了反映历史事件的真实性，而且为了反映历史事件发展的必然性。正因为这样，所以全文处处围绕着"秦师必败"这个中心，突出秦师失败的原因及其必然性。全文结构不但首尾完整，而且中心明确突出。秦师失败的原因，文章中是从正面、侧面、反面三个方面描述的。正面描述是秦蹇叔指出"劳师袭远"；侧面描述是王孙满指出"秦师轻而无礼，必败"；反面描述是晋先轸提出"秦违蹇叔，以贪勤民，天奉我也"。由此可知秦师必败的原因其一是劳师袭远，在战略上犯了重大错误；其二是以贪勤民，师出无名，在政治上处于不利；其三是秦师轻而无礼，在行军作战或战术方面犯了错误，所以失败是必然的。

不仅全文有中心，各段文字也各有重点。各段重点，又都是为了突出全文中心。第一段，着重写蹇叔的劝师、哭师，预见晋人御师于崤，秦师必败于崤。第二段，着重写弦高犒师、皇武子辞客，即郑人揭露了秦的阴谋，断绝了秦师的内应，使秦袭郑一事以失败告终。第三段，着重写晋襄公听从先轸建议，败秦师于崤。第四段，着重写秦败后，穆公能承认错误并从失败中吸取教训。所以，各段都有重点，而重点都紧紧围绕着全文的中心，处处在突出中心。

从四段文字的关系来看，围绕全文中心，前呼后应，脉络贯通，条理分明。第一段是蹇叔对这个事件的发展所做的全面的预见，是全文的总领段。第二段写弦高犒师、皇武子辞客，有力地证实了蹇叔的看法——远主备之。第三段写晋败秦师于崤，又证实了蹇叔的预见。这两段都和第一段相互呼应。第四段写秦穆公承认错误，"孤违蹇叔"又与篇首不听蹇叔忠告的行为及篇中先轸说的"秦违蹇叔"相呼应。如此前后呼应，脉络贯通，把复杂的事件叙述得有条有理。

文章的条理分明，还表现在记叙方面，即按照时间及事件发展的过程来写。先写战前，鲁僖公三十二年冬；再写袭郑经过，鲁僖公三十三年春；其次写晋败秦师于崤，鲁僖公三十三年夏四月辛巳；最后写战后情况。按照进军的路线来说：第一，写师于北门之外；第二，写过周北门；第三，写滑、弦高遇之；第四，写灭滑而还；第五，写败师于崤，条理十分清晰。

本文有叙事，也有论言。叙事中，承上启下的内容，多用一两句话，作扼要点明。如第一段的"穆公访诸蹇叔""公辞焉""召孟明、西乞、白乙，使出师于东门之外""秦师遂东"，第二段的"杞子奔齐，逢孙、杨孙奔宋""灭滑而还"，第三段的"遂发命，遽兴姜戎"。这样的处理，不仅使文章语言精炼，而且使文章内容醒豁、结构完整、条理分明。

段落与段落之间、片段与片段之间衔接紧密，转换自然。第一段由"秦师遂东"转换到三十三年春，秦师过周北门，第二段从结尾处的"灭滑而还"转换到写秦师败于崤，第三段结束写俘获三帅，第四段紧接着写文嬴请三帅，衔接紧密，转换自然。从片段的衔接转换方面来说，第一段由杞子建议袭郑转换到蹇叔劝师，中间用了一个承上启下的过渡句"穆公访诸蹇叔"，接着用"公辞焉"和"召孟明、西乞、白乙，使出师于东门之外"承上启下，自然地由蹇叔劝师转换到蹇叔哭师，紧密地把蹇叔劝师和蹇叔哭师两个片段衔接了起来。

（二）从文章的选材来看，本文服从中心，详略恰当

文章的中心是写秦师必败的原因，不是为写战争而写战争，所以对崤之战的具体过程不加描述，只简略地交代了一下战争的结果，即"败秦师于崤"。作者着重地介绍了几个有关人物对秦师袭郑一事的看法和分析，记述了故事发展中与政治斗争、军事斗争有关的人物活动。如弦高犒师、皇武子辞客、文嬴请三帅、阳处父诱敌。通过讲述这些人物的活动、看法及对事件的分析，突出了"秦师必败"这个中心。

凡是与故事发展变化有关的线索性、关键性内容，作者都依次做了必要

的交代。如开头杞子的建议，与下文蹇叔劝师和哭师有关，不能省略。同样，第二段秦师"超乘"的情况，与下文王孙满观兵料秦必败有关系，也不能省略。弦高途遇秦师，派人"遂告于郑"，以及郑穆公派人视察客馆时的所见所闻，和下文皇武子辞客、断秦内应有关，都是战事发展的关键所在，不可省略。所有这些都做了必要的交代。但与文章中心无关的内容都只是一笔带过，如"召孟明、西乞、白乙，使出师于东门之外""秦师遂东""杞子奔齐，逢孙、杨孙奔宋""灭滑而还""遂发命遽兴姜戎""败秦师于崤"等。此种选材和剪裁的方式，紧紧扣合中心，有详有略，详略得当。因而文章结构完整，眉目清楚，而且中心突出。

（三）通过人物语言表现人物性格

本文对历史事实的陈述，不是枯燥的、简单的，而是以艺术的手法再现历史的画面，将古人的活动生动地再现在读者面前，使读者如闻其声、如见其人。在人物描写方面一般是用白描的手法，着墨不多，但能扣紧人物的身份地位及所处的环境，通过语言、对话、行动等细节表现人物的不同形象和性格。如写蹇叔的劝师和哭师，表现出了蹇叔的深谋远谋、斗争经验丰富和对秦国的忠心耿耿；写王孙满观兵，表现出了王孙满的观察敏锐；写弦高犒师，表现出了弦高的机智和爱国；写皇武子辞客，表现出了皇武子善于辞令；写先轸为分析敌情、怒责晋襄公，表现出了先轸的有远见、有智谋，见识超人，其个性刚强、为人耿直、对国忠心；写阳处父诱敌，孟明谢赏，表现出了两人的机智聪慧、机警冷静。通过对各个人物语言的描绘展现出他们的性格，既表现出了人物的内心活动，又交代了故事的发展变化，反映了一定的历史真实。《左传》擅长于描绘人物，为后世史传文学开辟了道路，打下了基础。

秦穆公的活动贯串全篇，因他是这一战争的发动者、组织者。秦师的失败就是他不听蹇叔劝告、劳动师远、以贪勤民、轻敌寡谋的结果，对他行为和语言的描绘表现出了他的主观武断、刚愎自用；但他失败后能承认错误、吸取教训，也在一定程度上表现出了他的英明果断。

五、虚词用法

1. 以

（1）连词，如"潜师以来""劳师以袭远"。

（2）介词，如"以贪勤民""以公命赠孟明""不以眚掩大德"。

2. 其

（1）代词，如"郑人使我掌其北门之管""不见其入也""其南陵……"。

（2）语气词，如"其谁不知""吾其还也"。

3. 为

（1）名词，如"师之所为"。

（2）介词，如"为从者之淹"。

（3）构成反问句式，如"何施之为"。

4. 焉

（1）代词，表示"于此"，如"余收尔骨焉"。

（2）代词，表示指代，如"公辞焉"（指蹇叔），"使皇武子辞焉"（指秦臣杞子等）。

5. 之

（1）助词，如"东门之外""蹇叔之子与师""夏后皋之墓也""吾见师之""居则具一日之积，行则备一夕之卫"。

（2）代词，如"郑必知之""蹇叔哭之""笑而送之""王孙满尚幼，观之""弦高……遇之""攻之不克""围之不往"。

（3）取消句子独立性，无义，如"吾见师之出""为吾子之将行也""郑之有原圃，犹秦之有具囿"。

（4）介词，如"师之所为""文王之所辟风雨"。

勾践栖会稽

一、题解

这篇历史散文选自《国语》。《国语》是一部春秋时期的国别体史书,是春秋各国史官记载的史料汇编,内容主要是各国贵族的重要言论。全文是按周、鲁、齐、晋、郑、楚、吴、越八国分国家编辑的,共21卷,约七万余言,记载了前990年至前453年间的一些历史事实。课文选自《越语》,题目为笔者所加。

课文中所记述的吴、越两国,都是春秋时位于长江下游的国家。吴在今江苏南部,越在今浙江北部,两国相互接壤,地理关系密切;但为了争霸,前496年起的20多年中,两国间发生了三次战役:

第一次是前496年的樵李(地名,今浙江省嘉兴市)之战。吴王阖闾兴师北伐越,结果大败,阖闾也因伤而死。

第二次是前494夫椒(山名,今江苏省太湖洞庭山)之战。吴王夫差(阖闾之子)为父报仇,打败了越国,越王勾践退住会稽(地名,今浙江省绍兴市),屈身求和。

第三次是前473年的姑苏(地名,今江苏省苏州市)之战。勾践趁吴与晋争做霸主,会盟诸侯于黄池(今河南省新乡市封丘县西南)的机会,发兵袭吴,一举灭了吴国,成为了春秋末期的霸主。

本文所论的故事,就是第二、三次战役期间,吴越两国势力消长,终于一兴一灭的过程。

二、串讲分析(全文可分为三段)

第一段:

越王勾践栖于会稽之上。——栖(qī),孤守,困守。于,介词,在。会稽(kuàijī),山名,今浙江省绍兴市东南。之,助词,的。会稽之上,会稽山上。本句大意：越王勾践被吴王夫差打败，困在会稽山上。

乃号令于三军曰："凡我父兄昆弟及国子姓，有能助寡人谋而退吴者，吾与之共知越国之政。"——乃，于是，承接连词。号令，动词，发布命令。于，介词，向、对。三军，指全体将士。春秋时期军队编制：天子六军，诸侯大国三军，次国二军，小国一军，每军一万二千五百人。越乃大国，有三军。凡，凡是，所有。我，我国。父兄，偏义副词，指年长者，亦有父老之义。昆弟，昆而先，昆弟即兄弟。父兄昆弟，指贵族中年长的及平辈的人。国，国内。国子姓，国姓贵族的晚辈。或可认为子即百姓，因古代称百姓为"子民"。有能，有能够。助，帮助。寡人，越王自称。谋，动词，出谋划策。而，承接连词。退，击退。吴，吴国。之，指助越王退吴国的人。共，共同。知，主持，如知县、知州。政，政事。本句大意：于是对全体将士发布命令说："凡是我国的父老兄弟及全国的老百姓。有能够帮助我出谋划策、击退吴国的，我将和他共同管理越国的政事。"

以上为勾践困守会稽，向全军发出紧急呼吁，表现出了勾践复兴国家意志的坚决和心情的急切。

大夫种进对曰："臣闻之，贾人夏则资皮，冬则资絺；旱则资舟，水则资车，以待乏也。"——大夫，官名。种，文种，字子禽，楚之郢人，入越后与范蠡同助勾践灭吴，功成，为践所忌，被杀。进，上前。对，对答。臣，文种自称。闻，听到、听说。之，指代，这样的事情。贾（gǔ）人，商人。夏，夏天。则，就。资，备，储备。皮，皮草。絺（chī），夏布，麻布，质细。旱，天旱。舟，船。水，有水患。以，介词，用来。待，等待。乏，缺少。本句大意：大夫文种上前对答说："我曾听人说过这样的事情，商人夏天就储备皮草，以便冬天使用或售卖，冬天就储备夏布；天旱的时候就储备小船，有水患时就储备车辆，用来等待时机，提防到时缺货。"

"夫虽无四方之忧，然谋臣与爪牙之士，不可不养而择也。"——夫，发语词，引起下文议论。虽，虽然。无，没有。四方，四邻，国家。之，助词，的。忧，忧患，侵扰。然，转折连词，然而。谋臣，出谋划策的臣子。与，并列连词，和。爪牙，比喻的手法，虎爪犬牙。之，助词，的。士，武士，将士。此处表褒义，指勇敢的战士。养，培养，储备。择，选择。本句大意：（文种）"一个国家平时虽然没有邻国的侵扰，然而出谋划策的臣子和勇敢的将士，不可不加以储备、加以选择。"

"譬如蓑笠，时雨既至，必求之。"——蓑，雨衣。笠，雨帽。"时雨"有两解：一曰下雨；一曰雨季。既，已经。至，到了，来了。必，必然。求，需求。之，它，指蓑笠。

"今君王既栖于会稽之上，然后乃求谋臣，无乃后乎？"——既，已经。乃，才，时间副词，表强调语气。求，访求。无，不。乃，是，系词。后，迟，晚。本句大意：（文种）"现在您已经困守在会稽山上，然后才访求出谋划策的人，不是晚了吗？"

以上为文种对勾践的讽谏，他希望勾践吸取教训，平时养士。

勾践曰："苟得闻子大夫之言，何后之有！"——苟，不过。得，能够。子，你，古代对他人的尊称，如孔子、墨子。本句大意：勾践说："不过能听到大夫你的高论，有什么晚的呢？"

勾践回答文种的话表现出了勾践对文种的重用。

执其手而与之谋——拉着文种的手，和文种策划计谋。

以上为第一层。勾践困守会稽，寻求退吴的谋士，文种进谏，勾践和文种共谋退吴之策。通过人物对话的场面，生动地展现出了两人的形象以及勾践和文种不同的个性、心情和愿望。对话的前后用简短的句子交代情况，被称为"提笔"和"结笔"。

遂使之行成于吴。——遂，时间副词，就，便。使，动词，打发，派遣。之，代词，指文种。行，前去。成，议和、求和。行成，前去求和。于，介词，相当于"到"。本句大意：勾践就派文种前去吴国求和。

曰："寡君勾践乏无所使，使其下臣种。"——寡君，指越王，我们（敝国）的国君。乏，介词，无义。无所使，没有其他可派遣的人。其，他，指勾践。下臣，自谦词，下级官员，小官员。彻，直接。声，话。闻，传达。于，给。大王，对吴王夫差的尊称。本句大意：文种对吴王说："敝国国君勾践没有其他可派遣的人了，只得派遣他的小官员文种前来。"

"不敢彻声闻于大王，私于下执事曰：'寡君之师徒不足以辱君矣。'"——私，低声下气地私语。于，给。下执事，下面办事的人。师徒，军队。足，值得。以，可以。辱，屈辱。辱君，屈辱您来讨伐。矣，句末语气助词，相当于"了"。本句大意：（文种）"不敢直接和吴王说话，只好低声下气地和在您手下办事的人说：'敝国国君的军队，不值得再屈辱您来讨伐了。'"

"愿以金玉、子女赂君之辱。"——愿，愿意。以，介词，把。赂，赠送、贡献。君，你。之，的。辱，辱临。本句大意：（文种）"越王愿意把黄金、白玉及子女贡献给您，以答谢您的辱临。"

"请勾践女女于王，大夫女女于大夫，士女女于士，越国之宝器毕从。"——请，请允许，客套语。第一个"女"作动词，意为"做婢妾"；第二个"女"作名词，指女儿。本句大意：（文种）"请允许把勾践的女儿嫁给大王做婢妾，把大夫的女儿嫁给吴国的大夫做婢妾，把士的女儿嫁给吴国的士作为婢妾，越国珍贵的器物全部带来。"

"寡君帅越国之众以从君之师徒，唯君左右之。"——以，介词，来。从，听从，跟随。唯，任凭，听凭。左右，此处作动词，调遣。本句大意：（文种）"敝国之君将率领全国的人编入您的军队，听凭您的调遣。"

"若以越国之罪为不可赦也，将焚宗庙，系妻孥，沈金玉于江。"——若，如果。以……为……，即"认为……是……"。将，将要。焚，烧毁。宗庙，祖先的祠堂。系，捆绑。孥（nú），妻子和儿女。本句大意：（文种）"如果认为越国的罪过是不能赦免的，（那么）我们将会烧毁祖先的祠堂，把妻子和儿女捆绑起来，把黄金、白玉沉入江中。"

"有带甲五千人，将以致死，乃必有偶。"——有，还有。带甲，着盔甲的战士。将以，将会，将要。致死，拼命作战。乃，承接连词，那就。必，必然。有偶，一个当作两个。本句大意：（文种）"再带领现在仅存的战士五千人，与吴国决一死战，那时一个战士必然能顶两个用。"

"是以带甲万人事君也，无乃即伤君王之所爱乎？"——是，这就是。以，用。事君，和您作战。无乃，不是，否定副词。即，就，便。伤，伤害。之，介词，的。所爱，所喜爱的东西。乎，吗。本句大意：（文种）"这就是用一万名武装战士与您作战了，不是就伤害您所喜爱的东西了吗？"

"与其杀是人也，宁其得此国也。其孰利乎？"——"与其……宁其……"相当于"与其……不如……"，是选择句中的关联词语。是，指勾践带领的这些人。其，其中。孰，哪种选择。利，有利。乎，呢。本句大意：（文种）"与其杀死越王带领的这些人，还不如得到越国的国土。其中哪种选择更有利呢？"

以上为第二层，叙述文种向吴王求和，陈说和与战的利弊，说明和对吴有利，战对吴不利。言辞卑顺，但态度坚决。

夫差将欲听，与之成。——欲，打算。听，听从，同意。之，代词，指文种的话。成，议和。本句大意：夫差打算同意文种所言，与越国议和。

子胥谏曰："不可，夫吴之与越也，仇雠敌战之国也。"——伍子胥，名员，字子胥，楚人。谏，劝告，劝诫。之，起关联作用，无义。"仇""雠"意思相似，为近义词的叠用，即仇视、敌对。敌，相互敌对。战，攻打，打仗。本句大意：伍子胥劝谏吴王："不可议和，吴国和越国是相互仇视、相互敌对、相互争斗的两个国家。"

"三江环之,民无所移。"——三江指长江、钱塘江、浦阳江。环,围绕,环抱。之,指吴越两国。民,老百姓。无所移,没有地方可迁移,无法外迁。本句大意:(伍子胥)"长江、钱塘江、浦阳江环绕着吴越两国。两国的百姓,无法外迁,只能在三江之间活动。"

"有吴则无越,有越则无吴,将不可改于是矣。"——将,将来,永远。改,改变。于,介词,对。是,指吴越不能并存的形势。矣,句末语气助词,相当于"了"。本句大意:(伍子胥)"(这样的地理条件决定了)有吴国就没有越国,有越国就没有吴国,吴越将不能并存的形势永远不可能改变。"

"员闻之,陆人居陆,水人居水。"——员,伍子胥自称。本句大意:(伍子胥)"我听人说过这样的事情,习惯于陆地上生活的人住在陆地上,习惯水上生活的人住在水上。"

"夫上党之国,我攻而胜之,吾不能居其地,不能乘其车。"——上党指晋地,中原国家。本句大意:(伍子胥)"中原的国家,(即使)我们攻打、战胜了他们,(也)不能长期住在那里,(也)不习惯于乘坐他们的车辆。"

"夫越国,吾攻而胜之,吾能居其地,吾能乘其舟。"——夫,语气词,表示转折语气。本句大意:(伍子胥)"而越国,我们主动进攻并把他们打败了,就能长期住在那里,也能乘坐他们的船。"

"此其利也,不可失也已!"——此,这就是。其,指进攻越国一事。利,好处。本句大意:(伍子胥)"这就是歼灭越国的好处,不可失去(这次机会)啊!"

"君必灭之!失此利也,虽悔之,必无及已。"——之,指示代词,指不灭越国。虽,即使。已,矣,了。本句大意:(伍子胥)"大王您一定要消灭越国!如果您失去了这个有利的时机,那么即使后悔也必然来不及了。"

以上为伍子胥向吴王陈说战与和的利弊,劝吴王灭越。

越人饰美女八人,纳之太宰嚭。——纳,送给。之,取消句子独立性,无义。太宰,官名。本句大意:越国人把八个美女打扮好,送给了太宰嚭。

曰:"子苟赦越国之罪,又有美于此者将进之。"——苟,如果。于,比。此,指八个美女。将,将会。进,进贡。之,你。本句大意:(越国人对太宰嚭)说:"如果您能设法免掉越国的罪过,(我们)还会把更漂亮的美女送给您。"

太宰嚭谏曰:"嚭闻古之伐国者,服之而已。"——太宰就向吴王夫差进谏说:"我听说古代征伐别的国家,让他们投降就可以了。"

"今已服矣，又何求焉？"——（太宰嚭）"现在越国已经投降了，您还想要求什么呢？"

夫差与之成而去之。——之，指越国。本句大意：吴王和越国议和后就撤兵离开了越国。

以上写越国以美女贿赂吴国太宰，吴国太宰劝谏吴王，吴、越议和成功。

第一段主要记述了越王困守会稽之后，为挽救国家，与文种等人商议计策之事，展现了他的深谋远虑。

第一段结构：

第一层，记述越王勾践为挽救国家，信任谋臣，接纳忠言，向吴求和；第二层，记述吴王夫差贪图小利，拒忠言、信佞臣，鼠目寸光，与越议和。

第一段写作手法：

采取以记言为主的写史方法，通过人物对话，穿插必要交代，反映历史现象。运用对比的手法，将吴、越两国进行了对比：越军虽失败，但政治清明；吴军虽胜利，但政治腐败。越王勾践任谋士，纳忠言，深谋远虑；吴王夫差拒忠言，信佞臣，鼠目寸光。同时，运用了主客结合、以客陪主的写史方法（以吴为经，以越为纬）。

第二段：

勾践说于国人曰："寡人不知其力之不足也。"——说，宣告，解释，说服。于，介词，向、对。国人，百姓。其，自己。本句大意：勾践向百姓宣告说："我不知自己的力量不够。"

"而又与大国执仇，以暴露百姓之骨于中原，此则寡人之罪也，寡人请更。"——而，承接连词。执仇，结仇，作对。以，介词，表示结果，以致。暴露，陈列在外，完全显露出来，此处指牺牲老百姓的生命。于，介词，在。中原：原野之中，荒野之中。本句大意：（勾践）"与吴国这样的大国作对，以致百姓流离失所，横尸原野，这是我的罪过（过错），我请求改正。"

以上写勾践向百姓承认错误，表示将改正错误。下文写他将采取的行动。

于是葬死者，问伤者，养生者；吊有忧，贺有喜。——于是埋葬已经死去的人，慰问受伤的人，供养活着的人；谁家有忧就去慰问，谁家有喜事就去祝贺。

送行者，迎来者。——此句有两解：其一，为对百姓而言，欢送出外远行的人，迎接回家的人；其二，为对外国来的人而言，欢送离开越国的人，迎接来到越国的人，以尽地主之谊。去民之所恶，补民之不足。——去，废除，除去。所恶，所厌恶的事情。不足，认为不足的地方。本句大意：除去百姓所厌恶的事情，补全老百姓认为不足的地方。

以上写越王对内将采取的措施，首先采取一系列养生葬死、吊忧贺喜、迎来送往，去所恶、补不足等能使百姓生活安定的措施，取得百姓的信任，团结民心。接下来写对外的措施。

然后卑事夫差，宦士三百人于吴，其身亲为夫差前马——卑，卑躬屈膝地。事，侍奉。宦，派人去当差。士，士人，贵族。于，介词，到。其身，他自己。亲，亲自。为，做。前马，仪仗队中骑马开路的人，马前小卒。本句大意：然后卑躬屈膝地侍奉吴王，派三百个士去吴国当差，他自己亲自做吴王马前开路的小卒。

以上写勾践对外忍辱负重，自降身份侍奉吴王。

第二段第一层，论述吴、越议和后，勾践吸取教训计划采取的措施，即对内团结民心，对外卑躬屈膝地侍奉吴王。

勾践之地，南至于句无，北至于御儿，东至于鄞，西至于姑蔑，广运百里。——句无，今浙江省诸暨市东南。御儿，今浙江省桐乡市崇福镇。鄞，今浙江省宁波市。姑蔑，今浙江省衢州市。广，东西。运，南北。

乃致其父母昆弟而誓之。——乃，于是。致，召集。其，他的。誓，宣誓。之，指代，他们。本句大意：于是召集他的父辈和他的兄弟并发誓。

曰："寡人闻，古之贤君，四方之民归之，若水之归下也。"——四方，四面八方的，周围的国家。归，附，投靠。之，他。若，就好像。归，流向。下，低处。本句大意：（勾践）说："我听说，古代贤明的国君，周围的国家归顺于他，就像水流向低处一样。"

"今寡人不能，将帅二三子夫妇以蕃。"——将，将要。帅，率领。二三子，你们。以，来。蕃，繁衍生息。本句大意：（勾践）"现在我无能，将率领你们来繁衍生息。"

令壮者无取老妇，令老者无取壮妻；女子十七不嫁，其父母有罪；丈夫二十不取，其父母有罪——于是下令，青壮年不准娶老年妇人，老年不能娶青壮年的妻子；女孩子十七岁还不出嫁，她的父母有罪；男子二十岁还不娶妻生子，他的父母同样有罪。

将免者以告，公令医守之。——免，通"娩"，生孩子。以，介词，向。告，向公家报告。守，照料，看护。本句大意：快要分娩的人要报告，公家会派医生去照料。

生丈夫，二壶酒，一犬；生女子，二壶酒，一豚；生三人，公与之母；生二子，公与之饩。——生下男孩，公家奖励两壶酒、一条狗；生下女孩，公家奖励两壶酒、一头猪；生三胞胎，公家给配备一名乳母；生双胞胎，公家给发食粮。

当室者死，三年释其政。——当室者，负担家务的长子，即嫡长子。死，死于国事。释，免除。其，他家。政，劳役，赋税。本句大意：嫡长子死于国事，免除三年的劳役赋税。

支子死，三月释其政，必哭泣葬埋之如其子——支子，庶子。泣，垂声之哭，暗哭。本句大意：庶子去世，减免三个月的赋税，埋葬的时候还一定要哭泣，就像自己的亲儿子（死了）一样。

令孤子、寡妇、疾疹、贫病者，纳宦其子。——还下令孤儿、寡妇、患病的人、贫苦和重病的人，由公家出钱供养、教育他们的子女。

其达士，洁其居，美其服，饱其食，而摩厉之于义。——其，那些。达士，有名望的人，通达的人，有特长的人。洁，动词，打扫干净。其，他们的。居，住宅。而，而且。"摩厉"有两解：其一，磨砺，切磋研磨，探讨的意思；其二，"摩"指劝勉，厉，通"励"，鼓励。之，他们。于，介词，对。义，富国强兵的道理、方法。本句大意：把他们的住宅打扫干净，让他们穿得漂漂亮亮的、吃得饱饱的，而且与他们探讨富国强兵的方法。

四方之士来者，必庙礼之。——必，一定。庙，名词作状语，在庙堂上。礼，动词，以礼接见。之，代词，指四方之士。本句大意：邻国有知识的人来越国的，必定在庙堂上以礼接见他们。

勾践载稻与脂于舟以行。——载，装。稻，大米。脂，油类，亦可指肉类。于，介词，在。"以"有三解：其一，作连词，相当于"而"；其二，作趋向动词，相当于"去"；其三，作介词，相当于"到""在"。行，巡行。本句大意：勾践在船上装上大米和肉类，在各地巡行。

国之孺子之游者，无不哺也，无不歠也，必问其名。——之，助词，的。游，流浪。哺，给食物吃。歠（chuò），通"啜"，给水喝。本句大意：国内流浪的孩子，没有不给食物吃的，没有不给水喝的，一定会问清他们的名字。

非其身之所种则不食，非其夫人之所织则不衣。——不是自己亲自耕种所得的就不吃，不是他夫人亲自织的布（做成的衣服）就不穿。

十年不收于国，民俱有三年之食。——国，百姓。有，积存。本句大意：连续十年国家不收赋税，老百姓都存有足够吃三年的粮食。

第二段主要记述了越王勾践忍辱负重十年，带领百姓休养生息以及他礼贤下士的各类具体措施，还有他以身作则、节衣缩食、奋发图强的实际行动。

第二段结构：

第一层，记述越王勾践稳定国内、国际局势的计划；第二层，记述越王勾践强国富民的具体措施和实际行动。

第二段写作手法：

围绕中心叙述事实的写史方法（中心即团结民心），以言为纲、以事领属的写史方法，以及一般叙述和突出重点的记述方法（重点是十年休养生息）。

第三段：

国之父兄请曰："昔者夫差耻吾君于诸侯之国，今越国亦节矣，请报之。"——昔者，从前，者字用在时间词后面，表示时间，在句子中有停顿的作用。耻，动词，羞辱。于，介词，在。节，克制，忍受。之，指仇。报，报复。本句大意：国内的年长的贵族请求说："从前吴王夫差让我们的国君在各诸侯国面前丢尽了脸；现在越国也已经克制够了，请允许（我们为您）报仇雪耻。"

勾践辞曰："昔者之战也，非二三子之罪也，寡人之罪也。"——辞，推辞。本句大意：越王推辞道："从前失败的那场战事，不是你们的过错，是我的过错。"

"如寡人者，安与知耻？请姑无庸战。"——安，哪里，疑问代词，用于反问句。姑，姑且，暂且。无庸，不用。本句大意：（勾践）"像我这样的人，哪里知道什么是耻辱呢？请暂时不用打仗了。"

父兄又请曰："越四封之内，亲吾君也，犹父母也。"——封，疆界。四封，四境之内，指越国所有的百姓。本句大意：年长的贵族又请求说："越国所有的百姓，爱戴国君您，就像爱自己的父母一样。"

"子而思报父母之仇，臣而思报君之仇，其有敢不尽力者乎？请复战。"——而，语气词，表停顿。其，如"岂"，难道，疑问语气词。本句大意：（父兄）"做子女的想为父母报仇，做臣子的想着为国君报仇，难道还有敢不尽力的人吗？请允许（我们）再战。"

以上论述两次请战，说明战争时机成熟，越国人都要求报仇雪耻。

勾践既许之。——勾践就答应了他们的要求。

乃致其众而誓之曰："寡人闻古之贤君，不患其众之不足，而患其志行之少耻也。"——乃，于是。致，召集。其，越国的。众，百姓。患，担心。其，他的。众，兵力。本句大意：于是招来大家宣誓，说："我听说古代贤明的国君，不担心他的兵力不足，而担心的是他的军队缺乏知耻的精神。"

"今夫差衣水犀之甲者亿有三千，不患其志行之少耻也，而患其众之不足也。"——亿，十万。古时以十万为亿。有，即"又"。本句大意：（勾践）"现在吴王那边穿着水犀皮制成的铠甲的士卒有十万三千人，不担心自己缺乏知耻的精神，却担心他的士兵数量不够多。"

"今寡人将助天灭之，吾不欲匹夫之勇也，欲其旅进旅退也。"——欲，希望。匹，单独。夫，大夫，男子。匹夫是古时对单个平民男子的称呼。其，士兵。旅，俱，同。本句大意：（勾践）"现在我将帮上天消灭他。我不希望个人逞匹夫之勇，希望大家同进同退。"

"进则思赏，退则思刑，如此，则有常赏。"——（勾践）"前进时就考虑（想到）奖赏，不当退而后退时就考虑到惩罚，就能获得规定的奖赏。"

"进不用命，退则无耻，如此，则有常刑。"——（勾践）"前进时不听从命令，不当退时后退了且不知耻，就会得到规定的惩罚。"

以上写勾践说明出师的目的，宣布军纪和要求。

果行，国人皆劝。父勉其子，兄勉其弟，妇勉其夫，曰："孰是君也，而可无死乎？"——大军果断地出发了，越国的老百姓都互相鼓励。父亲劝勉儿子，兄长勉励弟弟，妇女鼓励丈夫，说："为什么（有）这样恩惠的君王，还可以不为他拼死作战呢？"

是故，败吴于囿，又败之于没，又郊败之。——是故，所以。于，在。囿，地名，今江苏太湖一带。本句大意：所以，越军在囿打败了吴军，在没打败了吴军，又在吴国都城的城郊打败了吴军。

以上记述在百姓的支持下，越军三战三捷，锐不可当，直至吴国国都近郊。

夫差行成，曰："寡人之师徒，不足以辱君矣，请以金玉、子女赂君之辱！"——夫差求和说："我的军队，不值得屈辱您讨伐了。请允许我把财宝、美女进献给您来慰劳您的辱临。"勾践对曰："昔天以越予吴，而吴不受命。"——以，介词，把。予，赏赐。而，转连词，可是。本句大意：勾践回答说："以前上天把越国赐予吴国，可是吴国不要。"

"今天以吴予越，越可以无听天之命，而听君之令乎？"——（勾践）"现在上天又把吴国赐予了越国，越国难道可以不听从天命，却听从您的指令吗？"

"吾请达王甬、句东，吾与君为二君乎！"——达，遣送。"甬"有两解：其一，甬江以东，指今浙江省宁波市以东；其二，指通江。句，指句章。甬、句东，即甬江、句章以东，今浙江省舟山群岛附近。本句大意："请允许我把你送到甬江、句章以东的地方,我和你仍然做两个国君吧!"

夫差对曰:"寡人礼先壹饭矣。"——礼,按礼节来说。先,先前。"壹饭"有两解:其一,小小的恩惠;其二,一些饭。故"寡人礼先壹饭矣"亦有两解:其一,按礼节来说,我对越王先前有过小小的恩惠(指会稽之和);其二,按礼节来说,我比越王多吃了几年饭。

"君若不忘周室,而为敝邑宸宇,亦寡人之愿也"。——若,如果。室,朝廷。周室,周朝。周祖先太王,有三子,太伯、仲雍、季历。季历年辈低,但有才能,而且儿子姬昌也很有才能。太王想把王位传给季历,再传给昌,所以太伯、仲雍逃至南方,建立了吴国。吴与周皆为姬姓国家。敝邑,指吴国,谦称。宸,深广之屋,即宫殿。宇,屋檐。宸宇,宫殿的檐下,此处指给吴国以立足、避风雨的地方。

"君若曰:'吾将残汝社稷,灭汝宗庙,寡人请死,余何面目以视于天下乎?越君其次也。'"——残,摧残,破坏。社,土地庙(土神)。稷,五谷神庙(谷神)。社稷,指国家。古之有国者必立社稷,以社稷之存亡表示国家存亡。灭,毁灭。次,停驻,进驻。

遂灭吴。——越国就此歼灭了吴国。

以上记述了夫差求和,勾践拒绝,终灭吴国之事。

第三段记述了越民思战,灭吴时机成熟,勾践依靠民力,终于灭亡了吴国,报了国仇,洗雪了国耻的事件。

第三段结构:

第一层,记述越国上下一致,要求报仇雪耻,勾践依靠民力,出师战吴,速败吴军;第二层,记述夫差求和,勾践不允,越终灭吴。

第三段写作手法:

采用了以论言为主的写史方法。

三、中心思想

这篇历史散文记述了越王勾践栖会稽后,卑辞厚币,向吴求和。忍辱负重,团结民心,十年休养生息,终于依靠民力歼灭吴国的事实,表现出了越王勾践奋发图强、艰苦奋斗的精神,说明了百姓在越国转败为胜的过程中所起的巨大作用。

四、结构特点

由于本文主要是记述越国由败转胜的事实,所以在结构上共分为三段,先写败而求和，再写和而图强，最后写强而灭吴。围绕着越国的由败而胜，交代吴国的由胜而亡，展现出了历史的全貌。同时，在叙事方面，以越为经，以吴为纬，突出矛盾的主要方面。文章以越王勾践求和未开始，以夫差求和为结尾，首尾呼应，形成了鲜明的对比，不仅使结构完整严密，而且以吴王夫差反衬越王勾践，使得主题更加突出。

虞卿阻割六城与秦

一、题解

这篇历史散文，节选自《战国策》。《战国策》主要记载了战国时期各国谋士的政治活动和游说言辞。原来编排很乱，名称不定，也不是由一个作者写作的。到了汉朝，由刘向整理校订，按东周、西周、秦、楚、齐、赵、魏、韩、燕、宋、卫、中山12国分编而成，共33卷，定名为《战国策》。战国指时代，"策"即简策、书籍，《战国策》即指战国时代的书籍。还有一种说法，认为"策"指谋士、说客，《战国策》也就是战国时代关于谋士说客的书籍。《战国策》所记史事从周贞定王十七年（前452年）起，到秦始皇三十一年（前216年）为止。

《战国策》和《国语》相仿，也以"记言"为主。它在文学上的成就比《国语》突出。在艺术手法方面，通过对某一人物具有典型意义的事件的描写来塑造具体的人物形象；在说理方面，论据明确，论证周密，又善于运用寓言故事比喻说理。

二、长平之战

长平之战，发生在公元前260年。是战国时期规模最大、战况最惨烈的一次战役。前260年，秦攻上党，赵大将廉颇驻军长平（今山西省高平市），筑壁垒坚守，秦兵挑战，颇持重不应。秦派间谍送赵权臣黄金千斤，对赵王说，秦最怕赵奢的儿子赵括为将军，廉颇容易对付，而且快要投降了。赵括善于谈兵法，赵奢还说不过他，赵奢知道他将来一定会闯祸。赵王中了秦国的反间计，令赵括代替廉颇为主将。秦听说赵括为将，秘密换白起为上将军。赵括出兵击秦，秦军诈败退走。赵括乘胜追击，直到秦军壁下。秦据壁坚拒，吸引赵兵在壁下，出奇兵断赵兵退路。赵因受困，临时筑垒坚守，等待援兵。秦昭王听说赵兵粮道断绝，亲至河北，征发十五岁以上的男子，悉数送长平，阻绝赵国的救兵及粮道。赵兵饥饿46天，暗中相杀而食。赵括分兵四队，轮流攻秦垒，不能破；赵括自率精兵猛攻，被秦兵射死。赵军失主将，投降秦军，共40余万人。白起怕赵兵寻机反抗，将这40万人坑杀于长平。

《史记·白起传》云："秦使左庶长王龁攻韩，取上党。上党民走赵，赵军长平。四月龁攻赵，赵使廉颇将，赵军……（两次小接触，杀一裨将，取四尉）廉颇坚壁以待秦，秦数挑战，赵兵不出，赵王数以为让，而秦相应侯，又使人行千金于赵，为反间曰：'秦之所恶，独畏马服子赵括将耳。廉颇易与，且降矣。'赵王既怒廉颇军多失亡，军数败。又反坚壁不敢战，而又闻秦反间之言，因使赵括代廉颇将以击秦。秦闻马服子将，乃阴使武安君白起为上将军，而王龁为尉裨将。令军中有敢泄武安君将者斩。赵括至，则出兵击秦军，秦军详败而走，张二奇兵以劫之。赵军逐胜，追造秦壁，壁坚拒不得入，而秦奇兵二万五千人，绝赵军后，又一军五千骑绝赵壁间，赵军分为二，粮道绝。而秦出轻兵击之，赵战不利，因筑壁坚守以待救至。秦王闻赵食道绝，王自之河内，赐民爵各一级，发年十五以上，悉诣长平，遮绝赵救，及食道。至九月赵卒不得食四十六日，皆内阴相杀食，来攻秦垒，欲出，为四队，四五复之，不能出。其将军赵括出锐卒自搏战，秦军射杀赵括，括军败，卒四十万人降武安君。武安君计曰：'前秦已拔上党，上党民不乐为秦而归赵。赵卒反覆。非尽杀之，恐为乱。'乃挟诈而尽坑杀之，遗其小者二百四十人归赵。前后斩首虏四十五万人。赵人大震。"

前259年10月，秦复定上党郡。秦分军为二：王龁攻皮牢，拔之；司马梗定太原。韩、赵恐，使苏代厚币说秦相应侯曰：……今赵亡，秦王王，则武安君必为三公，君能为之下乎。虽无欲为之下，固不得已矣。……故不如因而割之，无以为武安君功也。于是应侯言于秦王曰：秦兵劳，请许韩、赵之割地以和，且休士卒，王听之。割韩垣雍（郑州武垣西北），赵六城以和。

三、关于虞卿

虞卿，战国游说之士。姓虞，其名失传。说赵孝成王，以为上卿，乃号虞卿。前260年长平大战后，秦向赵索六城以和，虞卿劝阻赵王割六城与秦。后来魏国相国魏齐因与秦相应侯有仇，秦求魏齐，魏齐穷困之时向虞卿求助。卿弃相印，和魏齐一道亡归大梁，以托魏国信陵君，信陵君疑未决，齐自杀。卿失相乃穷愁著书，上采春秋，下观近世，著书八篇，以刺讥国家得失，世传之曰《虞氏春秋》。

四、串讲分析（全文可分为三部分）

第一部分：

秦攻赵于长平，大破之，引兵而归。——于，介词，在。长平，地名，属赵，今山西省晋城市西北。之，指赵国。引，率领。兵，军队。而，连词，表承接。归，退回秦国。

因使人索六城于赵而讲。——因，就，趁此机会。使，派遣。索，索取。于，介词，向。而，连词，表承接。讲，议和。

赵计未定。——计，名词，对策。未定，没有决定下来，犹豫未定。

第一部分为文章的开头，论辩的序幕，叙述了论辩前的客观形势（一方面是经过长平之战，秦一举坑杀赵军主力40万，秦胜赵败，赵国形势危急；另一方面，秦引兵而归，赵国获得了喘息的机会，可以重振旗鼓，卷土重来。在这样的形势下，秦提出割让六城讲和的条件，赵王犹豫不决。论辩就是围绕着割让六城的问题展开的），点明论辩的主要内容——"秦索取六城而和"，也是赵国对秦国的对策问题。因赵王犹豫不决，所以有了下面的论辩。

第一部分写作手法：

简明扼要地叙述（敌我形势、敌我对策等）。

第二部分（论辩的经过——层层深入的相互论辩）：

第一段：

楼缓新从秦来，赵王与楼缓计之曰："与秦何如？不与何如？"——楼缓，赵国大夫，在秦做过相国。新，最近，本为程度副词，现作时间副词。赵王，赵孝成王。计，动词，商议，照应上文"计未定"。之，指索城的事，这一件事情。与，给。何如，怎么样？

楼缓辞让曰："此非人臣之所能知也。"——辞让，推辞，推让。此，这个问题。人臣，臣子。之，的。知，了解的。判断句。

王曰："虽然，试言公之私。"——试，不妨。言，谈谈。公，对人尊称。之，的。私，私见，个人意见。本句大意：赵王说："虽然这样，但不妨谈谈你的个人意见。"

楼缓曰："王亦闻夫公甫文伯母乎？公甫文伯官于鲁，病死。"——闻，听说，听闻。公甫文伯，亦有人称为"公父文伯"，姬姓，名歜，春秋时期鲁国人。本句大意：楼缓说："君王听说过公甫文伯母亲的事情吗？公甫文伯在鲁国做官时，病死了。"

"妇人为之自杀于房中者二八,其母闻之,不肯哭也。"——(楼缓)"为他在房中自杀的妻妾有十六人,他母亲听说后,不肯(为他的死)哭。"

"相室曰:'焉有子死而不哭者乎?'"——(楼缓)"随嫁的妇女说:'哪里有儿子死了却不哭的人呢?'"

"其母曰:'孔子,贤人也,逐于鲁,是人不随。今死,而妇人为死者十六人。若是者,其于长者薄,而于妇人厚?'"——(楼缓)"他的母亲说:'孔子是个贤明的人,被鲁国驱逐在外,这个人不去跟随。如今他死了,却有十六个妇人为他而死。像这样的人,对长者情薄,对妇人的感情能深厚?'"

"故从母言之,之为贤母也;从妇言之,必不免为妒妇也。"——(楼缓)"所以从他母亲说的话来看,她是一位贤良的母亲;如果(他的)妻妾说出这种话,一定免不了被人称为善妒的妇人。"

"故其言一也,言者异,则人心变矣。"——(楼缓)"因此同样的话,由于说话的人不同,人们心中的看法就变化了。"

"今臣新从秦来,而言勿与,则非计也。"——而,假设语气词,如果。言,说。计,办法,表示替赵王出主意。

"言与之,则又恐王以臣之为秦也。故不敢对。使臣得为王计之,不如予之。"——以,认为。为,是。为秦,特意替秦国说话。之,取消句子独立性,无义。对,答,回答。使,假使,假令语气词。得,可以,能够。为,给,替。计,出主意。之,这件事。予,送给,给予。之,秦国。(楼缓提出了自己的主张)

王曰:"诺。"——诺,相当于"嗯"。

第一层叙述了楼缓一再表明自己想法,最后提出了自己的主张,即"不如予之"。

第二层:

虞卿闻之,入见王。——之,代这件事。入,进入宫廷。见,拜见。王,赵王。

王以楼缓言告之,虞卿曰:"此饰说也。"——以,介词,把。之,指虞卿。饰,掩饰。饰说,掩饰其象的话,骗人的话。此,这是。(指明楼缓之言为饰说)

王曰:"何谓也?"——赵王问:"为什么这样说呢?"

虞卿曰:"秦之攻赵也,倦而归乎?"——之,取消句子独立性,无义。倦,疲倦,指军队疲劳(士兵筋疲力尽)。而,连词,表承接。归,退兵。乎,疑问语气词,呢。(提出了启发性的问题)

"王以其力尚能进，爱王而不攻乎？"——以，认为。其，它，指秦国。尚，还，副词。爱，爱护。而，连词，表承接。

王曰："秦之攻我也，不遗余力矣，必以倦而归也。"——之，取消句子独立性，无义。遗，留。余力，多余的力量。不遗余力，不留下剩余的力量，把力量用尽。矣，表已然的句末助词。以，因为。而，连词，表承接。（得出结论秦国"必以倦而归也"，反驳楼缓的"不如予之"）

虞卿曰："秦以其力攻其所不能取，倦而归。"——以，用。其，它的，指秦国的。所不能取，所字词组，常带有名词性，所不能攻取的地方。

"王又以其力之所不能攻以资之，是助秦自攻也。"——以，介词，把，让。其，它的，指秦国的。之，介词。以，而，来。资，赠送。之，它，指秦国。是，这样做。自攻，自己攻打自己。

"来年秦复攻王，王无以救矣。"——无以，"无所以"的省略用法。所字和介词（"以""为""从""与"）及介词后面的助词或动宾词组相结合，组成的词组带有名词性。"所"字指介词所介绍的对象。"无（所）以""无（所）为""无（所）从""无（所）与"所表示的通常有四种含义：其一，行动发生的地点；其二，实现某种行动的工具、方法、方式、手法；其三，产生某种行动的原因；其四，行动有关的人物。无以救矣，没有自救的方法了，无法挽救了。（指明后患无穷）

第二层论述了虞卿反对楼缓的主张，揭穿了其主张是赵国自攻的饰说。虞卿反驳楼缓的依据是秦倦而归，这个依据虽然是事实，但还不足以解决赵王的疑虑。后来赵王把虞卿的话告诉了楼缓，因而有了第二次论战。

第一段从论辩的角度来讲，一论一驳，辩论双方一方面提出了主张，一方面驳斥了对方的主张，楼缓在一再掩饰自己的身份之后，提出了割地求和，赵国向秦国屈服、妥协的主张。虞卿反驳楼缓的主张，揭穿这种主张是助秦自攻的饰说。反驳的理由是"秦以其力攻其所不能取，倦而归"，这也是虞卿对秦国兵力的看法，这种看法与赵王的看法是一致的。但此时虞卿没有明确提出自己的主张，所以赵王仍在犹豫。

虞卿反驳的方法是揭穿实质，引起赵王的反问，最后通过分析得出割让城邑便是"助秦自攻"结论，指明此法后患无穷。

从叙述的角度来讲，叙述了楼缓与虞卿的第一次论辩，叙述的情景极其形象生动。紧接第一部分的"赵计未定"，就在这种时候，楼缓从秦来了，是为了秦国还是为了赵国呢？作者未明确指出他的身份，但是他回答赵王的问题的时候，先推辞不答，引诱赵王逼问，再表白自己不是为秦，而是为赵，最后只提出自己的主张，却未提理由。从对话中和其主张中可看出楼缓的身份是为秦来赵、肩负使命的。这种主张有辱赵国尊严、侵害赵国主权，因此虞卿挺身而出，主动进宫去拜赵王。明确指出"不如予之"是饰说，并义正词严地加以驳斥，体现了虞卿是爱护赵国的。

第一段结构：

一论一驳，是针锋相对的论辩，也是这个问题论辩的开端。

第一段写作手法：

用记叙的形式写针锋相对的论辩。采用以记言为主的写史方法，通过人物对话，穿插必要交代，反映历史真相；用介绍性的叙述，把双方的论辩联系起来，反映论辩进行的真实情景。

第二段：

第一层：

王又以虞卿之言告楼缓。——赵王又把虞卿的话告诉了楼缓。

楼缓曰："虞卿能尽知秦力之所至乎？"——尽，范围副词，完全。之，介词，无义。所至，所及。本句大意：楼缓说："虞卿能够完全了解秦国军力的最大限度吗？"（先驳根据"秦以其力攻其所不能取"）

"诚知秦力之不至，此乃弹丸之地，犹不予也。"——诚，副词，的确，确实，引申为假设之词如果确实。"之"后省略"所"，所不至，没有威力。弹丸，弹弓丸子，比喻词"很小的"。地，指六城。犹，还。

"令秦来年复攻王，得无割其内而媾乎？"——令，如果。"令"字后省略"不知秦力之不至"。得，能愿助词，能够。无，否定副词，不。其，赵国。媾，互为婚姻为媾，引申为国与国和好，此处作讲和解。

以上是楼缓对虞卿看法的反驳。先提出反问引起赵王对虞卿之言的怀疑。表示秦军力强盛，虞卿不能尽知其所至。然后用假设，陈述如果确知秦力所不至，则可不予。一方面缓和，一方面再次强调自己的意见。最后用反问表明如果现在不割六城，明年将割及内地，对赵国的危害更大，所以"不如予之"。这些话既反驳了虞卿，又提出了自己主张"不如予之"的理由，即秦强大，赵不能尽知其所至。但是这里也露出了一个破绽，不割六城会引起来年进攻，那么割六城能否保证明年不进攻呢？

王曰："诚听子割矣，子能必来年秦之不复攻我乎？"——诚，如果真的。割，割六城给秦。矣，了。必，动词，断定。

楼缓对曰："此非臣之所敢任也。"——对，回答。臣，自称。之，所字词组前作介词用，无义。任，担保，保证。

"昔者三晋之交于秦，相善也。今秦释韩魏而独攻王，王之所以事秦，必不如韩魏也。"——之，取消句子独立性，无义。于，介词，与，和。交，结交，建立邦交。相，彼此，互相。善，好，交好。释，放过。独，副词，单单地，偏偏地。所以事秦，介词及动宾词组构的所字词组，表示事秦的原因。之，所前介词。事，侍奉，侍候。必，一定。不如，没有，赶不上。

"今臣为足下解负亲之攻，启关通币，齐交韩、魏。"——为，介词，给，替。足下，对国君或别人的尊称。解，解除。负，背弃。亲，亲善，友好。之，助词，的。攻，进攻。负亲之攻，背弃与秦国的友好而受到的进攻。启，打开。关，关口，关防。通，达，送出。币，贡品的总称。周朝有诸侯朝聘天子的礼物，三年一聘，五年一朝。朝聘都送礼物，有麋鹿皮、虎豹皮、丝织物、马和玉石，这些贡品统称"币"。齐，同。齐交，同样的交情，同样的邦交。

"至来年而王独不取于秦，王之所以事秦者，必在韩魏之后，此非臣之所敢任也。"——取，选取，欢迎。于，介词，被。必，一定。在……之后，落在……后面。本句大意：（楼缓）"假如到了明年只有大王不能取得秦王的欢心，其原因，就是你侍奉秦国的礼节，肯定落在韩、魏之后，这就不是臣下敢担保的事情了。"

以上是楼缓对第二年秦国是否还会攻打赵国这一问题的回复，他没有做出肯定的回答。而且说明攻不攻取决于赵，不取决于秦（转嫁责任到赵王头上），再度申述了"不如予之"的理由，即弱国必须向强国屈服，侍奉强国，才能避免强国的进攻。像过去韩、赵、魏三国与秦交好，相安无事，现在赵不与秦交好了，所以赵单独受秦进攻，将来如果还是受到进攻，那么肯定是因为赵国没有很好地侍奉秦国。他一面表明自己为赵国出主意的"良苦用心"，一面推卸责任，将责任转嫁于赵国身上。

第一层主要写了楼缓反驳虞卿的看法。他既反驳了虞卿，又申述自己提出"不如予之"主张的理由：秦国强大，赵国必须侍奉秦国，才能避免秦的进攻。

第二层：

王以楼缓之言告。——赵王把楼缓讲出话告诉虞卿。

虞卿曰："楼缓言不媾，来年秦复攻王，得无更割其内而媾。"——虞卿说："楼缓说如果不与秦国讲和，明年秦国还会来攻打赵国，恐怕大王会再割让国内的土地去讲和。"

"今媾，楼缓又不能必秦之不复攻也，虽割何益？"——（虞卿）"如果现在讲和，楼缓又不能保证秦国不再攻打赵国，（那么）即使割让了土地又有什么好处呢？"

"来年复攻，又割其力之所不能取而媾也，此自尽之术也。不如无媾。"——（虞卿）"如果明年秦国再来攻打赵国，再割让它力量无法夺取的土地去讲和，这是自取灭亡的办法。不如不讲和。"

"秦虽善攻，不能取六城；赵虽不能守，而不至失六城。"——（虞卿）"秦国即使善于进攻，也不能夺取六座城邑；赵国即使不善于防守，也不至于丢失六座城邑。"

"秦倦而归，兵必罢。"——罢，通"疲"，疲惫。本句大意：（虞卿）"秦国由于劳累退兵，他们的士兵肯定疲惫。"

"我以六城收天下，以攻罢秦，是我失之于天下，而取偿于秦。吾国尚利。"——以，介词，用。收，收买。天下，诸侯各国。以攻，共同来攻打。失之于天下，于，作介词，表示"对于"。而，然而。取偿于秦，于，表示"从"。本句大意：（虞卿）"我们用六座城邑收买天下诸侯，共同去攻打疲惫的秦国，这样，我们虽然对于天下有所失，但却从秦国得到了补偿。这样做对我国还有利。"

"孰与坐而割地，自弱以强秦？"——孰，哪个。坐，坐着等待。以，来，去。本句大意：（虞卿）"这样做与坐着等待割让土地，削弱自己而壮大秦国，哪个更好？"

"今楼缓曰：'秦善韩、魏而攻赵者，必王之事秦不如韩、魏也。'"——（虞卿）"如今楼缓说：'秦国与韩国、魏国友善而攻打赵国的原因，一定是大王侍奉的礼仪秦国不如韩国、魏国。'"

"是使王岁以六城事秦也。即坐而地尽矣，来年秦复求割地，王将予之乎？"——是使，其目的是让。岁，年，每年。即，就，那就是。坐，坐下来。地尽，把土地割完。将，将会。之，秦国。

"不与，则是弃前资而挑秦祸也；与之，则无地而给之。"——则，那就是。弃，丢掉。资，代价。挑，引起。秦祸，秦国来攻的灾祸。之，它，秦国。

"语曰：'强者善攻，而弱者不能自守。'"——语，成语，俗话，谚语。能，善于。本句大意：（虞卿）"俗话说：'（战争的失败）不因强者善于进攻，而因弱者不善于自行防守。'""今坐而听秦，秦兵不敝而多得地，是强秦而弱赵也。"——听，听命，听从。而，却。是，这样就会。而，并列连词。

"以益愈强之秦，而割愈弱之赵，其计固不止矣。"——以，用，用这样的办法。益，增强，增加。而，却。割，削弱。其，秦国。计，吞并赵国的策略。固，一定。止，停止。

"且秦，虎狼之国也。无礼义之心，其求无已，而王之地有尽。"——且，况且。心，念头，想法。无礼义之心，不讲道义。已，完了。无已，无穷尽。而，然而。尽，送完的时候。

"以有尽之地，给无已之求，其势必无赵矣。故曰此饰说也。王必勿与。"——以，拿，用。有尽，有限。给，填，供给，供应。其，那。势，发展形势。

王曰："诺。"——赵王说："好吧。"

第二层主要写虞卿揭穿了楼缓话中的破绽，提出了自己的主张——"不如无媾"，反驳了楼缓的谬论。

第二段从论辩的角度来说，楼缓首先反驳了虞卿对秦力的估计，然后申述了"不如予之"的理由，即弱国必须侍奉强国，向强国割地求和，屈服妥协，委曲求全，才能避免强国的进攻，同时贯彻了秦国的连横政策。虞卿首先揭穿了楼缓话中的破绽，然后提出了自己的主张，即"不如无媾"，申述了自己的理由，同时提出合纵攻秦的正确策略。最后反驳了楼缓的理由，指出委曲求全必定会亡国。所以第二段是第一段论辩的深入发展。

从叙述的角度来说，既叙述了二次论辩的经过，展现了论辩的情景，又交代了人物的身份，烘托了人物的形象。赵王把虞卿的话告诉楼缓，又把楼缓的话告诉虞卿，表现出了赵王计议不定、犹豫不决、急于解决问题的情景，与前文的"赵计未定"相照应。楼缓用反问威胁赵王，表示秦力强大。同时既表白了心迹，又推卸了责任，表现出了楼缓的诡诈多端、巧言善辩。越是这样，越能使人看出他的真面目。虞卿既反驳了楼缓，又明确提出了主张和对策，表现出虞卿的忧心赵国、反对强秦，他力主对于敌人不能委曲求全，只有斗争才能确保安全。

第二段结构：

论辩的深入发展，共分两层。第一层，楼缓反驳虞卿，并提出理由；第二层，虞卿揭穿破绽，提出主张，申述理由，提出策略，指明危害。

第三段：

楼缓闻之，入见于王，王又以虞卿言告之。——楼缓听说后，入宫拜见赵王，赵王又把虞卿讲的话告诉了他。

楼缓曰："不然。虞卿得其一，未知其二也。"——然，如此，指示代词，作谓语，相当于"这样""那么"。不然，不是这样。得，得到，抓住。其，指这件事。一，一个方面。二，另一个方面。

"夫秦、赵构难，而天下皆说，何也？"——构，本义架空，引申为组成。难，仇。而，连词，表承接。天下，诸侯各国。说，通"悦"，高兴。何也，为什么。

"曰：'我将因强而乘弱。'"——曰，都说。我们。将，将要，将会。因，利用。强，强的一方。而，连词，表承接。乘，趁机欺侮。弱，弱的一方。

"今赵兵困于秦，天下之贺战胜者，则必尽在于秦矣。"——困，窘困，战败。于，被。之，取消句子独立性，无义。在于，在。

"故不若亟割地求和。以疑天下，慰秦心。"——亟，急也，《诗经·大雅》中有"经始勿亟"。不若，不如。以，而，来。疑，迷惑。本句大意：（楼缓）"所以不如赶快割地求和，以使天下疑惑不定（让各国摸不定我们的主意），安慰秦国，使秦国宽心。"

"不然，天下将因秦之怒，乘赵之敝，而瓜分之，赵且亡，何秦之图？"——不然，不这样。将，将会。因，利用。秦之怒，秦国的怒气。乘，趁机。敝，疲敝。且，时间副词，将要。何，什么。之，的。图，图谋，对付……的办法，名词。

"王以此断之，勿复计也。"——以，介词，从。此，这一点。断，推断。之，割六城之事。计，商量。

以上写楼缓已无法正面反驳虞卿的议论，只能从反面（不亟割六城的危险方面）来威胁赵王。说明只有割让六城才能疑天下、慰秦心，否则诸侯各国将"因秦之怒，乘赵之敝"，瓜分赵国，赵国将会灭亡。

虞卿闻之，又入见王曰："危矣，楼子之为秦也。"——虞卿听到后，又入宫拜见赵王说："危险了，楼缓是为秦国打算啊！"

"夫赵兵困于秦，又割地为和，是愈疑天下，而何慰秦心哉？"——为，当连词解，相当于"以"。是，这样。愈，更加。疑，使……疑惑，动词。而，而且。何，有什么。哉，呢。

"是不亦大示天下弱乎？"——是，这样。不亦，不也就是。大示，彻底表示。弱，赵国的怯弱。

"且臣曰勿予者，非固勿予而已也。"——且，况且，递进连词。勿予，不给。固，仅仅，只是。而已，罢了。

"秦索六城于王，王以六城赂齐。齐，秦之深仇也。得王六城，并力而西击秦也。"——（虞卿）"秦国向大王索要六座城邑，大王用六座城邑贿赂齐国。齐国、秦国是有深仇大恨的国家，齐国得到大王六座城邑，就会与我们合力向西进攻秦国。"

"齐之听王，不待辞之毕也。是王失于齐而取偿于秦，一举结三国之亲，而与秦易道也。"——之，取消句子独立性，无义。听王，听从您。毕，完全。辞之毕,话说完。于,在,介词。一举,一下子。之,的。亲,友好。而,连词,表承接。易,改变。道,形式。

赵王曰:"善。"——善,好。

因发虞卿东见齐王,与之谋秦。——因此派遣虞卿向东去谒见齐王,与齐王谋划攻打秦国之事。

第三段主要写虞卿反驳楼缓谬论:首先,揭穿楼缓替秦做说客的真面目;其次,反驳楼缓疑天下、慰秦心的邪说,指出疑天下,只能使赵国孤立于诸侯各国,慰秦心也是根本无法完成的;最后提出运用合纵(联齐抗秦)的具体措施,说服了赵王,消除了赵王的疑虑,也在论辩上完全击败了楼缓。

第三段结构:

论辩的结束。共分两层,第一层写楼缓无法正面反驳虞卿,只能从反面威胁赵王;第二层写虞卿有力地反驳楼缓,并提出了联齐抗秦这一可行之策。

第三部分:

虞卿未反,秦之侯者已在赵矣。楼缓闻之,逃去。——反,通"返"。侯者,求和使臣。在,到了。

第三部分:简单说明论辩的结果。虞卿不但在论辩上击败了楼缓,而且也在事实上击败了楼缓。由于赵联齐抗秦的正确对策,迫使秦放弃了割地要求,主动与赵议和。虞卿的策略使赵国在这一场斗争中获得了胜利。由此可知,对敌只有坚持斗争,才能保全国家的主权和尊严。

第三部分结构:

文章结尾,从反面照应开头。

第三部分写作手法:

简要叙述。

五、中心思想

这篇历史散文通过虞卿挫败论敌,并以正确的策略迫使强秦放弃割地要求,与赵议和,从而保全了赵国国土的事实,说明了对敌人妥协屈服、委曲求全,是助敌自攻,是自尽之术,只有坚持斗争,才能战胜强敌,保全国家的主权和尊严。

六、写作特点

用记叙的形式,写出了针锋相对的论辩,并用逐层深入的方法展现了论辩的激烈。

鱼我所欲也

一、作者介绍

孟子，名轲，字子车，一说字子舆，战国时鲁国邹（今山东省邹城市）人。大约生于前372年，卒于前289年。曾受业于孔子的孙子子思（孔伋），是孔子学说的嫡传继承者，战国时期儒家学派的大师。孟子活动的年代，正是各国实行变法，讲求富国强兵、兼并战争最频繁的时期。孟子曾率领学生（数百人，车子十乘）游说诸侯，经过邹、任、齐、鲁、宋、滕、魏等国，由于他的仁政学说不合诸侯的要求，所以未被诸侯们重用。晚年回家，和他的学生万章、公孙丑等人整理他的学说，著书七篇，这就是流传至今的《孟子》。

孟子的政治主张是实行仁政，使民有恒产，重民轻君，以民为邦本，反对兼并战争，期盼和平统一，这是孟子政治思想的积极的一面。但他的思想也有消极的一面，如他认为"劳心者治人，劳力者治于人"。孟子主要的哲学思想就是他的"性善论"。

二、题解

这篇散文，选自《孟子》的《告子》篇，题目为笔者所加。《孟子》共七篇，各篇分上、下两部分，现在通行的注本有《十三经注疏》（东汉赵岐注，宋孙奭疏），宋代朱熹的《四书集注》，清代焦循的《孟子正义》等。《孟子》在宋代以前只列于诸子之林，宋始列于经部，南宋朱熹又把它编入"四书"，并为之作注。此后，研究《孟子》的人逐渐多了起来。

《孟子》一书，语言形象生动、明朗简洁，具有煽动性和幽默感；善于运用比喻和寓言故事，说明繁杂的事理，是一部优美的历史散文集，为历代文学家所推崇。

三、串讲分析（全文可分为三段）

第一段：

鱼，我所欲也。——所，指示代词，与动词构成词组指行为的对象。欲，动词，喜欢，希望。也，句尾语气助词，表示肯定。本句大意：鱼是我所喜欢的。

熊掌，亦我所欲也。——熊掌，熊的脚掌，山珍之一。本句大意：熊掌也是我所喜欢的。

二者不可得兼，舍鱼而取熊掌者也。——者，指示代词，可用在数词后。二者，这两种东西。不可，不能够。得，得到。兼，并，同时。得兼，同时得到。舍，舍弃。而，并列连词，无义。取，选取。者也，复合连词，语气助词，用在句末表示停顿、肯定。本句大意：这两种东西不能够同时得到，就舍弃鱼而选取熊掌。

以上作者用易见易得的鱼和难见难得的珍品熊掌做比喻，说明人在面对喜欢的东西时，总是选取其中珍贵的，不选易得的，引起下文。

生，亦我所欲也，义，亦我所欲也。——生，生命。义，合宜的道德、行为或道理。孟子曾说过："义，人之正路也"。从大的方面来看，人的行为对国家、人民有利，叫大义；从小的方面来看，人的行为是非分明、合乎情理，也可叫义。本句大意：生命是我所喜欢的，正义的行为也是我所喜欢的。

二者不可得兼，舍生而取义者也。——这两种东西不能够同时兼有的话，就舍弃生命而求取义。

以上，提出本文中心意思，舍生取义。生命对人是极其宝贵的，为什么要牺牲生命呢？这个道理需要进一步阐明。

生亦我所欲，所欲有甚于生者，故不可苟得也。——甚于，超过了。甚，副词，同"多"，超过。于，介词，比。者，语气词，停顿。故，连词，所以。苟，苟且，不合理。得，取得，指换取生命。苟得，以不合理的手段，即苟且偷生。本句大意：生命是我喜欢的，（但是）我所喜欢的有超过生命的，所以不做苟且偷生的事情。

死亦我所恶，所恶有甚于死者，故患有所不辟也。——死，死亡。恶，厌恶。患，祸患。辟，通"避"，躲避。有所不辟，动宾词组，不肯躲避。本句大意：死亡是我所厌恶的，（但是）我所厌恶的有超过了死亡的，所以遇到祸患不肯躲避。

以上，进一步阐明舍生取义的道理，义比生命更可爱，所以不肯苟且偷生、不义而生，而要舍生取义。不义比死亡更可怕，所以不肯躲开祸害而陷（他人）于不义，而要舍生取义。至此"舍生取义"的意思已非常清楚，但作者还要反复明言之，从反面加以阐明。

如使人之所欲莫甚于生，则凡可以得生者何不用也！——如，如果，假使。则，那么。凡，凡是，所有。可以，能够。得生，换取生命。者，指示代词，指手段。何，有什么。不，不可以。用，使用。本句大意：如果（假使）人所喜欢的没有超过生命的，那么所有可以换取生命的手段，有什么不可以用的呢！也就是说，假使生命是人最喜欢的东西，那么所有可以换取生命的手段就都可以用了。这种人的苟且偷生是可耻的。

使人之所恶莫甚于死者，则凡可以辟患者何不为也！——使，假使。为，做。本句大意：假使人所厌恶的没有超过死亡的，那么所有可以躲避祸患的事情，有什么不可以做的呢！也就是说，假使死亡是人最厌恶的，那么凡是可以躲开祸患的事情都可以做。这种人的临难苟免、不义而生也是可耻的。

以上从反面进一步阐明舍生取义的道理。义重于生，不义甚于死，不义而生和不死于义是可耻的。用假设句，表明事实不全如此。

由是则生而有不用也，由是则可以辟患而有不为也。——由此可见，有一些手段可以用来保全生命的手段，但是有些人不愿去做；有一些手段可以躲避灾祸，但是有的人不肯去做。

是故所欲有甚于生者，所恶有甚于死者。——是故，复合连词，为了这个缘故，所以，因此。本句大意：由此可知（确实）有人把义看得比生命更重要。认为不义比死更让人厌恶。

以上说明的确有人舍生取义。

非独贤者有是心也，人皆有之，贤者能勿丧耳。——耳，语气词，用在句末，相当于"罢了""而已"。本句大意：不仅仅是有道德的人有这样的心，人人都有这样的心，不过有道德的人能够不丧失罢了。

以上用"性善论"观点总结全段，说明人人都有舍生取义的心理。

第一段说明了人应该重义而轻生，重不义而轻死，不可为不义而生，应为义而死。说明义重于生，不义重于死，人应该舍生取义，不可不义而生（苟且偷生）；应该临难不避，不可临难苟免。

第一段结构：

第一层，用比喻引出全文的中心思想"舍生取义"。第二层，从正反面说明中心思想：义甚于生，故不可以苟且偷生；不义甚于死，故不可以临难苟免。第三层，从正反两方面进一步说明中心思想：有一种人认为生重于义，故苟且偷生的手段无所不用；死甚于义，故临难苟免的事情无所不做；另一种人义甚于生，所以苟且偷生之手段不肯去用；认为不义重于死，所以临难苟免之事不肯去做。第四层，从性善论观点说明舍生取义的精神人人都有，有道德的人不过能不丧失罢了。

第一段写作手法：
采用以比喻说明道理和反复说明道理的方法，正反对照，反复对比。

第二段：
一箪食，一豆羹，得之则生，弗得则死。——箪（dān），古代盛饭的容器。豆，古代盛肉或其他食品的器皿，木制器。羹（gēng），食物熬成的汤。则，承接连词，就。弗，不。本句大意：一盘饭，一碗汤，得到它就能活着，得不到它就会死去。

呼尔而与之，行道之人弗受。——呼，呼喝。尔，语气助词。呼尔，轻蔑或粗暴地呼喝着。而，连词，表承接，把修饰性句子连接于动词之上。与，给予。呼尔而与之，之，指示代词，他。行道之人，之，助词，的。行道之人，过路的（饥饿的）人。受，接受。弗受，不会接受。本句大意：轻蔑地呼喝着给予他，就算是过路的饥饿的人都不会接受。

蹴尔而与之，乞人不屑也。——蹴，践踏。蹴尔，践踏过了。乞人，乞丐。屑，洁。不屑，不以为洁，不愿意接受。本句大意：践踏过再给他人，就是乞丐也不愿意接受。

第二段用日常事例说明以轻蔑侮辱的态度周济人，一般人都会宁死不受。用简单的事例说明一般的人都有舍生取义的精神。

第二段写作手法：
通过特殊事例说明一般道理（用日常生活做比喻，说明以义为重、舍生取义为人之常情）。

第三段：
万钟则不辨礼义而受之，万钟于我何加焉！——万，数词，一万，这里虚指，意为"多""优厚"。钟，古代器名，六斛四斗为一钟，古代十斗为一斛，今五斗为一斛。这里指粮食俸禄，万钟即优厚的俸禄。礼，合理。义，正当。于，对于。加，益处、好处。何加，有什么益处。焉，句末语气词，表示慨叹。本句大意：不分辨合理不合理、正当不正当就接受了无关生死的万钟俸禄，万钟俸禄对我有什么好处呢？

为宫室之美，妻妾之奉，所识穷乏者得我与？——所识，所相好。穷乏者，穷困的人。所识穷乏者，穷困的朋友。得，通"德"，感恩。与，吗。本句大意：（是）为了（用万钟来建筑）美丽的宫室，（为了）妻妾的侍奉，（为了）周济穷困的朋友，使他们感激我吗？

乡为身死而不受，今为宫室之美而为之。——乡，向来，往日，过去。为，为了（不受耻辱）。身死，宁可死亡。不受，不接受（不义的东西）。为，做。之，代词，指不义的事。本句大意：过去为了不受耻辱，宁死也不接受不义的东西，现在为了宫室之美而做了不义的事情。

乡为身死而不受，今为妻妾之奉而为之。——过去宁可死去也不接受的，今天为了妻妾的侍奉而做了不义的事情。

乡为身死而不受，今为所识穷乏者得我而为之。——过去宁可死去也不接受的，今天却为了穷困的朋友的感恩而接受不义的东西。

是亦不可以已乎？——是，此，这些，这三种事情。已，止，停止不做。本句大意：这三种事情都比生命轻，也不可以停止不做吗？

此之谓失其本心。——此，这。之，表停顿。谓，叫作。失，丧失了。其，人的。本心，善良的本性。本句大意：这就叫作丧失了人善良的本性。

第三段用俸禄做比喻，说明贪财舍义、不舍生取义是丧失了人的本性。

第三段写作手法：

用比喻说明事理。

四、中心思想

这篇散文说明人应辨别行为的义与不义，应有"舍生取义"的精神。

五、写作特点

以比喻、对比及反复强调说明事理，由浅入深，正反对照。

其中，反复是一种修辞手法。为了突出强调某一事物，一而再、再而三地用同一词、语、句，或意思相同的语句，来反复申说自己的观点。反复主要有两种类型：

1. 接连的反复

（1）文字相同而且是相连的，例如，"那卖酒的汉子道：'不买了，不买了，这酒里有蒙汗药在里头！'""……贼在哪里？贼在哪里？"。

（2）意思相同而且是相连的，例如，"在太行山几乎无人不知，无人不晓""问女何所思，问女何所忆，女亦无所思，女亦无所忆"。

2. 间隔的反复

（1）文字完全相同但间隔使用的，例如，"因为骄傲……因为骄傲……因为骄傲……"。

（2）意思完全相同但间隔使用的，例如，"鸭绿江上白浪翻……鸭绿江上浪花翻……鸭绿江上怒潇涌"。

天　论（节选）

一、作者介绍

荀子，名况，战国末期赵国（今山西省安泽县）人。时人尊称他为荀卿，汉人为避宣帝刘询讳，称荀子为"孙卿"，或说"字卿"，因古代"孙""荀"二字同音。他的生卒年代难以考定，他的活动年代大约在赵惠文王元年（公元前298）至赵悼襄王七年（前238年）之间（据清代汪中《荀卿子年表》），此时正是我国封建大一统局面即将形成之前。

荀子十五游学于齐国稷下（齐国都城临淄，今山东省淄博市，稷门之下），曾三为稷下学宫的祭酒，访问过秦国，但未能被任用；至赵国，与临武君在赵孝成王面前讨论过军事问题，后应楚国春申君的邀请，出任兰陵令（今山东省临沂市），老死于兰陵。

荀子是我国战国末期伟大的唯物主义思想家，也是一位以儒家思想为主体、同时具有法家思想倾向的政治活动家。他批判和总结了先秦诸子思想，是先秦诸子百家的集大成者。他的哲学思想和政治主张及其他言论都记载于《荀子》中。《荀子》一书系后人所辑，共33篇，每篇都有标题，逻辑周延，说理精密，议论朴实，风格朴素，对我国哲学史和文学史而言，都是宝贵的遗产。

《汉志》载荀卿33篇；刘向《校书序录》，定著33篇，为12卷，题曰《新书》；唐杨倞、分易旧第，编为20卷，复为之注，更名《荀子》，即今本。

二、题解

《天论》是《荀子》书中比较集中地反映荀子唯物主义思想的哲学论文。课文节选了其中有代表性的几段。这几段体现了荀子对自然界与人类的关系的基本观点——人定胜天。荀子所说的"天"是指物质的自然界，是没有意志的。

《天论》所讨论的中心问题是如何认识自然界与人类之间的关系。这个问题是先秦各学派争论的主要问题之一。荀子强调自然界的客观规律性，认为自然界的运动变化是脱离人们的主观意志而独立存在的，是不以人们的主观愿望或人事好坏为转移的，提出了"不与天争职"的科学口号，同时又特别强调人类征服自然界的主观能动性，认为人们既要尊重自然，又要主动地控制自然，提出了"制天命而用之"和"人定胜天"的战斗口号。荀子在两千年前就提出了"制天"的思想，是非常具有进步性的。

三、串讲分析（全文可分为四段）

第一段：

天行有常，不为尧存，不为桀亡。——荀子所说的天，是自然存在的物质，完全没有控制自然界和人类社会的能力，也不是主宰者，天指自然。行，运行，运动。天行即指大自然的运行。"常"有三解：其一，一定的规律；其二，正常的规律；其三，自然界经常发生作用的客观规律性。为，因为。尧，古代传说中百姓拥戴的圣贤之君。桀，夏桀，夏代最后一个君主，是百姓憎恶的暴君。亡，消亡，消失。本句大意：自然的运动（运行）是有一定规律的，这种规律，不因为尧是圣贤之君而存在，不因为桀是暴君而消失。

这句话的含义是大自然的运行是有一定的规律的，人类社会中的事情无论是好是坏，都不能感动自然界而使之改变规律。至于人的吉、凶、祸、福，只是人们自己的行为的结果。

应之以治则吉，应之以乱则凶。——应，适应。之，代词，指自然规律，即上文天行有常。以，介词，用来。"治""乱"作名词解。荀子对这两个字有自己的解释，《荀子·不苟篇》中有："礼义之谓治，非礼义之谓乱。"治，即人类合乎礼义的行动；乱，即人类不合乎礼义的行动。则，就，连词，表因果关系。吉，吉利。凶，不吉利。这两句话有两种译法：其一，用人类合理的行动来适应自然规律就会吉利，用人类不合理的行动来适应自然规律就会不吉利；其二，按照自然规律把事情办好，叫作"吉"，违反自然规律把事情办糟，叫作"凶"。

这两句是承上启下的句子，承接上文，自然规律与人事好坏无关，人事的吉、凶、祸、福就是人们能否适应自然规律的结果。下文就从"治则吉""乱则凶"两个方面分别对这个观点做了阐述。首先，阐述"应之以治则吉"。

强本而节用，则天不能贫。——本，指桑农，农业生产，古代以农业生产为国计民生的根本，以商贾为末业，故古代多鼓励、发展农业生产，抑制商业，即"重农轻商"。强，加强。而，连词，表并列。节，节约。用，用度，用费。则，连词，表示因果联系，就。贫，贫困。不能贫，不能使人贫困。本句大意：如果加强农业生产，节约用度，天就不能使人贫困。

养备而动时，则天不能病。——养，养生之道，维持生活的方法。备，完备，周到。养备，即养生之道（如衣、食等）准备得很完备。动，动作，行动。时，时宜。而，连词，表并列。动时，即动作合时宜、顺应自然变化。病，动词，患病。本句大意：如果人类对于养生之道（如衣、食等）准备得很完备，一切动作（行动）都能适应天时的变化（顺应自然变化，适合时宜），天就不能使人患病。

修道而不贰，则天不能祸。——修，顺应，遵循。"道"有两解，一为儒家对政治、伦理方面的见解、主张，荀子以礼义为主，所以"道"即指礼义；二为规律。循道，顺着礼义等道德标准去行事或遵循着规律去行事。而，连词，表并列。贰，差错，偏差。不贰，没有差错，没有偏差。则，连词，就。不能祸，不能加祸于人，不能给人带来灾祸。本句大意：如果人类顺着礼义等道德标准去行事而不发生偏差，天就不能给人带来灾祸。

故水旱不能使之饥，寒暑不能使之疾，祆怪不能使之凶。——故，所以，连词，总承上文。水旱，水旱灾害。之，代词，指人类。饥，饥荒，此处当动词用，发生饥荒。寒暑，自然冷暖的变化，寒暑节令的变化。之，指人类。疾，作动词用，患病。祆怪，指自然灾害、天之异象，如山崩、地震、日晕、月蚀等，古代视之为不祥之兆。之，指人类。凶，遭受损害。本句大意：所以，自然的水旱灾害不能使人类发生饥荒；自然冷暖的变化不能使人患病；自然灾害、天之异象的出现，不能使人遭受损害。

以上六句阐述了"应之以治则吉"，前三句阐述的是"应之以治"，后三句阐述了"吉"的具体内容。从正面阐述了人类如果尽其主观努力，充分发挥其主观能动作用，适应自然规律，自然规律是不能对人类有损害的。下文再从反面加以阐述。

本荒而用侈，则天不能使之富。——与上文对应。本，农事。荒，荒废。而，连词，表并列。用，用度。侈，奢侈。则，如果……就，连词。之，指人类。富，富有，富裕。本句大意：如果人类对农事荒废而用度奢侈，天就不能使人类富裕。

养略而动罕，则天不能使之全。——与上文对应。养，养生之道。略，简略，残缺不备。养略，养生之道简略，衣食不足。动，劳动。罕，稀少。动罕，不肯多劳动。全，保全，健康。本句大意：如果人类衣食缺少而不肯多劳动，天就不能使人类健康。

倍道而妄行，则天不能使之吉。——与上文对应。背，违反，违背。妄行，胡作非为，轻举妄动。吉，吉祥，吉利。本句大意：如果人类违反了礼义等道德标准而胡作非为，天就不能使人吉祥。

以上三句具体阐述了"应之以乱"。

故水旱未至而饥，寒暑未薄而疾，祆怪未生而凶。——故，所以，连词，总承上文。未至，还没有发生。而，连词，表承接，也。饥，作动词用，发生饥荒。薄，迫近，此处意为侵犯。疾，作动词，生病。未生，没有发生。本句大意：所以，即使没有自然水旱灾害，也会有饥荒；没有寒暑的侵犯，也会生病；没有自然灾异也会遭受损害。

以上三句，阐述了"凶"的具体内容。从反面说明了人类如果不尽其主观努力，不发挥主观能动作用，违反自然规律，即使没有自然灾害，也会遭到祸殃。

通过从正反两面阐述天与人的关系，再从"乱必遭祸"方面做出小结，照应文章开头的"天行有常，不为尧存，不为桀亡"。

受时与治世同，而殃祸与治世异，不可以怨天，其道然也。——受，接受，遇到。时，天时，气象。与，连词，和。治世，有礼义的时代。而，表转折，但是。殃祸，同义复词，灾祸。不可以，不能。怨天，埋怨自然条件。其，代词，这个。道，道理。然，副词词尾，样子，此处意为"这个样子"。也，语尾助词，了。本句大意：乱世的人所遇到的天时条件和治世的人是相同的，但是遭到的灾祸却和治世的人不同，不能埋怨自然条件，这个道理就是这样了。

第一段论证了天与人的关系，提出自然规律是客观存在的，不因人的行为而转移，人的吉、凶、祸、福完全是自己行为的结果。只要自己努力，适应自然，就可以战胜自然。"人定胜天"是荀子深信不疑的理念。这样的论述不仅阐发了唯物主义的思想，而且证实了当时阴阳家的"天人感应"学说的虚妄。

第一段结构：

第一层提出全文中心论点，总起下文；第二层概括论证天人关系；第三层与第四层具体论证天人关系；第五层小结，照应文章的开头。

第一段写作手法：

提出中心论点之后，采取概括论证与具体论证相结合、正面论证与反面论证相结合的方法论证了天人关系。采用排比对偶句式，不仅对正反不同的情况做了对比，而且语言简练，气势充畅。从逻辑上来讲，先开门见山，树立观点；再从正反两个方面进行论证；最后从反面总结全段，又照应了开头，结构严谨，条理十分明晰。

第二段：

"治乱，天邪？"——治，合乎礼义，即合乎封建统治秩序。乱，不合乎礼义，不合乎封建统治秩序。邪，通"耶"，疑问助词，相当于"吗""呢"。本句大意："社会上有治有乱，是天意决定的吗？"

曰："日月星辰瑞历，是禹、桀治所同也。"——曰，回答说。星辰，日、月、星的总称。瑞历，历象，自然现象。禹，夏代开国之君，治洪水，有功于民，是人民拥戴的圣君。这里禹、桀不是实指禹、桀之时，而是以禹为治世的代表，以桀为乱世的代表。本句大意：回答说："日月星是自然现象，在禹的时代和桀的时代是相同的。"

"禹以治，桀以乱，治乱非天也。"——以，连词，表承接，则，就。本句大意：（回答）"禹时就天下大治，桀却则天下大乱，可见社会上的安定或混乱不是天象决定的。"

"时耶？"——时，时令，季节。本句大意："是不是四季决定的呢？"

曰："繁启蕃长于春夏，蓄积收藏于秋冬，是又禹桀之所同也。"——繁，多。启，萌发。蕃，茂盛。长，成长。于，在。蓄积，收获储蓄。是，此，指示代词，指上文。本句大意：回答说："万物在春天开始发芽，在夏天茂盛地成长。在秋天收获，在冬天被收藏起来，这又是禹和桀时相同的。"

"禹以治，桀以乱，治乱非时也。"——（回答）"禹时就天下大治，桀时却天下大乱，可见社会上的安定或混乱不是时令、季节决定的。"

"地邪？"——地，地理条件。本句大意："是地理条件决定的吗？"

曰："得地则生，失地则死，是又禹桀之所同也。"——得，得到，获得。地，土地。则，连词，就。生，生长，生活。失，失去。本句有两解：其一，人得到土地就可以生活，失去（或离开）土地就无法生活了，这又是禹桀之时相同的；其二，植物在合适的土地中就生长，离开了合适的土壤就死亡，这又是禹桀之时相同的。

"禹以治，桀以乱，治乱非地也。"——"禹时就天下大治，桀时却天下大乱，可见社会上的安定或混乱不是地理条件决定的。"

第二段进一步论证了人类社会的安定或混乱是与自然界没有关系的。以"天""时""地"三个方面，用设问设答的方式，用禹和桀的对比来进行论证。三次问答分别得出这样的结论：在不同的时代里，"天""时""地"这些自然条件是一样的,社会环境却不同,所以人类社会的安定或混乱和自然条件没有关系,其原因不应在自然界中寻找,而应从人类社会本身去寻找。第二段是第一段论点的进一步发挥和充实。

第二段结构:

第一层,从天象的角度论证天人关系;第二层,从时令的角度论证天人关系;第三层,从地理条件的角度论证天人关系。本段是对第一段论证的进一步发挥和充实。

第二段写作手法:

用设问设答的写作手法增强说服力,用不同时代的对比使说理明晰透彻,用排比句式,使文章气势充畅。

第三段:

星坠木鸣,国人皆恐。——星,星球。坠,下落。星坠,流星下落,或陨石落地。"木鸣"有三解:其一,社木而鸣,社即土地庙,土地庙旁有树木,古人认为社木发出声响是不祥之兆;其二,树木因干燥而爆裂之声;其三,林木发出的怪声。星坠木鸣本为自然现象,古人认为是灾害到来的信号或者征兆。国人,国内的人们。皆,都。恐,惊恐,害怕。本句大意:流星下落,林木发出奇怪的声音,国内的人们都非常害怕。

首先,以"星坠木鸣,国人皆恐"为例,说明百姓崇拜、畏惧自然现象的事实。

曰:"是何也?"——是,此,指示代词,这是。何,为什么。也,疑问助词,相当于"呀"。本句大意:人们问道:"这是为什么呀?"

曰:"无何也。"——无,没有。何,什么。也,陈述语助词。本句大意:回答说:"没有什么。"

"是天地之变,阴阳之化,物之罕至者也。"——是,此,指示代词,这个。之,助词,的。变,变动。阴阳,古代认为宇宙万物是相反相成的阴阳二气构成的,如男为阳、女为阴,阴阳和谐才有家室人伦;日为阳、月为阴,阴阳相合,才有季节时令。化,变化。物,事物。罕,稀少,不经常。至,出现,发生。者,指示代词,指现象、情况。本句大意:(回答)"这不过是天地的变动,阴阳二气的变化,事物的不经常出现的情况。"

"怪之,可也;而畏之,非也。"——怪,此处作动词,认为……奇怪。之,代词,它。可,可以。而,连词,表转折,但是。非,不对。本句大意:(回答)"认为它奇怪是可以的,但是畏惧它就不对了。"

以上用问答的方法,说明应当怎样对待这些事情。先说明星坠木鸣是自然界的变化，这些现象治世比较少见，认为它奇怪是可以的，但不必畏惧它。

"夫日月之有蚀，风雨之不时，怪星之党见，是无世而不尝有之。"——夫，发语词，引起下文。蚀，亏损。不，不合。时，农时。怪星，奇怪的星，指彗星。党（tǎng），通"倘"，偶然。见，通"现"，出现。是，这是。无，没有。世，朝代。尝，曾经。之，助词，的。本句大意：（回答）"大致说来，日月的亏损，风雨的不合农时，彗星的偶然出现，这是没有一个朝代不曾出现过的。"

进一步举例说明自然现象是无世不有的。

"上明而政平，则是虽并世起，无伤也。"——上，上位者，封建王朝的统治者。明，明察，开明。而，连词，表并列。政，政令。平，公平合理。则，连词，就。是，指示代词，这些。虽，虽然。并世，同时。起，发生，出现。无，没有。伤，损害。本句大意：（回答）"统治者比较开明，政令比较公平合理，这些怪现象即使同时发生，也没有什么损害。"

"上暗而政险，则是虽无一至者，无益也。"——暗，昏暗不明。政险，政令残酷苛刻。至，发生，出现。益，益处。本句大意：（回答）"在上位者，昏昧不明、政令苛刻，（那么）即使这些现象一样都没发生，也没有什么益处（于事也毫无补益）。"

以上从正反两面进一步说明人的吉、凶、祸、福，和自然无关，其原因仍须从人类社会本身出发去寻找。

前两层对把自然界的罕见现象看作灾祸预兆的迷信思想进行了具体的分析及批判。

"夫星之坠，木之鸣，是天地之变，阴阳之化，物之罕至者也；怪之，可也；而畏之，非也。"——（回答）"流星的坠落，林木的怪鸣，这些都是天地的变动、阴阳的变化，是事物不经常发生的现象，觉得它奇怪是可以的，而认为它是可怕就不对了。"

第三段结构：

第一层，提出国人崇拜畏惧罕见的自然现象的事实；第二层，用设问设答的方法，科学地分析罕见的自然现象，提出了自己的主张；第三层，历史地、科学地考察罕见的自然现象；第四层，从正反两面论证政治的好坏和自然现象无关；第五层，反复强调自己的主张，照应上文。

第三段写作手法：

边破边立。一面批判迷信思想，一面树立自己的唯物观点。第一层揭露迷信观点，反面的观点，是破；第二层提出自己的观点，树立正面的观点，是立；第三层和第四层既正面阐发了自己的主张和观点，又对迷信的思想进行了批判,是破立结合;第五层重新申述自己的主张,又是立。

第四段:

大天而思之,孰与物畜而制之?——大,此处作动词,尊敬,崇拜。而,连词,表并列。思,仰慕,希望。之,代词,它。孰与,复合虚词,用于比较两个事物。物,物质。畜,畜养,用人力控制,把自然当作物质来看待。制,控制。之,它,指自然。本句大意:崇拜自然而希冀的恩赐,哪里比得上把自然当作物质来控制它?

从天而颂之,孰与制天命而用之?——从,顺从。颂,歌颂。制,控制,掌握。天命,自然规律。用,利用。本句大意:顺从自然,歌颂它的功德,哪里比得上掌握自然规律并利用它?

望时而待之,孰与应时而使之?——望,盼望。时,四季。待,等待。待之,等待它的恩赐。应,适应。使,利用。本句大意:盼望四季而等待它的恩赐(给人们增加产),哪里比得上适应四季的变化并利用它?

因物而多之,孰与骋能而化之?——因,顺从,依靠。物,万物,生物的自然情况。多,增多,繁殖。之,代词,指物。骋,施展,发挥。能,人的能力。化,变化。之,代词,它。本句大意:顺从生物的自然情况而让它繁殖增多,哪里比得上发挥人的能力而促进它的变化?

思物而物之,孰与理物而勿失之也?——思,思慕。思物,"物"指自然界的万物。物之,"物"作动词,据为己有,企图得到。之,代词,指万物。理,治理,整理。勿,不要。失,丧失。本句大意:思慕万物而企图得到它们,哪里比得上治理万物而不失去它们,充分利用它们?

愿于物之所以生,孰与有物之所以成?——愿,希望。于,介词,着。物,万物。所以生,所字和介词构成的词组,带有名词性,表示"生"的自然状态,因此,"所以生"可译作"自然生长"。有,"佑"的假借词,意为帮助。所以成,成长。本句大意:希望万物(好好)成长哪里比得上用人力帮助万物生长?

故错人而思天,则失万物之情。——故,所以。错,通"措",舍弃,放弃。人,人的努力,人力。思,希望,仰慕。则,连词,那就。失,违反,丧失。万物,控制万物。情,情理。本句大意:所以放弃人的努力而一味希望天的恩赐,那就失去了控制万物的情理。

第四段强调"人定胜天"的基本观点,提出了改造自然、征服自然的战斗口号。

314

第四段写作手法：

把所要批驳的观点和自己的观点两两对照，加以比较，用一连串的问句排比下来，最后用一句话，总结上文所批驳的错误观点都是"措人而思天，则失万物之情"的消极的错误的思想。荀子在这段话里所批驳的错误观点都是确有所指的。"大天而思之"是对孟子一派的批判。《孟子·尽心上》中说："尽其心者知其性也，知其性则知天矣。"《孟子·告子上》中说："心之官则思，思则得之，不思则不得也"。可见孟子思想的一个要点就是"大天而思之"。"从天而颂之""望时而待之""因物而多之"是对道家的批判。《庄子·秋水篇》说："无以人灭天，无以故灭命。"道家强调自然规律的客观性，于是认为人只能绝对服从自然规律，认为这就是所谓的"命"，主张不要用人的智慧去改变人服从自然的命运。而荀子强调"人定胜天"，提出了改造自然、征服自然的战斗口号。

四、中心思想

这篇哲学论文科学地论证了天人关系，体现了荀子"天行有常"的唯物主义观点和"人定胜天"的唯物主义思想。荀子认为自然是没有意志的，自然规律是不以人的意志为转移的，人事的吉凶、社会的治乱、政治的好坏都与自然无关。但是自然规律是能为人类掌握、为人类利用的，因此他强调发挥人的主观能动性，与自然进行斗争，使自然为人类所控制，为人类服务。总的来看，课文节选的《天论》中的这四段内容，体现了荀子宇宙观的三个特点：

第一，荀子认为"天"是自然界，是物质的、没有意志的，自然界及其运动变化是有规律的，且自然规律是客观存在、不以人的意志为转移的。这种宇宙观和孔子、墨子认为天有意志（如孔子主张"畏大人，畏天命"，认为天是有意志的主宰者，根据人们行为的好坏，给人以吉凶祸福；《墨子·天志》中有"天欲人相爱相利，而不欲人相恶相贼""天能赏善罚恶"）的说法，是针锋相对的。

第二，荀子认为人事的吉凶、社会的治乱、政治的好坏与自然界无关，是人类自己行为的结果，因而得出"无鬼神"的结论。"无神论"就是荀子宇宙观的第二个特点。

第三，荀子和老子、庄子思想的共同之处是承认天是自然界，但是不同之处在于，老庄认为人对自然界是无能为力的，只能消极地去适应，而荀子认为人们尽其主观努力，发挥其主观能动性，不但自然界不能加祸于人、为害于人，而且人能够掌握自然规律，征服自然、改造自然。因此，在先秦诸子中，荀子第一个发出了与自然做斗争的战斗口号，第一个提出了"人定胜天"的行动纲领。这是荀子宇宙观中最辉煌、最突出的地方。

五、语言运用的特点

1. 大量运用反义词："存"和"亡"、"治"和"乱"、"吉"和"凶"、"贫"和"富"、"同"和"异"、"得"和"失"、"生"和"死"、"阴"和"阳"、"明"和"暗"。

2. 用词准确、变化自然："强本而节用""本荒而用侈""养备而动时""养略而动罕"。

3. 大量运用对偶及排比句。

过秦论

一、作者介绍

贾谊,西汉洛阳人,生于汉高帝七年(前200年),卒于汉文帝十二年(前168年),是古代杰出的政治家和文学家,也是最早的汉赋作家之一。

贾谊18岁的时候,就以能熟读《诗》《书》、能写文章闻名于当地。河南太守吴公非常赏识和器重他。孝文皇帝初即位(前179年,文帝元年)时,贾谊21岁,河南太守吴公因治军第一,升为廷尉。由于吴公的推荐,贾谊被征召到长安,做了博士(文学顾问官)。这时,贾谊虽是博士中年龄最小的,但朝廷每逢议事,许多年老博士不能对答的,贾谊都能对答得非常详尽,因此博士们都推崇贾谊,自认不及贾谊。汉文帝也非常赏识他,一年中升为太中大夫(顾问官)。贾谊主张推恩令,改革政治,因此受到了当时的权贵周勃、灌婴等人的排挤和打压,他们在背后诋毁贾谊,因此文帝逐渐疏远了他,不但不采纳他的建议,反而将他谪为长沙王太傅(封建王国最高顾问官),于是贾谊怀着忧伤的心情,离开长安到长沙去,经过湘水的时候,想起了屈原的遭遇和自己的命运,感觉自己与屈原同病相怜,因而作了《吊屈原赋》抒发自己的愤懑。贾谊在长沙四年,又被文帝召进长安,不久后又出任梁怀王太傅(梁怀王刘揖,汉文帝最小的儿子,好读书,爱文学)。但是没过几年,梁怀王坠马而亡,贾谊自怨没有尽到太傅的责任,常常哭泣,一年多后抑郁而终,去世时才33岁。

贾谊的政治思想基本上是儒家思想,但也掺杂有法家思想。一方面,他认为君王在夺取天下,即处在攻势时,应该采取暴力的手段,包括武力进攻、外交阴谋、政治权术等,去打击政敌、夺取政权。例如,战国时的秦国从孝公到秦始皇嬴政,采取暴力的手段对付各国诸侯,最终一统天下的做法是对的,因为对付的是自己的政治敌手,果断地攻击他们对百姓是有利的。这是法家的政治主张。另一方面,他又认为君王在治理天下,即处在守势时,应该施行仁政，与民让步，采取重农抑商、充裕民食、轻徭薄赋以解民困的措施，减轻对老百姓的剥削，缓和阶级矛盾，这样才能巩固自己的统治。例如，秦始皇统一天下后，没有施行仁政，仍然采用暴力统治，结果迅速地激起了农民起义，秦王朝也就很快就灭亡了。秦王朝快速灭亡的原因就是没有根据形势的变化采取相应的政策，也就是在治理天下时，依然采取了夺取天下的暴力措施。所以他说道："自古至今，与民为仇者，有迟有速，而民必胜之。"这是儒家"民为邦本"的政治思想。当然，贾谊的政治思想，实质上仍然是为了维护封建统治阶级的利益，但在客观上是符合人民的利益和愿望的，在当时来讲具有一定的进步意义。《过秦论》就很好地反映了贾谊的这种"以儒为本，以法为辅"的政治思想。

贾谊在世时，曾写了不少政治论文，分析形势、陈述利害，其文章说理透彻、气势充畅。《过秦论》是其代表作之一，共有上、中、下三篇，课文所选的是上篇。

二、题解

"过秦"的"过"是"过失"或"过错"的意思，这是作动词用，"过秦"就是指出秦王朝的过失。《过秦论》主要阐述了秦的过失，论述了秦王朝速亡的原因，在于不分攻守之势，不施仁义，示意汉统治者吸取历史教训、施行仁政，以免重蹈秦朝的覆辙。

三、串讲分析（全文可分为五段）

第一段：

秦孝公据崤函之固，拥雍州之地，君臣固守以窥周室。——秦孝公，嬴渠梁，秦国第三十代国君，在位二十四年（公元前362—前338年），任用商鞅进行变法，秦国开始富强，"孝公"是其谥号。秦国是西周孝王时建立的。秦贵族的祖先赵非子为周孝王牧马于汧渭之间，即今陇东地区，因养马养得好而被封于秦（今甘肃省清水县）为附庸小国，赐姓"嬴"，专为周王畜殖马群。襄公时，因以兵护送周平王东迁洛阳有功，始封为诸侯，尽有岐山以西之地（从秦非子起至孝公为第三十代国君）。据，《说文解字》中有："杖持也，段注：谓倚杖而持也。"引申为依靠或据有。崤，崤山。函，函谷关，在今河南灵宝市，东接崤山，西至潼津。固，险固，险要。拥，拥有，占据。雍州，陕西、甘肃、青海一带。君臣，孝公和他的臣子。"固守"中的"固"，牢固，牢牢地。守，防守。以，介词，表示凭借着这些有利的条件。

窥，窥伺，偷看，引申为暗中寻找时机图谋吞并。周，周王。室，王室朝廷。本句大意：秦孝公依靠崤山函谷关的险固地势，占据雍州的土地，上下一致，牢牢地防守着自己的土地，暗暗地图谋吞并周王的天下。

有席卷天下，包举宇内，囊括四海之意，并吞八荒之心。——席，席子。卷，比喻手法，把天下像卷席子一样卷起来，也就是吞并的意思。包举，包裹好举起来。宇，上下四方谓，宇内即天下。包举宇内也是比喻手法，把宇内（天下）像包举东西一样包了举起来。囊，口袋。四海，古时称中国四面有东、南、西、北四海，四海之内即中国，所以四海就是天下的意思。意，意图。并，合并。吞，咽下。八荒，八方荒远的地方，即天下。心，野心。本句大意：有像卷席子一样把天下卷起来、像包东西一样把天下包起来、像装东西一样把天下装进口袋并扎好袋口的意图，以及像吃东西一样把天下一口吞下的野心。

第一层，点明秦有利的地理位置和统一天下的雄心。"席卷""包举""囊括""并吞"是同义词，都是并吞的意思，只不过用了四种不同的比喻；"天下""宇内""四海""八荒"也是同义词，都是天下的意思，不过说明的角度不同。从句式上来看，多采用排比句式（对偶连用的句式）。从修辞的手法来看，运用反复说明的手法，极力强调秦国意图并吞天下，野心勃勃，不可一世。

当是时也，商君佐之，内立法度，务耕织，修守战之具，外连衡而斗诸侯。——商君，即商鞅，本名公孙鞅，卫国贵族，是法家学派的祖师，先事魏相公叔府（魏惠王时）。秦孝公即位后下令征求有才能的人，公孙鞅便从魏国到了秦国，帮助孝公变法，使秦国成为七国中的头等强国。因侍秦有功，被封于商（今陕西省商洛市一带），号为商鞅。君是对男子的尊称。内，对内。立，建立。法，法令。度，制度。务，尽力，努力。耕，耕田。织，织帛。修，修理，整顿。守，防守。战，攻击。具，器具，武器。守战之具，军备。"连衡"也写作"连横"，东西曰横。斗诸侯，使诸侯各国自相斗争。本句大意：正当这时，商鞅辅佐他，对内建立法律制度，努力发展农业生产，整顿军备，对外采用连衡的策略，使诸侯互相斗争。

第二层，写秦为了实现统一天下的雄心，任用商鞅，实施变法，对内、对外均采取了新的措施和政策。

于是秦人拱手而取西河之外。——拱手，两手相持，形容很轻易的，毫不费力的。而，连词。取，夺取。西河即黄河，因黄河在秦的东面、魏的西面，故称西河。之外，以外，即黄河以西的魏的土地，今陕西大荔一带。本句大意：于是秦国人很轻易地夺取了魏国黄河以西的土地。

第三层，写商鞅变法的结果，秦国开始强大，轻易取得了西河之外的土地。这样一来，秦国东至黄河，依靠黄河天险，地理形势更加险固了。

第一段写秦孝公依靠优越的地理条件和商鞅的帮助，变法图强，雄心勃勃，开始吞并天下。秦之所以在孝公时开始强大，其原因有二：一是客观原因，秦国地理条件优越，"据崤函之固，拥雍州之地"，因此秦孝公雄心勃勃，想利用这一有利条件，窥周室，并天下；二是主观原因，即商鞅变法所采取的一系列的对内、对外的有效措施。这些措施使秦国开始富强，开始向外扩张，首先取得了西河以外的地方。秦孝公的雄心使吞并天下有了可能性，商鞅变法等主观方面的努力使可能性变成了现实性。其中最重要的是主观方面的努力，所以作者在写地理条件的作用时，仅仅强调秦国产生了窥周室、并天下的雄心，但是在写商鞅变法的作用时，用事实来说明了实现这种雄心的现实性。全段着力写一"窥"字。地势险固是"窥"的根据，并吞心意是"窥"的内容或"窥"的目的，商鞅变法是"窥"的办法，取西河之外是"窥"的开始。

第一段从秦的地理条件写起，经过商鞅变法，又落笔到地理条件。从此秦国不但据有崤函之固，而且据有西河之外，以黄河的天险为屏障，地理形势更加险要了。这也说明地理条件是从属于政治措施而起作用的。

第一段写作手法：

首先简单叙述历史，摆出论据，然后用排比反复强调秦并天下的野心。

第二段：

孝公既没，惠文、武、昭襄蒙故业，因遗策。——既，时间副词，已经。没，死。既没，死后。惠文王，孝公之子，名驷。武王，惠文王之子，名荡。昭襄王，武王的异母弟弟，名则。三王共在位八十七年（前337—前251年）。蒙，承受，此处引申为继承。故，旧有，原有。业，基业。"蒙故业"也就是继承孝公创立的基业。因，沿袭，遵循，继承。遗，遗留的，传统的。策，策略。"因遗策"即继承孝公遗留下来的策略，也就是继承连横的策略。本句大意：孝公死后，惠文王、武王和昭襄王继承旧有的基业，遵循遗留的策略。

南取汉中，西举巴、蜀，东割膏腴之地，北收要害之郡。——南，向南。取，攻取。汉中，今陕西省南部地区。举，攻拔，灭亡。巴，本姬姓封国，川东，首都在巴，今重庆。蜀，川西，古蜀国，都城在蜀，蜀今成都。东，向东。割，割取。膏，肉之肥者或脂膏。腴，肥美者曰腴。膏腴，肥沃。此时秦连年伐魏、韩、赵，不断割取三国的土地，三国处中原，皆膏腴之地也。

北，向北。收，收取。要害，山川险阻的地方，或政治、经济、军事都重要的地方，在我为要，在敌为害。郡，州郡，城邑。本句大意：向南夺取了汉中，向西攻拔了巴、蜀，向东割据了肥沃的土地，向北收取了重要的城邑。

第一层写惠文王、武王和昭襄王时代，"蒙故业，因遗策"，疆域日广，国力日强。用对偶、排比的修辞手法，突出秦国步步逼人的形势。

诸侯恐惧，会盟而谋弱秦，不爱珍器、重宝、肥饶之地，以致天下之士。——会盟，古时诸侯维持邦交，常有集会订盟之事。谋，图谋。弱，削弱。不爱，不惜。珍器，珍贵的器物。重宝，重价的宝物。肥饶，肥沃富饶。以，介词，用来。致，招纳。士，有知识、有才干的人。本句大意：东方各国诸侯害怕了，集会订立盟约，商议削弱秦国，不惜以珍贵的器物、重价的宝贝和肥沃富饶的土地来招纳天下有知识、有才干的人。

合从缔交，相与为一。——从，通"纵"。合从，六国联合、共同抗秦的外交策略。缔，缔结。交，邦交。相，互相。与，赐给，援助。为，成为。一，一体。本句大意：采用合纵的策略缔结邦交，互相援助，成为一体。

写各国共同商议削弱秦国的办法：一面招纳人才，一面采取合纵政策，联合抗秦。

当此之时，齐有孟尝，赵有平原，楚有春申，魏有信陵。——之，语气助词，无义。孟尝，孟尝君，田文，齐相田婴的儿子，齐国的贵族，曾任齐相，"孟尝君"是田文的称号。平原，赵国的平原君，姓赵名胜，赵国的公子，赵惠王的弟弟，事惠王及孝成王，三为相，平原君是其称号。春申，楚春申君，姓黄名歇，曾任楚相，先事楚顷襄王，后事考烈王，封为春申君。魏信陵君，姓魏名无忌，魏安釐王异母弟，昭王的少子，安釐王立，封为信陵君，信陵君的女儿为赵平原君夫人。此四君皆招养宾客数千人，是当时仅次于国君的执政者。本句大意：在这个时候，齐国有孟尝君，赵国有平原君，楚国有春申君，魏国有信陵君。

此四君者，皆明智而忠信，宽厚而爱人，尊贤而重士。——君，有才能德行的人。皆，都。明，明察，聪明。智，才智，明察人的才智。而，连词，表并列。忠，忠诚。信，信义，为人忠诚讲信义。宽厚，待人宽容厚道。爱人，团结人。尊，尊重。贤，有才能的人。重，重视。本句大意：这四个有才能德行的人，都聪明有才智，为人忠诚有信义，待人宽容厚道而能团结百姓，尊重有才能的人，又重视有知识的人。

写六国联合的领导者——四君子的贤明和待人，说明四君子有极大的政治号召力。用一一列举的方法，结构相同的句式，即排比的手法，极力赞扬六国的领袖人物。

约从离衡，兼韩、魏、燕、楚、齐、赵、宋、卫、中山之众。——约，相约。从，通"纵"，合纵。约从，相约为合纵。离，离散。衡，连衡。兼，联合，聚会。众，人力。本句大意：相约为合纵，离散秦国的连衡策略，联合韩、魏、燕等九国的人力。

写东方各诸侯国联合九国之力，共同抗秦。

于是六国之士，有宁越、徐尚、苏秦、杜赫之属为之谋。——宁越，赵人。徐尚，宋人。苏秦，洛阳人，当时的合纵长。杜赫，周人。之，复指代词，这。属，一班，一批人。在指示代词"之"下，表示复数。为，替。谋，出谋划策。本句大意：这样一来，六国有才能、有知识的人，有宁越、徐尚、苏秦、杜赫等人替他们出谋划策。

齐明、周最、陈轸、召滑、楼缓、翟景、苏厉、乐毅之徒通其意。——齐明，东周臣。周最，东周君的儿子。陈轸，楚人。召滑，楚臣。楼缓，赵人。翟景，魏人。苏厉，苏秦的弟弟。乐毅，燕将。通，沟通。本句大意：齐明、周最、陈轸等人沟通他们的意见。

吴起、孙膑、带佗、倪良、王廖、田忌、廉颇、赵奢之伦制其兵。——吴起，卫人。孙膑，齐将。带佗，楚将。倪良、王廖，战国时兵家。田忌，齐将。廉颇、赵奢都是赵将。制，统率。兵，军队。本句大意：吴起、孙膑、带佗等人统率他们的军队。

写东方诸侯人才众多，声势浩大，用一一列举的方法和排比的句式，强调六国人才众多。照应上文"以致天下之士。"

第二层，写六国会盟共谋弱秦，一面合纵缔交、约纵离衡，一面招纳人才，声势浩大。用一一列举的方法和排比的手法，突出东方各诸侯国中，既有贤明的领袖人物，又有各方面的人才，凸显他们的力量强大，正面映衬秦的强大。

尝以十倍之地，百万之师，叩关而攻秦。——尝，曾经。以，用。叩，敲，击。叩关，攻打函谷关。而，连词，表并列。本句大意：曾经（协力）用十倍于秦国的土地、百万人的军队攻打函谷关，进攻秦国。

秦人开关延敌，九国之师，逡巡而不敢进。——开关，打开函谷关。延，延纳，让……进入。延敌，迎击敌人。逡巡，徘徊瞻顾，行而不进。而，连词，表并列。本句大意：秦国人打开函谷关迎击敌人，九国的军队，（在函谷关前）徘徊瞻顾而不敢前进。

秦无亡矢遗镞之费，而天下诸侯已困矣。——亡，丢失。矢，箭。遗，遗失。镞（zú），箭头。费，费用。而，连词，表转折，然而。天下，指六国或九国。已，已经。困，疲敝。矣，表已然的语助词，相当于"了"。本句大意：秦国没有丢失一支箭，遗失一个箭头，然而东方各诸侯国已经疲敝了。

于是从散约败，争割地而赂秦。——于是，因此。从散，合纵从解散了。约，盟约，九国联合抗秦之约。败，失败。争，争着，争先恐后地。割地，割让土地。赂，贿赂。本句大意：因此，合纵离散了，九国联合抗秦失败了，争先恐后地割让土地，贿赂秦国（九国合纵是不坚实的，军事失败后，各国苟安自保，彼此矛盾重重，争着割让土地，贿赂秦国，与秦和好）。

秦有余力而制其弊，追亡逐北，伏尸百万，流血漂橹。——余力，绰绰有余的力量。而，连词，表承接。制，控制，挟持。其，他们，指东方各诸侯国。弊，弱点。追，追击。亡，逃亡，此处动词作名词用，逃亡的士兵。逐，驱逐。北，军队溃败，此处动词作名词用，溃败的军队。"追亡逐北"为同义词叠用。伏，面向下趴伏。伏尸，伏倒在地上的尸首。橹，大盾牌，与"卤"同义。本句大意：秦国有绰绰有余的力量控制他们的弱点，追击逃亡的士兵，驱逐溃败的军队，倒伏在地上的尸体有上百万，流淌的血水可以浮漂盾牌。

因利乘便，宰割天下，分裂山河。强国请服，弱国入朝。——因，利用，顺着。利，有利的机会。"因利"照应上文，意为利用从散约败的有利机会。乘，趁着。便，便利的条件。乘便，照应上文，"追亡逐北，伏尸百万，流血漂橹"的便利条件，趁着各个击破的便利。天下，东方各诸侯国的土地。请，请求。服，归服，投降。入，进入秦国。朝，朝见秦王，向秦王称臣。本句大意：利用纵散约败的有利时机，乘着突击九国之师的便利条件，割宰东方各诸侯国的土地，分裂东方各诸侯国的山河，它们中的强国投降了，弱国进入秦国朝见秦王，向秦王称臣。

第三层，写九国攻秦，反为秦所困，从散约败，割地赂秦，秦因利乘便，宰割天下，国力日趋强大。正反对照，用反面映衬的方法，写秦国胜利的轻而易举，各诸侯国失败的惨烈，对照反衬中显出秦的强大。

因为采用正反对照的写法，所以运用顶真格，既避免多用连词的重复累赘，又使正反转换自然。利用同义词、词组的叠用，突出秦势锐不可当，疆域日广，国力日强；用夸张手法及事实描述突出九国的失败之惨。

第三层采用了层递的写作手法，用"秦有余力，而制其弊，追亡逐北，伏尸百万，流血漂橹"描绘了秦乘胜追击大败九国之师的情景，下文又进一步写进攻各诸侯国，割据诸侯的土地。第三层和第一层落笔均在疆域扩大，前后呼应。

第二段写了惠文王、武王、昭襄王时，东方诸侯会盟而谋弱秦，结果反为秦所困，纵散约败秦因利乘便，宰割天下，日趋强大。

第二段结构：

第一层，正面写秦在三王时进一步开拓疆域，威胁到了东方各诸侯国；第二层，从反面写九国合谋弱秦，约从离衡，人多势众，正面映衬秦的强大，为下文反衬九国弱小打下了基础；第三层，正反结合写九国攻秦，反为秦困，从九国的一败涂地，反衬秦的强大。

第二段写作手法：

正反对照，正反映衬。运用了排比、对偶、顶真、层递等修辞手法。

第三段：

延及孝文王、庄襄王，享国之日浅，国家无事。——延，延续。及，到了。孝文王，名柱，昭襄王之子，在位一年而死。庄襄王，孝文王之子，名昇人，后改名子楚，在位四年而死。享国，享有其国。浅，少。本句大意：延续到了孝文王、庄襄王，在位的时间短，国家没有什么重大的事情。

此句为过渡句，一笔带过，以便下文着重写秦始皇。

及至始皇，奋六世之余烈，振长策而御宇内，吞二周而亡诸侯，履至尊而制六合，执敲扑而鞭笞天下，威振四海。——及至，等到。始皇，嬴政，庄襄王之子，前246年即位，前210年死于沙丘的平台（河北省平乡县东北），在位约三十六年。奋，奋发，发扬。余，遗留。烈，功业。六世，指孝公、惠文、武、昭襄、孝文、庄襄六王。振，挥动，舞动，挥舞。策，马鞭。而，连词，表承接。御，驾御，统治。吞，并吞。二周，周赧王时，东西周分治。秦昭王五十一年（前256年）灭西周，秦庄襄王元年（前249年）灭东周。履，登上。至尊，皇帝，皇帝的位置。制，控制。六合，天地四方，即天下。敲扑，刑具，短的叫敲，长的叫扑。鞭，皮鞭。笞，刑具，竹板子，这里作动词用。天下，指天下的老百姓。鞭笞，鞭打奴役。敲扑，严酷的刑罚。振，振动。本句大意：等到秦始皇时候，发扬六世遗留下的功业，像挥动长鞭赶车那样来驾御天下，并吞了二周，灭亡了诸侯各国，登上了皇帝的位子而控制天下，手执长短刑具鞭打天下的老百姓（用严酷的刑罚奴役天下的老百姓），声威振动四海。

写秦始皇对内统一天下的功业。用排比句式一气贯下，极力强调秦并吞诸侯，统一天下的威力，凸显秦在攻取天下时的锐不可当的。运用了排比、比喻两种写作手法。

南取百越之地，以为桂林、象郡；百越之君，俯首系颈，委命下吏。——南，向南。取，攻取。百越，越族，古代部落种族之一，居住在今江苏、浙江、福建、广东、广西一带。越族有许多部落，各部落各有各的名称，统称为"百越"或"百粤"，这里"百越"是指南越、骆越，今两广及越北地区。俯首，低下头，表示服从。系，绑缚。颈，脖子。系颈，在脖子上绑上绳子，表示投降，自请投降。委，委托，交给。命，生命。下吏，秦朝的下级官吏。本句大意：向南攻取了百越的土地，把它划作桂林郡和象郡；百越的国君，俯首帖耳，自请投降，把生命交给秦朝的下级官吏。

写秦始皇南伐南越的功绩和声威，与上文"威振四海"相呼应。

乃使蒙恬北筑长城而守藩篱，却匈奴七百余里。胡人不敢南下而牧马，士不敢弯弓而报怨。——乃，接着就，时间副词。使，打发，派遣。蒙恬，秦朝将领，于公元前215年带兵三十万北逐匈奴，收复河套，逐匈奴于黄河河套以外。而，连词，表承接。守，防守。藩篱，同义复合词，篱笆，这里比喻边防。却，击退。胡人，指北方其他种族，这里指匈奴人。南下，到南面来，到长城以南来。北为上，南为下，故曰南下。士，指东方九国的残余贵族。弯弓，拉满弓弦，准备放箭，这里作拿起武器讲。报怨，报复怨仇。本句大意：接着就派遣蒙恬在北方修筑万里长城，守卫边疆，使匈奴退却七百多里。匈奴人不敢到长城以东放牧，九国的残余贵族不敢拿起武器报复（秦国）。

写秦始皇北伐匈奴的功绩和声威。用对偶句式，极力强调他威振内外，"胡人不敢南下而牧马，士不敢弯弓而报怨。"

第一层写秦始皇统一天下，南征南越，北伐匈奴，威振四海，秦朝国力强盛到了极点。用排比、对偶的修辞手法，通过加强气势，突出秦国的国势之强。

于是废先王之道，焚百家之言，以愚黔首。——于是，就此，从此。先王，指夏、商、周三朝的开国之君，即夏禹、商汤、周文王和周武王。道，仁政。百家，诸子百家，春秋战国时各种学术派别。言，书籍。以，介词，用这些办法。愚，使……愚昧。黔首，老百姓，秦始皇二十六年（前221年）改称民为黔首。黔，黑色，以其头黑故曰黔首。本句大意：从此废除了先王的仁政，烧毁了诸子百家的书籍，用这些办法来使百姓愚昧无知（暗指秦始皇采纳李斯的建议，下令焚九国史记、儒家德贤、诸子百家等典籍，以巩固统一政权，禁止儒生诽谤朝政，谈论诗书）。

隳名城，杀豪杰。——隳（huī），毁坏。名城，有名的城邑，九国的重要城邑。豪杰,才智出众的人。此二句指秦始皇毁坏内城,杀九国残余贵族中的才智出众的人。

收天下之兵,聚之咸阳,销锋镝,铸以为金人十二,以弱天下之民。——收,收集。兵,兵器。聚,聚集。之,指代兵器。销,销毁。锋,兵刃。镝,箭头。以为,成了。金人,金属的人,铜人。以,用这种办法。弱,削弱。本句大意:收集天下的兵器,把它们聚集在咸阳,销毁兵器,铸成了十二个铜人,用这些办法削弱天下老百姓的力量。

写秦始皇对内施行的弱民政策。

然后践华为城,因河为池,据亿丈之城,临不测之渊,以为固。——践,履,登上。华,华山。为,当作。城,城垣。因,凭着,就着。河,黄河。池,护城河。据,据守,高据,凭着。亿丈之城,照应"践华为城",指华山。临,下临,靠着。不测,深险不可探测。渊,出地不流者为渊水,深水滩,照应"因河为池",指黄河。固,屏障。以为固,以之为固,把它当作屏障。本句大意:然后,凭着华山当作城垣,就着黄河当作护城河,据守亿丈的高城,靠着深险的渊水,把它当作屏障。

写秦始皇依靠华山、黄河的险要,守卫政治中心。

良将劲弩守要害之处,信臣精卒陈利兵而谁何。——良将,优秀、杰出的将领。弩,一种用机械力量射箭的弓。劲弩,强劲有力的弓。信臣,可靠的大臣。精卒,精锐的兵卒。陈,陈列,摆出。利兵,锐利的兵器。谁何,严加缉查、盘问。本句大意:派遣优秀的将领拿上强劲有力的弓,防守重要的地方;让可靠的大臣、精锐的兵卒,摆出锐利的兵器,严格盘查来往的人。

写秦始皇加强武力镇压防范,巩固统一集权的局面。

天下已定,始皇之心,自以为关中之固,金城千里,子孙帝王万世之业也。——定,平定。以为,认为。关中,四关之中,北有萧关,南有武关,东有函谷关,西有大散关。固,险固。金城,比喻城池的坚固。帝王,作动词,做帝王。本句大意:天下已经平定,秦始皇的心里,自己认为关中的险固地势、方圆千里的坚固的城防,是子子孙孙称帝称王直至万代的基业。第二层写秦始皇统一天下后,施行暴政,一面愚民弱民,一面加强武力防范,自恃城池险固,兵将精良,把它当作子孙的帝王万世之业。

寓议于叙事,对偶和散行问式交错使用,加强文章的气势。

第三段写秦始皇用武力统一天下,又用暴力统治人民。秦的强盛到了极点的同时,暴虐也达到了极点。秦速亡的原因已隐含其中。采用整散交错句式,寓叙事于议论,突出秦的极强、极暴虐。

第四段：

始皇既没，余威震于殊俗。——殊俗，不同的风俗，边远的地方。本句大意：始皇死了以后，遗留下来的声威仍然震慑着边远的地方（秦王朝依然是强大的）。

承上启下的过渡句，结束上文，引起下文。

然陈涉瓮牖绳枢之子，氓隶之人，而迁徙之徒也；才能不及中人，非有仲尼、墨翟之贤，陶朱、猗顿之富。——然，转折连词，然而，标志着全文的大转折。陈涉，秦末农民起义的领袖，名胜，字涉，幼时给地主家当长工。瓮，瓦瓮。牖（yǒu），窗户。瓮牖，用破瓦瓮作窗子。绳，草绳。枢，门上的转轴。绳枢，用草绳系门上的转轴，形容家里极其贫穷。瓮牖绳枢之子，意思是贫苦农民人家的孩子。氓，耕田的人。隶，奴隶。"氓""隶"皆为对劳动人民轻蔑的称呼。氓隶之人，农民奴隶出身的人。而，连词，表递进，而且。迁徙，指征发戍守边疆。徒，人。中人，平常的人。非有，没有。仲尼，孔子的字。墨翟，墨子的姓和字。贤，有道德、有才能的人。陶朱，春秋时代越国的范蠡，帮助越王勾践灭吴后，离开越国，到陶（今山东省肥城市西北）自称"陶朱公"，专做囤积居奇的生意，发了大财，因此后来把"陶朱"当作富人的代称。猗顿，春秋时鲁国人，家里很穷，听到陶朱公发了大财，便跑到陶朱公那里问致富之术。陶朱公建议他搞畜养，于是他跑到猗氏（山西省安泽县）南，大规模饲养、繁殖牛羊，十年就积累了很多财物，驰名天下，因兴于猗氏，故称猗顿。本句大意：然而陈涉是贫苦人家的孩子，是农民、奴隶出身的人，而且还是征发守边的人，才能赶不上平常的人，没有孔子、墨子的贤能，没有陶朱、猗顿的富有。（写陈涉的才能、道德和资产都是不足称道的，此为贾谊的阶级偏见）

蹑足行伍之间，而倔起阡陌之中，率疲弊之卒，将数百之众，转而攻秦。——蹑，蹈，用脚踏地，这里引申为插足。行，二十五人为一行，五人为一伍，行伍是军队行军的行列编排，这里指军队。之中，里面。倔起，兴起，崭露头角。阡陌，田间小路，南北为阡，东西为陌，纵为阡，横为陌，这里指田野。疲，疲困。弊，疲惫。卒，兵士。将，统率。转，掉转方向。而，连词，表承接。本句大意：跻身于军队里，而兴起在田野中（指陈涉起义没有什么凭借的条件，是普通的壮丁，是荒野里起事），率领着疲惫的士兵，统率着几百个人（起义力量，人少势弱，不成队伍），转变方向，进攻秦朝。

斩木为兵，揭竿为旗。——斩，削。木，树。为，作为，当作。兵，兵器。揭，举，高举。竿，竹竿。本句大意：砍削树木当作兵器，高举竹竿当作旗帜（指陈涉起义时，武器、装备简陋）。

天下云合响应，赢粮而景从。——天下，天下的人。云合，比喻如云彩那样汇集起来。响，回响。应，应声。响应，如回响那样应声而起。赢，担负。景，通"影"。而，连词，表承接。本句大意：天下的人如云彩那样汇集起来，如回声响应那样立即应答，担着粮食而如影随形地跟着而来（指陈涉起义，掀起了反秦巨浪，影响极大，号召力极强）。

山东豪俊遂并起而亡秦族矣。——山东，崤山以东，泛指九国。豪，才能超人谓之豪。俊，才过千人谓之俊。山东豪俊指项羽、刘邦、张耳、陈余。遂，就，时间副词。并起，一块儿起来。而连词，表承接。亡，灭亡。秦族，秦国王族。本句大意：东方诸国才能超众的人，就一同起事，使秦王朝的统治灭亡了。

第四段写陈涉起义迅速地推翻了强秦的统治，用这一历史事实，说明了秦的残暴统治，貌似强大，实则脆弱，真正强大的力量是人民群众的力量。作者能将这一事实描写出来，在当时来说是可贵的，但由于作者的阶级偏见和历史的局限性，对农民起义的认识不够全面，因而对秦朝速亡的原因，不是从农民起义、人民群众的力量方面去寻找，而是从统治阶级方面去考察，进而得出了后文中的结论。

第四段结构：

第一层，点明秦仍很强盛；第二层，写陈涉起义条件很差，但影响极大，很多人意欲使强秦覆亡。第四段与前三段形成了鲜明的对照，秦由强大变为迅速灭亡。

第四段写作手法：

顺序叙事，以事实为论据。用比喻等修辞手法极力强调陈涉起义的条件之差，影响之大，使秦覆亡的愿望之强烈，与前三段秦的强盛形成鲜明的对比，从中引发读者的疑问，秦朝为什么会迅速地灭亡呢？第五段用两相对照、提出问题的方式，进行论证得出结论。

第五段：

且夫天下非弱小也，雍州之地，崤函之固，自若也。——且夫，指示性的发语词，比"夫"字的语气更强一些。天下，秦朝的天下。非，并没有。小，缩小。弱，削弱。自若，还是那个样子，依然如故。本句大意：想那秦朝的天下，并没有缩小、削弱雍州的土地，崤函的险固，还是以前那个样子第一层，说明秦朝灭亡之时的地理条件和其开始强大时的地理条件完全相同，孝公凭险强大，秦末却不能凭险自守，两者的对比说明了秦朝速亡的原因，不是由于地理条件的改变。

陈涉之位，非尊于齐、楚、燕、赵、韩、魏、宋、卫、中山之君也。——位，权势地位。非，并不。尊，尊贵。于，介词，表示比较。本句大意：陈涉的权势地位，并不比齐、楚、燕、赵、韩、魏、宋、卫、中山的国君尊贵（写陈涉与四君子的地位对比，照应文章第二段）。

锄櫌棘矜，非铦于钩戟长铩也。——锄，农具。櫌（yōu），古时的一种农具，似耙而无齿。棘矜，用酸枣木做的棍子。铦，锋利。钩戟，带钩的戟。铩，长矛。本句大意：农具木棒并不比钩戟长矛锋利（指陈涉起义军的武器，比不上各诸侯国军队的武器）。

谪戍之众，非抗于九国之师也；——谪，贬谪，征发。戍，守卫边疆。众，众人。抗，抵抗，强大。本句大意：征发戍守边疆的壮丁，并不比九国的军队强大（指陈涉起义军的人力比不上九国军队的强大）。

深谋远虑，行军用兵之道，非及向时之士也。——深谋远虑，是镶嵌修辞，一个复音词内交错地嵌进其他的词或字，使原来的双音词扩大为词组。如粗眉大眼、穷凶极恶等。深谋远虑即"深远谋虑"，计划得很周密，考虑得很长远。行军，带领军队。用兵，领兵作战。向时，先前，从前。本句大意：计划筹谋的能力，领兵作战的方法都比不上以前的那些有知识、有才干的人（指陈涉在军事上的指挥不如先前的九国之士）。

然而成败异变，功业相反，何也？——然而，虽然如此，但是。异变，大不相同。功，功绩。业，事业。相反，完全相反。何也，为什么？本句大意：虽然如此，但是结果大不相同，功绩、事业完全相反，为什么？

试使山东之国与陈涉度长絜大，比权量力，则不可同年而语矣。——试，倘若，假使。使，让。度（duó），时度，丈量。絜（xié），衡量。权，权势。力，实力。同年，同时。语，谈论。同年而语，相提并论。本句大意：假使让东方各诸侯国，和陈涉比比权势、量量实力，就更不可能相提并论了。

第二层，照应上文第二段，先将陈涉的地位、武器、兵力、谋略和秦统一前的各诸侯国做比较，说明陈涉处处不如各诸侯国。然后，又将陈涉攻秦成功和诸侯攻秦失败作对比，提出发人深省问题。最后，得出结论，陈涉和诸侯不能相提并论，从而肯定了秦的速亡不是由于陈涉力量的强大。在对比中论证秦速亡的原因。

然秦以区区之地，致万乘之势，序八州而朝同列，百有余年矣。——然，然而。以，凭借。区区，小小。地，地盘，国土。致，获得。万乘，天子，按周朝的制度，天子有兵车万乘，诸侯有兵车千乘，所以后世称天子为"万乘"。势，权势。序，安排，布置，引申为统辖；或可解为"依次吞并"。八州，古时分天下为九州（兖、冀、青、徐、豫、荆、杨、梁、雍），秦居雍州，其他诸侯居八州。朝，朝拜，臣服。同列，指各诸侯国都是周天子的诸侯国，是同列的国家。朝同列：即使同列的诸侯来朝拜称臣。百有余年，一百多年（从孝公变法图强至始皇统一天下，共130余年）。本句大意：然而秦国凭借小小的国土，获得了天子的权势，统辖八州而使同列诸侯来朝拜臣服，已一百多年了。

　　第三层，照应上文第一、二段以及第三段第一层，说明秦吞并诸侯国，统一天下，其势锐不可当（说明秦从孝公变法，逐步强大，至始皇吞并各诸侯国，统一天下，其间经过了一百多年）。

　　然后以六合为家，崤函为宫，一夫作难而七庙隳，身死人手，为天下笑者，何也？——然后，时间副词，统一天下以后。以，把。家，家产。宫，宫墙。一夫，一人。作难，发难，发动起义。而，连词，表承接。七庙，天子的宗庙。天子七庙：父庙三，子庙三，太祖庙一。身，自身，身死人手，指秦王子婴被项羽所杀。为，被。本句大意：统一天下后，又把天下当作家产，把崤山、函谷关当作宫墙，陈涉一人发动起义而秦的宗庙全被毁灭，秦王子婴也死在别人手里，被天下的人讥笑，为什么呢？

　　第三层和第四两层照应前四段，将秦的强大和秦的速亡作对比，反问读者，引人深思。

　　仁义不施，而攻守之势异也。——不施行仁义之政，（使）攻取天下和固守天下的形势发生了变化。

　　第五层，说明秦速亡的原因在于秦王朝的本身，不分攻守之势，不施行仁政。画龙点睛，得出全文的结论（中心论点）。

　　第五段在前四段叙述历史事实的基础上，论证了秦速亡的原因，不是地理条件的改变，不是由于陈涉起义力量的强大，而是"仁义不施，攻守之势异也"。

　　第五段结构：

　　第一层，照应第一段，论证秦的速亡不是由于地理条件的改变；第二层，照应第二段，论证秦的速亡不是由于陈涉起义力量的强大；第三层，照应前四段，论证秦的速亡是由于"仁义不施，攻守之势异也"。

第五段写作手法：
对比事实，揭示矛盾，提出问题，得出结论。

四、中心思想

全文共分五段，前三段是顺序叙述秦由强、渐强到极强的历史事实。第一、二两段着重写秦在其东方各诸侯国的矛盾斗争中强大起来。第三段，极力写秦始皇用武力统一天下，又用暴力统治人民，秦的强大到达了极点，秦的暴虐也到达了极点。秦之所以能够统一天下，是因为孝公变法，采取了外连衡而斗诸侯的策略，惠文王、武王、昭襄王，"蒙故业，因遗策"，继续执行连衡策略，秦始皇"奋六世之余烈"，积极推行连衡策略。秦攻取天下时采取连衡的策略，策略符合形势的要求，因而收到了统一天下效果。统一天下后，施行暴政、虐民的政策、策略不合形势的要求，也就很难自守统一的局面。故第三段虽是顺叙事实，然而秦速亡的原因已隐含其中。第四段，顺叙史实，从秦的极强写到秦的速亡，与前三段形成鲜明的对比。前四段叙秦由强而亡的全部史实，摆足了论据，于是第五段采用对比事实、揭示矛盾、提出问题、得出结论的方法，层层递进，最后得出了"仁义不施，攻守之势异也"的结论。

这篇政论文论述了秦从兴起到灭亡的过程，揭示了秦速亡的原因——"仁义不施，攻守之势异也"。通过叙述秦由始强、渐强、极强到速亡的历史事实，告诫汉初的统治者，必须以秦为鉴，吸取教训，施行仁政，以免重蹈秦速亡的覆辙。

五、写作特点

1. 画龙点睛的议论方法

本文前三段写秦的强盛，由始强到渐强，再到极强，步步加强，层层递进。第四段却用"然，陈涉……"一句做出转折，描写了秦的迅速灭亡，与前三段形成了鲜明的对比，然后从事实的对比中，进行分析，连用"何用"层层进逼，最后得出结论，即全文的中心论点。这种写作手法就是先摆论据，后论证作结，即归纳论证。作者采取这种方法的原因有两点：第一，事实胜于雄辩，从事实中得出结论就增强了结论的确凿性，加强了文章的说服力。第二，本文是写给汉孝文皇帝看的，是为了让孝文皇帝施行仁政而写的，结论必须提得明确而又委婉，因而适合先摆论据，后作结论。

2. 大量采用对偶、排比，加强气势，突出问题

本文大量运用排比句式，表达不同的含义用不同的写法，大致有如下三种：

（1）一一列举的写法。

（2）同义词语的连用和重叠。

（3）结构相同的句式。

屈原列传（节选）

一、作者介绍

司马迁，字子长，西汉左冯翊夏阳（陕西韩城）人。大致生于西汉景帝中元五年（前145年），卒于汉武帝征和年间（约前90年）。汉武帝时曾任郎中、太史令及中书令等，在任太史令期间，继承父亲司马谈的遗志，写成了一部辉煌的历史巨著《史记》，所以司马迁是我国历史上杰出的历史学家和文学家。

司马迁在十岁以前跟父亲司马谈住在家乡，"耕牧河山之阳"。汉武帝建元年间（前140年—前135年），司马谈被征调到长安，做了太史令，司马迁也随父亲到长安，开始诵读古文。大约二十岁左右，跟随当时的经学大师董仲舒学习《春秋》，跟随孔安国学习《尚书》，接受了一些儒家思想的教育。

20岁以后，司马迁的思想和活动，大约可以分为两个时期。第一个时期是从他20～48岁，是他到处漫游，访问名山大川，实地考察的时期。司马迁二十岁时开始了第一次大游历。从京师长安出发出武关，经南阳，至南郡（今湖北江陵）渡江，再向南到长沙国。首先于汨罗江边，屈原投水自尽之处凭吊了他；然后溯湘江西而上，考察了传说中舜南巡死葬的地方——九嶷山；又从湘南到湘西，顺沅江而西下，东浮大江，到了今江西九江的庐山，考察了禹疏九江的传说；然后顺江而下，向东南走，到今浙江绍兴境内的会稽山，考察了禹在这里会诸侯计功而崩、葬于会稽的传说，参观了禹的葬地；之后北上到了江苏姑苏山上楚国春申君黄歇的故城和宫室。司马迁游历了江南之后，渡江北上，首先访问韩信的家乡淮阴（今江苏淮阴），从百姓口中得知了许多韩信的故事。淮阴人告诉他，韩信虽家贫但志向远大，母亲死后无法安葬，但是他还是寻找势高且开阔的地方，埋葬了母亲，还要使坟旁可以安置住家。司马迁亲自去看了韩母的坟墓，感受到了韩信的志向之大。从淮阴渡过淮水，沿泗水北上，到了山东曲阜（原鲁国都城），参观了孔子的庙堂和车服礼器，跟随儒生们学习了乡射的礼节。接着从曲阜折回向西南，到了薛邑（今山东滕州），探寻了关于孟尝君的传说。父老告诉他，孟尝君召集天下的侠客、豪杰，藏身薛中的有六万余家，所以当地民风剽悍。从薛邑再向南，到了彭城（今江苏徐州），这里曾是西楚霸王项羽的都城，楚汉战争的主要战场，司马迁又搜集了许多秦汉交替之际的资料。于是又折向西北，到了沛县（今江苏徐州），这里是汉初统治集团的首脑人物的家乡和他们最初起义的地方，有许多刘邦、曹参、夏侯婴、樊哙、周勃、萧何等人早年活动的传说。从沛县向西，到了大梁（今河南开封），这里曾是魏的首都。他访问了夷门，了解了信陵君访夷门监者侯生的故事以及秦围大梁、引水灌城、三月城破、魏王投降的事实。过了大梁，司马迁就直接回长安了。

这次漫游，考察了历史遗迹，了解了许多历史人物的逸事逸闻、地方民情风俗和经济、生活情况，游历了祖国广阔的山河，接触了很多百姓，开阔了眼界，扩大了胸怀，收获颇丰。

司马迁回到长安后，大约在元狩元鼎年间（前122—前116年）做了郎中，侍从皇帝。元鼎六年（公元前111年），35岁的司马迁奉武帝命令出使巴蜀以南，代表汉王朝视察西南少数民族地区。司马迁从长安出发，经汉中、重庆、成都至云南保山、腾冲一带。

这时汉武帝已完成了开拓疆域的工作。向北把久为汉朝心腹之患的匈奴赶到漠北，东南收服了东越、闽越，向南征服了南越，在西南设立了西南夷，在西北开辟了西域，建立起了一个空前统一、强大的封建帝国。为了夸耀大一统的功劳，武帝决定于元封元年（公元前110年）到泰山封禅（祭告天地）。封禅的规模是空前的，仪仗队是18万骑兵，旌旗拓展了1000多里。司马谈以太史令身份参加封禅，行至洛阳，因重病留了下来，内心非常失望。这时司马迁从西南回来，到洛阳见了父亲，司马谈希望司马迁仍做太史令，继承自己的志愿，写下当朝的历史。不久后，司马谈去世，司马迁不敢多耽搁，马上以郎中的身份赶往山东，参加了封禅典礼，后又随武帝沿海北上至碣石（今河北昌黎境内）、辽西郡（河北卢龙附近）、绕道至九原郡（今内蒙王包头附近），五月回到甘泉（今陕西甘泉）。这次司马迁跟随武帝巡游，绕了一个大圈，行路一万八千里，参观了长城内外，对祖国的北方有了更充分的了解。

封禅后第三年，元封三年（前108年），司马迁果然被提升做了太史令，继承父亲的遗愿，开始搜集资料，准备写作。太初元年（前104年），四十二岁上午司马迁开始了《史记》的写作。

司马迁思想和活动的第二个时期是他48岁以后。天汉三年（前98年），司马迁遭遇了"李陵之祸"。这一年，汉武帝命令二师将军李广利带领三万骑兵，自酒泉出发，进攻匈奴。同时派李陵做二师将军的辎重部队。李陵是李广的孙子，时任骑都尉，驻守于边防张掖一带并在那里练兵。李陵奉调从张掖回到了长安，面见武帝，请求带一支兵，到兰干山前，分散匈奴兵力，减轻敌人对二师将军的压力。武帝说没有多少骑兵可派了，李陵说："我愿以少去众，用五千步兵直捣单于巢穴"。武帝赞许了他的勇气，答应了他的请求。李陵率领五千壮士，从居延出塞，又北行三十天，到达指定的浚稽山扎营，并立刻叫部下陈步乐回去报告武帝，武帝大喜，"留步乐为郎"。不料，陈步乐走后不久，李陵遭遇了匈奴的主力，单于率领八万骑兵围攻他的五千步兵。他率领士兵奋勇杀敌，杀伤匈奴一万多人。但敌势凶猛，李陵且战且退，连续战斗八天，士兵死伤大半，李陵和韩延年上了马，从峡谷里冲了出来，跟随者仅十多人，敌骑数千在后面追击，韩延年战死，李陵被俘投降，突围的士兵四处逃散，逃回边塞的只有四百多人。武帝听到消息，十分震怒，责问陈步乐，步乐被迫自杀。司马迁为李陵辩白，认为：第一，李陵敢冒万死，率五千人出塞，赴公家之难是极具勇气的人；第二，深入敌国，孤军苦战，杀伤敌人无数，功劳是不小的；第三，李陵平日与士卒共甘苦，得人心，可与古代名将相比，现在虽失败了，大概是等待时机，报答国家；第四，虽然战败，但是功劳是以抵偿过失的。司马迁的这一番话，彻底激怒了武帝，以为他在用李陵力战的功劳来讽刺李广利的庸懦无能，于是武帝把司马迁关入监牢。司马迁在监牢中受尽了狱吏的折磨，罪名还被定为污蔑皇帝，被判了死刑。死刑可以赎罪：或出钱五十万，或腐刑以减罪。司马迁官小家贫，拿不出钱来，平日的朋友见他有罪，都袖手旁观，不肯帮助他，因此，他只好忍辱受了"腐刑"。之所以做此选择，是为了继续完成写史的事业。

李陵事件使司马迁的身体遭到了摧残，精神受到了损害。但是这件事，也培育了他的反抗精神，使他看清了专制帝王的残忍无情、封建社会的冷酷虚伪、现实生活的世态炎凉。从此越发专注于写作，通过编述《史记》抒发内心的愤懑不平及反抗现实的情绪，谴责历史上和当时的一些黑暗现象，歌颂历史上和当时的一些英雄和有气节的人物，大胆地揭露统治集团的丑恶、卑鄙和残酷，热情地赞扬遭受迫害但敢于反抗的人物。

司马迁出狱后，大概在太始元年（前96年）左右做了中书令，"领赞尚书，出入奏事，秩千石"，太始四年（前93年），历经16年，他终于基本完成了《史记》的著述工作。《史记》一书是司马迁用毕生的精力、全部的心血、非凡的毅力，忍辱含垢写成的一部历史巨著。

二、《史记》简介

《史记》是一部叙述从传说中的黄帝到汉武帝时期的中国通史，一共有 130 篇，约 526500 字。分本纪、年表、书、世家、列传等五个部分。"本纪"记载帝王的活动，基本上是按照年代顺序编写的，共 12 篇；"年表"是历代帝王将相的年表，是本纪的补充，共 10 篇；"书"，记载了各种制度和社会生活情况，基本上是按照事件始末编写的，共 8 篇；"世家"记载的是诸侯贵族的历史，共 30 篇；"列传"记载的是主要是历代重要的历史人物、中国境内少数民族的活动以及中国与外国的关系，共 70 篇。这种以纪传为主的写史方法叫纪传体，司马迁就是其开创者。

《史记》是一部具有人民观点和唯物主义思想倾向的历史书籍。它不仅论述了帝王将相的活动，而且为刺客、游侠、商人、倡优作传，塑造了从古到汉的 3000 年间，各个社会阶层，各种不同地位、不同职业的代表人物的形象；它不仅反映了汉民族在历史上的活动，也反映了中国境内少数民族以及与中国接邻的其他民族的活动；它不仅论述了不同时期的政治斗争、军事斗争，也记载了某些时期的经济、生产、贸易和文化，它生动地展现了 3000 年广阔的历史画面，描绘了历史发展的真实情况，体现了唯物主义的思想倾向。

它描写人物，论述事件，尊重客观事实，且具有批判精神。对帝王将相敢于揭露、敢于批判，如讽刺汉高帝的行为卑劣，讥笑汉武帝求仙的荒诞无稽；对农民起义的领袖，敢于肯定、敢于歌颂，如把陈胜跟商汤、周武王相提并论；对下层社会的人物，予以同情，加以赞扬。因此，《史记》一书基本上能够反映不同时期的阶级斗争的真实情况，反映百姓的思想观念和感情。正因为这样，后世的正统历史学家和文学家指责它是一部秽书，班固在《汉书·司马迁传》里就讥讽他"退处士而进奸雄"。

《史记》不仅在体裁上开创了纪传体，而且在内容上反映了百姓的思想观念，为后世史学家写史创立了光辉的范例，所以它是我国的一部空前杰出的历史巨著。同时，《史记》也是我国的一部伟大的文学巨著，为后世传记文学树立了光辉的典范。他善于抓住人物的性格特征，刻画人物；善于抓住事件的典型意义，描写场面；善于安排曲折的故事情节，夹叙夹议；善于应用口语；因此他刻画的人物栩栩如生，描写的事件绘声绘色，对后世传记散文的发展有极大的影响。例如，写刘邦即抓住刘邦性格中的三个特点：（1）行为卑劣："为泗上亭长，亭中吏无所不狎侮，好酒及色。常从王媪、武负贳酒。"

单父人吕公，善沛令，避仇，从之客，因家沛焉。沛中豪杰吏闻令有重客，皆往贺。萧何为主吏，主进，令诸大夫曰："进不满千钱，坐之堂下。"高祖为亭长，素易诸吏，乃绐为谒曰"贺钱万"，实不持一钱。谒入，吕公大惊，起，迎之门。溺儒冠，好骂人。（2）仁爱大度：废秦苛法、约法三章、释骊山刑徒、信任张良和萧何等。（3）机智奸诈：鸿门宴上假装出恭，趁机溜走，荥阳败于项羽，适韩信要求封做齐地假王，从张良议，至为齐王。与项羽相战广武，项羽欲与刘邦独身挑战，刘邦数说项羽十大罪恶，"项羽大怒，发弩射中汉王，汉王伤胸，乃扪足曰：'虏中吾指。'"

三、串讲分析（全文共分三部分）

第一部分（包含三个段落）：

第一段：

屈原者，名平，楚之同姓也。——者，被饰代词，表停顿。同姓，与楚王同姓。楚王本姓芈。后又分支，有屈、景、昭三姓。楚武王熊通封其子瑕于屈邑，故其后代以"屈"为氏，所以屈原是屈瑕的后代。也，表示判断。"……者……也"是文言文中常用的判断句式。本句大意：屈原这个人，名字叫平，是楚国的同姓贵族。（交代屈原的姓名及出身）

为楚怀王左徒。——为，做。楚怀王，楚威王之子，名熊槐，楚国的倒数第六代国君。左徒，官名，地位仅次令尹。楚国多以亲近贵族任次职。（介绍屈原的官职）

博闻强志，明于治乱，娴于辞令。——博，广博。闻，见闻，学识。志，记忆力。博文强志，主谓倒置的并列词组。明，明了。于，介词，对于。治乱，国家治乱兴亡的道理。娴，娴熟。辞令，外交方面应酬交际的语言。本句大意：见闻广博，记忆力很强，对国家兴盛衰微的道理十分明了，对于外交方面应酬交际的语言非常娴熟。（介绍屈原才能）

入则与王图议国事，以出号令；出则接遇宾客，应对诸侯。——入，对内。则，就。以，连词，表承接，而。出，发布。出，对外（与诸侯交往）。接遇，接见，招待。宾客，别国的使节。应，应诺。对，对答，应酬。本句大意：对内就和国王商议国家的大事，发布号令；对外就接见使节，应酬诸侯。（承接上文的"明于治乱""娴于辞令"）

以上四句都是对偶句式。句式整齐，音节和谐，内外映衬，意义鲜明，突出强调了屈原的才能。

王甚任之。——任，信任。之，第三人称代词，他。本句大意：怀王非

常信任他。(总承上文,因为屈原才能出众,所以楚王信任他)

第一段写屈原的姓名、出身、官职、才能以及早年楚怀王对他的信任。

第一段写作手法:

从叙述屈原的事迹来说,这一段是概括性的介绍,先使人对屈原有一个总的印象,然后再选择他一生中的重大事件,来逐步深入地表现他的性格。从全文结构来说,这一段是统领全文的线索,是全文的枢纽。

这种以概括介绍为全文纲领的方法,是《史记》的"列传"中常用的开篇之法,从修辞语言来说,连用对偶句式,极力强调屈原的才能,概括介绍中又有重点。

第二段:

上官大夫与之同列,争宠而心害其能。——上官,姓。大夫,官名。列,官阶,地位。宠,宠信。而,连词,表原因,因而。害,此处同"患",担忧,嫉妒。其,代词,指屈原。本句大意:上官大夫和他官阶相同,(想要)争夺怀王的宠信,因而心里嫉妒屈原的才能。

概括了上官大夫与屈原的矛盾,即上官大夫嫉妒屈原。

怀王使屈原造为宪令,屈平属草稿未定。上官大夫见而欲夺之,屈平不与。——造,草拟。为,制订。本句大意:楚怀王叫屈平草拟、制订国家的法令,屈平只写了草稿还没有定稿,上官大夫看见了,而想夺取它,屈平不给。

说明由于"造为宪令"一事,上官大夫和屈原的矛盾更尖锐了。

因谗之曰:"王使屈平为令,众莫不知。每一令出,平伐其功,曰以为'非我莫能为也。'"——谗,造谣中伤,毁谤中伤。众,表数量多的数词。平伐,自夸。伐与拔通用,一声之传,拔,吏自上报功劳叫拔。引申为自夸。本句大意:因而毁谤中伤他说:"大王使屈平制定法令,大家没有不知道的。每一项命令发布,屈平就自己夸耀自己的功劳,认为'没有我就没有人能够制定。'"

写上官大夫造谣陷害屈原,由此可见上官大夫为人阴险、狠毒、奸诈。

王怒而疏屈平。——疏,疏远。怒,恼怒。而,连词。本句大意:怀王恼怒而疏远了屈原。写楚怀王轻信谗言,疏远屈原,再照应上文,体现出怀王的昏庸无能、喜怒无常。屈原处于君王昏庸、大臣妒害的环境下,一生不幸的遭遇也就由此开始了。

第二段写屈原制定国家法令,受谗被疏,这是其不幸遭遇的开始。

第二段写作手法：

（1）虚实结合，抓住人物具有典型意义的行动和语言，用白描的手法，表现人物的性格；（2）反衬，以上官大夫的阴险、怀王的昏庸，反衬屈原的志行高洁。

第三段：

屈平疾王听之不聪也，谗谄之蔽明也。——疾，痛心。听，听力。聪，听觉灵敏。之，取消句子独立性。谗，谗言。谄，谄媚。蔽，蒙蔽。明，视觉十分清晰。本句大意：屈平痛心怀王轻信谗言，不能分辨是非，小人的谗言谄媚，使怀王不能洞察真假。

以上两句从不同的角度反复强调一件事，运用了反复的手法。同时，两个词组同作"疾"宾语，是对偶句式。

邪曲之害公也，方正之不容也。——"邪""曲"是同义词，邪恶，不正派，此处指邪恶的小人。害，危害，陷害。公，公正无私的人。此意：邪恶的小人陷害公正无私的人，端方正直的人不为小人所容。

用反复对偶的手法，强调、突出屈原的痛心，和下文的"忧愁幽思"，由此可见司马迁对屈原的同情以及对怀王及上官大夫的谴责。

故忧愁幽思而作《离骚》。——幽，深。幽思，深思。《离骚》是屈原的代表作品，是我国最早的长篇抒情诗，全诗共 373 句，2490 字，是屈原流放江南时的作品。本句大意：所以忧愁深思，而作了《离骚》。

以上写屈原作离骚的动机，记叙和议论相结合。

"离骚"者，犹离忧也。——犹，即，就是。离，通"罹"，遭遇。忧，忧愁。本句大意："离骚"的意思，就是遭遇忧愁。

夫天者，人之始也。——夫，发语词，引起下文讨论。天者，上天。人，人类。始，创始者。本句大意：上天，是人类的创造者。

父母者，人之本也。——本，本源。

人穷则反本，故劳苦倦极，未尝不呼天也。——穷，穷途末路，指家境困难，遭遇困苦。反，通"返"。反本，追念本源。劳，劳累。苦，辛苦。倦，疲倦。极，困惫，困顿。未尝，复合虚词，没有、不曾。呼，呼喊。本句大意：人处境困难时，总是要追念本源的，所以劳累、辛苦、疲倦、困顿的时候，没有不曾呼喊天的。

疾痛惨怛，未尝不呼父母也。——"疾""痛"同义，指人生理上的疼痛。惨，惨伤。怛，痛苦。"惨""怛"皆指人心理上的痛苦。本句大意：生理上有疼痛，内心有痛苦的时候，没有不呼喊父母的。

以上论述了人之常情——人穷则反本，为下文具体论述屈原作《离骚》原因作论据。

屈平正道直行，竭忠尽智，以事其君，谗人间之，可谓穷矣。——正道，中正端直的道路，和邪道相对，指正大光明。直行，笔直前行，指行为正直。竭，尽到了。尽，用尽了。智，才能。以，连词，而。事，侍奉。其，他的。君，国君。谗人，进谗言的小人。间，离间。本句大意：屈平正大光明、行为正直，尽到了忠心用尽了才能来侍奉他的国君，进谗言的小人却从中挑拨离间他，可以说（他的）处境困苦极了。（照应上文"人穷"）

信而见疑，忠而被谤，能无怨乎？——信，诚信，守信。而，却。见，被。忠，忠诚。谤，诽谤。怨，怨愤。本句大意：为人诚信却被怀王怀疑，对怀王忠诚，却被小人诽谤，怎能不怨愤呢？

屈平之作《离骚》，盖自怨生也。——之，取消句子独立性，无义。盖，发语词，此处作连词，承接上文，表示原因，相当于"原来是"。自，由。本句大意：屈平作《离骚》，大概原来是由怨愤引起的。

以上具体论述了屈原作《离骚》的原因，是穷而生怨，犹人穷而反本，是合乎常情、合乎事理的。"怨"（怨愤之情）就是《离骚》的感情基调，司马迁能总结出"怨"字，说明司马迁对屈原的处境和心情有充分了解，对离骚有深切体会。司马迁之所以能做出如此有高度而准确的概括，是因为司马迁和屈原的遭遇是相同的，都是"信而见疑，忠而被谤"，感情上是有共鸣的。屈原怨而作《离骚》，司马迁怨而成《史记》，所以这一段议论里又包含了作者的抒情因素，表现出了作者对屈原的无比同情。

《国风》好色而不淫，《小雅》怨诽而不乱。——《诗经》中的国风，描写爱情而不淫荡，小雅有抱怨之言，但不直切愤怒。

若《离骚》者，可谓兼之矣。——屈原的《离骚》，可以说是两者之美兼而有之。

上称帝喾，下道齐桓，中述汤、武，以刺世事。——上，指远古。"称""道""述"都是"讲到"的意思。帝喾（kù）是传说中的人物，相传是黄帝的曾孙。下，指近古。齐桓，齐桓公，春秋五霸之一。中，指中古。汤，商汤。武，指周武王。以，趋向动词，来。刺，讽刺。世事，当今的政事。本句大意：远古讲到帝喾，近古讲到齐桓公，中古讲到商汤、周武王，用这些历史事实讽刺当时的政事，没有贤君。

明道德之广崇，治乱之条贯，靡不毕见。——明，阐明。广，广大。崇，崇高。条贯，条例贯通，互相关联的关系。靡，无，没有。毕，全部。见，通"现"。本句大意：阐明道德的广大崇高，国家治乱的互相关联的关系，没有不全表现出来的。

以上概括了《离骚》的内容和中心意旨，以体现屈原的政治主张。介绍内容之后，又提出了对《离骚》的评赏。

其文约，其辞微，其志洁，其行廉。——其，指《离骚》。文，文章。约，简约，简练。辞，遣词造句，措辞。微，含蓄。志，志向高洁。行，行为。廉，本指不贪，此处指正直。本句大意：《离骚》文章简约，措辞含蓄，其中所体现的屈原的志向是高洁的，行为是正直的。

其称文小而其指极大，举类迩而见义远。——称，引用，运用。文，文章词句。小，繁琐、细碎，写的都是寻常的事物。而，但是，然而。指，通"旨"，意旨，含义，用意。类，事例。见，表达，体现，表现。义，思想意义，道理。远，深远。本句大意：《离骚》虽然写的都是寻常的事物，但它的含义很大（因而关系到国家的兴亡），所列举的虽多是眼前的事例，但是这些事例所体现的道理却极深远。

其志洁，故其称物芳；其行廉，故死而不容。——"其志洁""其行廉"中的"其"，指屈原。"故其称物芳"中的"其"指《离骚》。称物芳：多用香草美人作比喻。死，宁死。而，连词，也。不容，不肯，不允许。疏，疏忽。本句大意：由于他的志向高洁，所以《离骚》中多引用香草美人作比喻；由于他的行为正直，所以宁死而不允许自己苟且疏忽。

以上是司马迁对《离骚》及其所表现的屈原品行的评价，下文开始直接赞扬屈原人格品质。

自疏濯淖污泥之中，蝉蜕于浊秽，以浮游尘埃之外，不获世之滋垢，皭然泥而不滓者也。——濯，淘米洗菜所余的泔水。淖，泥。污，停滞不流的浊水。泥，泥水。这些脏水都比喻当时黑暗的社会。蜕，蛇、蝉脱落的皮。浊，脏水。秽，田中杂草，垃圾，以此亦比喻当时上文社会。以，而，也。浮游，超脱。尘埃，世俗。获，接受污染。世，世俗。滋，通"兹"，黑色。垢，灰尘，尘土。皭（jiào），与"皎"同义，洁白。皭然，干干净净之地。滓，黑泥。者也，复合词，表示停顿和肯定的语气。本句大意：屈原在脏水污泥当中，像蝉在污浊的环境中蜕皮一样，超然在世俗以外，不被黑色污泥般的世俗所污染，干干净净。

以上极力描写当时社会的黑暗，称赞屈原出淤泥而不染、绝不与世俗苟合、绝不向黑暗势力屈服的高尚品质，歌颂他志向的远大。接着用一句话给这一大段议论做了总结：

推此志也，虽与日月争光可也。——推，推论。此，这种。志，高洁的志向。争，比赛。可，可以。本句大意：推论屈原的（或《离骚》中所表现出来的）这种纯洁、高尚的志向，即使与太阳和月亮比光辉也是可以的。

日月的光辉照耀天空，万古长存，而屈原的高洁志向也和日月一样万古长存，照耀长空。作者对屈原的评价表现出他对屈原的同情与尊敬。

第三段叙述了屈原写《离骚》的动机，评价了《离骚》的内容及其所表现的屈原的高洁志向。

第三段写作手法：

议论与抒情相结合，以议论为主，议论中又包含着丰富的感情。如对《离骚》写作动机的描写，表现出了作者对屈原的深入了解和深切同情，评价《离骚》和屈原，表现出作者对屈原的同情和尊敬。修辞方面主要采用了反复对偶、比喻的手法。

第一部分大意主要写屈原的出身、才能以及他受谗被疏，因而创作了《离骚》之事，并对《离骚》给予极高的评价。对屈原的总介绍及受谗被疏的经过，写得比较简单，但却用了不少的文字来评价《离骚》，因为《离骚》是屈原的主要作品，是屈原人格的体现，评价离骚也就是歌颂屈原。

第一部分写作手法：

夹叙夹议，叙议中又兼抒情的方法。

第二部分（包含八个段落）：

第一段：

屈原既绌。其后秦欲伐齐，齐与楚从亲，惠王患之。——既，时间副词，已经。绌，通"黜"，免去官职。其，这件事情。从，通"纵"，合纵。亲，友好。惠王，秦惠文王嬴驷的简称，在位时间为前337—前311年。患，担忧，担心。本句大意：屈平已经被免去了左徒的官职。后来，秦国打算讨伐齐国，而齐国与楚国结成合纵联盟，关系亲善，秦惠王对此感到担忧。

乃令张仪佯去秦，厚币委质事楚。——乃，副词，就。张仪，魏人，推崇连横之说，游说留过侍奉秦国，深得秦惠文王信任，以为相。佯，伪装。去，离开。厚，丰厚的。币，财货，礼物。委，呈献。质，通"贽"，表示信用的礼物。事，侍奉。本句大意：就命令张仪假装离开秦国，带了丰厚的礼物，送给楚国作为信物，表示愿意诚心侍奉楚怀王。

曰："秦甚憎齐，齐与楚从亲，楚诚能绝齐，秦愿献商、于之地六百里。"——憎，憎恨。诚，确实，的确。绝，与……绝交。——对怀王说："秦国非常憎恨齐国，齐国与楚国却合纵相亲，如果楚国确实能和齐国绝交，秦国愿意献上商、于之间的六百里土地。"

楚怀王贪而信张仪，遂绝齐，使使如秦受地。——贪，贪婪。而，因而。信，轻信张仪。如，往，去，到。本句大意：楚怀王贪图那些土地，因而轻信了张仪的话，逐渐断绝了和齐国的外交关系，派遣使者去到秦国接受土地。

张仪诈之曰："仪与王约六里，不闻六百里。"楚使怒去，归告怀王。——诈：欺骗。之，使者。约，约定。怒去，生气地走了。本句大意：张仪欺骗使者说："我和怀王约定的是六里土地，没有听说过六百里。"楚国使者生气地走了，回去把张仪的话告诉了楚怀王。

怀王怒，大兴师伐秦。——大，大举。兴师，发动军队。本句大意：怀王震怒，大举发动军队讨伐秦国。

秦发兵击之，大破楚师于丹、淅，斩首八万，虏楚将屈匄，遂取楚之汉中地。——击，还击。之，楚军。大破，大败。丹，丹水。淅，淅水。斩首，斩杀敌人的首级。屈匄（gài），楚将。汉中，今陕西汉中一带。本句大意：秦国发兵反击，在丹水和淅水一带大破楚军，杀了八万人，俘虏了楚国的大将屈匄，夺取了楚国的汉中一带。

怀王乃悉发国中兵，以深入击秦，战于蓝田。——悉，范围副词，全部。以，而。深入，深入秦国。击秦，出击秦国。蓝田，今陕西蓝田附近。本句大意：怀王就发动国内的全部士兵，深入秦国内部，出击秦国，和秦军在蓝田展开了大战。

魏闻之，袭楚至邓。——之，楚深入击秦的消息。袭，偷袭，"以兵伐国，不击鼓，密声曰袭"（《淮南子》高诱注）。邓，今河南邓州，古国名，战国时属楚。本句大意：魏国听到了楚军深入击秦的消息，立即抓住楚国后防空虚的机会，出兵偷袭楚国，军队打到了楚国的邓地。

楚兵惧，自秦归。——楚国的军队恐慌了，从秦国撤兵回去了。

而齐竟怒，不救楚，楚大困。——而，然而。竟，终于。困，困难，困顿。本句大意：然而齐国终于因为怨恨楚国，没有援救楚国，楚国的处境极其困难。

第一段写屈原被罢官之后，昏庸、贪婪的楚怀王受到张仪的欺骗，放弃了合纵，绝交了齐国，与秦合好，最终导致兵败地失、孤立无援。事实证明，屈原主张联齐抗齐、合纵抗秦的政治主张是正确的，楚怀王罢黜屈原以致吃了大亏，屈原的进退和楚国的兴衰休戚相关。

第一段写作手法：

巧妙利用关键字词，以达到传神的目的。例如，在叙述怀王受骗时以

"屈平既绌"开头,利用复指句法加以强调,即隐含楚怀王疏远屈原,不联齐抗秦,最终必然吃亏之意;在"怀王贪而信张仪""怀王大怒"中,用"贪""信"二字勾勒出了怀王的贪婪和昏庸,用"信""怒"二字又勾勒出了怀王的喜怒无常;在"令张仪佯去秦"中,用"佯"字直接指出这是一个骗局;在"张仪诈之曰"中,用"诈"字写出了张仪的无赖。这些词句也表现出了一个公正的史学家对这些人物、事件的毫不留情的批判态度。

第二段:

明年,秦割汉中地与楚以和。——明年,第二年。以,而。和,议和。本句大意:第二年,楚国割让汉中的土地给楚国,和楚国议和。(蓝田兵败后,怀王重新启用屈原,让他出使齐国,齐楚和好。秦惧齐楚联合攻秦,所以愿分汉中之半与楚和好,以拆散齐楚合纵。)

楚王曰:"不愿得地,愿得张仪而甘心焉。"——愿,希望。甘心,心里感到满足。焉,语尾助词。本句大意:楚王说:"我不愿得到土地,只希望得到张仪才能称心如意。"

楚怀王受了张仪的骗,吃了张仪的亏,兵败地失,因此恨透了张仪,连地都不要了。楚怀王的话既表达出了他的愤怒之情,也体现出了他是个鼠目寸光、毫无政治远见、只知个人利害的昏君。

张仪闻,乃曰:"以一仪而当汉中地,臣请往如楚。"——乃,于是。当,价值相等,换回。往,前往。如,去,到。本句大意:张仪听到了这个消息,于是对秦惠文王说:"拿张仪一个人换回汉中的土地(那实在合算极了),我请求到楚国去。"

如楚,又因厚币用事者臣靳尚,而设诡辩于怀王之宠姬郑袖。怀王竟听郑袖,复释去张仪。——因,慰藉,依靠,此处引申有"利用"意。"厚币"后省略了"赂"字。用事者,主持国事的人,当权的人。臣,大臣。设诡辩,设计了诡辩的圈套。于,在。姬,国君的妾室。本句大意:到了楚国,(张仪)又利用厚礼贿赂了楚国当权的大臣靳尚,通过他在楚怀王宠爱的妾室郑袖面前布置了一个诡辩的圈套。楚怀王竟然听信了郑袖的话,又释放了张仪。

是时屈原既疏,不复在位,使于齐。——是,这个。复,再。在位,在左徒之位。本句大意:这个时候,屈平已经被疏远了,不再是左徒了,出使到齐国去了。(屈原在齐时,正是张仪在楚之时,等屈原回楚,张仪已被放走了。)

顾反,谏怀王曰:"何不杀张仪?"怀王悔,追张仪,不及。——顾,还。反,通"返",回来。本句大意:(屈原)回到楚国后,劝谏怀王说:"为什么不杀张仪?"怀王很后悔,派人追杀张仪,但是没有追上。

第二段写屈原被疏出使齐国时,楚怀王再一次受欺于张仪,以见佞臣当朝、怀王昏庸。

第二段结构:

第一层写屈原出使齐国时,靳尚、郑袖等人专权弄事,包围了昏庸无能的楚怀王,因而使间谍张仪从容而来,从容而去,楚怀王又上了一次当。第二层写屈原回国,问怀王为何不杀张仪时怀王追悔莫及。前一层是为后一层服务的,写前一层靳尚等人的浅薄是为了突出屈原的深谋远虑,突出其政治主张的正确性,屈原的在位与不在位、在楚与不在楚都直接关系到楚国的命运。

第二段写作手法:

以历史事件烘托人物,并在关键地方点明人物。记叙怀王再次受骗一事是为了体现屈原政治主张的正确,表明屈原的进退和楚国的命运有直接的关系。同时在关键地方用"何不杀张仪"点明屈原一贯坚持联齐抗秦的合纵政策。在叙述中,详略得当,略写事件过程,突出屈原的政治主张。在人物描写方面,用人物的语言行动表现人物的性格,如"不愿得地,愿得张仪而甘心焉",表现出了楚怀王的目光短浅、意气用事、昏庸无能;"复释去张仪""怀王悔,追张仪,不及"表现出了他的反复无常、毫无主见。

第三段:

其后,诸侯共击楚,大破之,杀其将唐眛。——其后,后来。诸侯,指秦、齐、韩、魏四国。唐眛,楚国将领。

第三段以楚败于诸侯的事件,说明楚日益削弱。

第三段写作手法:

插叙简略记叙。从事件中表现人物的过渡,以点带面。此段为过渡之段,并非可有可无。

第四段:

时秦昭王与楚婚,欲与怀王会。——与,和。会,会盟,见面订立盟约。本句大意:这时秦昭王和楚国联姻,想和怀王会盟。

怀王欲行,屈平曰:"秦,虎狼之国,不可信,不如毋行。"——怀王想前去会盟,屈原建议说:"秦国,是虎狼一样的国家,不可相信他们的话。不如不要前去。"

怀王稚子子兰劝王行:"奈何绝秦欢!"——稚子,小儿子。行,可去。奈何,复合词,怎么能够,为什么要,表疑问语气。绝,拒绝。欢,好意。

本句大意：怀王的小儿子子兰劝怀王前去会盟，说："怎么能够拒绝秦国的好意？"

怀王卒行。——卒，终于。本句大意：怀王终于前去会盟。

入武关，秦伏兵绝其后，因留怀王，以求割地。——武关，秦之南关，今陕西商洛境内。因，于是。留，扣留。以，而。求，要求。本句大意：进入武关，秦国埋伏的军队就断绝了怀王回去的路，于是扣留了怀王，要求（楚国）割让土地。

怀王怒，不听。亡走赵，赵不内。——听，听从，接受。亡，逃亡。内，通"纳"，收容，接纳。本句大意：怀王大怒，不听从秦国的要求，逃亡到赵国，赵国不敢接纳。

复之秦，竟死于秦而归葬。——复，又。之，到。竟，最终。归葬，把尸体送回楚国埋葬。本句大意：又到了秦国，最终死在了秦国，尸体送回楚国安葬。

第四段写怀王不听屈原的意见，第三次受欺，客死于秦的事实。

第四段结构：

第一层写怀王欲行，屈原劝怀王"不如无行"，表明屈原对秦国有充分的认识和了解，坚持自己抗秦的政治主张，不与秦会盟和好。第二层写怀王的稚子子兰劝他去秦国，而怀王确实去了，说明稚子子兰在政治上毫无见识，碌碌无能，想讨好秦国，以图苟安。怀王则听信了子兰的话，不听屈原的劝告前往会盟。第三层，写会盟的结果，怀王受骗，最终客死秦国。事实证明，屈原的主张是正确的。

第四段写作手法：

正反映衬，写子兰的劝行及会盟的结果，从反面映衬出屈原对政治局势认识的清晰，采纳不采纳屈原的意见，直接关系着楚国的前途。"欲行""卒行""怀王怒"足见怀王遇事毫无主见、昏庸无能。

第五段：

长子顷襄王立，以其弟子兰为令尹。——立，即位。以，用。其，他的。为，做。本句大意：（楚怀王的）大儿子顷襄王即位，让他的弟弟的子兰做令尹。

楚人既咎子兰以劝怀王入秦而不反也。——既，既然。咎，罪过、过失，引申为责难，抱怨。以，因为，由于。入，到。本句为因果倒置的倒装句，大意为"楚国人因为子兰劝怀王到秦国而一去不复返，都对他怨言很大"。

第五段略写顷襄王即位，子兰当国，国人怨恨子兰。

第五段结构：

第一层写顷襄王即位，仍重用亲秦派，让子兰当国，疏远屈原，说明顷襄王并没有接受他父亲失败的教训，改变对秦国政策。第二层写楚国人怨恨子兰的昏庸误国。

第五段写作手法：

简略记述。第五段为过渡段，目的是承上启下。

第六段：

屈平既嫉之，虽放流，眷顾楚国，系心怀王，不忘欲反。冀幸君之一悟，俗之一改也。——既，连词，既然。嫉，憎恨。之，指子兰劝怀王入秦而不反的事情。放流，流放。（屈原究竟被流放了几次，分别是在什么时候，目前尚无定论。《史记·屈原列传》是记载屈原生平的最早、最完整的文献，但关于屈原的流放交代不明确，所以后世争论较多。主要观点有两种：一种认为屈原是在顷襄王在位时被流放的，流放地在江南，只有一次。该观点的支持者有顾炎武、梁玉绳、郭沫若等，故郭沫若将"放流"解释为"放浪"，即前文的"既疏""不复在位"之说，主张把两段议论移至"顷襄王怒而迁之"的后面。另外一种意见，认为屈原流放有两次，一次在楚怀王入武关会盟前夕，因劝谏怀王，怀王怒而流放其到汉北，另一次在顷襄王时，屈原被再度流放至江南，最后死于汨罗。笔者更支持第二种说法，故按此说法疏通课文。）眷，怀恋。顾，怀念，关心。系心，挂念，惦记。不忘，不忘怀祖国。欲反，仍想回到朝廷中去。冀，希望。幸，幸而。君，国君。之，取消句子独立性。一，作副词用，一下子。悟，醒悟。俗，指楚国当时谄媚的习俗。本句大意：屈平也因此憎恨子兰，虽然被流放在外，仍然眷恋着楚国，惦记着怀王，仍想回到朝廷中去。希望国君能一下子醒悟过来，楚国谄媚的风气一下子改变过来。

其存君兴国，而欲反复之，一篇之中，三致志焉。——其，他那种。存，存念，关心。兴，振兴。欲，想着，希望。反复，改变，挽救。反复之，指改变楚国衰弱的国势。一篇，一篇作品。三，再三地。致，表达。志，志愿。本句大意：他那种关心国君、振兴国家，想要改变楚国之势的愿望和抱负，在他的一篇作品中，都再三地表达了出来。（论述屈原的爱国及其抱负）

然终无可奈何，故不可以反。——然，然而。终，始终。无可奈何，没有办法，不能使国君明白过来。不可以，不能。反，返回。本句大意：然而始终无计可施，所以无法再回到朝廷中去。

卒以此见怀王之终不悟也。——卒，终于，副词。以此，从这里。见，看出。终，始终。本句大意：从这里可以看出怀王始终没有醒悟过来（没有了解屈原的一片忠诚）。

以上论述屈原爱国抱负不能实现的原因，即怀王昏庸，始终忠奸不分，无知人之明。

第六段论述了屈原的爱国之情及其抱负。

第六段写作手法：

议论、记述相结合。

第七段：

人君无愚智贤不肖，莫不欲求忠以自为，举贤以自佐。——人君，君王，国君。无，无论，不管。愚，愚笨。智，聪明。贤，有道德。不肖，肖，骨肉相似。求，访求。忠，忠臣。以，而。自为，为自己办事。举，选拔。贤，贤士。自佐，辅佐自己的。本句大意：国君无论是愚笨还是聪明，贤明还是昏庸，没有不想访求忠臣为自己办事，选拔贤士辅佐自己的。

然亡国破家相随属，而圣君治国累世而不见者，其所谓忠者不忠，而所谓贤者不贤也。——相随属，一件接着一件。而，而且。圣君，圣明的君主。治国，治理得好国家。累，多次。世，三十年为一世。者，复指前面事情的原因。其，指那些国君。本句大意：然而亡国破家的事情一件接着一件，而且圣明的国君、治理得好的国家，很多世很多代都未出现过的原因，就是那些国君认为忠心的人并不忠心，而且他们认为贤能的人并不贤能。

以上论述亡国破家的原因在于国君不知人、不辨忠贤。

怀王以不知忠臣之分，故内惑于郑袖，外欺于张仪，疏屈平而信上官大夫、令尹子兰。——以，因为。分，本分，应尽的职责。于，被。本句大意：怀王因为不知道忠臣的本分，所以在内被郑袖迷惑，在外被张仪欺骗，疏远屈平而信任上官大夫、令尹子兰

兵挫地削，亡其六郡，身客死于秦，为天下笑，此不知人之祸也。——挫，败。削，割，指战争失利后土地被侵占。亡失，丢失。六郡，六郡的土地，指汉中一带。客死，死在他乡。天下，指各诸侯国。笑，耻笑。本句大意：战争失利，土地丧失，丢掉六郡的国土，自己客死在秦国，被各诸侯国的人耻笑，这就是不知人的祸害。

以上具体论述楚怀王最后客死于秦的原因——不知人（忠奸不分，无知人之明）。

第七段论述楚怀王因不知人而遭遇的祸事，作者委婉而深刻地谴责了楚怀王，从而表达了对屈原的同情，也抒发了自己遭遇不幸的愤懑之情和对

"误国者"的怨恨。

第七段写作手法：

议论与抒情相结合。

第八段：

《易》曰："井渫不食，为我心恻，可以汲。王明，并受其福。"——渫（xiè），淘去泥污，这里以淘干净的水比喻贤人。本句大意：《易经》说："井淘干净了，还没有人喝井里的水，使我心里难过，因为井水是供人汲取饮用的。君王贤明，天下人都能幸福。"

王之不明，岂足福哉？——君王不贤明，难道还谈得上幸福吗？

令尹子兰闻之，大怒。卒使上官大夫短屈原于顷襄王。顷襄王怒而迁之。——短，毁谤，说坏话。迁，放逐。此意：令尹子兰听到这件事情，十分生气，终于使上官大夫在顷襄王面前说屈原的坏话，顷襄王恼怒而放逐了屈原。令尹子兰闻之的，"之"指上文"屈平既嫉之"这件事。叙事线索，接上文"屈平既嫉之"。

第八段略写屈原（被宵小迫害）放逐的经过。

第八段写作手法：

简单论述。

第二部分通过记述楚怀王再三受欺于秦的事件，表现屈原政治主张的正确，以及为坚持自己的主张而进行的斗争，从而反映出了屈原的进退和楚国的命运是休戚相关的。作者通过对屈原爱国抱负的论述和对楚怀王的谴责性的议论，表达了对屈原的深切同情。

第二部分写作手法：

夹叙夹议，议论中兼具抒情，同时，在历史事件中呈现历史人物，并巧妙利用反衬塑造人物。前两部分均插入了议论段，但插入的方法不同。第一部分是以"夫"字开始发出议论，和叙事的分界很清晰，但第二部分叙事与议论的结合更为紧密，议论完全穿插在叙事当中。在叙述"屈平既嫉之"的同时，对屈原流放后的愿望和心情做出了议论，提出对怀王的谴责，议论过后又接着开始下一部分的叙事，二者之间无明显的分界。

第三部分（包含两个段落）：

第一段：

屈原至于江滨，被发行吟泽畔，颜色憔悴，形容枯槁。——至于，来到了。江，汨罗江。滨，水边江畔。被，通"披"，披发，指头发散乱。吟，哼。泽，水所也。憔悴，近死之色。形容，身形，面容。枯，枯枝，槁，枯木。枯槁，十分瘦弱。本句大意：屈原来到了汨罗江边，披头散发在水边一边走一边哼诗，脸色黑黄，十分瘦弱。

用肖像描写的手法，描绘屈原行吟江畔，内心忧伤激愤，憔悴枯槁的形象。语言极概括，却可见作者对屈原的莫大同情。

渔父见而问之曰："子非三闾大夫欤？何故而至此？"——父，对老人的善称。渔父，打鱼的老人。何故，为什么。此意：打鱼的老人看见了，问他说："您不是三闾大夫吗？为什么来到了这里？"

屈原曰："举世皆浊而我独清，众人皆醉而我独醒，是以见放。"——举世，整个的人世间。而，转折词，却。独，一人。清，清白。众人，所有的人。醉，醉生梦死的。是以，因此。见，被。本句大意：屈原说："整个的人世间都是混浊的，却只有我一个人是清白的；所有的人都是醉生梦死的，却只有我一个人是清醒的，我因此而被放逐。"（自白洁身自好，绝不与世合流合污的高贵品质）

渔父曰："夫圣人者，不凝滞于物，而能与世推移。举世混浊，何不随其流而扬其波？众人皆醉，何不哺其糟而啜其醨？何故怀瑾握瑜，而自令见放为？"——圣人，指聪明贤哲的人。凝滞，固执，拘泥。于，被。物，泛指社会上的一般事物。而，却。与世，和世俗一道。推移，转移，变化。随，跟随。"随其流""扬其波"，"其"指混浊的世俗。流，潮流。扬，推进。扬起波，推波助澜。哺，食，吃。"哺其糟""啜其醨"，"其"指皆醉的众人。糟，酒滓。啜，喝。醨（lí），喝酒。自令，自己使自己。见，被。"何……为？"是反问句式。本句大意：渔夫说："做圣人的人，不被一般的事物所拘泥，却能和世俗潮流一道变化。与世合流，推波助澜，整个世间是混浊的，为什么不跟随混浊的潮流，而推动它的波澜呢？所有的人都醉了，为什么不吃些醉人的酒糟，喝些清酒（与世同污，醉生梦死）呢？为什么怀抱着、手握着美玉，而自己使自己被人家放逐（何必坚持洁身自好，自讨苦吃）呢？"

屈原曰："吾闻之，新沐者必弹冠，新浴者必振衣。人又谁能以身之察察，受物之汶汶者乎？"——沐，洗头。弹冠，用手指弹去冠上的灰尘。浴，洗澡。振，挥去衣上的尘土。能，愿意。以，拿，让。察察，清洁的样子，干干净净的，比喻人格品质的纯洁高贵。物，外界污垢的事物，指世俗。汶汶，昏暗的样子，比喻人格品质受玷辱。本句大意：屈原说："我听说，刚洗完头的人，一定要弹一弹帽子上的灰尘，刚洗过澡的人，一定要抖一抖衣服尘土。谁愿意让干干净净的身体，蒙受昏暗的世俗的玷污（让自己高洁的人格品质，蒙受昏暗的世俗的污染）呢？"

"宁赴常流而葬乎江鱼腹中耳。"——赴,投奔。常,通"长",长流,江水。乎,介词,于。耳,语气词,罢了。本句大意:(屈原)"宁肯投奔江水,葬身在大鱼肚子里罢了。""又安能以皓皓之白,而蒙世之温蠖乎?"——安,指处所的疑问代词,哪里。皓皓,皎洁的样子。皓皓之白,比喻品质的高贵纯洁。而,却。世,世俗。温蠖(huò),尘滓重积的样子。本句大意:(屈原)"又哪里能让自己高洁的品质蒙受昏暗世俗的污染呢?"

乃作《怀沙》之赋。——乃,就。《怀沙》,屈原投江前的作品,"怀沙"即怀念长沙。

于是怀石,遂自投汨罗以死。——遂,时间副词,接着就。以,而。汨罗,江名。本句大意:于是怀抱着石头,接着就自投汨罗江而死了。

第一段写屈原投江自杀。借屈原与渔夫的问答,歌颂屈原洁身自好,绝不向黑暗势力屈服,绝不与世俗同流合污的高洁品质。

第一段结构:

第一层,写屈原在江边披发行吟的情状,表现出屈原内心十分忧伤沉痛、愤激不平,也表现出了作者对屈原的莫大同情。第二层,写屈原和渔夫的问答,也是一场论辩,渔夫主张"明哲保身""与世同流合污"。而屈原坚决不向黑暗势力屈服,宁可葬身鱼腹,也要保持自己高洁的品质,不愿与世合流,玷污自己的人格。第三层,写屈原作《怀沙》,怀石投江而死。屈原的死,是那个时代造成的悲剧,当时楚国内部连横亲秦派当权,自然不容坚持合纵抗秦的屈原留在朝廷,因此他的被流放是必然的。屈原热爱祖国,坚持自己的政治主张,绝不肯与恶势力同流合污,爱国理想既不能实现,又不忍看着祖国日益衰落,所以只能以死表现自己对祖国的热爱,表示自己绝不与世俗同流合污的斗争精神,表达对楚国朝廷的抗议。屈原的自杀是积极的,并不是消极的遁世。司马迁以无比的热情来歌颂屈原以死抗议、以死斗争、以死殉国的伟大精神和崇高的志向、品格。

第一段写作手法:

叙事与抒情相结合,并采用了比喻、对偶、排比的修辞手法。

第二段:

屈原既死之后,楚有宋玉、唐勒、景差之徒者,皆好辞而以赋见称。——既,已经。宋玉,相传为楚顷襄王时人,屈原弟子。唐勒、景差皆为与宋玉同时期的人。之徒,这些人。辞,文辞,文学。而,连词,表承接。以,因为。以赋,因善于作赋。见,被。称,称赞。本句大意:屈原死后,楚国有宋玉、唐勒、景差这些人,都爱好文学,因为善于作赋被人称赞。

  然皆祖屈原之从容辞令，终莫敢直谏。——然，然而。祖，效法，沿袭，学习。从容辞令，文章的委婉含蓄。终，始终。直谏，直言劝谏（楚王）。本句大意：然而都效法屈原文章的委婉含蓄，始终没有人敢直言劝谏楚王。

  以上写屈原死后的影响。宋玉等人只学习了屈原的辞赋即写文章的那一方面，在文学上有所成就。但是在政治上并没有学习屈原的直言敢谏，没有学习他的爱国精神和绝不同流合污的高贵品质，在政治上是没有作为的。作者写这些人一方面说明了屈原在文坛中的深远影响，一方面对屈原的爱国精神起衬托的作用，使读者更能体会到屈原品质的难能可贵。

  其后楚日以削，数十年竟为秦所灭。——其后，照应上层，屈原自杀这件事以后。楚，楚国领土。日以，一天比一天。削，宰割，分割，引申为缩小。数十年，过了几十年。竟，竟然。为，被。本句大意：屈原死后，楚国的领土一天比一天小，过了几十年，竟然被秦国灭亡了。（前223年，秦灭楚，距屈原自杀约55年）

  以上写屈原死后，楚国竟为秦所灭。似乎是客观叙述历史，用一"竟"字，意味着这是不用屈原主张的结果，仍然是从事件中呈现人物，表现屈原的死，关系着楚国的亡，点明作传的意图。

  第二段写屈原死后在文学和政治上的影响。

  第二段写作手法：

  简单论叙，采用反衬，从事件中呈现人物。

  第三部分记叙屈原投江自杀及其身后的影响。叙事内容比较简单，但却用较多的文字写屈原投江前和渔夫的问答，借以歌颂他的崇高品质。

  第三部分写作手法：

  记叙、议论兼抒情，以反衬突出人物特点。

五、中心思想

  本文的主题思想是赞扬屈原心向祖国的爱国之情和坚贞不屈的斗争精神。本文是一篇人物传记，记叙了屈原一生的重大活动和悲惨的结局。从传文里我们了解到贵族出身的屈原是一位学识渊博且具有治国和外交才能的人。但是由于政敌上官大夫的争宠进谗、中伤打击，昏庸无能的楚怀王的不辨是非、不分真假，轻信了连衡亲秦派小人的谗言，疏远了屈原，罢免了他左徒的官职。战国时代，有才能的人，本国不能立足，往往会跑到别的国家去谋求个人事业的发展，如商鞅是卫国的贵族，却在秦国帮助秦孝公变法，施展了自己的才能；张仪是魏国人，却在秦国任丞相，主持连衡运动；李斯是楚国人，却帮助秦王嬴政统一九国。楚怀王不重用屈原，疏远屈原，屈原也可以离楚他往，但他眷顾楚国，心系怀王，不忘欲反。他不肯为了个人利益，轻易离开祖国。而且他一直坚持自己的爱国主张，和连横亲秦派作不屈不挠的斗争——合纵抗秦，反对连横亲秦。所以当他出使齐国归来后，立即问怀王"何不杀张仪"，当秦昭王约怀王武关会盟时，屈原切谏怀王"不如无行"。最后被流放江南，爱国抱负无法实现的时候，他投江自杀，以死表示对楚国的最大热爱。屈原是一位具有极高的爱国热忱的政治家和思想家。

由于屈原热爱楚国，坚持合纵抗秦，坚持真理，所以他不肯向黑暗势力屈服，不肯与其同流合污。他的爱憎是分明的，即便对国君的错误，他也是当疾则疾、当恨则恨，不肯有丝毫的宽贷。如他被怀王疏远，痛心怀王的是非不明，真伪不辨，忧愁幽思而作了《离骚》。如他憎恨子兰劝怀王的入秦则不反，最后以死对楚朝廷表示强烈的抗议，所以屈原的骨头是硬的，品质是高洁的，他具有直言敢谏的忠君爱国的精神。

屈原的一生是不幸的，同时屈原的不幸也就是楚国的不幸，楚朝廷流放屈原、执行亲秦政策的结果是被秦国灭亡，由此可知，屈原的进退是关系着楚国的命运和前途的。

屈原在坎坷的一生中，忧国忧民，内心激愤忧伤，因而写下了不少诗篇，充分地表达了对祖国的一草一木、一山一水的无比热爱，表现了他洁身自好、绝不与奸佞小人同流合污的斗争精神。所以屈原不仅是爱国的政治活动家，而且是一位伟大的诗人。司马迁是十分同情和尊敬屈原的，他以饱含激情的文笔论述了屈原的一生，赞扬了屈原的热爱祖国、绝不与黑暗势力同流合污的斗争精神。

六、写作特点

1. 以记叙为主，议论为辅，兼具抒情。

2. 叙事多用散文行句式，语言精练；议论多用对偶句式，委婉、华美、充满激情。

李将军列传（节选）

一、题解

这篇人物传记选自《史记》，是作者着力写作的一篇传记。作者对李广，既有歌颂，又有惋惜。歌颂他，因为他在对敌斗争中机智勇敢，能和士卒同甘共苦；惋惜他，因为他身经大小七十余次战斗，可惜到死不得封侯，最终还自刎于边疆的军营里，受到了封建帝王冷酷无情的对待。

二、串讲分析（全文可分为十一段）

第一段：

李将军广者，陇西成纪人也。——陇西，陇西郡，秦始皇时所置，今甘肃东部皆其故地。成纪县原属陇西郡，汉武帝时置天水郡，成纪后属天水。

其先曰李信，秦时为将，逐得燕太子丹者也。——其，指示代词，指李广。先，祖先。曰，叫，称。秦时，指秦王嬴政在位时。为，做。将，将领，将军。逐，追逐。得，获得。逐得，追获。

故槐里，徙成纪。——故，名词，原籍，老家。徙，迁移。

广家世世受射。——受，传习。"受"与"授"是反义词，"授"是由上至下传授，"受"为由下向上学习。本句大意：李广家世代传习射箭之术。

以上交代李广的姓名、籍贯和家世出身，说明李广是将门之子，而且世代擅长射箭，以此作为下文写李广善射的张本。

孝文帝十四年，匈奴大入萧关，而广以良家子从军击胡。——孝文帝刘恒，西汉的第三个皇帝，谥号"孝文皇帝"。孝文帝十四年即公元前166年。而，连词，表承接。以，介词，以……身份，以……资格。本句大意：文帝十四年，匈奴大肆举兵入侵萧关，李广以良家子弟的身份从军抗击匈奴。

用善骑射，杀首虏多，为汉中郎。——用，原为动词，这里作关联词，因为，由于。本句大意：他因为擅长骑马射箭，斩杀敌人首级众多，做了汉朝的中郎。

广从弟李蔡亦为郎，皆为武骑常侍，秩八百石。——从弟，堂弟，同祖父的弟弟。常侍，皇帝侍从官，通常以中郎为常侍。秩，官吏的俸禄。

尝从行，有所冲陷折关及格猛兽，而文帝曰："惜乎，子不遇时！"——从，跟随。冲陷，同义复合词。冲，冲锋。陷，陷阵。"冲""陷"皆言进攻之势。折关，同义复合词。折，拒，抵御。关，阻拦，防止。"折关"即抵御、拦阻敌人，是"冲陷"的反义词。格，格杀，搏斗。而，因而。本句大意：曾经随从皇帝出行，有过冲锋陷阵、抵御敌人，以及格杀猛兽的表现，文帝说："可惜啊！你没遇到好时机！"

"如令子当高帝时，万户侯岂足道哉！"——如，如果。令，使。当，正在，正当，生活在。万户侯，食邑万户以上的侯爵，最高的爵位封号。岂，哪。足，值得。道，称赞。哉，语气词。本句大意：（汉文帝）"如果让你生活在高祖的时代，万户侯，又算得了什么呢？"

以上写孝文帝时李广的战功和英勇的表现，李广也因此受到了文帝的赏识。用侧面描写的手法，突出李广的擅长骑射，英勇非凡，以文帝的慨叹"子不遇时"为下文写"不得志"的张本，为后文埋下伏笔。

及孝景初立，广为陇西都尉，徙为骑郎将。——及，到了，等到。孝景帝刘启，文帝之子，谥号"孝景皇帝"。初，刚刚，才。立，即位，登基。为，做。都尉，官名，原为"郡尉"，景帝改为都尉，是郡守的佐职，管一郡军事。徙，调职。骑郎将，管理骑郎的将领。

吴楚军时，广为骁骑都尉，从太尉亚夫击吴楚军，取旗，显功名昌邑下。——吴楚军时，指汉景帝三年（前154年），以吴王刘濞、楚王刘戊为首的七国之乱，吴、楚、赵、济南、淄川、胶西、胶东等七国叛乱，反对削藩之议。骁骑，轻骑兵。骁骑都尉，官名，禁卫军将领。从，跟随。太尉，官名，中央政府掌管军事的官。显，显扬。功，战功。名，英名。昌邑，此时为梁王封地境内。本句大意：七国之乱时，李广任骁骑都尉，随从太尉周亚夫反击吴、楚叛军，在昌邑城下夺取了敌人的军旗，立功扬名。

以梁王授广将军印，还，赏不行。——以，因为。梁王，景帝刘启的弟弟，封于梁（今山东、河北、河南三省交界的地方）。吴楚叛乱首先进攻梁地，周亚夫率兵在梁地与叛军作战。将军印，将军的军衔和印信。赏不行，宾语前置，即"不行赏"。本句大意：（可是）由于梁孝王私自把将军印授给李广，回朝后，朝廷没有对李广进行封赏。

徙为上谷太守，匈奴日以合战。——上谷，郡名，汉时确立，今河北西北和中部的一部分地方。日，每天。以，介词，和，跟。合，交锋。战，作战。合战，交战。

典属国公孙昆邪为上泣曰："李广才气，天下无双。"——典属国，官名，外交官，专管向汉投降归附的各外族、国家事务的官吏。为，向。上，皇帝。本句大意：典属国公孙昆邪对皇上哭着说："李广的才气，天下无双。"

"自负其能，数与虏敌战，恐亡之。"——自负，自己相信自己的才能。数，屡次，经常。亡，阵亡。本句大意：（公孙昆邪）"自己相信自己的才能，屡次和敌人正面作战，恐怕会失去这员良将。"

于是乃徙为上郡太守。后广转为边郡太守，徙上郡。尝为陇西、北地、雁门、代郡、云中太守，皆以力战为名。——上郡，秦郡，今陕西北部及内蒙古鄂尔多斯一带。北地，甘肃东北部及宁夏一带。雁门，陕西北部、西北部一带。代郡，山西、河北两省交界的北部。云中，山西西北部及内蒙古的部分地区。本句大意：于是又调他任上郡太守。后来李广转任边境各郡太守，又调任上郡太守。他曾任陇西、北地、雁门、代郡、云中等地的太守，都以奋力作战而出名。

以上写李广在孝景帝时的活动。正面叙述和侧面描写相结合，突出李广的英勇善战、天下无双，公孙昆邪所说的"李广才气，天下无双"为下文写李广才勇提供了张本。

第一段主要写李广的籍贯、家世及早年活动，为下文详写李广的英勇做铺垫。

第一段结构：

第一层，交代李广的姓名、籍贯、家世，突出其为善射的将门之子；第二层，写李广在文帝时战功和英勇表现；第三层，写李广在景帝时战功和英勇表现，用文帝及公孙昆邪的话为下文写其才勇无双做铺垫。

第一段写作手法：

正面叙述和侧面描写相结合。

第二段：

匈奴大入上郡，天子使中贵人从广勒习兵击匈奴。——中，宫中。贵人，被皇帝宠信的人。"中贵人"专指宦官。从，跟随。勒，约束。习兵，学习军事。

中贵人将骑数十纵，见匈奴三人，与战。——纵，骑马奔驰。与战，与敌人交战。

三人还射，伤中贵人，杀其骑且尽。——还射，回身放箭。且，将要，几乎。尽，完，光。中贵人走广。——宦官逃回到李广那里。

广曰："是必射雕者也。"广乃遂从百骑往驰三人。——乃遂，于是立即。从，带着，指挥。往驰，前往急追。

三人亡马步行，行数十里。——三人没有骑马，徒步行走，走了几十里。

广令其骑张左右翼，而广身自射彼三人者，杀其二人，生得一人，果匈奴射雕者也。——张，散开。左右翼，向左右两旁抄过去。身自，亲自。彼，这。

以上写李广的善射和战斗经验丰富，用的是正反映衬的手法。

已缚之上马，望匈奴有数千骑，见广，以为诱骑，皆惊，上山陈。——省略了主语"李广"。已，已经。缚，捆绑。之，指活捉的射箭者。上马，翻身上马。"见广"前省略了主语"数千骑"。诱骑，引诱敌人的骑兵。陈（zhèn），排列为阵。本句大意：李广已经捆好了活捉的射箭者，翻身上马，远远地看见匈奴那边有数千骑兵来了。那些匈奴看见李广等人，以为他们是引诱自己的骑兵，都十分惊慌，立即跑上山去，摆好了阵。

广之百骑皆大恐，欲驰还走。——大，十分。欲驰，想要赶马奔走。还，回。走，急走。本句大意：李广的百名骑兵都十分惊恐，想要赶马急速向回奔走。

广曰："吾去大军数十里，今如此以百骑走，匈奴追射我立尽。"——去，距离。今如此，现在这种情况下。以，凭着。走，向回跑。尽，全军覆没。本句大意：李广说："我们距离大军几十里，现在这种情况下，我们这一百名骑兵只要一跑，匈奴就会来追击、射杀，我们立刻就会全军覆没。"

"今我留，匈奴必以我为大军诱之，必不敢击我。"——诱之，即"之诱"。本句大意：（李广）"现在我们停留不走，匈奴一定以为我们是大军派来诱敌的，必定不敢攻击我们。"

广令诸骑曰："前！"前未到匈奴陈二里所，止，令曰："皆下马解鞍！"——所，许，表示大概的数目。未到匈奴陈二里所，到离匈奴阵地还有二里多的地方。

其骑曰："虏多且近，即有急，奈何？"——且，而且。近，逼近我们。即，假使，如果。急，紧急情况。奈何，怎么办？

广曰："彼虏以我为走，今解鞍以示不走，用坚其意。"——以，以为。坚，坚定。意，想法。本句大意：李广说："那些敌人还以为我们会逃走，现在我们都解下马鞍表示不逃，这样就能使他们更坚定地相信我们是诱敌之兵。"

于是胡骑遂不敢击。——于是，表示结果，果然。本句大意：果然匈奴骑兵终于不敢来攻击。

有白马将出护其兵，李广上马与十余骑奔射杀胡白马将。——与，和，带着。"奔""射""杀"这三个动词连用表示连续动作。一边奔驰，一边放箭，射杀了……本句大意：有个骑白马的匈奴将领出来监护他部下的士兵，李广翻身上马，带领十几个骑兵一边奔驰，一边放箭，射杀了那个匈奴将领。

而复还至其骑中，解鞍，令士皆纵马卧。——复，又。还，回。至，到。骑中，骑兵队伍中间。纵马，放开马。卧，随地躺下休息。

是时会暮，胡兵终怪之，不敢击。——会，适逢。暮，日落，天快黑了。怪，认为奇怪。不敢击，（敌人）不敢来进攻。

夜半时，胡兵亦以为汉有伏军于旁欲夜取之，胡皆引兵而去。——到了半夜，匈奴兵又以为汉朝有伏兵在附近，想趁夜偷袭他们，于是胡人就都带兵撤退了。

平旦，李广乃归其大军。——平旦，天刚亮。乃，才。归，返回。大军，军队主力所在之地。大军不知广所之，故弗从。——之，动词，往。从，跟随接应。（补充交代，叙事严密。）第二段通过典型事例，表现出了李广的骁勇善战、智勇无双。

第二段结构：

第一层，写李广英勇善射，富有战争经验；第二层，写李广料敌如神，有勇有谋。

第二段写作手法：

正反映衬与白描相结合。

第三段：

居久之，孝景崩，武帝立。——居久之，过了很久。崩，古代天子死曰"崩"，如山陵之崩裂，极不幸也。诸侯死曰"薨"。

左右以为广名将也，于是广以上郡太守为未央卫尉，而程不识亦为长乐卫尉。——左右，武帝亲近的大臣。以为，认为。以，从。未央，宫殿名，皇帝所居。未央卫尉，保卫未央宫的将领。而，连词，表并列。长乐，宫名，太后居之。

程不识故与李广俱以边太守将军屯。——故，从前。以，以……身份。边，边郡。将，动词，常领。屯，驻守边防。本句大意：程不识和李广从前以边郡太守的身份带领军队驻守边防。

及出击胡，而广行无部伍行阵，就善水草屯，舍止，人人自便。——及，到了。而，连词，表转折。行，行军。部伍，部队编制。行阵，行列阵势。就，就近，靠近。善，美好。舍止，停宿的地方。本句大意：到了出击攻打匈奴的时候，李广行军没有严格的部队编制和行列阵势，靠近水丰草茂之处驻扎军队，停宿的地方人人都感到便利。

不击刀斗以自卫，莫府省约文书籍事，然亦远斥候，未尝遇害。——刀斗，铜制的军用锅，下有三足，旁有一柄，口上无边缘。白天煮饭，夜上用来打更巡视。以，介词，表示目的。莫府，即"幕府"，指军营。军队行军，办公是在临时帐幕里进行的。省约，简化。文书，公文。籍，主要指记录士兵的考勤及功过。远，远远地派出。斥，侦察，估量，指侦察敌情。候，视，望。斥候，侦察敌情的哨兵。本句大意：晚上不打更点来自卫，幕府简化各种文书簿册，但他远远地布置了哨兵，所以不曾遭到过危险。

以上写李广治军并不严格。

程不识正部曲行伍营陈，击刀斗，士吏治军簿至明，军不得休息，然亦未尝遇害。——正，严格要求。营陈，军队休息时所驻扎的营区和行军时所排列的阵势、阵容。士吏，军中办事的官吏。治，办理。至，极。明，明白，一丝不苟。本句大意：程不识对队伍的编制、行军队列、驻营阵势等要求很严格，夜里打更，军吏处理考绩等公文簿册到天明，军队得不到休息，但也不曾遇到危险。

不识曰："李广军极简易，然虏卒犯之，无以禁也；而其士卒亦佚乐，咸乐为之死。"——卒，通"猝"，突然。禁，抵挡，阻挡。而，连词，表转折，然而。士卒，士兵。佚乐，安逸快乐。咸，范围副词，都。之，代词，他。乐，情愿。死，拼死搏斗。本句大意：程不识说："李广军队的规章制度十分简单，但是敌人如果突然进犯他，他就无法阻挡了；然而他的士卒倒也安逸快乐，都甘心为他拼死搏斗。"

"我军虽烦扰，然虏亦不得犯我。"——我军，我的军士。烦，事务纷繁。扰，紧张忙碌。本句大意：（程不识）"我的军士虽然军务纷繁、紧张忙碌，但是敌人也不敢侵犯我。"

是时汉边郡李广、程不识皆为名将，然匈奴畏李广之略，士卒亦多乐从李广而苦程不识。

——是时，那时。略，计谋，战略。多，大多数。乐，情愿，愿意。从，跟随。苦，以……为苦。苦程不识，以跟随程不识为苦。程不识孝景时以数直谏为太中大夫。——以，因为。数，屡次。直，直言。谏，劝谏。

为人廉，谨于文法。——廉，廉洁。谨，严谨。于，对于。文，公文。

法，法令。

第三段写李广治军并不严格，但是为士兵爱戴。运用对比的手法插叙李广与程不识治军的区别。

第四段：

后，汉以马邑城诱单于，使大军伏马邑旁谷，而广为骁骑将军，领属护军将军。——后，后来。以，介词，用。马邑，汉代县名，今山西朔州。单于，匈奴最高统治者。"骁骑""护军"皆为将军冠号。领属，统领节制。"领属"后省略"于"。本句大意：后来，汉朝廷用马邑城引诱单于，派大军在马邑两旁的山谷中埋伏，李广任骁骑将军，受护军将军统领节制。

是时单于觉之，去，汉军皆无功。——觉，发觉，觉察。之，指代汉诱敌之计。去，引兵逃走。功，战绩，战果。

其后四岁，广以卫尉为将军，出雁门击匈奴。——此后四年，李广从卫尉被调任为将军，率兵出雁门关与匈奴作战。

匈奴兵多，破败广军，生得广。单于素闻广贤，令曰："得李广必生致之。"——得，获得，俘获。素，平时。必，必须。生，活着。致，送。之，指单于。本句大意：匈奴兵多，打败了李广的军队，并生擒了李广。单于平时就听说李广很有才能，下令说："（如果）俘获了李广一定要活着送来。"

胡骑得广，广时伤病，置广两马间，络而盛卧广。——匈奴的骑兵俘获了李广，这时李广伤病严重，（他们）在两匹马之间用绳子编了一个网子，把李广放在了网子上，让他躺着。

行十余里，广佯死，睨其旁有一胡儿骑善马。——佯，假装。睨，冷眼斜视。善马，好马。本句大意：走了十多里，李广假装死去，斜眼看到他旁边的一个匈奴少年骑着一匹好马。

广暂腾而上胡儿马，因推堕儿，取其弓，鞭马南驰数十里，复得其余军，因引而入塞。——暂，短暂，一瞬间。腾，跳起来。因，就势，顺势。推堕，推落在地上。取，夺，抢。塞，雁门关口。本句大意：李广突然跳上了匈奴少年的马，顺势把少年推了下去，夺了他的弓，鞭打着马向南跑了几十里，重新遇到了他的残部，于是带领他们进入雁门关。

匈奴捕者骑数百追之，广行取胡儿弓，射杀追骑，以故得脱。——"行""取"为动词连用，一面飞跑，一面拿起弓来。以故，因此，才。脱，脱险。

于是至汉，汉下广吏。——"至汉"的"汉"，汉朝首都长安。"汉下广吏"的"汉"，西汉朝廷。下，送交。吏，执法官吏。汉下广吏，朝廷把李广交给执法官吏。

吏当广所失亡多，为虏所生得，当斩，赎为庶人。——"吏当广所失亡多"中的"当"，判罪。所失亡，所损失，伤亡的士兵。当斩，"当"指应当。赎，用财产抵罪为赎罪。庶人，平民。

第四段运用叙述描写的手法，通过典型事例表现出了李广的机智勇敢，同时也揭露了统治者的刻薄残酷。

第五段：

顷之，家居数岁。——顷之，顷刻之间，转眼之间。

广家与故颍阴侯孙屏野居蓝田南山中射猎。——故，原来的，前任的。屏，退职。野，在野，隐居，与"在朝"相对。蓝田，县名，在长安附近。南山，终南山。射猎，射箭打猎消遣度日。

尝夜从一骑出，从人田间饮。——尝，曾经。夜，在今晚上。"从一骑出"的"从"，带着。"从人"的"从"，跟随，同。人，朋友。

还至霸陵亭，霸陵尉醉，呵止广。——霸陵，文帝的陵墓，今西安市长安区东南。亭，亭驿。呵，大声怒喝。止，禁止……通行。广骑曰："故李将军。"——骑，此处指随从。

尉曰："今将军尚不得夜行，何乃故也！"——尚，尚且。何乃，何况是。止广宿亭下。——止，扣留。宿，停留。

居无何，匈奴入杀辽西太守，败韩将军，后韩将军徙右北平。——居无何，没过多久。辽西，郡名，河北、内蒙古及辽宁的部分地区。败，打败。右北平，郡名，汉治在平刚县（今内蒙古宁城县西南）辖河北承德、唐山一带。

于是天子乃召拜广为右北平太守。——乃，副词，就。召，召见。拜，拜官，授予官职。

广即请霸陵尉与俱，至军而斩之。——即，就。请，请求批准。与，和。俱，一起。

广居右北平，匈奴闻之，号曰"汉之飞将军"，避之数岁，不敢入右北平。——居，镇守。号曰，叫他。

第五段用叙事与白描相结合的手法，展现了李广的豪迈、直率和匈奴对李广的敬畏。

第六段：

广出猎，见草中石，以为虎射之，中石没镞，视之，石也。——李广外出打猎，看见草里的一块石头，认为是老虎就向它射去，一箭射中了石头，把箭头都射进去了，仔细一看，原来是块石头。

因复更射之，终不能复入石矣。——复，再。更，更近，接近。

广所居郡闻有虎，尝自射之。——尝，往往，常常。本句大意：李广驻守各郡时，听说有老虎，常常亲自去射杀。

及居右北平射虎，虎腾伤广，广亦竟射杀之。——腾，跳跃。伤，扑伤。竟，终于。

第六段主要为叙述，与第二段李广射杀匈奴兵互相照应，通过生活中的细节，突出了李广的英勇善射。

第七段：

广廉，得赏赐辄分其麾下，饮食与士共之。——辄，范围副词，总是。麾下，部下。本句大意：李广为官清廉，得到赏赐就分给他的部下，饮食总与士兵在一起。

终广之身，为二千石四十余年，家无余财，终不言家产事。——终，一直到死。广之身，李广的一生。本句大意：李广的一生，做二千石俸禄的官做了四十多年，家里没有多余的财产，临终时都没有说家产的事。

广为人长，猿臂，其善射亦天性也，虽其子孙他人学者，莫能及广。——为，其。长，魁梧高大。猿臂，两臂如猿之臂，比喻手臂既长又灵活。天性，天生的，天赋。子孙，指李广的同族后代。他人，指外姓之人。学者，向他学习射箭的人。莫，无指代词，没有一个人。

以上写李广极具天赋，善射是天性使然。

广讷口少言，与人居则画地为军阵，射阔狭以饮。——讷口少言，口齿笨拙。居，通"聚"，在一起。画地为军阵，在地上画军容阵势图。阔狭，指在地上将军阵划为许多宽窄不等的行列，然后从高处向行列放箭，箭能直立在窄的行列中为胜，如箭射在宽的行列中，或根本没有直立起来，则为负，输者罚饮酒。以，连词，表承接。

专以射为戏，竟死。——"以……为……"相当于"把……当作……"。戏，消遣。竟死，一直到死。

以上写李广善射，由于终身射箭，因此技艺娴熟。

广之将兵，乏绝之处，见水，士卒不尽饮，广不近水，士卒不尽食，广不尝食。——之，取消句子独立性。乏，水源缺乏。绝，粮食短缺。尽，完全，全部。不尽，否定副词，没有全部。饮，动词，喝到水。近，接近。尝食，尝一口吃的。

宽缓不苛，士以此爱乐为用。——宽，宽大，宽厚。缓，缓和，要求宽松。苛，苛刻，烦扰。以此，因此。爱，爱戴（李广）。乐，愿意。

以上写李广与士卒同甘共苦，因此士兵都爱戴他，愿意为他所用，与第三段写广治军宽缓相照应。

其射，见敌急，非在数十步之内，度不中不发，发即应弦而倒。——敌，敌情。急，紧急。发，放箭。即，就。应弦，应弓弦之声。本句大意：李广射箭的方法是，（即使）看到敌情紧急，如果不在数十步之内，估计射不中，也不会发射箭矢。（但是）只要一发射，敌人会立即应弓弦之声倒地。

用此，其将兵数困辱，其射猛兽亦为所伤云。——用此，因为这样。困，窘困。辱，窘迫。为，被。云，句末助词，等等。本句大意：因此，他领兵时有几次被困受辱，射猛兽时也曾被猛兽咬伤过。

以上写李广英勇善射，不顾个人危险。

第七段写李广为人廉洁，终身习射，技艺超群。而且他愿与士兵同甘共苦，深得士兵爱戴。

第七段结构：

第一层，写李广为人廉洁；第二层，写李广善射因为他极具天赋且终身习射；第三层，写李广与士兵同甘共苦，照应第三段写李广治军宽缓，但士兵愿意为他拼死搏斗；第四层，写李广英勇善射，不顾个人危险，照应第四段和第六段。

第七段写作手法：叙述兼描写。

第八段：

居顷之，石建卒，于是上召广代建为郎中令。——居顷之，没过多久。石建，武帝时为郎中令。卒，死。

元朔六年，广复为后将军，从大将军军出定襄，击匈奴。——元朔六年即前123年。大将军，官名，武帝攻伐匈奴时特设"大将军"一职统领全军，其地位与丞相、太尉相近，是军队中最高的官职，此处的大将军指卫青。卫青，字仲卿，平阳（山西临汾）人，是武帝皇后卫子夫的同母亲弟弟。"军出定襄"的"军"，名词，军队。定襄，郡名，今山西忻州市以北地区。

诸将多中首虏率，以功为侯者，而广军无功。——多，大多，大都。中，符合，达到。首虏，斩杀敌人的首级。率，律令，标准，指按首虏多少封赏的军律。以，因。为，被。侯，封侯。以上写元朔六年汉军出击匈奴，独李广无战功。

后二岁，广以郎中令将四千骑出右北平，博望侯张骞将万骑与广俱，异道。——后二岁，两年后。将，率领。出右北平，从右北平出塞。异道，分道而行。

行可数百里，匈奴左贤王将四万骑围广，广军士皆恐，广乃使其子敢往驰之。——可，大约。左贤王，匈奴官职。单于设左右贤王，都由亲近的贵族担任。右贤王负责统辖匈奴东部，约在汉上谷郡北面辽东一带；左贤王统辖匈奴的西部，约在汉北面辽西一带。右北平的北面正是左贤王所辖境内。其子敢，李广的儿子李敢。李广有三子：李当户、李椒、李敢。往驰之，骑着快马到最前面去侦察。

敢独与数十骑驰，直贯胡骑，出其左右而还，告广曰："胡虏易与耳。"——直，一直。贯，穿过。胡骑，阵地，指匈奴的包围圈。出其左右，突击敌人的左右两翼。胡虏，偏义复词，敌人。与，对付。

军士乃安。——乃，才。

广为圜陈外向，胡急击之，矢下如雨。——为，动词，当成。圜，圆形。急，副词，疯狂地。矢下如雨，箭像雨点一样落下来。

汉兵死者过半，汉矢且尽。——过半，一大半。且，将要，几乎。尽，完了。

广乃令士持满毋发，而广身自以大黄射其裨将，杀数人，胡虏益解。——毋，不要。大黄，弓名，用兽角做成的大型弓，发射连珠箭。裨，助。裨将，副将。益，渐渐，越来越。解，散开，缓和。

会日暮，吏士皆无人色，而广意气自如，益治军。——无人色，面无人色，形容疲惫不堪。意气，神色，气概。自如，依然和平时一样。益，更加。益治军，更加注意整顿队伍、巡视行阵。

军中自是服其勇也。——自是，自此，从这以后。服，佩服。

明日复力战，而博望侯军亦至，匈奴军乃解去。——明日，第二天。解去，解围退去。

汉军罢，弗能追。是时广军几没，罢归。——罢（pí），通"疲"，疲劳，疲惫。几，几乎。没，全军覆没。罢归，罢兵而归。

汉法，博望侯留迟后期，当死，赎为庶人。——汉法，按照汉朝法令。留迟，留滞迟缓，耽误了行程。后期，错过了预定的日期。

广军功自如，无赏。——自如，相当，相抵。本句大意：李广功过相抵，没有封赏。

以上写李广公元前120年带兵攻打匈奴，以寡敌众，奋勇而战的事迹，既表现了李广的英勇善射，又揭露统治者的刻薄、无情、残酷。

第七段主要写李广以寡敌众、浴血奋战的事迹，他带领士兵，坚持不懈最终等来了援军，击退了敌人，回朝后却有功无赏，以此揭露统治者的刻薄与残酷。

第八段结构：

第一层，写李广公元前123年出击匈奴，独无战功，为下文张本；第二层，写李广公元前120年出击匈奴，英勇善战，以寡敌众，有功却依旧无赏。

第八段写作手法：叙述兼描写。

第九段：

初，广之从弟李蔡与广俱事孝文帝。景帝时，蔡积功劳至二千石。——积，积累。功，功劳。至，到。

孝武帝时，至代相。——代，诸侯王国名，由汉朝派官为相，治理王国。以元朔五年为轻车将军，从大将军击右贤王，有功中率，封为乐安侯。——元朔五年即公元前124年。乐安，汉县名，山东博兴北。

元狩二年中，代公孙弘为丞相。——元狩二年即公元前121年。代，代替，取代。

蔡为人在下中，名声出广下甚远，然广不得爵邑，官不过九卿，而蔡为列侯，位至三公。——为，作。下中，下等里的中等。汉代论人，每分九品。出广下，处于李广之下。不得，没有得到。爵，爵位。邑，食邑，封地。九卿，汉朝设三公九卿，三公是丞相、太尉、御史大夫；九卿指宗正、太仆、廷尉、典客、大司农、太常、詹事、典属国。本句大意：元狩二年间，代公孙弘任丞相。李蔡为人只能被评为下等之中等，声名比李广差得多，然而李广得不到封爵和封地，官位没超过九卿，可是李蔡却被封为列侯，官位达到了三公。

诸广之军吏及士卒或取封侯。——诸，许多。军，军中。吏，军官。或，有的。封侯，被封为侯爵。

以上写李广遭遇的不幸。

广尝与望气王朔燕语，曰："自汉击匈奴而广未尝不在其中。"——望气，观测天象、占卜星象的天文家。燕语：私下闲谈。本句大意：李广曾和天文家王朔私下闲谈说："自从汉朝攻打匈奴以来，我没有一次不参加。"

"而诸部校尉以下，才能不及中人，然以击胡军功取侯者数十人，而广不为后人，然无尺寸之功以得封邑者，何也？"——诸部，各部军队。校尉，军官名。中人，中等人。尺寸之功，些微的功劳。封邑，即侯爵的封地。本句大意：（李广）"可是各部队校尉以下的军官，才能还不如中等人，然而由于攻打匈奴有军功被封侯的有几十人。我李广不比别人差，但是没有一点功劳用来得到封地，为什么呢？"

"岂吾相不当侯邪？且固命也？"——岂，难道。邪，通"耶"。固，本来。本句大意："难道是我的骨相就不该封侯吗？还是本来就命该如此呢？"

朔曰："将军自念，岂尝有所恨乎？"——恨，遗憾，悔恨。

广曰："吾尝为陇西守，羌尝反，吾诱而降，降者八百余人，吾诈而同日杀之。至今大恨独此耳。"——尝，曾经。诱，用计哄骗。降，投降。诈，用诡计。耳，罢了。本句大意：李广说："我曾当过陇西太守，羌人有一次反叛，我诱骗他们投降，投降的有八百多人，我用欺诈手段在同一天把他们都杀了。直到今天我最大的悔恨只有这件事。"

朔曰："祸莫大于杀已降，此乃将军所以不得侯者也。"——王朔说："能使人受祸的事，没有比杀死已投降的人更大的了，这也就是将军不能封侯的原因。"

以上写因为李广斩杀过投降的人，所以他一直未能封侯。

第九段写李广的人品和名声都在李蔡及所属军吏之上，却不得封侯，体现了统治者不懂得重用贤才，也说明了李广命运的不幸。

第九段结构：

第一层，写李广的遭遇还不如才能不及中人的李蔡及所属军吏，始终未被封侯；第二层，写李广未封侯的原因。

第九段写作手法：对比，插叙。

第十段：

后二岁，大将军、骠骑将军大出击匈奴，广数自请行。——骠，猛劲骁勇的样子。骠骑将军，官位仅次于大将军，亦相当于三公。此处指霍去病，卫青的侄子。自，主动地。行，随行。

天子以为老，弗许，良久乃许之，以为前将军。——以为老，认为李广老了。良久，很久。前将军，先锋将军。

是岁，元狩四年也。——这一年，已经是元狩四年了。

广既从大将军青击匈奴，既出塞，青捕虏知单于所居，乃自以精兵走之，而令广并于右将军军，出东道。——捕虏，抓到俘虏。所居，居住的地方。走，追逐。并，合并。于，介词，到。出东道，从东路出塞。

以上写卫青贪功，直接率领精锐部队去追单于，让李广去右将军会合，改走东路。

东道少回远，而大军行水草少，其势不屯行。——少，稍。回，迂回。而，转折词，然而。其势，行军的趋势。屯，驻扎下来。本句大意：东路有些迂回绕远，而且大军走在水、草稀少的地方，势必加速前进，中途无法停留（李广必落后，不能按期会师）。

广自请曰："臣部为前将军，今大将军乃徙令臣出东道，且臣结发而与匈奴战，今乃一得当单于。"——"部"有两解：其一，统率，此处以动词作名词用，引申为职务；其二，部队，"臣部为前将军"意即我的部队是先锋部队。且，况且。结发，古人二十岁把头发结起来，表示已经成年可以结婚了，此处表战斗决心。而，连词，表承接。当，抵挡，抵抗。本句大意：李广就亲自请求说："我的职务是前将军，如今大将军却命令我改从东路出兵，况且我从年少时就与匈奴作战，到今天才得到一次与单于对敌的机会。"

"臣愿居前，先死单于。"——居前，自当先锋。死，将死一战。

大将军青亦阴受上诫，以为李广老，数奇，毋令当单于，恐不得所欲。——阴，暗中。诫，告诫，警告。以为，认为。数，命有定数，命运。奇，单数，表示不祥之事（偶为双数，表示吉祥、幸运）。所欲，希望达到的。本句大意：大将军卫青曾暗中受到皇帝的告诫，认为李广年老，命运不好，不要让他与单于对战，（否则）恐怕不能实现俘获单于的愿望。

而是时公孙敖新失侯，为中将军从大将军，大将军亦欲使敖与俱当单于，故徙前将军广。

——公孙敖，武帝时武将，初为骑郎。卫青未知名时，与其为友，青有危难，敖救之不得死。及青赏，敖亦以击匈奴有功封于骑侯。元狩二年敖因击匈奴畏惧处斩，赎为庛人，"失侯"即指此事。俱，一起。本句大意：那时公孙敖刚刚丢了侯爵之位，任中将军，跟随大将军出征，大将军也想让公孙敖跟自己一起与单于对战，所以把前将军李广调开了。

广时知之，固自辞于大将军。——固，副词，坚决地。自，主动地。辞，推辞。于，介词，向。

大将军不听，令长史封书与广之莫府，曰："急诣部，如书。"——长史，大将军的秘书。书，公文。封，加印封。封书，写好一道公文。与，交给。莫府，幕府，军部。急，急速。诣，前往。部，将军所在的军部。如书，就像公文上所说的那样。

广不谢大将军而起行，意甚愠怒而就部，引兵与右将军食其合军出东道。——不谢，不辞别。起行，出发。意，心里。甚，程度副词，十分。愠，恼怒。怒，气愤不平。就，动词，前往。部，军部。引兵，领兵。食其，赵食其，汉朝将领。

军亡导，或失道，后大将军。——亡，没有。或，有时。失道，迷路。后，在……后面。

大将军与单于接战，单于遁走，弗能得而还。——大将军（卫青）与单于交战，单于逃跑了，他没有什么战果，只好回来了。

南绝幕，遇前将军、右将军。广已见大将军，还入军。——绝，横渡。幕，沙漠，古以大沙漠为瀚海，故言"绝漠"。

大将军使长史持糒醪遗广，因问广、食其失道状，青欲上书报天子军曲折。——糒（bèi），干粮，干饭。醪（láo），浓酒。遗，赠送。因，顺便。上，上报。书，公文。曲折，详细情况。

广未对，大将军使长史急责广之幕府对簿。——使，指使，指派。急，急切地。责，责备，催促。之，的。幕府，幕府人员或军官。对簿，受审讯。本句大意：大将军派长史急切地责令李广幕府的人前去接受审讯。

广曰："诸校尉无罪，乃我自失道。吾今自上簿。"——诸，众多，所有。乃，是。上，谒见，进见。自，亲自。簿，听候审讯。

至莫府，广谓其麾下曰："广结发与匈奴大小七十余战，今幸从大将军出接单于兵，而大将军又徙广部行回远，而又迷失道，岂非天哉！"——幸，有幸。出，出战。接，接战。徙，调。而又迷失道，而，连词，表递进，而且。天，天意。哉，吗。本句大意：到了大将军幕府，李广对他的部下说："我从少年起与匈奴打过大小七十多次仗，如今有幸跟随大将军出征，同单于的军队交战，可是大将军又调我的部队去走迂回绕远的路，而且偏又迷路了，难道不是天意吗？"

"且广年六十余矣，终不能复对刀笔之吏。"——且，况且。终，终究，毕竟。复，再。对，对质，打交道。刀笔之吏，掌管文书的官吏。本句大意：（李广）"况且我已经六十多岁了，毕竟不能再受那些刀笔吏的侮辱了。"

遂引刀自刭。——遂，就。引刀，拔刀。自刭，自刎。

广军士大夫一军皆哭。——军，军中。士，士兵。大夫，军官。一军，指军中的所有人。

百姓闻之，知与不知，无老壮皆为垂涕。——之，李广自刎的消息。知，认识。无，无论。垂，落下，流下。涕，眼泪。

第十段写出击匈奴之时，由于朝廷的偏见和卫青的偏私，李广终于因遭受不公的待遇而自杀，士兵和百姓都对他的死感到极度的哀痛。统治者的偏见、偏私，终使李广一生未展大志，抑郁而终。

第十段结构：

第一层，写汉武帝对李广的偏见，认为李广已老；第二层，写卫青偏私，徙李广至右将军处，出东道；第三层，写李广出东道迷路后误期；第四层，写卫青逼迫李广对质；第五层，写李广抑郁自杀；第六层，写军民对李广的同情以及对李广之死的哀痛。

第十段写作手法：叙述兼描写。

第十一段：

太史公曰："传曰：'其身正，不令而行，其身不正，虽令不从。'"——太史公是对太史令的通称，太史令即掌管历史记载、天象观测及皇家国书的官员，这里是司马迁的自称。传，解释为"古书上说"，或"《论语》中说"均可。汉朝，"传"是与"经"相对应的。经指"六经"，即《诗》《书》《礼》《乐》《易》《春秋》；"传"是对"六经"的解释和发挥，如《春秋》有《左传》《公羊传》《穀梁传》三传。《论语》是孔子子弟及其再传弟子记述孔子言论、传播儒家思想的书，所以称"传"。《吕氏春秋》亦可称"传"。其，指在上位的人。身，本身行为。正，端正，正当。令，动词，指对人民发布命令。行，指人民遵从奉行。不从，不听从命令。本句大意：太史公说："《论语》里说：'在上位的人自身行为端正，不下命令事情也能实行；自身行为不正，发布命令也没人听从。'"

其李将军之谓也？——其，指这些话。本句大意：这些话说的就是李将军吧！

余睹李将军悛悛如鄙人，口不能道辞。——睹，亲眼看见。悛悛（quān），诚恳老实，诚恳敦厚。鄙，偏远。鄙人，乡下人。道，动词，说。本句大意：我所看到的李将军，老实厚道得像个乡下人，不善言辞。

及死之日，天下知与不知，皆为尽哀。——为，给。尽，表示，深切地表示。哀，哀痛。本句大意：可在他死的那天，天下人无论认识他的还是不认识他的，都对他的死表示哀痛。

彼其忠实心诚信于士大夫也？——彼，那是。其，他。忠实，忠厚老实。诚，确实。信，取信，取得了信赖。于，介词，对于。士，兵士。大夫，军官。本句大意：他那忠实的品格确实得到了将士们的信赖啊！

谚曰："桃李不言，下自成蹊。"——俗话说："桃树李树不会说话，树下却自然地被人踩出了一条小路。"（桃李不会替自己吹嘘，但花果甜美，吸引人们，人们自然到树下来观赏摘食，人来人往，树下就被走出了一条小路。）

此言虽小，可以谕大也。——这话虽然说的是小事，但可以用来比喻大道理。

第十一段文意：作者评价李广，对李广以身作则，虽不善言辞，但深得人心，加以表扬。

第十一段结构：共分三层。

第一层，引用论语上的话，评价李广能以身则，正身率下；第二层，因作者目睹事实，说明李广虽不善言辞，但深得人心；第三层，引图谚语，比喻说明李广虽讷于口，但深得人心，以李比李广。

第十一段写作手法：重点概括，引用比喻的方法。

三、中心思想

这篇传记叙述了李广一生的重大事迹，刻画了李广英勇善射、忠贞卫国的英雄形象，赞扬了李广治军宽缓、与士兵同甘共苦的优良作风，以及廉洁、直率的可爱性格，表现了作者对李广有功无赏、被迫自杀的悲惨遭遇的深切同情和对统治者的强烈不满。

四、文章结构

全文结构从体例上讲可分为两部分。从层次上可分成 11 段。第一段是全文的张本；第二段和第七段写的是李广的英勇善射和治军情况，表现出了李广的身先士卒，能与士卒同甘共苦；第八段和第十段写的是李广的英勇善射和遭遇的不幸，这四段大多写李广的英勇善射，但有侧重点略有不同，第二段和第七段着重写他的善骑射，第八段和第十段着重写他的英勇。凡是写李广英勇善射的部分一般都是运用典型事迹或生活细节，凡是作对比的地方都用插叙，前有张本，后有照应总结，文章内在联系紧密。同时全文按时间顺序编列，上下一线，层次分明。

张衡列传（节选）

一、作者简介

范晔，字蔚宗，南北朝时期著名的史学家和文学家，南朝宋顺阳（今河南淅川）人，范晔生于398年，卒于445年，享年47岁。范晔多才多艺，"博涉经史，善为文章，能隶书，晓音律。"始为尚书吏部郎，元嘉初，彭城太妃卒，晔夜中酣饮，开北牖听挽歌为乐，贬宣城太守。于是"广集学徒，穷览旧籍，删烦补略，作《后汉书》，凡十纪、十志、八十列传，合为百篇。"但由于后来和孔熙先因为拥戴彭城王刘义康，失败被诛，十志并未完成。

范晔以前，用纪传体编写东汉历史的有刘珍和李尤的《东观汉记（汉记）》、谢承的《后汉书》、晋代薛莹的《后汉记》、司马彪的《续汉书》、华峤的《后汉书》、谢忱的《后汉书》、张莹的《后汉南记》、袁松山的《后汉书》、袁宏的《后汉记》以及张璠的《后汉记》。范晔参考了以上史学家所编写的东汉历史以及晋代陈寿的《三国志》，编成了新著。他所编写的《后汉书》是一部杰出的历史著作。

二、《后汉书》

范晔著《后汉书》原为90卷，南朝梁人刘昭为范书作注，以十志未成，乃取司马彪《续汉书》八志，加以注释，编为30卷，以补范氏之缺。至宋时，将刘昭所注《续汉书》八志与范书合而为一，这就是《后汉书》今本的来历。今本全书共本纪10卷、列传80卷，唐章怀太子李贤注；志30卷，晋司马彪《续汉书》文，南朝梁刘昭注，共120卷。记载了汉光武帝至汉献帝在位时（25—220年）共195年的历史。

三、串讲分析（全文可分为三段）

第一段：

张衡，字平子，南阳西鄂人也。——南阳郡，包括今河南省西南及湖北省北部地区。西鄂，今河南南阳。

世为著姓。祖父堪，蜀郡太守。——世为大姓。祖父张堪，曾任蜀郡太守。

第一层介绍张衡的姓名、籍贯，此为写人物传记时常用的开篇之法。

衡少善属文，游于三辅，因入京师，观太学，遂通"五经"，贯六艺。——少，三十岁以前可称为"少"，年轻时。善，擅长。属（zhǔ）文，写文章。游，离开家乡，访师求学。于，介词，在。三辅，今陕西中部。西汉建都长安（今陕西西安），长安附近（从今西安市东至华阴、蓝田一带）称"京兆"，长安的东北部（今西安往东北到朝邑、合阳一带），叫"左冯翊"，长安的西部（今西安市往西至宝鸡一带），叫"右扶风"，这三地合称"三辅"。三辅是西汉的政治、经济、文化中心，也是最富庶的地区。东汉时，政治中心东移至洛阳，大学也东迁京兆，但三辅仍为经济繁荣、文化发达的地区，故张衡到三辅出游访师求学。因，顺便。入，到了。京师，京城，首都。观，参观。太学，汉代国家设立的最高学府。汉太学设置"五经博士"，博士人选需熟习一经，有师承，能讲说训诂章句，并为当代学者所推崇者，年龄需在五十岁以上。后设置了"博士弟子"，博士弟子需具备一定条件，并经过地方县令推荐、郡太守考察、中央太常批准后方可入太学受业。衡未经郡守选送，不能入太学学习，只得常去太学参观，偶尔请求博士教导。但是，也正由于张衡不是正式选送的博士弟子，没有专师专业，所以才能自由地学习，才能博学多闻。"五经"，《诗经》《尚书》《礼记》《周易》《春秋》。六艺，古代学校教育的六种课程，礼（礼节及政治制度）、乐（祭祀朝聘宴飨的音乐歌舞）、射（弓箭战术）、御（驾车马）、书（文字）、数（算术）。本句大意：张衡年轻时就擅长写文章，在三辅游历，访师求学，顺便到首都洛阳参观了太学，向老师请教，于是精通了"五经"，贯通了六艺。

用精炼的语言写出张衡的勤奋好学、博学多才。

虽才高于世，而无骄尚之情。——虽，虽然。才，才能、学识。于，介词，比。世，世人。而，但是。骄，骄傲。尚，夸耀。之，的。情，表现。本句大意：虽然才能、学识高于世人，但是毫无骄傲自大、自我夸耀的表现。

常从容淡静，不好交接俗人。——常，常常，经常。淡，不追求浮名虚荣。静，不追求利禄富贵。淡静，不慕荣华富贵。好，喜欢。交接，交朋友，来往。俗人，庸俗的人，指追名逐利的人。本句大意：经常不急不躁，不慕荣华富贵，不喜欢和一般追名逐利的人来往。

以上写张衡的品行及待人接物的风格。

第二层概括介绍了张衡的才能学识和为人处世。这两层都是概括介绍，是虚写。

永元中，举孝廉不行，连辟公府不就。——永元，汉和帝年号（公元89—105年）。中，年间。举，举荐。孝，善事父母者。廉，清明廉洁者。不行，没有去接受举荐。连，接连，屡次。公府，三公的公署，衙门。辟，征召。就，靠近，前往。不就，没有去。本句大意：汉和帝永元年间，被举荐为孝廉，没有去应荐，屡次被征召为衙门的官吏，也没有去应召。

具体写张衡的淡泊名利。

时天下承平日久，自王侯以下，莫不逾侈。——时，这时候，即永元年间。天下，国内。承，承受。平，太平。日，日子。久，很久了。自，从。王，指诸侯王。侯，指列侯，为汉代封同姓子为诸侯王或列侯。莫，人称代词，没有人。逾，过度。侈，奢侈。本句大意：这时候，国内太平已久，从贵族王侯以下，没有人不奢侈过度的。

指明当时的社会奢侈成风，以此衬托张衡的品行高洁。

衡乃拟班固《两都》，作《二京赋》，因以讽谏。——乃，时间副词，于是。拟，模仿，仿照。班固，东汉史学家、文学家，著《汉书》及《两都赋》。赋，散文诗歌，汉代盛行的一种文体。因以，借此。讽，讽喻，以隐语规劝。谏，以婉言规劝。本句大意：张衡就仿照班固的《两都赋》作了《二京赋》，借此婉言规劝世人。

精思傅会，十年乃成。——精，精心地。思，构思。傅会，复合词，指文章的组织结构。乃，才，时间副词。成，写成，完成。本句大意：精心地构思、安排文章的组织结构，十年才写成。

大将军邓骘奇其才，累召不应。——大将军，掌兴兵作战，位同三公。奇，动词，惊奇。其，代词，他的。才，才能、学识。累，多次。召，招，请。应，应招。本句大意：大将军邓骘惊奇于他的才能，多次请他去做官，（张衡）都没有接受招募。

具体地写张衡衡才高于世，故为大将军所惊奇，但他并不追求荣华富贵，即使大将军屡次发出邀请也并未接受招募。

第三层通过具体事例表现张衡的文学造诣之高以及他的淡泊名利，为实写。

第一部分简单介绍了张衡的籍贯和家世等，着重展现了张衡的博学多才和淡泊名利。

第一部分写作手法：简单论述，虚实结合。

第二部分：

衡善机巧，尤致思于天文、阴阳、历算。——机，机械。巧，技巧。尤，尤其，特别。致，极，尽。于，介词，对。阴阳，占验、卜筮、择辰。本句大意：张衡擅长机械的技巧，特别是极力钻研天文、阴阳、历法和算术。

概括介绍张衡擅长机械技巧，特别喜爱天文历法。

安帝雅闻衡善术学，公车特征拜郎中，再迁为太史令。——安帝，刘祜，东汉的第六个皇帝。雅，素来。术学，有关技术、算术的学问。公车，指为进京应试的举人服务的皇家车子。特征，汉选举官吏的一种办法，天子令公车府用公车特别征召天下闻名之士。拜，拜官，授官，任命。郎中，官名，尚书台（相当于皇帝机要秘书处）的低阶官员，主要负责文书起草。再，接着。迁，升迁。为，做。太史令，官名，设宫廷之内，掌管历法，观测天象，凡国家大事（如祭祀等），太史令"选奏良日"。同时，太史令还掌管皇帝言行的记载。本句大意：安帝素来听闻张衡擅长技术、算术，特意派公车去征召他入朝为官，任命张衡做尚书台的郎中，接着提升他做太史令。

简单描述安帝特别征召张衡入朝为官，并能量才录用，让张衡有了进一步钻研所好、发挥所长的机会。

遂乃研核阴阳，妙尽璇玑之正，作浑天仪，著《灵宪》《算罔论》，言甚详明。——遂，于是，连词。乃，就。核，考察，验证。阴阳，借代手法，指天文、阴阳历法。妙，精妙地。尽，研究透彻。璇玑，古代测天文的仪器。正，道理，原理。作，制作。浑天仪，一种表示天体运行的仪器。《灵宪》，书名，张衡的天文学著作。《算罔论》，书名，张衡的数学著作。言，记载。甚，非常。详明，详细明了。本句大意：（张衡）于是研究、考察、验证天文、阴阳历法，研究透彻了天文仪器的原理，制作了浑天仪，编写了《灵宪》《算罔论》，记载得非常详细明了。

以上略述安帝时张衡在天文学、数学方面的成就。

顺帝初，再转，复为太史令。——顺帝，东汉第七位皇帝。初，即顺帝永建元年。再转，再回来，调职。安帝建光元年（121年），张衡被任命为公车司马令，属九御箵尉，其官署设在皇帝南阙门旁，任务是保卫宫阙，通达内外奏章。全国官吏、百姓向朝廷进贡的物品由其掌管，皇帝征调到京的人员,也由其接待。后来,顺帝即位,张衡又转为太史令,故此处用"再转"。复,又。为,做。本句大意:顺帝初年,再调动,又回来做太史令。

衡不慕当世,所居之官,辄积年不徙。——"当世"有两解:其一,当今之世;其二,当权于世,做官掌权。居,做,担任。辄,常常。积年,连续多年。徙,提升。本句大意:张衡不羡慕做官掌权之事,所担任的官职常常连续多年不提升。

略写张衡不慕荣华富贵,积年为太史令,照应上文,说明张衡虽然做官,但是淡泊名利的人生态度及高贵的品质没有改变。

自去史职,五载复还。——去,离开。此句意:自离太史令的职务,五年又回来仍做太史令。此句为"再转,复为太史令"的补叙。第一层采用略叙、顺叙、补叙相结合的方法,写张衡擅长机巧、术学,发明制造了浑天仪,由于不慕当世,所以积年为太史令。

阳嘉元年,复造候风地动仪。以精铜铸成,员径八尺,合盖隆起,形似酒尊,饰以篆文山龟鸟兽之形。——阳嘉,顺帝年号,阳嘉元年即132年。以,介词,用。精铜,精炼的铜。员,通"圆"。合盖,顶盖。隆,凸出。尊,通"樽",酒器。饰以,用……装饰。形,形象。本句大意:阳嘉元年,又制造了候风地动仪,用精铜铸成,圆形,直径八尺,顶盖凸起,形状像个酒樽,外面用篆文山、龟、鸟、兽的形象装饰。

中有都柱,傍行八道,施关发机。外有八龙,首衔铜丸,下有蟾蜍,张口承之。——中,中间,中央。都,大。傍,沿着。傍行,围绕。道,横杆。施,安置,装置。"关"和"机"是同义词,都指控制机械运行的部分。发,拨动。外,机关外面的装置。首,龙头的口中。本句大意:内部的中央有根很大的柱子,围绕着柱子有八根横杆,横杆上安装着机关。地动仪外面有八条龙,每条龙口中都衔一枚铜球,下面有张着嘴的蟾蜍来承接铜球。

其牙机巧制,皆隐在尊中,覆盖周密无际。——其,它的,指地动仪。牙,发动机械的装置。机,机械。巧,巧妙。制,制作。覆,遮。周密无际,没有一点空隙。

以上总写地动仪的外观及内外装置。

如有地动,尊则振龙机发吐丸,而蟾蜍衔之。——有,发生。则,就。发,发生作用。而,连词,表承接。之,指铜球。本句大意:如果发生地震,酒樽形的仪器振动就会使仪器上的龙振动,触发机关,龙吐出铜球,而下面的蟾蜍衔住它。

振声激扬,伺者因此觉知。虽一龙发机,而七首不动,寻其方面,乃知震之所在。——激扬，清脆响亮。伺，侦察，观察。伺者，看守观察仪器的人。觉，发觉。知，知道铜球落入蟾蜍口中。其，指吐出铜球的龙。乃，就。所在，所在的方向。本句大意：振动的声音清脆响亮，看守观察仪器的人因此就知道铜丸掉落了。虽然一条龙触发了机关，但是其他七条龙不动，寻找触发机关的龙的方向，就知道了地震发生的方向。

以上详写仪器的原理及作用。

验之以事，合契若神。——验，检验。之，指地动仪的作用。以，介词，拿。事，地震的事实。合契，彼此相符。若神，灵验如神。本句大意：拿实际发生的事情检验仪器的作用，作用和事实彼此相符，灵验如神。

自书典所记，未之有也。——书，书籍。典，典章，制度。之，这样的事情。"未之有也"即"未有之也"，未曾有过这样的事情。

以上写地动仪的效果之好。

尝一龙机发而地不觉动，京师学者咸怪其无征。——尝，副词，曾经，有一次。咸，副词，都。其，指"一龙发机"。征，证据，证验。本句大意：有一次，一条龙动了但是未感觉地面震动，京城中的学者都责怪地动仪的发动毫无根据。后数日驿至，果地震陇西，于是皆服其妙。——后数日，几天后。驿，驿站传送文书的人。本句大意：过了几天驿站传送公文的人来了，果然陇西发生了地震，于是大家都佩服这台仪器的精妙了。

以上以一个事例进一步证明了地动仪的效果良好。

自此以后，乃令史官记地动所从方起。——此，这件事情。乃，就。史官，太史令。所从方起，从哪一方面发生的。本句大意：从此以后，皇帝就命太史令记录地震发生的方向。第二层详写张衡创造了地动仪，在科技上做出了巨大贡献。

第二部分写张衡多年为太史令，耐心钻研，写出了《灵宪》和《算罔论》，制造了浑天仪和地动仪，在科技上做出了巨大的贡献。

第二部分写作手法：简略记述和详细记述相结合。

第三部分：

时，政事渐损，权移于下，衡因上疏陈事。——时，这时候。政事，《左传》注："在君为政，君所以布政。在臣为事，臣所以治事。""政事"指君臣关系。损，破坏。权，大权，权柄。移，转移。于，介词，到。下，大臣，主要指权臣。因，因此。疏，奏章，奏章上逐条言事、提出意见叫"疏"。陈，陈述，述说。本句大意：这时君臣关系逐渐破坏了，国家大权转移到权臣的手中，张衡因此向皇帝上奏章分条述说国家大事。

略写当时政治的特点和张衡对黑暗政治的不满。(宦官、外戚的专权和斗争，是东汉政治上最突出的特点。东汉初年，外戚占据优势，但汉和帝时，宦官郑众诛杀外戚窦宪成功，被封为"剿乡侯"，在皇帝左右，参与国家大事的商讨，宦官开始掌权，许多忠心正直的官员被残害。张衡等人想清理政治、佐国理民，因而对宦官豪强非常厌恶，为此做了大量的斗争。)

后迁侍中，帝引在帷幄，讽议左右。——后，后来。引，本义引进，此处意为看重。帷幄，军帐，此处指宫廷。左右，皇帝的左右。本句大意：后来提升做侍中，皇帝看重他，让他在宫廷中，在皇帝左右对国家政事提出建议。

尝问衡天下所疾恶者。宦官惧其毁己，皆共目之，衡乃诡对而出。——疾，痛恨。所疾恶者，所痛恨的人。其，他。目，作动词，盯着。诡对，不用实话对答。而，连词，表承接。本句大意：有一次，皇帝问张衡天下的人所痛恨的是什么人。宦官害怕他说他们的坏话，都一起恶狠狠地盯着他看，张衡敷衍了几句就退出了宫廷。

阉竖恐终为其患，遂共谗之。——阉竖，对宦官的鄙称。谗，说旁人的坏话，离间他人的关系。本句大意：宦官害怕张衡终究是他们的祸患，就共同在皇帝面前毁谤张衡，离间张衡和皇帝的关系。

衡常思图身之事，以为吉凶倚伏，幽微难明。——思，考虑。图，想。身，自身安危。以为，认为。吉，好事。凶，坏事。倚，靠着。伏，隐藏，包藏。倚伏，互相依存。幽，幽深。微，微妙。明，明白，知道。本句大意：张衡常常考虑自身安危之事，认为好事和坏事是互相依存的，这种幽深微妙难以明了。

乃作《思玄赋》，以宣寄情志。——乃，于是。玄，客观存在的法则，人们无法感觉到它，但它决定着万事万物的发生发展。以，来。宣，表达。寄，寄托。情，心情。志，心愿。本句大意：就作了《思玄赋》来表达和寄托自己的情志。

第一层写了张衡的政治态度、艰难的处境及其内心的苦闷。

永和初，出为河间相。——永和，顺帝年号。出，调出京师。为，做。河间，地名，今河北东南部。河间当时是贵族刘政的封地，故河间称国不称郡。相，是汉代专设管理诸侯国事务的官吏，相当于郡太守。本句大意：永和初年，(张衡被)调出京师，做河间王的相。

此句照应上文的"阉竖谗之"，由张衡的调职可知皇帝受到了宦官谗言的影响。

时国王骄奢，不遵典宪；又多豪右，共为不轨。——国王，指河间王刘政。典，典章制度。宪，法令。豪，豪门。右，大族。为，做。不轨，违法乱纪之事。本句大意：这时的河间王刘政骄横奢侈，不遵守制度法令；地方上的豪门大族很多，他们一起做违法乱纪的事情。

衡下车，治威严，整法度，阴知奸党名姓，一时收禽，上下肃然，称为政理。——下车，官吏到任，初到任。治，治理。威严，严格。阴，暗中。知，了解。一时，一下子，立刻。禽，通"擒"，捉拿。上，指河间王。下，指豪右。肃，严肃，规矩。称，称颂。政理，指治理得好。本句大意：张衡一到任就严格治理，整顿法令制度，暗中探知违法乱纪之人的姓名，一经查实立刻捉拿法办。上至河间王下至地方豪右，都规规矩矩地，不敢再胡作非为，因此人们都称赞他治理得好。

以张衡在河间整饬政务一事进一步展现他的才能。

视事三年，上书乞骸骨，征拜尚书。——视，治理。事，事务。书，上书，报告。乞，请求。骸骨，身体。乞骸骨，指古代的官员年迈后要求退休回家。征，征召。尚书，尚书令。本句大意：（张衡）在河间任职三年，给皇帝上书请求退休，皇帝却征召他并让他做了尚书令。

年六十二，永和四年卒。——（张衡）活到六十二岁，顺帝永和四年（公元139年）去世了。

第二层写张衡出任河间相，整顿法令，打击豪强，在政治上也做出了一定的贡献。

第三部分主要写的是张衡的政治活力，其中突出了"诡对"和"为河间相"二事，可见张衡的政治抱负、政治态度和处理政务的能力，同时也可见其内心的矛盾和苦闷。

第三部分写作手法：简略记叙，用精炼的语言，选取典型事例说明问题。

四、中心思想

这篇传记记述了张衡一生在科技、文学、政治等方面的活动和成就，特别赞扬了他在天文科技上的巨大贡献。

通过文章我们了解到张衡自幼勤奋好学、博学多才，他谦逊朴实、淡泊名利，待人接物从容淡定，不仅才高于世，而且德才兼备。张衡在文学和科学方面的成就都很高，文学方面，他的主要作品是《二京赋》和《思玄赋》，这两篇文章都是针对当时的社会风尚和政治弊端写的，都反映了当时的社会现实，展现了张衡的品质作风；科学方面，他本就"擅长机巧，尤致思于天文阴阳历算"，又肯耐心钻研，所以发明了浑天仪和地动仪，还完成了《灵宪》和《算罔论》两部著作，为中国的科学发展做出了巨大贡献。

张衡"不慕当世"，所以"所居之官辄积年不徙"，但他并非不关心国家大事。他明了当时政治的黑暗和宦官专权的危害，上疏陈事，希望皇帝改革政治，疏远宦官。但这种想法在当时的条件下是难以实现的，所以后来张衡虽然做了侍中，能够"讽议左右"，却不敢触及宦官的利益，"诡对而出"就体现出了他在政治上的矛盾状态，他的内心是苦闷的、痛苦的。在宦官的排挤下，他出任河间相，整顿法度，打击豪强，在他的有限的职权范围内，进行了一定的改革，虽然对当时整个国家的黑暗政治没有什么重大的影响，但也可以说明张衡在政治上是有所作为、有所贡献的。

五、写作特点

详略得当，重点突出。本文是一篇人物传记，作为传记，必须全面介绍人物的生平事迹，但全面介绍不等于不分轻重主次。一个历史人物，一定有他的特点，传记中必须突出其特点，合理安排每部分内容的详略。本文既介绍了张衡在文学、政治上的成就，又突出了他在天文科技上的巨大贡献，使我们知道张衡不仅是一位文学家、政治家，更是一位杰出的天文学家。重点突出，详略取舍，极为恰当。

六、《张衡列传》和《屈原列传》的区别

1. 内容方面：前者的主人公是科学家，后者的主人公是爱国诗人。前者略写张衡在政治、文学上的成就，详写其发明，以突出张衡的科学成就；后者集中地写屈原政治主张的正确和不肯与奸佞小人同流合污的斗争精神，以表现屈原的爱国精神。

2. 写作手法方面：前者是单纯的记叙，而且主要是按时间顺序来进行的；后者是夹叙夹议，在议论中表现了作者强烈的主观情感。

3. 语言方面：前者以记叙为主，语言平易朴素；后者在记叙方面简练概括，但是议论部分的语言较为华美，在含蓄委婉中又充满激情。

订 鬼

一、作者介绍

王充，字仲任，我国伟大的唯物主义哲学家与思想家，东汉初年会稽上虞（浙江上虞）人。他出生于公元27年，卒于公元97年，这是一个西汉末年农民大起义失败后，东汉统治者执政，重新利用宗教迷信巩固统治的时期。

王充出生于农民和小商贩家庭，幼好学，家贫无书，尝游洛阳书肆，博览群书，一见即能成诵。曾师从班彪，博通百家之言。他一生受豪门排挤，做官失意，生活困顿，因而居家著书立说，写了《论衡》等书，对当时各种不合理的政治现象以及迷信观念进行了批判。

流传下来的王充的著作仅有一部《论衡》，计85篇（今佚1篇），二十余万字，内容博大精深，涉及哲学、宗教、政治、习俗、文学、历史、天文、地理、气象、生理等各方面，是一部杰出的哲学政论著作。

二、题解

《订鬼》节选自《论衡·订鬼篇》。《订鬼》是反映王充无神论的一篇哲学论文。课文选取的这几段主要论述了鬼的来源，即鬼是人生病时，心理作用所导致的心理现象，批判了"人死变鬼"的荒谬观点，表达了自己的无神论的观点，进而抨击了当时支持有神论的封建统治者。

三、内容串讲（全文可分为四段）

第一段：

凡天地之间有鬼，非人死精神为之也，皆人思念存想之所致也。——凡，发语词，一般来说，大抵，大概。天地之间，人类社会，人世间。有鬼，出现鬼。非，不是。人死，人死后。为，成为，变成了。也，语尾助词，表示肯定的语气。皆，都是。思念，同义复词，意即反复思想。存想，专心思想。

"思念存想"为同义词叠用。致,招致,引来。本句大意:一般来说,人世间出现的鬼,不是人死后的精神变成的,都是人们思念过于专心引来的。

以上为第一层,作者开门见山,对鬼的来源问题提出了自己的见解(本文的中心论点),即鬼是人们思维活动、心理活动的结果。

致之何由?由于疾病。——致,引来。之,指示代词,指鬼。何由,从哪儿,怎么样。本句大意:从哪儿招引来了鬼呢?由疾病引来的。

人病则忧惧,忧惧见鬼出。——病,生病。则,连词,表承接,就。忧惧,忧愁害怕。本句大意:人得病了就会忧愁害怕,忧愁害怕鬼就出现了。

凡人不病则不畏惧。——大抵人不生病就不会害怕。

故得病寝衽,畏惧鬼至;畏惧则存想,存想则目虚见。——故,所以。寝,睡觉。衽(rèn),卧席。虚,不真实,即模模糊糊。本句大意:所以人得病睡在床上,害怕鬼出现;害怕鬼出现就专心致志地想鬼,专心致志地想鬼就会产生错觉,模模糊糊地,好像看见了鬼。

第二层具体阐述了人思念存想以致鬼的原因。作者从生理和心理作用的相互关系进行阐述,人生病,生理活动就会不正常,就容易产生幻觉,仿佛看见了鬼,所以鬼是人们生理活动受限时,不正常的心理活动产生的一种幻觉。

第一段总述了人见鬼是生病、忧惧存想所致,并非人死后的精神变成了鬼。

第一段结构:

第一层,提出全文的中心论点;第二层,阐述人们存想而见鬼的原因,是中心论点的补充。

第一段写作手法:

先提出论点,再阐明论点、补充说明论点。在阐明论点时,又采取层层推理的方法,由人生病推述至畏惧、存想,再推述至看见鬼。

第二段:

何以效之?——何以,复合虚词,拿什么来。效,验证,证明。之,它,指上述观点。本句大意:用什么来证明它呢?

用设问句把上下文紧密地联系起来。

传曰:"伯乐学相马,顾玩所见,无非马者。"——传,解释经书的书叫传,此处作"古书"讲。伯乐,人名,春秋时以善养马而闻名。学,学习。相,鉴别。相马,鉴别马的优劣。"顾玩"后省略了"马"字,应为"顾玩马"。顾,顾盼,留心。玩,玩味,研究。顾玩,精心地研究(马)。所见,所看见的东西。无，没有。本句大意：古书上说："伯乐学习鉴别马的优劣，精心地研究马，因此所看见的东西没有不是马的。"

"宋之庖丁学解牛，三年不见生牛，所见皆死牛也。"——宋，宋国，春秋战国时诸侯国之一。庖（páo），厨师。丁，该厨师的名。庖丁，名为丁的厨师。学，学习。解，分割、解剖。生牛，活牛。本句大意：（古书上说）"宋国一个名为丁的厨师学习解剖牛，三年之内没有见过活牛，所看见的都是死了的牛。"

二者用精至矣。思念存想，自见异物也。——二者，这二个人。精，精神。至，到了顶点，到了极点。矣，语气助词，相当于"了"。自，自然。见，看见了。异，不同。物，东西。本句大意：这两个人的精神过于集中。由于反复地想，专心地想，所以自然看见了不同的东西（把别的东西都看成了马和牛）。

第一层以伯乐相马和庖丁解牛为例，说明人们"思念存想，自见异物"。

人病见鬼，犹伯乐之见马，庖丁之见牛也。——人生病时看见鬼，就好像伯乐看见了马，庖丁看见了牛。

伯乐、庖丁所见非马与牛，则亦知夫病者所见非鬼也。——则，就。亦，也。知，知道。夫，此处用在动词后，起辅助作用，使句子念起来略显舒缓。病者，病人。本句大意：伯乐、庖丁看见的不是马和牛，也就知道病人看见的不是鬼。

第二层由伯乐、庖丁之例推论到病者所见非鬼。

第二段引述了伯乐、庖丁的事例，推论病者所见非鬼。鬼是人们思念存想的结果，犹伯乐庖丁思念存想即见马与牛，进一步对中心论点进行了论证。

第二段结构：

第一层，引用伯乐相马、庖丁解牛的事例，说明人们思念存想，自见异物；第二层，从伯乐庖丁的事例，推论病者所见非鬼，鬼皆人思念存想所致。

第二段写作手法：

先引述事例，后类比推论；先叙述，后说理。首先，用问句"何以效之"作为过渡，把上下文紧密联系起来；其次，论述事例，推论出事例所包含的道理，将其与人病见鬼进行类比，推论到病者所见非鬼。

第三段：

病者困剧身体痛，则谓鬼持棰杖殴击之。——困，困乏，疲困。剧，厉害，严重。则，就。谓，认为。棰，通"箠"，鞭子。杖，木棍。本句大意：病人病得厉害身体疼痛，就认为鬼在拿鞭子、木棍殴打他。

若见鬼把椎锁绳缰立守其旁，病痛恐惧，妄见之也。——若，好像。椎（chuí），槌。缰（mò），绳索。妄见，恍恍惚惚地看见。之，指鬼。本句大意：好像看见鬼拿着槌、锁链和绳索站着守候在他的旁边，病痛中害怕，所以恍恍惚惚地看见了鬼。

以上说明人生病时疼痛恐惧，因此才会妄见鬼。

初疾畏惊，见鬼之来。——刚得病时害怕惊恐，看见鬼出来了。

疾困恐死，见鬼之怒。——病重了害怕死去，就看见鬼在生气。

身自疾痛，见鬼之击。——身体因病而疼痛，就看见鬼打击他。

皆存想虚致，未必有其实也。——（这些）都是思虑过度造成的幻觉，不一定有真实的鬼。

以上说明病者所看见的鬼来、鬼怒、鬼击等种种动作都是幻觉。

第三段从病人不同阶段见到的鬼的不同动作来论证鬼是虚妄的，再一次对中心论点进行了有力的论证。

第三段结构：

第一层总述病人因病痛而恐惧，则妄见鬼；第二层分述鬼的种种动作都是病人的幻觉。

第三段写作手法：

先综述，后分述；先叙述情况，后说明原因。

第四段：

夫精念存想，或泄于目，或泄于口，或泄于耳。——"精念存想"是同义词叠用，过度思虑。或，连词，表选择。泄，泄露，表现。于，介词，在。本句大意：病人的过度思虑，或者表现在眼睛上，或者表现在口头上，或者表现在耳朵上。

泄于目，目见其形。——其，指鬼。本句大意：表现在眼睛上，眼睛看见了鬼的形态。

泄于耳，耳闻其声。——表现在耳朵上，耳朵听见了鬼的声音。

泄于口，口言其事。——表现在口头上，嘴里讲着鬼的事情。

以上说明思虑过度在生理上的各种表现。

昼日则鬼见，暮卧则梦闻。——昼日，同义复词，即白天。则，连词，就。见，通"现"，出现。暮，晚上。卧，睡下。本句大意：白天就看见鬼出现，晚上睡下就在梦中听见鬼的声音。

独卧空室之中，若有所畏惧，则梦见夫人据案其身哭矣。——则，就。梦见，梦里看见。夫人，有一个人（扮鬼）。据，占据。案，此处是"按"

的意思。据案，按住。其，指病者。本句大意：一个人睡在空空的屋子里，如果有所畏惧，就会梦见鬼按住他的身体哭。

觉见卧闻，俱用精神；畏惧存想，同一实也。——觉，醒来。俱，都。用，运用。"俱用精神"后省略了"至矣"。同一，同样的。实，事实，情况。本句大意：醒来看见鬼，睡下梦到鬼，都是（因为）忧思到了极点；害怕鬼，专心思考鬼之事，因而见鬼，也是同样的情况。进一步举例说明白昼、夜晚见鬼、梦鬼都是思虑过度所致。

第四段从病者的种种幻觉，论证病者见鬼是思虑过度的结果。

第四段结构：

第一层，说明病者思虑过度必然表现在生理上，产生种种见鬼的幻觉；第二层，进一步举例说明白昼、夜晚见鬼都是思虑过度所致。

第四段写作手法：

层层推理，演绎与归纳相结合。从病者思虑过度在生理上的种种表现推述到见鬼的种种幻觉，用到的是演绎；从见鬼的种种幻觉，推论病者见鬼是思虑过度所致，用到的是归纳。

四、中心思想

这篇哲学论文论证了"鬼是人们思维活动、心理活动的结果"这一中心论点，体现了作者的无神论观点，批判了有神论思想。全文共分四段。第一段提出中心论点，第二、三、四段从不同的角度进行论证。第二段通过伯乐和庖丁"思念存想自见异物"，类比论证病者见鬼是思念存想所致。第三段通过分析病人看到鬼有不同动作的原因，具体论证看见鬼是病者的幻觉。第四段从病者思虑过度的种种生理表现，进一步论证看见鬼是病者所产生的幻觉。通过上述论证，体现了作者的无神论的观点，抨击了迷信鬼神的有神论思想。

孔雀东南飞

一、汉乐府简介

乐府本为汉代音乐官署的名称，创建于西汉武帝时。乐府负责准备朝会宴飨、道路游行时所用的音乐，兼收集编纂各地的民间乐曲。后人将乐府所收集、编纂或模拟创作的民间乐曲称为"汉乐府"或"乐府诗歌""乐府诗"，自此，"乐府"便由官署的名称变为诗体名称。汉乐府就是汉代乐府所收集的民间歌辞，也就是经过乐府加工的汉代民歌。汉代民歌继承和发展了周代民歌现实主义的优良传统，无论在思想性还是艺术性方面，它都可称为祖国民间文学的一朵奇葩，在中国文学史上有着极其重要的地位。

二、题解

《孔雀东南飞》，一名《古诗为焦仲卿妻作》，又名《焦仲卿妻》。原为东汉建安年间的民间歌辞，流传了300年，才被南朝的徐陵收录在他所编的《玉台新咏》中，题为《古诗为焦仲卿妻作》，因为这首歌辞主要讲的就是焦仲卿妻子刘兰芝的故事。后人又题为《孔雀东南飞》，是因为这首歌辞是以"孔雀东南飞"起兴的。全诗长达357句，1785字，通体五言，是我国文学史上最早出现的长篇叙事诗，也是汉乐府民歌中的杰出代表作之一。诗前小序记载了故事发生的时间和地点，说明了故事的梗概和诗的来历。这首歌辞是我国劳动人民智慧的结晶，展示出了我国古代民间文学的伟大创造力。

三、串讲分析（全诗可分为六段）

第一段：

孔雀东南飞，五里一徘徊。——孔雀，原产印度，我国古代把孔雀当作高贵的飞禽。在古代传说中，孔雀和鸾鸟结成配偶，经常双宿双飞、形影不离。现在孔雀离开了配偶鸾鸟，孤单单地向东南飞去，自然留念鸾鸟，留恋配偶，依依不舍，不忍飞去，所以飞一阵，就徘徊流连一阵。五里，虚指，指飞不了几里。徘徊（páihuái），叠韵连绵词，犹豫不决、留恋不已的样子。一徘徊，即徘徊一阵。本句大意：孔雀向东南飞去，飞不了几里，就会徘徊一阵，留恋配偶，不忍离去。

第一段是全诗的开头，托物起兴（先言他物以引起所咏之词，是古今民歌常用的一种表现手法），作者借用孔雀向东南飞去，但顾恋配偶，不忍离去，所以边飞边徘徊的事例，引起刘兰芝被休回家，不忍与焦仲卿分离而又不得不分离的故事，营造出了缠绵凄楚的气氛，有统摄全篇，引起下文的作用。

第二段：

"十三能织素，十四学裁衣，十五弹箜篌，十六诵诗书。"——素，锦，未染色的绸子。箜篌，中国传统弦乐器。诗书，原指《诗经》《尚书》，引申为有韵文和无韵文，即诗歌文章。本句大意：（刘兰芝）"我十三岁就能织出白色的丝绸，十四岁就学会了裁衣，十五岁学会了弹箜篌，十六岁就能诵读诗书。"

以上写刘兰芝自幼多才多艺，聪明而又有教养，同时写刘兰芝的少女生活的无忧无虑。用排比的手法，按年龄进行顺序，从各方面叙述刘兰芝的多才多艺，可称之为"铺叙"。这样写是为了突出刘兰芝的性格，表现出了作者对刘兰芝的喜爱和赞美。

"十七为君妇，心中常苦悲。君既为府吏，守节情不移。贱妾留空房，相见常日稀。"——守，遵守。节，臣节，官府的规则制度。情不移，不为新媳而转移心情。贱妾，自谦之称。本句大意：（刘兰芝）"十七岁做了您的媳妇，心里常常痛苦悲伤。您既然做了府吏，当然会坚守臣节，并不因为新婚而有所转移。我留守在空房里，过着孤孤单单的生活，我们见面的日子很少。"

以上六句写刘兰芝独守空房的苦闷之情，表现出了刘兰芝是个多情的女子，对焦仲卿的爱情是真挚的。

"鸡鸣入机织，夜夜不得息。"——入机，上机。夜夜，名词重叠，表示每天晚上。本句大意：（刘兰芝）"每天鸡一叫就上机织绸子，一直织到半夜，每天夜里都不能休息。"

"三日断五匹，大人故嫌迟。非为织作迟，君家妇难为！"——断，织成一匹时截下来。大人，指婆婆，汉代把母亲称为"大人"。故，仍然。本句大意：（刘兰芝）"三天织成了五匹绸子，婆婆仍然嫌弃我织得慢。不是我织得太慢了，而是您家的媳妇实在难做！"

"妾不堪驱使，徒留无所施。便可白公姥，及时相遣归。"——不堪，无法胜任。驱使，使唤。徒，徒然，白白地。无所施，没有用处。便，就。白，告诉。公姥，公公婆婆，此处专指婆婆。及时，趁早。相，结构助词，无义。遣归，将女子休弃回其娘家。本句大意：（刘兰芝）"我无法胜任母亲的使唤（我既然做不了您家媳妇），白白地留着也没有什么用处，现在就可以禀告婆婆，趁早把我休回娘家。"

第一层为刘兰芝对焦仲卿的倾诉之言，她每日起早贪黑，尽心侍奉婆婆，却仍要遭受婆婆的刁难，所以最后自请回家。作者采用铺张排比的手法，通过人物的语言，表现出了刘兰芝多才多艺、勤劳能干的品质及情深意切、性格刚强的性格特点。

府吏得闻之，堂上启阿母："儿已薄禄相，幸复得此妇。"——得闻之，得，助词。堂上，堂屋后房。启，禀告。阿母，母亲。薄禄相，古人迷信天命相术，认为"禄"就是命中注定的一生应得的物质享受，这种命运可以从人的相貌上表现出来，"薄禄相"即命中福薄的面相。幸，幸亏。本句大意：焦仲卿听到这些话，便走到堂屋禀告母亲："我本就是一副命中福薄之相，幸亏又娶到了这样贤惠的媳妇。"

"结发同枕席，黄泉共为友。"——"结发"有两解：其一，古时男子二十岁、女子十五岁就会把头发束起来，男子加冠、女子插笄，表示成年，所以"结发"可表示"成年"；其二，古人成婚之夕，会男左女右合其发，以示永不分离，所以"结发"也有"成婚"的意思。黄泉，指人死后埋葬的地方。友，伴侣。本句大意：（焦仲卿）"我和刘兰芝从成年是便结为夫妇，相亲相爱，死后在地下也做伴侣。"

"共事二三年，始尔未为久。"——共事，共同生活。始尔，刚开始。尔，助词。本句大意：（焦仲卿）"我们才共同生活了两三年，爱情生活刚开始，还不算很久。"

"女行无偏斜，何意致不厚？"——行，行为。偏斜，不正直。何意，哪里料想得到。意，意料。致，使得。厚，此处作"满意""喜欢"解。本句大意：（焦仲卿）"这个女子的行为并没有不正当的地方，哪里料想得到会使您不满意呢？"

阿母谓府吏："何乃太区区！"——谓，对……说。何乃，怎么这样。区区，小，这里指心胸狭小、见识短浅。

"此妇无礼节，举动自专由。"——举动，一举一动。"专由"是同义复合词，自专由，即自专，擅自做主。

"吾意久怀忿，汝岂得自由！"——意，心里。久，早已。忿，生气，憋着一肚子气。岂，反问代词，怎么。得，能。自由，擅自做主。本句大意：（焦母）"我心里早就憋着一肚子气，你怎么能擅自做主，任性办事！"

"东家有贤女，自名秦罗敷。"——（焦母）"东邻有个贤惠的女子，她的名字叫秦罗敷。""可怜体无比，阿母为汝求。"——可怜，可爱。体，体态、姿态、面貌。为，替。求，求娶。本句大意：（焦母）"可爱的姿态再没有比得上她的了，做母亲的这就替你求娶她。""便可速遣之，遣去慎莫留！"——遣去，休了她。慎，千万。留，留恋。本句大意：（焦母）"现在就可以马上休弃了她，要休就休，千万不要再留恋。"

府吏长跪告，伏惟启阿母："今若遣此妇，终老不复取！"——长跪，端端正正地跪在地上。告，回答。伏惟，旧时下对上的敬辞，表示恭恭敬敬。终老，一直到老。取，通"娶"。本句大意：焦仲卿端端正正地跪在地上答话，他恭恭敬敬地禀告母亲："现在如果休弃了这个媳妇，我就到老都不会再娶妻了。"

阿母得闻之，槌床便大怒："小子无所畏，何敢助妇语！吾已失恩义，会不相从许！"——槌，本为槌打用的东西，此处指拳头。槌床，用拳头敲着床。床，现为卧具，古为坐具。大怒，大发雷霆。失恩义，恩断义绝，断绝了情义。会，有"应当"之意，此处引申为"必定"。从许，同义复合词，听从，允许。本句大意：焦母听到儿子说出这样的话来，立刻用拳头敲着床大发雷霆："你这小子胆子太大，毫无畏惧，怎么敢帮着你媳妇说话？我与她早已断绝了情义，绝对不会答应你的要求！"

第二层写的是焦仲卿与其母亲的对话。焦仲卿一为刘兰芝求情，焦母不允，而且还哄骗焦仲卿会为他求娶更贤惠美丽的女子。焦仲卿二为刘兰芝求情，并表示自己除了刘兰芝，不会再娶他人，彻底惹怒了焦母，她毫不留情地回绝了焦仲卿的请求。从对话中可以看出，刘兰芝与焦母之间的矛盾已不可缓和，焦仲卿与焦母之间的矛盾也由此开始。同时，作者通过对人物语言和动作的描写，也表现出了不同人物的不同性格：从焦仲卿为妻求情的话语可以看出他对刘兰芝感情真挚、忠贞不二；从他与母亲对话时的动作及语言可以看出他为人拘谨、对母亲孝顺；从焦母对刘兰芝的无端指责、对焦仲卿的哄骗和最后的槌床盛怒可以看出焦母的冷酷无情、蛮横无理、专断自私。

第二段的重点是三个"情"字，即刘兰芝倾诉苦情、焦仲卿为妻求情以及焦母极其无情，指出了刘兰芝、焦仲卿与焦母之间矛盾的不可缓和，是整个故事的开端。

第三段：

府吏默无声，再拜还入户。——拜，行礼。还，回来。入，进入。户，指刘兰芝和焦仲卿卧室的门。本句大意：焦仲卿这时内心的痛苦、苦闷已无以复加，只有默默无声，再给母亲行了礼，然后回到了自己的房间。

举言谓新妇，哽咽不能语："我自不驱卿，逼迫有阿母。"——"举言"有二解：其一，发言，开口讲话；其二，列举其母之言即转述母亲的话。新妇，媳妇，妻子。哽咽，悲伤过度气阻不能发声。哽咽不能语，泣不成声。自，本。驱，休弃。本句大意：开口对妻子说话，却一度泣不成声："我本不想休弃你，但是母亲逼着我这么做。"

"卿但暂还家，吾今且报府。不久当归还，还必相迎取。以此下心意，慎勿违吾语。"——但，只是。且，暂且。报府，一作"赴府"，指到庐江府去（办公）。当，当然，就会。归还，同义复合词，回来。必，一定。迎取，同义复合词，迎接。以此，因此。下，使……低下。下心意，受委屈。违，不听。本句大意：（焦仲卿）"你只是暂时回娘家去，我现在也暂且到太守府去办公。我不久后就会回来，回来一定会去接你。因此，你就先受些委屈，千万不要不听我的话。"

新妇谓府吏："勿复重纷纭。"——重，增加，增添。纷纭，麻烦。本句大意：刘兰芝对焦仲卿说："不要再增添麻烦了。"

"往昔初阳岁，谢家来贵门。奉事循公姥，进止敢自专？"——往昔，过去（那一年）。初阳岁，冬末春初之时。谢，辞别。贵门，府上，对焦家贵称。奉事，行事。循，顺从。进止，即举止，一举一动。自专，自作主张。本句大意：（刘兰芝）"那一年冬末春初之时，我辞别娘家，嫁到你府上来。侍奉婆婆，一切顺从婆婆的意思，一举一动哪里敢自作主张？"

"昼夜勤作息，伶俜萦苦辛。谓言无罪过，供养卒大恩；仍更被驱遣，何言复来还！"——作息，劳作。伶俜，孤单的样子。萦，缠绕，此处意为"受尽了折磨"。苦辛，辛苦。谓言，自以为。供养，孝敬，侍奉。卒大恩，尽量报答婆婆的恩情。仍更，同义复合词，仍然。驱遣，同义复合词，休弃。何言，何必说什么。复，再。还，接我回去。本句大意：（刘兰芝）"从早到晚辛勤地劳作，孤孤单单地，受尽了辛苦的折磨。自以为没有什么大的过失，（一直）孝敬婆婆，尽情地报答她的恩情。即使这样，仍然被休弃，何必再说什么接我回去？"

"妾有绣腰襦，葳蕤自生光；红罗复斗帐，四角垂香囊。"——绣腰襦，绣花的齐腰短袄。葳蕤（wēiruí），短袄上的刺绣花叶繁多而美丽。自，本身。

生光，闪闪发光。罗，是纱一类的东西，一种又轻又薄的丝织品。"复"有两解：闻一多认为"复"当为"覆"，因帐之形状如覆盖的斗，小巧玲珑；余冠英认为"复"是"两层"的意思，"复帐"即为"两层的帐子"。香囊，香包。本句大意：（刘兰芝）"我有一件绣花的齐腰短袄，袄上的刺绣花叶繁多，闪闪发光。用红罗做的小巧玲珑就像覆盖着的斗一样的帐子，四角挂着香包。"

"箱帘六七十，绿碧青丝绳，物物各自异，种种在其中。"——帘，本为窗帘，此处与"奁"同音假借，装化妆品的匣子。"绿碧"，复合词，修饰青色。物物，名词重叠，每一件东西。各自异，各自不同。种种，名词叠用，所有的东西。本句大意：（刘兰芝）"盛衣物的大小箱子六七十个，都用碧绿的青丝绳捆着。箱子里每一件东西都各自不同，所有的东西都在箱子里面。"

"人贱物亦鄙，不足迎后人。"——（刘兰芝）"人低贱，所用的东西也就被人鄙视，当然不配用它们来迎娶后来的新娘子。"

"留待作遗施，于今无会因。时时为安慰，久久莫相忘！"——留待，留下来。作，作为。遗，赠送。施，施舍，此处作名词，即赠礼、纪念品。于今，从今。因，因由，机会。时时，时常。久久，永远。本句大意：（刘兰芝）"留下来做个纪念，从今以后再也没有机会见面了。送你这些东西，为的是你时常看到这些东西而得到安慰，看到这些东西永远不要忘了我！"

第一层主要描绘了焦仲卿劝慰刘兰芝，刘兰芝向焦仲卿赠物话别的场景。从焦仲卿的泣不成声可以看出他对刘兰芝的情专意深以及他内心的痛苦，但是他所说的话也表现出了他性格中的缺陷，例如，从"我自不驱卿，逼迫有阿母"可以看出他的软弱，从"不久当归还，还必相迎取"可以看出他对焦母仍存一定的幻想，认为焦母会改变自己的想法，有一些不切实际。从刘兰芝所说的话则可以看出她对现实的清晰认识，如"勿复重纷纭""何言复来还"，她将心爱之物留给焦仲卿的行为也表现出了她对焦仲卿的感情之深，也可从侧面反映出她心中的苦闷。

鸡鸣外欲曙，新妇起严妆。——外，窗外，室外。欲，时间副词，快要，将要。曙，天刚亮。严妆，盛装，指郑重地梳妆打扮。本句大意：鸡叫了，窗外天快亮了，刘兰芝起床，郑重地梳妆打扮了一番。

著我绣夹裙，事事四五通。——夹，双层之衣。事事，名词重叠，每做一件事情，即每穿一件衣服，每戴一件首饰。通，遍。本句大意：穿上我的绣花夹裙，每穿一件衣服，每戴一件首饰，总是穿戴了又脱下，更换四五遍。

足下蹑丝履，头上玳瑁光。——蹑，穿鞋。本句大意：脚下穿着丝鞋，头上戴着玳瑁做的首饰，闪闪发光。

腰若流纨素，耳著明月珰。——若，像。流，流水。纨素，白绸子。明月，明月珠。珰，耳坠。本句大意：束在腰间的白绸带子光彩如水波流动，耳朵上戴着明月珠做的耳坠。

指如削葱根，口如含朱丹。——"朱丹"有两解：其一，朱砂，颗粒状，形容嘴唇又红又小；其二，红宝石，丹为圆形，形容樱桃小口。本句大意：手指像削尖的葱根，樱桃小口像含着朱砂一般。

纤纤作细步，精妙世无双。——走起路来步子小小的，动作姿态极其美妙，实在是人世间再没有第二个了。

上堂拜阿母，阿母怒不止。——拜，拜见。不止，不已。本句大意：刘兰芝走上堂去拜见婆婆，婆婆愤怒不已。

"昔作女儿时，生小出野里。本自无教训，兼愧贵家子。"——昔，从前，过去。女儿，未出嫁的女子。生小，从小。出，生长。野里，荒僻的乡里。本自，本来。教训，教养。兼愧，更加惭愧。贵家子，指焦仲卿。本句大意：（刘兰芝）"我以前做女儿的时候，从小就长在荒僻的乡里。本来就没有什么教养，嫁给您家的儿子更感惭愧。"

"受母钱帛多，不堪母驱使。今日还家去，念母劳家里。"——钱帛，聘礼。本句大意：（刘兰芝）"接受母亲的聘礼多，又不能胜任母亲的使唤。今天我就要回到娘家去，念念不忘的是母亲要亲自在家里操劳。"

却与小姑别，泪落连珠子。——却，退，指从堂上退下来。连珠子，连串的珠子。本句大意：从堂上退下来去和小姑告别，眼泪像连串的珠子一样落了下来。

"新妇初来时，小姑始扶床；今日被驱遣，小姑如我长。"——初，刚。始，开始，刚能。扶床，扶床走路。如我长，长得和我一样高了。本句大意：（刘兰芝）"我刚嫁到家里的时候，小姑才刚能扶床走路，今天我被休弃回娘家，小姑已经长得和我一样高了。"

""勤心养公姥，好自相扶将。初七及下九，嬉戏莫相忘。——勤，殷勤的。心，小心的，养，供养。扶将，扶持，服侍，照顾。初七，指农历七月七日的乞巧节，是夜，妇女用针线做各种游戏，叫"乞巧"。下九，古代以农历每月二十九日为"上九"，十九日为"下九"。在汉朝，"下九"是妇女欢聚的日子，叫作"阳会"。嬉戏，同义复合词，玩耍。本句大意：（刘兰芝）"好好地服侍婆婆，或好好地自己照顾自己。初七和下九欢聚的日子，玩耍的时候可不要忘了我。"

出门登车去，涕落百余行。——出门登上车子离去，泪流满面，伤心极了。

第二层写刘兰芝盛装辞别婆婆和小姑，作者首先运用铺张排比的手法进行了肖像描写，正面描写刘兰芝的衣服首饰、姿态容貌，表现出了刘兰芝的美丽可爱，也衬托出了焦母的刻薄可憎。同时，也通过动作的描写来表现人物的内心世界，如"事事四五通"就表现出了刘兰芝临行前内心的矛盾与不舍。刘兰芝与焦母拜别的话既是她的自责之语，又是她对婆婆的反抗，她的不哭不闹、侃侃而言表现了其性格刚强。而从她与小姑的辞别之语可以看出二人感情之深，凸显了刘兰芝温柔、善良、多情的一面。

府吏马在前，新妇车在后。隐隐何甸甸，俱会大道口。——"隐隐""甸甸"，象声词，车的声音。俱，都。本句大意：焦仲卿骑着马在前面走，刘兰芝坐着车在后面行，车声隐隐又甸甸，一齐汇集在大路口。

下马入车中，低头共耳语："誓不相隔卿，且暂还家去。吾今且赴府，不久当还归。誓天不相负！"——耳语，说悄悄话。隔，分离。且，姑且。暂，暂时。誓天，对天发誓。本句大意：焦仲卿下了马进入车厢里，低下头来和刘兰芝说悄悄话："我发誓永远不和你分离，你暂时回娘家去。我今日也暂且赶赴官府，不久后我一定会回来。我对天发誓绝不辜负你的心意。"

新妇谓府吏："感君区区怀，君既若见录，不久望君来。"——感，感谢。区区，相当于"拳拳"，形容诚挚。见，被。录，记。本句大意：刘兰芝对焦仲卿说："感谢你的一片诚心，既然承蒙你这样记着我，不久之后我会殷切地盼望着你来。"

"君当作磐石，妾当作蒲苇。蒲苇纫如丝，磐石无转移。"——当作，好像。磐石，大而坚硬的石头，比喻意志坚定不移。蒲苇，皆水草，柔而坚韧，比喻永不断恩义。纫，通"韧"，柔软而结实。本句大意：（刘兰芝）"你好比那磐石，我好比那蒲苇，蒲苇像丝一样柔软而结实，磐石永不转移。"

"我有亲父兄，性行暴如雷，恐不任我意，逆以煎我怀。"——任，听凭，由。逆，违反。煎我怀，使我内心饱受煎熬。本句大意：（刘兰芝）"只是我有一个亲哥哥，性情脾气不好常常暴跳如雷。恐怕不能任由我做主，一定会违背我的心意使我内心饱受煎熬。"

举手长劳劳，二情同依依。——举手，举手告别。劳劳，惆怅忧伤的样子。依依，恋恋不舍。本句大意：两人惆怅忧伤，不住地举手告别，双方都依依不舍、情意绵绵。

第三层写焦仲卿夫妇的大道誓别，表现出了二人的感情之深和对爱情的忠贞不二。

第三段的重点是三个"别"字，即刘兰芝向焦仲卿赠物话别、刘兰芝严妆向婆婆和小姑告别、大道口夫妇二人誓别，作者运用铺张排比、正面描写和侧面描写相结合的方法，通过人物的语言和动作表现出了不同人物的不同性格，如刘兰芝的善良、忠贞及性格刚强，焦仲卿的重情和性格中些许的不切实际和软弱。第三段是故事情节的发展，刘兰芝、焦仲卿和焦母之间的矛盾有了新的变化。

第四段：

入门上家堂，进退无颜仪。——入门，进了家门。"进退"有两解：其一，作反义复合词，指进退为难；其二，作偏义复合词，指进门见其家人。颜仪，脸面。本句大意：进了家门，走进家里的厅房，进退为难，感到没有脸面去见人。

阿母大拊掌，不图子自归："十三教汝织，十四能裁衣，十五弹箜篌，十六知礼仪，十七遣汝嫁，谓言无誓违。"——拊，轻击，两手相拍曰拊掌，表示惊讶之状。大，重重地，连连，表示大为惊讶。不图，没有想到。"违誓"有两解：一说，"誓"系"愆"（"愆"的古字）之误，意为"过失"；一说，"誓"指婆家的规矩约束。本句大意：母亲大为惊讶，拍着手说："没想到你自己回来了（没想到你被休弃回家）。十三岁我就教你纺织，十四岁你就会裁衣，十五岁会弹箜篌，十六岁懂得礼仪，十七岁时把你嫁出去，总以为你不会有什么大的过失。"

"汝今何罪过，不迎而自归？"——（刘母）"你现在并没有什么罪过，为什么我们没有去接你，你就自己回到家里了（为什么被休弃回家）？"

兰芝惭阿母："儿实无罪过。"——刘兰芝十分惭愧地对母亲说："女儿实在没有什么过失。"

阿母大悲摧。——摧，悲伤。本句大意：母亲大为难过伤心。

还家十余日，县令遣媒来。——回家才过了十多日，县令便派遣了一个媒人来提亲。

云有第三郎，窈窕世无双。——郎，公子。窈窕，文雅又漂亮。本句大意：媒人说县令家有个排行第三的公子，文雅又漂亮，举世无双。

年始十八九，便言多令才。——始，才。便（pián）言，口才很好。令，美好。才，才能。本句大意：才十八九岁，口才很好，才能出众。

阿母谓阿女："汝可去应之。"——刘兰芝的母亲对她说："你可以出去答应这门婚事。"

阿女含泪答："兰芝初还时，府吏见丁宁，结誓不别离。"——刘兰芝含着眼泪回答说："我当初返家时，焦仲卿一再嘱咐我，发誓永远不分离。"

"今日违情义，恐此事非奇。自可断来信，徐徐更谓之。"——奇，好，合适。自，时间副词，就。断，回绝。信，使者，指县令派来的媒人。徐徐，慢慢地。本句大意：（刘兰芝）"今天违背了和他之前的恩情而再嫁别人，恐怕这样做不太合适。您可以去回绝来做媒的人，以后慢慢再说这件事吧！"

阿母白媒人："贫贱有此女，始适还家门。"——适，出嫁。还家门，被休回娘家。本句大意：刘兰芝的母亲对媒人说："贫贱人家有这样一个女子，刚出嫁不久就被休回娘家。"

"不堪吏人妇，岂合令郎君？幸可广问讯，不得便相许。"——不堪，不配。合，配得上。令郎君，县令的公子。幸，希望。广，多方面，广泛。问讯，打听。本句大意："她都不配做小吏的妻子，怎么配得上贵公子？希望你多方面打听打听，看有谁家的姑娘还合适，我不能就这样答应你。"

第一层主要写刘兰芝回家十余天后，县令遣媒人为自家的三儿子求娶刘兰芝，刘兰芝不允，她母亲为她拒绝了媒人。表现出了刘兰芝对爱情的忠贞不二以及她不慕富贵的品质，同时也表现出了刘母的性格温和、善良和她对女儿的同情。

媒人去数日，寻遣丞请还，说有兰家女，承籍有宦官。——承，继承。籍，先人的户籍。"宦官"即"官宦"，做官的人。本句大意：媒人走了几天之后，县令派县丞去郡府向太守请示事情，县丞请示后回到县里，说在郡里曾向太守说起一位名叫兰芝的女子，出生于官宦人家。

云有第五郎，娇逸未有婚。遣丞为媒人，主簿通语言。——主簿，掌管公文档案的官。本句大意：说太守有个排行第五的公子，貌美才高还没有娶妻。太守派我当媒人去刘家说亲，这些话是太守让他手下的主簿向我转达的。

这委托是太守府主簿转达的，再下四句便是县丞到刘家说媒的话。

直说太守家，有此令郎君，既欲结大义，故遣来贵门。——结大义，结亲。本句大意：县丞到了刘家，直截了当地说明来意："太守家有这样一位好少爷，他既想着和你家结亲，所以派遣我来你府上做媒。"

阿母谢媒人："女子先有誓，老姥岂敢言？"——刘母辞谢媒人说："我的女儿发誓在先，誓不再嫁，老妇人怎敢再多说？"

阿兄得闻之，怅然心中烦。——怅然，愤恨烦恼的样子。心中烦，内心烦恼。本句大意：刘兰芝的哥哥听到这件事情，十分愤怒、烦恼。

举言谓阿妹："作计何不量？"——举言，扬言，高声说话。作计，作决定。不量，不权衡考量。本句大意：刘兰芝的哥哥大声问她："你做决定时为什么不考虑考虑？"

"先嫁得府吏，后嫁得郎君。否泰如天地，足以荣汝身。"——否（pǐ）、泰，《易经》中的两个卦名，指运气坏、运气好。如天地，如天壤之别。足，完全。以，可以。荣汝身，使你感到光荣。本句大意：（刘兄）"先前只不过嫁给太守府的一个小吏，再嫁却能嫁给一个贵公子。运气的好坏，简直如天壤之别，嫁给太守的儿子完全可以使你感到光荣了。"

"不嫁义郎体，其往欲何云？"——义郎，对男子的美称，指太守公子。其往，那往后（的日子），将来。欲，打算。何云，怎么办呢。云，疑问语气词，呢。本句大意：（刘兄）"太守的儿子都不嫁，将来你打算怎么办呢？"

兰芝仰头答："理实如兄言。谢家事夫婿，中道还兄门。"——谢，辞别。事，服侍，侍奉。夫婿，同义复合词，丈夫。中道，中途。本句大意：刘兰芝抬起头来回答说："道理确实像哥哥所说的一样，辞别娘家出嫁去侍奉丈夫，半路上又回到哥哥家里。"

"处分适兄意，那得自任专？虽与府吏要，渠会永无缘。登即相许和，便可作婚姻。"——处分，处理。适，随着，顺从。要（yāo），约，立下誓约。渠，他，指府吏。缘，姻缘，机会。登即，立刻。许和，答应。作婚姻，成亲。本句大意："一切安排都顺从兄长的意思，我哪里能自作主张？虽然我和焦仲卿有过誓约，但和他永远没有会面的机会了。立刻就答应了这门亲事吧，马上就可以成亲。"

第二层主要写的是太守遣县丞为儿子求婚，刘兰芝在遭遇哥哥逼嫁后只得假意答应一事。刘兰芝表面答应了婚事，但是已暗自决定以死反抗，从其语言中可看出其性格之刚强和处事之从容。同时，作者还通过对刘兄动作和语言的描写，把他的冷酷无情和自私、势利完整地展现在了读者面前，十分生动形象。

媒人下床去，诺诺复尔尔。——下床去，从座位上站起来。诺诺，答应的声音。复，又。尔尔，就这样，就这样。本句大意：媒人从座位上站起来，连声说："是，是，就这样办，就这样办。"

还部白府君："下官奉使命，言谈大有缘。"——部，太守府。府君，对太守的尊称。下官，县丞的谦称。大有缘，大有机缘，十分投机。本句大意：县丞回到太守府禀告太守说："我奉命去刘家说亲，谈得十分投机。"

府君得闻之，心中大欢喜。视历复开书，便利此月内，六合正相应。——复，又。书，历书。利，适宜，吉利。六合，古人迷信观点，结婚要挑选好日子，要年、月、日的干支都要相互配合。相应，相合。本句大意：太守听了这话以后，心中非常欢喜。太守反复翻看历书，吉日就在这个月内，六合正好相合。

"良吉三十日，今已二十七，卿可去成婚。"——良吉，良辰吉日。成婚，定好婚期。本句大意：（太守）"三十号就是良辰吉日，今天已经是二十七号了，你可以立即去刘家定好婚期。"

交语速装束，络绎如浮云。——交语，互相传话。速，迅速地，赶快。装束，筹备结婚用品。络绎，往来不绝。本句大意：太守府的人相互传话，迅速地准备婚礼要用的东西，人来人往，络绎不绝，如同天上的浮云一样。

青雀白鹄舫，四角龙子幡，婀娜随风转。——鹄，天鹅。舫，船。幡，长条形的旗帜。婀娜，随风招展的样子。本句大意：船身上画着青雀和白鹄，船舱的四角上挂着绣龙的旗子，随风轻轻地飘动着。

金车玉作轮，踯躅青骢马，流苏金镂鞍。——踯躅，缓步前进。青骢马，青白杂色的马。流苏，下垂的穗子，一般用五彩羽毛或丝线做成。本句大意：用黄金做成车厢，用白玉做成车轮，青白色马缓缓前进，马身上的鞍子是用金线织成的，四周还垂挂着流苏。

赍钱三百万，皆用青丝穿。杂彩三百匹，交广市鲑珍。从人四五百，郁郁登郡门。——赍，赠送。杂彩，各色绸子。交广，交州，今广东、广西及越南的一部分地区。鲑珍，泛指山珍海味。市，买来的。从人，接亲的人。郁郁，人势众多的样子。登，走到。郡门，指太守府的府门或庐江郡的城门。本句大意：送了聘金三百万，都用青丝绳穿着。各色绸子三百匹，还有从交州买来的山珍海味。迎亲的人四五百，都热热闹闹地走到庐江郡门。

阿母谓阿女："适得府君书，明日来迎汝。何不作衣裳，莫令事不举。"——令，让，使。事不举，事情办不成。本句大意：刘兰芝的母亲对她说："刚才得到太守的信，明天就要来迎娶你。为什么还不赶快做嫁衣，不要让事情办不成。"

阿女默无声，手巾掩口啼，泪落便如泻。——啼，出声的哭。泻，水流倾泻而下，此处形容泪如泉涌。本句大意：刘兰芝默默无声，用手巾掩口暗暗啼哭，眼泪落下来就像水流一样倾泻而下。

移我琉璃榻，出置前窗下。左手持刀尺，右手执绫罗。朝成绣夹裙，晚成单罗衫。——移，移动。琉璃榻，镶嵌着琉璃的榻。出置，搬出来放下。前，方向词，前面的。本句大意：移动我的镶嵌着琉璃的榻，搬出来放在前面的窗子底下。左手拿着剪刀和界尺，右手拿着绫罗和绸缎。早上做成绣夹裙，傍晚又做成单罗衫。

奄奄日欲暝，愁思出门啼。——奄（yǎn）奄，太阳快要落下时昏暗无光的样子。暝，日暮。愁思，哀愁的心思，即怀着满腹的哀愁。出门啼，即"啼出门"，为出嫁而伤心啼哭。本句大意：太阳快要落山了，她满怀忧愁，想到明天要出嫁便伤心哭泣。

第三层主要写太守迎亲和母亲催妆，刘兰芝在各方的逼迫之下心情愈发苦闷，一想到出嫁之事就泪如雨下。太守府备婚场面之盛大是明逼，母亲的催妆则是暗逼，刘兰芝和封建礼教之间的矛盾越来越浮出水面。作者用铺张排比的手法描绘了太守迎亲的盛况，以此反衬刘兰芝不慕富贵、忠于爱情的性格。

第四段的重点是刘兰芝所面对的三次逼迫，第一次是县令为三郎求婚；第二次是太守为五郎求婚，兄长逼嫁。第三次是太守迅速迎亲，母亲催促她准备嫁妆。三次逼迫接踵而来，刘兰芝内心的痛苦原来越深，她与这个封建社会之间的矛盾也越来越激化。作者通过对人物语言及动作的描写以及铺张排比、反衬等手法的使用展现出了不同人物的不同性格，如刘兰芝的忠贞、不慕权贵、性格刚强，刘兰芝哥哥的冷酷无情和势利等。第四段是故事情节的进一步发展。

第五段：

府吏闻此变，因求假暂归。未至二三里，摧藏马悲哀。——未至，还没有到刘兰芝家门口。摧藏，通"凄怆"，悲伤。本句大意：焦仲卿听说发生了这样的变故，于是请假暂时回家。还没走到刘兰芝家门口，大约相距二三里的地方，人很伤心马儿也悲鸣。

新妇识马声，蹑履相逢迎。怅然遥相望，知是故人来。——识，熟识，熟悉。蹑履，放轻脚步。逢迎，上前迎接。怅然，失意、惆怅的样子。本句大意：刘兰芝熟悉这马的叫声，于是放轻脚步上前迎接。心中惆怅，远远地望过去，知道是从前的夫婿回来了。

举手拍马鞍，嗟叹使心伤："自君别我后，人事不可量。"——嗟（jiē），叹气的声音。嗟叹，唉声叹气。别，离别。人事，事情的变化。量，思量，预料。本句大意：举手拍着马鞍，唉声叹气，使人听了都心伤。"自从你离开我以后，人事的变化是难以预料。"

"果不如先愿，又非君所详。我有亲父母，逼迫兼弟兄。以我应他人，君还何所望！"——"父母""弟兄"皆为偏义复词，这里指母亲和哥哥。兼，更加上。本句大意：（刘兰芝）"事情的发展果然不像我们先前所期盼的那样，这件事的内情又不是你能了解清楚的（仓促间又一言难尽）。我有亲生母亲，更加上我哥哥，都在逼迫我。已经把我许配给了别人，你还能有什么指望！"

府吏谓新妇："贺卿得高迁！"——焦仲卿对刘兰芝说："祝贺您高升！"

"磐石方且厚，可以卒千年；蒲苇一时纫，便作旦夕间。"——厚，结实。卒，一直到。卒千年，直至千年不变。作，保持。旦夕，很短的时间，一朝一夕之间。本句大意：（焦仲卿）"我这块大石头还是这样结实，可以千年不变；而你这蒲苇却一时坚韧，也就只能保持很短的时间。"

"卿当日胜贵，吾独向黄泉！"——当，将会。日，一天比一天。胜，指生活好。贵，指身份高。独，一个人。向黄泉，走向黄泉，指殉情而死。本句大意：（焦仲卿）"你将会一天比一天生活得好，一天比一天地位高，只有我独自一人下到黄泉。"

新妇谓府吏："何意出此言！同是被逼迫，君尔妾亦然。"——刘兰芝对焦仲卿说："哪里料想得到您说出这样的话来！两人同样是被逼迫，你是这样，我也是这样备受煎熬。"

"黄泉下相见，勿违今日言！"——（刘兰芝）"黄泉下再相见，不要违背了今天的誓言。"

执手分道去，各各还家门。——他们手拉手告别后分道而去，各自回到自己的家里。

生人作死别，恨恨那可论？念与世间辞，千万不复全！——活着的人却要面临死别，心头的深切悲愤哪里可以说得完呢？他们都想尽快离开这人世，无论如何也不愿苟且偷生得保全。

第一层写焦仲卿闻变赶回家，刘兰芝偷偷前去与之相见，两人约定共同以死做出反抗。夫妻二人的诀别表现出了他们对爱情的忠贞和宁死不屈的反抗精神。

府吏还家去，上堂拜阿母："今日大风寒，寒风摧树木，严霜结庭兰。"——摧，摧折，摧残。严霜，浓霜。庭，院子。本句大意：焦仲卿回到自己家，上堂拜见阿母说："今天刮起了大风，天气十分寒冷，寒风摧残了树木，院子的兰花上都结满了浓霜。"

"儿今日冥冥，令母在后单。故作不良计，勿复怨鬼神！命如南山石，四体康且直！"——今，今天。日冥冥，日光昏暗的样子，比喻自己的生命像快落山的太阳。命如南山石，即"寿比南山"之意。四体，身体、四肢。直，腰板硬朗。本句大意：（焦仲卿）"儿子要不久于人世了，让母亲在我死后一个人孤孤单单地留在世上。是我自己故意做出这种不好的打算（我故意自寻短见),请不要再埋怨什么鬼神!愿您老人家的寿命就像南山石一样长久,愿您身体健康,腰板硬朗。"

阿母得闻之,零泪应声落:"汝是大家子,仕宦于台阁。慎勿为妇死,贵贱情何薄!"——零泪,断断续续的眼泪。应声,随声。大家,门第高贵的人家。台阁,本指尚书台,这里指大官府,即太守府。仕,出仕。宦,官职。本句大意:焦母听到了这番话,泪水断断续续地往下落:"你是高贵门第出生的子弟,又在太守府里担任官职。千万不要为了一个妇人而死,贵贱不同,你休了她,哪里能算薄情呢?"

"东家有贤女,窈窕艳城郭,阿母为汝求,便复在旦夕。"——城,内城。郭,外城。城郭,城内外。本句大意:(焦母)"东邻家有个贤惠的女子,美丽文雅,在全城可称第一。做母亲的替你去求娶她,这早晚之间就会有答复。"

府吏再拜还,长叹空房中,作计乃尔立。——长叹,长吁短叹。作计,做打算。乃尔,就这样。立,决定。本句大意:焦仲卿又给母亲行了一礼,回到自己的房间,在空房子里长吁短叹,他的主意就这样定下了。

转头向户里,渐见愁煎迫。——"转头向户里"有两种解释:其一,原来面向户外长叹,现转头看向屋内,见刘兰芝所赠之物伤心,触景生情;其二,看屋中的母亲,又顾念母亲。渐见,越来越被。本句大意:转过头来看向屋内,越来越被愁苦煎熬逼迫。

第二层写焦仲卿与焦母的诀别。通过对人物动作和语言的描写,表现出了焦仲卿的决绝,他已对这个封建社会不抱任何幻想,决计以死反抗;也表现出了焦母的冷酷无情,即使到最后一刻她还在用为焦仲卿求娶他人的话哄骗他。

其日牛马嘶,新妇入青庐。——其日,三十日,迎亲的日子。牛马嘶,表示车马盈门,十分热闹。青庐,青布帐篷,举行婚礼之地。本句大意:迎亲这一天车马盈门,十分热闹,刘兰芝进入了举行婚礼的帐篷。

奄奄黄昏后,寂寂人定初。——奄奄,即"晻晻",日光渐暗的样子。寂寂,静悄悄的。人定初,古时每晚亥时(相当于现在晚上九点至十一点)鸣钟十八下,人们开始安歇,叫人定钟。人定初即人定钟刚打过不久,这里指夜深人静之时。本句大意:黄昏以后天色极其昏暗,静悄悄的人们开始安歇了。

"我命绝今日,魂去尸长留!"——(刘兰芝)"我的生命就终结在今天了,我的尸体虽然永远留在人间,我的灵魂即将离去!"

揽裙脱丝履，举身赴清池。——揽，提起。举身，纵身一跃。赴，投。清池，清水池。本句大意：（她）提起裙子脱下鞋子，纵身一跃跳进了清水池。

府吏闻此事，心知长别离，徘徊庭树下，自挂东南枝。——长，永远，长久。徘徊，犹豫不决。本句大意：焦仲卿听说刘兰芝自杀的事情，知道这是永别。在院子中的树下犹豫不决了一阵，自己吊死在了伸向东南方向的树枝上。

第三层写刘兰芝和焦仲卿双双殉情，与世诀别，最终以死向封建礼教做了最后的抗争。焦仲卿和刘兰芝虽然最后都做了以死抗争的决定，但是通过人物的动作仍旧可以看出二人性格的差异，刘兰芝的从容赴死表现出了她的果决，而焦仲卿在树下的徘徊显示出了他的犹豫不决，即他性格中软弱的一面。

第五段再写"三别"：夫妇诀别、焦仲卿与焦母诀别以及刘兰芝和焦仲卿与世诀别，是矛盾发展的顶点，是故事情节的高潮和结尾。

第六段：

两家求合葬，合葬华山傍。——华山，庐江郡内的一座小山。（闻一多说）余冠英考证，今安徽舒城县南二十五里有华盖山，或疑即此山。傍，旁边。本句大意：焦刘两家要求将他们夫妇二人合葬，把他们合葬在华山旁边。

东西植松柏，左右种梧桐。枝枝相覆盖，叶叶相交通。——坟墓的东西两面栽上了松树和柏树，左右两面种上了梧桐，枝条和枝条互相覆盖，树叶和树叶互相交错连接。

中有双飞鸟，自名为鸳鸯。仰头相向鸣，夜夜达五更。——双飞鸟，雌雄成对飞翔的鸟。自，本。为，叫。相向，面对面。鸣，哀鸣。五更（jīng），天大亮的时候。本句大意：树丛中有一对雌雄成对飞翔的鸟，本来的名字叫鸳鸯，仰起头来面对面的哀鸣，每晚都要一直叫到天大亮。

行人驻足听，寡妇起彷徨。多谢后世人，戒之慎勿忘。——驻足，停下脚步。多谢，多多劝告。戒之，以这件事为教训。本句大意：过路的人都要停下脚步侧耳倾听，一些丧偶的女子听到鸟叫更是彷徨不安，无法入睡。我要郑重地告诉后来的人，要以这件事为教训，千万不要把它忘了。

第六段的主要内容是焦仲卿夫妇死后情况，和作者对此事发出的议论。作者用松柏、梧桐这些形态、习性相似的树木象征他们夫妇是永远不可能被拆散的；用枝叶交荫象征他们死后化为连理枝，永不分离；用鸳鸯代表焦、刘二人，用鸳鸯齐鸣象征他们在向人们诉说心中的苦痛；用路人的驻足倾听、寡妇的彷徨形象地描绘了当时的百姓对焦、刘二人不幸遭遇的同情、感伤和哀悼。最后作者还呼吁人们从这件事情中吸取教训，不要把它忘却。第六段是整个故事的尾声。

四、内容及中心思想分析

《孔雀东南飞》是一篇长篇叙事诗。叙事诗的特点是叙事与抒情相结合，既有完整的故事情节、生动鲜明的人物形象，又运用了托物起兴、铺张排比、象征抒情等手法，以增强其抒情因素。

本诗叙述的是焦仲卿与刘兰芝夫妇以自杀来反抗封建压迫的故事。故事情节比较完整，故事发生的地点是庐江郡，是刘兰芝的婆家——焦家和刘兰芝的娘家——刘家。整个故事持续的时间并不长，从刘兰芝被休至夫妇双双自杀，前后不过一二十天的光景。故事出场的人物，除了主人公刘兰芝、焦仲卿外，还有焦母、焦妹、刘母、刘兄、县令、县丞、太守等。故事所反映的社会现实，是东汉末年的社会现实。

那个时候，青年男女的婚姻完全由父母包办，讲究"父母之命，媒妁之言"，讲究"门当户对"，儿女们是没有任何自主权利的。这种社会现实在诗篇里有充分的反映，如焦母两次哄骗焦仲卿时说"东家有贤女""阿母为汝求"，这充分说明青年男女没有选择配偶的自由，只能爱父母之所爱，憎父母之所憎，唯父母命是从。而刘母第一次辞谢媒人时所说的"贫贱有此女，始适还家门，不堪吏人妇，岂合令郎君"，县丞所说的"说有兰家女，承籍有宦官"以及焦母所说的"汝是大家子，仕宦于台阁，慎勿为妇死，贵贱情何薄"都充分说明当时的婚姻是讲究门当户对的。

在这种社会环境下，婚姻完全是买卖式的，讲究聘礼聘金，女子出嫁等同于被卖到婆家当奴隶，礼金聘金也就是身价。这种情况在诗篇中也有所反映，如刘兰芝辞别焦母时所说的"受母钱帛多，不堪母驱使"，太守迎亲时的"赍钱三百万，皆用青丝穿"。在这种买卖式的婚姻制度下，女子在婆家的地位，也就等于奴婢，不但要侍奉公婆，而且承担全部家务劳动，如刘兰芝向焦仲卿诉苦时说过自己"鸡鸣入机织，夜夜不得息。三日断五匹，大人故嫌迟"，向焦仲卿话别时又说了自己"奉事循公姥，进止敢自专？昼夜勤作息，伶俜萦苦辛"。可见当时女子在婆家只有"昼夜勤作息"的义务，而没有"进止敢自专"的权利。也因此，焦母可以随意将罪名加到刘兰芝身上，尽管刘兰芝在焦家"女行无偏斜""奉事循公姥"，但是她依旧可以百般挑剔，任意刁难，诬蔑刘兰芝"此妇无礼节，举动自专由"，甚至最后让焦仲卿休弃了刘兰芝。

刘兰芝就是生活在这样一个社会中的妇女，她个性刚强、忠于爱情，追求幸福的生活，自然和当时的社会现实构成了矛盾。这种矛盾具体表现在她出嫁后和焦母的矛盾，被休后和兄长的矛盾、和县令、太守逼嫁的矛盾。封建家长制度的代表人物焦母、刘兄，封建统治者的化身县令、太守，一齐对她进行逼迫，摆在刘兰芝面前只有两条出路：一是逆来顺受，二是以死反抗，刘兰芝的性格决定了她只会选择第二条路。她的死，不仅是殉情，更是对封建礼教、封建社会最集中、最有力的反抗。

故事的悲剧结局忠实地反映了当时的社会现实，反映了历史生活的真实，起到了揭露和批判历史的黑暗面、歌颂历史的光明面的作用。作者通过焦、刘二人双双自杀，反抗封建压迫的悲剧故事，深刻地揭露了封建家长制度、封建婚姻制度对当时的青年男女尤其是女性的迫害，歌颂了焦、刘二人忠于爱情的高贵品质和宁死不屈的反抗精神。

五、人物分析

（一）刘兰芝

从外貌来看，刘兰芝是个美丽的女子，如诗中从正面描写了她"指如削葱根，口如含朱丹。纤纤作细步，精妙世无双"，又从刘兰芝所用之物的精巧玲珑从侧面烘托了她的美丽，如"妾有绣腰襦，葳蕤自生光；红罗复斗帐，四角垂香囊"。她不仅外貌美丽，而且具有很多优秀的品质和鲜明的个性。

刘兰芝有追求、有教养，而且多才多艺、勤劳肯干、品行端庄，诗里通过"十三能织素，十四学裁衣，十五弹箜篌，十六诵诗书""十三教汝织，十四能裁衣，十五弹箜篌，十六知礼仪""左手持刀尺，右手执绫罗。朝成绣夹裙，晚成单罗衫"表现出了她的多才多艺，通过"鸡鸣入机织，夜夜不得息。三日断五匹，大人故嫌迟""昼夜勤作息，伶俜萦苦辛"表现出了她的勤劳肯干，通过"奉事循公姥，进止敢自专""女行无偏斜""儿实无罪过"等诗句说明了她的品行端庄。

而且刘兰芝是一个善良多情的女子。无论焦母如何待她，她仍然想着"供养卒大恩"，仍然不忘"念母劳家里"，与小姑作别时，她说希望小姑"勤心养公姥，好自相扶将"，从这些描写中可以看出刘兰芝是一个贤惠善良的女子。

她对焦仲卿情深意长、忠贞不二。她在焦家生活时，总是"贱妾守空房，相见常日稀"，所以她坦率地告诉焦仲卿"十七为君妇，心中常苦悲"，正因为心里爱焦仲卿所以才会对守空房感到苦悲。她被休后,不仅将自己的心爱之物送给了焦仲卿,而且希望他"时时为安慰,久久莫相忘"。在与焦仲卿誓别时,又以作物誓:"君当作磐石,妾当作蒲苇,蒲苇纫如丝,磐石无转移。"回娘家后,县令遣媒人去刘家提亲时,刘兰芝向母亲辞谢时说了"兰芝初还时,府吏见丁宁,结誓不别离。今日违情义,恐此事非奇";第二次逼嫁,向阿兄允婚时她说:"虽与府吏要,渠会永无缘。"这些都表现出了她对焦仲卿的忠贞不二。在太守和兄长的逼嫁下,刘兰芝决定以死殉情,和府吏私会诀别时,又提出"黄泉下相见"的誓言,最后果断地"揽裙脱丝履,举身赴清池",更是展现了她对焦仲卿的爱至死不渝。

她之所以能够以死反抗,是因为她对现实有清醒的认识,同时她的个性刚强且具有反抗性,这是她的性格中最可贵的地方。

她的认识清醒、个性刚强表现在自请回家,不甘受婆婆的虐待压迫,如"妾不堪驱使,徒留无所施。便可白公姥,及时相遣归";表现在焦仲卿提出"还必相迎取"时,她说"勿复重纷纭""仍更被驱遣,何言复来还",表达了对焦母的转变不存在任何幻想,每一句都是她对这个封建社会的抗议。与焦仲卿誓别时,她就已预料到回家后会遭受怎样的逼迫,"我有亲父兄,性情暴如雷,恐不任我意,逆以煎我怀",她对事情的发展有非常清醒的认识,果然回家后哥哥逼她再嫁。迎亲场面的豪华还反衬出了刘兰芝不畏权势、不慕虚荣的品格。和焦仲卿私会时,她提出了"黄泉下相见"的誓约,最后在成婚之夜跳水自尽,践行了自己的诺言。她临死时的与世诀别之语和"揽裙脱丝履,举身赴清池"的举动,表现出了她自杀意志的果决和坚定,也表现出了她的从容不迫、镇定自若和她个性刚强的一面。

总之,刘兰芝是封建社会中的一个杰出的妇女形象。她的痛苦是当时生活在底层的千千万万妇女的痛苦,她的悲惨的命运代表了被封建制度压迫的千千万万妇女的命运,她的悲惨结局是对封建礼教最强烈的反抗。

(二)焦仲卿

焦仲卿出身于"贵家""大家",是一个文弱的书生,也是太守府的府吏,他奉公守法,勤于职守,所以刘兰芝说他"君既为府吏,守情节不移"。夫妻话别时,他一面劝慰刘兰芝"卿但暂还家",一面又念念不忘他的职守"吾今且赴府";听到刘兰芝再嫁之事后,他"因求假暂归",绝不因事情紧急而不履行请假手续。他在家里,对母亲尊敬孝顺,与母亲诀别时,还说"儿今日瞑瞑,令母在后单",念念不忘母亲的日后生活,诀别后仍然"再拜还",礼节很周到。他对刘兰芝情深意切,这些从他所说的话中都能看出,例如，他劝焦母时说"儿已薄禄相，幸复得此妇，结发同枕席，黄泉共为友。共事二三年，始尔未为久"，向焦母求情时明确地表示"今若遣此妇，终老不复取"，与刘兰芝在大道口誓别时，又说"誓不相隔卿""不久当归还，誓天不相负"。

但是当焦母和刘兰芝的矛盾发展到不能缓和的时候，他对现实没有足够清醒的认识，仍然试图用种种办法达到"爱妻""孝母"两全的目的，所以他劝说焦母、向焦母求情。而焦母"槌床便大怒"时，他只好忍气吞声，劝慰刘兰芝暂时回家，缓和一下婆媳矛盾，以便伺机再说服母亲，接刘兰芝回家。这些都表现出了他顾虑多、软弱、拘谨的性格特点。他的两全其美的想法，实际上是对焦母、对封建社会存在的不切实际的幻想，事实也证明了在刘兰芝被休弃回家的日子里，他仍然是一筹莫展，直到刘兰芝被逼再嫁的前夕，他才匆匆赶来，激愤地，也是无可奈何地说："贺卿得高迁！磐石方且厚，可以卒千年；蒲苇一时纫，便作旦夕间。卿当日胜贵，吾独向黄泉。"而刘兰芝的回答"同是被逼迫，君尔妾亦然""黄泉下相见"终于使他对社会现实有了清醒的认识，孝母的念头减弱了，以死反抗的决心增强了。所以他回家以后向焦母表明要自杀，在委婉的言辞中，表达了对母亲的不满。回到房中，"作计乃尔立"，坚定了自杀的决心，最后听到了刘兰芝殉情的消息，便"自挂东南枝"了。

这个故事中，焦仲卿的转变是最明显的。一开始他有一些拘谨和软弱，但在封建势力步步逼近的过程中，在刘兰芝的影响下，他逐渐变得坚强起来，最后和刘兰芝一起以死控诉了封建制度的丑恶。

（三）其他人物

故事还描写了一些反面人物，例如封建家长制的代表人物焦母和刘兄，封建统治者的代表人物县令、太守，他们都是悲剧故事的制造者，共同特点是冷酷无情、蛮横残忍、自私势利。

作者通过对这些人物形象的描写和刻画，告诉我们：刘兰芝和焦仲卿都是封建制度下的被压迫的受害者，他们的悲惨结局是封建家长制度、封建婚姻制度造成的，逼死他们的有双方的家长，还有当地的官员。他们向往婚姻自由的生活，不甘低头屈服、示弱，所以进行了坚决果断的反抗——双双自杀。只有一死，才能摆脱严重的压迫，才能给悲剧制造者——焦母、刘兄、当地官员和这个封建社会以沉重的打击，才能使焦母休媳的打算落空、使刘兄攀龙附凤的打算落空、使太守逼婚的打算落空，他们的自杀代表着当时一切被压迫的青年男女反对封建压迫、要求婚姻自主的强烈愿望。

六、写作特点

这首诗是一首古代民歌,在口耳相传的过程里,经过了多次的修改和加工,所以在表达方式方面,可以说达到了几近完美的程度。

（一）内容安排

这首诗在内容安排方面,运用了详略交错的方法。故事所叙述的内容主要是刘兰芝被休后的一二十日,而刘兰芝嫁到焦家二三年的生活,只用了焦仲卿母子的对话"共事二三年,始尔未为久"一笔带过。写刘兰芝的教养、多才多艺时一再铺叙；而写焦仲卿的家世时则非常简略。写刘兰芝的被休和其与焦仲卿的分离时写得比较详细,但是在刘兰芝回家后则只用一句"儿实无罪过"概括了她被冤枉后无限的苦闷。第四段和第五段着重写"三逼""三别",而成亲当日的情况只提到了"其日牛马嘶,新妇入青庐"。这种详略交错的手法,其目的是歌颂刘兰芝忠于爱情的高贵品质和不屈的反抗精神。这样的表现手法使这首诗既完整地叙述了故事情节,细致地刻画了人物的性格,又并不拖沓,充分显示了结构上的错落有致。

（二）对话

诗篇对人物形象的描写主要是通过对话来进行的。作者将人物的对话写得极其生动传神,恰如其分地表现了人物的身份地位、处境和情感。从刘兰芝向焦仲卿诉说苦闷,可以看出她是一个善良多情又能解人意的妻子。她首先倾诉了"守空房"的苦,但是其中又有对丈夫的体谅,如"君既为府吏,守节情不移"；其次倾诉了"君家妇难为"的苦,先从自身勤劳说起,再说到"大人故嫌迟""君家妇难为",最后提出自请回家——"便可白公姥,及时相遣归"。这些对话让读者直观地感受到了刘兰芝的勤劳能干、善良体贴,也让读者感受到了她的处境之艰难,对她产生了同情。

焦仲卿听到刘兰芝的话,立即去劝说母亲。他是以儿子的地位、以丈夫的身份在母亲面前替媳妇说话,而婆媳又不和睦,婆婆早已厌恶媳妇,焦仲卿要在矛盾的夹缝里,希望爱妻孝母两全其美,所以所说的话既体现出了好心意,打动母亲,又表明了自己对刘兰芝的态度。在这一过程中能看出焦仲卿的孝顺以及他对刘兰芝的感情之深。

焦母听到了焦仲卿的话,非常生气,所以怒斥他"何乃太区区",接着自然地摆出了封建家长的姿态,先给媳妇加上罪名"此妇无礼节,举动自专由",再吓唬儿子"吾意久怀忿,汝岂得自由",最后以为他求娶更贤惠的女子为由哄骗儿子。当儿子立誓不再娶他人时,焦母"槌床便大怒",还破口大骂"小子无所畏，何敢助妇语！吾已失恩义，会不相从许"。这一段对话将焦母冷酷、无情且固执的封建家长形象刻画得十分生动传神。

由此可见生动传神的对话，不仅可以突出人物性格，而且可以使语篇的内容显得十分生动活泼，加强故事的戏剧性和感染力。

（三）结构

在结构方面，这首诗不仅情节完整，从开端、发展、高潮到结束，波澜起伏，引人入胜，而且场面清楚、层次清晰，先写婆家，后写娘家；先写生别，后写死别；先写休弃，后写逼嫁，层层递进，衔接自然。同时诗篇前呼后应，照应严谨。如开头用孔雀眷顾配偶，比喻刘兰芝被休，这对恩爱夫妻离散；结尾用鸳鸯双飞象征这对恩爱夫妇永远团聚，一离一聚前呼后应。开头用"孔雀东南飞"说生别，结尾用"自挂东南枝"说死别，两个"东南"也是前后呼应，把刘兰芝夫妇生离死别的悲壮氛围烘托了出来，使全诗笼罩着悲剧的气氛。

（四）写作手法

诗中多次运用铺张排比的表现手法。民歌中常铺张或排比的手法来增强抒情的艺术效果，这一特点在这篇抒事诗里表现得尤为突出。例如，诗中叙述刘兰芝的多才多艺，用到了排比的手法，按年龄顺序叙述，先由刘兰芝自叙，后由刘母叙述，前后两段句式不变，这样写是为了强调人物的性格，是对刘兰芝的多才多艺的赞美，因而读起来不仅不觉得其语言繁琐冗杂，还能感受到浓厚的抒情气氛。作者写刘兰芝被休当日的妆饰时，也应用了铺张的手法，描写她衣服首饰、姿态容貌的"精妙世无双"，这样的描写为从正面凸显刘兰芝的美丽，从侧面表现她不甘示弱、从容镇定的倔强性格，同时反衬出她被休弃的不幸，因此越写刘兰芝的美丽，就越能衬托出封建制度的罪恶。又如写太守提亲的场面之盛大，一方面从反面衬托出了刘兰芝不慕荣华、忠于爱情的可贵；另一方面，用这些场面的热闹反衬出焦仲卿、刘兰芝诀别之时的悲凉，使故事的悲剧气氛更加浓厚。

（五）修辞手法的运用

诗中使用了多种修辞手法：

1. 叠字与叠词——加强语意，协调音调。

（1）叠字：表示声音，如"隐隐何甸甸"；表示动作，如"诺诺复尔尔"。

（2）名词叠词：主要表示"每一"或"一切"，如"夜夜不得息""物物各自异""事事四五通""种种在其中""枝枝相覆盖""叶叶相交通"。

（3）形容词重叠：表示"极限"或"加深"，如"时时为安慰""久久莫相忘""举手长劳劳""纤纤作细步""郁郁登郡门""寂寂人定初""何乃太区区"。

2. 同义复合词和偏义复合词

如"便可白公姥""我有亲父母""逼迫兼弟兄"。

3. 层递

说明两个以上的事物时，按多少、大小、难易、轻重、高低的比例关系，顺序或倒序说出，如"十三能织素，十四学裁衣，十五弹箜篌，十六诵诗书"。

4. 比喻

如"指如削葱根""口如含朱丹""君当作磐石""妾当作蒲苇""否泰如天地""络绎如浮云""命如南山石"。

5. 对偶

如"左手持刀尺，右手执绫罗""朝成绣夹裙，晚成单罗衫""东西植松柏，左右种梧桐""枝枝相覆盖，叶叶相交通"。

6. 顶针

如"两家求合葬，合葬华山傍""不久当归还，还必相迎取"。

神灭论（节选）

一、作者介绍

范缜（450—515年），字子真，南乡舞阴（今河南泌阳）人，南北朝时期杰出的唯物主义哲学家和无神论者，主要生活在齐梁时期。

南北朝是佛教在我国盛行的时期，其原因有二：第一，南北朝时期外族入侵、南北分裂、战争频繁，徭役赋税异常繁重，百姓饱受战争、赋税、徭役之苦，精神苦闷，因而容易接受佛教，把希望寄托在死后，寄托在来世。因为佛教讲求因果报应和轮回转世，认为生前受苦，死后皈依西方极乐世界。第二，统治阶级为了巩固其统治地位，大力宣传佛教，用佛教麻痹百姓并试图以此消除他们的反抗情绪。梁武帝萧衍还定佛教为国教，积极倡导信奉佛教的风气。

范缜虽然生活在这样一个佛教盛行的时期，但他并没有随波逐流，而是他综合发展了先秦两汉的"无神论"和"神灭论"，对佛教的虚伪性、欺骗性进行了无情的揭露并与之作斗争。其中有两次重大的论战，一次是在齐武帝永明年间（483—493年）。当时齐的宰相竟陵王萧子良崇信佛教，盛招宾客僧徒，讲论佛法，范缜也在其中，但他极力宣扬"无佛"、宣扬"神灭论"，认为人的富贵、贫贱与因果无关，是际遇使然，双方曾展开过一场激烈的争论。另一次论战是在梁武帝萧衍天监六年（507年）。梁武帝奉佛教为国教，竭力提倡佛教。为了肃清"神灭论"的影响，他下令禁止范缜宣扬"神灭论"。同时，让庄严寺大僧正法云动员了王公贵族、僧正60多人反驳范缜的"神灭论"，前后发表了75篇文章，但这些人也只能根据书中记载的鬼神来证明鬼神的存在，究竟鬼神在哪里，谁也答不上来。范缜在极大的政治压力和理论围攻下，挺身迎战，毫不退缩，"言辞摧众口，日服千人"，最终取得了论辩的胜利。部分学者认为，《神灭论》就是这次论辩时所写的。

二、题解

《神灭论》是范缜的一篇哲学论文。"神灭"是指精神可以消灭、灵魂可以消灭,是针对当时人们相信的"神不灭"思想(精神永不消灭、灵魂永远存在)提出的一种无神论的思想。"神灭"和"神不灭"的斗争,表面上是宗教问题的斗争,实际上是唯物主义无神论和唯心主义有神论之间的斗争,也就是两种世界观的斗争。

《神灭论》是一篇充满战斗性、宣扬"无神论"的论文,在中国哲学史上有极重要的地位。它载于《梁书》卷四十八《范缜传》和《弘明集》卷九,萧琛的《难神灭论》中也引用了《神灭论》的全文,各版本文字略有出入,课文选取的是《弘明集》中的版本。《神灭论》是用自己设问、自己回答,即自设宾主、客主问答的形式写成的。文章中的问题代表了反面的客方的意见,回答则代表了正面的主人的主张。

三、串讲分析(课文可分为三段)

第一段:

问曰:"子云神灭,何以知其灭邪?"——问曰,有人问。云,说。神,灵魂,精神。何以,复合虚词,怎么样。邪,疑问语气词,通"耶",相当于"呢"。本句大意:有人问:"您说精神会消灭,怎么样知道它会消灭呢?"

答曰:"神即形也,形即神也。是以形存则神存,形谢则神灭也。"——即,本义就近、接近,在《神灭论》中作为哲学术语,是结合、含蕴、渗透的意思。形,形体,哲学名词,指一切占有一定空间、外形可见的东西。是以,因此。谢,凋谢,衰亡。本句大意:回答说:"精神与形体结合,形体与精神结合。因此形体存在精神就存在,形体衰亡精神也就消亡了。"第一层通过设问引出基本论点,通过回答明确提出"神灭论"的基本观点——精神与形体互相结合、互相含蕴、互相渗透,是不可分割的统一体,这与佛教主张的"神不灭"思想大相径庭。范缜认为神的存灭,取决于形的存、谢,所以形体是基本的存在,精神是从属于形体的一种属性,是形体所发生的一种作用,也就是说形体是第一性的,精神是第二性的,精神不能离开形体而独立存在。这其中隐含着唯物论的基本观点。

问曰:"形者无知之称,神者有知之名,知与无知,即事有异,神之与形,理不容一,形神相即,非所闻也。"——形者,无知,没有知觉。称,名称。即,就是。理,按理。容,允许。一,混为一谈。本句大意:有人问:

"形体是没有知觉（的东西）的名称（没有知觉，就叫作形体），精神是有知觉（的东西）的名称（有知觉，才叫作精神）。有知觉（的东西）和没有知觉（的东西），实际上是两回事，精神和形体，按道理不允许混为一谈。形体与精神互相结合的说法，我没有听说过。"

答曰："形者神之质，神者形之用，是则形称其质，神言其用，形之与神，不得相异。"——质，古代哲学范畴之一。质有"物质"的含义，又有"实体"的意思，所以文中译作"质体"。用，作用，物质的作用。本句大意：回答说："形体是精神的赖以生存的质体，精神是形体的作用。所以，形体这个概念是指它的质体，精神是他的作用，形体和精神，不能互相分割、互相分离。"

第二层是有关形神关系的问答，进一步巩固和补充基本论点。客方反驳主方的论点"形神相即"，认为"形者无知之称，神者有知之名"，而主方也对此进行了反驳，认为"行者神之质，神者形之用"；客方的结论是"神之与形，理不容一"，而主方的结论是"形之与神（神之与形），不得相异"。

第一段通过破立结合的方法提出了"神灭论"的基本论点——"形者神之质，神者形之用""形神相即、神随形灭"。

第二段：

问曰："神故非质，形故非用，不得为异，其义安在？"——故，本来，既然。为，被。异，分割。义，道理。安，疑问代词，哪里。本句大意：有人问："精神本来就不是质体，形体本来就不是作用，二者不能被分割，这个道理在哪里呢？"

答曰："名殊而体一也。"——而，连词，表并列。体，实体，本体，实质。一，统一的。本句大意：回答说："形体和精神名称不同，而实质上是统一的（即一个事物的两个方面）。"

第一层通过一问一答，进一步说明了形神不可分割的原因，即它们虽然名称不同，但实质上是统一的，所以不可分割。

问曰："名既已殊，体何得一？"——有人问："精神和形体名称既然不同，怎么能说实质上是统一的呢？"

答曰："神之于质，犹利之于刃，形之于用，犹刃之于利。利之名非刃也，刃之名非利也。然而舍利无刃，舍刃无利。未闻刃没而利存，岂容形亡而神在。"——回答说："精神对于其形体来说，好像刀口的锋利和刀口本身的关系一样，形体对其精神作用来说，好像刀口本身和它的锋利的关系一样。锋利这一名称，不能说就是刀口，刀口这一名称，不能说就是锋利。但是离开了锋利,就无所谓刀口了,离开了刀口也无所谓锋利,从来没有听说过刀口没有了而锋利还在的,又怎样能说形体死亡而精神还存在呢?"

第二层通过一问一答,从名实关系上展开了辩论,作者用刃和利的名称不同、实为一体这一浅显易懂的事例,比喻说明了"形神相即"、形神的"名殊而体一"。

第二段通过两次设问和回答,运用了比喻说理的方法,对基本论点进行了补充说明,最后得出结论——形与神、质与用,名殊体一,不得相异。

第三段:

问曰:"刃之与利,或如来说,形之与神,其义不然。"——来,指对方,你。然,如此。本句大意:有人问:"刃和利的关系,或许就像你说的那样,但形体和精神的关系,它的道理却不是这样的。"

"何以言之?木之质无知也,人之质有知也,人既有如木之质,而有异木之知,岂非木有其一,人有其二邪?"——何以,为什么。之,这样。而,却。其,其中,指质、用两者之中。本句大意:(问者)"为什么这样说呢?树木的质体是没有知觉的,人的质体是有知觉的。人既有像树一样的质体,又有不同于树木的知觉(精神),难道不是说明树木只有质体(而没有作用),人有质体又有知觉吗(可见精神是能离开质体而独立存在的,形神质用,不是一体)?"

答曰:"异哉言乎!人若有如木之质以为形,又有异木之知以为神,则可如来论也。今人之质,质有知也,木之质,质无知也,人之质非木质也,木之质非人质也,安在有如木之质而复有异木之知!"——回答说:"这话就奇怪了!人如果有像树木一样的质体作为它的形体,又有不同于树木的知觉作为它的精神,还可以像你说的那样。但事实上人的质体是有知觉的,树木的质体本就是没有知觉的,人的质体不是树木的质体,树木的质体不是人的质体。怎么能说人有像树木一样的质体,又有不同于树木的知觉呢?"

对方认为人与木同样有质,混淆了质的差别性,而作者直接指出了对方的问题所在,说明了人和木质的不同,从质的差别性方面进一步论证了基本论点。

问曰:"人之质所以异木质者,以其有知耳。人而无知,与木何异?"——有人问:"人的质体不同于树木的质体的原因,就因为人的质体有知觉罢了。人如果没有知觉,和树木有什么不同?"

答曰:"人无无知之质,犹木无有有知之形。"——回答说:"人不存在无知觉的质体,就像树木不存在有知觉的形体一样。"

对方从反面提出问题，认为人若无知觉，和树木无异，作者则指出了对方所设之问是不可能成立的。

问曰："死者之形骸，岂非无知之质邪？"——有人问："死人的尸体，难道不是没有知觉的质体吗？"

答曰："是无知之质也。"——回答说："这是没有知觉的质体。"

问曰："若然者，人果有如木之质，而有异木之知矣。"——有人问："如果这样，那么人果然是有像树木一样的质体，又有不同于树木的知觉了。"

答曰："死者有如木之质，而无异木之知；生者有异木之知，而无如木之质。"——回答说："死人有像树木一样的质体，却没有不同于树木的知觉；活人有不同于树木的知觉，却没有像树木一样的质体。"

对方企图从混淆死人和活人质的差别性入手反驳作者的论点，作者直接制止了其将活人和死人混为一谈的做法，阐明活人和死人质不同，"知"亦不同。

问曰："死者之骨骸，非生者之形骸邪？"——有人问："死人的骨骸，不是活人的形体吗？"答曰："生形之非死形，死形之非生形，区已革矣。安有生人之形骸，而有死人之骨骸哉？"——回答说："活的形体不是死的形体，死形体不是活形体，（形体的）类别已经不同了，哪能既有活人的形体又有死人的骨骸呢？"

问曰："若生者之形骸非死者之骨骸，死者之骨骸则应不由生者之形骸，不由生者之形骸，则此骨骸从何而至？"——有人问："如果活人的形体，不是死人的骨骸，死人的骨骸就应该不是由活人的形体产生的，不是由活人的形体产生的，那么这（死人的）骨骸是从哪里来的呢？"

答曰："是生者之形骸，变为死者之骨骸也。"——回答说："这是活人的形体变成了死人的骨骸。"

作者严格区分了活人和死人的质（形），并从其区别性进一步指出质的变动性，即质是会变动的，活人的有知之质，会变成死人的无知之质，而这二者又是不同的质，不能混淆。

第一层，作者运用正面的比喻说理揭露了对方偷换概念的错误行为，通过人木之质、生死之"形"的不同，论证了质的差别性和变动性，进一步证明了自己中心论点的正确性。

问曰："生者之形骸虽变为死者之骨骸，岂不因生而有死，则知死体犹生体也。"——有人问："活人的形体虽然变成了死人的骨骸，难道不是因为有生才有死，由此可知死人的形体也就是活人的形体了。"

答曰："如因荣木变为枯木，枯木之质，宁是荣木之体！"——宁，难道。

本句大意：回答说："这就像从活树变成枯树一样，枯树的质体难道就是活树的形体？"

问曰："荣体变为枯体，枯体即是荣体；如丝体变为缕体，缕体即是丝体，有何别焉？"——有人问："活形体变成死形体，死形体就是活形体。就好像一条条丝的形体变成了一股股丝线的形体，丝线的形体和丝的形体，有什么区别呢？"

答曰："若枯即是荣，荣即是枯，则应荣时凋零，枯时结实。又荣木不应变为枯木，以荣即是枯，无所复变也。荣枯是一，何不先枯后荣？要先荣后枯，何也？丝缕同时，不得为喻。"——回答说："如果枯树就是活树，活树就是枯树，那就应该树活着的时候凋零，树枯死的时候结果子。而活树不应该变为枯树，因为（照您的说法）活树就是枯树，再没有什么可以改变的了。（如果）活树和枯树是一样的，为什么不先死后活？一定要先活后死，为什么？至于丝和缕线是同时存在的，不能作为比喻。"

第二层主要通过论述质的变动性论证了基本论点（神随形灭）的正确性。其中，第一小节明确提出质的变动性；第二小节通过比喻和反问，指出经过变动的"质（形）"是有差别的；第三小节通过强调质的差别性，具体地论证质的变动性。

问曰："生形之谢，便应豁然都尽，何故方受死形，绵历未已邪？"——豁然，忽然，一下子。何故，为什么。方，应当。绵历，连绵。已，终止。未已，不绝。本句大意：有人问："活的形体衰亡时，便应该一下子死去，为什么活人接受死人的形体，绵延不绝呢？"

答曰："生灭之体，要有其次故也。夫欻而生者必欻而灭，渐而生者必渐而灭。欻而生者，飘骤是也；渐而生者，动植是也。有欻有渐，物之理也。"——回答说："这是因为一切形体的生灭都要经历一定的过程，忽然发生的，也忽然消灭，逐渐发生的，也必逐渐消灭。忽然发生的如暴风骤雨，逐渐发生的如动植物。有的忽然发生，有的逐渐发生，这是万物变化的规律。"

第三层通过正面说理、反驳对方谬误的方式，从质的变动规律的不同，深刻论证了质的差别性和变动性。

第三段通过论述质的差别性、变动性及变动的规律性，证明了基本论点的正确性，又对其进行了进一步的引申和发挥。

四、中心思想

这篇哲学论文,论述了形神相即、神随形灭的道理,驳斥了形神相异、神永不灭的谬论,展现了范缜的唯物主义思想和坚持真理的斗争精神。

五、写作特点

(一)采用设问设答的写作方法

《神灭论》是用设问设答的方式写成的,这是当时比较流行的论辩文章的写法,叫作"自设宾主"。文章的"问曰"代表宾,是论辩的反方,提出反面的意见;"答曰"代表主,是论辩的正方,通过正面说理,对反方所提的问题予以批驳。

作者在写作设问部分时,必须明确知晓对方的论点及支持该论点的理由,洞悉敌对方面在论辩中可能提出的问题和可能采取的诡辩手法;在写作设答部分时,无论是阐明自己的论点,还是驳斥对方的论点,都必须有针对性,同一问题用同一事例进行答辩,这样才能既逐点驳斥对方的论点,逐步正面论证自己的论点。首先提出双方针锋相对的基本论点,然后逐层、逐点地列出支持双方论点的理由,每个问题都必须紧紧围绕着这个论点,这样才能使读者全面了解整个论辩的过程。

(二)采用比喻说理的叙述方法比喻说理深入浅出

可以使深刻抽象的道理变得形象具体、浅显易懂,有助于激发读者阅读兴趣,使读者更易理解作者的观点。

促 织（节选）

一、作者介绍

蒲松龄，字留仙，别号柳泉居士，山东淄川（今山东淄博）人。生于明崇祯十三年（1640年），死于清康熙五十四年（1715年），享年75岁。蒲松龄一生穷困潦倒，虽然早年他考取了秀才，后来一直未考中举人，做官不成，只好在家乡一边教书，一边写作，过着极其清苦的生活，他的代表作是《聊斋志异》。

《聊斋志异》是一部杰出的短篇小说集，也可以说是一部历来为大众喜爱的民间故事集。全书共有短篇小说近五百篇，其中大部分是关于鬼狐神仙的故事。作者通过这些神话寓言故事，讽喻当时的现实，揭露当时社会的黑暗，抒发内心的愤懑，寄托理想。所以《聊斋志异》既具有批判现实主义的精神，又具有浪漫主义的色彩。"聊斋"是蒲松龄书房的名字，"志异"是说记载的都是奇闻异事。"聊斋志异"就是作者在聊斋里写下的奇闻异事。

二、题解

"促织"是蟋蟀的别名，河北山东一带多将蟋蟀叫作"促织"或"蛐蛐"。还有谚语说："促织鸣，懒妇惊"，因为蟋蟀正好是在秋天鸣叫，有催促懒妇纺织之意，故名"促织"。这篇小说的中心线索是促织，取材于民间传说故事，原故事描写的是主人公成名因被迫缴纳蟋蟀而家破人亡的悲剧。作者便对这个故事进行了加工，以此来揭露封建统治者压迫百姓的罪恶行为，反映人民群众在封建统治下的不幸和痛苦。

三、串讲分析（全文可分为八段）

第一段：
宣德间，宫中尚促织之戏，岁征民间。——宣德，明宣宗朱瞻基的年号，宣德间即公元1426—1435年。宫中，宫廷里。尚，崇尚。岁：每年或年年。征，征收。本句大意：明朝宣德年间，宫廷里盛行斗蟋蟀这种游戏，每年都要向民间征收（蟋蟀）。

此物故非西产。有华阴令欲媚上官，以一头进，试使斗而才，因责常供。——此，这种。物，东西。故，本来，原来。非，不是。西，陕西。产，特产。欲，想要。媚，谄媚，巴结。上官，上司。以，拿。进，进贡。试，试着。使，使它。斗，动词，一斗。而，表并列。才，表现得很有本领，指蟋蟀的勇敢善斗。因，因此。责，责成，责令。供，供应。常，经常。本句大意：这东西本来不是陕西出产的。有个华阴县的县官，想巴结上司，把一只蟋蟀献上去，上司试着让它斗了一下，（蟋蟀）显露出了勇敢善斗的才能，上级于是责令他经常供应。

令以责之里正。——以，介词，把。之，这件事。里正，即里长，官职名。明朝规定各地每年送派官户当里正，负责代官府征收税赋、摊派徭役、驿进及供应。但富户往往贿赂官府，将里正的差事转嫁给其他资产不甚丰厚的人家，这些人家的人当里正，无法向豪绅、地主摊派勒索，只好自己掏腰包赔钱，每每因此倾家荡产。本句大意：县官又把供应的差事派给各乡的里正。

市中游侠儿得佳者笼养之，昂其直，居为奇货。——市，街坊。游侠儿，古时本指替人抱打不平的侠客，后指游手好闲、不务正业的人。得，捕捉到。佳，好的。昂，贵，此处形容词作动词，抬高。直，通"值"，价格。居，藏，囤积。为，当作。奇，稀奇，罕见。货，货色。

里胥猾黠，假此科敛丁口，每责一头，辄倾数家之产。——里胥，负责乡里事务的公差。猾，狡猾。黠，刁诈。假，借。科，分科，摊派。敛，收敛，勒索。每，每次。责，摊派一头蟋蟀的钱。倾，搞垮。数，多个。本句大意：乡里的差役们狡猾刁诈，借这个机会向老百姓摊派费用，每摊派一只蟋蟀，就常常使好几户人家破产。

第一段交代故事发生的背景，宣德年间宫中崇尚促织之戏，每年都从民间征促织，地方官借促织巴结上司，游侠儿借促织大发横财，里胥借促织任意勒索，许多百姓因促织倾家荡产，指出了在"岁征促织"这件事情上封建统治者和底层百姓之间的矛盾。

第一段结构：

本段为故事的序幕，共分四层：第一层，写宫中崇尚促织和岁征促织；第二层，写华阴令媚上进促织，因此不产促织的华阴亦须常供促织；第三层，写游侠儿囤积促织以致富；第四层，写里胥借机勒索和百姓倾家荡产，揭露了封建统治者的骄奢淫逸、地方官员巴结逢迎的无耻、社会上风气的恶劣和乡里小吏的卑鄙，同时照应了开头，点明"岁征"的结果就是使百姓倾家荡产。

第一段写作手法：
以层层递进的叙述营造悲剧的氛围。
第二段：
邑有成名者，操童子业，久不售。——邑，县境。成名，故事主人公的名字。操，从事。童子，童生。操童子业，指成名是个读书人。久，总是。售，考试得中，此处指考中秀才。

为人迂讷，遂为猾胥报充里正役，百计营谋不能脱。——迂，迂阔，不通人情。讷，口齿迟钝，不善说话。遂，就。为，介词，被。报，上报，报到。充，充当。百计，千方百计。营，钻营。谋，想办法。脱，摆脱。本句大意：为人拘谨，不善说话，就被刁诈的小吏报到县里，叫他担任里正，他想尽方法都摆脱不掉（任里正这差事）。

不终岁，薄产累尽。——不终岁，不到年底。薄，微薄的。累，受牵累。尽，没有了。

会征促织，成不敢敛户口，而又无所赔偿，忧闷欲死。——适逢，遇到。户口，此处指老百姓。忧，忧愁。闷，烦闷。本句大意：正好又碰上征收蟋蟀，成名不敢勒索老百姓，但又没有抵偿的钱，忧愁烦闷，想要寻死。

妻曰："死何裨益？不如自行搜觅，冀有万一之得。"——死，寻死。裨益，好处。自行，自己去。搜，搜索。觅，寻找。冀，希望。得，捉到。万一，侥幸。

成然之。——然，认为是好的。之，指妻子的话。

早出暮归，提竹筒丝笼，于败堵丛草处，探石发穴，靡计不施，迄无济。——丝笼，铜丝做成的笼子。败堵，倒塌的墙。丛草，乱草堆。探，钻石，石缝。发，掘开。穴，洞穴。靡，无，没有。施，用。迄，终究。济，事成，成效。迄无济，终究没有找到。

即捕得两三头，又劣弱不中于款。——即，即使。劣，不好。中，符合。式，规格。

宰严限追比，旬余，杖至百，两股间脓血流离，并虫亦不能行捉矣。——宰，县令。严，严格的规定。限，期限。追比，旧时地方官吏严逼人民限期交税、交差，逾期即施以杖责。宰严限追比，县令严定期限，催促缴纳。旬，十天。旬余，十多天。杖，作动词，挨板子。流离，淋漓。

转侧床头，惟思自尽。——转侧，辗转反侧。

第二段主要写成名充当里正薄产累尽，适逢县令征促织，他无处可征，自捕促织，又无所得，县令追比，惟思自尽之事。

第二段结构：

本段为故事的开端，共分两层：第一层，写成名充当里正，薄产累尽；第二层，写会征促织，成名未完成任务，被县令追比、杖责后忧愁苦闷、愤思自尽，揭露了成名和封建统治者在"岁征促织"方面的矛盾已到了生死攸关的程度。

第二段写作手法：

叙述、描写、层递相结合。

第三段：

时村中来一驼背巫，能以神卜。——巫，巫婆。女巫称"巫"，男巫称"觋"。能，能够。以，凭借。卜，算卦，问吉凶。

成妻具资诣问。——具，拿，准备好。资，财货。诣，到达。问，问吉凶。

见红女白婆，填塞门户。——红女，红妆少女。白婆，白发的老婆婆。户，单扇门。门户，门口。填塞，挤满了。

入其舍，则密室垂帘，帘外设香几。——密室，密闭的内室。垂，挂着。帘，布帘子。舍，住宅。几，案。现在大者为"案"，小者为"几"。

问者爇香于鼎，再拜。——爇（ruò），点燃，焚烧。鼎，大香炉。问者，问事情的人。巫从旁望空代祝，唇吻翕辟，不知何词。——从旁，在（香案）旁边。祝，祷告。吻，嘴唇。翕，合。辟，张开。

各各竦立以听。——各各，人人。竦，严肃地，恭恭敬敬地。听，听候，恭候。

少间，帘内掷一纸出，即道人意中事，无毫发爽。——少间，过了一会儿。即，就。意，心意，心。毫发，丝毫。爽，差错。

成妻纳钱案上，焚拜如前人。——纳，缴，放。如，按照，仿照。

食顷，帘动，片纸抛落。——食顷，一顿饭工夫。帘动，帘子一动。

拾视之，非字而画，中绘殿阁，类兰若。——视，看。非，不是。中，当中。类，类似，像。兰若，佛寺，梵语"阿兰若"的简称。

后小山下，怪石乱卧，针针丛棘，青麻头伏焉。——卧，横卧着。针针，像针一样尖锐的。丛棘，丛生的荆棘。青麻头，一种上品蟋蟀的名字。伏，趴。焉，于此。

旁一蟆，若将跳舞。——旁边一只蛤蟆，像要跳起来的样子。

展玩不可晓。然睹促织，隐中胸怀。——展，辗转，翻来覆去。玩，琢磨，研究。晓，通晓，透彻了解。隐，暗暗地。胸怀，心事。中，符合。本句大意：她展开琢磨，不能理解，但是看到上面画着蟋蟀，暗合自己的心事，就把纸片折叠好装起来，回家后交给成名看。

折藏之，归以示成。——示，动词，给人看。

第三段主要叙述了成名的妻子卜问促织，得到启示一事。

第三段结构：

本段共分两层：第一层，写成妻卜问促织时所见情景；第二层，写成妻问促织的情况。这一段是作者幻想的情节，故事的题材，本为民间传说。在封建社会，人们遇到无法解决的事情时经常会求神问卜。成妻的问卜说明成名此时已被县令逼得走投无路了，有力地揭露了封建社会的统治者和各级官员剥削百姓的真实面目，表现了自己对弱者的同情。同时，第三段也使故事情节更加曲折跌宕。

第三段写作手法：

叙述和描写相结合。

第四段：

成反复自念，得无教我猎虫所耶？——念，猜想。得无，莫非。所，地方。教，教导，指点。细瞻景状，与村东大佛阁真逼似。——景状，景象。逼，十分。

乃强起扶杖，执图诣寺后，有古陵蔚起。——强，勉强。执，拿着。诣，进也。陵，陵墓，坟墓。蔚，草深树密的样子。起，高起。

循陵而走，见蹲石鳞鳞，俨然类画。——循，沿着。而，把修饰词语连在动词上。蹲，拟人手法，排列着。鳞鳞，一块接着一块。俨然，活生生地。

遂于蒿莱中侧听徐行，似寻针芥。而心目耳力俱穷，绝无踪响。——遂，就。于，在。蒿莱，乱草丛里。侧听徐行，一边侧着耳朵细细地听，一边慢慢地走。芥，小草。而，然而。俱，都。穷，用尽了。绝无，一点儿也没有。踪，踪迹。响，声音。

冥搜未已，一癞头蟆猝然跃去。——冥，幽深，深入。未已，还没有结束。已，过了。癞头蟆，癞蛤蟆。猝然，突然。成益愕，急逐趁之，蟆入草间。蹑迹披求，见有虫伏棘根。——益，更加。愕，奇怪。逐，追。趁，追上去，跟踪追赶。蹑，悄悄地跟在后面。迹，踪迹。披求，分开丛草去寻找。

遽扑之，入石穴中。掭以尖草，不出；以筒水灌之，始出，状极俊健。逐而得之。——遽，急忙。穴，洞。掭（tiàn），拨动。筒，较粗的竹管。俊，俊美。健，健壮。逐而得之，追上去捉到了它。

审视，巨身修尾，青项金翅。——细细一看，只见蟋蟀个头大、尾巴长，有着青色的脖颈、金黄色的翅膀。大喜，笼归，举家庆贺，虽连城拱璧不啻也。——连城，价值似一座城市，形容价值极高。不啻，不如。本句大意：成名特别高兴，用笼子装上提回家，全家庆贺，把它看得比价值连城的宝玉还珍贵。

上于盆而养之，蟹白栗黄，备极护爱，留待限期，以塞官责。——上，装。养，供养。塞，弥补。责，责罚。本句大意：装在盆子里并且用蟹肉栗子粉喂它，爱护得周到极了，只等到了期限，拿它送到县里去缴差。

第四段写成名按图捕捉促织，果得佳种，全家庆贺之事。第三段和第四段同为故事的发展。

第四段写作手法：

细致入微的描写。

第五段：

成有子九岁，窥父不在，窃发盆。——成名有个儿子，才九岁，看到父亲不在（家），偷偷打开盆来看。

虫跃掷径出，迅不可捉。——跃，跳起。掷，向下跳。径，径直。出，跳出盆外。"跃掷径出"为动词连用，说明连续动作。本句大意：那蟋蟀跳起来，向下一跳，径直跳出盆外。跳得很快，无法捉捕。

及扑入手，已股落腹裂，斯须就毙。——及，等到。扑，抓。入，到。股，大腿。落，掉。斯须，一会儿。毙，命绝。

儿惧，啼告母。母闻之，面色灰死，大惊曰："业根，死期至矣！而翁归，自与汝复算耳！"——业，佛语，业障，罪恶祸害。根，种。业根，祸根。而，通"尔"，你。翁，古代对长者的尊称。而翁，你父亲。自，自然。与，和。算，算账。耳，罢了。本句大意：孩子吓坏了，就哭着去告诉母亲。母亲听了，吓得脸色如死灰一样，大惊说："祸根，你的死期到了！你父亲回来，自然会跟你算账！"

儿涕而去。——孩子哭着跑了。

第五段写成子误杀促织之事，故事情节又有了曲折。

第五段写作手法：

描写和叙述相结合。

第六段：

未几，成归，闻妻言，如被冰雪——未几，没有多久，不一会儿。闻，听说。被，动词，覆盖。如被冰雪，全身好像盖上冰雪一样。

怒索儿，儿渺然不知所往。——怒，气冲冲地。渺，渺茫，无踪无影。然，副词词尾。渺然，踪影全无。往，去。

既而得其尸于井，因而化怒为悲，抢呼欲绝。——既，后来。得，捞到了。抢，以头碰头。呼，呼天喊地。欲绝，哭得死去活来。

夫妻向隅，茅舍无烟，相对默然，不复聊赖。——夫妻二人对着墙角流泪哭泣，茅屋里没有炊烟，面对面坐着不说一句话，再也没有了依靠。

日将暮，取儿藁葬，近抚之，气息惙然。喜置榻上，半夜复苏。——取，把。藁葬，用草席裹着去埋葬。近，走到跟前。抚，抚摸。之，指孩子。惙，呼吸微弱，时断时续。喜，动词，高兴。复苏，苏醒。

夫妻心稍慰，但蟋蟀笼虚，顾之，则气断声吞，亦不敢复究儿。——稍慰，略微。虚，空着。顾，回头一看。本句大意：夫妻二人心里稍稍宽慰一些，但是看到蟋蟀笼子空着，成名就急得气也吐不出，也不敢再追究儿子的责任。

自昏达曙，目不交睫。——从晚上到天明，连眼睛都没合一下。

东曦既驾，僵卧长愁。——曦，阳光。东曦既驾，东边的太阳已经升起来了。僵，直挺挺地。长，长吁短叹。

忽闻门外虫鸣，惊起觇视，虫宛然尚在。——惊，慌忙地。觇，查看。宛然，好像。

喜而捕之，一鸣辄跃去，行且速。——辄，就。一鸣，长鸣一声。速，快。本句大意：他高兴地去捉它，那蟋蟀叫了一声就跳走了，跳得非常快。

覆之以掌，虚若无物；手裁举，则又超忽而跃。——裁，通"才"，刚刚。超忽，忽然。本句大意：用手掌去罩住它，手心空荡荡的，好像没有什么东西；手刚举起，却又远远地跳开了。

急趋之，折过墙隅，迷其所在。——成名急忙追它，转过墙角，又不知它的去向了。

徘徊四顾，见虫伏壁上。——他走来走去，四下张望，才看见蟋蟀趴在墙壁上。

审谛之，短小，黑赤色，顿非前物。——审，观察。谛，仔细。顿，立刻。

成以其小，劣之。——劣，鄙视。

惟彷徨瞻顾，寻所逐者。——彷徨瞻顾，左顾右盼，东张西望。

壁上小虫忽跃落襟袖间，视之，形若土狗，梅花翅，方首，长胫，意似良。——土狗，蝼蛄。胫，小腿。意，意想，看样子。良，不错。

喜而收之。将献公堂，惴惴恐不当意，思试之斗以觇之。——恐，唯恐。当意，合心意。思，想着。试之，试一试它（指蟋蟀）。斗，使动词，使它斗一斗。以，介词，表目的。觇，查看。本句大意：他高兴地收养了它，准备献给官府，但是还是害怕不合县令的心意，他想先试着让它斗一下，看它怎么样。

第六段写成子惧责投井，幸而半夜苏醒，成名因虫死儿伤精神上备受折磨，在绝望中又捕得一只其貌不扬的促织，虽喜爱却依旧惴惴不安之事。作者通过成名一家因岁征促织几乎家破人亡之事，揭露了封建统治者以人命为戏、"岁征民间"的恶行。

第六段结构：

本段故事情节曲折地向高潮发展，可依照对成名心情的描写分为六层：一写怒，二写悲，三写喜，四写愁，五再写喜，最后写半喜爱半不安。

第六段写作手法：

以细致入微的描写体现人物的情绪变化。

第七段：

村中少年好事者，驯养一虫，自名"蟹壳青"，日与子弟角，无不胜。——好事者，专爱管闲事的人。自名，自己给促织取名。子弟，年轻人。

欲居之以为利，而高其直，亦无售者。——他想留着它居为奇货来牟取暴利，便抬高价格，但是也没有人买。

径造庐访成，视成所蓄，掩口胡卢而笑。——径，径直。造，前往。庐，简陋的房屋。蓄，蓄养。掩口，捂着嘴。胡卢，形声字，暗笑声。

因出己虫，纳比笼中。——纳，纳入，放进。比笼，比试用的笼子。

成视之，庞然修伟，自增惭怍，不敢与较。——庞然，十分庞大。修，长。伟，大。增，更加。怍，惭愧，羞愧。较，较量。

少年固强之。顾念蓄劣物终无所用，不如拼搏一笑，因合纳斗盆。——固，坚持。本句大意：少年坚持要斗。成名心想养着这样低劣的东西，终究没有什么用处，不如让它斗一斗，换得一笑，于是把两个蟋蟀放入了一个斗盆里。

小虫伏不动，蠢若木鸡。少年又大笑。——小蟋蟀趴着不动，呆呆地象个木鸡，少年再次哈哈大笑。

试以猪鬣毛撩拨虫须，仍不动，少年又笑。——试着用猪鬣撩拨小蟋蟀的触须，小蟋蟀仍然不动，少年又一次大笑。

屡撩之，虫暴怒，直奔，遂相腾击，振奋作声。——暴怒，突然大怒。直奔，直冲上去。遂，于是。相，互相。腾，跳。击，扑打。振奋，鼓动翅膀。作声，鸣叫。

俄见小虫跃起，张尾伸须，直龁敌领。——俄，顷刻。龁（hé），咬。领，脖子。

少年大骇，急解令休止。——骇，吃惊。解，拉开。

虫翘然矜鸣，似报主知。成大喜。——翘然，翘起尾巴。矜，夸耀，得意。

方共瞻玩，一鸡瞥来，径进以啄。——方，正在。共，一块，共同。瞻，低头观看。瞥，突然。以，而，表承接。径进，直冲上来。

成骇立愕呼，幸啄不中，虫跃去尺有咫。——骇立，惊慌地站起来。愕呼，慌张地大喊。幸，幸而。咫，八寸。有，通"又"。

鸡健进，逐逼之，虫已在爪下矣。——鸡又大步地追逼过去，小蟋蟀已被压在鸡爪下了。

成仓猝莫知所救，顿足失色。——成名吓得惊慌失措，不知怎么救它，急得连忙跺脚，脸色都变了。

旋见鸡伸颈摆扑，临视，则虫集冠上，力叮不释。——旋，过了一会儿。临，临近，走近。集，停，趴。力，用力。释，放开。本句大意：忽然又见鸡伸长脖子，扭摆着头，到跟前仔细一看，原来小蟋蟀已趴在鸡冠上用力叮咬着不放。

成益惊喜，掇置笼中。——掇，拾取。

第七段描绘了成名试斗促织，获大胜，再度解救一家困厄的情景。

第七段结构：

本段与第六段同为故事发展的高潮，共分两层：第一层，写斗前情况，好事者数次嘲笑成名的蟋蟀；第二层，写斗的情景，成名的蟋蟀既斗赢了"蟹壳青"，又斗赢了鸡。

第七段写作手法：

叙述和描写相结合。

第八段：

翼日进宰，宰见其小，怒诃成。——翼，通"翌"，第二天。宰，县令。怒，气冲冲地。诃，大声呵斥。

成述其异，宰不信。——异，与众不同，不平凡。

试与他虫斗，虫尽靡。又试之鸡，果如成言。乃赏成，献诸抚军。——

靡，败倒。抚军，巡抚。诸，之于。

抚军大悦，以金笼进上，细疏其能。——上，皇帝。细疏，分条说明。

既入宫中，举天下所贡蝴蝶、螳螂、油利挞、青丝额一切异状遍试之，无出其右者。每闻琴瑟之声，则应节而舞。益奇之。——"蝴蝶""螳螂""油利挞""青丝额"均为蟋蟀的名称。本句大意：到了宫里后，凡是全国贡献的蝴蝶、螳螂、油利挞、青丝额及各种稀有的蟋蟀，都与小蟋蟀比试了一番，没有一只能赢过它。它每逢听到琴瑟的声音，都能按照节拍跳舞，（大家）越发觉得出奇。

上大嘉悦，诏赐抚臣名马衣缎。——嘉，嘉奖，赏识。悦，喜欢。诏，皇帝命令。衣缎，锦缎衣料。

抚军不忘所自，无何，宰以卓异闻。宰悦，免成役，又嘱学使俾入邑庠。——所自，来自哪里。无何，不久。卓异，（成绩）卓著优异。闻，出名。学使，主考官。俾，使。庠，学校。本句大意：巡抚不忘记好处来自哪里，不久，县官也以才能卓越而闻名了。县官一高兴，就免了成名的差役，又嘱咐主考官，让成名中了秀才。

后岁余，成子精神复旧，自言身化促织，轻捷善斗，今始苏耳。——过了一年多，成名的儿子精神复原了。他说他变成了一只蟋蟀，轻巧敏捷，善于搏斗，现在才苏醒过来。

抚军亦厚赉成。——赉，赏赐。厚赉，重赏。

不数岁，田百顷，楼阁万椽，牛羊蹄躈各千计；一出门，裘马过世家焉。——椽，房屋间数。万椽，万间。各千计，各用千数计算。世家，时代做官的人家。

第八段叙述了自成名起，层层进贡促织，以至于皇帝；自皇帝起，赏赐抚军以下，以至于成名，均因促织获得奖赏。最后点明成子灵魂化为促织，交代了神异促织的来历，增强了故事的曲折性与神奇色彩，同时也更加深了故事的悲剧性。在官府逼迫之下，成子自杀后还要魂化促织以供玩赏，方能解脱一家的苦难，这就更加表现出百姓所受迫害之深，有力地抨击了荒淫残暴的封建统治者。

第八段结构：

本段为故事的结局，可分为两层：第一层，叙述层层进贡促织，试验促织的情况，照应文章的开头；第二层，叙述逐级赏赐的情况，点明成子魂化促织，照应文章第一段，揭露了封建社会政治的腐朽、封建统治者的荒淫残暴以及地方官的阿谀奉承。

第八段写作手法：
叙述和层进相结合。

三、中心思想
这篇小说通过成名因岁征促织受尽折磨、几乎家破人亡的不幸遭遇，揭露了封建政治的腐朽黑暗，封建统治者以人命为戏的残酷罪行和善良人民的悲惨生活，表现了作者对社会底层的善良人民的同情以及对封建统治者的憎恶。

四、写作特点
1. 主线明确，情节曲折完整，层次清晰，人物出场自然。
2. 描写细致入微，情节曲折跌宕。

全文描写细致入微，形象生动。如成名之子投井一节，作者刻画成名听到其子误杀蟋蟀时，先是"如被冰雪"，接着"怒索儿"，发现其子投井自杀时，又"化怒为悲""抢呼欲绝"，后来其子复苏，才"心稍慰"。但当一想到蟋蟀，却又"气断声吞"。以人物动作的细节来表现其心理的变化，生动地表现出了成名当时所受到的精神上的折磨。同时，"夫妻向隅，茅舍无烟，相对默然，不复聊赖""自昏达曙，目不交睫。东曦既驾，僵卧长愁"等环境描写，也突出了这一家人内心的愁苦，增强了悲惨的气氛。又如第七段，用村少年"掩口胡卢而笑""又大笑""又笑"等几种不同的笑法和成名"自增惭怍，不敢与较""拼搏一笑""大笑"等几种不同状态，来表现两人截然相反的情绪——前者突出其骄矜，后者突出其畏怯，两者对比极为鲜明，使得整个场景更加生动。

第四编 04
现代汉语

一九七九年春，天水师专中文科七八级一、二班两班现代汉语任课教师于讲完语音编后，突然染病卧床，课程乏人承担，缺课竟达一月。校领导以教者曾在中师讲授汉语及写作课，故责成教者充接斯任。教者鉴于荒废学生学业，殊于心不忍。况为学校分忧解愁，亦责任所在，因此不揣浅陋，不复顾利害得失，慨然应诺，备课三日，旋即登台授课。同时，搜集中华人民共和国成立以来诸家教材，参戮考校，择善而从，确定体例，立即动笔编写讲义。旁参名家著述、通俗读物，披阅（20世纪）五六十年代及今国内杂志中有关现代汉语之论著资料，敛玉聚金，为我所用。务使所编讲义分类妥当、解说严谨、概念明确、例证典型、条理清晰、内容翔实，涉猎范围也略广于常见教材。

　　授课时边板书纲目例证，边口授内容（学生边听边做笔记）。或举例剖析，阐明道理；或区别异同，严防舛误；或介绍众说，判明得失；或根据实际，插讲专题（见《讲义》之八）。孜孜致力于开阔学生视野，满足学生要求，并积极倡导学生阅读参考书籍，浏览汉语杂志。于是每堂课下，学生蜂拥而至，与教者质疑辩难；教者随地而蹲，口说指画，逐一为之解惑，无稍懈怠。课外师生陶醉于切磋琢磨，蔚为风气。学生尤热衷于互相校对笔记，整理课堂笔录，冀心有所得，手有所存。

　　春去秋来，教者既忙于授课，又忙于编次讲义，朝涂夕缀，寒暑不辍，历时十月，甘苦备尝。1980年年初，课程结束，讲义亦基本成稿。学生又各拥有笔记数册，视若瑰宝，相互庆幸，尝云："有此笔记，享用不尽。师专两年，若论具体收获，唯此笔记而已。"学生毕业，任教中学，遇有问题，亦常以笔记为参考。似此，教者所写讲义尚有可取，奈不久即忝列行政工作，无暇补写语音及未竟修辞章节，不胜惋惜。自知学无根柢，外行操觚，谬误多有，赧颜送审，衷心期待前辈专家批评指正。

丁恩培谨志于天水师专
1981年6月26日

第一章

汉 字

言为心声，语言是思维的外壳，是人们互相交际、交流思想的工具。"然而言者，犹风波也，激荡既已，余踪杳然，独恃口耳之传，殊不足以行远或乘后。"（鲁迅《汉文学史纲》）口头语言受时间或空间的限制，不能传之久远。当今社会发展到人们需要把话留于异时、传于异地的时候，就需要用一些符号把语言记录下来，记录语言的符号体系就是文字。人类社会有了记录语言的符号——文字，语言就冲破了时间和空间的限制。说的话不但能用文字传到远方，而且还能留传后世。所以两千多年后的今天，我们还能知道春秋时代的孔丘曾在河岸上发出的慨叹："逝者如斯夫，不舍昼夜。"慨叹光阴易逝，人生短暂。还能知道战国时代的爱国诗人屈原，如何行吟汨罗江畔，抒发忧国忧民的情感。文字对于文化的继往开来起着极为重要的作用。

汉字是我国汉民族用以记录汉语的符号，是世界上多种文字中的一种，也是世界多种文字当中使用年代最久的一种。汉字产生的年代虽然还不是很清楚，但远在公元前15世纪的商代，已经是一种相当发达的文字了。推想在此以前，汉字就有了很长的历史。商代以后汉字的使用从来没有中断过，它逐步发展并形成书面语言，保存下来了像《诗经》《楚辞》那么优美的诗歌，《尚书》《春秋》《左传》《国语》等丰富的历史资料，以及春秋战国时期诸子百家光辉灿烂的哲学思想。这些文化瑰宝，假如不是利用汉字记录下来，远在几千年以后的我们怎么能够接受这些文化遗产呢？秦汉以后书写的工具渐趋完善，保存下来的文献更加丰富，除了文学作品、哲学思想以外，我们的祖先在科学上的发明和创造，如众所周知的指南针、造纸术、印刷术以及天文、数学、火药制造知识及建筑技术等都是借助汉字这种书面语言，传到世界各地，传给后世子孙。汉字在我国历史上有着不可磨灭的贡献，对我国优秀传统文化的传播起着巨大的作用。现在，汉字仍然是记录现代汉语的符号，我们还在利用它为我国三大革命实践服务，为实现四个现代化服务。汉字仍具有它应有的生命力，仍然是我们用来交流思想、开展科研、传播生产经验的工具。因此，我们必须重视学习汉字，正确地掌握汉字，运用汉字。

当然，还应看到，由于汉字本身存在着不少缺点，已经不能完全适应社会发展以及现代化的需要。因此，毛主席在1951年指示我们："文字必须改革，要走世界文字共同的拼音方向。"毛主席的指示不仅指出汉字改革的必要，而且指出了汉字改革的方向。遵照毛主席的指示，国务院成立了文字改革委员会，开展了制定汉语拼音方案、推广普通话和简化汉字两方面的工作，都取得了卓越的成效。完成文字改革和推广普通话是我们的重要任务。党和国家一直非常重视语言文字工作，重视语言文字的规范化，重视提倡推广普通话，并及时公布了第二批简化汉字，大力开展文字改革的研究工作。我们也应关心文字改革，并争取为文字改革尽绵薄之力。

第一节　汉字的特点

一、汉字的表意特点

世界上通行的文字归纳起来，可以分为两类文字，即拼音文字和表意文字。现在世界上许多民族应用的文字都是拼音文字。拼音文字是用一套字母来拼写每个词的声音，读出词的声音，就可以了解词的意义，这种文字是跟语音密切结合的。欧洲许多民族的文字如英文、法文、德文、俄文等和国内少数民族的文字如藏文、维吾尔文、蒙文等都是如此。但是汉字的性质跟拼音文字不同。从写法上来看，每个字都是单独的一个个的方块形体，这跟一般拼音文字的形式不一样。正因为如此，把汉字也叫方块字，更重要的是汉字不跟语音密切结合，每个字只是一个具有语言意义的音节符号，不能明确地表示出字的读音来。这跟一般拼音文字大不相同。这种以意义为基础建立起来的文字叫表意文字。

目前使用的汉字可以分为两大类，一类是没有表音成分的，纯粹表意字；一类是有表音成分的（形声字）。表意字，纯粹的表意字都是从象形（图画）文字发展而成的，如"日"最早写作⊙, ☉，"月"写作☾, ☽，"木"写作朩，"水"写作𣲗 𣲙，直接描绘或者临摹事物形状，叫作象形画图文字，字的本身没有任何声音标志。把象形文字合起来或加上指示性的符号来表示一个词的意义，如日、月相合为"明"，表示光明的意思。𣎳给木的上部加上指示性的一横，表示树木的末梢，即末。给木的下部加上指示性的一横，表示树木的根部，即本。这些是以象形文字为基础发展起来的文字，本身都没有表音的成分。这一类纯粹表意字，在现行的汉字中所占数量不多，但都是一些常用字。带表音成分的表意字，在现行汉字中所占数量最多，约占汉字总量的90％以上。这类字是由两部分组成的，一部分表意，一部分表音。表意的部分一般称为意符，也称为形旁；表音的部分一般称为声符，也称为声旁。如箱、厢、湘、想等字中竹、厂、水、心都是字的意符（形旁），"相"是字的声符（声旁），合起来表示字的意义和读音。这类字虽有表音成分，但表音成分原来仍是表意字。如相，以目观木，即观察的意思。所以汉字中带有表音成分的字虽占多数，实质上还是表意体系的文字。汉字从商代到现代一直是汉族人民记录汉语的工具，延续使用三千多年了，不管从古到今汉字在笔法上、结构上有过多少次的变化，但文字的表意性质始终没有变，表意性就是汉字的本质特点。

二、汉字的结构特点

汉字是表意文字，它的形体不是用表音的字母组成，而是用不表音的笔画，按照一定的笔顺和结构方式组成的，这就是汉字结构的特点。

笔画：书写汉字时，由起笔写到抬笔（再落笔之前），叫作一笔或一画。如心、手、方都是由四笔或四画构成的。笔画是汉字结构的最小单位，是组成汉字的要素。汉字的整体虽然复杂多样，但基本笔画不外点、横、竖、撇、捺、提、折、钩八种，这些基本笔画在应用中还有变化。现列表如下：

笔画	名称	字例	笔画	名称	字例
丶	点	主席	㇂	斜钩	弋 戈
一	横	二王	㇆	卧钩	思 心
丨	竖	干千	㇄	竖弯	七 世
丿	撇	任人	亅	弯钩	家 豖
㇏	捺	人文	㇈	竖弯钩	毛 己
㇀	提	江地	乙	横折弯钩	九 飞
㇕	横折	口田	㇌	横折钩	月 永
㇗	竖折	山画	㇅	横折折钩	乃 仍
㇋	撇折	红去	㇞	竖折折钩	弓 弟
㇐	横钩	写字	㇇	横折提	说 话
亅	竖钩	水可	㇇	横撇	各 又

| ㇄ | 竖提 | 民切 | ㇉ | 竖折撇 | 专 传 |
| ㇒ | 撇点 | 巡好 | ㇋ | 横折折撇 | 及 廷 |

共二十六种

笔顺：一个汉字先写哪一笔，后写哪一笔的顺序叫笔顺。笔顺是有一定规律的，一般是：

从上到下：主羊　　从左到右：棉服

从外到内：同问　　最后关门：国固

从中到旁：小水

人字在中央最后写：夫央

从里到边：这延　　先横后竖：干十

先横后撇：厂大　　先撇后捺：人文

写一个字时，往往是几种笔顺顺序的综合运用。例如"想"就包括从上到下、从左到右、先横后竖等书写顺序。此外，还须注意比较特殊的书写规律。横撇、竖提都是一笔，如久、表、农。横折、竖折都要两笔写，如区、凶。折下还可连弯，如凹、凸。

结构方式：汉字的结构有一定的方式，大致可分为两类。

一类是单一结构。这种结构的字直接由笔画组成，不能再分析出大于笔画小于该汉字的小单位来。如牛、目、止、口等，这种单一结构的字也叫作独体字。

另一类是复杂结构，这类字是由两个以上大于笔画而小于该汉字的基本结构单位组成的。这种复杂结构的字也叫合体字。如"休"是大于笔画而小于该汉字的，由"亻"和"木"两个基本单位构成。这种基本结构单位过去把它叫作偏旁，如步、牧、采、从都是由偏旁组成的。绝大多数汉字都是由笔画构成偏旁，再由偏旁与偏旁相结合构成复杂结构，按照基本结构单位，也就是偏旁在汉字中的部位，可以把复杂结构分成以下几种格式：

上下结构：星（上下相等）　篱（上小下大）　煎（上大下小）　霜（上合下分）　架（上分下合）

上中下结构：篮　冀　曼

左右结构：胖（左右相等）　河（左小右大）　刚（左大右小）

左中右结构：辩　办　湖　街

全包围结构：国　园　回

半包围结构：床（偏左上）、句（偏右上）、这（偏左下）、区、函、网

品字形结构：森　晶　磊

第二节 汉字的造字方法

汉字在甲骨文里有 3000 多个，汉朝许慎著《说文解字》有 9353 个，宋朝的《广韵》有 26194 个，清朝《康熙字典》有 47035 个，1915 年编印的《中华大字典》有 48000 多个，这么多的汉字是怎样形成的呢？古代有"六书"的说法。汉朝许慎在《说文解字序》里对"六书"做了比较系统的说明。所谓"六书"即象形、指事、会意、形声、转注、假借六种造字的方法（或说造字原则）。其中以前四种较为重要。

一、象形

《说文解字》序言里说："象形者，画成其物，随体诘诎，日月是也。"按照事物形象的曲线，画出事物的图形。用描摹事物的形状表示意思。许慎举的字例是日、月。

    日 象太阳形

    月 象月亮形

    山 象山峦形

    川 象河流

    水 象流水

    林 象两株草

    木 象树木

    牛 象牛头形，用牛头代表牛

    羊 象羊头形，用羊头代表羊

    鸟 象长尾鸟

    隹 象短尾鸟

    鱼 象鱼形

口　象口形

目　象目形

手　象手形

又　象右手

火　象火苗形

人　象人侧之形

大　象人正立形

衣　象衣服形

刀　象一把刀

肉　象肌肉

子　象小儿

车　象车形

象形字有的描摹实物的整体轮廓，有的描摹实物的局部特征。象形字经过逐渐演变，到楷书里就不像实物了。

二、指事

许慎说："指事者，视而可识，察而见意，上下是也。"就是说把要指明的东西，用指示性的符号指出来，使人一看就能认得，仔细观察便能发现它的含义。

上　指明在上面

寸　寸脉边

下　指明在下面

刃　指刃部

亦　指两肘腋

又　表手指相交错

旦　一画指地平线

之　一画指土地
立　一画指天地
末　一画指树干，即株

这些字里指示性符号是不能独立的，·或－横都不是独立的字。一画不是数目的"一"也不是"地"字。用指示性符号指明抽象的事物，叫作指事字。

象形字和指事字有一个共同的特点，就是其字体不能分为两个或几个独立的部分，因而这两类字叫作"独体字"，也是一切汉字的基本字。其他绝大多数汉字是这些独体字的合体字。

三、会意

许慎说："会意者，比类合谊，以见指撝，武信是也。"把互相有关联的独体字的意义结合起来，来表现一个新的意义，即会意字。

武　止戈为武，制止用兵打仗
信　人言为信，人言应讲信用
杲　日在木上（日上三竿），明亮。《诗经》："其雨其雨，杲杲出日"
杳　日在木下，无影无踪，昏暗幽深
莫　日落草中，暮色苍茫
望　西楼望月几回圆
见　睁眼可见
争　两手相争
舀　伸手去掏
臽　人落陷阱
秉　手执一禾
兼　手执二禾
益　水溢而出
毋　《史记》："毋妄言，族矣！"
从　紧紧跟从
比　亲近（相近相亲）
北　背道而驰
炎　烈焰腾空，炎热
赤　烤得红彤彤，赤也
集　群鸟归巢，集合也

焦　火燎毛焦
采　采桑摘茶
休　倚树休息
牧　鞭打快牛
坐　田头对坐
看　以手遮目
并　二人并立
步　两足一前一后，步行也。
初　衣之始也
鸣　鸟叫也

由独体的象形、指事字到合体的会意字，是一大进步。因为用会意的方法增造新字，汉字的数量增多，而且用这种方法可以造出表示抽象概念的字来。不过会意有时失之于主观臆断，字义往往不够明确，如止戈为武、人言为信等。

四、形声

许慎说："形声者，以事为名，取譬相成，江河是也。"形声字就是用表示事物的一个独体字作为新字的意义，用音同音近的字表示新字的读音。形声字即前面所讲有表音成分的表意字。

江 意符（形旁）为水，声符（声旁）为工
河　为水　为可
汕　为水　为山
洋　为水　为羊
汾　为水　为分
沅　为水　为元
没　在漩涡中没了"没有"
涉　徒步过河，涉水也
法　古神话中的怪兽，似山牛一角，触人之不直言去之，如水之平也
海　海为水之母
流　孩子漂流水上
村　为木　为寸
材　为木　为才
杷　为木　为巴

柄　为木　为丙

凡从木之字，其意义皆与木有关。以此类推，从金之字，与金义有关，如铃、钉、铭等。从玉之字，与玉义有关，如珠、玲、珊、瑚等。从手之字，与手义有关，如指、按、揩、抹、扣等。

形声字大部分声符是和意义无关的，但也有一小部分声符兼表意义的。如前面所说的没、涉、法等。形声字有了表音成分，这是汉字发展的又一大进步。用这种方法就可以大量地造新字，所以《说文解字》中形声字有7697个，占总数的82%以上。直到近现代还不断利用这种方法造新字，如化学元素中氧、氮、氢、锌、镁、碘、碳等，助词叹词中吗、喂、嗨、哪、呀、嘿等，简化汉字中的远、优、犹、胜、艺、择、邮等，都是用形声的方法。

五、转注

许慎说："转注者，建类一首，同意相受，考老是也。"转注的解释古今争论很多，说法不一，大约有70多种说法。常见的说法有两种：一种是"同部同义字互训"的说法。即同一部首、同一形旁的字中的同义字可以相互解释，也就是许慎说的"建类一首，同意相受"。如考、老、耄、耋同属老部，形旁都是老，声旁是毛、至，其意义是"老"，具体来说，老年寿终曰考，七十曰老，八十以上曰耄，九十以上曰耋。考老、耄耋就是一组转注字。闻、聆同属耳部，形旁都是耳，声旁是门、令三字都是"听"的意义，可以互相解释，这又是一组转注字。爸、爹同属父部，形旁都是"父"，都是父亲的意思，只是声旁不同，分别为"巴、多"，因而读音不同。"不闻爷娘唤女声，但闻黄河流水鸣溅溅。""爷娘妻子走相送，尘埃不见咸阳桥。"这也是一组转注字。这类转注字，是由方言的差别或古今音的差别而产生的，是记录方言和古今语音的符号。

另一种说法是"建类"的类是声旁，"一首"指同一声类的字中的同义字可以互相解释，即"同意相受。"如考、老、寿同属幽韵（今韵为幺），属同一声类，意义相同，可以互相转注。以此类推，一切双声或叠韵同义字，都是转注字。如柔弱，发声都是"日"声。同一声类，意义可以互训。

这两种说法都是从形声字派生出来的，一种侧重形旁，一种侧重声旁。似乎都不尽完善，不是造字的方法，而是用字的方法，因而有些人认为转注不应列入造字方法之类。

其实形声字中有些字的声旁兼表意义，和不同形旁结合时，这一意义可以转注贯注给不同的新字。

仑（侖），从一从册。音集，从人从一，象三合之形。册，象书册也。集册为仑即伦次的意思。以仑为声旁与其他形旁结合造成的新字都转注入伦次的意思。如伦，人伦一定是长幼有序；沦，小波为沦，"河水清且沦猗"，水纹不紊；论，言有次序；轮，车轮有条幅，次序不紊。

専（专），从叀从寸，叀，捻线也，会意字。寸，手也，以手拔捻线锤而捻线也，即转动之义。以专为声旁与其他形旁结合造成的新字都有转动之义。如传，传递；转，车轮转动；抟，转揉成球形。

戋、戔，同作残，含有小的意思。以戋为声旁与其他形象结合所造之新字都含有小的意思。如浅，小水也；钱，小型货币；线，小丝缕；栈，小竹木料或小车；牋，小木简；笺，小竹简；盏，小酒器；溅，水所扬起小泡沫；饯，小宴饮。

六、假借

许慎说："假借者，本无其字，依声托事，令长是也。"汉字是表意文字，因为赶不上语言发展的需要，于是古人就借用已有的现成的同音字或音近字来顶替的办法创造新字。

令，象往一个跪着的人头上加冕形（唐据金文研究），即接受命令的意思，本为动词。又借来作为一县发号施令的人的称呼，即县令。借用作名词。

长，象长发老人柱手杖形或像头上插羽，一手拄拐杖的长老或酋长形。本为长者，名词，又借用作形容词，"长寿"的长、"长发"的长、"长羽毛"的长。于是长 zhǎng、长 cháng 一身二任焉。原字增添了新义。

花，本义是花朵的意思，名词。后借用作花钱的花，动词。给原字添加了新义。

以上假借的结果是给原字增添了新任务。

我，（甲骨文）本是一种武器，借用作第一人称"我"。后来原义逐渐消失了，只剩下自称之义了。《诗·周南·卷耳》"嗟我怀人，置彼周行。"

而，象胡须貌，借作连词，而原义被新义代替了。

亦，指肘腋也，借作连词"也"，另造形声字"腋"。

北，原两人相背之义，借作方位词"北"，另造形声字"背"。

止，象脚趾，借为"禁止"的"止"，另造"趾"字。

求，象皮衣，借为"要求"的"求"，另造形声字"裘"。

须，௵௵从彡从页，彡，毛也，页头也，毛，须也。借为"必须"的"须"，另造"鬚"字，简化字又还原为须。

以上假借的结果一字变成两字。

虚词多假借，原为实指：

自，௵ 古"鼻"字，象形。借作介词，另造"鼻"字。

於，௵ 古"鸟"字，象鸟飞形。原义消失，新义代替原义。

焉，௵ 鸟名也。原义消失，新义代替原义。"原义三人行必有我师焉！"

它，௵ 古"蛇"字。另造"蛇"字。

且，且象俎形。

勿，勿象旗帜拓展，原义消失，新义代替。"过则勿惮改。"

未，未象木之枝叶重叠。原义消失，新义代替原义。

因，因象人躺席子上，"茵"之本字，另造"茵"字。

及，௵从人从又，达到。

之，ㄓ从中从一，草出生也。

要，௵௵借作"要东西"的"要"，另造形声字"腰"。

六书相互间是关联的，象形是最原始的一种造字方法，指事是象形的发展，是给象形字加上了指示性的符号。象形字、指事字都是独体字，是汉字的基本字。把相关的独体字复合起来使形义结合，会出新义，就是会意字。会意字能表示抽象的概念，是汉字的一大进步。把独立体和独体字或会意字复合起来，兼顾表意表音，发展成为汉字80%以上的形声字。形声字能表示汉字的读音，是汉字的又一大进步，也是汉字发展的最后一个阶段，从此汉字一直停留在形声的表意文字的阶段，而未发展成为纯粹的表音文字或拼音文字。转注可以说是形声的补充，假借是用同音或音近代替的方法，增多表示抽象概念的字数，又是形声字的有机补充。

学习六书，了解汉字的原始面貌和造字方法，有利于我们了解汉字的发展，准确地掌握汉字的形音义，减少写错别字。更有利于我们学习古汉语，阅读古典书籍，接受祖国丰富的文字遗产。我们不能对六书进行全盘否定，特别是六书本身就是一种文化遗产，它在汉字发展过程中所起到的积极历史作用更不容忽视。

当然从现在来说六书已经失去了造字的作用。象形字、指事字演变到今天的楷书，所象的形已经不像了，所指的事也不知何所指了。绝大多数形声字，仅以声符来说，读音变化很大，不好捉摸。

古作声符：故、姑、估、诂、枯、胡、怙、蛄、固、居。

台作声符：胎、怡、治、冶、笞、始、给。

工作声符：江、贡、项、虹、讧、红、杠。

可作声符：河、何、歌、柯、苛。

另外一些字读音和声符差得很远。槐是鬼声，却读 huái；海是每声，却读 hǎi；愎是复音，却读 bì；胝是氏声，却读 zhī；虻是亡声，却读 méng；臀是殿声，却读 tún。这都是汉字从古到今形体读音发展变化的结果，这是历史形成的，也不能全责怪六书。

第三节　汉字的形体演变

现在通行的楷书并不是汉字最初的样子，它经过了很多次的改变。最先是甲骨文，后来变为大篆、小篆、隶书、楷书。草书和行书是和楷书并行的。

一、甲骨文

甲骨文就是用刀子刻在龟甲、兽骨（特别是肩胛骨）上的文字。它是殷（商）后半期（自盘庚到纣）殷王占卜后刻龟甲兽骨上的文字。因为甲骨文用于占卜，所以也叫卜辞。甲骨文的发现在1899年（清光绪25年），即庚子前一年，是山东人王懿荣和丹徒人刘鹗首先发现并开始搜集研究。后来王懿荣又转让给刘鹗。在好友罗振玉的建议和帮助下，刘鹗于1903年拓印出版《铁云藏龟》。王国维是罗振玉的儿女亲家（罗女嫁王的长子），有机会精心研究甲骨文，成绩很大。王国维是我国研究甲骨文的开创者。后继研究甲骨文并获得突出成就的有郭沫若、董作宾、唐兰、容庚、商承祚等。现在发掘出土的甲骨片，有15万片以上，有甲骨文3000多字。甲骨文是用刀刻写的，所以笔画细硬，方笔居多，写法很接近图画。同一个字有不同形体，笔画多少和位置都不固定。如羊、犬等。

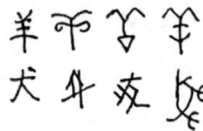

二、钟鼎文

钟鼎文就是在青铜器上铸造的文字。青铜器不限于钟鼎，另外有彝（祭器）、尊、壶、盘、盂、簠（祭器）、敦、卣、盛酒器等。因为青铜器是金属，所以钟鼎文又叫金文。金文一般铭刻在青铜器上，带有纪念性的文字叫作铭文，所以钟鼎文又叫铭文。

商代青铜器上已有各种细致美观的花纹，部分铜器上还铸上了文字，用来说明器物的用途和制作者的姓名。周代使用铜器的范围扩大了。举凡征战，祭祀一类的大事需要做永久性的纪念，或者有什么重要文件需要保存，都要铸造铜器，并用文字把事件或文件铸在铜器上面。诸侯得到封赏也要铸造铜器，并把这种"光荣"事情用文字铸在上面。后人纪念祖先的光辉事迹，同样要铸器并铸上表彰祖先的铭文。春秋时期郑国和晋国还把刑法铸在鼎上，叫作刑鼎。铭文有1~2字的，也有几百个字的，如周宣王时的毛公鼎有497字。从这些纪念性文字里，可以研究古代社会，研究古代文字，是很珍贵的历史资料。

铜器在汉朝时期时候开始发现，但数量很少，能识别这种文字的人也极有限。到了宋朝发现的铜器才逐渐多起来，开始有人从事金文的整理和研究工作，如北宋徽宗官修《宣和博古图》、欧阳修之《集古录》，南宋女词人李清照的丈夫赵明诚就是专门从事这项工作的金石家，著有《金石录》，清代以阮元、吴大澂研究最有成就。现代从事金文研究而有显著成就的有郭沫若、王国维、徐中舒、董作宾、容庚等人。迄今为止，经过学者整理过的殷周铜器约在7000件以上，共有3000多字，能够识别的约2000字左右。钟鼎文由于是铸造成的，所以它的笔画粗肥，圆笔居多。虽有一字数体的，但比甲骨文定型多了，字的行列大小也比甲骨文整齐均匀。这是文字变迁的自然趋势。

三、大篆

大篆是相对于小篆来说的，根据王国维、唐兰等人的研究，大篆是秦国早期的文字，小篆是秦统一后的文字。大篆包括籀文和石鼓文。

什么叫籀文？《说文解字序》："宣王太史籀著大篆十五篇。"王国维等人研究，认为是周宣王时有个名叫史籀的，编了本字书叫《史籀》或《史籀篇》。《史籀》是书名，不是人名。《史籀篇》里的籀文，是秦国早期的文字，通行于周的西方即秦国境内。《史籀篇》早就散失了，许慎《说文解字》中还保留了二百多个籀文，体形繁复，和金文有很多类似的地方。

什么叫石鼓文？唐朝初年在今陕西凤阳县发现了十块石鼓，上面都凿刻着四字一句的诗文，记载统治者打猎游玩的情形。人们把刻在石鼓上的字叫"石鼓文"。石鼓还保存在北京故宫博物院。可是因为年代久远，上面的字大多已看不清了，现在还可以看清的有300多字。据专家们研究，石鼓是战国初年秦国的东西，上面的诗是歌颂秦王的。石鼓文和《说文解字》里收的籀文很相近，所以把石鼓文和籀文看作是同一时代的文字，即秦国早期的文字，通常和秦统一后的篆文对称，叫大篆。

大篆有一部分字的结构比甲骨文、金文繁复得多，同一形旁或声旁在一个字里往往重复出现，如：

大篆的笔画比较匀称，结构繁复，但整齐好看。这说明是当时通行的标准文字可以用来教育儿童或铸刻永久性的纪念物。如：

四、小篆

秦统一六国后，以秦国通行的文字作为标准文字，推行全国。与小篆不同的文字，一律废止，使"书同文"。这种文字叫篆文，对大篆来说叫小篆。李斯作《仓颉篇》，赵高作《爰历篇》，胡母敬作《博学篇》等字书，对原通行秦国的文字加以简化整理成小篆，约计3000多常用字，对汉字结构的规范化作出重大贡献。小篆是在大篆的基础上发展起来的，与大篆和六国文字（《说文解字》中保存的古文）相比，小篆形体更均匀、整齐，结构也简单。而且也固定了，不像以前那样一字多体。汉字从甲骨文、金文、大篆发展到秦小篆，原来的图画的意味减少了，也就是逐步符号化了，比如马、鹿、犬等已经看不出原来的动物的样子了。

汉字发展到小篆是一大进步，但是也有它的缺点，就是写起来很不方便。

按规定小篆转笔的地方都要写成圆弧形，如口写成∪，具写成貝，木写成木。为了在全国推行小篆，秦政权把这种字体铸造在秤锤和斗上面，并在各地刻石立碑，作为群众使用的楷模样板。尽管如此，小篆作为正式文字使用的时间并没有多久，差不多和小篆形成发展的同时，在民间已通行比小篆更简化的隶书了。

五、隶书

隶就是奴隶的隶，是下贱的意思。隶书即贱民用的字。最初的隶书是大篆的简略形式，在春秋战国时期的兵器、陶器上常常出现，只是字数不多。这说明隶书不是秦朝才有的，在春秋战国时候已经在民间流行使用了。秦朝时候，云阳县狱吏程邈把民间流行的隶书作了一番整理，以减轻书写的麻烦，适应官府文书繁忙的需要。从此，隶书和小篆并用，在正规的场合用小篆，平常书写用隶书。到了汉朝，隶书取代小篆成为通行的文字。隶书经过汉朝的整理，便定型化了。文字学家把汉朝的隶书叫今隶，把秦以前的隶书叫古隶。今隶同我们今天用的楷书在结构上已经没有多大差别，汉碑上的隶书我们差不多都可以认识。

同小篆比较起来，隶书的特点是方笔居多，笔画平正方直，有棱角。这种形式叫"波挑"。隶书是汉字从古到今形体发展的一个重要转折点，它使汉字最终摆脱了图画、半图画的形状，把不规则的或线条式的笔画一律用、、一丨丿乀等笔画代替了，成为了一种带有符号性的文字。

隶书在结构上变化很大：

有一些字笔画没有增减，但形体有显著变化。

有一些字笔画比小篆省简了。

有一些字用起简单偏旁代替了复杂的部分。

还有一种情况，把原来不同的部分变成相同的部分，如春、奉、秦、泰、奏五字，似乎都有一个共同的部分夫，其实它们原来是各不相同的。另外还有一些字，小篆里传抄错了，隶字便将错就错，采用通行体，比如"射"字。总之，篆书发展到隶书，是由繁杂到简单的过程，由书写不便简化到书写方便了。隶书以小篆为基础，统一了纷繁的六国文字，使文字定型了，为2000年来汉字的发展奠定了基础，这是一个很大的进步。

六、草书

在汉朝同时通行着几种字体。隶书是正式文字，有时候也用小篆，与此同时草书、楷书和行书也先后产生了。草书，就是写得比较草率的一种字体。我们都有这样的习惯，正式写给别人看的字要整齐一些、规范一些；而打草稿的字给自己看，所以写得随便一些。所以也有说草书是人们打草稿用的一种字体。春秋战国时期的有些兵器、钱币或陶器上，我们看到有写得比较草率的字体就是篆字的草体；在汉代木简上也有很多草率的字体，就是隶书的草体。总之，在篆隶作为正体通行的时期，它们的草体也相应地在民间或一般读书人中间流行着。所以，《说文解字序》说"汉兴有草书"，草书和隶书是同时流行的。东汉章帝时，齐相杜度善作草书，以后有崔瑗、崔实学杜度，而被称为"草圣"，从而形成一种书法流派。因这一流派起源于汉章帝时杜度，后人就称之为"章草"。章草仍保持着隶书有波挑的特点，后来章草演变为今草，字和字常常连在一起，也没有隶书波挑的特点了。这种草书据说是东汉张芝所创，到了东晋草书已经不易认识了。唐朝张旭，信手挥洒，随意增减笔画，变化字形，一笔连写好几字，谓之狂草，已失去了文字的作用，只能是一种艺术（书法艺术）作品了。

七、楷书

楷书也叫正书或真书。在汉隶流行的同时，人们认为在书写中写一笔一捺的波挑太麻烦，逐渐把字写得自然些，不要波挑，同时也讲究工整。字形也由偏平向正方形状发展，这就产生了楷书。从发现的汉简上，人可以看到这种情形。从东汉末年到三国魏钟繇楷书就定型了，到了晋代楷书已占主要地位，取隶书而代之了。宋以后印刷上也用楷体字做活字，一直相沿到现在。

八、行书

行书是和楷书并行的一种字体。楷书书写要求工整，比较费事，但人们在抄写一些不重要的文件或书籍时常常写得快一些，随便一些，每一笔都不一定写得那样规范认真，这样就产生了行书。人走路叫行，走路时两脚总是连续不断地向前移动，有人用这种动作来比喻这种字体，因此叫作行书。这是很恰当的。行书像楷书，但比楷书简便，同时又不像草书那样难认，所以它最容易通行，实用价值最大。行书据说是后汉刘德升所造。

九、简体字（俗体字）

楷书通行后，历代皇帝规定它为正式字体。官府文书考试试卷、印刷活字都只能用楷书。但是群众在使用中不断简化，形成流行于社会的简体字。统治者不承认它、歧视它，把它叫俗字、破体字、手头字。这种简体在唐代已经出现，宋元明清时期在民间非常流行。小说、唱本中使用了不少的简体字、账本、药方都使用简体字，但是正式公文、考试试卷都禁止使用简体字。因书写方便，人们一不留心就会在笔下写出简体字。宋朝时候有一年考试，试官看中了一个人的文章，准备入围秀才。恰好另一试官在文章中发现了一个简体字"尽"，不同意录取，并说如果录取了他，人家会说我们录取了一个"尺二秀才"。这说明在正式庄严的场合是不能用简体字的，但是汉字由繁到简的发展趋势，是谁也阻止不了的。

总的来说，汉字形体的演变大致经过了从甲骨文到篆文、篆文到隶书、隶书到楷书三大阶段。由甲骨文演变为篆文，汉字基本定型化、符号化，是汉字演变的一大进步；由篆文演变成隶文，汉字完全定型化、符号化，是汉字演变过程中最大的改变；由隶书变楷书，又是进一步的简化。隶书是对篆文的简化，书写起来比篆文简便；楷书又是对隶书的简化，书写起来比隶书简便。由繁到简是汉字形体演变的总的趋势，也是一般文字发展的客观规律。

第四节 汉字改革

汉字在我国人民悠久的文化历史中有过伟大的贡献,对我国人民社会生活的各个方面都有着深远的影响。直到今天,汉字仍然是我国的通用文字。在社会主义革命和建设中,在实现"四化"的新长征中,它仍将发挥重大作用,这是汉字的功绩。

但是汉字是一种表意体系的文字,它的本身存在着许多根本性的缺点。每个字都是一个个的独立音节符号,字形上既不能正确地表示读音,结构上又很复杂。学习的时候必须一个个地死记,这些缺点就限制了它,使它不能很好地适应社会主义建设,实现"四化"的需要。因此,就产生了汉字改革的问题。

汉字究竟要不要改革?进行改革有没有可能?我们的回答是汉字既有其改革的必要性,也有其改革的可能性。

一、汉字改革的必要性

首先,汉字演化落后于现代汉语的发展,已经不能很好地、准确地记录现代汉语,满足不了现代汉语发展的要求。第一,汉字满足不了现代汉语词汇发展的需要。斯大林说:"语言,实际上是它的词汇,是处在几乎不断变化的状态中。"汉语也不能例外,汉字的独体性,必然落后于经常变动中的词汇。巴黎(Paris)、拿破仑(Napoleon Banaparte)、俄罗斯(Russia)等外来词都与原音不合。第二,汉字不能准确地表达出现代汉语语法结构的不同。如"斗争历史短的,可以因其短而不负责任;斗争历史长的,可以因其长而自以为是。工农分子,可以自己的光荣出身傲视知识分子,知识分子,又可以自己有某些知识傲视工农分子。"其中四个"可以",前两个"可以"是双音词,能愿动词(或说助动词,表示可能的)只能放在动词之前,不能放在名词之前。后两个"可以",其实是两个单音词,"可"是"可以","以"是"凭借","可"是能愿动词,"以"是动词。由于汉字的独体性,不能标示出词和字的区别,因而也就不能准确地表达出语法结构的不同。总之,无论从语音、词汇或语法哪个角度看,这些现象都是现代汉语不断发展,而表意性的汉字不能相适应的发展的结果。现行汉字不仅不能很好地记录现代汉语、促进现代汉语,反而在一定的程度上又妨碍着现代汉语的发展。因此,汉字必须加以改革,汉字的改革是必要的。

其次,汉字已经不能完全满足社会的要求,不能很好地促进社会经济文化的发展。1978年3月24日,华国锋在全国科学大会上做了关于《提高整个中华民族的科学文化水平》的报告,明确指出"提高整个中华民族的科学文化水平,是摆在全体人民面前的一项极为巨大的任务。这是一项战略任务,这个任务不解决,新时期的总任务是不可能完成的"。要完成这个战略任务,就必须积极地兴办科学文化教育事业,普及科学文化教育,培养浩浩荡荡的科技教育大军。要发展科学文化教育事业,首先碰到的障碍就是学习和掌握汉字的困难。

汉字的每一个字只能说是一个囫囵的音节符号,不能明确表示字的读音,形体结构又很复杂,无论在学习上或使用上都非常困难。所以汉字虽然已经应用了几千年,但汉字的难认、难读、难写、难记、难排检是不可否认的。

第一,难认。汉字是由不表音的笔画组成方块字,字数多、字形多、结构又复杂。汉字总数在五万字左右,常用字少则3000,多则6000。汉字是一个个独体的音节符号。6000个常用字就是6000个独立的音节符号。初学的人就需要一个一个孤立地去识记,困难是很大的,需要的时间是相当长的。比如6000个拼音文字需四年可掌握,而汉字则需六年,比拼音字要多用两年。在废除异体字之前,一字往往多体,如村(邨)、春(旾)、吃(喫)、呆(獃)、仇(讐)等,有些汉字形体极其相似,差别很细微,稍一疏忽就认错、写错。如己、已、巳;戊、戍、戌;戎、戒;刺、剌。因此,认字就只能死记,要在短期掌握好这一工具的确是很困难的。

第二,难读。汉字是表意文字,见形不知音。虽有80%以上的形声字,可是由于古今音的变化,声旁表音变化很多,也不能准确地读出音。如胎、怡、诒、冶、答、始,同一声旁的读音差别很大。同时,由于形旁和声旁的位置安排多种多样,有些字很不容易发现哪个是形旁,哪个是声旁。如"碧",从玉从石,白声。会意字兼形声字。从玉从石,即"似玉之石。"白声,表音不准确。("白"今音 bái,"碧"今读 bì)而且一字数音的情况也很多,如"参"有三音:参 cān 加,参 cēn 差,人参 shēn。"差"有三音:参差 cī,差 chā 别,差 chāi 使。"着"有四音:找着 zhao 了,着 zhuó 手,看着 zhe,着 zhuó 眼。"解"有三音:解开、解决 jiě,起解、解元 jiè,山西解县、解珍、解宝 xiè。另外同一音符声符的混乱,造成读音的困难。如"休"为会意字,人依树而息。"沐"形声字,木为声旁不表意,濯发曰沐。蔷、墙、牆读 qiáng,穑读 sè。所以学习汉语必须一个一个地去死记,别无良方。

第三，难写。看到汉字如果能认识也能读出音来，还不见得能顺利地写下来，因为汉字结构复杂、笔画繁多。最常用的汉字中平均笔画是 11～12 笔，17 笔以上的有 221 个汉字。从一画到五十多画的都有。如"龖" 51 画，音"沓"，龙形的样子。五十多画的字固然不常用，常用字中三十多画的却不少。如"呼籲"的"籲"有 32 画，鬱、鑿、鸞等都有二十八九画。大多数的字都在十二三画上下，书写起来非常麻烦，很容易出错。就笔势来说，又是四面八方，一笔一画，不能速写。书写起来，既费时间，又易出错，增笔缺笔，在所难免。形体相近的字，点画之间，稍不留神就会写错，如徒、徙；灸、炙。这些给学习汉字带来不少困难。

第四，难记。由于汉字有上面说的三难，因此要牢固地掌握是不容易的，非经过长时期反复识记不可。有时知道怎么读，也认得，照着也能写下来，但就是记不下来。学习汉字回生的现象是严重的。

第五，难检排。汉字笔画多，笔画书写方向不定，手书非常费事，而且当时的印刷技术并不成熟，用之于印刷、打字也很麻烦，印刷得预备一字一个铅字，检字排版不能机械化，要靠人工一个一个来找，效率不高，而且需还要字架、厂房等设备。打字同样要准备许多铅字，不像拼音文字只需要预备 26 个字母就够了。拼音文字打字机很小，携带方便。华文打字机几十斤重，背都背不动，字还不全，打后还得用手补字，既费事又难看。在编字典、词典或其他索引时，有的按部首，有的按笔形，有的按笔画多少，各不相同，但都不是科学的、简便的办法，汉字不易于机械化、现代化。

总之，汉字本身存在的缺点，已使汉字不能完全适应实现"四化"、提高全民族科学文化水平的需要，因此汉字的改革就成为十分必要的了。

二、汉字改革的可能性

汉字究竟能不能改革？汉字演变的历史清楚地告诉我们，汉字改革不仅是可能的，也是汉字发展的必然趋势。世界文字的发展经过了象形文字、埃及文字、巴比伦文字、表意文字、中国汉字、改革前的朝鲜文字、越南文字、表音（拼音）文字。汉字也是从象形字发展到表意字，进而到带表音成分的表意字，向着带表音文字的方向发展。

其实汉字的改革并不是从现代开始的。早在明万历（神宗）、天启（熹宗）年间，和意大利人利马窦一道来中国传教的法国人金尼阁（Nicolos Trigault）著《西儒耳目资》，用拉丁字母制造了一套学习汉字的注音工具，其目的当然是传教的方便，但对我国的音韵学的研究却有很大启发。清康熙年间刘献廷在 1692 年著《新韵谱》，主张研究方言，统一国语，制造音字。戊戌变法前，随着改良主义思潮的高涨，宋衡、谭嗣同、梁启超等人列举汉字的缺点，提倡改革汉字。戊戌变法的那一年（1898），卢戆章作《切音新字》，选定五十五个符号，制成了一套罗马式字母。主张用拉丁字母拼音方法改造汉字。1904 年王照著《官话含声字母》，完全仿照日本的片假名，采取汉字的偏旁作字母。如戈作 g，冂作 ng 等，共计声母（音母）52 个，韵母 12 个（喉音）。劳乃宣把王照的字母加以订正补充，于 1907 年出版《简字全谱》，内容分京音谱 50 母汉韵；宁音谱 56 母，16 韵；吴音谱 63 母，18 韵；闽广音谱 83 母，20 韵。他主张第一做到"方言统四"，第二步实行"国语统一。"如了（啊 a）、了（罢 ba）、了（啦 la）。简字仍迁就方块字形，以音节为单位，没有采取词儿连写。

辛亥革命后，1913 年国语读音统一会成立，经过多次争论，制定了卅九个注音字母，1918 年由教育部公布，作为汉字的注音符号。（1920 年又将ㄜ母分成ㄛㄜ两母）

自五四前夕的启蒙运动——新文化运动以来，改革汉字的运动不断发展，到 20 世纪四十年代为止，先后出现了各种不同的主张和方案。归纳起来可分为三种不同的倾向。

第一种主张直接采用世界语或一种国外语，对汉字则任其自生自灭。这是汉字改革中的虚无主义。

第二种主张保留汉字，补救汉字的缺点。大概有三派意见，即基本汉字派、简体字或手头字派、注音汉字派。这是汉字改革中的改良主义。

基本汉字派：主张限制使用汉字的字数，在限制字数之外的汉字就不用。其代表就是洪深、陈鹤琴仿照基本英语的方式，著了一本《一千一百个基本汉字数学使用法》，把汉字使用的数字局限在 1100 字之内，以利于工农大众学习汉字。但由于人为的限制使用汉字的字数，因而不能适应语言的需要，如不用"媳""妹"二字，于是把"媳妇"改为"儿子的老婆"，把"妹妹"改为"女弟"，十分别扭，脱离了语言习惯，因而不被人们采纳。

简体字或手头字派：从唐宋以来，在正体楷字通行的同时，民间流行简化楷体的手头应用字，叫俗字、简体字。简体字派主张把流行社会上的俗字和正体楷字中笔画少的字正式应用，将正体楷字中笔画多的字由俗字代替。其代表就是钱玄同。他提出简化正体字的方案：采取八种方法简化楷字。（1）采用俗字：如声代聲，体代體等。（2）俗同音假借字：如姜代薑，付代腐等。（3）草书楷化：如东代東，为代為等。（4）采用古字：如囗代围，匋代胸，亼代集之等。（5）古同音假借字：如辟代譬，道代導等。（6）新拟同音假借字：如馀作余，予作预等。（7）借义字：如㫃代旗，甪代鬼，囟代脑等。（8）减省笔画字，如厉代厲，蛊代蠱之类。这和我们简化汉字的办法大致是相同的，我们的简化字借鉴了钱氏的成果。简体字派也承认手头字是不彻底的办法，赞同改用拼音文字，如简字大家陈光尧搜集简字多到十万，也赞成拼音文字。

注音汉字派：给汉字旁边加上注音符号，注音符号是借用汉字笔画极少的古字而创造出来的。字母共36个，其中声母20个，韵母13个，介母3个。仿照日本的假名，在汉字旁边加注声音，使汉字读音统一，不识字者从注音符号去读认汉字。书写时如写不上汉字，可用注音符号代替。这种方案之所以未能实现，主要是各地方言差别未消除，以方言读汉字已成习惯，不易改变。汉字与注音同时存在，识字者只能念汉字，不管注音，不识的也只照识字者教给的土音去识汉字，也不重视注音。

第三种主张废除汉字，改用拼音文字。大致有两派，即国语罗马字派和拉丁化派。

国语罗马字派：1923年蔡元培、钱玄同、刘复、黎锦熙、赵元任等人在《国语月刊》汉字改革号上发表论文，抨击汉字的落后性，研讨汉字改用拼音文字的必要性与可能性，并拟定了国语罗马字的几个方案。1928年大学院（教育部）以国音字母第二（方案）式的名义正式颁行了一种国语罗马字母，拟拉丁字母拼切国语（即北京官话）统一国语。但由于方言分歧存在，加以罗马字拼法太难，保留四声分别，母音变化复杂，学起来相当麻烦，所以在社会上和群众中间影响很小。

拉丁化派：1931年瞿秋白、吴玉章、肖三制定中国新文学方案，主张采用26个拉丁字母来拼切国语，制定拉丁化的中国新文字。新文字比国语罗马字不同的地方是：（1）以几种方言为基础，使方言书面化（最初为北方话方案，后增上海话、宁波话、潮州话、厦门话、广州话方案）。（2）不区别四声，同音字之间有一种区别的形式，学习比较容易。国语罗马字重视四声分别，每个音节都有拼法上的变化去分别四声，如a音有a、ar、aa、ah四种写法。同样母韵后有加r的，有改i为p的，改u为w的，有不变的。条例规定十分麻烦。拉丁化新文字则不要区别四声，依靠词的连写来解决同音字的问题。因为汉字同音字多，同音双音词很少，拉丁化新文字虽不分别四声，但对少数同音字，也从拼法上加以区别。如：

卖 mài　　那儿 nar　　几个 gigo　　班子 bānz

| 买 mǎai | 哪儿 naar | 几个 giigo | 板子 bǎanz |

汉字	国语罗马字	拉丁化新文字
先生	shiangsheng	siansheng
孔夫子	koongfutzyy	kungfuz
就是	jiowsh	ziush
有一天	yeou i tian	iou itian
养着	yeangjwo	iangzho
那只	neyiy	nazh
狗	goou	gou
死了	syyle	sla

半个多世纪以来，先驱者在汉字改革方面进行了一系列辛勤的工作、创造，积累了不少宝贵的经验，只是由于没有党和人民政权的领导，没有全国的真正统一改革的愿望，因而始终未能实现。解放后有了党的领导，有了国家的真正统一，因而汉字改革工作便有组织、有计划地开展起来了，并成为我国文化建设的重要组成部分之一。所以有了党的领导，有了人民政权的主持，有了国家的空前统一，文字改革是完全可能实现的。

三、汉字改革的方法和任务

汉字不仅有改革的必要，而且也是完全可能的。究竟如何改革？毛主席早在1951年就指示我们："文字必须改革，要走世界文字共同的拼音方向。"拼音文字就是汉字改革的方向。也是汉字改革的长远任务。在实现拼音化以前，我们还离不开汉字，有必要将繁难的汉字加以改造，以适应我国经济文化发展的需要。这就是汉字改革的当前任务（具体任务），具体来说主要任务有三项：

1. 推行《汉语拼音方案》

新中国成立后，党和政府就着手进行《汉语拼音方案》的制定工作。1955年10月中国文字改革委员会（1952年成立中国文字改革研究委员会，1954年改组为中国文字改革委员会，隶属国务院）拟定四个汉字笔画式的、一个拉丁字母式的、一个俄文字母式的拼音方案草稿，经全国文字的改革会议讨论，决定采用拉丁字母式方案。1956年2月发表汉语拼音方案，第一个草案由全国和各省市自治区政协组织了广泛的讨论，参加人数在一万人以上。中国文字改革委员会整理提出了修改意见，国务院组织审订委员会组织各界人士反复讨论修改，于1957年10月提出了修正草案，并经国务院全体会议第 20 次会议讨论通过，提交 1958 年 2 月 11 日第一届全国人民代表大会第五次会议正式批准，通令全国施行。《汉语拼音方案》不仅作为给汉字注音和学习普通话的工具，还可以用它来研究拼音文字问题，为汉字拼音化创造条件。实践证明，这一套拉丁字母拼音方案，便于儿童或成人识字，是推广普通话的有效工具。

2. 推广普通话

普通话就是以北京语音为标准语音的北方普通话。汉语方言分歧，语音差别很大，如果语音不统一就不能应用拼音文字。因此，1956 年 2 月国务院发布《关于推广普通话的指示》，在全国推广普通话，统一汉民族的口头语言，为汉字拼音创造先决条件。推广普通话的方针是：大力提倡，重点推行，逐步普及。只有大力推广普通话，消除各地方言分歧，才能早日实现汉字拼音化。

3. 简化汉字

全国解放后，党和政府开始制定简化汉字方案，1955 年 1 月中国文字改革委员会提出了《简化汉字方案（草案）》，经全国文字学家、各省市学校语文教师、部队文教工作者约二十万人参加讨论，提出意见。再经同年 10 月全国文字改革会议通过，并由国务院专门成立的审定委员会审议。1956 年 1 月 28 日国务院全体会议第二十三次会议通过，正式公布《汉字简化方案》，亦即第一次汉字简化方案，简化繁体字 544 个，偏旁 54 个，共有简化字 518 字。在 1955 年讨论审定汉字简化方案的同时，由中国文字改革委员会公布废除了一批异体字，1964 年 2 月经国务院批准，由中国文字改革委员会、教育部、文化部发出《关于简化字的联合通知》规定《方案》已经简化的 92 字，作为偏旁时，可以类推简化；（如为、伪、妫等）已经简化的 40 个偏旁，独立成字时，可以类推简化，（如具、贝、仑、仓等）类推简化字共 2238 个，制定《简化字总表》。1977 年 12 月 20 日公布了《第二次汉字简化方案》（草案），共收简化字 853 个，简化偏旁 67 个。分作两表，第一表 248 个字，21 个偏旁先行试用，在试用中征求意见；第二表简化字 605 个，偏旁 46 个，供大家讨论。以上简略地介绍了 1949 年解放以来简化汉字工作的概况。

简化汉字的方针是"约定俗成""稳步前进"。"约定俗成"就是在长期使用汉字的社会习惯的基础上因势利导，尽可能地采用在社会上已经流行的简体字，即群众不断创造出来的群众手头可用的简化字。采取"约定俗成"的方针，所简化的汉字，有群众基础，便于推行。所谓"稳步前进"，即简化不是毕其功于一役，而是分批简化、分批推行。有利于群众接受，有利于印刷铅字的改变，减少推行中的阻力。

简化汉字的内容有两个方面，即整理异体字和简化汉字。

整理异体字：异体字就是同音同义而不同形的字。中国文字改革委员会于1955年12月22日公布了《第一批异体字整理表》，共收字810组，每组最少二字，多至六字，共1865字，整理后废除多余的异体字1055个，大大地精简了多余的、无用的汉字，减少识字的不必要的麻烦。

异体字整理的原则，主要是从俗从简。从一组异体字选用一个作为今后的通行字，其他异体字全部废除。

所谓从俗，就是从一组异体字中，选用群众常用而通行较广的字，废除不常用的生僻字，如存"妙"废"玅"；存"峇"废"峆"；存"怪"废"恠"；存"话"废"諙"。

所谓从简，就是从一组异体字中，选用笔画少的，废除笔画多的。如选"尸"去"屍"；选"仇"去"讎""讐"；选"呆"去"獃"；选"吃"去"喫"；选"乃"去"迺"；选"玩"去"翫"等。

简化汉字：就是把笔画多的字简化为笔画少的字。尽可能使每一个简体字不到十笔或不超过十笔，尽可能有简单明了的规律，使难认、难写、难记和易认错、写错、记错的字逐渐淘汰。简化汉字是遵循汉字形体由繁趋简的规律，参考六书造字的方法进行简化的。绝不是率尔操觚，任意为之。简化的方式主要有下列几种：

（1）古字复活：用笔画少的古体简字代替笔画多的繁体字

"雲"简化为"云"，云本为雲头的象形大篆 ，小篆作 ，后借作曰字用，另造形声字"雲"。现恢复本来的意义。至于"子曰""诗云"的"云"，在现代汉语里除了成语"人云亦云"和句子末尾用"云云"外，已经不常用了。

点（電）大篆 ，小篆 ，闪电象形，后变作了"申"字，另造形声字"電"。现古字复活。同时"电""申"并不混淆。

气（氣）小篆 ，本云气的象形，后借作乞求的"乞"。另造形声字"氣"。现古字复活。仍和"乞"相混。

表，小篆作 ，毛在外面的皮衣，引申为外表，表明。凡是用来表记度数的东西都叫表，如电表，水表，温度表等。唯独表记时刻的"表"加上金旁。现省去金旁，只存表，让本义复活。《红楼梦》讲宝玉有"一个核桃大的金表"，写作"表"，不作"錶"。

从（從），本为二人相随的象形兼会意字，后繁化为𨑢，《说文解字》："本作从，相听也。"现从简去繁，古字复活作"从"。

众（眾）会意人多为众。后繁化为"眾"

朱（硃）小篆指示字，"一株""两株"的"株"。后借为赤色"朱"，"朱"作姓氏用，另造"硃"，为"硃石"之"硃"。

网，象网形，后繁化为"罔"或"網"。

（2）俗字扶正：把宋元以来流行民间的简体俗字作为正体，代替原来繁体字，这在简化汉字中占大多数

体（體）礼（禮）对（對）欢（歡）尽（盡）万（萬）权（權）
乱（亂）劝（勸）听（聽）双（雙）岁（歲）适（適）汉（漢）
艰（艱）叹（嘆）难（難）党（黨）灯（燈）猎（獵）台（臺）
划（劃）胆（膽）敌（敵）义（義）

（3）解放新字：把解放互通行的简字代替繁体正字

卫（衛）干（幹、乾）护（護）辽（遼）拥（擁）

（4）草书楷化：

這 这 ｜ 東 东 ｜ 發 髪 发 ｜ 報 报 ｜ 樂 乐 ｜ 麥 麦
執 执 ｜ 專 专 ｜ 歸 归 ｜ 為 为 ｜ 層 层 ｜ 懷 怀
嘗 尝 ｜ 長 长 ｜ 環 环 ｜ 芻 刍 ｜ 單 单 ｜ 還 还
當 当 ｜ 導 导 ｜ 會 会 ｜ 繼 继 ｜ 監 监 ｜ 盡 尽
舉 举 ｜ 興 兴 ｜ 來 来 ｜ 劉 刘 ｜ 婁 娄 ｜ 陸 陆
蠻 蛮 ｜ 區 区 ｜ 喪 丧 ｜ 書 书 ｜ 頭 头 ｜ 隱 隐
壽 寿 ｜ 過 过 ｜ 堯 尧

（5）简存轮廓：将繁体正字笔画省简而保存原字形轮廓

奪，省佳，夺　奮，省佳，奋
糞，省田，粪　鹵，省点，卤
慮，省田，虑　牽，省玄，牵
傘，省人，伞　團，省專，团

（6）简存特征：将繁体正字笔画省简只保留原字一部分

兒儿　飛飞　擊击　繭茧　習习　鄉乡
業业　鑿凿　嚴严　壓压　厭厌　慶庆

（7）符号代替：将繁体正字的部分偏旁用符号代替

辦办　攪搅　廠厂　轟轰　鳳凤　風风

蘭兰　聖圣　聶聂　棗枣　趙赵　協协
脅胁

(8) 改换字例：将形声字改换为会意字，会意字改换为形声字，省简繁体正字笔画

畢（象形）毕（形声）
竄（会意）窜（形声）
隊（形声）队（会意）
進（会意）进（形声）
審（会意）审（形声）
態（会意）态（形声）
滅（形声）灭（会意）
陽（形声）阳（会意）
陰（形声）阴（会意）
竈（形声）灶（会意）
淚（形声）泪（会意）

(9) 改变形声：将繁体形声字的形旁或声旁加以省简或改变，以减少笔画

离，離（同鵹）。从隹，离声。现只保存声旁省去形旁。
术，術。从行，术声。现只保存声旁省去形旁。
么，麼。细小也。从么，麻声。现只保存形旁省去声旁。
齿，齒。从幽，止声。简化形旁。
毙，斃。从死，敝声。将声旁改为同音简字。简换声旁。
补，補。从衣，甫声。将"甫"换为"卜"。
础，礎。从石，楚声。将"楚"换为"出"。
矾，礬。从石，樊声。将"樊"换为"凡"。
构，構。从木，冓声。将"冓"换为"勾"。
沪，滬。从水，扈声。将"扈"换为"户"。
洁，潔。从水，絜声。将"絜"换为"吉"。
惧，懼。从心，瞿声。将"瞿"换为"具"。
苹，蘋。从草，频声。将"频"换为"平"。
园，園。从口，袁声。将"袁"换为"元"。
优，優。从人，忧声。将"忧"换为"尤"。
钟，锺鐘。从金，重声。将"重"换为"中"；从金，童声。将"童"

换为"中"。

肿，腫。从肉，重声。将"重"换为"中"。
惊，驚。从马，敬声。形旁改为"心"，声旁换为同音字"京"。
历，曆歷。从日，麻声。形声俱简；歷。从止，麻声。形声俱简。
标，標。从木，票声。简化声旁"票"为"示"。
触，觸。从角，蜀声。简化声旁"蜀"为"虫"。
独，獨。从犬，蜀声。简化声旁"蜀"为"虫"。
际，際。从阜，祭声。简化声旁"祭"为"示"。
虽，雖。从虫，唯声。简化声旁"唯"为"口"。
誊，謄。从言，朕声。简化声旁"朕"为"关"。

（10）省并重复，将繁体重复加省并

虫，蟲；竞，競；质，質。

以上是简化汉字的几种主要方式，每个字的简化方式也不一定是很单纯的。从不同的角度看，它可能是由不同的简化方式交错综合而成的。如"聲"简作"声"。聲，从耳，殸声。殸，从声（磬的象形），从殳，手执槌击磬，以表示击磬声音。"殸"加上耳朵表示听到声音，现省去形旁，简化声旁，作"声"。以磬声代表一切声音，是改变形声的方式，或简存特征的方式，亦宋元以来俗字扶正。又如"醫"简作"医"。醫，从酉，殹声。殹从殳，医声。《说文解字》："击中声，一曰病声。"即呻吟声，引申为疾病。形旁"酉"是"酒"的本字。古时用酒治病，故从酉。只留声，省去形，改换形声字，也是古体复活或宋元以来俗字。按：医，《说文解字》："盛弓矢弩器。"即装弓箭的袋子，读 yì。亦有人说古代医生用的针灸小包，匚象小包，矢是针头、小刀之类。

简化汉字是当前文字改革中的一项重要任务，它虽然不是汉字改革的最终目标，可是它却便利了目前的应用。因此，我们要认真学习研究《第二次汉字简化方案》，并提出改进意见，以促其早日使用。《草案》所收简化字大都是中国文字改革委员会在1960、1972年征集的全国群众创造的简体字中挑选出来的，《草案》中有十八个字是有关部门根据群众简化汉字的方法拟定的。1975年5月中国文字改革委员会将《草案》上报，周总理在病中亲自审阅了《草案》，并对《草案》作了批示，对汉字进行整理和简化非常重视。

《草案》一表简化方式有：（1）古字复活：如"病"简作"疒"，𠆳𠆳《说文》"倚也，人有疾病，象倚著之形。"后作偏旁用，另造形声字"病"。"私"简作"厶"，𠁼《自環为私。"私，𠃮《说文》："私，禾也。北道名禾主人，曰私主人。"又家臣称私。私行，而厶为构字偏旁。"貌"简作"兒"。兒、皃《说文》："从人，白象人面形。"⊖古文作皀，象人面。貌，籀文从豹省，形声字。貌行，而兒为构字偏旁。（2）同音兼代：如以丁代叮、盯、钉、靪（鞋打補靪）。丁，钉金文，↑小篆钉子形。现"丁"字作人姓，壮丁、丁口、地丁，兼用作丁宁、丁着他、铜丁、补丁，不会发生混乱。但不能兼代"顶"，因"丁着他"究竟是用头顶着他，还是用目丁着他，会产生意义混乱。巴《说文》："虫也，或曰食象蛇。"古巴国名，即"巴蜀"之"巴"。或作姓氏。前不巴村，后不巴店。巴望、巴结、尾巴等。（3）改换形声：如"菜""蔡"简作"艹"，简化声旁。"藏"简作"芷"，简化声旁。"雄"简作"厷"，留声省形。（4）改换字例：播，《说文》："种也，一曰布也。"改为"扜"，比用"番"意义更明白，读音也较准确。"整"简作"金"，会意字。人正立，整齐也。（5）简存特征："虐"简作"⺄"《说文》："虐，残也。""雪"简作"彐"，雪有雪花形。"餐"简作"歺"，《说文》："吞也。"餐（6）简存轮廓："款"简作"牧"；"宣"简作"宀"；"演"作"纟"。（7）符号代替："鞋"作"𫞩"；"靴"作"𮨶"。（8）草书楷化："磊"作"𡐄"；"信"作"仗"；"留"作"甾"；"套"作"套"。（9）俗字扶正："短"作"𣎴"；"赞"作"赞"；"迎"作"迊"；"影"作"彤"；"寨"作"赘"；"籍"作"笈"；"萧"作"肖"都已在群众中通行。

《草案》是供试用和讨论用的，还不是正式方案，所以大家在报刊上发表了不少意见，主要是对同音兼代提出了一些看法，需要注意不要引起意义的含混。如《一表》中以"迁"代"遇"后，易引起概念上的混乱，如"遭遇战""迂回战术""见解迂阔"一律都简作迁，那就纠缠不清。以"旦"代"蛋"，以"元旦"误为"圆蛋"（元代圆）；"一旦"误为"一蛋"；"复旦"误为"复蛋"；"震旦"误为"震蛋"；"枕戈待旦"误为"枕戈待蛋"。《二表》中以"刁"代"凋、碉"（"雕刻"简作"刁刻"）。按：刁为贬义词，如刁滑、奸刁、阴刁。如果把"雕刻"写成"刁刻"，把"雕象"写成"刁象"，"张三雕象"写成"张三刁象"，那更成问题了。第一次简化方案中，"蘭"简作"兰"，如"兰州""兰花"；"藍"简作"蓝"，如"靛蓝"。但是，第二次简化方案中，把"蘭""蓝"都简作"兰"，然而，这两个字代表的是两种不同的植物，不宜合为一字，以免混乱。如"青出于蓝而胜于蓝"若改成"青出于兰而胜于兰"就很难理解。兰花是蓝色的花，还是气味很香的花？《二表》中以"代"替换"戴"，但第一次方案已把"錶"简作"表"，若"戴"作"代"，则"一个戴錶（代表）的代表"不知如何理解？

总之《草案》的公布是全国人民社会生活中的一件大事，我们应该积极地学习它、讨论它，并提出意见，促进方案的正式产生。

第五节　汉字正字法

文字是记录语言的符号，是书面上的交际工具。使用同一种文字的人都应当遵守一致的规范，要按照大家都承认的写法来写，不能任意自造。否则一个字有人这样写，有人那样写，彼此都不认识。这不仅达不到交流思想的目的，而且还会引起语言的混乱。因而需要规范，使用同一种文字的人们共同书写一种正确的合乎规范的文字。

一、书写规范的重要性

汉字正字法就是要求我们使用正确的、合乎规范的汉字。在现阶段来说，就是以简化字、选用的异体字及尚未简化的楷体字为书写的规范。合乎规范的是标准字，不符合规范的是错别字。正字法就是要求我们书写规范，遵守约定俗成的原则，把字写正确，不写错别字，同时不任意滥造简字。有些人认为汉字迟早要改革，我们现在推行的简化汉字，原来也是群众手头写的错别字，何况汉字难认、难读、难写，书写时马马虎虎就算了，何必那么认真、那么考究呢？把字写错了、写别了没有什么关系，甚至顺手简化几个字也没有什么了不起，如有的人把"干部"写成"邘"把"阶级"写成"阪"。这种认识（看法）是极端错误的。首先，汉字改革不是一蹴而成的，还要有一个相当长的历史过程，我们还要使用汉字让汉字为祖国经济文化建设服务，因而就不能不重视汉字的规范化。认为汉字迟早要改革，这是对的；但以为要改革就可以马上抛弃汉字，可以任意书写不讲规范，那是不对的。其次，简化汉字固然原是群众手头写的错别字，但已经在群众中普遍流行，取代了繁体字的地位和作用，在社会上已代替繁体正字。所以我们采取"约定俗成"的方针，通过广泛地讨论和审定，然后才公布推行的，其目的是减少学习汉字的繁难，以适应经济文化建设的需要。推行简化字是使汉字形体更规范化，绝不是不要规范化，更不是提倡写错别字。错别字和简化字绝不能相提并论、混为一谈。还有人认为汉字学习困难多，不易掌握，就可以不要求规范化，这也是一种糊涂的观念。何况没有一个标准，大家都各自为政，任意乱写，就会造成混乱。用汉字写成的东西起不了文字的作用，直接影响人们正常的交际来往，影响国家政令的贯彻，后果是不堪设想的。抱有这些错误认识的人，不是属于幼稚无知，就是心中只有自己，唯独没有群众。稍有群众观点的人对文字的规范化都是有正确的认识的，写字不仅为自己看，更多的是给别人看。

自秦汉以来，对汉字书写的规范化就十分重视。秦统一文字就是大刀阔斧地正字的一种方式。汉朝对正字工作也非常重视，甚至著之于法律。《汉书·艺文志》："汉兴，萧何草律，亦著其法。……使民上书，字或不正，辄举劾。"《史记·石奋传》："（石奋子）建为郎中令，书奏事，事下，建读云曰：'误书马字，与尾当五，今乃四，不足一，上谴死矣'。甚惶恐。其为谨慎，虽他皆如是。"仅少写了一笔，竟惶恐如此，足见当时关于正字法律的严格。《后汉书·马援传》引《东观记》曰："援上书，臣所倚伏波将军印，书伏字犬外向……正郡国印章，奏可。"汉以后历代统治者都是重视正字法的，科考试卷、公文奏章绝不允许错别字出现，轻则除名贬官，重则有杀身之祸，这当然是从封建统治者的需要出发的。我们讲正字法，要求书写规范，不写错别字，是从祖国语言文字的规范化、充分发挥文字的社会作用出发的，和历史上统治者的正字法有着本质的不同。毛主席就非常重视书写规范，在《对晋绥日报编辑人员的谈话》中指出："报上常有错字，就是因为没有把消灭错字认真地当作一件事情来办，如果采取群众路线的方法，报上有了错别字，就把全报社的人员集合起来，不讲别的就专讲这件事。讲清楚错误的情况，发生错误的原因，消灭错误的办法，要大家认真注意。这样讲上三次五次，一定能使错误得到纠正。"毛主席对正字法的重要性和方法做了精辟的阐述，是我们遵循的准绳。我们应当重视书写规范，把字写得正确、清楚、端正，不写错别字。

二、错别字及其产生的原因

1. 什么叫错别字？错别字是错字和别字的总称。所谓错字就是写错了形体，违反了书写规格，写字时由增笔减笔而造成的。所谓别字就是由音同或形似而误写的字，把甲字当作乙字来写，所写的字没错，却写成了别的字或白写了字，所以别字也叫"白字"。如"相同的"写成"相同地"，"清晰"写成"清浙"，"狠狠"写成"狼狼"，"蜕化"写成"脱化"等。

2. 错别字产生的原因（客观原因）：产生错别字的原因是复杂的，归纳起来不外乎主观、客观两个方面。主观方面就是启蒙阶段识字马虎，以讹传讹，常写错别字，不易纠正。读书学习时，没有勤查字典的习惯，对生疏的字词自以为是，囫囵吞枣，想当然地去臆断。不重视正确书写，马虎潦草成为习惯，很难改正。

客观方面：汉字字数多、形体多（一字一形）、结构复杂，确实给我们的学习和使用带来了不少困难，很多错别字是由于汉字的难认、难读、难写、难记造成的，具体来说有如下几种情况。

1. 增笔减笔错误：

发展　进步　新疆　王候　压迫　戍时

2. 误写偏旁错误：

添（添）却（郄）幸（羣）

宁（宰）延（廷）诌（滔）

祝（视）宝（室）泰（忝）

3. 形体相近而误

怏（快）杳（杳）叵（巨）

皷（鼓）管（菅）倭（矮）

蹈（踏）枘（柄）灸（炙）

4. 读音相同相近而误

炼习（练习）供献（贡献）

克苦（刻苦）坚绝（坚决）

急燥（急躁）惨酷（残酷）

会悟（会晤）连代（连带）

5. 受上下字影响而误

鞠躬（鞠躬）皱纹（绉纹）

姿态（恣态）

6. 理解词意错误

引人入胜　　（引人入圣）

按部就班　　（按步就班）

记忆犹新　　（记忆尤新）

人心惶惶　　（人心慌慌）

不计其数　　（不记其数）

焕然一新　　（涣然一新）

大显身手　　（大显神手）

以逸待劳	（以逸代劳）
阴谋诡计	（阴谋鬼计）
坚韧不拔	（坚忍不拔）
重新考虑	（从新考虑）
华而不实	（花而不实）
脍炙人口	（脍灸人口）
恬不知耻	（聒不知耻）
汗流浃背	（汗流夹背）

汉字形体结构本来复杂，如果学习时疏忽大意，不注意字形，对音义也不求甚解，就容易写错别字。如果我们平时能多从汉字形、音、义几方面主动观察分析，错别字是可以避免的。

三、纠正错别字的方法

1. 分辨字的形旁

汉字中形声字最多，形声字的形旁跟字义有关。我们首先注意字的形旁，不能弄错。

冫和氵。冫，仌象冰裂形。凡从冰之字皆和冰有关。如冷、冶、冽、冻、准、凑、凛、凝。氵，水，㫃象流水形。凡从水之字其义皆和水有关，如江、河、海、洋、湖、泊、洞、港、游。（按：凑原作湊。《说文》曰："水上人所会也，一曰聚也。""凑"为"湊"异体字，今从简，取"凑"。準，水准也。水准，准则。"准"本是"準"的异体字，后来分工为"允许"之义，其余一律用"準"。现以"准"代"準"。）

礻和衤。礻，示示而《说文》："天垂象所以见吉凶示人也，从二三垂日月星也。观乎天文，以察时变，示神事也。"凡从礻的字，其义部和神鬼祭祀有关。如社、神、福、祀、祭。衤，衣亼象衣形。凡从衣之字，其义皆与衣物有关，如袜、被、襟、褥、衿、袖、裳、裤、初、补。

厂和广。厂，ᒪ山石之崖人可居，象厉（厲，磨石，旱石也）形。今读chǎng。从厂之字，其义皆与山岩有关，如原、厡、厂（廠）、厉（厲）、厌（厭）、厕。凡从广之字，其义皆与房屋有关。如店、庙、庭、底、庚、度、康、廊、厩、廪、庸、庵等。

尸和户。尸⺼象人体横陈。尸（篆文）ᐯ（小篆）。凡从尸之字，和人有关。如尾、屎、尿、屁、局。也和屋有关。如屋、屈、届、履。届，行不使也，从尸，击声。屋，𡰯，居也，从尸，尸所主也。一曰象屋形，从至；至，所至止也。屈，𡲶；展，𡲶。《说文》："转也本作𡲶，从尸𦎤省声，隶作展。"履，𡲩《说文》："足所依也。"践也，履行也。户，门之半为户。从户之字其义与门有关。如房、扇、扁。《说文》："署也，从户田者，署门户之文也，会意。"官衙门。所，𠩄。《说文》："伐木声，从斤户声。"扉，𢂷。《说文》："户扇也。"

朿和束。朿 cì，木芒也，𣏃。凡从朿之字皆与朿义有关。如策、刺、枣、棘。束，𣂁，象一束柴。从束之字。如刺、整、赖、喇、辣、癞、籁、懒、速、竦、悚、嗽、漱。

斤和斥。从斤之字皆与斧砍有关。如析、折、斩、断、欣、昕、斾、沂。从斥之字。有拆、柝、诉。

茶和荼、辛和莘、师和帅、戒和戒、候和侯、未末本、已已巳、戊戍戌。

2. 分辨字的声旁

令和今。今，今从亼，𠃍，会意。凡从今之字，与今音有关。矜、衿、妗、吟、芩、琴、含、念、贪。令，𠆤，受命也。邻、冷、岭、零、苓、羚、颈、泠、龄、铃、伶、玲、瓴、聆。

予和矛。予，《说文》："相推予也。"舒、预、抒、纾、好。矛，《说文》："酋矛也，迠于兵车、长丈二，象形。"茅、蟊、瞀、袤。

卬和卯。卬，《说文》："我也。"《侍邶》："卬须我友。"《尔雅》："卬犹姎也。女人称我曰姎，音较曰卬。"仰、昂、迎、抑。卯，象开门之形。早上五至七点钟，开门之时也。柳、留、聊、铆、贸、峁、昴。

𥍋和良。𥍋，《说文》："𥍋，很，从匕目，匕目犹目相匕，不相下。"根、很、狠、痕、跟、银、垦、龈。良，《说文》："善也。"粮、浪、狼、酿、娘、琅、阆、郎、朗、廊、啷、榔等。

舀和臽。舀，掏，会意。舀、稻、蹈、滔、韬。臽，小坑。陷、馅、谄、焰。

勺和匀。勺，象人曲形，有所包裹。《说文》："提取也，象形中有实。"约、灼、妁、钓、豹、酌。匀，从勹从二，指事也，少也，一曰均也。昀、畇、筠、鋆、韵、均、钧。

央和夬。央，中也。盎、秧、殃、泱、鞅、怏。夬，《说文》："分决也。"快、块、缺、决、抉、觖。

叚和段。叚，借也。葭、假、霞、瑕、暇。段，《说文》："推物也，分段也。"缎、锻、椴。

易和昜。易，蜥蜴也。锡、剔、惕、蜴、踢、裼、赐。昜，太阳照旗帜飘扬。扬、杨、飏、肠、瑒（古时祭祀用的一种圭）。

巳和已。巳。纪、记、忌、跽、杞、妃、岂。巳：汜、祀、巷、港。

氐和氏。氏，氏族。纸、抵（侧手击，抵掌而谈）。舐。氐，《说文》："氐至也。从氏下著一、一地也。"低、抵、底、邸、柢、砥、诋、羝。

3. 分辨字的意义

茸和葺。茸，草初生貌。绿茸茸、鹿茸。葺，用茅草覆盖房子，修缮、修补房子。

绽和锭。绽，破绽。锭，纱锭。

揣和惴。揣，揣摩。惴，惴惴不安。

掇、辍、缀。掇，拾掇。辍，中止。辍学。缀，缝补。连缀。

稗和裨。稗，稗子。稗史。裨，补助。大有裨益。

肄和肆。肄，学习。肄业。肆，肆意妄为。肆无忌惮。

4. 注意形音义的统一

刚愎自用：愎，自矜意气，故与人反对。

脍炙人口：炙，燔肉为炙。《孟子》："脍炙所同也。"脍炙为人所同嗜，伎文流行一时曰脍炙人口。

良莠不齐：莠，狗尾草，似谷子，乱留之草。

荼毒生灵：荼、毒为两事，并言之，喻苦痛毒害。《尚书·汤诰》："罹其凶害，弗忍荼毒。"

暴殄天物：暴，损害，糟蹋。殄，灭、绝。天物指鸟兽草木。喻任意糟蹋东西。《尚书·武成》："暴殄天物，害虐烝民。"

面面相觑：觑，看，偷看。喻互相对看，表示惊慌。李贽《焚书》："一旦有警，则面面相觑，绝无人色。"

风声鹤唳：唳，鹤叫。喻惊慌失措，自相惊扰。

觥筹交错：觥，酒器。筹，行酒令的筹码。形容相聚宴饮的欢乐。《醉翁亭记》："觥筹交错，起坐而喧哗者，众宾欢也。"

手足胼胝：胼胝，死肉。喻备受辛苦，手足磨起老茧。

畏葸不前：葸 xǐ，惧怕。喻畏惧退缩，不敢前进。

瞠目结舌：瞠，瞠着眼睛说不出话，窘迫惊呆貌。

合卺 jǐn：成婚仪式。

矍铄 jué shuò：老年人精神好。

悭吝 qiān：吝啬。

嗔怒：嗔 chēn 生气。

憧憬：向往。

涸：干涸，水干了。

惬 qiè：快意，满意。

箧 qiè：箱柜一类物品。

第六节　汉字检字法

我们学习使用语言文字，总少不了要查字典。如果碰到不认识的；或者只知音，不知形、义；或者只知形，不知音、义的字，都得借助于查字典。因为汉字结构复杂、笔画繁多、一字多音、一字多义，不经过长期的接触识记，不可能全部准确地掌握所有的汉字。学习使用汉字，应该养成勤查字典的好习惯。查字典就必须先懂得汉字检字法，检字法种类不少，常用的不外乎三种，即部首检字法、音序检字法、笔画检字法。

一、部首检字法

部首检字法是从《说文解字》以来一直流传到现在的一种检字法，通行范围很广。《说文解字》共有 540 个部首，《康熙字典》合并成 214 个，按部首笔画多少分成子丑寅卯等 12 集，检查起来比《说文解字》方便多了。音序《新华字典》部首检字表仍存 214 部首，但根据简化字特点，做了适当的调整，如氵、水；犭、犬，均分为两个部首。77 年版《辞海》修订稿分为 278 个部首。

什么是部首？绝大部分汉字都是由偏旁组成的，形体相同的偏旁，归为一类，算作一部。这个相同的部分就是这一部的部首，部首必然是象形表意的偏旁。如桃、李、杏、柑，这些字都用"木"字作偏旁，可以归为一部，"木"就是部首。部首按笔画的多少排列顺序，同一部首内按笔画多少安排字（除去部首笔画数）部首检字，必须熟悉部首才能熟能生巧。《康熙字典》中 214 个部首都有其读音、名称。其中有些已经不能独立成字，而且读音为一般人所生疏的，介绍如下：

丨 gǔn《说文》："上下通也。"

丶 zhǔ 故主字，灯火中丶也。丶，象形。

丿 piě ㇒，象左引之形。

亅 jué ㇁，钩迹者，谓之亅，象形。

亠 tóu 人，象人上部。

八 bā ㇒㇏，《说文》："别也，相分别相背之形。"

冂 jiōng ㄇㄇ，象边远地界，离城市很远的野外。

冖 mì ㄇ，用布覆物，凡从冖之字有蒙覆之义。冠、冥、冤。

几 jī ㄇㄇ，《说文》："踞几也。"《徐曰》："人所凭坐也。"凭、凯。

勹 bāo 勹，人的胳膊弯曲而成。包、匈、匀、勾、匋、匐。

匚 fāng 方形受物器。表示方形器具的字多从匚。如匣、匠、匡。

匸 xì 从乚有一覆之。匹、医、区。

卩 jié 卪，象骨形，又借为符 p。印、危、卯、即、却。

囗 wéi 古围字。《说文》："回也，象回帀之形也。"囚、回、因。

夂 zhǐ 夂，从后至也，象人两胫，后有推敲之者。

夊 suī 夊，行迟貌。《说文》："象人两胫，有所躧也。安行也。曳杖貌。"夋、夌、夏、复。

巛 chuān 巛，象流水形，同川。巡、州、巢。

廾 gǒng 廾，象两手相聚拢。弄、弃、弈、弊。

彡 shān 彡，《说文》："毛饰画文也。"长毛也。形、彪、彩、彬、彰、彭、影。

彳 chì 彳，《说文》："小步也，象人胫之属相连也。"征、往、侍。

支 zhī 支，象手执一根竹子，《说文》"从手持半竹。"支、枝、伎。

攴 pū 攴，象手执树枝有所扑打。偏旁多作攵。改、攻、放、政、效、救、败、敲。

文 wén 文，文身形象。齐、斋、斌、斑、斐。

殳 shū 殳，象手执小棒作敲打状。

片 piàn 木之半也。版、牌、牒、牖，牍。

癶 bō 象两脚践踏上登。登、凳、癸。

禸 róu 象手捉长虫子。象用手捉住一个东西的全部。

穴 xué 穴，土室也。究，《广稚》："究、窟也。"穿，通也，穴也。突、窖、窗、空、窄、窥、窃、窦。

缶 fǒu 🖋，象用杵在坯子里敲打，使成圆形曰物，再烧成瓦口。罐、缸、缺。

舛 chuǎn 甲骨文作 🖋，象两脚方向相反。小篆作 🖋。舜、舞。

廴 yǐn 延、建。廴是从彳变来的，省去止，把彳引长即为廴。

走 zǒu 🖋，走路用脚。起、赶、趣、趋、越、赴、趁、超。

疋 pǐ 和足原为一字，🖋。疏、疑、路、距。

部首检字法是根据部首字典排字法来检字的。部首字典以部首分类，部首以笔画多少排列。笔画少的在前，多的在后。同一部首的字，又按除部首以外的笔画排列，笔画少的在前，多的在后。如查"菜"字，先肯定部首为艹，先在部首表三画里找到艹部，然后数一下，剩下的采字的笔画是八画，就可以在"艹"部八画里查到。"艹"老部首为"艸"是六画。部首检字是有缺点的。有些字是不易断定属于哪一部首的。如"坐"，人和土都属于部首，不知道该属于哪一部。（属土部）又如"料"，量也。《史记·孔子世家》："尝为季氏史，料量平。"（故属斗部）问（属口部，从口，门声）。尘（属土部）。所以一般字典都有《难字表》《检字表》，遇到无法断定部首的字，先查《难字表》属于哪一部，再查检字典。目前常见的部首字典：《新华字典》《康熙字典》《中华大字典》《辞源》《辞海》。《中华大字典》和《康熙字典》收字多，收生僻字、古字、怪字，是读古典书籍的必用工具。《辞源》《辞海》是辞书，以释词为主。《辞源》收录的词条多些，注释时只提出书名，没有提出篇名，不便于查原书。《辞海》词条比《辞源》少些，用新式标点符号，并注明详细出处，便于查检原书。这些字书、词书的共同缺点是：对字和词的解释只偏重于旧义，没有顾及到现在的常用意义。现代汉语常用词和成语收进去的极少。注音用反切或直音加韵部，不会反切或不熟悉反切的人，读音很难准确。解释一律是文言文，不便于一般人使用。

二、音序检字法

音序检字法大致有两种，一种是按汉语拼音字母的顺序排列汉字的；一种是按注音字母的顺序排列汉字的。按汉语拼音字母顺序排列汉字次序的字典，先按字母表顺序，将汉字按音节第一个字母排列为 23 部类（i 包括在 y 部，因 i 不能单独成为音节。u 包括在 w 部，u 不能单独成为音节。另汉语拼音中 v 没有利用。v 在汉语拼音方案有 uai）。每一部类中，又按音节的第二、三字母顺序排列。如 A 部类中，按顺序排列为 a，ai，an，ang，ao 六个音节顺序。每一音节中的同音字，又按注音字母又名注音符号，共40个。

声母21个：

ㄅ（b）ㄆ（p）ㄇ（m）　双唇音

ㄈ（f）　唇齿音

ㄉ（d）ㄊ（t）ㄋ（n）ㄌ（l）　舌尖音

ㄍ（g）ㄎ（k）ㄏ（h）　舌根音

ㄐ（j）ㄑ（q）ㄒ（x）　舌面音

ㄓ（zh）ㄔ（ch）ㄕ（sh）ㄖ（r）　舌尖后音

ㄗ（z）ㄘ（c）ㄙ（s）　舌尖前音

韵母36个：

ㄚ（a）ㄛ（o）ㄜ（e）ㄧ（i）ㄨ（u）ㄩ（ü）　单韵母

ㄞ（ai）ㄟ（ei）ㄠ（ao）ㄡ（ou）ㄧㄚ（ia）ㄧㄝ（ie）ㄧㄠ（iao）

ㄧㄡ（iou）ㄧㄢ（ian）ㄧㄤ（iang）ㄩㄥ（iong）ㄨㄚ（ua）ㄨㄛ（uo）

ㄨㄞ（uai）ㄨㄟ（uei）ㄨㄢ（uan）ㄨㄣ（uen）ㄨㄤ（uang）

ㄨㄥ（ueng）ㄩㄝ（üe）ㄩㄢ（üan）ㄩㄣ（ün）　复韵母

ㄢ（an）ㄣ（en）ㄧㄣ（in）ㄤ（ang）ㄥ（eng）ㄧㄥ（ing）ㄨㄥ（ong）

鼻韵母

先排声母ㄅ、ㄆ、ㄇ、ㄈ……再排韵母，单独成音节的ㄚ、ㄛ、ㄜ、ㄤ再排介母Ｌ、Ｘ、Ｕ。每个声母下面仍按韵母次序排列下去，再排介母。

阴阳上去四声排列。这样便把全部汉字，毫无例外地、严密地排列在字典上，查检方便，因而音序检字法是最科学的、最先进的检字法。按注音字母顺序排列汉字的字典，按40个注音字母的顺序，以声韵拼合顺序，顺次排列，在各音之下排列所收的汉字。注音字母现已不再使用，所以一般人不熟悉这种检字法。音序检字法虽然科学方便，但汉字一个音节一个形体，只知字形不知读音，音序字典就无法查询。因而音序字典就要附部首检字表，作为辅助工具。音序字典常用的有音序《新华字典》《同音字典》《现代汉语词典》《汉语成语词典》。

三、笔画检字法

按笔画排列的检字法有三种

1. 按笔画多少排列的

先按笔画多少排列，笔画数目相同的排在一起，再按笔画形体排列，丶一丨丿乚㇏七种笔画顺序排列汉字。常用的有《学文化字典》。

2. 用笔画作部首

把撇、横、竖、捺分成四类，把附属四类的笔画分成小类，再把属于这一小类的字集中在一起，按点横竖撇的顺序排列下去，1953年版音序《新华字典》附检字表即用这种方法。

3. 四角号码检字法

这种方法是把每个字不管是什么形体，都分成四个角。角的形式分为十种："亠"（0）、"一"（1）、"丨"（2）、"丶"（3）、"十"（4）、"扌"（5）、"口"（6）、"丁"（7）、"八"（8）、"小"（9）等。然后按照每个字形突出四位数字排列成顺序，如"说"字的四角是"0861"，整个字典按数字从小到大顺序排列汉字，只要熟记四角号码，检字也比较方便。常见的有《四角号码字典》《四角号码词典》。

第七节　汉字书法

汉字不仅是记录汉语的符号，是人们用来交流思想、传播文化的工具，而且还是一种特殊的书写艺术，在世界上享有独特的声誉，汉字书法艺术和国画艺术可媲美，都是我们民族的优秀的艺术传统，不论从汉字的实用价值还是汉字的艺术价值来讲，我们平日学习使用汉字，不仅应当把汉字写正确、写清楚、写整齐，更应该力争把字写美观、写好看，给读者以艺术的享受，这并不是过分的要求。

从实用的角度来讲，我们经常要写横额、对联、条幅、标语、出墙报、黑板报，单位门口要挂号牌，单位内部要挂科室名牌，甚至厕所门口都要大书男女二字，以示区别。在日常生活中是离不开汉字书法的，讲究书法艺术也反映出一个单位的精神面貌、工作的好坏。

从艺术的角度讲，我国历代都很重视写字，自汉魏以来，我们出现了许多著名的书法家，如晋代的王羲之；唐代的欧阳询、柳公权、颜真卿；宋代的苏东坡、米芾、黄庭坚、岳飞；元代的赵孟頫、鲜于必仁；明代的宋濂、董其昌、文徵明、祝允明（字希哲，号枝山）；清代的何绍基、姚姬传、邓石如、康有为。近代以来的叶公绰、沈尹默、郭沫若、李若婵等。他们都给我们留下了大量的书法遗产，是我国珍贵的文物，是无价之宝。在我国的美术艺术史上，经常是书画并举、诗书画相联的。因为我们的美术作品上讲究题跋、讲究落款、讲究诗书画并茂。搞美术艺术是离不开书法的。我们是学习中国语言文学的，语言包括现代汉语、古代汉语，是边缘科学，既是自然科学又是社会科学。科学当然要讲实用价值，学习了文字就要讲究写字、书法，要把字写正确、清楚、整齐，写好看、写美观，写得吸引读者，而且要取法手上，变成熟练技巧。文学是语言文字艺术，也应该是高标准、严要求，并力争做到书文并茂，不仅能写一首好文章，还能写出一笔好字。像毛主席、鲁迅、郭沫若那样，既是文学家、诗人，也是书法家。他们的文学论著的手稿，也就是书法艺术珍品，我们学习中国语言文学的，应该有这样的认识和这样的抱负，至于能否兑现当然取决于个人的努力。

我们谈汉字书法主要指用毛笔写字。用钢笔和铅笔写字，只能写小字，不能写大字。写毛笔字能大能小，不受限制，适应性强，在有些场合毛笔字可以代替钢笔字和铅笔字。铅笔字钢笔字却不能代替毛笔字，写好了毛笔字、练好了基本功，钢笔字铅笔字自然也就写好了。

毛笔是不好驾驭、不好使用的。俗话说"笔大如椽"，小小毛笔竟有如木椽那样粗大，那样沉重，这确为经验之谈。凡是写过毛笔字的人都知道，刚开始写字，一横一竖都不容易写直、写端的，写字不到半小时就指疼腕酸臂困，确实有些像一手执个椽子一样的沉重费劲，不听指挥。写毛笔字比较困难，而且要吃苦头，但是"天下无难事，只怕有心人"，只要下定决心，坚持"一勤二恒"，勤以补拙，恒必有成，就能把字写好。俗话说"字无百日功"，只要坚持练习，百日之内必有变化。从这勤练来说，写好毛笔字又是不难的。

关于汉字书法的论述，从古至今实在不少，南梁庾肩吾的《书品》、唐李嗣真的《后书品》、孙过庭的《书谱》、张怀瓘的《书断》《用笔十法》、清代包世臣的《艺舟双楫》、康有为的《广艺舟双楫》，从"文房四宝"笔墨纸砚、用笔结构、选帖临摹，到气势章法，内容很多，要求不少，主要是用笔结构，所以我们着重介绍笔法和间架。

一、笔法，主要是执笔的方法和运笔的方法

1. 执笔方法有两种：

虎口法：把笔管竖在大拇指和食指第一节尖端的肌肉间，用大拇指按住笔管的左方，用食指压住笔管的右方，用中指爪肉连接的部分勾住笔管的前方，用无名指指甲部扼住笔管的后方，用小指紧贴无名指并抵住无名指，辅助无名指用力不挨笔管。如此握笔各指骨节外突，形成圆形，如虎口状。食指到小指，四指密接，不可散开。

鹅头法：把笔管执在大拇指尖端肌肉部分和食指中前部靠第一骨节处，

左按右压，将笔捏紧。中指尖端肌肉部勾住笔管向内，无名指爪肉之际或指甲部分抵住笔管向外，小指紧贴无名指，其为辅助作用不挨笔管。如此握笔，各指指节外突，食指高举壮如鹅头，食指到小指，不能密接。

五指的作用即按、压、勾、格、抵五字诀。按压将笔握定，钩格将笔执稳，抵以辅助。五指齐力，松紧适中，达到指实、掌虚、腕平。（管直）

五指执笔的高低，以所写字的大小为准。写小楷约离笔尖一寸左右（从无名指算起），中楷二寸见方，行书离笔端约二寸左右，大楷五寸见方，草书约离笔尖三寸左右。执笔低则书写较稳，执笔高则书写灵活。

执笔写字不仅用纸和掌，还要用腕和肘，使指、掌、腕、肘互相融合，一气贯注，才能运用自如，笔到意随。用腕的方法主要有三种，即枕腕、提腕、悬腕。枕腕是把腕轻微贴在书案，则写字不太吃力，作小楷时比较方便。提腕是以肘着案，将腕提起，则腕能灵活运用，笔锋旋转进退自如，写中楷、行书比较方便。悬腕是肘不着案，肘、腕悬空，向前伸开，以肘推腕以腕运用指掌，旋转进退，随意而为，这是写大楷、草书的必要条件。枕、提、悬是用腕的三部曲，由易到难，逐步提高。

2. 运笔的方法：执笔的方法是固定的，而运笔写字则在乎人。人要灵活地通过指、腕、肘来运用笔。当然得有技巧，主要的运笔方法有方笔和圆笔两种。所谓方笔，即指起笔、住笔的地方作方形。运笔如何能方？就是落笔时用逆锋，将笔锋逐入，欲左先右，欲右先左。如写一横，先将笔锋逆推，向左落笔，然后向右横托，至末端一顿作及。这样落墨处变成方形，所以叫方笔。比如写撇，先稍微向右一挫，然后向左撇出，最后提笔一收更有气势。所谓圆笔，即落笔、住笔地方作圆形。凡圆笔必须裹锋（不让笔锋敞开），落笔、提锋运行。如写一横，裸锋而入自成圆劲之势。微微提笔向右运行，至末端一往即收，笔势自然滚圆。圆笔和方笔不同主要是裸锋和逆锋之别。临写颜、柳必用逆锋，临写欧、赵必用裸锋。

二、间架，包括基本笔画的写法和字体间架结构

1. 基本笔画的写法：古人有"永字八法"，相传晋王羲之对"永字八法"极有研究，到了隋末陈初，他的七代孙智永禅师，把王家世代相传的秘法广为传播，直到近代，"永字八法"成了初学写字的普通方法。唐颜真卿有"八法颂"是解释八种基本笔法的写法的。"永"字的结体基本概括了一般字所具有的笔画，掌握了"永"字笔画的写法，就可以推及到书写其他的字体。

2. 字体间架结构：唐欧阳询有结体三十六法，明李淳进结体八十四法。

3. 临摹字帖：初学书法必先临摹字帖，学习前人写字经验，达到融会贯通、熟能生巧，然后才能自出新意、独创一格。临摹字帖是学习书法的必由之路，舍此别无门径可循。

什么叫临摹？临和摹是两件事，不可混为一谈。临是面对字帖临写，便于揣摩字的笔法模式；摹是用纸蒙在字帖上面写，熟悉字的间架结构。学书法应该是先摹后临。

（1）摹法

描红：儿童初学写字要先描"红模"，"红模"是印好的红字范本。用墨笔照样描写，写多了写熟了，对每一个字结体，在心中手上都能有个大概。

响拓：把油纸或其他透明纸罩在碑、帖上摹写，古人叫"响拓"。

双钩：用半透明纸附在字帖上，把字的轮廓一个个勾画出来，成为空心字，然后用墨把空心字填成实体字，作为影本，衬在纸下，照着摹写。

单钩：把纸复在字帖上，先用铅笔勾画出字的笔画的中锋，然后拿开纸，对着字帖，顺着已勾画出来的笔画的中锋去临写。这是一种半临半摹的方法，也是从摹到临的过渡方法。

在摹的时候要留心字体的笔法和结构风格，做到心领神会，再加上摹写的功夫，就能打好学习书法的基础。摹写先描红、响拓，后双钩、单钩。每天坚持写五六十个字，从响拓（或双钩）依次换用单钩进一步临写字帖就比较容易了。

（2）临法

方格临写：临写楷书先用米字格或九宫格衬在纸下，对着字帖临写。这样才能抓住字帖上每一个字的中心笔画，正确地临写在格子里，把笔画结构安排得当，临写到一定时间和相当水平时再去格临写。

去格临写：不用方格对帖临写，特别是练习行、草，要注意行笔连接的地方不用方格免受拘束。

分临：从碑帖中选择清楚无损的字把每一个字分拆开来，看它一点一画地安排，学它的间架结构，再看它一点一画的起止转折，学习它的笔法。每天一字，至多三五字，不可贪多。

空临：学习书法，随时随地都可以练习用手指或筷子代笔。暇时无事坐着画地、画沙，睡在床上画被画腹，甚至书空作势，也可以练习碑帖的笔法和结构，收到良好的效果。

背临：将所临碑帖熟记心中，照它的笔法和结构背着摹仿，写完后与原碑帖对照。如果发现与原碑帖不合的地方随时更正。凡经过更正的字体，印象深刻，经久不忘，能收到更好的效果。

临帖必先读帖，把碑帖摊开，对它的一笔一画、字体的结构变化仔细端详，再研究它的笔法，对它的起笔、住笔和运笔中间的转折都要一一加以领会，牢记心中，做到意随在笔前，胸有成竹，然后随意临写，才能事半功倍，收到很好的效果。

临帖最好把字帖架摆在前面，没有帖架把字帖平放在左前方，砚台放在右前方里，写前一边磨墨，一边读帖。揣摩领会帖上字的笔画、结构、风格，做到"胸有成竹，下笔有法。"千万不可看一笔写一笔，犯了抄帖的毛病，失去了临帖的积极作用。

临写一字和字帖上的字作比较，看看在笔画、结构、风格上有没有相差太远的地方。如果有，就必须改正、重写。一遍临不好就多临几遍，每天认真临写一页（十字左右）不必太多。练习几天后，再换一页，临好一本，再换一本。不要朝秦暮楚，中途换贴。

（3）基本字帖

楷书：

欧阳询为结体整齐，方正平直之宗。世传有《九成宫醴泉铭》《皇甫君碑》等。

柳公权为结体紧严密，劲拔有力之宗。世传只有《玄秘塔》。

颜真卿为方正雄伟，丰肥润硬之宗。世传《多宝塔碑》《麻姑仙坛记》《中兴颂》等。

赵孟頫为结体秀丽，俊媚润泽之宗。世传《快雪时晴帖跋》。

行书：王羲之世称"书圣"。行书字帖有《兰亭序》。楷书有《黄庭经》《乐毅论》，为小楷法帖。草书有《十七帖》。

篆书（小篆）：秦李斯《峰山碑》，唐李阳冰《三坟记》。

隶书：汉《礼四碑》，东汉桓帝时镌立，鲁相韩敕造，今见于曲阜孔庙。《史晨碑》，东汉安帝立，鲁相史晨词孔庙奏铭，今见孔庙中。

文字部分复习题

1. 谈谈汉字的特点。
2. 何为六书？试举例说明之。
3. 简述汉字形体的演变。
4. 为什么说汉字必须改革？改革的方向是什么？当前文字改革的任务是什么？

5. 《汉字简化方案》中简化汉字的方式有哪些？试举字例以说明之。
6. 谈谈您对《第二次汉字简化方案（草案）》的看法。
7. 产生错别字的原因是什么？怎样纠正错别字？
8. 简要说明汉字简字法有哪些？
9. 为什么要重视汉字书法，说说临摹字帖的方法？
10. 对学习文字部分的意见。

第二章

词 汇

斯大林在其经典著作《马克思主义与语言学问题》一书里告诉我们："语言中所有的词构成所谓语言的词汇。"词汇也就是某种语言词的总和。词是指语言里一个一个单词说的，是指的个体；一个个的单词合起来叫词汇，指的是整体。二者所表示的意义和范畴都不相同，不能混为一谈。但是在一定的范围里的词的总和也叫词汇。如某人所掌握的词的总和，某部作品所使用的词的总和，某种方言词的总和。这就是说多数的词也可以叫词汇。词汇是语言的建筑材料，它标志着语言的发展状况。斯大林说："词汇反映着语言发展的状况，词汇越丰富，越发展，那么语言也就越丰富，越发展。"高度发展的语言词汇都是极其丰富的。俄语的文学语言词汇就包括51533个词。英国《牛津字典》包括词和成语40万条左右。汉语词汇究竟有多少词？现在还没有准确的统计。《辞海》收入10万多条词和成语。新版《辞海》包括字词、成语典故、各种名词术语约105，000条。《现代汉语词典》包括一般常用词语，53，000多条。汉语词汇也是极其丰富的，词汇丰富与否是衡量一种语言是否高度发展的标志。我们研究现代汉语的构词法及词的结构问题、学习词义的种类和变化、学词汇的各种成分这三大部分。下面将分别加以介绍：

第一节 词 字 词素

一、词和字

词汇是由词构成的。什么是词？词是最小的、能够独立运用的、有意义的语言单位。所谓"最小的"，就是说词是语言的最基本的单位，词和词，按照一定的语法规则组成了句子。所谓"能够独立使用的"，就是说词有它自己的独立性，它是独立存在于语言之中的，可以被自由地运用到不同的句子里去，充当句子的一种成分或帮助造句，例如：

①中国是我们的祖国。我们热爱祖国。（宾语）

②祖国是伟大的。（主语）

③祖国的人民也是伟大的。（定语）

④我跟他一道去。（连词）连接句子主语部分

⑤我跟着他（动词）充当谓语

⑥我跟他打电话（介词）与"他"构成介词词组做状语

①②③句中的"祖国"在句子可以独立地、自由地充当不同的成分。④⑤⑥句中的"跟"在句子既可以充当成分，也可以帮助造句。

所谓"有意义"的，就是说一个词代表着一定的概念，如"花"是所有花朵的概念，红花代表红色花朵的概念，荷花是一种水生植物花朵的概念。如果不能代表一定的概念，那就是没有意义，没有意义就不能称为词，只能说是音节或者字。

词是把人类的概念用语音固定下来的物质。声音和意义就是构成词的两个方面。词是构成语言的材料，是语言的要素。而字是词的书写符号，是语言的辅助手段。字和词是属于不同的范畴的。我们平常说话的时候，词是用声音来表达的，写在纸上的时候就用文字来表示。文字有拼音的、有不拼音的。在拼音文字里基本上没有字和词的区别。他们所运用的最小的语言单位，不管是由一个或几个字母组成的，如 go、took、student、teacher 等，只要是在语言中自由运用的最小单位都是词。我们说字习惯了，常常说英文单字、生字、字典，其实都应该说成英文单词、生词、词典。至于汉字，因为不是拼音文字，写出来的方块形体，是一个字一个单位。是不是一个字就是一个词呢？不一定。有时候一个字是一个词，有时候两个或两个以上的字才是一个词，例如，我、你、他、人、口、手、来、去、走等都是一个字，也是一个词；中国、政府、玻璃、运动、迅速、开展、进行都是两个字组成的词；共产党、无线电、收音机、手风琴、地动仪、吉普车、轿子车、可口可乐、布尔什维克等都是三个或三个以上的字组成的词。由此可知，一个字就是一个词，字和词是一致的。两个或两个以上的字组成的词，字和词就不一致了。在现代汉语里大多数的词和字是不一致的，这就是字和词的关系。学习词汇就应当抛开字建立词的概念。

二、词素和词、字

什么是词素？词素就是构成一个词的最小的有意义的单位。所谓"最小

475

的"是说把一个词分析到小到不能再分析的地步,如果再分析就没有意义了。所谓"意义",不仅是指表示具体概念的实在意义,也指起语法作用的意义。比如"马车"是个词,分析为"马"和"车"都有意义;"学习"是个词,分析成"学"和"习"也都有意义;"桌子"是个词,"桌"有意义,"子"也有意义,但在这个词里只有语法上的意义;"石头"也是个词,"石"有意义,"头"也有意义,但在这个词里,起语法作用。马、车、学、习、桌、子、石、头都是词素,词素加词素才构成了一个词,表示一个完整的概念。火车、马路、钢笔、白菜等都是由两个词素构成的词。词和词素的区别在于,词能独立地、自由地运用,而词素则不能独立地、自由地运用。也许有人会问,在"马车""火车"……等词里,拆开来,马、车、火、路、钢、笔、白、菜、桌、子、石、头等都是能独立运用,明明是词怎么能说是词素呢?不错,这些词拆开来就成了词,但是在马车,火车,桌子,石头,钢笔,白菜等词里却不是词,只能是构词的词素,因为他们在这些词的内部互相结合得很紧密,共同表示一个概念,失去了原来独立成词时的概念和作用。

　　是不是说词素和字都是一对一的,一字一个词素?不是的。词素和字的关系,可能是一个字一个词素,也可能两个或两个以上的字才能成为一个词素。如芭蕉、蝌蚪、葡萄、琵琶、蜻蜓等词,如果拆开来芭、蕉、蝌、蚪都不表示任何具体的概念,也没有任何的语法作用,每个字都没有任何的意义,仅仅是两个音节。只有两个音节合起来才有意义,才是一个词素。又如巧克力、可口可乐这些外来词,如果拆开来也没有任何意义。因为是译音,每个字是一个音节,没有其意义。所以"巧克力"三个字是一个词素,"可口可乐"是四字一个词素。"巧克力"是词素,可以和另一个词素"糖"构成一个表示完整概念的词,即"巧克力糖"。"可口可乐"同样可以构词成为"可口可乐糖"。在实际应用中往往省去了"糖"这个词素,所以"巧克力""可口可乐",即是词素,也是词。词的构成可能是一个词素,也可能是两个或两个以上的词素。总之,词素不是语言中应用的最小单位,它只是构成词的元素而已。

　　【小结】凡是最小的,能够独立地、自由地运用的有意义的语言单位,都叫作词。一个词可能是一个字,也可能是两个或两个以上的字组成的。构成词的最小的有意义的单位都叫词素,一个词素可能是一个字,也可能是几个字。一个词可能由一个词素,也可能由两个或两个以上词素构成。

第二节 词的构造

汉语的词,从语音方面可以分为单音词和多音词,从结构即词素方面讲可以分为单纯词和合成词。

一、单音词

一个音节就是一个词叫作单音词。因为汉字是一个字一个音节,所以单音词也就是一个汉字成为一个词,这种词在现代汉语里很多,如天、地、人、口、手、足、马,牛、羊、花、草、树、哭、笑、爱、恨、和、从、着、了、过等都是单音词。

二、多音词

由两个音节或两个以上的音节构成的词叫多音词,比如玻璃、公路、进行、调整、拖拉机、老头子、漂漂亮亮等都叫作多音词。在现代汉语里,两个音节的占大多数,这种词叫双音词。

古汉语里单音词占大多数,一字即一词,字和词基本上是统一的。当然也有双音词,如君子、小人、玛瑙、鸳鸯。在汉语发展的过程中,大多数的单音词逐渐转向双音词发展,在现代汉语双音词里占大多数。如发,说成头发;须,说成胡子、胡须;眼,说成眼睛;鼻,说成鼻子;耳,说成耳朵;眉,说成眉毛;舌,说成舌头;臂,说成胳膊;腋,说成嘎吱窝;脐,说成肚脐眼儿。如任意选取一段文言文,把它译成现代汉语,两相比较,就可以看出古汉语中不少单音词,在现代汉语里都变成了双音词。比如:"师者,所以传道、授业、解惑也。"

单音词和双音词有时可以同时并存,如眼、眼睛都是词,说睁开眼来,睁开眼睛来都可以;一碗面和一碗面条都一样;给我一块饼和给我一块烙饼都没有什么区别。单音词也可以作为词素和其他词素结合,构成双音词或多音词。如眼可以构成眼镜、眼界、眼药、眼热、眼睑、眼球、沙眼、势利眼;房可以造成平房、楼房、瓦房、厢房、耳房、茅草房等。

三、单纯词

词有单音词和双音词(多音词)是按音节来分的。从词素来分析,又可以分成单纯词和合成词两种。凡是由一个词素构成的词叫单纯词。单音词只有一个音节，同时也只有一个词素不能再分析，当然是单纯词。比如人、手、男、女、天、地、日、月。有一些词虽是双音节或多音节的，但两个音节或几个音节不能拆开，拆开来没有意义，只有合起来才有意义，我们仍然看作是一个词素，如琵琶、芭蕉、法西斯、宇宙飞船、巧克力等也是单纯词。这类单纯词还可以分成好几种：

1. 叠字词：由同一个字叠起来的词叫叠字词，如爸爸、妈妈、纷纷、悄悄、静静、冷冷、清清等。叠字词节往往给人以亲切的感情，如"冬雪大来冬麦好，王贵就像麦苗苗"，"麦苗苗"一方面表现了作者对麦苗的亲切、喜爱的感情，也表现了作者对王贵这个年轻的庄稼汉就像对麦苗苗那样的亲切喜爱。叠字词在小孩的语言里也特别多，如"宝宝吃果果，吃了果果睡觉觉"，"宝宝""果果""觉觉"都是叠字词，除给人以亲切之感外，还有加深印象、容易记忆的作用。我们在写作时，可以适当用叠字词来加强文章的感染力。

2. 双声词：双音词里声母相同的词叫双声词。如琉璃、慷慨、仿佛、伶俐、嘹亮、丰富、秋千、蜘蛛、踯躅、琵琶、崎岖、乒乓、挣扎。

3. 叠韵词：双音词里韵母相同的词叫叠韵词。灿烂、徜徉、霹雳、翩跹、娉婷、徘徊、蹒跚、从容、啰嗦、辘轳、骆驼、邂逅、倥偬、逍遥、肮脏、腼腆、哆嗦、笼统、葫芦。

双声、叠韵词是汉语里特有的，音节和谐，读起来好听，具有音乐感。古诗词中用得很多，因其易入格律，在散文里运用得当，也会增加感染力。例如：

"大渡河……两岸都是蜿蜒 wān yán 连绵 lián mián 的高山。"
"渡船随着汹涌 xiōng yǒng 的水流颠簸前进。"
"葡萄美酒夜光杯，欲饮琵琶马上催。"
"醉卧沙场君莫笑，古来征战几人回。"

4. 联字词：即古汉语或方言中的双音词，两个音节不能拆开，只能合起来表示一个意义。玻璃、葡萄、萝卜、蝴蝶、鹦鹉、麒麟、窟窿、胡同、疙瘩、芙蓉、马虎、囫囵、葫芦。

5. 象声词：模仿物体声音的叫象声词。如扑通、轰隆、哗啦、铛铛、嗖嗖、呼噜噜、滴滴答答、噼里啪啦等。

汉语里象声词非常发达，如实地模拟声音，使人读起来听起来如闻其声，非常生动。

锅里的粥沸腾了，"咕嘟咕嘟"地冒泡。

"嘭"一下，小船撞在一块大礁石上。

小船顶上子弹"呼呼"地响着。

6. 人名词：人的姓名不管有几个音节或字组成，都是一个词素，代表一个人。所以人名词也是单纯词，如陈胜、方腊、鲁迅、雷锋。

7. 译音词：直接译写音节，不管有几个音节只能是一个词素，所以译音词也是单纯词。如马达、坦克、逻辑、沙发、咖啡、可可等。

四、合成词

由两个或两个以上的词素构成的词叫合成词。词素是最小的、有意义的单位，所谓意义指表示具体概念的意义，也指起语法作用的意义。凡能表示具体概念意义的词素，也就是有实在意义的词素叫实词素；凡是只能起语法作用的词素叫虚词素。词就是由实词素加虚词素合成实词。如文章、语言。或者实词素加虚词素合成实词。如花儿、夹子、老乡等。合成词是现代汉语里最发达的一种。合成词全是多音词，合成词是由词素构成的，它的构造方式主要有以下几种：

1. 实词素加实词素：

（1）联合式：由意义相同、相近或相反的两个词素并列在一起，二者地位平等，不分轻重主次。

意义相同的：朋友、村庄、睡眠、编辑、城市、寒冷、土地、道路、讨论、研究、美好、群众、儿童、声音、增加、领导、禁止、破烂。

意义相近的：打击、钢铁、光荣、轻薄、新鲜、朴素、雷雨、学习、教育、骨肉、妇女、姑娘、爱护、跳舞、新奇。

意义相反的：出纳、买卖、收发、反正、高深、动静、寒暄、甘苦、呼吸、长短、来回、早晚、始终、横竖、好歹、是非、左右、东西。

在联合式合成词里有两种情况必须注意：一种情况是一个词素的意义占了优势，另一个失去了意义，只剩下形体。如"睡觉"，只有"睡"的意思而没有"觉"（醒来）的意思；"忘记"只有"忘"的意思没有"记"的意思。另一种情况是两个词素都有消失了原义，产生了新的意义，如东西（物品）、买卖（生意）、开关（电钮）、来往（亲朋交往）、长短（事故）、早晚（指时间）、感冒（伤风）。

（2）偏正式：其中一个词素的意义是主体，另一个词素的意义是从属于这个主体的。两个词素有主有从、有正有偏、有重有轻。

主次关系：前一个词素描写或限制后一个词素，前者是次要的，后者是主要的。如铁路、钢笔、优点、暖气、小米、字母、汽油、重视、鲜红、火热、好看、雪白、不朽。这里特别值得提出的是有些词合成之后很形象。如杏黄、松花黄、蛋黄、金黄、雪白、漆黑、天蓝、银灰、枣红、冰凉。文艺作品中常常使用这些词语，增强语言的鲜明性和生动性。

（3）动宾关系：前一个词素表示一个动作或行为，后一个词素表示受这个动作行为影响或支配的事物（简单地说即后一个词素是前一个词素的对象）。如革命、动员、带头、示威、照样、关心、进步、吃惊、害怕、换班、到底、满意、得罪（合成后为动词）、司令、主席、司仪、司机、知己、垫肩、围脖、摇篮、护膝、止痛散、清热剂（合成后为名词）。

（4）补充关系：前一个词素表示一种动作，后一个词素指出动作的结果。即后一词素是前一词素的结果。扩大、提高、达到、减少、说明、推翻、赶走、冲破、肃清、看见、听见、挡住、补充、改善、改良、注定。

（5）主谓关系：前一个词素好像句子里的主语，后一个词素是表述说明前一个词素的，像句子里的谓语。比如面熟、性急、国营、年轻、头疼、心疼、眼热、花红、月亮。

另外，如男人、荷花、柳树等，后面一个词素指出前面一个词素的属性类别。车辆、马匹、房间、纸张等词，后面一个词素指数量和前一个词素构成名词。

2. 实词素加虚词素（即辅助成分，指词头词尾之类）

（1）虚词素在前，实词素在后的。如老乡、老王、老婆、老头。"老"有亲热的意思；老虎、老鼠"老"有可憎、可怕的意思。阿Q、阿姨、阿毛等南方方言常用"阿"，表示熟识亲近之意。小赵、小王等，"小"表示可爱的意思。

（2）实词素在前，虚词素在后的。

动词素＋子＝名词：钳子、剪子、梳子、包子、饺子。

形容性词素＋子＝名词：胖子、瘦子、矮子、傻子、辣子、麻子、瘸子。

名词性词素＋子＝名词：栗子、橘子、影子、镜子、桌子、鼻子。

一个词素＋儿＝名词：盆儿、味儿、画儿、字儿。加上"儿"，有时带有小的意思。"眼儿"是小洞的意思，"嘴儿"是壶嘴儿、烟嘴儿。

一个词素＋头＝名词：石头、木头、钟头、日头、年头、看头、听头、吃头、想头、苦头、甜头。

一个词素＋们＝表示多数：我们、他们、孩子们、同志们。

一个词素＋家＝名词：自家、人家、大家、杨家、闺女家。
一个词素＋巴＝名词：下巴、嘴巴、尾巴。
另外如作者、记者，演员、社员，水手、能手，也都是合成词。

五、词和词组

词是最小的能够自由运用的、有意义的语言单位。词组是由词和词按照一定的方法组织起来的一种语法结构。或者说词组是由两个或两个以上的词组织起来的，一个较大的能够自由运用的语言单位。一般来说，词和词组的界限很明显，二者是可以区别的。但是在语言中的确存在着一些词和词组界限混淆不清，二者不容易区别的情况。这是现代汉语存在的较大的也较难解决的问题，至今还在探讨，我们只能根据通常的说法谈谈这个问题。首先说由一个词素组成的单纯词，不论是单音节、双音节或多音节的都是一个词。比如花、草、人、手是单音节的词；哥哥、妹妹、乒乓、邋遢、葡萄、哎呀、沙发是双音节的词；法西斯、可口可乐是多音节的词。这是非常明确的、毫不含糊的。至于有两个词素或两个以上词素构成的合成词，情况就比较复杂，有些词和词组往往不易辨别，如水深和眼热、桌椅和心肠、看书和失言、诗词和诗歌、白马和白菜、山河和父母究竟哪个是词？哪个是词组？那就需要仔细加以分辨。区别词和词组的标准有两条：

1. 从概念上去分析，词是由最小的、有意义的单位词素构成的。在合成词中，词素和词素一经合成就表示一个新概念。而词组是由词和词按照一定的方式组成的，语法结构始终保持着，原来几个词的概念不能融合为一个新的概念。比如"失言"和"看书"结构是相同的，是动宾关系或支配关系，"失言"，其意义绝不是失去了话，而是不注意说了不该说的话。"失"和"言"融为一个新的概念，两个词素表示一个概念是词。"看书"其意义是看书即看着书，阅读书籍。阅读是个概念，书籍又是个概念，是两个概念组合在一起，没有融合为一个新的概念，所以"看书"是词组。"白菜"和"白纸"在结构形式上也是一样的，主次关系，但意义上不一样。"白菜"不是指白色的菜，而是蔬菜中的一种，白和菜融合为一个新的概念，因此它是词。而"白纸"，指白色的纸，是两个概念没有融合为一，因而它是词组。"心肠"和"桌椅"结构都是名词并列，但意义不同。"心肠"不是指"心"和"肠子"，说"心肠不好"，却不是说心脏和肠子生病了，而是说居心、用心不好。"心肠"指思想的出发点，"心"和"肠"融为一个新的概念。"桌椅"，桌子和椅子两个东西，表示两个概念，因而是词组。

2. 从结合的程度上去分析：词是由词素组成的，词素与词素之间结合得很紧密，形成了一个概念，是不能拆开、不可分离的，勉强拆开就不是这个概念了。正因为这样，合成词的词素中间不能插入任何成分。词组是由词组成的，词与词之间结合得松散，仍保持着原词的概念，是可以随便拆开、随意分离的，拆开后仍然是原来的概念。正因为这样，词组的词与词之间是可以插入别的成分的。比如"失言"不能插入任何成分，而"看书"可以插入成分，成为"看着书""看啥书""看这本书""看小人书"等。"白菜"中间是不能加入"的"，而"白纸"中间能加入"的"。"心肠"中间不能加入"和""跟"，勉强加入就不是原来的那个概念，而成为两个概念了。"桌椅"中间能加入"和""跟"，说成"桌子和椅子""桌子跟椅子都摆好了"。由此可知，不能插入成分的是词，能插入别的成分的是词组。能否插入别的成分标志着结合的程度，是区分词和词组的一个具体标志。总而言之，合成词是一个不可分割的整体，表示一个单纯的概念，不能插入任何成分。词组是词和词自由组合，表示的概念是复杂的，能插入别的成分。

六、词组的结构方式

词组是词和词按照一定的方式组成的语法结构，按结构稳定性可分为固定词组和不固定词组。固定词组即成语、熟语、谚语、歇后语等。这里是先谈不固定词组的结构方法，主要有以下几种：

1. 联合结构：几个词并列在一起，地位平等，不分轻重主次，这样形成的词组叫联合结构。如油盐酱醋、多快好省、黄河长江，上面所举的联合结构的几个词组成部分直接放在一起，有的中间有停顿，有的没有停顿，有时候联合结构的中间，用关联成分连词和副词来联系。如政策与策略、个人和集体、太阳跟月亮、又多又快又好又省、讨论并通过、勇敢而机智。

2. 主谓结构：由主语和谓语两部分组成。后一个词陈述前一个词，前一个词是主语，后一个词是谓语。主语是谓语所陈述的对象，指出谓语说的是谁，是什么。谓语是陈述主语的，说明主语是什么或者怎么样。天气/凉了、成绩/不错、今天/是星期日、车/开了、胆子/小、鲸鱼/不是鱼。

3. 偏正结构：前一个词限制或修饰后一个词，起修饰限制作用。白/马、新/衣服、学习/方法、五/年、三本/书、伟大的/祖国、反复的/学习，有的用结构助词，有的不用。

4. 动宾结构：前一个词是动词，后一个词往往是名词，充当前一个动词的宾语。如洗/衣服、握/手、鼓/掌、吃/饭、进/城、借/书、坐/火车、看/

电影、买/东西、联系/实际、热爱/祖国、建设/社会主义。

5. 动补结构：前一个词是动词（或形容词），后一个词对前一个词起补充说明的作用，是补语成分。洗/破、洗/干净、弄/脏了、拉/长、缩/小。动补结构中间往往可以插入"得"字或"不"字，仍然是动补结构。能否插入"得"和"不"是辨别动补结构和动宾结构的一个有效办法。

上面所举各类词组的例子，大部分都是由两个词构成的，有时一个词组的内部包含着另外一个词或几个词组，这样就构成了复杂的词组。例如，"文化革命的高潮"是个偏正结构，它的修饰是"文化革命"，本身又是一个偏正结构。"文化革命和技术革命的高潮"也是一个偏正结构，修饰语部分是联合结构，联合结构的每一部分又都是偏正结构。"迎接文化革命和技术革命的高潮"是动宾结构，宾语是一个偏正结构。"全国人民迎接文化革命和技术革命高潮"是一个主谓结构，主语"全国人民"是一个偏正结构，谓语是一个动宾结构。

七、名称和简称

人和事物都有名称，名称都是名词来充当的，可是一个名称不一定是一个词，这首先要搞清楚。例如人、狗、太阳、《呐喊》《子夜》、高尔基，奥斯托洛夫斯基，这些都是名称，同时也是一个词，在这种场合下名称和词是一致的。再如天安门广场、《第二次握手》《基督山伯爵》《瓦尔登湖》、中国人民政治协商会议、《钢铁是怎样炼成的》《大河奔流》等，这些名称却不只是一个词，却是用词组甚至用句子的形式来充当的。我们不能因为它们是一本书、一出戏、一部电影、一个团体或地方的名称，就把它们当作一个词。可是在句子里运用时，它们又往往和词一样可以做句子的各种成分。如"《第二次握手》是一本好小说""你读过《钢铁是怎样炼成的》吗？"两本书名，前者充当句子的主语，后者充当句子的宾语，尽管和词一样，充当句子成分的还是词组不是词。

有的名称太长，说起来和写起来都不太方便，于是很自然地便产生了简称，简称也叫作缩写词，因为是词组的压缩或简化。简化或压缩的方式有以下几种：

1. 选取每个词的第一个词素或选取有代表性的词素组成的。如土改（土地改革）、知青（知识青年上山下乡）、北大（北京大学）、政委（政治委员）、初中（初级中学），是选取每一个词的第一个词素组成的；再如中专（中等专业学校）、中国（中华人民共和国）、美国（美利坚合众国）、鞍钢

（鞍山钢铁公司）、扫盲（扫除文盲）、保密（保守机密）、人大（人民代表大会）、政协（中国人民政治协商会议）等。

2. 共同修饰或限制一个主体的。如青少年（青年和少年）、教职员（教员和职员）、中小学（中学和小学）、党团员（党员和团员）、指战员、工农业、中西医、南北朝等。

3. 用数字和词组中共同的词素组成的。如三反（反贪污、反浪费、反官僚主义）、三好（身体好、学习好、工作好）、四声（阴平、阳平、上声、去声）、四季（春季、夏季、秋季、冬季）、"四化"（工业现代化、农业现代化、科学技术现代化、国防现代化）等。

简称或缩写词，在口头语言和书面语言里都要使用，使用时必须注意：（1）要使用已经通行的简称或缩写词。简称也是约定俗成的。某些缩写词已经家喻户晓，深入人心，老少皆知，用了绝不至于发生误会，那就可以使用。如省委、市委、县委、妇联、学联、中宣部、党中央、共青团等。（2）不要随意"生"造谁也不懂的简称。马布（马褂布衫）、马基（马列主义基础）、业校（业余学校）、天专（天水师范专科学校）等。（3）正式文件中一般不用简称。如国家宪法、法律条文、条约协定、党章等不用简称，以保持文件的严肃性，使别人不能误解或曲解。如为了避免麻烦，要用简称，可采取第一次出现时加以注释的办法，注明以下简称xxx。

第三节　词　义

词的意义是指词所表示的具体概念或语法作用。词义的基本类型主要有五种：

一、单义词

只有一个意义的词叫单义词。如科学术语，意义必须精确固定、不容含糊，所以一般都是单义词，如哲学上的内因、外因、唯物论、唯心论、生产力、生产关系等；法律上的徒刑、缓刑、前科、首犯、主犯等；数学上的圆周、直角、级数、函数等；物理学上的原子、分子、电子、质子、中子、粒子、质量等；化学上的氧化、还原、分解、元素等；生物学上的卵生、光合、同化等；语言学上的音素、音节、词素、词组、主语、谓语等。人、地和事物名称也是单义词，如鲁迅、巴金、北京、上海、孔雀、乌鸦、丁香、电灯、电线、电话、电报、锄头等。单义词比较单纯，只要掌握了它的意义，就能正确运用。

二、多义词

一个词有几个互相关联的意义，这样的词叫多义词，一个词有几个意义，这是语言发展的结果。斯大林说："语言主要是它的词汇是处在差不多不断改变的状态中。工业和农业的不断发展，商业和运输业的不断发展，技术和科学的不断发展，就要求语言因工作需要新的词和新的术语来充实它的词汇。"人类每当有一种发明或发现，就需要有一个词汇或一些新词进入语言的词汇里，近代和现代发明最多，新词也就不断增加。如蒸汽机、电灯、无线电、火车、轮船、飞机、原子能、同位素、超声波、电子计算机等数以千计的新词、新语进入了汉语词汇。还有哲学、社会科学和自然科学，各方面的名词术语也是数以千计地丰富了汉语词汇。特别是最近50年来，汉语词汇发展的速度超过以前3000年的发展速度。汉语的适应性强，任何新的概念都能完满地表达出来。在词汇不断发展，不断丰富的过程中，汉语词的意义也在发展变化。有的词义扩大了，如"根"，本指"植物茎干以下吸收养分的部分"；后扩大指"事物的本源"，如"刨根问底""追根寻底"。有的词义缩小了，如"兄弟"，本指"兄和弟"；后缩小专指"弟弟"。有些词义转移了，如"兵"原指"兵器"，如"坚甲利兵"；后转移指"士兵"，如"兵不厌诈"。这样的旧义加新义，本义加转义，就产生了一词多义的现象。例如，在"身强力壮"里的"强"是指"健壮"的意思；在"他的工作比我强"里的"强"是"好"的意思，"强"成为一个多义词。"掌"原指"手掌"，是名词；后作动词，是"掌握"的意思。如"如掌大权""掌舵""掌握情况"。"掌"成为一个多义词。"清"原义指"水清澈透明"；后指"明白清楚"，如"说不清""看得清"；又指"完了、完结"，如"把账还清了""把手续交清了"，"清"成为一个多义词。

一般来说单音节词的多义现象比较突出，许多常用的单音词往往有几个意义。例如，"好"这个词：

① "雷锋是好同志。"指为人值得称赞，美好的意思。
② "他身体很好。""老王病好了。"指身体健康或疾病痊愈。
③ "我跟他好。"友爱、和睦的意思。
④ "事情好办。"意思是容易。
⑤ "把事情办好了。"意思是完成、成功。

⑥"天气好热。"指程度高，很、甚的意思。
⑦"好吧""好得很。"表示同意。

双音词的意义往往比单音词窄一些、固定一些，但是一词多义的现象仍然存在。如"消息"是"新闻"的意思，"报纸上尽是鼓舞人心的好消息"；但"去了三年，一点消息也没有。"中的"消息"却是"音讯"的意思。再如"问题"这个词：

①回答下列问题。（问话）
②我跟你谈一个问题。（事情）
③我学习外语感到有很多问题。（困难）
④这种说法有问题。（不合适 靠不住）
⑤工作中存在不少问题。（缺点）

多义词的几个意义并不是平等的，比如上述所举的"好"这个词的几个意义来说，"好同志"的"好"是主要的意义，我们管它叫基本意义，其他的意义都是从这个基本意义引发出来、扩张出来的，我们称为引申义。所谓基本意义只是指一个词在现代汉语里最常见的、最主要的意义，不一定就是这个词的最初的意义。例如，从历史上看，"走"的初始意义是"跑"，如"弃甲曳兵而走"；"汤"的初始意义是"热水"，如"赴汤蹈火"；"牺牲"，原指"祭祀用的牲畜"。但是在现代汉语里这些意义有的消失了，有的不常用了。现在"走"的基本意义是"走路"，"汤"专指"饭桌上的汤"，"牺牲"则是"舍弃（生命、权利等）"的意思。

引申义和基本义之间是有一定的联系的，例如，"好"的基本义是"好同志"的"好"，其他引申义都和"好同志"的"好"有联系。"深"是指从上到下的距离大，比如说"河水很深"，这是"深"的基本意义；说"道理很深"的"深"是"精微不易懂"的意思；说"夜深了"的"深"是指"时间久"的意思；说"颜色太深"的"深"是"浓"的意思；说"友谊很深"的"深"是"深厚"的意思，这些都是引申义，它们跟基本意义显然有联系。有些词在长期使用中，从基本意义发展而产生一种比喻意义。比喻意义往往是由修辞的比喻用法逐渐固定下来而形成的。如"思想包袱"中的"包袱"指"精神负担"；"地下工作"中的"地下"比喻"隐藏在敌人势力范围内"；"冻结资金"中的"冻结"比喻"停止流动"；"桥梁作用"中的"桥梁"比喻"从中联系"；"铁的纪律"比喻"不可变更"；"睡得很香"中的"香"原来指"气味好闻"，这里比喻"舒服"；"事情搁浅了"中的"搁浅"本指"船停滞不前"，这里比喻"停顿"；"全军覆没"中的"覆没"本指"船沉水下",这里比喻"溃败"。

词的比喻意义是由修辞的比喻手法产生的,但和修辞上的比喻又不同。词的比喻意义是约定俗成的,社会公认已成为词义中固定意义,应用时人们已不再觉得它是一种比喻。修辞上的比喻则是运用语言的技巧,是临时使用的,可以由人选择的。比如"风在怒吼""风在咆哮",被比喻的事物对象都是风,所用的比喻可以用"怒吼",也可以用"咆哮"。"怒吼"和"咆哮"都是野兽嚎叫声,在这里是一种比喻用法,并没有产生什么新的意义,只能说是一种修辞的比喻。"敌人像乌龟一样,把头一缩,转身逃跑了""敌人像赖皮狗一样,把头一缩转身溜走了",所用比喻不同,被比喻的对象则是一个。其所以能这样,就因为比喻是一种临时使用的修辞手法,是一个人使用语言的技巧,可以任人选择。词的比喻意义在语言里有它的积极作用。因为一个词里暗含着一个比喻,如果使用恰当,能把抽象的事物或道理说得生动形象,说得深入浅出,使人容易理解,更具有说服力。例如,鲁迅指斥梁实秋等买办文人是"丧家的资本家的走狗",惟妙惟肖地刻画梁实秋之流为帝国主义、封建主义效劳的卑劣面目。

我们谈多义词是就孤立的词来说的。如果把一个多义词放到具体的语言环境中,就失去了它的多义性质,而只表示一个意义。比如"好看"是漂亮美丽的意思,有时是"容易看"的意思。在"梅花比桃花好看"里"好看"是前一种意思,"《三国演义》比《红楼梦》好看"里的"好看",是指后一个意思。多义词只有在具体的句子里才有明确的意义。

三、同音词

同音词是语音相同而意义完全不同的词。为什么会产生同音异义词?汉字是单音节的一个字一个音节,普通话里只有四百多个音节,而汉字却有四万多,要用四百多个音节表示出四万多个汉字,想用一个音节代表一个字则是不可能的,所以就有好几个字共同使用一个音节,这就是同音字发生的主要原因。古汉语中单音节字是大多数一字一词,所以同音字多也就是同音词多。音节少而字形多,既是产生同音字的原因,也是同音词产生的主要原因。同音词多是汉语的显著特点,拼音文字的大多数单词是几个音节拼在一起,发生同音的现象是很少的。现在汉语里双音词、多音词占多数,两个或两个以上的音节合起来表示一个意义,因而同音词也相应地减少了。但是和拼音文字相比显然是多的。

对于同音词有两种不同的看法。一种是广义的,认为只要声韵相同,声调不同，也可以算是同音词。因为声韵相同，构成音节的因素相同，就是同音。声调是汉语的特殊现象，读起来又容易混淆，可以不计。比如把"打击"的"打"和"一打"铅笔的"打"；"可喜"的"喜"和"可惜"的"惜"都看作是同音词。"打击"的"打"读 dǎ，上声；"一打铅笔"的"打"读 dá，阳平。"可喜"的"喜"读喜 xǐ，上声；"可惜"的"惜"读 xī，阴平。这样说来，同音字的范围也就太宽泛了。另一种是狭义的，认为同音词必须是声、韵、调全同。相同的声调是汉语的特征之一，汉语就是有声调的语言。离开了声调，只讲声韵，只讲音素相同，那就脱离了汉语的实际，是不科学的。我们就狭义的看法来讲同音异义。汉语中同音异义词，从书写的形式来看可分为两种：（1）同形的同音异义词：新生（获得了新生），新生（招收新生）；制服（制服了黄河），制服（穿上制服）；生气（他生气了），生气（生气勃勃）；大意（作品的大意），大意（粗心大意）；本事（学好本事，为人民服务），本事（越剧《刑场上的婚礼》的本事）。（2）异形的同音异义词：娇气—骄气，食油—石油，发言—发炎，树木—树目，行程—形成，绅士—身世，攻势—公式，刑事—形式、形势。异形的同音异义词，因为书写形式不同，是容易区别的；同形的同音异义词，语言形式和书写形式完全相同，仅仅词义有差别，容易和多义词混合起来，需要加以区别。

如何区别一词多义和同形的同音异义词呢？主要要看几个词之间有没有必然的联系。多义词是一词多义，在造词上是一个词，它的词义之所以多，是词义随着社会生活的发展变化而增多的，几个词义之间有着必然的联系，都是有一个基本意义引申出来的。同形同音异义词，不是由一个词发展而来的，而是由不同的词发展形成的。几个不同的词义之间没有必然的联系，仅仅是语音和书写形式相同，也就是说几个不同的词用了相同语音和字形罢了。例如，"文章大意"的"大意"和"粗心大意"的"大意"，原是两个不同的词造成的。前一个是用"意思"的"意"构成的，后一个是用"心意"的"意"构成的。前一个词义和"梗概"相似。后一个词义是"粗疏、不小心"的意思。前一个词义不是从后一个词义演变而来的，后一个词义也不是从前一个词义演变而来的。再如"花"，有这样几个意义：

①植物的繁殖器官。
②供观赏的植物，如菊花、梅花。
③样子像花的。浪花、雪花、火花、葱花。
④具有条纹或图案的，不止一种颜色的。花猫、头发花白、花布。
⑤虚伪的，用来迷惑人的。耍花枪、花言巧语。

⑥模糊不清。花眼、花镜、眼花了。
⑦用掉。花钱、花功夫。

"花"的七个意义中，①②③④之间有关联，与⑤⑥关联不明显。⑦与六个意义无关联。因而花钱的"花"和花朵的"花"是同形同音异义词。①和②③④⑤⑥则是一词多义。

平常说话写文章，人们常常利用同音词的音同异义这一特点来修辞，构成谐音的"双关语"和"歇后语"，增强语言的表达力量。谐音双关的修饰方式，能使语言含蓄幽默，生动活泼，给人以深刻鲜明的印象。如唐刘禹锡的《竹枝词》："杨柳青青江水平，闻郎江上唱歌声，东边日出西边雨，道是无晴却有情。"情、晴同音异义，造成一语双关，使诗意含蓄隽永、耐人寻味、耐人咀嚼，给人以深刻的印象。又如毛主席的"我失骄杨君失柳，杨柳轻飏直上重霄九"，用"杨""柳"造成一语双关，把烈士的忠魂描绘成轻盈美好的杨花、柳絮，飘然上天，语言新颖生动，形象优美传神。"异形同音异义词"构成的歇后语，有一种诙谐的性质，运用恰当能使语言形象生动，趣味横生。"旗杆上绑鸡毛——好大的胆子""电线杆上挂暖壶——高水平""外甥打灯笼——照旧""小葱拌豆腐——一清二白"。使用歇后语要切记庸俗化造成低级趣味。

四、同义词

意义相同或相近的词叫作同义词，意义相同就是几个词的意义完全一样，有的人把它叫等义词。这类词大多是事物的名称，也就是名词。例如母亲——妈妈，太阳——日头，大夫——医生，玉米——苞米，长江——扬子江，生日——诞辰，礼拜天——星期日，维生素——维他命，扩音器——麦克风，盲肠炎——阑尾炎，伦理学——逻辑学等。意义相近，就是几个词的意义相类似、相接近，有的人把它叫近义词。如"商量和商榷""犹豫和踌躇""明显和显著""节俭和节省""愚蠢和愚笨""关心和关怀、关注"，破除、解除、废除、清除，损害、伤害、危害，谈论和议论等。等义词和近义词统称同义词，因为它们在意义上有相同的地方。当然在任何一种语言里，意义和用法上绝对相同的词是极少的。如果同义词在意义上和用法上都完全地、绝对地相同的话，不仅毫无价值，而且是语言的一种累赘。

同义词的多少是衡量一种语言词汇丰富与否的标志。现代汉语的同义词是极其丰富的，这表现了祖国语言的严密精确和丰富多彩。如果我们能准确地使用同义词，就能有助于我们把正确的思想和丰富的感情恰如其分地表达出来，并且还可以避免语言单调，使意义更明确，增强语言的表达力。

1. 同义词产生的原因：同义词是如何产生的？其原因有以下五点：第一，由于古今对同一概念用不同的词来表达造成的同义词。如考、妣、父、母、爸爸、妈妈；诞辰、生日、逝世、死；安葬、埋。这也就是说现代汉语里仍然保留了古汉语里有生命的词，和现代汉语里表示同一概念的词构成了同义词。第二，普通话吸收了表示同一概念的方言词汇构成了同义词。如父亲，有的地方叫爹，有的地方叫爷，有的地方叫达，有的地方叫爸；又如蜀黍，有的地方叫包谷，有的地方叫玉米，有的地方叫苞米。第三，普通话吸收专业词、科学技术的名词术语形成同义词。如汞和水银，花冠和花瓣，肺结核和劳症，发炎和上火，阑尾炎和盲肠炎等。第四，现代汉语吸收外来词时音译词和意译词同时并用，形成了同义词。如水门汀、士敏土和水泥，麦克风和扩大器，马达和发动机，动画和卡通等。第五，由于近义词在词义和用法上的细微差别而形成同义词。如坚决、坚定、坚强，有一个共同的意义是拿定主意不为外力所动摇，但用法上却有差别。用在行动上就说"坚决"，用在立场上就说"坚定"，用在意志性格上就说"坚强"。忽视、漠视、无视都表示不注意的意思。但"忽视"是说无意的不注意，"漠视"是说看得不重要，"无视"是说故意不注意，意义上有细微的差别。深入和深刻，都是表示程度深，但用法不同，"深入人心"不能说成"深刻人心"，"印象深刻"不能说成"印象深入"。

2. 同义词的修辞作用，大量同义词（主要是近义词）的存在，使语言更丰富更严密。表达某一个概念有好几个词供选择，就能把意思表达得更确切、细致、妥帖。例如：

在苏联影片《难忘的一九一九》中，当英帝国主义军队受到苏联红军抗击而撤退的时候，有人报告斯大林说："英国船撤退了"，斯大林马上纠正说："应该说是逃跑了"。"撤退"和"逃跑"是同义词，都是放弃阵地、脱离战斗的意思，但撤退是主动的、有计划、有秩序的；逃跑却是被动的、被迫的、无计划、无秩序。英军是被苏军打击遭到失败而放弃阵地脱离战斗的，应该用"逃跑"，不应该用"撤退"。用逃跑是确切的，用撤退是不妥帖的。鲁迅在《故乡》里写"我"第二次见到闰土时，闰土恭敬地叫老爷并回过头去向他的儿子说："水生，给老爷磕头。"便拖出躲在背后的孩子来，这正是一个二十年前的闰土，只是黄瘦些，颈上没有银圈罢了。"这是第五个孩子，没见过世面，躲躲闪闪……"母亲下楼来了，闰土说着，又叫水生上来打拱，那孩子却害羞，紧紧地只贴在他背后。这里用"拖"而不是用同义词"拉"，用"贴"不用同义词"靠"为什么？因为"拖"和"拉"是同一种动作，"拉"用力轻，"拖"用力重。用"拖"就把水声躲在背后硬不出来，而用力又拉又磨了出来的状态，如神地刻画了出来。"贴"和"靠"都是依附的意思。"贴"是依附得紧，"靠"是依附得松，用"贴"就把水生怕生害羞，恨不得钻进爸爸的身体里去的害羞的程度传神地描绘出来了。于是一个天真、淳朴、畏怯的农村儿童形象栩栩如生地展现在读者面前。《周总理在日内瓦会议上的讲话》："我们认为美国的这些侵略行动应该被制止……对亚洲各国的内政干涉应该停止……日本军国主义的复活应该防止。"制止、停止、防止是一组同义词，因为是侵略行为，就应该被国际力量制止，受到大家的制止。因为是干涉内政就应该由美国当局自行停止。因为军国主义的复活未成事实，就应该由日本人民防止，这样就把这几句话的意思内容表达得确切、细微、妥帖。

在文艺作品里，恰当地选用同义词有助于表现人物性格或心理活动。例如，鲁迅的短篇小说《孔乙己》。

孔乙己是个穷困潦倒的封建知识分子，是鲁镇咸亨酒店的经常的顾客。他一到酒店，酒店里便立刻活跃了起来。所有喝酒的人便都看着他笑，有的叫道："孔乙己，你脸上又添上新伤疤了。"他不回答，对柜里说："温两碗酒，要一碟茴香豆。"便排出九文大钱。他们又故意地高声嚷道："你一定又偷了人家的东西了！"孔乙己睁大眼睛说："你怎么这样凭空污人清白……""什么清白？我前天亲眼见你偷了何家的书，吊着打。"孔乙己便涨红了脸，额上的青筋条条绽出，争辩道："窃书不能算偷……窃书！……读书人的事，能算偷吗？"接着便是难懂的话，什么"君子固穷"，什么"者乎"之类，引得众人都哄笑起来，店内外充满了快活的空气。"窃"和"偷"是同义词，"窃"是文言词。孔乙己不承认"偷"，只承认"窃"，这里用同义词"窃"正好表达了这个穷困潦倒的封建知识分子咬文嚼字的迂腐相和爱面子的特点，从而深刻地揭示了他的性格的一个方面。

写文章恰当运用同义词能避免用词重复，语言单调、贫乏，使语言丰富多彩、善于变化。例如：

毛主席的《念奴娇·昆仑》："安得倚天抽宝剑，把汝裁为三截？一截遗欧，一截赠美，一截还东国。"遗、赠、还都是同义词，都是送的意思，在一首词中相交使用，词句就显得富于变化。又如魏巍的《谁是最可爱的人》，赞颂志愿军战士和伟大的祖国说："我们以我们的祖国有这样的英雄而骄傲，我们以生在这个英雄的国度而自豪。"骄傲、自豪是一组同义词，连用同义词，使语言避免了重复枯燥之感。

写文章有时连用几个同义词,既可使语言精密又能加重语气,达到修辞上强调的效果,例如:

毛主席《向全国进军的命令》:"奋勇前进,坚决、彻底、干净、全部地歼灭中国境内一切敢于抵抗的国民党反动派,解放全国人民,保卫中国领土主权的独立和完整。"这里连用"彻底、干净、全部"三个同义词和"坚决"配合共同做"歼灭"的状语,包括态度、程度、范围,各方面的要求互相补充,使意思更为严密周到,而且强调了必须将革命进行到底,对敌人决不能心慈手软、宽容放松。

同义词能表示不同的风格色彩,在不同的文体中选用与之相适应的词,使用词和文体风格一致起来,以便加强文章的风格色彩,例如:

毛主席《中国人民解放军布告》:"人民解放军所到之处,深望各界人民予以协助,兹特宣布约法八章,愿与我全体人民共同遵守之。希望我全体人民,一律安居乐业,切勿轻信谣言,自相惊扰,切切此布。"其中"深望、予以、兹、愿、之、切勿"等文言词,适用于布告、公文等文体。毛主席恰当地选用、使用这些词应用于布告,这种文体风格协调一致,不仅语言简洁有力,而且文章更为庄重严肃。

同义词还可以造成成语:如欺上瞒下、说长道短、粗心大意、奇形怪状、聚精会神、筋疲力尽、花言巧语、胡言乱语、改朝换代、粉身碎骨、发号施令、称孤道寡等。

善于驾驭语言的人,一定掌握着大量的同义词,能够恰当而熟练地选择词来确切地表达自己的思想,精细地表现自己的感情,细致地描写不同的色彩意味,并能根据语言的环境的不同、文章题材的不同而选取不同的词,使语气表达得更为确切、优美、生动。善于使用同义词,也可以反映出对客观现象认识得精确和深刻。对同义词的细微差异的辨认,也能锻炼自己的思维,使思维科学、严谨。相反,不掌握一定数量的同义词,运用语言就能受到限制,从而不能适应不同的文章题材和语言环境。

3. 辨别同义词的方法:要做到用词恰当,就要善于从同义词中选用合适的词。因此,就要求我们对同义词进行辨析。

(1) 从意义上辨别。同义词的差别主要表现在意义上的细微差别,掌握了词义的细微差别,才能正确地运用同义词来表达思想感情,避免用词不当、词不达意。

①注意词义的褒贬。有些词有褒贬之分,此时必须注意这一点,褒义是

好意，贬义是坏意，这类同义词主要是形容词和动词所表现出来的细微差别。例如，"果断"和"武断"都是形容词，都是说考虑问题和处理事情不犹豫寡断，但它们还有细微的差别。"果断"是表示考虑问题处理事情不但能毫不犹豫地、及时地作出判断和决定，而且这种判断和决定是深思熟虑的，符合客观实际的，是褒义词。"武断"是表示考虑问题和处理事情，虽然也能毫不犹豫地作出判断和决定，提出看法和主张，但是这种判断和决定或者看法和主张是主观的、不切合客观实际的，是贬义词。又如"把持、操纵、控制"都是动词，都含有运用一种力量把事物掌握在自己手中随意加以支配的意思，但也有差别。"把持"是表示一手独揽、排斥其他，是贬义词。"操纵"是运用技能或技巧来管理和运转机器，是中性词。若指用不正当的手段支配事物，使符合自己的意图，"操纵"和"把持"相同之处，含有贬义，但也有细微差别。"把持"是公开进行的，"操作"是暗中进行的。"控制"是指用一种力量把事物置于自己的支配范围之内，是个中性词。能用在好的地方也能用在坏的地方，本身无所谓褒贬。如起义者控制了北部地区，是褒义。反革命势力控制了北部地区，是贬义。其他如"通俗和庸俗""抵制和抗拒""鼓励和煽动""团结和勾结""领袖和头子""主人和主子"等都有褒贬之分，使用时必须注意。

②注意词义的程度轻重，所谓词义的轻重就是词义在程度上有所不同，我们用词时要注意。例如，"损坏"和"毁坏"都是动词，都有意弄坏东西的意思，但在程度上有轻重之分，损坏只是弄坏了一部分，"毁坏"是弄坏了全部的意思。"毁坏"的程度重，"损坏"的程度轻。"揭发"和"揭穿"都是动词，都有暴露事情真相的意思，但"揭发"不一定要求彻底，"揭穿"则要求彻底暴露，两者在程度上有轻重之分。"揭发"程度轻，"揭穿"程度重。"优良、优秀、优异"三个词都是形容词，都有好的意思，"优良"是"好"，"优秀"是"很好"，"优异"是"特别好、异乎寻常的好"。程度上有轻重之分。有的本子上解释"优秀"为"出类拔萃的好"，解释"优异"为"异乎寻常的好"也可以。除此之外，如"努力、竭力""鄙视、轻视"等在词义上都有轻重之分。

③注意词义的范围大小。词义也有范围大小宽窄的区别，运用同义词必须注意词义的范围的差别。例如，"房屋，房子，屋子"都是名词，指人居住的建筑物。房屋，指一切供人居住的建筑物，概念范围大。"房子"指一所一所的，包括好几间的建筑物（一幢一幢的），"屋子"指一间一间的，单个的住人的地方。房子的概念范围比房屋小，比屋子大。房屋＞房子＞屋子。"优

良、优秀、优异"都是形容词，都有好的意思，使用的范围大小不同。"优秀"使用的范围大，可指人可指事，如"优秀生、优秀的共青团员、优秀的成绩"。"优良"适用范围较小，通常只指事物，不指人，如"优良品种，成绩优良"等。"优异"适用范围更小，一般只跟成绩搭配。"事情、事件、事故"都是名词，都有人们的活动的意思。"事情"指一般人们正常的活动，范围较大。"事件"指由特殊原因引起的重大的突发事情，范围较小。"事故"则专指偶发的不幸事情，范围更小。如"行车事故、越野赛中的事故"。其他如"时代＞时期""局面＞场面""建设＞建筑"等都有大小之分。

④注意词义的对象：有些词词义所指的对象不同。有的专用于上级对下级，有的专用于下级对上级。如"爱护、拥护"都是动词，都有关心、保护的意思。"爱护"一般用于上级对下级，"拥护"一般用于下级对上级的。如"领导爱护群众，群众就拥护领导。"有的词义专指人的，有的词义专指物的。例如"肥"和"胖"都是形容词，都表示皮下脂肪层发达。"肥"专用于动物，如"肥猪、肥羊"。"胖"专用于人的，如"胖孩子、大胖子"。"肥"有时也用于人，则带有贬义的。如"肥头大耳、肥哈哈"等。

（2）从用法上辨别：同义词不仅词义有细微的差别，在用法上也往往有其差别。

①词性不同：有些词虽然意义相近，但词性不同或者说所属词类不同。如"宣言、宣告、宣称"都含有向公众发表的意思，但词性不同且所属词类不同。"宣言"是名词，是应用文的一种文体，是某一个团体组织，将它成立的目的、任务和组织原则等用书面形式公之于众的文体。马克思、恩格斯合著《共产党宣言》《毛选第四卷》，有《中国人民解放军宣言》，介绍解放军的目的、性质、基本政策和对敌方人员政策等。宣言又称宣言书，"长征是宣言书，长征是宣传队，长征是播种机。它向全世界宣告红军是英雄好汉。""宣告""宣称"是动词，因此，"宣言"在句子里充当主语或宾语，"宣告"在句子里充当谓语。"长征宣告了蒋介石围追堵截的破产。""聪明、智慧"都有悟性高、资质好的意思。但"聪明"是形容词，"智慧"是名词。"聪明"是形容词，故在句子里能充当宾语谓语，如"聪明的孩子，这个孩子很聪明"。"智慧"在句子里充当主语、宾语定语，如"马克思主义是人类智慧的结晶、人类的智慧是不可估量的、中国人民是勤劳勇敢的有智慧的"。

②应用的范围不同。词的运用范围有大有小、有宽有窄、广狭不一，这也是我们辨别同义词的一个方面。如"正确和准确"都有没有差错的意思。"正确"使用的范围广，既能指抽象的活动，也能指具体的行动。如"正确的

思想观点，正确的指挥行动，正确的言论意见，正确的方针政策、方法。""准确"指具体动作的结果，适用的范围比"正确"要小，如"计算准确、读音准确、用词准确、测量准确、射击准确"。当然，"正确和准确"在意义上也有差别。"正确"着重"对"的意思，"准确"着重"准"的意思。"正确"是没有错误的意思，"准确"是丝毫不差的意思。又如"优良、优秀、优异"，也有运用范围大小的差别。"希望和期望"都有等着能达到的意思，"希望"可以用于自己，也可以用于别人，"期望"只能用于别人。

③搭配的词不同。一个词的使用上能和哪些词搭配是一定的，换用别的词就不恰当。如"改进和改善"都有变得好一些的意思。"改进"可与工作、方法等搭配，"改善"可与生活关系等搭配。"发扬和发挥"都有发展、扩大开来的意思。"发扬"一般与优点、传统作风等搭配，"发挥"与创造性、积极性、作用、干劲等搭配。"转移和转变"都有变动的意思。"转移"一般和目标、阵地、视线等搭配，"转变"一般与主场、作风、观点等搭配。

（3）从风格上辨别：词的风格也就是词的色彩或者说情味。同义词往往有色彩上的不同，尤其是等义词在这方面表现得更为突出，词的色彩可分为感情色彩、文体色彩、地方色彩

①感情色彩不同。如"诞辰和生日"意义完全相同，前者有庄重的色彩，后者一般没有庄重的色彩；前者用于有特殊贡献的人，后者用于一般的人。"逝世和死"也是有庄重色彩和一般的区别。"阁下和先生"意义相同，"阁下"是尊敬的称呼，"先生"是一般的称呼。"夫人和妻子"也是有尊敬和一般的区别。

②文体色彩不同。不同文体有与之相适应的词。文告里多用文言词，以保持文告的严肃、简练、有力；论说文多用说明性的词语表示逻辑关系的词语，因为、所以、由于、从而、根据、总之等；记叙文多用描写性的词语；文艺作品经常书面语和口头语兼而用之，也适当用方言词、文言词。

③书面语和口头语的不同，如"父亲、母亲和爸爸、妈妈"是等义词。前者一般在书面上用，后者一般在口语里。书面语用父母亲比较庄重，口头语用爸爸妈妈比较亲切。风格色彩不同，在应用上也就各有所宜。"黎明和天亮""匍匐和爬行""若干和多少""何等和多么""如何和怎样"等。前者文言色彩较浓，多用于书面语；后者口语色彩较浓，多用于口语。

④地方色彩不同。汉语的方言很多，方言中有很多和普通话里表示同一概念的词，形成同义词。如"什么"，有的地方说"啥"。"头"，有的地方说"脑袋、脑袋瓜子，脑壳"。"不要"，有的地方说"别"。"埋汰"，在普通话

里说"脏"。"孬",普通话里说"不好"。"甭",普通话里说"不用"。"小孩",有的地方说"幺娃儿或细娃儿"。"小儿子、小女儿、小妹妹",在北京方言里说"老儿子,老闺女,老妹子"。"我",方言中说"俺、阿那、曹"。"你",方言中说"侬,他",方言中说"伊"。

五、反义词

意义相反或者相对立的词叫反义词。

1. 什么叫反义词:

大——小　上——下　高——低

左——右　东——西　好——坏

快——慢　来——去　优——劣

买——卖　男——女　深——浅

长——短　进——退　正——反

古——今　伟大——渺小

消极——积极　拥护——反对

主观——客观　团结——分裂

战争——和平　真相——谬论

反义词的词义往往是属于同一范畴的,如"大小"都是指面积或体积的,"上下"都是指空间位置的,"好坏"都是指程度的,"快慢"都是指速度的。从这一方面来说他们是互相联系的。但是两者的意义正好相反,彼此又是对立的,所以说反义词是客观事物对立统一的规律在汉语词汇方面的反映。

在汉语的词汇里,并不是所有的词都有和它相配的反义词。能够组成反义词的多半是形容词和动词。表示具体事物的名词,大部分是没有反义词的,如帽子、骆驼、葡萄。就是在形容词、动词里,也并非全部都有反义词,如黄、酸、飞、讨论、商量、商榷。

如果一个词有不止一个意义,它就可能有几个不同的反义词,例如"快":

①速度高,如快车、快跑,跟它相对的反义词是"慢"。

②锐利、锋利,如快刀。跟它相对的反义词是"钝"。

又如"淡":

①浅的意思,如颜色淡。跟它相对的反义词是"浓。"

②味儿淡,清淡,不咸。跟他相对的反义词是"咸。"

又如"高":

①指位置高。跟它相对的反义词是"低"。
②若指身材高。跟它相对的反义词是"矮"。
古汉语和现代汉语在反义词的搭配上也是不尽相同的,例如:
古汉语里爱——恶(憎),今汉语里爱——恨。
古汉语里生——死,今汉语里活——死。
古汉语里出——入,今汉语里出——进。
古汉语里逆——送,今汉语里接——送。
古汉语里忧——乐,今汉语里忧愁——高兴。

大小、好坏、男女这些反义词,意义正好相反,对比极为鲜明,但有些反义词不一定如此针锋相对。一个词可能有几个同义词,因此跟一个词相配的反义词不止一个,例如:

粗疏——精密、细密、严密。
进步——退步、落后。
勇敢——怯懦、懦弱、胆小。
紧张——轻松、松弛、松懈。
失败——胜利、成功。
烦闷、烦恼——高兴、愉快。
美丽——丑陋、丑恶。
奢侈——朴素、简朴。
善良——残忍、凶恶、凶暴。

由上例可知用同一个反义词的都是同义词,反义词是以词义的相反或对立为标准的,而不是指简单的否定副词所表示的一种对比。例如,"好和坏"是反义词,"好和不好"不是反义词。因为"不好"是用否定副词前表示的一种对比,"积极和消极"是反义词,而"积极和不积极"不是反义词。这一点一定要加以区别。

2. 反义词的修辞作用。反义词对于修辞也有其积极意义作用。在文章里恰当地运用反义词可以造成鲜明的对比,达到修辞上对照的效果。对照就是把逻辑上对立的概念放在一起加以比较,让读者从比较中引起思考,认清是非,从而得出正确的结论。这是修辞上常用的手法,善于运用反义词就可以增强语言的鲜明性、准确性,加强语言的表现力和说服力。

"虚心使人进步,骄傲使人落后,我们应当永远记住这个真理。"(《八大开幕词》)。

"所谓片面性就是不知道全面地看问题。例如,只了解中国一方,不了解日本一方，只了解共产党一方，不了解国民党一方，只了解无产阶级一方，不了解资产阶级一方，只了解农民一方，不了解地主一方，只了解顺利情形一方，不了解困难情形一方，只了解过去一方，不了解将来一方，只了解个体一方，不了解总体一方，只了解缺点一方，不了解成绩一方，只了解原告一方，不了解被告一方，只了解革命的秘密工作的一方，不了解革命的公开工作的一方，如此等等。一句话不了解矛盾各方的特点，这就叫作片面地看问题。"（《矛盾论》）

"知识的问题是一个科学问题，来不得半点虚伪和骄傲，决定需要的倒是其反面——诚实和谦逊的态度。"（《实践论》）

"金沙水拍云崖暖，大渡桥横铁索寒。"（七律《长征》）

"帝国主义如同夕阳西下，社会主义好像旭日东升"。（《论帝国主义和一切反动派都是纸老虎》）

以上是用反义词在诗文里造成鲜明的对照和对偶，从而引起读者思考，明辨是非，得出正确结论，达到了修辞的效果。

在文章里利用反义词意义之间的联系和对立，可以构成反语讽刺，来加强语言的感情色彩和文章的战斗力。鲁迅的杂文就是运用反语讽刺的典范。

《纪念刘和珍君》写到刘和珍、杨德群、张静淑被执政府枪杀、枪伤的惨状之后，鲁迅极其愤慨地写道："当三个女子从容地辗转于文明人所发明的枪弹的攒射中的时候，这是怎样的一个惊心动魄的伟大呵！中国军人的屠戮妇婴的伟绩，八国联军的惩创学生的武功，不幸全被这几缕血痕抹杀了。"

"叭儿狗一名哈巴狗，南方却称为西洋狗了，但是，听说倒是中国的特产，在万国赛狗会里常常得到金奖牌，《大不列颠百科全书》的狗照相上，就很有几匹是咱们中国的叭儿狗，这也是一种国光"（《论费厄泼赖应该缓行》）

"'你们独裁'。可爱的先生们，你们讲对了，我们正是这样。"（《论人民民主专政》）"可爱"即可笑。

"美国老爷的逻辑，就是这样。看完艾奇逊信件的全文，就可以证实这一高明的逻辑。"（《"友谊"，还是侵略?》）例中的"高明"是反语。艾奇逊是为了掩盖侵略中国的真相，竟当众撒谎，将"侵略"写成了"友谊"，但谎言掩盖不了铁的事实，曾经长期骑在中国人民头上作威作福的，美国老爷艾奇逊之流的逻辑就是背着事实说瞎话，信口雌黄的逻辑，就是编造谎言抵制侵略罪行的逻辑，当了婊子还要立牌坊的逻辑，是拙劣蹩脚的逻辑，毛主席用"高明"一词作了幽默、尖锐、辛辣的嘲讽和讽刺。

在特定的语言环境里，可以利用词的反义，用类比的方法创造临时性的反义词，构成一种特殊的对比，这种对比往往带有幽默和讽刺的意味，可以增强文章的战斗力。

"有人说，这是阴谋。我们说，这是阳谋。因为事先告诉了敌人：牛鬼蛇神只有让它们出笼，才好歼灭它们，毒草只有让它们出土，才便于除掉。"（《毛泽东选集》第五卷）

现代汉语里并没有"阳谋"这个词。毛主席利用"阴"的反义和类比的方法创造了这个临时性的反义词，幽默地给资产阶级右派以有力的讽刺。

正因为反义词能起对照作用，表现力很强，所以千百年来一直为人们所喜用。不但写对联做文章时用它，而且还常常用在成语里，成为日常使用的固定词组。除了修辞方面的作用，还可以利用反义词造成语。

深入浅出，外强中干，弃暗投明，阳奉阴违，悲欢离合。

以上有两对反义词构成的成语。

同甘共苦，忆苦思甜，大惊小怪，南腔北调，东张西望，明争暗斗。

以上有一对反义词和一对同义词构成的成语。

左右逢源，水落石出，转败为胜，推陈出新，举足轻重，声东击西，积少成多，惊天动地。

以上一对反义词和其他的词构成的成语。

此外还可以利用反义词，区别同义词的细微差别或者区别多义词的几个意义。例如，"约束和束缚"都是动词，都有限制的意思。"约束"的反义词是"放任、放纵"，"束缚"的反义词是"放开、解放、和平"，"和平"和"平和"都有"没有争端、与世无争"的意思。"和平"为名词，"平和"为形容词，词性不同。"和平"的反义词是"战争"，"平和"的反义词是"暴躁"，两者大不相同。沉：（1）没入水中，跟"浮"相对；（2）沉重，分量大，跟"轻"相对。

六、成语

1. 什么是成语？它是人们在语言里长期习用的一些词的固定组合，是固定词组的一种。它是词汇中结构特殊的语言单位。它不是一个词，使用起来却当一个词用。

成语有两个重要的特征。第一，意义完整固定。成语是长期约定俗成的，它的意义是完整而固定的。有的成语，它的意义和字面上的意思基本是一致的。如胡言乱语、循循善诱、好为人师等；有的成语，它的意义和字面上的意义是不一致的，也就是说整个成语的意义往往不是它的组成成分的意义的直接总合。我们不能简单地从字面上去理解成语的意义。比如"生吞活剥"绝不是字面意义上的直接总和，即剥活的、吃生的，而是比喻生硬地搬用别人的言论、文辞或经验等。"胸有成竹"绝不是胸部藏着竹子，而是比喻心中有数的意思。"水落石出"是弄清事实的意思。"落花流水"是残败、零落、溃败的意思。如果简单地从字面的总和上来理解成语的意义，那就会闹出笑话来。正因为成语的意义是完整而固定的，所以可以作为一个语言单位来运用，充当句子的不同成分，它在语言中的功能相当于一个词。如"把敌人打的落花流水"中的"落水流水"充当补语，补充说明打的程度。"他们从欧美日本回来，只知生吞活剥的谈外国"中的"生吞活剥"充当句子的状语，意思是生硬的、不加消化的、脱离实际的。第二，结构紧密定型。成语的内部结构是紧密的，组成成分都是固定的，不能任意颠倒，不能随意增减或更换，比如"三心二意"不能颠倒成"二意三心"，"家喻户晓"不能换成"户晓家喻"，"闭门造车"不能更换为"闭门造船"，"忍辱负重"不能增加"又"为"忍辱又负重"，"水到渠成"不能减为"水渠成"。

尽管成语有意义固定化、结构定型化的特点，但随着社会历史的发展，它也不是一成不变的，它的变化主要表现在两个方面。

第一，为了反映新事物新思想，可以对原成语或改变其结构，如"振奋人心"可以改为"人心振奋"；或更换字词，如"发愤图强"换成"发奋图强"或变为"奋发图强"，"发人深省"换为"发人深醒"，"揠苗助长"换为"拔苗助长"等；或赋予新意，如"破除迷信"原指破除迷信鬼神，现指破除旧的条条框框对人们思想的束缚。第二，出现了反映时代精神的新成语。如"灭资兴无、又红又专""百花齐放""古为今用，洋为中用""百家争鸣""大是大非""精兵简政"等这些新成语，大部分来自毛主席著作。

2. 成语的来源：汉语成语是相当丰富的，来源也是多方面的，主要有四个方面：

（1）来自古代寓言或历史故事的：来自寓言故事的，如叶公好龙（刘向《新序》），黔驴之技（柳宗元《黔之驴》），杞人忧天（《列子》："杞国有人忧天地崩坠，身亡所寄，废寝食者"），刻舟求剑（《吕氏春秋》），狐假虎威（《战国策》）。每个成语包含着一个寓言故事。来自历史故事的，如卧薪尝胆（见《史记·越王勾践世家》），四面楚歌（见《史记·项羽本纪》），破釜沉舟（同上），负荆请罪（《史记·廉颇蔺相如传》）。以上成语都包含着一段历史故事，意义是从故事中引申、概括、抽象出来的。

（2）来自古代作品辞句的：有直接用原文的，如好为人师（见《孟子》：

"人之患在好为人师"），一鼓作气（见《左传·庄公十年》："夫战，勇气也，一鼓作气，再而衰，三而竭，彼竭我盈，故克之"），实事求是（见《汉书·河间献王传》："修学好古，实事求是"），业精于勤（见韩愈《进学解》："业精于勤，荒于嬉；形成于思，毁于堕"）。有节缩原文的，如循循善诱（见《论语》："夫子循循然善诱人"），一曝十寒（见《孟子》："一日曝之，十日寒之"），手舞足蹈（见《诗经大序》："咏歌之不足，不知手之舞之，足之蹈之也"），水落石出（见苏轼《后赤壁赋》："山高月小，水落石出"），水深火热（见《孟子·梁惠王下》："如水益深，如火益热"）。以上成语均有原文出处，意义是原文的概括或者是和原文一致的。

（3）来自民间口语或群众口头流传下来的。相沿习用，不知出于何时、出于何处。如粗心大意、颠三倒四、七手八脚、改头换面、翻天覆地、信口开河、虎头蛇尾、道听途说、锦上添花、雪中送炭、水到渠成等。意义是约定俗成的。

3. 成语的结构：成语一般是由四个字组成的，也有不是四字的。如口头禅：失之毫厘，谬以千里；放下屠刀，立地成佛；一不做二不休。但以四字的占多数。四字组成的成语，它的语法结构可分为四种：

（1）主谓结构：笑容可掬、草木皆兵、人声鼎沸、病入膏肓、名副其实、气势汹汹、盛气凌人、百花齐放、百家争鸣等。

（2）动宾结构：枉费心机、颠倒黑白、搬弄是非、巧夺天工等。

（3）联合结构：天高地厚、山明水秀、山穷水尽、柳暗花明、欢天喜地、兴风作浪、惹是生非、心慈手软、暴风骤雨、铜墙铁壁、花天酒地等。

（4）偏正结构：循循善诱、谆谆教诲、彬彬有礼、蠢蠢欲动、缓兵之计、百折不挠、层出不穷、流芳百世、失之交臂、畏缩不前。

汉语是带调的语言，诗词和成语都重视声调平仄的安排。成语里四字全平或全仄的是很少的，绝大多数是平仄兼用，有平有仄，而以平平仄仄和仄仄平平两种形式最多。因此好多成语音调和谐、有节奏感，读起来朗朗上口。例如：

惹是<u>生非</u>、起死<u>回生</u>、纸醉<u>金迷</u>、脑满肥肠、断壁颓垣、月白风清。
<u>生龙</u>活虎、<u>金声</u>玉振、<u>铜墙</u>铁壁、<u>眉飞</u>色舞、<u>风平</u>浪静、<u>花红</u>柳绿。

成语之所以是固定词组，结构定型不能任意改换，除了结构意义上的原因，还有平仄声调不能任意更动的原因。例如，墙、壁、垣都是同义词，在"铜墙铁壁"和"断壁颓垣"中不能互换，互换了就破坏了原来的平仄格式，读起来极不顺口。

4. 成语的作用。成语是经过长期锤炼的，具有形象性和言简意赅的特点，因而在修辞上有多方面的作用。

（1）运用成语能使语言简洁有力。成语言简意赅，能把丰富的内容、深刻的思想，用寥寥数语表达出来，使语言简洁有力。例如，"党八股的第二条罪状是装腔作势借以吓人。"（《反对党八股》）中用"装腔作势"四个字把主观主义者内心空虚、非常胆怯、生怕人家批评而故意摆出气势汹汹、非常可怕的样子表达得一清二楚、简洁有力。"灾难深重的中华民族，一百年来，其优秀人物奋斗牺牲，前赴后继，摸索救国救民的真理，是可歌可泣的。"（《改造我们的学习》）若把句子中成语改用为"前面倒下去了，后面的紧跟上来，值得人们歌颂赞美的，使人感动得流泪。"显然比不上用成语时简洁有力。

（2）运用成语能使语言生动形象。成语有比喻、形容、描绘、夸张等作用，能描写出生动鲜明的形象，给人的印象是深刻的、突出的。例如，"对于他们（工农兵群众）第一步需要还不是锦上添花而是雪中送炭。"（《在延安文艺座谈会上的讲话》）工农兵当前所需要的是普及，迫切需要反映当前斗争的普及作品，而不是提高，不是脱离当前斗争的高级作品。作家的任务是适应工农兵当前需要，创作大量地反映现实斗争的普及作品，不是脱离工农兵当前需要，闭门造车，创造脱离现实斗争的高级作品。这样两层意思，被两个成语简洁精炼而又形象生动地表达了出来。又如"党的文艺学术方针是百花齐放，百家争鸣。"用两个成语就把文艺园地万紫千红、争芳斗艳，学术阵地群星崛起、斗智争雄那种繁荣兴旺的情景生动地描绘了出来，而且语言简洁有力。

5. 引用成语时应注意的问题：成语在修辞上的作用是多方面的，因此，应该十分重视成语的使用。要正确地使用成语，使它能够充分地发挥其表达作用，必须注意以下三点：

（1）必须透彻了解成语的意义。每个成语都有它特定的内容，如果不求甚解、望文生义就会用错，例如：

"他写的稿子都是些不刊之论，所以无法采用。""不刊之论"出自汉扬雄《答刘歆书》："是悬诸日月不刊之书也。"刊，消除、刊正、修改的意思。不刊之论，即不可改动言论文章。换句话说，就是文章写得很好，无可删改。作者把不刊误为不能刊登，恰恰把意思弄颠倒了，所以用错了。

（2）必须用得合适确切，不可随便滥用。滥用成语反而会造成言累赘繁冗、语义含糊不清，例如：

走进百货大楼，只见红男绿女、熙来攘往，摩肩接踵，川流不息，货架上五光十色，琳琅满目，美不胜收，柜台外数顾客们一个个足踵延颈，台里营业员一个个威风凛凛，虎视眈眈。态度三种：泾渭分明，喜逢首长，怒目舒展，笑逐颜开，唯唯诺诺；巧遇熟人，眉目传情，稍安勿躁，有求必应；一见生人，分外眼红，寇仇相待，势不两存。或大声呵斥，或恶言反讥，斥退顾客，安逸自得，如此营业，可叹观止。

(3) 必须注意成语的感情色彩。成语的意义有褒有贬，感情色彩十分明显。如不注意就会用错对象，造成严重的错误。例如：

我国社会主义革命和社会主义建设的各项成就是罄竹难书的。今后我们一定要戒骄戒躁，变本加厉，争取更大的胜利。"罄竹难书"出自《旧唐书·李密传》："罄南山之竹，书罪无穷。"其意是罪恶多的写不完，是贬义词，用之于革命和建设的成就是错误的。"变本加厉"，意思是变得比原来更加严重，是贬义词，用在争取胜利是不妥当的。应改"罄竹难书"为"说不完"，改"变本加厉"为"再接再厉"。

(4) 必须注意成语的规范化。对成语的组成成分不能任意颠倒、增减或更换，更不能生造成语。当然在使用中旧成语可以翻新，如将"走马观花"发展成为"下马观花"，"知难而退"发展成为"知难而进"。也可以创造新成语，如"一穷二白、白手起家、政治挂帅、大鸣大放、破旧立新"等。这些翻新的和新创造的成语，反映了我国人民的新精神、新面貌、新风尚。它丰富了我们的语言，而且在人民生活中起了积极的作用。这种推陈出新的创造是十分必要的，但我们却不能任意杜撰谁也不懂的成语。

七、熟语、谚语和歇后语

1. 熟语。熟语就是习惯用语，和成语类似，是固定词组的一种。熟语的意义是完整而固定的，结构比成语松散。在用法上也当作一个词来用的。如"磨洋工"，它的意义是拖延时间，使用起来当作一个词。再如"碰钉子""碰了一鼻子灰""打游击""捞油水""捞稻草""装洋蒜""半吊子""半路出家"（没什么根基）等都是熟语。熟语往往隐含着一个比喻，可以增强形象性、生动性。

2. 谚语。也就是俗语、俗话。古今以来口耳相传、广泛流行的有固定意义和结构的话。它不是词组，而是句子。它是劳动人民运用精炼的语言、形象的比喻总结社会活动、生产实践经验的话。关于旧社会黑暗的如"天下乌鸦一般黑"，比喻各地的地主对劳动人民是一样心黑手狠。"只许官家放火，不许百姓点灯"比喻统治者可以任意胡作非为，老百姓连正常生活的权利也没有。"单丝不成线,独木不成林",比喻集体的力量大于个人的力量。关于生产实践的,有如"谷雨前后,栽瓜种豆""六月天,孩儿面,说变就变。""庄稼一朵花,全靠粪当家""有钱难买五月旱,六月连阴吃饱饭""人哄地一时,地哄人一年"。关于日常生活的,有如"吃不穷,穿不穷,划算不到一世穷""前人种树后人凉""兔儿不吃窝边草""留得青山在,不怕没柴烧""蚂蚁搬倒泰山"等。谚语是社会生活的总结,言简意赅,往往隐含着比喻,形象生动。所以说话、写文章引用谚语,就能加强语言的说服力、表现力。

3. 歇后语：歇后语是口语里的一种修辞方法。一般的歇后语都由两部分构成,前一部分是一个比方,后一部分是对这个比方的解释。平常说话时往往只说出前一部分比方,省去后一部分解释,让听话的人自己去领会猜测,所以称作歇后语。歇后语是约定俗成的,意义和结构都是固定的,不能随意改变的,在运用上是一个完整的语言单位。歇后语的形式有两种。一种是利用异形的同音异义词,构成谐音双关的叫谐音歇后语。如"孔夫子搬家——净是书（输）,四两棉花——（弹）谈不上,老鼠爬秤钩——自己称自己（称即称赞）,外甥打灯笼——照舅（旧）"。另一种是前一部分比方所隐含的意义和后一部分解释的意义构成的借义双关,叫借义歇后语,在歇后语中占多数。如"比葫芦画瓢——照样去做,狗赶鸭子——呱呱叫,墙头草——两面倒,老鼠过街——人人喊打,擀面杖吹火——一窍不通,骑着毛驴看唱本——走着瞧,竹篮子打水——一场空,寿星喊大曲——老调子,黄鼠狼给鸡拜年——没安好心,桑木扁担——硬折不弯"。歇后语是群众口头语言里产生的一种修辞手法,类似民歌的托物起兴,用眼前熟悉的事物用比喻、说明一条道理。深入浅出、通俗易懂、雅俗共赏,而且生动形象、诙谐有趣。所以古往今来,不少文艺作品中都运用了不少的歇后语为作品增添了色彩。如周立波的《暴风骤雨》里引用了不少的歇后语,是以引用歇后语为语言特色的。

"蒋介石是泥菩萨过河,自身难保,没人来救你们韩六爷的驾了。"肖队长言语从容,但内容尖锐。

"他是抱元宝跳井,舍命不舍财的老财阀,不能养活枪。"

"媳妇总是跟他干仗,两口子真是针尖对麦芒。"

"如果我们连党八股也打倒了,那就算对于主观主义和宗派主义最后地'将一军',弄得这两个怪物原形毕露,'老鼠过街,人人喊打',这两个怪物也就容易消灭了。"

"我们有些同志喜欢写长文章,但是没有什么内容,真是懒婆娘的裹脚布又臭又长。"

歇后语形象生动、简洁精炼，能加强语言的表现力，用得太多太烂也会损害文章的严肃性。此外歇后语中也有不少很庸俗，甚至带有浓厚的封建意味，引用时必须注意。

第四节　词汇的来源和发展变化

一、词汇的来源

现代汉语词汇的来源是指组成词汇的各种成分，即基本词、文言词、方言词、行业词、外来词、新生词六个方面而言的。

1. 基本词

长期流传、广泛使用、构词能力强的词，叫作基本词。基本词有如下三个特点：

（1）长期流传、历史悠久，具有很强的稳定性。因为基本词所表示的事物是千百年来存在着的，不容易变化的，具有很强的稳定性。其中如：

关于自然界的事物和现象的名称，如天、地、风、雷、电、雨、雪、山、水、草、木、土、火、马、牛、羊、鱼、鸟等。

关于人体各部分的名称，如头、手、足、胸、肺、胆、心、眼、耳、口、鼻等。

关于亲属关系的名称，如父、母、子、女、兄、弟、姑、舅、姊、妹等。

关于劳动防御工具的名称，如刀、枪、丝、线、车等。

关于日常生活用品的名称，如门、窗、饭、菜、床、碗、杯、盘等。

关于事物通常动作变化的名称，如吃、喝、说、笑、打、走、来、去、生、死等。

关于事物一般性质状态的名称，如好、坏、大、小、轻、重、冷、暖、寒、热、红、白、黑等。

关于方位处所时间的名称，如上、下、左、右、前、后、南、北、春、夏、秋、冬等。

关于事物数量的名称，如一、二、三、百、千、万、斤、两、升、尺、寸等。

关于指代事物的名称，如我、你、他、这、那、谁、什么、怎样。

（2）广泛使用，不分阶级、地域、行业，具有全民性。只要是汉语通行的地区，不分阶级、不分行业、不论文化高低，都要使用这些词作为交际和交流思想的工具。如果词只在某地区、某行业、某集团内使用，不能被社会上一切的人所了解，它就不能算是基本词。

（3）基本词是构成其他新词的基础，其构词能力是很强的。其他新词是在基本词的基础上派生出来的，基本词可能是新词的主要部分，也可能是次要部分，但都离不开它。例如，以"水"为例，可以构成雨水、井水、河水、泉水、活水、死水、甜水、苦水、汽水、蒸馏水、自来水等，都是以水为新词的主要词素。也可以造成水平、水银、水手、水雷、水塔、水管、水泵、水龙、水泥、水稻、水源、水分、水表、水闸、水利、水蒸气等都是以"水"为新词的次要成分。再以"打"为例，可以造成打击、打算、打量、打听、打探、打发、打手、打滚、打眼机、打字机、攻打、敲打、拍打、扑打、一打等。绝大部分基本词有这种构词能力，不过不是平衡的，有的强，有的就比较弱。有基本词的总和叫基本词汇，语言的词汇中最主要的东西就是基本词汇。语言词汇中基本词汇以外的词，构成语言的一般词汇。与基本词汇相比较，一般词汇的特点就在于它不是全民常用的，或者虽然在短时期内为全民所常用，但不稳固，它所包括的词没有构词能力或者构词能力较弱。基本词汇和一般词汇是相对来说的，两者间没有不可逾越的界限，随着社会和语言的发展，基本词汇和一般词汇也在不断变化和转化。一般来说，新生词、历史词、外来词、方言词、职业词都属于一般词汇的范畴。

基本词的三个特点是综合了语言词汇的发展和形成的历史来说的。这三个特点的存在是相对的而不是绝对的。如就稳固性来说，也并不是永恒不变的。基本词也随着社会的发展而发展变化。如"目"，现在叫"眼、眼睛"。"日"叫"太阳、日头"。这就改变了"目"和"日"，也就不算基本词了。"弓、矢、戈、矛"等原先是基本词，现在不常用了，就不再是基本词了。"革命"一词在古代是"改革天命"的意思，现在则是"阶级斗争"的意思，词的含义变化了，仍然是基本词。

2. 文言词，历史词

（1）文言词。现代汉语里的基本词汇中大多数基本词是从古汉语里继承下来的，是构成其他新词的基础，属于基本词汇范畴。在现代汉语的一般词汇中，仍保留着一部分有生命的古汉语的词，特别是在现代汉语的书面语言里还经常使用，这一部分古汉语的词叫作现代汉语词汇中的文言词。如呼吁、流言、渊博、贫瘠、惆怅、典范、遵循、尚且、以致、以免、借以等。文言词在现代汉语书面语里的修辞作用还是多方面的。首先，应用文言词能使语言精练生动有力。如毛主席《论人民民主专政》："宋朝的哲学家朱熹写了许多书，说了许多话，大家都忘记了，但只有一句还没有忘记，'以其人之道还治其人之身'。我们就是这样做的，即以帝国主义及其走狗蒋介石反动派之道还治帝国主义及其走狗蒋介石反动派之身。如此而已，岂有他哉！"运用这些文言词就省去了说许多话，不但使语言精练生动有力而且意味深长，耐人深思。谁都知道"寄人篱下""仰人鼻息"的滋味是不好受的，如果不用"寄人篱下"和"仰人鼻息"，而用"投靠别人""寄居在别人的屋檐下存活""低三下四地看着别人的眼色行事"，文字就显得不够精练有力，不够含蓄有味。其次，用文言词能加强语言的讽刺意味或幽默诙谐的风趣。如毛主席的《论持久战》："这些朋友们的心是好的，他们是爱国志士。但是先生之志则大矣，先生的看法则不对，照了去做一定碰壁。"用"之志则大矣"是讽刺对方志大才疏，而且使语言诙谐幽默、非常风趣。鲁迅《门外文谈》："至于后来的'文学家'用它来写'阿呀呀，我的爱哟，我要死了！'那些佳句，不过是享享现成的罢了，何足道哉！"用"何足道哉"给那些无病呻吟的诗人以幽默诙谐的讽刺。再次，运用文言词能表示庄重严肃的色彩。如"邓副主席应邀与日本朋友共进晚餐，毛主席和周总理发唁电给斯诺夫人，对斯诺先生逝世表示沉痛哀悼"。"吊唁，逝世，哀悼"等文言词都能具有庄重、严肃的色彩，因此给人以庄重严肃的感觉。从上边的事例可以看出，文言词用的恰当，能够加强语言的表达效果。但是乱用文言词，滥用文言词会使语言文白夹杂，文不文、白不白，语言风格极不一致，读起来非常别扭、拗口。究竟应该怎样使用文言词呢？毛主席在《反对党八股》中指出："我们还要学习古人语言中有生命的东西。由于我们没有努力学习语言，古人语言中的许多还有生气的东西，我们就没有充分地合理地利用。当然我们坚决反对用已经死了的语汇和典故，这是确定了的，但是好的仍然有用的东西还是应该继承。"这里毛主席指出了使用文言词的原则是有用、有生气。什么样的文言词才算有用、有生气呢？汉语专家张世禄先生在《现代汉语里的古语词》中提出了三条意见：①凡是能够表达某种特殊意义的，也就是有助于表达思想、感情的文言词，也就是古为今用，今天所需要的文言词；②在群众实际生活中，以普遍应用的文言词；③意义明确意为一般人所了解的文言词。

（2）历史词。所代表的事物已不存在而词语仍然不变的历史性的词，或者跟现实生活还有一定联系，而意义不完全适应现代社会生活需要的陈旧性的词都叫作历史词。前者如天子、皇后、诸侯、丞相、太守、驸马、状元、社稷、宗庙等，后者如君子、小人、忠臣、奸臣、俸禄、老爷、王爷等历史词和现代生活很少联系，一般情况下用不到它，只有在修辞上为了某种特殊需要时才使用。这类词的修辞作用，主要体现在以下三方面：第一，能表示讽刺的意味或其他特殊的感情色彩。如毛主席《改造我们的学习》中批评主观主义者"自以为是老子天下第一，钦差大臣满天飞"。《别了，司徒雷登》："司徒雷登大使老爷却坐着不动，睁起眼睛看着，希望开设新店，捞一把。"毛主席用"钦差大臣"讽刺那些自以为是上级派下来的，比别人高明，不深入群众，不调查研究就发号施令的人，就像封建时代的钦差大臣一样。教育我们克服主观主义的不良作风，绝不能做钦差大臣式的干部。"老爷"是旧社会对有钱有势的官僚豪绅们的称呼，毛主席却把美国驻华大使司徒雷登称为"老爷"，是对这个美国对华侵略政策的忠实执行者的辛辣的嘲笑和讽刺。第二，能使语言形象含蓄凝练。如上面例句中的"钦差大臣""老爷"，实际上都暗含了一个比喻。主观主义者和司徒雷登的实质，在句子里没有直说，而是通过"钦差大臣""老爷"这些历史词暗示出来，这样使语言形象、含蓄凝练。第三，能在历史文学作品里表现时代特色。如鲁迅的《理水》里有"……院子里都已点起庭燎来，鼎中的牛肉香，一直透到门外虎贲的鼻子跟前，大家就一起咽口水"。"庭燎"是古人用薪燃火的照明用具，"鼎"是古人用的五足两耳的食器，"虎贲"是王的卫士、卫队。用这些历史词，突出了历史小说的时代特色。

3. 方言词、行业词、其它常用词语

（1）方言词。流行于某一地区，没有被民族共同语吸收的词叫方言词。普通话就是汉族全民族的共同语，也可以说是我国各族人民的共同语言。普通话的词汇是在北方话的基础上发展起来的。但北方话的词汇并非普通话的词汇，普通话所采取的都是流行的、比较普遍的，而且早已用之于书面的词。北方方言区的有些词和其他方言地区的词，并没有被普通话吸收进入现代汉语的书面语。如"我"有些地方说"俺"，"害怕"说"发毛"，"昨天"说"夜个"，"考虑"说"思摸"，"也许"说"兴许"。这些带有地方色彩的词在书面语言里一般是不用的，这些词都是方言词。普通话的词汇是不断发展的，北方方言和其他方言中有特殊意义和作用的词，也不断被普通话吸收进入书面语言。如吴语里的"尴尬""垃圾""瘪三"已成为普通话的一般常用词；又如四川方言"搞"，陕北方言"二流子""晓得""名堂""老（脑）火"；河北山东方言词"折腾""闹腾""赶集""好赖""挺""扔"都已经进入普通话并渐渐通行了。

有些方言词的意义，在普通话里很难找到对应的词来表达，或者普通话里虽有相应的词，却不能表示出它们独具的特殊意味，所以恰当地运用方言词必然能达到很好的修辞效果。方言词的修辞作用，除了能表现地方色彩外，还可以用来表现人物的形象，刻画人物的性格。如"他们猫着腰前进"中"猫着腰"是弯着腰的意思。但"猫着腰"不仅是弯下腰来，而且还包括机警地注意四周的动静，这是弯着腰所没有的特殊的形态。所以用方言词"猫着腰"就把他们弯着腰，注意四周动静，机警地前进的形象生动地表现出来了。用方言词比用普通话的一般词要好，有助于表现人物的形象。"高乾大这回是太飘了！"中的"飘"是陕北方言，意思是"轻浮，不踏实"。用"飘"就比用"轻浮，不踏实"要形象生动。又如"你也不了解了解，就在这里冒炮"中的"冒炮"是不了解情况而乱发言，是冒失、鲁莽的表现，用在句子里就起了刻画人物性格的作用。在文艺作品人物对话里，适当用方言词能使人物形象、性格更突出、更真切。

"同志们取笑她，你就这么一去，人家怎敢收下你这个大姑娘？"卢卿说："阿拉鼻头下头有只嘴巴！阿拉讲，阿拉姓卢名卿，中国上海人。"用方言词使卢卿这个倔强的上海姑娘说话的音容笑貌更加形象真切。

用方言词也能使语言活泼有风趣。毛主席《反对党八股》："群众就不欢迎他们枯燥无味的宣传，我们也不需要这样蹩脚的不中用的宣传家。上海人叫小瘪三的那批角色，也很像我们的党八股，干瘪得很，样子十分难看。"苏沪方言把"质量不好，本领不强"叫"蹩脚货"。城市中无业游民，以乞讨或偷窃为生者，通常是极瘦的，上海人把他们叫"瘪三"。毛主席在这里非常贴切地用了这些方言词，使语言表达得活泼有风趣，而且带有讽刺意味。方言词的表达作用确实是不小的，如果滥用就会使人看不懂，反而影响文章的表达作用，甚至破坏祖国语言的纯洁和健康。

（2）行业词：社会上各行各业专用的词叫行业词。

农业方面：栽培、移植、温床、脱粒。

工业方面：加工、规格、成品、铸造。

军事方面：突击、堡垒、战略、前线。

商业方面：市场、销路、货色、价钱。

文学方面：主题、形象、情节、典型。

戏剧方面：角色、扮演、前台、幕后。

医学方面：开刀、解剖、诊断、病历。

普通话，特别是书面语里，常常把这些行业词的意义加以扩大，或者使用其引申意义，或者使用其比喻意义，既丰富了汉语的一般词汇，又能加强语言的表达效果。因为引用行业词往往会形成一种比喻，能使语言形象生动活泼，带上一种特殊色彩。例如，毛主席《整顿党的作风》："一切主观主义、宗派主义、党八股的货色，我们都要抵制，使它们在市场上销售困难，不要让他们利用党内理论水平低，出卖自己那一套。""市场、销售、出卖"都是商业用词，都是用他们的比喻意义。把主观主义、宗派主义、党八股比作出卖货色，把我们革命干部群众比作销售市场主观主义、宗派主义和党八股，利用我们的水平低出卖货色，我们都要抵制，不上当受骗。

"文革"以来，有些汉语教材上提出了阶级常用语或阶级词。把旧社会常用的一些应酬词语，像敬辞、套语等，如贱内、寒舍、犬子、家父（家严）、家母（家慈）、令尊、令堂、府上、令郎、久仰等认定为剥削阶级的常用语。中国是历史悠久的礼仪之邦，汉语中有许多敬辞。这充分体现了我们中华礼仪之邦的特点，这些过去旧社会引用的一些敬辞、谦辞、应酬用语不能一概都叫作剥削阶级的常用语。给这些词语重新分类为阶级词语也是不必要的，把它们归之于历史词内倒是十分妥当的。

4. 外来词、新生词

（1）外来词：从其他民族语言里吸收来的词叫外来词。任何一个民族和其他民族进行经济文化交流，接受其他民族特有的事物的同时，必然要吸收其他民族语言里的一些词语，来丰富本民族的共同语。汉语吸收外来词，早在汉代就开始了。如葡萄、柿子、石榴、琵琶等双音单纯词都是通过西域而吸收来的外来词。东汉以后，从印度吸收来的词，如佛、塔、阎罗、菩萨、比丘、涅槃、罗汉、和尚、苹果、松香、茉莉、玛瑙、玻璃等。阎罗，梵语，意为双王，兄妹二人同为地狱之主。比丘，梵语，乞士，上从如来乞法纵神，下从俗人乞食以资身，故名乞士。涅槃，梵语，其义为圆寂。罗汉，梵语，阿罗汉之略称，断尽一切俗念之圣者。刹那，梵语，其义即一念，时之最短者。佛，梵语，佛陀、浮屠、浮图之简称，其义为智者、觉者。19世纪中期以来，从东西方不同民族的语言中吸收了大量新词，主要是从英语和日语中吸收来的。日语中也用汉字，尽管读音不同，但意义比较相近，所以我们把日语中的外来词直接移植过来，不再改译近代以来的新名词，术语大部分是借用日语外来词。如流体、液体、观念、现象、主观、客观、积极、消极、绝对、相对、肯定、否定、美术、新闻、逻辑、有机、本能、场合、手续等皆是从日语中直接移植过来的。从英语里吸收的外来词，如咖啡、可可、沙发、马达等。

外来词可归为三大类：

①译音词：古汉语里已有龟兹、单于、阏氏、身毒、突厥、匈奴、成吉思汗、忽必烈等。现代汉语里有：地名方面如英吉利、墨尔本、维吾尔、哈萨克。人名方面如马克思、恩格斯、列宁、斯大林、居里、法拉第、牛顿等。物名如柠檬、巧克力。单位名数量名如磅、瓦、千瓦、打、听、加仑、伏特。货币名如卢布、马克、法郎、便士。事物名如麦克风、德律风、阿摩尼亚、引擎、奥林匹克、苏维埃、布尔什维克、幽默、歇斯底里、雷达等。

②译意词：这类词更多。如剑桥、旧金山、无产阶级、集体农庄、合作社、唯物论、世界观、左倾、右倾、观点、动机、马力、白皮书、电灯、电话、自来水、钢笔、墨水、自由主义、写实主义、资本主义、社会主义、共产主义等。

③译音兼译意词：如拖拉机、摩托车、吉普车、卡车、啤酒、水泵、卡片、芭蕾舞、霓虹灯、法兰绒、香槟酒等。

因为汉语词的音节是用汉字来充当的，而汉字又是表意文字，所以汉语译音词往往向译意词过渡。如水门汀士敏士——水泥洋灰，德律风——电话，梵哑铃——提琴，麦克风——扩音器，盘尼西林——青霉素，康拜因——收割机，烟士披里纯——灵感。

译意词是不是外来词，至今仍有争议。译意词是用我们汉民族的共同语的材料，即词素或单音词造成的，用来称呼外来事物的名称，应该是本民族的新生词，不应该仍叫外来词，所以"文革"以来的汉语教材外来词里不再包括译意词。

如何对待外来词？毛主席在《反对党八股》一文中告诉我们："要从外国语言中吸收我们所需要的成分。我们不是硬搬或滥用外国语言，是要吸收外国语言中的好东西，于我们适用的东西。因为中国原有词汇不够用，现在我们的语词汇中就有很多是从外国吸收来的。例如'今天开的干部大会'。这'干部'两个字就是从外国学来的。我们还要多吸收外国的新鲜东西，不但要吸收他们的进步道理，而且要吸收他们的新鲜用语。"

使用外来词必须注意词的规范化。使用音译词，要注意使用约定俗成公用的汉字书写形体。如史大林、史太林、斯大林则使用大家公用的"斯大林"。法语"meter"译为"密达、米达、米实、米"，现在则采用"米"而淘汰了其他书写形式。若译意词和译音词同时存在，则一般用译意词而不取译音词，也就是说用新生词不要译意词。

（2）新生词。新产生的词叫作新生词。社会在不断发展，新事物、新现象不断出现，除了沿用文言词，吸收方言词、行业词、外来词，还得创造反映社会生活中的新事物、新现象、新精神、新思想的新词，来满足人们物质文化生活的需要，满足社会发展的要求。如带头、跃进、关系、娇气、公社、生产队、战胜、方针、政策、路线、解放、蹲点、激化、自觉性、自觉、僵化、片面、激光、同位素、电视、电冰箱、洗衣机、电脑、计算机等，至于科技名词术语，那就更多了。新生词和现实生活息息相关，在日常生活中经常使用。运用新生词，不仅能表现语言的时代特色风格，而且有助于准确生动地表达我们的思想感情。

二、词汇的发展和变化

词汇是语言中最活跃的因素，它能迅速地反映社会生活的变化。斯大林说："语言的词汇对于各种变化是最敏感的，它几乎处在经常变动中""语言的词汇的变化……是用新词去充实现行的词汇的方法来实现的。这些新词是由于社会制度改变，由于生产、文化、科学等等发展的结果所产生的。同时，虽然通常从语言的词汇中消失了一些已经陈旧的词，可是添加的新词的数量却要多得多。"斯大林精辟地阐明了词汇的发展、变化的原因和情况。根据斯大林的理论，词汇变化的情况有三方面：即新词产生了；旧词消亡了；有的词义改变了。

1. 新词产生，旧词消亡。一般来说词的变化是和社会发展的速度成正比的，社会发展比较缓慢，词的变化也就比较少。反之，社会变动越剧烈，词的变化也就愈大。鸦片战争以前，漫长的中国封建社会的发展是缓慢的，书面语言里古汉语占绝对优势，古汉语的词汇变化也是差不多的。鸦片战争后外国资本主义势力侵入中国，中国的封建社会逐渐解体，中国社会逐渐转变为半封建半殖民地社会。这一重大的变化反映在汉语词汇里，一批新词就产生了，如洋人、洋布、洋枪、船坞、机器、领事、公使、洋务、洋油、洋火、洋蜡、租界、火车、铁路、学校、领带、西装、革履、商务、邮务、买办、海军、陆军、英吉利、美利坚、法兰西等。随着新词的产生，一批旧词也衰亡了，如八股、科举、状元、榜眼、进士、举人、八旗、绿营等。辛亥革命赶走了皇帝，结束了两千多年来的君主专制制度，随着这一重大变化，一批新词又出现了，如总统、总理、内阁、国会、议员、政党、宪法、国民、民众、共和、自由、平等、博爱、民族、民权、民生主义、工业、农业、交通等。同时又有一批旧词衰亡了，如皇帝、内宫、皇后、嫔妃、军机处、尚书、侍郎、社稷、宗庙、巡抚、王爷等。五四运动结束了，旧民主主义革命转变到新民主主义革命,中国革命的性质发生了重大的变化。同时,随着白话文运动不断深入发展,大量的口语词进入书面语词汇,古汉语词汇逐步让位给现代汉语词汇。同时,由于中国革命的不断深入,大量的新词产生了。如革命、民主、科学、马克思主义、列宁主义、社会主义、共产主义、帝国主义、列强、军阀、人民、红军、共产党、暴动、唯物论、辩证法、地主、富农、贫农、雇农、资本家、工人、阶级斗争、解放、飞机、汽车、电灯、电话、电报、话剧、留声机等。1949年新中国的诞生标志着中国新民主主义革命的胜利和社会主义革命的开始,这一翻天覆地的变化,反映在汉语词汇方面的变化也是很大的。大量的新词丰富了汉语词汇。如专政、镇压、翻身、改造、坦白、揭发、批判、检讨、批评、体会、挑战、应战、突击、带头、工会、公社、生产队、拖拉机、收割机、收音机、原子弹、原子能。与此同时,大量的旧词从基本词汇中淘汰了,如老爷、小姐、少爷、小的、苦力、妓女、舞女、媒人、律师、青帮、红帮、租界、尼姑、甲长、保长、和尚、风水、道士、长袍、马褂。"文革"以来,在词汇方面变化更是急剧的,大有日新月异、应接不暇之势,新的具有鲜明历史特征的词语,如高举、大树、红旗、活学、活用、红宝书、老三篇、天天学、万岁、万岁、万万岁、红海洋、语录牌、专资派、臭老九、样板戏、样板田、头上长角身上长刺、突出政治、工宣队、上管改、工农兵学员。文革以后恢复了汉语词汇的丰富多彩,实践再一次证明斯大林的论断"语言的词汇对于各种变化是最敏感,它几乎处在经常变动中"是正确的。

2. 词义的变化:语言和它的建筑材料——词汇,是随着社会的发展而发展的。当社会向前发展,客观事物和现象有所改变,人们对这些事物和现象的认识也就改变了,旧的概念发展并形成新的概念,也就是词义发展变化了。其变化方式大致有三种。

(1) 词义扩大:有些词原来意义范围比较窄小,后来却包括了很多意义,应用的范围扩大了,例如:

口,ᄇ象人口。后引申扩大指类似口的事物,如路口、伤口、枪口、关口。

腿,形声字,人的下肢或动物的四肢。后引申扩大为凡是支撑家具的部件、类似腿的东西都叫腿,如桌腿、椅子腿、床腿。

身,ᄾ本义是怀孕。引申为身材,再扩大为类似身材的事物,如船身、树身、河身、机身。

顶，愩愩形声字，指头顶。扩大指山顶、房顶、树顶，这是名词。因为顶上为天，顶天立地，于是"顶"扩大为动词，如顶住、顶门、顶替。"顶"还有极点的意思，变成了副词，于是对扩大为顶好、顶贵、顶香、顶便宜。

担，形声字，动词挑的意思。扩为名词，如担子不轻。扩大为量词，如一担谷子、一担水等。火，⺣象形字，火苗上升，是具体概念。扩大说火气、恼火，却指人的脾气，变为抽象概念了。

油，形声词，树物油。"加油"的"油"却成了干劲了。

江、河原指具体长江、黄河，后扩大为江河总的概念了。

（2）词义缩小：有的词原来意义范围比较宽，后来变得比以前狭窄了，或者原义之外又有了比较狭窄的意义，都是词义的缩小。

①范围大变为范围小

臭，会意字，从自从犬，臭觉也。引申为《广韵》："凡气之总名。"指一切气味，现专指坏味。

爪，象形字，爪《说文》："覆手曰爪"，原指人或兽之爪，现专指兽爪。

汤，形声字，泛指热水，成语"赴汤蹈火"仍保留本义。现专指饮食中的菜汤。

趾，形声字，原指足（脚），《诗·豳风·七月》："四之日举趾"，举趾即举足。后来趾专指脚趾头。

②在广泛义之外又有狭小义

关系，原泛指人与人、事物与事物之间的关系。现指组织关系、粮户关系、行政关系。

态度，本来包括好和坏两方面。但"耍态度""注意你的态度"，专指不好态度。

情绪，本包括好坏两方面的情绪。"闹情绪"专指不好的情绪。

对象，本指行动或思想所及的事或人，范围大。但"有没有对象"指恋爱的对方。

（3）词义转移。由于时代的变迁，词义的感情色彩、程度、轻重也在变化，或者以新义代替旧义。

丫头，原指婢女。现在为爱称。

小鬼，原指迷信鬼神的小鬼，"阎王面好见小鬼面难见"。现在喊年少的人为小鬼，也是爱称。

骄傲，本为贬义词，现在也当褒义词用。（原义不好，现在好了。）

争取，原义"争着取东西"。现在是努力达到一种积极目的，词义的程度加重了。

走，跑的意思，行动快。现为步行的意思，行动慢了，词义程度减弱了。

把，原义手持着的意思，如"把酒临风，其喜洋洋者矣"。现为虚词、介词，没有实际意义，词意程度减弱了。

脚，原义是胫（小腿），司马迁《报任安书》："孙子髌脚，兵法修列。""髌脚"和"刖足"都是奴隶社会的刑法。"刖足"是砍掉脚掌，尚能勉强走路；"髌脚"是去掉膝盖骨不能走路。后来"脚"变为与"足"同义，原义消失。

权，本指秤锤。现用作权力、权柄，即支配或指挥的力量。原义消失。

兵，原指武器，后兼指士兵。现专指士兵，不指武器，原义消失，新义代替原义。

第五节 词汇的风格

语言里的词具有不同的风格。这种不同的风格表现在两个方面。一方面是词义所带的感情色彩不同；另一方面是词在使用上的不同。感情色彩的不同，也就是褒义词和贬义词之间的区别；使用情况的不同，也就是口语词和书面语词的差别。

一、褒义词和贬义词

语言里的词，有的除了表示事物或现象外，还带有热情、亲切、喜爱、赞扬、尊敬、礼貌等肯定的感情。或带贬斥、憎恨、厌恶、轻蔑、讽刺、咒骂等否定的感情。带肯定感情的叫作褒义词，带否定感情的叫作贬义词。例如：

褒义词：诚实、高尚、忠诚、聪明、灵敏、活泼、刚强、朴素、节俭、正派、果断、勇敢、成就、伟大、宏伟、壮观、美观。

贬义词：虚伪、卑鄙、奸诈、愚蠢、懒惰、迟钝、呆板、懦弱、奢侈、浪费、阴险、孤僻、诡计、勾结、煽动、渺小、凌乱、丑陋。

词的感情色彩是如何产生的？是由说话人和听话人所赋予的。人是有阶级性的，对同一种事物或现象，往往不同阶级的人却有着不同的看法和感情。因此，不同阶级的人对同一个词所赋予的感情色彩也是不相同的。例如，穷光蛋、泥腿子、煤黑子、大老粗等出于工人、贫下中农之口，则带有自豪的感情，出于地主、豪绅之口则含有轻蔑的意味。

词的感情色彩和人们的道德观念有密切的联系。道德观念是随着社会的发展而变化的，词的感情色彩也往往朝着相反的方向转化。例如，"泼辣"过去是蛮不讲理的意思，是贬义词；现在指做事不怕困难、有魄力，是褒义词。"守节"是为死去的丈夫守节，过去是褒义词，现在是贬义词。"发财"在旧社会里是受到人们尊重和羡慕的，是褒义词；现在则会引起人们的怀疑和憎恶，是贬义词。

一个词在不同的语言环境里往往有不同的感情色彩。一个词带不带感情色彩，带什么感情色彩，往往取决于一定的语言环境。经常不带某种感情色彩的词，在一定的上下文里也可带上感情色彩。褒义词在一定的语言环境里也可能带上贬义，贬义词在一定的语言环境里也可能带上褒义。

"贾贯五因为和鬼子早就勾搭上了，一听说八路军的队伍过来了，就吓跑了。过了好多天，他探听八路军走了，才敢溜回来"。中的"吓""溜"本身并没有什么特殊的感情色彩，但在这里同上下文连在一起就带有一种憎恶轻蔑的意味，具有贬义。

"他把自己的利益看得得太认真了。"中的"认真"是褒义词，在这里却含有贬义，是私心太重的意思。

"对于吸烟，我一向是个弱者"中的"弱"是贬义词，在这里则含有褒义，是有节制的意思。

褒义词和贬义词带有鲜明的感情色彩，恰当地运用带不同感情色彩的词，能使语言准确鲜明。不注意词的感情色彩，不能正确使用褒贬色彩的词就会发生错误。

"鲁迅是在文化战线上，代表全民族的大多数，向着敌人冲锋陷阵的最正确、最勇敢、最坚决、最忠实、最热忱的空前的民族英雄。"（毛泽东《新民主主义论》）毛主席连用七个褒义词，准确鲜明地表达了对鲁迅的高度肯定和热烈赞扬。

褒义词用在反面人物或否定的事物上，可以达到讽刺嘲笑的效果。

"狗和猫不是仇敌么？它却虽然是狗，又很像猫，折中、公允、调和、平正之状可掬，悠悠然摆出别个无不偏激，唯独自己得了'中庸之道'似的脸来。"叭儿狗是狗，具有咬人的狗性，又很像猫，具有猫的媚态。鲁迅用折中、公允、调和、平正四个褒义词，描写媚态的具体表现，深刻地刻画了叭儿狗欺骗群众，讨好主子的丑态，给买办文人以辛辣的讽刺和嘲笑。

"你们依赖美国势力,违反人民意志,撕毁停战协定和政治协商会议的决定,发动这次残酷无比的反人民反民主反革命的国内战争。那时你们是那样地紧张、热烈、殷勤、迫切,什么人的劝告也不听。"(毛泽东《中共发言人关于命令国民党反动政府重新逮捕前日本侵华军总司令冈村宁次和逮捕国民党内部战犯的谈话》)连用四个褒义词,突出了国民党反动派发动反革命时迫不及待的心情和疯狂嚣张的样子(表现)。

二、口语词和书面语词

五四运动以来,口语词大量进入书面语词汇,使古汉语词汇逐步让位给现代汉语词汇,而且大大地缩小了口语和书面语之间的差距。但由于方言的存在,由于口语发展较快,先行于书面语,因而口语和书面语的差别始终是存在的,口语词和书面语词的差别也始终是存在的。有的词通常只用在口语里,只在人们口头谈话中使用,带有口语的色彩。这样的词叫口语词。有的词通常只用在书面上,人们只在写文章时使用,带有书面语的色彩,这样的词叫书面语词。

口语词可分为一般口语词和粗俗口语词两种:

一般口语词:嗓子(喉咙)、模样儿(相貌)、个子(身材)、吓唬(恐吓)、法子(办法)、难看(丑陋)、结实(健壮)、哆嗦(发抖)。

粗俗口语词:废物、饭桶、滚蛋、杂种、狗崽子、混蛋、放屁。

书面语词可分为一般书面语词和色彩庄严的庄重词两种。

一般书面语词:安静、闪烁、崎岖、凝结、飞翔、振动、想象、货币、资金、综合、寂寞、忐忑、恍惚、悲凉、焦灼、冷落、淡漠、浏览。

庄严词:审核、批复、批示、公布、布告、通告、颁布、周知、伟大、英明、导师、教导。

文章里运用一般口语词,能使语言通俗平易、生动活泼。例如:

"成立了人民公社,我打心眼里高兴,想一想来了这种好日子,我自己没出过什么力量。现今来建设咱们的公社,我就想怎么着也要尽尽自己的心意"如改用一般书面语词:

"自从成立了人民公社,我从内心的深处感到高兴,想到这样美好的日子来到了,我自己没贡献丝毫的力量,感到异常惭愧。现在来建设我们的公社,我无论如何也要表示一点心意。"语句虽然也是通顺的,但原文那样生动活泼、亲切平易的味道却没有了。

文章里使用粗俗口语能使语言具有生活气息。例如:

"听到这个报告,刘四爷更火啦。早知道这样,就应该预备'炒菜面'!三个海碗的席吃着,就出一毛钱的人情?这简直是拿老头子当冤大脑袋!从此再也不办事,不能赔这份窝囊钱!不用说,大家连亲带友,全想白吃他一口;六十九岁的人了,反倒聪明一世,糊涂一时,教一群猴儿王八蛋给吃了!"(《骆驼祥子》)

运用一般书面语词能使语言细腻准确。例如:

"他约莫有五六十上下,鬓发已经斑白,戴着椭圆形的金边眼镜,一对诚挚的眼在底下闪烁着。像一切起家立业的人物,他的威严在儿孙面前格外显得峻厉……他的脸带着多年的世故和劳碌,一种冷峭的目光和偶然在嘴角上逼出的冷笑,看出他平日的专横,自是和倔强。"(曹禺《雷雨》)

庄重词带有庄重严肃的色彩,通常用于英雄人物、伟大事物、不朽业绩,表示崇敬的感情。例如:

"今天在庄严宏伟的毛主席纪念堂前,中共中央,人大常委会,国务院,中央军委召开大会,隆重纪念伟大领袖和导师毛主席逝世一周年,并举行毛主席纪念堂落成典礼。"

词汇编复习题

1. 举例说明字、词、词素、三者的联系和区别。

2. 分辨下面一段古汉语里的单音词和双音词,写出现代汉语里与这些古汉语单音词相当的同义词,并说明古今词在音节上的变化。

"予观夫巴陵胜状,在洞庭一湖。衔远山,吞长江,浩浩汤汤,横无际涯;朝晖夕阴,气象万千。此则岳阳楼之大观也,前人之述备矣。"(欧阳修《岳阳楼记》)

3. 写出二十五个双声词,二十五个叠韵词并注音标调。

4. 用词素构词:

①用放、出、动、结、提、讲、写、揭、破、割 10 个词素构成 10 个支配(动宾)关系的词。

②用民、雷、年、自、霜、天、地、春、夏、冬 10 个词素构成 10 个表述(主谓)关系的词。

③用笔、印、两、炎、景、广、语、美、好、深 10 个词素构成 10 个主次关系的词。

④用发、融、凝、消、戳、放、指、击、挡、沉 10 个词素构成 10 个补充(动补)关系的词。

5. 分辨下面所列举的哪些是合成词？哪些是词组？为什么？

医生、高楼、抗议、白云、流水、老账、军属、分开、缩短、走着、笑了、烙饼、阶级性、光荣榜。

6. 举例说明词的基本意义、引申意义、比喻意义以及比喻意义和比喻修辞的区别。

7. 产生同音异义词的原因是什么？对同音异义词有哪两种不同的看法？从书写形式上看同音异义词有几种，并分别举例说明之。

8. 说说同音异义词的修辞作用。

9. 举例说明多义词和同形的同音异义词的区别。

10. 产生同义词的原因有哪些？举例说明同义词在修辞上的积极作用。

11. 分别写出"看""推""拉"三个词的单音和双音的同义词。

12. 辨别下列各组同义词：

①侵略、侵犯、侵占②忽然、突然、猛然③成就、成果，成绩④典型、典范、范例⑤希望、盼望、愿望⑥详细、仔细、详尽

13. 举例说明反义词的修辞作用。

14. 举例说明成语的特点、来源、结构和修辞作用。

15. 说明基本词有哪些特点。

16. 分别写出五个文言词、历史词、方言词、行业词、新生词，并各造一个句子。

17. 谈谈汉语吸收外来词的历史过程和方法。

18. 结合近现代汉语词汇的变化说明词汇是语言中最活跃的因素。

19. 词义的变化有哪些形式？分别举例说明。

20. 简要谈谈词汇的风格。

第三章

词的分类

第一节 语法和词类

一、什么叫语法

斯大林在《马克思主义与语言学问题》一书中说："语法是词的变化规则和用词造句的规则的总和。"这个定义清楚地表明了语法有两个组成部分。一是词的变化规则，一是用词造句的规则，二者综合起来构成一个既有联系又有区别的语法整体。

所谓词的变化规则，也叫词法，是研究词的构成变化和分类的问题。所谓用词造句的规则也叫句法。是研究组词成句和句子类型的问题。词法和句法，虽然研究的对象不同，一个侧重于词，一个侧重于句，但两者经常是紧密结合的。比如汉语的动词"刷""梳"加上"子"就会变成了名词。这是词的构成和变化，由单音词变成双音词，单纯词变成合成词，动词变成了名词。这是属于词法的现象，这种现象又直接影响了词在句子中的组合关系。我们可以结合"刷""梳"等动词，前面加上副词加以修饰或说明，如"不刷""不梳"。却不能给名词"刷子""梳子"前面加上副词说成"不刷子""不梳子"。动词前面可以用副词来修饰说明，名词前面不能用副词来修饰说明，这就是组词成句的规律之一，属于句法的问题。因此，词法和句法是构成语法整体的不可分割的两个部分，经常是联系在一起的。

二、词类词的语法分类的划分

词的分类及词类，也是词法所研究的问题之一。词是最小的、能自由运用的、有意义的语言单位。因此，一个实词必须具有三个要素：一定的语音形式、一定的意义内容以及在语法结构中一定的功用、一定的性能，也就是词性的语法、性质和作用，三者经常是互相联系的。例如"书"，读 shū，写成或印刷成册的著作，是事物的名称，能充当句子主语、宾语或定语。"太阳"，tàiyáng，能发光发热的恒星，是事物的名称，充当句子主语、宾语或定语。"看"，瞅，表示眼睛的活动，可以充当句子的谓语。"说"，用话来表达自己的意思，是口舌的活动，可以充当谓语。"高"和"低"相反的概念表示事物的状态，可以修饰名词做定语，也可以做谓语、补语。如高大的房子、房子高、长得高等。"美丽""好看"，表示事物状态，可以修饰名词做定语，也可以和"是"构成合成谓语，如美丽的花园、花园是美丽的。词的分类主要根据词的语法性质和作用，也就是词的能性、词性兼顾词义来进行的。如上所说，"书""太阳"都是表示事物名称的，都做句子的主语、宾语、定语，归为一类叫名词；"看""说"都是表示人体器官的活动的，都可做句子的谓语，又归为一类叫动词；"高""美丽"都是表示事物状态的，都是定语、谓语、补语，归为一类叫形容词。这种词的分类，主要是指词的语法分类和词汇编里讲的，按音节分类，分成单音词、双音词、多音词；按词素分类分成单纯词、合成词；按词义分类分成多义词、同义词、反义词。

按照上述的分类依据，现代汉语的词可以分为十一类。这十一类词又可归纳成两大类，即实词和虚词。实词类包括名词、代词、动词、形容词、数词、量词六类，虚词类包括副词、介词、连词、助词、叹词五类。

三、划分词类的意义

划分词类是有其现实意义的。首先，从语言的实践意义来看，对词进行分类，便于我们掌握各类词的特征，根据词的特征来正确地运用祖国的语言。其次，从汉语的特点来看，词类在汉语中占有很重要的地位，无论是词组的结构或在句子的类型中都离不了词类在里面所起的作用。例如，"人民"是个名词，它可以做主语和形容词、数量词等相结合，如"人民伟大""人民万岁""我国九亿人民是伟大的人民"。但是它的前面不能用副词修饰或限制，不能说"很人民""不人民"等。因此，划分词类对了解汉语语法规律是十分必要的。

第二节　实　词

有实在的意义，能够单独用来回答问题，并且可以单独做句子的某种成分的词叫实词。如人、我、走、笑、好等都有实在意义，可以用来单独回答问题，做句子的某种成分。

一、名词

1. 定义：表示人或事物的名称的词叫名词。在我们周围有人和各种各样的事物，在我们的语言里也就有许多的名词来表示。

①表示人的名称：工人、农民、同志、学生、男人、女人等。

②表示事物的名称：

具体的物质东西：云、雾、雨、露、苹果、蚊子、文章、空气、细菌等。

抽象的、无形的东西：友谊、名誉、权力、听觉、党性、意识、思想、品德、道德、意义、原则、文化。

当作事物看待的动作或性质：战争（比较动词打仗）、勇气（比较形容词勇敢）、严肃性（比较形容词严肃）。

2. 特点：

（1）名词前面可以加数量词。一般的名词前面都可以加上数量词，名词记数时要求在数词的后面带上量词。而且不同的名词常常要求不同的量词，如一尺布、两斗粟、三种态度、四项指示、四个学生、五架飞机、六辆汽车等。至于一草一木，一针一线，数字后面不带量词，是古汉语遗留的用法，不能算作现代汉语的通例。

（2）指人的名词后面加"们"表示多数。如朋友们、同志们、读者们。已经加了"们"的名词，它的前后就不能再用数量词，或其他表示多数的词。如"弟兄"，加"们"变成"弟兄们"，表示多数。不能再加数量词，说成"五个弟兄们"。如果已经加了数量词或表示多数的其他词，名词的后面就不能再加"们"。如"学生"可以加"三个"或"很多"说成"三个学生"或"学生很多"，就不能再加"们"，说成"三个学生们""学生们很多"。如在指人的名词前面用"这些、那些、全体、诸位"时后面也可以加"们"，如"那些孩子们""全体同志们""诸位先生们"。

（3）名词前面不能加副词修饰，如不能说"不山，不水，很品质，最意义"。至于"山不山""水不水""人不人""鬼不鬼",这是特殊的习惯用语,是说"山不像山""人不像人"的缩用,不能作为通例。只有少数抽象名词,如"精神""科学"等有时可以当形容词用,那就可以加上副词,如"很精神""不科学"。

（4）名词后面不能加"着、了、过",如我们不能说"牛马着、嗅觉了、语言过"。

3. 名词分类（特殊名词）：名词里有几类性质比较特殊。

（1）专有名词：表示特定的独一无二的人或事物。如北京、火星、黄河、鲁迅、水浒、长城、科学、名词等。

（2）集合名词：指由许多同类事物形成的集体或成对的东西。如人类、观众、词汇、书籍、灯火、人民、群众、人口、马匹、枪支、纸张等。一般不受数量限制,但有些可以加上不定量的数字,如许多枪支、很多书籍。或加特定数量,如一对夫妻。

（3）方位名词：表示方向或事物相对的位置的词。有单音节和双音节两类。

单音节的：上、下、左、右、前、后、东、西、南、北、中、外、里、内、间、旁。

双音节的：以上、以下、之外、之中、左边、右边、南面、北面、里头、外头、底下、头里、当中、中间。

单音节方位词跟别的词素合成表示处所或时间的名词,如山下、城南、水上、屋外表示处所。晚上、午后、上午、下午表示时间。

双音节方位词附加在其他词或词组的后面,合成表示处所或时间的方位结构。如五年之内、校门外面、办公大楼前边、文科教室后面。

单音方位词除去中、内、间、旁,单用时只限于用在介词从、由、往、向、朝的后边组成介词结构。如从东来、往西看、向左转、往北走。或者单用在成语性的话里,如东张西望、前不着村后不着店、左也不是右也不是、瞻前顾后、前怕狼后怕虎等,除此方位很少单独使用。

对举的方位词：上下、前后、左右、里外、表示不定的意思。如五十上下、清明前后、房子里外。"上下,前后,里外"等对举方位词还可以重叠表示到处的意思,如上上下下、前前后后、里里外外等。

双音节方位词,多数可以独立运用,如里边坐、以前的事就别提了、外面有狗、前头一长串马车。

（4）时间名词：表示时间的词,叫时间名词或时间词,例如年、月、日、时、今天、明天、昨天、早晨、晚上、黄昏、春节、中秋。

4. 名词的变化：所谓名词的变化，指的是在名词后面加上辅助成分，表示附加意义。常见的辅助成分有"子""儿""头"。

加子：小孩子、老头子，表示亲密厌恶的感情。

加儿：小孩儿、老头儿、花儿、鸟儿、猫儿、狗儿，表示亲切喜爱的感情。

加头：木头、石头、拳头、斧头，带有大或坚硬的意思。

二、动词

1. 定义：表示人或者事物的行为、动作、发展变化、心理活动和其他活动的词叫动词。

动作行为：走、住、看、听、写、学习、阅读、建设、改造、贪污、浪费、研究、跃进。

发展变化：演变、提高、扩大、增加、减少、改进、削弱、迁移。

心理活动：爱、憎、想、希望、喜欢、打算、考虑、以为、知道。

表示存在不存在：有、在、无、存在、没有。

其他活动：包括、还有、具有、属于。

表示相比较的：像、比、比如。

2. 特点

（1）动词能受到副词的修饰，如就走、也懂、刚知道、马上去、没研究、不了解。除少数表示心理活动的如想念、喜欢、愿意以外，大部分动词不能用程度副词很、太、非常、十分来修饰，如不能说很看见、很出息、很参加等。

（2）动词能够重叠。大部分动词能够重叠，重叠是动词的一种变化形式，单音节的动词重叠方式是A·A（"·"号表示它后面的音节读轻音）。如看看、想想、说说、走走、写写、等等。双音节动词的重叠方式是AB·A·B，如休息休息、商量商量、研究研究、讨论讨论。动词重叠起来就在原来的意思上加了历时短暂、开始尝试或略微的意思。重叠部分读轻声，有些动词重叠后中间还可以嵌入"一"表示试行、短促、略微的意思，如说一说、看一看、等一等、停一停；加上"了"表示短暂、略微、已经完成的意思，如说了说、看了看、等了等、停了停。

（3）能用肯定与否定相重叠的方式表示疑问。如交代不交代、调查不调查、研究不研究、放心不放心。

（4）动词的后面可以加上"着""了""过"。动词加上时态助词表示一些附加意义。加"着"表示动作还正在进行，如读着、讨论着、写着。加"了"表示动作已经完成，如读了、讨论了、写了。加"过"表示动作不仅已经完成，而且已经成为过去，如读过、讨论过、写过。动词后面加的"着、了、过"要读轻声。

3. 分类：动词一般可分为三类。

（1）自动词：有的动词所表示的动作不以什么事物为对象，这样的词叫自动词，也叫不及物动词，这样的动词不能带宾语。如病、醒、咳嗽、徘徊、觉悟、合作、游行等。他病了、他醒了、妈妈又咳嗽了、他独自徘徊、大家都觉悟了、咱们两人合作、群众游行了。这些动词并不以什么事物为对象，只是主动者的动作、行为，不涉及、不影响或支配其他事物。

（2）他动词：有的动词所表示的动作以某一事物为对象，这样的词叫他动词，也叫及物动词，这样的动词能带宾语。如看（报）、研究（问题）、成立（学社）、告诉（他）、热爱（祖国）、赞美（人民）、破除（迷信）、解放（思想）等，主动者的动作涉及影响到其他事物。报、问题等就是看、研究等动作所影响的对象。

（3）使动词：动词所表示的动作使受动者发生变化、产生结果。这样的词叫使动词。即某一动作由甲发出影响到乙，使乙发生变化，产生一种结果的词叫使动词。形容词作动词用时（当谓语时）都变成了使动词。例如，"端正了学习态度"是"使学生学习态度端正了"之意，"坚定了信心"即使"信心坚定了"，"密切了党群关系"即"使党群关系密切了"，"富国强兵"即"使国富使兵强"，"春风又绿江南岸"即"春风又使江南岸绿了"。

4. 动词的附类：

（1）能愿动词：表示可能、必要、愿望等意思的动词叫能愿动词，一般可分为五类：

①表示可能的：能、能够、会、可以、可能。

②表示应该的：应、该、应该、应当。

③表示必要的：须、要、须要、必须、得（děi），大家都得这样干！

④表示愿望、意志的：愿、情愿、愿意、肯、敢。

⑤表示对事物的估价：配、值得。

能愿动词的特点：不能重叠，不能加"着""了""过"。只能用在动词、形容词的前面，组成合成谓语，不能用在名词或代词的前面。大都能单独回答问题，单独使用，能用肯定否定相迭方式表疑问。如肯不肯、要不要、算不算、敢不敢。

（2）趋向动词：表示动作趋向的词叫趋向动词。趋向动词可分为三类：

①所表趋向以某个人或某些人或东西为标准（以说话人是自身为标准的）。如来、去。"他一会儿跑来了，一会儿又跑去了""我坐在岸上远远望见有一条船驶来了，又驶去了"。

②所表趋势以一个地点或另一件东西为着眼点，如上、下、进、出、过、回、起、开。"大家都爬上山顶去了"，"上"的趋势以山顶为着眼点。"他从袋子里掏出东西来"，"出"的趋势是以袋子为着眼点，所着眼的地点或东西一定要在句子里出现。

③所表示趋向即跟说话人有关系，又跟另一个地点或一个东西有关系。如上来、上去、下来、下去、进来、进去、出来、出去、过来、过去、回来、回去、起来、开来，即由第一类和第二类结合而成的。

"他们走进来了"的"进"表示走的趋势，由外边向里头的。"进"的后面用来表示说话人是在里头的，进来是以说话人自身为标准的。

"他们走进去了"的"进"到后面用"去"，表示说话人是在外边的，进去仍是以说话人自身为标准的。

趋向动词的用途有两种：第一，作一般动词用，多数用作自动词，如我来了、他去了、我回来了、他出去了、我起来了、他坐下了；少数兼作动词，如上前线、进学校等。第二，附着在别的动词后面表示趋向。（组成合成谓语）

（3）判断词（联系动词、联系主语和谓语的动词）：判断词是对客观事物加以判断的词。汉语里只有"是"这样一个判断词。"是"加上"不"，是"是"的否定式，表示否定判断。

5. 动词的用途：

（1）动词的主要用途是做谓语。如"毛主席制定了抓纲治国的战略决策"。动词还可以做动词的连带成分补语，如"电话已经接通了"。动词也可以做定语、主语、宾语，如"调查的对象已经确定"（定语），"学习是艰苦的劳动（主语）"，"他喜欢学习"（宾语）。

（2）动词做主语或宾语时，有时会丧失动词的一些特点。取得名词的一些特点，如"党十分关心青少年的学习"的"学习"在这里做宾语，不受副词修饰，却可以受定语"青少年"修饰，这样的用法就叫动词名物化。

三、形容词

1. 定义：表示人或事物的形状、性质、动作或者行为的状态的词是形容词。人或者事物都有一定的形状、性质，行为和变化也都有一定的状态。

表示人或事物的性质的：好、坏、软、硬、酸、甜、平凡、冷、热、淳朴、勇敢、聪明、伟大、精致、清晰、明白、漂亮、丑陋、脆弱、坚强、容易、困难。

表示人或事物形状的：大、小、高、低、方、圆、深、浅、魁梧、消瘦、雪白、俊俏、潇洒、陡峭、尖锐。

表示行为或动作状态的：安静、热闹、迅速、缓慢、灵活、活泼、愉快、悲哀、凄惨。

2. 语法特点

（1）形容词可以重叠，重叠后含有"很""非常"的意思。例如，"轻"重叠为"轻轻"，就是很轻的意思。"结实"重叠为"结结实实"，就是很结实的意思。形容词重叠式有两类。

①单音节形容词 A 按 AA 格式重叠。第二个音节读阴平，有时儿化。如快快儿、慢慢儿、轻轻儿、远远儿。单音节词后面带个重叠的辅助成分，即 ABB 格式，如白茫茫、绿油油、热腾腾、冷清清这类形容词能把事物的性质、状态表达得形象具体。

②双音节形容词 AB 按 AABB 格式重叠。如干干净净、老老实实、仔仔细细、热热闹闹、清清楚楚、整整齐齐等。另一种第一个音节后加轻声里字然后重叠，即按 AB 呈 ABAC 方式重叠，如糊里糊涂、慌里慌张、啰里啰唆、古里古怪。这和双音节动词按 ABAB 方式重叠不同，这类形容词往往带有贬义、厌恶、鄙视的感情色彩。如"你看你那眼直瞪瞪的，喝得糊里糊涂的样子！"（曹禺），"他把大把钱冤里冤枉、糊里糊涂地花掉了！"

（2）大部分形容词可以受程度副词的修饰。如很好、挺干净、最容易、非常困难、十分耐心、已经脏了等。

（3）形容词用肯定与否定相重叠的方式表示疑问。好不好、酸不酸、甜不甜、鲜艳不鲜艳、明白不明白、清楚不清楚。

（4）形容词不能带宾语。

3. 形容词的用途：

（1）主要用途做定语。"光荣、伟大、正确的中国共产党"。

（2）主要用途做状语。"教育也要大干快上""他轻轻地关上门"。

(3) 主要用途做谓语。"天亮了""夜深了""他的眼花了"。

(4) 做补语。"他的卷子答好了""他的作业做得很认真"。

(5) 做主语或宾语。"勤奋是学习的必要条件"（主语），"他从小就爱好整洁，具有良好的生活习惯"（宾语）。

形容词做主语或宾语时，带上名词的特点叫形容词名物化用法。如"语言的生动、形象的鲜明、条理的清楚是这篇文章的特点""你的谦虚也未免过分了"。

四、数词

1. 定义：表示人或事物的数目、顺序的词叫数词。

2. 种类：

(1) 基数：表示基本数目的词。如零、半、一、二、三、十、百、千、万、亿、三十八、一百零二等。

(2) 序数：表示先后次序的词，如第一、第三十八、初三、初四。此外还有些习惯表示次序的方法，如头一回、来一次、大哥、二哥、老大、老三。序数后面直接连名词时则省去"第"，如二等、三号、四楼、五班。

(3) 分数：五分之一、百分之七十。平常口语里用"成"或"分"表示分数，如八成，即十分之八；三分，即十分之三。

(4) 倍数：表示倍数的方法，是在数目后面加倍，如两倍、百倍。"增加了几倍"和"增加到几倍"是有区别的。如由四增加到二十，应该说增加了四倍，或者说增加到五倍；由四增加到八，不能说增加两倍，应该说增加了一倍，或者说增加到两倍。数量减少只能用分数，不能用倍数。

(5) 概数：表示约略的数目，叫概数。常用概数：

①借用疑问代词"几"，如几天、几人、几次。

②数目后边加"来、多、左右、上下"等，如五十来岁、二十多天、七十左右、一百上下。

③数词前面加"上""成"，如成百个、上千人。

④邻近数词连用，如两三人、三五遍、十七八。

3. 语法特点：

(1) 基数不能单独使用，不能做句子成分；序数能单独使用，能做句子成分。能说"明天初五"，不能说"明天五"。"他考第一"不能说"他考一"。

(2) 在现代汉语里数词后面带上量词才能跟名词结合，不能单独用在名词前面。如"一个人、三辆车、两张桌子"，不能说成"一人，三车，两桌子"。但有时也可以单独用在名词前面。如一人一本书，一人一杆枪。这种用法可以看作是省去了量词，因为如果需要就可以立即补出。一个人一本书、一个人一杆枪。至于一草一木、一心一意、一星半点、半丝半缕等，都是古汉语的遗留和沿用。

（3）数词不能重叠。"二"和"两"虽然表示的数量相同，但有时则不能通用。

①序数用"二"不用"两"，"第二"不能说成"第两"。

②两位以上的数，个位和十位用"二"，不用"两"。"十二"不能说成"十两"，"一百二十二"不能说成"一百两十两"。

③量词前面一般用"两"，不用"二"。如"两本书"不能说成"二本书"，"两张桌子"不能说成"二张桌子"。

④"两"有时还表示概数和为数不多、为时不长的意思。如"过两天我就来"，这个"两天"不一定实指两天，而是概数为时不长的意思。"吓得他倒退了两步"，"两步"不一定是两步，也可能是三四步，但退得不远。

五、量词

1. 定义：表示事物或动作单位的词叫量词。
2. 种类：量词分为物量词和动量词两类。

（1）物量词：表示事物单位的词叫物量词。物量词又分为专用物量词和借用物量词两类。

①专用物量词：

表示度量衡单位的：里、丈、尺、寸、斤、两、钱、斗、升、合、勺、亩、公尺、吨、公升。

表示个体事物单位的：个、只、件、本、间、种、盏、颗粒、张、根、片、块、枝。

表示集体事物单位的：双、对、打、副、类、群。

②借用物量词：从名词或动词借用来的物量词。

借用名词的：一头牛、一尾鱼、一杯茶、一桌席、一盘菜、一碗水、一床被、一盘棋、一盆花、一池水、一场雨、两脚泥、一屋子人、一肚子主意。

借用动词的：一挑水、一担土、一封信、一发子弹、一贴膏药、一把挂面、一捆柴。

③表示不定量的物量词："点"和"些"。"点"表示很小的量，如给点馍、一点也不要。"些"通常表示不大的量，如有些人、有些书、有一些事

情，但是和"好"结合则表示大量，等于许多，如来了好些人、说了好些话。"点"和"些"相比，"点"表示少量，"些"表示多量。"逼得我们穷人没一点活路了""路旁站着一些穷人"。

（2）动量词：表示动作，行为单位的词。动量词也分专用动量词和借用动量词。

①专用动量词：次、回、遍、趟、下、遭、顿。

②借用动量词：借用名词的，如看一眼、喝一口、等一会儿、踢一脚、放一枪、砍一刀。借用动词的，如看一看、说一说、想一想、停一停。借用时间名词的，如干一天、星期一，"一万年太久，只争朝夕"。

3. 语法特点：

（1）量词只能用在数词和指示代词的后面，一般不能单独使用。"呼的一声飞走了""这个万瞎子"。

（2）物量词大部分能重叠，重叠后含有"每一个""都""全部"的意思。如年年、月月、件件、粒粒。有时量词重叠起来，前面可以不用数词，后面也可以不用名词。如"年年增产"表示每一年都增产；"年年讲"表示每一年都要讲；"个个精神"表示每一个人都精神。

（3）物量词常用在名词的前面，动量词常用在动词的后面。如一条河、一支铅笔、一块面包、走一趟、去一次、跑一回。

（4）量词和名词的配合要符合习惯。

表示平面的或主要部分是平面的单位，一般用"面"或"张"，如一面红旗、一张小方桌。

表示狭长物体的单位，一般用"条""根""枝"，如一条河、一根绳子、一支水笔。

表示方形或长方形东西的单位，一般用"块"，如一块手帕、一块钢板。

表示成对的东西的单位，一般用"对""双""副"，如一对镯子、一双鞋、一副手套。

4. 数量词也可以重叠，重叠后还有"逐一""渐次"或"很多"的意思。重叠时中间加入"比"就有"递增、递减"的意思。重叠时数词如果是一，后一个"一"也可以省略，如一台、一台一台、一台台、一台比一台。"一台"只表明一种数量。"一台一台""一台台"则含有逐一、渐次、很多的意思。"一台比一台"则有递增或递减的意思。

5. 数量词的用途。在现代汉语里，数词本身只能表示数的抽象概念。在计算事物的数量时，数词之后必须加上量词。数词和量词经常是结合在一起的、不可分割的，因此，在使用中通称数量词。数量词的用途，主要是做定语。

（1）做定语：四匹马拉一辆车。一座教室有两个门四个窗子。

（2）做主语：第一是木板太厚，做一次很费功夫。

（3）做宾语：手套丢了一只。五个人走了三个。

（4）做补语：草绳子已经断了三四回。他足足病了一年。他对我瞪了一眼。马克思生于一八一八年。

（5）做状语：我一把抱住他。他三天看完一本书。

六、代词

1. 定义：代替或指示名词、动词、形容词、数量词的词叫代词。

2. 种类：代词可分为三种。

（1）人称代词：代替人或事物称呼的词。

第一人称：我、我们、咱们。

第二人称：你、你们、您（您二位、您几位，不说您们）。

第三人称：他、她、它、他们、她们、它们。

泛指人称：人家、大家、自己、别人。

他，有时是泛指第三人称，这是因为性别不明，或者因为没有区别的必要。如"一个演员的演技跟他的文化水平有很大关系"，从字迹上看不出他是男还是女的。你、我也可以泛指，不表示确定的称呼对象。这样用时总是两两相对配合使用。如"你一言我一语，大家议论开了""两个人，你勤我俭，日子过得挺美满"。

（2）指示代词：指示和区别人或事物的代词叫指示代词。分远指和近指两种：

指人和事物的：这、那。

指处所的：这儿、那儿、这里、那里。

指时间的：这会儿、那会儿。

指现状的：这么、那么、这样、那样。

指数量的：这些、那些、这么些、那么些、这么点、那么点。

（3）疑问代词：代替不知道的人或事物，以及用来提出问题的代词。

问人：谁。

问事物：什么、哪。

问处所：哪儿、哪里。

问时间：多会儿、几时。

问性质、状态、动作：怎么、怎样、怎么样。

问数量：几、多少。

问程度：多、多么。

3. 代词的语法特点：

（1）人称代词加"们"表示多数。

（2）代词不能重叠，但可连用。代词连用不是重叠，如有人问"谁谁"，回答的人说"我我"或"他他"。这是代词连用，不是代词重叠。

①因为词的重叠是词的形态的变化，必然引起词义的变化。重叠形式的词都有附加意义，动词重叠带有短暂、略微尝试的意思，如看看、看一看、看了看、研究研究、了解了解；形容词重叠有很、非常的意思，如轻轻地、重重地、朴朴素素等；物量词重叠带有每一、全部、都的意思，如条条大路通罗马、斤斤计较；而代词连用不产生任何附带意义。

②重叠式词音节接连得很紧，而代词连用中间都有一个短暂的停顿。

（3）代词一般不受别的词修饰。

（4）指示代词"那"和疑问代词"哪"二者不能通用。

4. 代词的用途：

由于代词是用来代替名词、动词、形容词、数量词的，因而它的造句功能也分别同名词、动词、形容词、数量词相当。例如，"他"是指代人的，就同名词相当，可以充当主语、宾语、定语或合成谓语。他来干什么？（主语）、你不要惊动他（宾语）、你知道他的意图（定语）、唱歌的是他（谓语）。如"怎么、怎样、怎么样"是问性质、状态、动作的。它的造句功能和形容词、动词相当。可以做谓语，比如"他怎么了？你们都怎么样了？"可以做补语，比如"功课学得怎么样？"可以做状语，比如"这首诗怎么读？"

第三节 虚 词

虚词和实词相反，一般说来没有实在意义，不能单独回答问题。也可以说虚词是不代表具体事物，不表示具体概念，只有语法作用的词。虚词包括副词、介词、连词、助词、叹词五类。

一、副词

1. 定义：凡是具有修饰动词和形容词功能的虚词叫副词。

（1）修饰动词的例子：

"昨天就关了城门，今儿个还说不定关不关。"表示动作的时间和频率。"就"和"还"修饰动词"关"和"说"，表示"关"的时间和"说"的频率（昨天就出门去了，今天还说不定回来不回来）。

"基础知识不愿意学，高深的东西又学不懂，只满足于东抓一点，西抓一点，收获不大。"其中"不""又""只"修饰动词"学""满足"，表示"学"的然否、频率，满足的范围。

（2）修饰形容词的例子：

"人的一生中最美好最宝贵，同时也是最重要的时期，是青年时期。""最"是修饰形容词"美好""宝贵""重要"，表示其程度。

"他学习不认真不努力，因而收获不大。""不"是修饰形容词"认真""努力""大"的，是表示否定的态度。

我们说副词能修饰动词和形容词，一般的形容词也有这种功能，如认真调查情况、严肃处理问题。深绿的、淡黄的、大红的，各种色彩的颜料都有。但是两者之间有着严格的区别。第一，形容词是实词，能单独回答问题，副词是虚词，一般不能单独回答问题，只有"不""也许""未必"表示可能性或否定的副词是例外。第二，形容词能修饰名词，能充当谓语，副词既不能修饰名词也不能充当谓语。因此，修饰名词的是形容词，修饰动词、形容词的是副词。两者的词性是不能混淆的。

有些词修饰名词时是一种意义，修饰动词或形容词时是另一种意义。例如：

老干部　老哭（经常，一直）
白头发　白跑一趟（空，瞎）
光脚　　光说不做（只）
硬功夫　硬不答应（偏，决）
怪脾气　怪可怜的（极、很）

这两组词的意义和语法作用都不一样。修饰名词的是形容词，修饰动词或形容词的是副词。

2. 分类：根据意义，副词可分为六类。

（1）表示程度的副词：

单音节的：很、极、最、挺、太、越、稍、略、较。

双音节的：非常、异常、十分、极其、格外、分外、更加、越发、过于、稍微、略微、比较。

（2）表示范围的副词：

单音节的：都、全、总、只、光、单、仅。

双音节的：全部、统统、一齐、一概、一共、总共、仅仅。

（3）表示时间的副词：

单音节的：正、将、已、才、刚、便、就、渐。

双音节的：正在、将要、就要、已经、曾经、向来、一直、刚才、方才、马上、立刻、渐渐、逐渐、始终、永远、终于、然后、突然、忽然、偶尔、恰巧、赶紧、连忙、刚好、仍然、仍旧、逐步。

（4）表示连续重复的副词：

单音节的：再、又、还、也、常。

双音节的：屡次、往往、常常、一再、再三。

（5）表示肯定与否定的副词：

单音节的：不、非、没、莫、未、别（表示否定的）；必、准（表示肯定的）。

双音节的：必定、一定、果然（表示肯定的）；未曾、没有（表示否定的）；未必、大概、大约、也许、或许、似乎（表示可能的）。

（6）表示语气的副词：有强调转折的作用。

单音节的：可、却、倒、竟、偏、岂、决。

双音节的：偏偏、究竟、索性、简直、果然、竟然、居然、到底、难道、未免、幸亏、其实。

副词虽然可以分为以上几种，但其间的界限并不是绝对的。比如"再"，一般是表示连续重复的，但有时也用来表示程度，如"再好也没有了"。又如"都"，一般表示范围，但在"鸡都叫了，还不睡"一句里则表示一种语气。

3. 语法特点：

（1）副词只能修饰动词、形容词或其他副词，却不能修饰名词。不能说"很人、不鸡、都桌子"。

（2）副词能起关联作用。如"说干就干"，表示两件事情紧紧相连。"又快又好"，表示把不同的两个方面联系起来了。这种关联作用从使用方式来说，可分为以下几种：

①一个副词单独使用，例如：

没有共产党就没有新中国。

②一个副词前后重复,例如:

大家你一言,我一语,越谈,信心越大,越议,办法越多(越……越……,把动作和结果联系起来)。

③不同的副词前后呼应。例如:

任务再艰巨我们也能完成它(再……也……,把假设情况和结果联系起来)。

④跟介词配合使用,例如:

为人民利益而死,就比泰山还重(为……就……,把目的和意义联合联系起来)。

⑤跟连词搭配使用,例如:

革命不但要靠勇气,还要有一条正确的路线(不但……还……,把相关的条件联系起来,并强调后者)。

有关联作用的副词和连词不同。它一方面有关联作用,一方面又有修饰谓语的作用。因此,经常在主语之后谓语之前。连词只能起连接作用,没有修饰其他词的作用,位置比较灵活。

他既然是你的同学,你就应该帮助他。

既然他是你的同学,你就应该帮助他。

"既然"是连词,位置比较灵活,可放在主语之前也可放在主语之后。"就"是个有关联作用的副词,又有修饰谓语的作用。因此,它的位置总是在主谓之间,紧靠谓语"应该帮助"。

(3)副词不能重叠,不能说"已已经经",也不能说"已经已经"等。

(4)程度副词表示的程度有差别,如稍微、相当、格外、非常、极其等程度逐步加深。又如极、太、挺(很)、较、稍,程度逐次递减。

(5)否定副词的运用(否定副词的作用)。

①单个的否定副词表达否定的意思是明确的。如不看、不听、没吃、没穿、没说、莫写。

②双重的否定等于肯定,而且有加强意味。如"不能不说""不能不去"就是必须说,必须去的意思。"从前线回来的人说到白求恩没有一个不佩服,没有一个不为他的精神所感动。晋察冀边区的军民,凡亲身受过白求恩医生的治疗和亲眼看过白求恩医生的工作的,无不为之感动",意思是所有的人都佩服,所有的人都为他感动。

③否定副词和其他副词连用时,次序排列不同,所表达的意思也不相同。

如"他的观点很不正确"和"他的观点不很正确",两句意思不同,前者是完全否定,后者是不完全否定。"这样写,不就对了"和"这样写,就不对了",前者表示肯定,后者表否定。

④普通话里有两个"没有",一个是动词,一个是副词。动词"没有"跟名词相配,是"有"的否定,如"没有人"。副词"没有"跟动词或形容词相配,不是"有"的否定,如"没有去",因为其肯定形式是"去了",而不是"有去"。

4. 用途:副词的基本用途是做状语,修饰动词、形容词或别的副词。例如:

(1)"每个人都应该为实现"四化"贡献自己的力量"中的"都"修饰动词,做状语,帮助谓语表示范围。

(2)"天气很热,雨水太多"中的"很""太"修饰形容词,做状语,修饰谓语表示程度。

(3)"我们决不能在困难面前低头"中的"决"修饰副词,"不能"做状语,"决"共同修饰合成谓语"能""低",加强否定的语气。

二、介词

1. 定义:介词是介绍名词、代词,给动词、形容词表示动作行为的对象,关联人物、处所、方向、时间、方式、目的的词叫介词。现代的介词有许多是从动词变来的,而且就是在现代汉语里,也仍然保存着动词的某些性质。因此,我们也可以把它看成动词内部的一个小类。有些语法书就是这样处理的,管它叫副动词,也可以看成独立的一类,例如:

"他从农村来","从"是介词,把名词"农村"介绍给动词"来",表示"来"的处所。

"我们要为人民服务","为"是介词,把名词"人民"介绍给动词"服务",表明"服务"的对象。

2. 种类介词可分为八类。

(1)表示处所方向的:从、自、往、朝、向、在、于、由、打、沿着、顺着。

(2)表示时间的:从、打、到、在、当、趁、自从、随着。

(3)表示方式方法的:以、用、将、依、按、照、按照、依照、通过、经过、根据。

(4)表示原因的:因、由于。

(5) 表示目的的：为、为了、为着。

(6) 表示对象和关联的：对、连、同、与、跟、给、让、叫、将、对于、关于、至于。

(7) 表示比较的：比、跟、同。

(8) 表示排除的：除、除了。

3. 语法特点：

(1) 介词不能单独使用，后面必须跟一个名词或代词或名词性的词组。介词和名词、代词三类合成的语言单位叫"介词结构"。如"从今天起，把衣服洗干净"中"从今天""把衣服"就是介词结构。"你说的办法对人民有好处，我们就照你的办"中"对人民""照你的"都是介词结构。

(2) 介词结构一般也不能独立使用，只能放在动词前面修饰动词，充当句子的状语。如"从今天起把衣服洗干净"里"从今天"修饰"起"。在"把衣服洗干净"里，介词结构"把衣服"修饰动补结构"洗干净"。

(3) 介词不能重叠，也不能带时态助词"着、了、过"。

(4) 纯粹的介词，如被、把、对、对于、关于等，跟动词的界限是清楚的，但有些介词同时也是动词。例如（前介词，后动词）：

叫他打破了。　叫了一声
在哪儿住。　　不在家。
给他打电话。　给我一本。
跟谁说话。　　跟着他。
管白薯叫红苕。你别管。
他对你有意见。批评要对事不对人。
你比他大十岁。你怎么能跟他比。
他在大部队工作他不在大队部。

介词与动词的区别：介词不能重叠，不能加时态助词，后面必须跟一个名词、代词或名词性词组。动词能重叠，能加时态助词，能单独使用。作动词和作介词意思也不相同。如"管"作动词是"管理"的意思，作介词是"把"的意思。

4. 介词结构的用途：

(1) 做状语。一般在主语后面，有些也可以放在主语前面。如"当""对于""除了"等介词组成的介词结构，就常放在主语的前面，"关于""至于"组成的介词结构就常被放在主语的后面。放在主语前面的介词结构，一般有语音停顿，后面要用逗号隔开。如"对于计划，我们提了不少意见"。

(2) 做补语。用"到、在、往、向、于"等组成的介词结构常常做补语。如"马克思生于1818年，死于1883年"。

(3) 做定语。用"对""对于"等组成的介词结构也可以做定语。如"党委反复研究了对这个问题的不同看法，做出了结论"。

(4) 介词结构不能做主语。

5. 主要介词的用法（常用介词的用法）

(1) 把。用介词"把"的句子多半表示有较强的处置意味。用介词"把"组成的介词结构具有下列特点：

第一，"把"字结构修饰的动词，不能是一个单独的词，它的前后跟着一些别的成分。如"把门关上""把门一关""把门关紧""把门关了"。可是绝不能说"把门关"，动词"关"的前后跟着"一""上""紧""了"。再如"把孩子给（我）""把东西扔（了）""把什么都忘（了）""把这杯茶喝（完）"。

第二，"把"字结构修饰的动词必须是及物动词，它在意念上必须能够支配"把"字后头的宾语。也就是说，句子里的宾语可以靠"把"字的帮助放在动词的前边。因此，介词"把"在句子里有表示宾语前置的作用。如"猫把老鼠吃了"也可以说成"猫吃了老鼠"。"吃"是及物动词，后面带宾语"老鼠"，靠"把"字表示宾语前置，"把老鼠"放在动词"吃"的前面。再如"我们打退了敌人"也可以说成"我们把敌人打退了"。有些动词虽然是及物的，也不能放在"把"字句里。如赞成、承认、遇到、看见等。表示趋向的动词，如上、下、来、去、出、离开、接近等也不能放在把字句里。不能说"把敌人遇到了""把敌人看见了""把决议赞成了""把事实承认了""把山登了""把教室离开了""把他接近了"。

第三，否定副词只能放在"把"之前，不能用在动词的前面。如"不把帝国主义放在眼里"不能说成"把帝国主义不放在眼里"，"没有把问题解决"不能说成"把问题没有解决"。

(2) 被（叫、让、给）

第一，用介词"被"的句子表示被动语气，例如：

"我们粉碎了四人帮"也可以说成"四人帮被我们粉碎了"，"我们消灭了敌人"也可以说成"敌人被我们消灭了"。句中的"我们"是施动者，"四人帮"或"敌人"是受事者。在被动式的句子里，介词"被"的主要作用是引进施动者。"四人帮被我们粉碎了"，用"被"引进施动者"我们"；"敌人被我们消灭了"，用"被"引进施动者"我们"。

第二，介词"被"也可以不引进施动者，而直接用在动词的前面表示被动关系、被动语气。如"四人帮被粉碎了""敌人被消灭了""中国人民并没有被吓到、被征服、被杀绝""他被选为队长"中没有不引进施动者。

第三，如果句子的被动关系很清楚，也可以不用"被"表示被动。如"功课做完了""教室打扫干净了""问题全都解决了"。

第四，在现代汉语里介词"被"用得远不如介词"把"频繁。这有两个原因：

①汉语里表示被动关系的句子不一定用介词"被"，如"眼镜打破了"。甚至施动者在句子里出现的时候，也不一定非用介词"被"不可，如"眼镜是被我打破的"可以说成"眼镜我打破了"。

②从历史来看，被动句所表示的事情，对受事者来说，往往是不如意或不期望的。例如，《红楼梦》里说：

"我们被人欺负了。"

"老太太也被风吹病了。"

"史妹妹这样一个人，又被他婶娘硬压着配人了。"

现在已经不受这个限制了，受事者如意的和希望的事也可以用被动式来表示，如"他被选为工会主席"。但是传统影响仍然存在，如"这个字被他写坏了""墨水被他打翻了"不能说成"这个字被他写好了""墨水被他买来了"。

介词"叫，让，给"和"被"的作用大体相同，在口语里这三个词用的比被多。例如：

"法官给他问得哑口无言。"

"他的手指叫纸烟熏成什么样了。"

"那本书让人借走了。"

（3）对、对于

第一，"对、对于"是表示对象以及关联的人或事物的介词，它具有能把宾语提到动词前面的作用。用介词"对，对于"前置宾语有三种情况。

①由于宾语重要放在动词前面加以强调。如"村长是外来的，对于村里的情况不十分了解""他天天读报，对于国内外形势的发展非常关心"。

②由于宾语比较长，放在动词前面比较清楚明确。如"对于一切包含反民族、反科学、反大众和反共的文艺作品，必须给予严格的批评和驳斥""对于现代殖民地半殖民地革命运动的意义必须广泛宣传"。

③由于宾语是列举的，放在动词前面比较醒目，便于对比。如"至于对人民群众，对人民的劳动和斗争，对人民的军队，人民的政党，我们应该

赞扬"。

第二,"对"和"对于"在很多场合用法相同。一般来说,能用"对于"的地方,也能用"对"。但是能用"对"的地方不一定能用"对于"。例如:

"他对孩子太严厉了。"

"他对工作的认真负责。"

"我们要对人民负责。"

"他对我笑了一笑。"

这些句子的"对"有"对待、向"的意思,跟"对于"的意思不一样。因此,不能换成"对于"。

第三,"对、对于"前后的词语有一定的次序,表示主体和对象的关系,不能任意颠倒。例如:

"香港电影对于中国青年是很感兴趣的"。电影不会对人发生兴趣,而是人对电影发生兴趣,"香港电影"和"中国青年"的位置应该对调。因为"中国青年"是主体,"香港电影"是主体发生兴趣的对象。

"这样复杂的工作对于一个初出茅庐的青年人当然是毫无信心的。""工作"是"人"的对象,"人"是"工作"的主体,两者应互调位置。

(4) 关于

第一,"关于"主要是表示关联的人或事物,或者表示某种范围。用"关于"组成的介词结构,常常放在句子的开头。

"关于教育大干快上的问题,我们已经讨论了好几次了。"

"关于当前国内外形势,华主席在政治工作报告中已经做了精辟的说明。"

第二,"关于"有提示作用。常常做文章的题目,提示文章论述的范围和重点。如《关于农业合作化问题》《关于中华人民共和国宪法草案》《关于正确处理人民内部矛盾的问题》。

第三,"关于"主要表示范围,"对于"主要表示对象。但是在有些情况下,不单纯指范围,也不单纯指对象时可以通用。如"关于这个问题,我没有意见",也可以说"对于这个问题,我没有意见"。在有些情况下则不能通用,因而要注意两者的区别,不要混淆。如"关于敌人的破坏活动,我们要给予严厉打击"中"关于"应改为"对于",因为"敌人的破坏活动"是打击的对象。又如"我国人民关于我国在联合国大会上所取得的胜利,感到无比欢欣鼓舞"中的"关于"也应改为"对于",因为"胜利"是"感到欢欣鼓舞"的对象物。

(5) 在

介词"在"常常跟方位名词组成介词结构。在书面语里,"在……上""在……下""在……中"几个格式用得很频繁。这些格式所表示的往往不是具体的方位,而是一些抽象的引申意义,很容易用错。

第一,"在……上(下)"之间只能插入名词性的成分,如:

"这一个阶级,在人数上,在阶级性上都值得大大注意。"

"在这种情形下,很多人要求做个总结的解释。"

大多数双音节的动词都兼有名词性,如"工作、学习、调查、研究、劳动、帮助、批评、教育"等,所以也能插入"在……上(下)"之间,如"在工作上""在学习上"。带有名词性的词组也能插入这些格式里,如"在共产党的领导下""在群众的监督下"。"共产党领导""群众监督",乍一看似乎是主谓结构,其实是偏正结构。"共产党、群众"是定语,中间可以插入"的"字。

下面的句子插"在……上(下)"当中的,不是名词性成分,所以不对:

"在渔民们起早睡晚、终日劳动下,生产计划终于完成了。"应在"终日"劳动的后面,加上"的情况",就成为名词性的偏正结构的词组,或者删去"在……下",不用这个格式也可以。

"在如何发挥潜在力上,工人们提出了许多建议。"应在"潜力"的后面加上"的问题",转成名词性词组,结构上就没有问题了。如改为"关于如何发挥潜在力",比用"在……上"简单些。

第二,"在……中"的情形比较特殊,当中可插入名词性成分,也可以插入动词性成分,不过意义不一样。前者是在什么里头的意思,后者表示正在进行或持续的动作。例如:

"在中国社会的各阶级中,农民是工人阶级的坚固同盟军。"

"这种新的治疗方法还在继续研究中"。

(6) 以

第一,"以"这个介词是文言词,大致相当于"用"或"拿"。"以"组成的介词结构,经常修饰动词,可以放在动词的前面。例如:

"我们要以出色的工作成绩迎接国庆三十周年"句中"以出色的成绩"修饰"迎接"。

"同志们以大量的事实揭露了四人帮的滔天罪行"句中"以大量的事实"修饰"揭露"

第二,"以"直接放在动词前面,往往表示目的。例如:

"发扬成绩,纠正错误,以利在战。"

"团结一切可能团结的力量,调动一切可能调动的积极因素,以实现我国社会主义现代化。"

第三,"以"常和"为"组成"以……为……"的格式,表示的意思随着"为"后面的词类不同而异。"为"后面是名词时,是"拿……作为……"的意思,如"在现实生活中,我以知识的不断充实为乐,我以行为不受邪恶的污染为荣";"为"的后面是形容词时,是"要数、要算"的意思,例如"粮食作物的产量以水稻为最高""全班学员以他的年龄为最大"。

三、连词

1. 定义:连接词、词组或句子,表示他们之间的各种关系的虚词叫作连词。如"教师和学生"的"和"表示并列关系,"教师或学生"的"或"表示选择关系。又如"不但要看干部的一时一事,而且要看干部的全部历史和全部工作,这是识别干部的主要方法"中"不但"和"而且"都是连词,表示递进的关系。连词的作用就是配合实词造句,它总要连接两个以上的语言单位,表示它们之间的某种关系,这与介词只和介词后面的名词构成介词结构是不一样的。

2. 种类:连词可分为两大类。

(1) 第一类是表示联合关系的。它又可分为三类:

①表示并列的:和、同、与、跟、及、而等。

②表示选择的:或、或者、要么……要么、与其……不如。

③表示递进的:而且、并且、不但……而且。

(2) 第二类是表示偏正关系的(连接在一起的两个成分有偏有正):

①表示条件的:只要、只有、无论、不管。

②表示因果的:因为……所以、因此、由于。

③表示假设的:如果……、即使……、假使、倘若。

④表示转折的:虽然……但是、然而、尽管、固然、可是。

⑤表示目的的:以便、以免、免得。

3. 语法特点:不能单独使用,不能重叠,只能连接两个或两个以上的语言单位,表示它们之间的某种关系。

4. 几个连词的用法:

(1) "和、跟、同、与"是连词,又是介词。例如:

"水仙跟腊梅都开了。"

"我跟他打电话。"
"学生和教员都参加了大会。"
"学校和生产队取得了联系。"
"玉米和高粱都熟了。"
"我同他说了。"
"我与你都是大学生。"
"我与你仔细商量。"

两者的区别：

①连词的前后两项次序可以调换而基本意义不变。介词的前后两项不能互换，如果互换意思就跟原来的完全不同。"水仙跟腊梅都开了"可以说成"腊梅跟水仙都开了"，调换后意义不变。"我跟他打电话"若说成"他跟我打电话"意义就完全不同。

②介词的前面可以插入各种修饰成分，连词的前面则不能。如"学校（已经、马上）和生产队取得了联系""学生和教员都参加了大会"，第二个"和"之前不能加任何修饰成分。

③作连词时如果把连词省去句子基本意思不变，而介词则不然。如"玉米同高粱都熟了"，省去"同"意义不变；"我同他说了"，如省去"同"变成"我他说了"，则语意不通，不能成句。

"和、跟、同、与"，如果在一个句子里有的作连词，有的作介词，必须仔细分辨，以免混为一谈。如"全国人民代表大会常务委员会，它的职权是批准和废除同外国缔结的条约。""和"为连词，"同"为介词。"一部世界近代史，就是全世界革命人民和殖民地被压迫民族同帝国主义和殖民主义英勇斗争的记录。""和"作连词，"同"介词。

"和、跟、同"作连词时，一般用于连接名词、代词或名词性的词组。如：

"少数民族的语言、文字、风俗习惯和宗教信仰应该被尊重。"
"只有你和他两个人没有来。"

（2）"而"的用途很广。

第一，顺连。连接有并列意义的形容词。如"勇敢而机智""干净而整齐"。连接有先后意味的动词，如"退而思之""一哄而散"。这种用法相当于口语的"又……又……"。

第二，对连。连接有对比意义的词语。如"视而不见""听而不闻""低廉而物美""心有余而力不足"。这种用法相当于口语的"可是""但是"。

第三，连接修饰语与中心词。如"顺流而下""侃侃而谈"。

第四，"而"常和"因为、由于、为、为了"配合使用，表示原因或目的。其格式：因为（由于）……而……、为了……而……。"因为、为（由于）"的后面说的是原因，"而"后面说的是由这个原因而产生的行动。"为了"后面说的是目的，"而"后面说的是为实现这个目的而采取的行动。如"青年人不能因为自己聪明能干而看不起老年人，老年人不能因为富有经验而看不起青年人"。

（3）"并""并且"一般用于连接动词。

"革命的或不革命的或反革命的知识分子的最后分界，看其是否愿意并且实行和工农民众相结合。"

"党委听取并采纳了群众的意见，改进了工作方法。"

（4）"与""或"用于连接各类词和各种词组。

"战争与和平是对立的统一。"

"在有阶级存在的社会内，新与旧正确与错误之间的斗争永远不会完结。"

"公社检查与总结了夏粮入仓的情况。"

"我与他一同去。"

"东西或好或坏总有个价钱。"

"革命或迟或早总要发生。"

"在学术争论中，批评与反批评是不可少的。"

（5）"而且、并且、或者"也用于连接句子。例如：

"这十多个少年，委实没有一个不会凫水的，而且两三个还是弄潮的好手。"

以上介绍连词的基本用法，是连接词或词组。下面再介绍几个连接句子的连词。

（1）"因为""由于"

"因为"和"由于"都是表示原因的。不同的是用"因为"的分句常放在表示结果的分句之前，也可以用在表示结果的分句之后。例如"因为地温太低，种子不容易发芽"也可以说成"种子不容易发芽，因为低温太低"。用"由于"的分句只能前置不能后置，如"由于地温低，种子不易发芽"，若说成"种子不易发芽，由于地温低"，就显得别扭。

"因为"和"由于"可以单用，也可以跟"所以"搭配使用，"由于"也常常跟"因而"搭配使用。例如：

"因为我们是为人民服务的，所以我们如果有缺点，就不怕别人批评指出。"

"由于一定的条件才构成矛盾的同一性,所以说同一性是有条件的相对的。"

"因为"和介词"为了"不同,"因为"表示原因,"为了"表示目的。该用"因为"的地方不能用"为了",例如:

"为了长时间没有喝水,大家连话也懒得说了,一个个躺在帐篷里叹气",句中"为了"就用错了。

"由于"跟"由"也不同。"由于"表示原因,"由"有时是"从"的意思,如"由北京到天津";有时相当于"被"或"让",如"由我负责""由我照管""由谁决定"。

(2) "固然、虽然、尽管"这三个连词都是表示承认某件事,然后再指出相反的方面。因此,常跟表示转折的"可是""但是""然而""却"等配合使用。例如:

"广大的知识分子虽然已经有了进步,但是不应当因此自满。"

"尽管我国的革命有自己的许多特点,可是中国共产党人把自己的事业看作是伟大的十月革命的继续。"

"固然不应当轻视他们的作用,但也不能把他们的作用估计过高。"

(3) "不管、不论、无论"这三个连词都是表示某事在任何情况下所必然如此。例如:

"不管反动派怎样企图阻止历史车轮的前进,革命或迟或早总会发生,并且将必然取得胜利。"

"无论是大汉族主义或者地方民族主义,都不利于各民族人民内部的团结,这是应当克服的一种人民内部的矛盾。"

"我们的同志不论什么地方,都要和群众搞好关系,要关心群众,帮助他们解决困难。"

"无论"后面的词语总是有选择性的,"不管"和"无论"的作用相同,后面词语必须有选择性或含有一个疑问代词。如"不管是城市还是乡村,都要开展社会主义教育"。"尽管"与"虽然"作用相同,后面的词语不能有选择性。如只能说"尽管这样"不能说"尽管怎么样"。

(4) "即使""纵使"这两个连词都是表示先假定这件事可能发生,然后再指出与预期的这件事发生后产生的某种情况相反的结果。例如:

"即使我们的工作得到了极其伟大的成绩,也没有任何值得骄傲自大的理由。"

"即使""纵使"和"虽然""固然""尽管"都表示先让一步承认某件事,但"虽然""固然""尽管"承认的是既成的事实,"即使""纵使"承认的只是姑且假定的事实。"虽然""固然""尽管"还表示转折关系,因此常跟"可是""但是""然而"配合使用。"即使""纵使"是说在某种极端的情况下也无例外,因此常跟"也、都、还是、仍然、仍旧"配合使用。

(5)"既""既然"表示推理关系,常跟"那、那么、就、只得、只好"配合使用。例如:

"既然身体不好,你就不要去了。"

"我们的文学作品,既然基本上是为工农兵,那么所谓普及,也就是向工农兵普及,所谓提高也就是从工农兵提高。"

(6)"或者""或是""或"这几个词既可以连接名词,也可以连接分句。值得注意的是:第一,被连接的几项在意义上是独立的,即不能互相包含。例如,可以说成"或是下乡,或是下厂",但不能说成"或是下乡,或是参加劳动"。因为"参加劳动"包含了"下乡"这种方式在内。第二,这几个连词不能用于疑问句和否定句。例如,不能说"你喜欢京戏或者评剧""我不喜欢京戏或者评戏",只能说"你喜欢京戏还是喜欢评剧""我不喜欢京戏和评戏,我喜欢话剧"。

(7)"及""以及"这两个连词都是文言词,相当于"和""及",常跟"其""其他"连用。如"帝国主义及其走狗""书籍报纸及其他出版物"。"以及"所连接的一般来说,前一部分总是主要的。如"这个大队的政治思想教育、生产劳动、技术革新以及文体活动各方面的工作一直搞得不错"。

四、助词

1. 定义:附在词或比词大的语言单位的后面,表示某些语法意义,如结构关系、时态变化语气的,这样的虚词叫助词。

2. 种类:助词可分为三种。

(1)结构助词:的、地、得。

(2)时态助词:了、着、过。

(3)语气助词:

表示陈述语气的:的、了、呢、罢了、啊、吧、嘛、呀。

表示疑问语气的:吗(么)、呢、吧、呀。

表示祈使语气的:啊、呀。

表示感叹语气的:啊、呀。

表示句中停顿的：呢、啊、呀。

现代汉语中除以上三种助词外，还有"所、等、似、似的、看"等助词。

3. 助词的语法特点：助词是独立性最小、意义最不实在的一类虚词。除"所"以外，助词都附在词语的后面，表示一些附加意义。除"所"以外，所有的助词都念轻声。

4. 助词的用法：

（1）结构助词：表明词语之间结构关系的词叫结构助词。结构助词有三个："的、地、得"都读轻声。"的"是定语的标记，定语后面常用"的"，如"伟大的祖国欣欣向荣"。"地"是状语的标记，状语的后面常用"地"，如"鲁迅英勇地战斗了一生"。"得"是补语的标记，补语的前面常用"得"，如"他学习得很好"。

"的"的用法，主要有两种。第一，附在修饰语后面修饰名词或名词性的词组。如"伟大的、光荣的、正确的中国共产党""理想境界的实现全靠自己的努力"。第二，附在名词、动词、人称代词、形容词或词组的后面，合起来表示人或事物的名称，其作用相当于一个名词。这种语言结构叫"的字结构"。例如：

这台阶是石头的。（名词后）

这来的便是闰土。（动词后）

这是你的，我的书在教室里。（人称代词后）

好的留给他们。（形容词后）

我说得不一定正确。（主谓词组的后面）

摇船的都说不疲乏。（动宾结构的词组后）

"的"字结构实质上是一个偏正词组的省略形式，省去了中心词，只剩下了修饰语。如"石头的"是"石头的台阶"的省略，"这来的"是"这来的人"的省略。

"地"的用法："地"附着在修饰语后面，修饰动词或者形容词。如"无条件地为人民服务""认真地总结经验""天色渐渐地模糊了"。

"的"和"地"容易混淆，运用时要加以注意，例如：

老老实实的态度。

老老实实地学习。

叮叮当当的声音。

叮叮当当地敲个不停。

"得"的用法：一般用在动词、形容词的后面，连接补充说明的词语。如

"跑得快""说得很清楚""亮得耀眼""冻得直打哆嗦"。

（2）时态助词：附在动词或形容词后面，表示时间情态的助词叫时态助词。常见的时态助词有"着、了、过"三个。

"着"表示动作正在进行或者情态继续存在。如"坐着""站着""看着""写着""弯着腰""挂着""这车夫扶着那老女人，便正向那大门走去"。

"了"表示动作已经完成或情态已经成为过去，如"完成了任务""占领了阵地""母亲和宏儿都睡着了"。

"过"表示动作或情态曾经存在过，如"晋察冀边区的军民，凡亲身受过白求恩医生的治疗和亲眼看过白求恩医生的工作的，无不为之感动"。

时态助词"过"也作动词或趋向动词用。它们的区别是：如果"过"当动词用，"过"的前面就没有别的动词，如"爬雪山过草地""他过河去了"；如果当趋向动词用，则前面还有别的动词含有经过的意思，如"随后我们的汽车又走过了一段冰冻着的路"；如果当时态助词用，则表示从前、曾经有过，如"我看见过这样一条标语""我说过这话""我干过行政工作"。

（3）语气助词：语气助词一般用在句子的末尾表示陈述、祈使、疑问、感叹等语气。这里只讲几个语气助词的用法。

第一，"了"有时是时态助词，有时是语气助词。它们的区别是：时态助词"了"，只能用在动词或形容词的后面，常在句子中出现；语气助词"了"，只能用在句末，可以在名词后面出现。如"他走了三天了""水离地面只一尺""我会算这道算题了"。

第二，"的"有时是结构助词，有时也作语气助词。它们的区别是：作语气助词时，有加强肯定语气的作用，常与"是"配合构成"是……的"格式。如"人民的力量是强大的""人民的正义事业是必胜的"。这种起强调作用的"的"或"是……的"可以去掉，去掉后显然不如用它语气肯定，但句子的基本意思不变。作结构助词时，有时跟它前面的词语构成"的字结构"，"的"绝对不能去掉，去掉了句子的基本意思也就变了。如"这些财产都是人民的"。"人民的"中"的"字不能去掉。

第三，呢。

①作陈述语气助词时，有指明情况令人相信的作用。如：

"我们才不听四人帮那一套呢。"

"路程还远着呢。"

"困难还多着呢。"

"时间还早呢。"

②作疑问语气助词时，则表示特指问和选择问。

"国际形势，国内形势，党内形势，这三种形式怎样呢？是光明面占优势，还是黑暗面占优势呢？"第一句是特指问，用疑问代词"怎样"指出所问的情况。第二句是选择问，提出并列的情况，让人选择一种回答。

第四，吗。

①作疑问语，语气助词时表示"是非问"。这类问句要求得到肯定或否定的回答，如"是"或"不是"，"有"或"没有"，"去"或"不去"等。

"你是工人吗？""是"

"你读过资本论吗？""读过"

反问句也可以用"吗"

"人们历来不是讲真善美吗？"

"难道你不知道事实真相吗？"

②"嘛"和"吗"不同。"嘛"表示肯定语气，含有事情很明白、事实就是这样的意思。

"咱们军民一家嘛！"

"下乡锻炼锻炼也好嘛！"

第五，有些语气助词也可以用在句子中间，表示停顿。这是语气助词的特殊用法，有表示提示、假设或列举的意思。例如：

①用"吧""么"表示提示要谈论的人或事物：

"就说老支书吧，他起早贪黑没有个闲。"

"这些年来，成绩嘛，谈不上，教训嘛，倒不少。"

②用"吧""呀"表示假设的情况。

"就算你的意见正确吧，由于条件不具备，也还不能马上照你的意见去做。"

"你早说呀，我不会白跑这一趟。"

③用"啊"表示列举一些事物。

"联欢会上，大家唱啊、跳啊，热闹得很！"

"社员还爱喂个鸡啊鸭啊的！"

（1）其他助词：

第一，"所"。所字经常附着在动词的前面，构成名词性的结构。所见所闻（看见听到的东西）、所作所为（要做要干的事情）、综上所述（综括上面说的话）、关键所在（关键的地方）、大势所趋（大势的趋向）、有所发明（发明的东西）、无所适从（没有可遵从的）。这些都是用"所"和动词构成的名词性结构。

动词加上"所"之后,后面还可以带"的",构成名词的修饰语。例如:
"所买的东西","所买的"修饰名词"东西"。
"所采取的办法","所采取的"修饰名词"办法"。
"所经营的企业","所经营的"修饰名词"企业"。
"所"与表示被动意义的"为""被"结合,构成被动语气。例如:
"文字在民间萌芽,后来却一定为特权者所收揽。"
"他被环境所支配,失去了自主的能力。"

第二,"等"。助词"等"附着在名词、名词性词组的后面,表示没有列举出来的事物,不尽列举。如"北京、上海、南京等地"。或表示总括,如"《实践论》《矛盾论》《关于正确处理人民内部矛盾的问题》等五篇哲学著作"。

第三,"似的"。可以附着在实词或词组之后,作为修饰语或谓语。
"湖水明镜式的清澈可见。"(修饰语)
"他飞也似的跑了。"(修饰语)
"那是一个黑瘦的,乞丐似的男子。"(修饰语)
"室内仿佛特别明亮似的。"(谓语)
有时也可用"般的""一样"代替"似的"。

第四,"看"。"看"是动词,也可作助词。附在动词或词组的后面,有"试一试"的意思。如"走走看""比比看"。

五、叹词

1. 定义:表示感叹、呼应和模拟事物声音的词叫叹词。
2. 类别:叹词大致分为三种。

(1) 表示感叹的。即表示喜悦、悲痛、惊讶、愤怒、鄙视等强烈感情的,例如:
表示喜悦的:哈哈!我又看见你了。
表示悲痛的:唉!解放前的日子真难过呀!
表示忧伤的:咳!物价又涨了。
表示惊讶的:哎呀!原来是你。
表示愤怒的:哼!你试试看。
表示鄙视的:呸!害人虫,你走开。

(2) 表示呼应的:即表示呼唤、答应、领悟等声音的词。

表示呼唤的：喂！同志，你听见了吗？
表示应答的：嗯！我听见了。
表示领悟的：哦！我明白了，原来是这么回事。
（3）摹拟事物声音的：
"胜利的旗帜哗啦啦地飘。"
"山间流水叮咚叮叮咚咚地响。"
"树林的鸟儿气叽叽喳喳地叫。"
3. 语法特点：
（1）叹词和一般的虚词不同。它能独立使用，总是独立在句子结构之外，不跟句子中任何词发生结构上的关系。例如：
"哈！你可回来了。"
"我们学校，咳！还是个老样子。"
"你看见了吗？喂！"
（2）叹词也可以借用作名词、动词、形容词。
"他一直打哈哈。"（"哈哈"作名词）
"他两眼发黑，耳朵里嗡的一声，就什么也不知道了。"（"嗡"作形容词）
"刘胡兰用鼻子哼了一声。"（"哼"作动词）
（3）叹词一般用在句子的开头，有时也用在句中或句末。叹词一般独立在句子的结构之外，常常有像独词句、感叹句的停顿，在书面上，用叹号来表示。例如：
"啊！为死难的同胞报仇。"
叹词停顿较小的时候，也可以用逗号表示。
"咳！他不该去游泳，他病刚好嘛！"
总之，叹词是一类特殊的虚词。它虽不表示具体概念、意义空虚，但能独立使用，和一般虚词不同。
4. "啊"的使用：
"啊"有时是叹词，有时是语气助词。区别在于是否单独使用。单独使用的是叹词，附在别的词语之后是助词。如：
"四龙啊！行船要隐蔽，千万别让任何人看见，啊！"

第四节　一词多类

有些词不止归入一类，还可以归入两类或三类，而基本意义不变。这种复杂的词类现象，叫一词多类。例如：

"油"，名词。"油了一间房子"的"油"能充当谓语，带上宾语，具有动词的性质，而基本意义不变，包含着油类的意思。

"武装"，名词。"我们要用马列主义武装自己的头脑"中的"武装"也具有动词性质，基本意义未变，仍有武器装备的意思。

"教育"，动词。"教育不是万能的"中的"教育"充当主语，具有名词性质，而意义不变，仍然是教导培育的意思。

"学习"，动词。"学习很重要"中的"学习"具有名词性质，意义不变。

"讨论"，动词。"大家进行了热烈的讨论"中的"讨论"充当宾语，并能带上修饰语，具有名词性质，意义不变。

"斗争"，动词。"方志敏烈士在狱中和敌人进行了针锋相对的斗争"中的"斗争"具有名词性质。

"热闹"，形容词。可以按形容词方式重叠为"热热闹闹"，也可以按动词重叠的方式重叠成"热闹热闹"。如"咱们热闹热闹地过新年，玩一玩""今天是五一节，咱们也来热闹热闹"。可见"热闹"既具有形容词的性质，也具有动词的性质。

"辛苦"，同上可重叠为"辛辛苦苦"，也可重叠为"辛苦辛苦"，具有形容词和动词的两种属性，基本意义不变。

"坚定"，形容词。"坚定了胜利的信心"中的"坚定"带上了宾语，充当谓语，因而具有动词的性质，意义未变。

"骄傲"，形容词。"骄傲使人落后"中的"骄傲"又具有名词性质，意义不变。

"勇敢"，形容词。"勇敢不是冒险"中的"勇敢"做主语，具有名词性质。

"诚实"，形容词。"诚实是一种美德"中的"诚实"，也具有名词性质。

"认真"，形容词。"认真地学习"中的"认真"修饰动词，具有副词性质。

我们在讨论一词多类的时候，要注意把一词多类的现象和同形同音异义词加以区别。例如：

"会说话"（能愿动词）；"开个会"（名词）。

"把着门"（动词）；"把门关上"（介词）。

"会说话"的"会"和"开个会"的"会"形体相同，读音相同，虽然词性也不相同，但不是一词多类，而是同形同音词。因为"会说话"的"会"是"能"的意思，"开会"的"会"是"会议"的意思。"把着门"的"把"是"把手"的意思，"把门关上"的"把"没有实在意义。

词类编复习题

1. 什么是语法？何谓词法？何谓句法？举例说明词法和句法的关系。词类是怎样划分的？

2. 指出下面几段文章中的各类实词和虚词：

"他又笑了，拉开抽屉，拿出一大本文件递给我，胸有成竹地说：呶，都在这里头了，两年规划。他走过来，拉住我的胳臂亲热地说：写篇文章，报道报道我们吧。写罢，写我们的保守也行。嘿，对，我可以给您找个典型，周主任！技术室的周主任。"

"一股十分激烈的失望感忽然在我心头升起。又觉得懊丧而气愤。我曾以为，在今天这样全国性的高潮正在形成的时候，反掉保守，至少使保守者清醒过来该不是太难的事。我想错了。困难恰恰在于罗立正这样的人并不抵抗这个浪潮，困难在于问题不仅仅是个保守思想……"

"外面，暴风从夜的黄河上呼啸着，翻腾着飞过。透过窗子，好像也能闻到春天的充满生命的气息。北方的春天派狂风为春天扫路来了。"

3. 改正下列句子中的错误并说明理由。

（1）他讲的话不逻辑。

（2）这是一个很原则的问题。

（3）修正主义分子恶毒的谗言社会主义的大好形势。

（4）我们的胜利惊慌了帝国主义。

（5）许多同志们表示一定要学好社会主义文化课。

（6）这间房子有二张床，刚好能住二人。

（7）哪人那件事都能做好。

（8）把那本书已经在付印中。

（9）难道能否认培养无产阶级革命事业接班人不是我们的责任吗？

（10）这些资料都整理过和分了类。

（11）对于这一点来说，我们的成绩是主要的。

（12）终于把这个昏迷了五小时的病人清醒过来了。

第四章

句　法

什么是句法？句法是研究组词成句和句子类型的语法理论，也就是说句法是专门研究句子的内部结构和句子的各种类型的。

第一节　什么是句子？

句子是用词和词组按照一定的规律构成的，有一定语调的，能够表达一个完整意思的语言单位。说话的时候每个句子都有一定的语调，表示不同的语气，句子与句子之间有一个较大的停顿。在书面上每个句子的末尾用句号、问号或叹号表示语气和停顿。例如：

"研究问题忌带主观性、片面性和表面性。"（直陈一个事实）

"这个问题为什么不能解决？"（提出一个问题）

"全世界无产者，联合起来！"（发出一个号召）

"中国共产党万岁！"（抒发祝愿的感情）

第二节　句子的类型

我们的语言里有各式各样的句子。按照不同的标准，可分为不同的类型。

按照句子的语法结构的不同，句子可分为单句和复句两大类。单句包括主谓句（主谓俱全的句子）、省略句（句子承前或蒙后或对话而省略其一个或几个成分的）、无主句（主谓结构以外的词组形成的句子）、独词句（由一个词或者一个以名词为中心的偏正词组构成的句子）。因为这些句子结构都比较简单，只表达一个简单的意思，可以称为简单的句子，简称"单句"。复句是由几个意义上密切相关联的单句联合起来组成的。它的语法结构和所表达的意思都是复杂的,和单句对照来说称为复句。复句内部的单句称作分句。复句根据分句互相间的关系又可分为偏正复句和联合复句两类。

按照句子用途和语气的不同,句子又可分为陈述句、疑问句、祈使句、感叹句四种。

凡是告诉别人一件事实的句子叫陈述句。陈述句是用来叙述或说明事物的运动、性状、类属关系等的。它是思维的最常用的表现形式,也是最常用、常见的句子类型,陈述句多用下降语调。

"天刚蒙蒙亮,妈妈就起来做饭了。"(叙述人的活动情况)

"大禹治水是古代的传说。"(说明事物的类属的)

"二加二等于四。"(说明事物关系的)

凡是向人家提问的句子都叫疑问句。同时提问可有种种不同的情况。有的是有疑而问,希望对方回答的;有的是无疑而问,是只是为了强调,并不需要对方回答;有的仅仅表示自己的猜疑的,三者都属于疑问句。例如:

"今天星期几?你上街去吗?"(询问)

"哪个庄稼汉不能劳动?"(反诘)

"莫非他生了我的气么?"(猜疑)

凡是向别人提出要求的,要求人家做什么或不做什么的句子,或叫祈使句。祈使句多用下降语调。这有两种情况,一种情况是要求别人发出某种动作,包括命令、请求等。例如:

"请你把这封信交给他。"

"带他们走!滚出去!"

另一种情况是要求别人停止或不发出某种动作的,包括禁止、劝阻等,例如:

"不得随地吐痰!"

"禁止吸烟!小心触电!"

"快,别说了!"

"八年了,别提他!"

凡是表达人们喜怒哀乐感情的句子叫感叹句。

"啊,这太好了!"(惊喜)

"打倒万恶的反动军阀!"(愤怒)

"我不爱听这些闲话!"(厌恶)

"太气人了!"(生气)

"哎呀!不好了!"(惊讶)

"天哪！你可怜可怜我吧！"（悲痛）

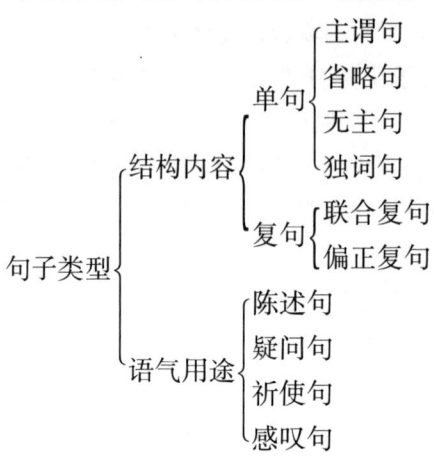

第三节　句子的成分

句子是用词和词组，按照一定的规律，也就是不同的关系构成的。句子中的词与词之间或词与词组之间有一定的关系。按照不同的关系可以把句子分为不同的组成部分。句子的组成部分，叫作句子的成分。句子成分，包括主语、谓语、宾语、定语、状语、补语六种。主语、谓语、宾语是构成句子的主要成分、基本成分；定语、状语、补语是次要成分、连带成分、附带成分。除了这两种成分，还有两种特殊的成分叫附指成分、独立成分，或叫复指和插说。

一、主语和谓语

1. 什么是主语和谓语：

一个结构完整的句子可以分为两部分。一部分提出我们所要陈述的人或事物，叫作主语部分；另一部分对提出的人或事物加以陈述，叫作谓语部分。主语部分中主要的词叫主语，谓语部分主要的词叫谓语。例如：

"我们劳动。"

"社会主义好。"

这两个句子的结构都很简单，主语部分和谓语部分各只有一个词，它们分别做句子的主语和谓语。如果句子比较复杂，主语部分或谓语部分不止一个词，那就需要做进一步的分析。在主语部分或谓语部分里找出主要的词，也就是找出主语或谓语来。例如：

"小麦的收成好得很。"

"中国人民支援世界各国人民的正义斗争。"

主语和谓语是句子的基本成分。主语是谓语陈述的对象，它指出谓语说的是"谁"，是"什么"。谓语是用来陈述主语的，它说明主语说着"做什么""怎么样"或者"是什么"。

在"我们劳动"的句子里，主语是"我们"，谓语是"劳动"。"劳动"的主语是谁？是"我们"。主语"我们"是谓语"劳动"陈述的对象，它指出了谓语说的是"谁"。"我们"做什么？做"劳动"。谓语"劳动"是用来陈述主语"我们"的，是说明主语我们"做什么"。

同样在"社会主义好"句子里如果问"什么好？"答"社会主义好"。"社会主义"是"好"陈述的对象，它指出"好"说的是什么，是"社会主义"。反过来问"社会主义"怎么样？答"好"。"好"是用来阐述"社会主义"的，是说明社会主义"怎么样"的。

说明主语"做什么"的句子是叙述句，说明主语"怎么样"的句子是描写句，说明主语"是什么"的句子是判断句。

主语、谓语在句子里的位置，一般情况是主语在前，谓语在后。在疑问句、祈使句、感叹句中，有时主谓顺序可以变动。例如：

"起来，不愿做奴隶的人们。"（祈使句）

"幸福啊！新中国的儿童！"（感叹句）

"怎么了，你们？"（疑问句）

这样变动是为了强调谓语所表达的内容，引起读者的注意。

2. 什么可以做主语：

主语是表示人或事物的，经常由名词和代词充当，例如：

<u>鲁迅</u>‖是中国文化革命的主将。

<u>大会</u>‖已经结束了。

<u>我们</u>‖应该谦虚谨慎。

<u>这</u>‖是谁的东西。

动词和形容词，当它们所表示的不是实在的动作或性状，而是指具有这种动作性状的事物时，也就是动词，形容词名物化以后也可以做主语。

<u>调查</u>‖就是解决问题。

反动派的<u>捣乱</u>‖并不能阻止历史车轮的前进。

<u>虚心</u>‖使人进步。

骄傲 ‖ 使人落后。

数词中的序数词或数词表示数与数的关系时，可以做主语。物量词的重叠形式，用来指称事物时可以做主语。数量词指称事物时也可以做主语。

理科<u>第一</u> ‖ 是应志强。

<u>第一</u> ‖ 是友谊，<u>第二</u> ‖ 才是比赛。

<u>母亲和宏儿</u> ‖ 都睡着了。

<u>工农兵</u> ‖ 是革命的主力军。（联合词组）

<u>中国人民</u> ‖ 站起来了。

<u>红花</u> ‖ 要绿叶扶持。（偏正词组）

<u>我们说话做事</u> ‖ 都要实事求是。（主谓词组）

<u>人剥削人</u> ‖ 是旧社会的普遍现象。（主谓词组）

<u>打篮球</u> ‖ 是一种很好的运动。

<u>发展畜牧业</u> ‖ 要有一套科学的办法（动宾词组）

"好得很"是农民及其他革命派的理论（动补词组）

"的"字结构，具有名词的意义和作用也经常充当主语。

<u>我们要的</u> ‖ 是马克思列宁主义的学风。

<u>跌倒的</u> ‖ 是一个女人，头发花白，衣服都很破烂。

方位结构具有名词性，做主语时，谓语一般用"是"或者是形容词。

<u>黄河以北</u> ‖ 是玉米的重要产地。

<u>桌子上</u> ‖ 空空的，盘子里面光光的

3. 什么可以做谓语：

动词、形容词、能愿动词、判断词都可以做谓语。其中能愿动词和判断词经常同其他实词一起组成合成谓语。在现代汉语里的单句的谓语有四种主要类型，即动词谓语、形容词谓语、能愿合成谓语、判断合成谓语。不同的谓语对主语起着不同的陈述作用，也就是说，它们是从不同的角度来陈述主语的。

（1）动词谓语：动词谓语主要从行为或活动的变化过程方面来陈述主语的，这样的陈述可以叫作"叙述"。

母亲和宏儿 ‖ 都<u>睡</u>着了。

爸爸和妈妈 ‖ 都<u>病</u>了。

这样的困难 ‖ 还是被我们<u>克服</u>了。

窗户 ‖ <u>关</u>上了。

公民 ‖ <u>有</u>劳动的权利。

共产党‖像太阳。

从上面的例句中我们可以看出。动词谓语有两种情形,一种是动词,后边不带宾语,如"母亲和宏儿都睡着了"。一种是动词后面带有宾语,如"公民有劳动的权利""共产党像太阳"。同样从上述例句中也可以看出动词谓语和主语在意义上的关系有三种情况:第一,主语是施事,即主语是主动者,动词谓语表示的动作行为是主语发出来的。例如,"母亲和宏儿都睡着了","睡着了"这个动作变化是主语"母亲和宏儿"发出的。第二,主语是受事,即主语是被动者,是动词谓语表示的动作行为所涉及的对象,这样的句子叫被动句。例如,"这样的困难还是被我们克服了",主语"困难"是动词谓语"克服"的对象。"窗户关上了",主语"窗户"是动词谓语所涉及的对象。主语"困难""窗户"都是受事,都是被动者。第三,主语既不是施事,也不是受事,仅仅是被陈述的对象。例如,"公民有劳动的权利""共产党像太阳"。

(2) 形容词谓语:形容词谓语是从性质状态方面来陈述主语的,说明主语怎么样的,这样的陈述也可以叫作"描写"。例如:

前途‖光明,道路‖曲折。形容词谓语"光明"是从性质方面陈述"前途"的,形容词谓语"曲折"是从状态方面陈述主语"道路"的。

这个箱子‖太笨重。

他‖从小就很聪明。

(3) 能愿合成谓语:能愿动词大都可以单独充当谓语,例如:

"你会英语吗?"

"我不愿意"

"我情愿"

"你敢?"

但是,更多的用途是跟动词、形容词共同组成合成谓语,说明主语能够怎么样、愿意怎么样、应该怎么样。例如:

织女‖会织布。

土质好的地方‖能栽树。

我们‖一定能够实现四个现代化。

他‖不肯休息。

他‖愿意跟你一块学习。

我们‖必须执行党的十一届三中全会的决议。

党委书记‖应该抓教学工作。

趋向动词也可以单独做谓语,也可以跟动词、形容词合起来,组成合成谓语。例如:

"我来了。"

"他去了。"

"我进来了。"

"他出去了。"

"我上去了。"

"他下来了。"

群众‖都<u>涌上来</u>了。

敌人‖<u>包围过来</u>了。

天‖已经<u>黑下来</u>了。

天气‖渐渐地<u>冷起来</u>了。

(4)判断合成谓语:判断词"是"也可以单独做谓语,但机会很少。常见的是同名词、代词共同组成判断合成谓语。判断合成谓语对主语起说明作用,说明主语"等于什么",或者"属于什么"。例如:

我国的首都‖<u>是北京</u>。

天水师专的校长‖<u>是谁</u>?

动词、形容词指称事物时也可以和判断词"是"构成判断合成谓语,例如:

第一步工作‖<u>是调查</u>。

马克思最讨厌的‖<u>是虚伪</u>。

他的最大优点‖<u>是谦逊</u>。

(5)词组做谓语:

第一,联合词组做谓语,有各种不同的情况:有的是整个谓语是联合词组,有的是合成谓语中的一部分是联合词组。

我们的祖国‖多么<u>辽阔广大</u>。

我们‖一定要<u>恢复和发扬</u>党的实事求是的优良传统。

我们‖<u>必须而且能够</u>占领这个阵地。

联合词组做谓语时,由于情况不同,对主语的陈述作用也就不同。第一个例句联合词组"辽阔广大"是说明主语词组"祖国"怎么样。第二个例句,判断合成谓语"是匕首和投枪"说明主语"杂文"等于什么。第三个例句和第四个例句都是能愿合成谓语,说明主语"我们"能够怎么样。

第二,主谓词组做谓语。

主谓词组做谓语主要有三种形:

①第一种是主谓词组前面加判断词"是",做全句的合成谓语。例如:

我们的原则‖是党指挥枪。

帝国主义的一个重要特征‖是几个大国都想争夺霸权。

②第二种是做谓语的主谓词组结合得比较紧密,它的主语常常和全句的主语有领导关系。谓语对主语起着描写的作用。例如:

他‖精神真好。

青年人‖朝气蓬勃。

③第三种是做谓语的词组里,谓语是个自动词,它后面没有宾语,全句的主语在意义上受那个动词的支配。例如:

这种共产主义者的精神‖我们都要学习。

这洋八股‖鲁迅早就反对过。

这个问题‖谁都知道。

第三,动宾词组不单独做谓语,必须和"是"构成判断合成谓语。例如:

革命‖就是解放生产力。

一个革命政党的任何行动‖都是实行政策。

第四,偏正词组一般不做谓语,但也有一些特殊句型是以偏正词组做谓语的。例如:

白求恩同志‖五十多岁了。

我‖山东泰安人。

他‖高个子圆脸蛋黄头发。

今天‖晴天。

这张桌子‖三条腿。

这类句子的特点是:谓语部分的偏正词组,如果去掉定语就不能成句。全句只限定于肯定的形式,如果丧失否定就得加上判断词同它组成合成谓语。这种谓语对主语起说明或描写的作用。

第五,"的字结构"和判断词"是"构成合成谓语。

历史‖是无情的,也是戏剧性的。

这些人‖都是赶集的。

前途‖是光明的,道路‖是曲折的。

中国的成就‖是巨大的。错误‖也是严重的。

我‖是帮忙的。

我‖是吃闲饭的。

第六，成语也经常做谓语。

我国国民经济 ‖ 蒸蒸日上。

我们的祖国 ‖ 欣欣向荣。

处理问题 ‖ 要实事求是。

说话 ‖ 要有的放矢。

研究问题 ‖ 必须精益求精。

4. 运用主语、谓语时应注意的问题：

前面我们列举了一些可以做主语和谓语的词语，但这仅仅是一些例子。语言现象是多种多样的，不可能全部列举出来，而且语言还在不断地发展，还会不断出现新的形式。因此，我们必须通过语言实践来体会和掌握主语和谓语的实质，正确地加以分析和运用。在运用主语和谓语时要注意两个方面：

（1）避免主语或谓语的残缺

一个句子在一般的情况下，主语和谓语不能缺少，否则就不能表达一个完整的意思。例如，"在组织通讯员写稿问题上很快就被我们解决了"，这个句子中就缺少主语。"什么"很快就被我们解决了？没有明确答案。应改为"组织通讯员写稿，问题很快就被我们解决了。"又如"在这次整风运动中大大提高了我们的路线斗争觉悟"。这个句子，也缺主语。谁提高了我们的路线斗争觉悟？没有回答，正确的说法应该是："这次整风运动大大提高了我们的路线斗争觉悟。"或"在这次整风运动中，我们大大提高了路线斗争觉悟。"这样句子有了主语，意思也就明确了。再如"我们要在这次企业调整中建立与健全技术管理制度等一系列的工作"。这一个句子，乍一看，句子中有"建立"与"健全"等动词，似乎这个句子不缺谓语。事实上，"建立与健全"的是"制度"，不是"一系列的工作"。"工作"这个宾语前面实际上缺少动词做谓语。应在"建立"前补上"做好"，这样意思就完整通顺。

（2）主语和谓语要配搭得当

主语和谓语在意义上、逻辑上、语言习惯上能否搭配得当，也是能否组成句子的一个条件。如果搭配不上硬凑在一起，也不能构成句子。如"书"是名词可以做主语，"好"和"渊博"都是形容词、都能做谓语。可是我们只能说"这书很好"，而不能说"这书很渊博"。"书"能和"好"搭配，不能和"渊博"搭配。再如"人民的生活水平正在不断改善"，句子中主语是"生活水平"，谓语是"改善"。"生活水平"是"提高"的问题，不是"改善"。主谓搭配不当，应把"改善"改为"提高"。"反帝统一战线比过去大大地扩大了和提高了。"句中主语是"统一战线"，谓语是"扩大和提高"。

"统一战线"可以说"扩大",但不能说"提高",主谓搭配不当,应改"提高"为"巩固"。我们分析句子或运用语言时,要注意主谓句的搭配关系。

二、宾语

1. 什么叫宾语:用在动词后边,指出对动作的对象,回答"谁"或者"什么"之类的问题的词、词组叫宾语。也就是说宾语是动词的后置成分或连带成分,例如:

我们‖怀念周总理。

"周总理"用在动词"怀念"的后面指出了怀念的对象,回答了怀念的是谁。

民兵‖挖地道。"地道"用在动词"挖"的后面,指出挖的对象,回答了挖什么的问题。

"周总理""地道"都是动词的连带成分或后置成分,都是宾语。

2. 什么可以做宾语:

(1)能做主语的词和词组,一般都可以做宾语。经常做宾语的是名词、代词。例如:

人们的社会存在‖决定人们的意识。

祖国啊,我们‖无限热爱您。

(2)数词及指称事物的数量词,在指称的事物已经出现过的情况下也可做宾语。

中国的贫农在北方占50%,在南方占70%。

橘子很甜,我买了三斤。

(3)动词、形容词做宾语。一般用在表示开始、停止、进行、结束、存在或心理活动的动词后面。例如:

我们‖热爱劳动。

我们‖深入进行调查。

战士们‖开始射击。

他‖喜欢清静。

我‖怕麻烦。

(4)联合词组、动宾词组、主谓词组、"的字结构"都可以做宾语。

大家‖要认真总结经验和教训。

他‖喜欢读书、写字、画画。

鲁迅‖主张打落水狗。

我们‖要尽快地发展农业生产。
马克思主义者‖认为历史是劳动人民创造的。
共产党人‖坚信共产主义一定能实现。
他‖喜欢蓝色的。
我‖要买新的。
资产阶级的糖衣炮弹‖有物质的，也有精神的。

3. 双宾语：具有"交接"意义的动词，有时候带有两个宾语。
吴老师的报告‖给了我很大的启示。
我‖问您一个问题。
老农‖教给我许多生产知识。

这两个宾语前一个指人，回答"谁"的问题；后一个指物，回答"什么"的问题。指人的在前，一般由代词充当，叫近宾语；指物的在后，由名词充当，叫远宾语。

4. 前置宾语：在汉语中，宾语的位置一般在动词之后，但在一定的条件下也可以出现在动词之前。这些条件是：

（1）疑问代词做宾语，常常放在动词之前，并和副词都也相配合，例如：
你‖懂什么。
我‖什么都懂。
你‖到过哪儿？
我‖哪儿都到过。
他‖平常话也不多说。

（2）宾语靠"都、也"和副词"不、没、没有"的帮助可以放在动词前面。
大娘‖整天门都不出。
他‖工作也不做。
他‖平常话也不多说。
他‖课也不上，字也不写，文章也不做。

（3）宾语前面有"一"，后面有否定副词"不、没、没有"，则可以放在动词之前。
一句话也没说。
一件错事也没办。
一口水也没喝。

（4）在列举形式的复句中，分句的宾语也能用在动词前面。

我‖篮球也打过，排球也打过。

我‖北京也去了，南京也去了，上海也去了。

为了强调而提前的宾语，可以还原在动词的后面，只是还原后，就不再有强调的意思了。如"雷锋平时一文钱也不乱花"可以说成"雷锋平时也不乱花一文钱"。只是不再强调宾语。疑问代词做宾语，还原后意义就变了。如"他什么都知道"还原后成为"他都知道什么"，意思恰好反了。

介词"把、对、对于、连"具有前置宾语的作用。但和宾语、名词、代词、名词性词组组成介词结构，放在谓语前面修饰动词或形容词，一般充当状语，不再做宾语看待。因为宾语不是介词结构，结构改变了。

5. 宾语和动词谓语的关系。

宾语和动词谓语的关系是多种多样的。常见的有：

（1）宾语是动作和行为的对象。例如：

我们热爱祖国，热爱人民，热爱党。

教师启发学生，诱导学生，教育学生。

（2）宾语所指的事物是由动作或行为产生的。例如：

我们‖挖了一个菜窖。

同志们‖提了不少意见。

我‖写了一首诗。

大家‖谈了不少问题。

（3）宾语指动作的处所或地位。例如：

谁考上了天水师专？

他在家？

他当了天水师专的校长。

（4）宾语表示动作行为的工具（所凭借的东西）。例如：

箱子外面捆了一道绳子。

他们‖参观革命圣地延安。

他‖一直洗凉水澡。

（5）宾语是动作行为的主动者。

我们班‖又来了两个新同学。

桥上站着一个人，却是我的母亲。

（6）有些不表示动作的动词，它后面的宾语既非动作的对象，也非动作的主动者。例如：

调查就像十月怀胎，解决问题就像一朝分娩。

他的名字在中国叫张乔治，在外国叫乔治张。

6. 应用宾语时应注意的问题：

（1）宾语残缺。在及物动词做谓语时，宾语是不可缺少的，否则就成了破句。例如：

"我们要解放思想，发扬精神，把国民经济搞上去"，句中"发扬精神"是语义不明，应改为"发扬四五精神"。

"党中央号召我们坚持从群众中来到群众中去"，宾语"从群众中来到群众中去"不全，应改为"从群众中来到群众中去的工作方法和工作作风"。

（2）动宾搭配。如果动词和宾语意义搭配不上，就会使句子结构混乱、语义不清。

"同学们端正了学习态度和目的"，"端正"与"目的"不能搭配，应该删去"目的"。

"这样就可以提高农业生产和农民的生活水平"，句中宾语残破，应改为"农业生产水平和农民的生活水平"。

"这样就可以改善农民的生活水平"，动宾搭配不当，应该把"改善"改为"提高"。

三、补语

1. 什么叫补语？用在动词或形容词后面，回答"怎么样""多少""多久"之类的问题，对谓语起补充说明作用的句子成分叫补语。它补充说明动词谓语的结果、程度、时间、数量、处所，补充说明形容词谓语的情绪程度。例如：

战士们‖终于把敌人打〈退〉了。用动词"退"补充说明"打"的结果。

战斗‖进行得〈十分激烈〉。用"十分激烈"补充说明"进行"的程度。

他‖已经说过〈两次〉了。用"两次"说明"说"的数量。

我‖在兰州住了〈三年〉。用"三年"补充说明"住"的时间。

旅客‖把东西放〈在行李架上〉。用介词结构说明"放"的住所。

2. 什么可以做补语？

（1）充当补语的有动词、形容词、程度副词、数量词、介词结构以及各类词组。例如：

他急得〈哭〉了。（动词做补语）

孔乙己便涨〈红〉了脸。

同学们把教室扫〈干净〉了。

老师把问题讲得〈清清楚楚〉（形容词做补语）

天气冷〈极〉了。

天气热得〈很〉。（程度副词做补语）

我去过北京〈四五次〉了。

这本书编写了〈五个月〉。（数量词做补语）

杨开慧生〈在1901年〉。

专政的方法不适用于〈人民内部〉。

这船开〈往非洲〉。

我们从胜利走〈向胜利〉。

他一直哭〈到天亮〉。

把一切献〈给党〉。（介词结构做补语）

高粱长得〈又高又大〉。

英雄小姐妹和暴风雪搏斗了〈一天一夜〉。（联合词组）

灯光照得〈满屋通红〉。

他一句话说得〈大家笑〉了。（主谓词组）

他高兴得直〈流泪〉。

他说话〈蛮有风趣〉。（动宾词组）

他估计得〈很准确〉。

他的话说得〈很具体〉。（偏正结构和词组）

他喊叫〈冷得很〉。

他说〈打得好〉，〈打得妙〉。（动补词组）

（2）能够代替名词或形容词的代词也可以做补语，例如：

你的功课学得〈怎么样〉？

屋子里脏得〈那样〉。

3. 助词"得"在补语中的用法：

补语前面用不用结构助词"得"是有一定规律的，属于下列情况的必须用"得"：

（1）副词"很"和能够代替动词、形容词的代词做补语。例如：

"好得很"

"潮得很"

"画得怎么样"

"脏得那样"

（2）重叠的形容词做补语。例如：

"他把书放得整整齐齐。"

（3）形容词前面有修饰成分做补语。例如：

电灯‖照得〈格外明亮〉。

他的发音‖〈分外好听〉。

（4）动宾词组、主谓词组做补语。例如：

"他的课讲得内容充实、条理分明。"

属于下列情况，一般不用结构助词"得"：

（1）动词、形容词做补语表示结果或情状时。例如：

他站〈住〉了。

机器早就修〈好〉了。

我讲〈清楚〉了。

（2）能做补语的程度副词，常见的只有"很"和"极"。"很"做补语，前面要用助词"得"；"极"做补语，前面不用助词"得"，而常在后面加"了"。例如：

这话好得〈很〉。

天气热〈极〉了。

花朵鲜艳〈极〉了。

（3）介词结构做补语，不用结构助词"得"。例如：

这趟列车开〈往西安〉。

我们绝不能满足〈于已有的成绩〉。

（4）数量词和时间名词做补语。例如：

我把地犁了〈四五遍〉。

我在农场劳动了〈半晌〉。

他眼睛里露着笑意，对大水白〈了一眼〉。

你肯到矿上去磨练〈一下〉，我很高兴。

此外，动词、形容词做补语表示可能的时候，则用"得"。如"他站得住"，仅仅表示可能。它的否定格式应为"他站不住"。"他讲得清楚"则有两种意义，既表示可能，也表示结果。表示可能的，它的否定格式应为"他讲不清楚"；表示结果的，它的否定格式应为"他讲得不清楚"。在使用时应注意区分。

有时候在动词后面单用一个"得"字表示"可以、可能"，如"吃得"

"看得"。它的否定形式是在中间加"不",如"看不得""吃不得"。例如:

"毒药吃得?""吃不得。"

"生水喝得?""喝不得。"

4. 补语和宾语的区别有以下几个方面:

(1) 宾语用在动词的后边,补语用在动词或形容词的后面。因此,形容词的后面不能有宾语。例如:

白布买了三尺。"三尺"是宾语。

这条河比那条河宽〈三尺〉。"三尺"是补语。

(2) 动词后面的数量词可以是宾语,也可以是补语。充当宾语的是物量词,充当补语的是量词是动量词,例如:

走了十里。"十里"是宾语

走了〈十趟〉。"十趟"是补语

(3) 充当宾语的主要是名词、代词,补语通常不用名词充当,只有表示时间的名词和数词结合才能充当补语。如"住了几天""休息了两小时"。

(4) 动词后面的介词结构一般是补语,因为介词结构不做宾语,也不做主语。

(5) 宾语在一定条件下,可以倒装在动词前面,补语只能在动词后面。因此,动词前面不可能有补语。

5. 宾语和补语在句子中的位置。

(1) 有时候动词后面可以同时出现补语和宾语。它们的位置多半是补语紧靠动词谓语,宾语在补语后边。(动 + 补 + 宾)例如:

孔乙已便涨〈红〉了脸。

鲁智深三拳打〈死〉镇关西。

(2) 但也有宾语在补语前面的。(动 + 宾 + 补)例如:

我们施仁政于〈人民内部〉。

我找了你〈三天〉。

重要的文章不妨看它〈十多遍〉。

由例句可知宾语是人物或物称代词,补语是数量词,宾语都在补语的前面。

介词结构做补语,一般要借"把""连"等介词帮助,把宾语放在动词前边。例如:

同志们把毛主席像章戴〈在胸前〉。

(3) 动词做补语,如果前面不用"得",宾语一般在补语之后,也可以借介词"把""连"的帮助放在谓语前面。例如：

张师傅讲〈完〉了话。

张师傅把话讲〈完〉了。

（4）形容词做补语，前面用助词"得"，宾语就要借"把、连"等介词的帮助用在谓语前边。宾语如果用在谓语后面，就要重复动词。例如：

张师傅把话说得〈明明白白〉。

张师傅说话说得〈明明白白〉。

宾语和补语的位置大体有如下四种格式：

①动＋补＋宾：准备〈齐〉了一切材料。念过几年书。

②动＋宾＋补：找了你〈三天〉。

③宾＋动＋补：把道理讲〈明白〉。把院子打扫得〈干干净净〉。

④动＋宾＋动＋补：我们爬山爬〈累〉了。他打篮球打得〈忘〉了。

四、修饰语——定语和状语

修饰语有两类。修饰名词或名词性词组的成分叫"定语"，被修饰的名词、名词性词组叫中心词。修饰动词、形容词或动词性词组、形容词性词组的成分叫"状语"，被修饰的动词、形容词、动词性词组、形容词性词组是中心词。修饰语有时直接放在中心句的前面，有时要靠助词"的"或"地"的帮助。如"中国人民"也可以说成"中国的人民"。"认真学习文件"也可以说成"认真地学习文件"。

1. 什么叫定语？定语是用在名词前面，回答"谁的""什么样""多少""什么"之类问题的句子成分。它是从性质、状态、时间、处所、数量、范围、领导关系等方面修饰或限定名词或名词性词组的。

2. 什么可以做定语？

（1）充当定语的有名词、形容词、代词、数量词。例如：

（鲁迅）的杂文是（文艺性）的论说文。从领导关系上限制名词，回答谁的。

（鲜红）的太阳照遍全球。从性状上修饰名词，回答怎么样。

（正义）的事业是必胜的。从性质上修饰名词。

（两副）手套放在桌上。从数量上修饰名词，回答多少的。

（教室）的光线太暗了。从处所上限制名词，回答谁的。

（今天）的大会开得好。从时间上限制名词性词组，回答怎么样的。

（那些）人是干什么的。从范围上限制名词，回答怎么样的。

（2）动词也可以做定语。例如：

（参观）的人真多。

（吃）的东西都有了。

（3）各类词组都可做定语。例如：

（领导我们事业）的核心力量是中国共产党。（动宾结构词组）

中国人民已经具有战胜困难的（极其丰富）的经验。（偏正词组）

（百花齐放，百家争鸣）的方针促进了（我国科学艺术）的发展。（联合词组、主谓词组）

（4）方位结构，个别介词结构也可以做定语。

（教室里面）的日光灯坏了。

（同学们对食堂）的意见不少。

我们要认真开展（关于真理标准问题）的讨论。

3. 定语和结构助词"的"。结构助词"的"是定语的标记。定语的后面常常用"的"，有时也不用"的"。

（1）名词做定语表示领导关系的，一般需要用"的"帮助。如"矛盾的《子夜》""水的密度""书的内容""父亲的老师""生物的历史"。如不用"的"就变成了联合关系。表示性质、来源的，不需要用"的"帮助，同样是偏正关系，如"棉大衣""木头房子""竹椅子""柏油马路""革命领袖""英雄人物""民族英雄""烈士碑"。

（2）数量词做定语，不用"的"的帮助，如"一张桌子""两本书""三架马车""四辆汽车"。

（3）形容词做定语，单音节的不需用"的"，如"红太阳""花衣服""白头发""长大衣""短裙子""高凳子""矮个子"。双音节的一般多用"的"，如"乌黑的眼眶""猩红的斗篷""雪白的墙""高高的房子""强壮的身体""辽阔的平原""崇高的品质""鲜明的性格"。重叠形式的一定要用"的"，如"老老实实的人""勤勤恳恳的态度""踏踏实实的作风""红红绿绿的告示""闪闪烁烁的繁星""密密麻麻的蚂蚁"。

（4）动词做定语，单音节的必须用"的"，如"吃的东西""买的书""看的人"。如果去掉"的"，就由偏正结构变成动宾结构了。双音节动词，能名物化的不需用"的"，如"建筑材料""编辑人员""广播节目""参政材料"等。不能名物化的则需用"的"帮助，如"喜欢的东西""盼望的事情""打听的消息""反对的对象"，如果不用"的"，偏正结构就变成动宾结构。

（5）人称代词做定语时，如果中心词是亲属关系，或者某一集体机构，就可以不用"的"。如"我弟弟""你父亲""咱们家""我们学校""你们二年级"。指示代词做定语一般不用"的"，如"这衣服""那房子""那些东西""这些人"。

（6）联合词组、动宾词组、主谓词组做定语要用"的"。如"又高又大的房子""拥护他的人""鸡叫的时候"。

4. 递加定语的次序（定语的连用）

一个中心词可以同时有两个以上的定语，这些定语之间可以是联合关系，也就是联合词组做定语。也可以是递加的关系，即几个定语是逐次加上去的，从各方面限制或修饰名词。如"我的一件呢子的新制服"。"我、一件、呢子、新"这四者之间没有修饰和被修饰的关系，而是在"制服"名词前面加先加上"新"，再加上"呢子"，再加上"一件"，再加上"我"，逐字加上去的，共同限制修饰名词。是从隶属关系、数量、质量、情状等方面限制修饰的。递加定语的次序是不能任意挪动的。大体上靠近中心词的是表示性质、情状的，稍远于中心词的是表示数量、时间或处所的，远离中心词的是表示领属关系的。如"我所知道的去年华北的小麦的平均产量是高的"。

谁的——多少——什么样的——什么（表性质的）——中心词。
名词、代词　数量　　形容词　　　名词、形容词

5. 什么是状语：状语是用在动词、形容词的前面回答"怎么""多么""何时""何地"之类问题的句子成分。它从情态、方式、条件、时间、处所、数量等方面限制或修饰动词或形容词的。

6. 什么可以做状语。状语常常由副词、形容词、数量词、代词、时间名词、处所名词、方位结构、介词结构来充当。例如：

你〔刚〕来呀/他〔才〕休息（副词）

光线〔十分〕充足/层次〔非常〕清楚

他〔严肃〕地说他要〔好好〕学习。（形容词）

他〔一把〕拉住我/他〔多次〕告诉我（数量词）

这首诗〔怎么〕读/文章〔怎么〕写（代词）

他〔这样〕活泼/他〔那样〕紧张（代词）

学校〔下午〕开会/我〔1978年〕入学（时间名词）

他〔在教室里〕学习/我〔用笔〕写字（介词结构）

有时动词也可以做状语修饰别的动词。

他〔关心〕地问我/他〔吃惊〕的说（动词）

联合词组，偏正词组，主谓词组做状语：

王杰同志临危不惧，〔英勇壮烈〕地牺牲了。
支书〔积极而热情〕地帮助同学。（联合词组）
我们要〔更加刻苦〕地学习。
政委〔十分亲切〕地告诉我们。（偏正词组）
大家〔喜气洋洋〕地参加了庆祝大会。
我和他〔面对面〕地说话。（主谓词组）

7. 状语和结构助词"地"。"地"是状语的标志，状语的后面常常用"地"，也有不用"地"帮助的。

（1）数量词、代词、介词结构、表示时间处所的名词，一般不用"地"帮助。一般名词做状语，需要"地"的帮助。如"科学地分析""理想地到达了目的"。

（2）副词做状语一般不用"地"，如"〈很〉好""〔已经〕完成""〔刚刚〕开始""〔才〕来〔又〕去"。只有少数双音节副词，如"格外、分外"做状语可以用"地"。

（3）形容词做状语，单音节的不需用"地"，如"〔大〕喊""〔高〕叫""〔白〕跑一趟""〔乱〕说一气"。双音节的一般要用"地"，但也有不用的，如"〔亲切〕慰问""〔仔细〕推敲"。重叠的形式一定用"地"，如"〔清清楚楚〕地说""〔慢慢〕地走""〔快快〕地跑""〔白白〕地挨了一顿打""〔冷冷〕地问他""〔淡淡〕地说了几句""〔轻轻〕地拍了一下""〔粗粗〕地勾画了两笔""重重地打了两下"。

（4）词组做状语必须用"地"。

另外我们要注意，动词或形容词充当主语或宾语时，它前面的修饰语是定语还是状语，该用"的"还是用"地"。要注意做具体的分析：

动词、形容词做主语或宾语，它前面的修饰语是名词或代词时，那就是定语而不是状语，这时用"的"而不用"地"。例如：

"世界观的转变是一个根本的转变。"
"大家都佩服他的勇敢，相信他的机智。"
"他的建议得到了群众的支持。"

动词、形容词做主语或宾语，它前面的修饰语如果是形容词，那就有两种可能。回答"什么样"的问题是定语，该用"的"；回答"怎么"的问题是状语，该用"地"。例如：

"严厉的批评对他有好处。"

"严厉地批评对她有好处。"

"大家进作行了认真的讨论。"

"大家开始认真地讨论。"

动宾词组主语，动词前面的形容词就一定是状语，用"地"不用"的"。例如：

"仔细地研究问题是必要的。"

"认真地探讨问题是必要的。"

"严厉地批评他对他有好处。"

8. 状语的位置：状语的位置一般都紧靠在所修饰限制的中心词的前面，但为了突出状语所表示的意思，或者为了使句子在结构上严谨，避免句子冗长难念，往往放在句子的开头。在书面上，状语的后面常常用逗号格表示语音上的停顿。例如：

〔解放前〕，他〔在玉门油矿〕当了十来年工人。

〔很快〕他就有了主意。

〔从城市到农村〕，人们都在为实现四个现代化而努力奋斗。

〔在一定的条件下〕，坏的东西可以引出好的结果，好的东西也可以引出坏的结果。

这种用法有两个限制，一是状语本身的性质，一是表意的要求。从状语的性质来看，并不是一切能做状语的都既可以用在主语之后，也可以用在主语之前。拿介词结构来说，用"关于"至于组成的介词结构，一般用在主语之前。"把""被"组成的介词结构，只能用在主语之后。大部分的介词结构可前可后，如何确定前后位置必须根据表意上的要求。

从表意上看，状语用在主语前面有两种作用，一是加深印象，一是便于说明。如上例中"很快"放在主语前，是强调状语、加深印象，使人更加注意"他"积极动脑想办法的思维活动。"在一定的条件下"同时修饰两个分句的谓语，必须用在句子的开头才能使语言精炼，便于说明道理。

9. 状语的连用。和定语一样，状语也可以连用。例如：

"我们〔也〕〔刚刚〕〔从乡下〕回来"。带有"也""刚刚""从乡下"这三个状语。从情状、时间、处所三个方面修饰动词"回来"。

"社会主义制度〔在我国〕〔已经〕〔基本〕建立了"。带有"在我国""已经""基本"三个状语，从范围、时间、质量三个方面修饰中心词"建立"。连用状语的顺序大体上是：时间、处所、范围、形状、中心词。愈靠近中心词的状语跟中心词的关系愈密切。据此来安排状语的顺序。

10. 正确地运用定语和状语：

定语和状语在抒情达意上非常重要，有时甚至不可缺少。如果去掉修饰语、定语和状语，就会使句子变得毫无意思，或意思相反，或意思不明确，甚至叫人无法理解。例如：

"民族的科学的大众的文化，就是人民大众反帝、反封建的文化，就是新民主主义的文化，就是中华民族的新文化。"如果去掉定语就成了"文化，就是文化，就是文化，就是文化"。失掉了原义，变得毫无意义了。"不懂就是不懂，不要装懂。"如果去掉状语"不"就成了"不懂就是不懂，要装懂"。意思恰好相反。

"见群众不宣传、不鼓动、不演说、不调查、不询问、不关心其痛痒，漠然置之"，去掉状语"不"则意思相反。

由此可见，定语和状语的修饰作用非常重要，正确运用就会使思想内容表达得充分而具体、准确而周密。如果运用不当，又会造成句子冗长累赘、不通顺，甚至产生错误。常见的问题有下列三种：

（1）定语、状语多余

定语和状语是修饰中心词的，如果不加选择地盲目使用，以多为胜就会造成句子累赘、啰嗦，语意含混不清。例如：

"我在乡下听到了这个新闻的消息"中"新闻"是多余的。

"一个夕阳西下的傍晚，我来到避暑山庄"中"夕阳西下"是多余的。

"祖国的一切面貌都在飞速地改变"中"一切""都"是多余的。

"两个人一路走着，直到十字路口才互相分手"中"互相"是多余的。

"我们不能因循守旧地墨守成规，固步自封地停滞不前"中"因循守旧""固步自封"都是多余的。

（2）定语、状语与中心词搭配不当

"他们在热火朝天地学习着"。"热火朝天"修饰"学习"不适当。可把"热火朝天"改为"如饥似渴"，或把"学习"改为"讨论"。

"街道两旁，有崇高的楼房，从楼房的窗户里透出明朗的灯光"。"崇高"不能修饰楼房，"明朗"不能修饰"灯光"，可改为"高大的楼房，明亮的灯光"。

"七岁的母亲被迫，卖给人家，当童养媳"。"七岁"不能修饰"母亲"，可改为母亲七岁时……

（3）定语、状语位置不当

"广大青年将来都希望自己成为一个对于社会主义事业有贡献的人"。状语"将来"和"希望"的位置不当,不是"将来希望",而是"希望自己将来",应将"将来"放在"自己"的后面。

"演出结束的时候,大家热情地高声地鼓掌欢呼"。"高声"地不能修饰"鼓掌",应改为"热情地鼓掌""高声地欢呼"。

"故宫博物院展出了两千多年前新出土的文物"。"两千多年前"和"新出土的"位置不妥当,应改为"新出土的两千多年前的文物"。

"许多附近的妇女,老人和小孩都跑来看我们"。"许多"和"附近"位置不当,应改为"附近的许多……"

五、复杂谓语

谓语部分由动词与动词,或者动词与形容词连用构成,中间没有关联词语,同时位置不能互换。这样的格式叫复杂谓语。常见的复杂谓语有两种,即联动式和兼语式。

1. 连动式:

(1)什么叫连动式:

几个动词或动词性词组、动宾词组、动补词组、以动词为中心的偏正结构连用,充当同一主语的谓语。这样的复杂谓语,叫联动式或叫联动结构或,叫谓语的连续。

由几个动词连用构成的,常常在前一个动词后面带有"着""或""了"。例如:

"我站着听。"

"你拿了去吧。"

由动词性的词组构成的,常常第一个动词后面带有状语、宾语、补语等成分。例如:

"我们便都挤在船头上看打仗。"

"他也扭开一条油光水滑的嗓子骂。"

(2)连动式的类型:

从表示的意义看,连动式主要有以下几种类型:

第一、连用的动词表示先后发生的动作。

你看一会儿出去。

我叫他住一两天再回去。

我们下了课开班会。

他笑了一笑说。

大家吃过晚饭看电影。

小张连忙跑回家告诉他父亲。

第二、前一个动词表示方式。

他拍着手笑。

老队长扛着铁锹在前面领路。

社员扛着锄头下地了。

医生每天晚上开着窗子睡觉。

一个青年坐在门外拉胡琴。

小刘端着碗吃饭。

第三、前一个动词"有"表示原因、假设、必要、可能。

校长有事不能出席会议。（原因）

同学们有信心学好科学知识。（可能）

我们有办法制服黄河。（可能）

谁有困难就去找我。（假设）

第四、后一个动词表示目的。

他上街买东西。

我去公社找老张。

大家都到工厂学习。

妈妈正在烧水做饭。

（3）连动式和联合词组的区别。连动式有时与联合词组做谓语很相似。例如：

"他念书写字。"

"他说东道西。"（联合词组做谓语）

"他上街买书。"

"他笑着说。"（连动式）

但是，它们之间是有区别的。从结构上看，联合词组的几项，同等成分可以换掉次序，换掉后其基本意义不变。如"他念书写字"也可以说成"写字念书"，"他说东道西"也可以说成"他说西道东"，意义基本不变。"他谈天说地"也可以说成"他说地谈天"，"他谈古论今"也可以说成"他谈今论古"，基本意思不变。连动式的几项不能任意换掉次序。换掉后，就不能成立。如"上街卖书"不能说成"卖书上街"，"笑着说"不能说成"说笑着""进来取个暖"不能说成"取个暖进来"，"打开瞧"不能说成"瞧打开"。有些可以变动次序，但意义跟原来不一样。如"住一两天再回去"说成"再回去住一两天",意思恰好相反。"进去叫他"说成"叫他进去",意思完全不同了。"回家就忘了"与"就忘了回家",意思不一样。

2. 兼语式

(1) 什么叫兼语式?兼语式是由一个动宾词组和一个主谓词组套在一起构成的。动宾词组的宾语兼任主谓词组的主语。前后两个动词或动词和形容词,不共有一个主语。兼语式也叫递系结构,或谓语的延伸。例如:

"我请他来寝室"。"请他"是动宾词组,"他来"是主谓词组。"他"既是"请"的宾语又是"来"的主语。

"使人进步"。"使人"是动宾词组,"人进步"是主谓词组,"人"既是"使"的宾语又是"进步"的主语。

(2) 兼语式的类型:

第一,前一个动词大都带有"使"的意思。常见的有"请、让、派、命令、指示、要求、吩咐,禁止"等动词。前一动作是后一动作产生的原因,后一动作则表明前一动作要达到的目的,或要产生的结果。例如:

"领导叫(让、派)小王去办件事。"

"虚心使人进步,骄傲使人落后。"

"团部指示我们原地待命。"

"校长要求大家都遵守制度。"

"老师吩咐我送他回家。"

第二,前一个动词是喜欢、讨厌、感激、爱、憎之类表示心理活动的动词,后一个谓语常用形容词。对兼语有所描写,同时表明前一个动作产生的原因。例如:

"我喜欢他老实。"

"我讨厌他作风不正。"

"我爱他风格高尚。"

第三,动词"有"和判断词"是"也能构成兼语式。这种句子大多是无主句。例如:

"又有人来了。"

"有个村子叫张家庄。"

"是谁创造了人类世界。"

"有几个人大笑起来。"

"正是那万恶的旧社会使江山百孔千疮,让历史停滞不前。"

第四,兼语式跟主谓词组做宾语的句子很相似,但结构完全不同。例如:

"我请他办这件事。"

"老大娘叫咱们提意见。"（兼语式）

"我希望他办这件事。"

"我们知道毛主席十分重视调查研究。"（主谓词组做宾语）

两者间区别有三个方面：

①主谓词组做宾语时，第一个动词管一件事或一个判断的对象。兼语式的第一个动词只管一个人或一个事物，这个人或事物受动词的影响，又发生一种相应的变动。

②主谓词组做宾语的句子。有两种停顿。兼语式的句子，只有一种停顿。另外，主谓词组做宾语时，在主谓词组的主语前或后面加上别的成分，如时间名词或副词之类，例如：

"我希望他明天办这件事。"

"我希望明天他办这件事。"

兼语是只能在兼语的后面加上别的成分，例如：

"我请他明天办这件事。"（我请明天他办这件事）

"老大娘叫咱们都提意见。"（老大娘叫都咱们提意见）

③主谓词组做宾语的句子，前一个动词大半是表示感受或心理活动。前后两个动词没有因果关系。兼语式句子，第一动词有"使令"意义，前后两个动词有因果关系。

3. 连动式和兼语式套用。连动式和兼语式有时可以交互错综地套用在一起。例如：

"他叫我先来向你汇报一下"里"叫我先来"是兼语式，"先来向你汇报一下"是连动式。

"我派他去山里烧炭"里"我派他去"是兼语式，"去山里烧炭"是连动式。

"大家都站起来让李师傅坐"。这是一个连动式，"大家站起来"是"让李师傅坐"的方式，"让李师傅坐"是"大家站起来"的目的，其中"让李师傅坐"是兼语式。

"马上发通知叫他们来开会"。"叫他们来开会"是"马上发通知"的目的，其中"叫他们来开会"是兼语式。

4. 连动式和兼语式的造句功能：

由连动式或兼语式构成的词组，还可以充当句子的主语、定语、宾语、补语等成分。

①<u>放火烧身</u>可不容易。连动式词组做主语。
②<u>托队长带个口信</u>就行了。兼语式词组做主语。
③他扭过头来说:"你快回去告诉他。"连动式做宾语。
④他看见<u>有人蹲在车旁掏什么</u>。兼语式、连动式词组做宾语。
⑤<u>这</u>是多么(叫人羡慕的)一件事。兼语式做定语。
⑥(打电话去请医生)的人也回来了。连动式做定语。
⑦今天的活儿干得〈令人满意〉。兼语式做补语。

六、独立成分和复指成分

句子除了讲的六种成分之外,还有两种特殊成分,即复指成分和独立成分。

1. 什么是复指成分?用两个词或者词组,指同一种事物做同样的句子成分。这是一种复说的表示方法,复说的后一部分对前一部分补充说明,是复指成分。例如:

"我回到故乡北京。"同指一个地方,同做句子宾语。
"他为咱穷人死了,死得体面。"同指一种人,同做句子状语。
"横扁上刻着勤奋两个字。"同指字,同做句子宾语。
"原来是毛主席周总理他们。"同指中央领导人,同做谓语。
"八团政委左齐同志来看他。"同指一人,同做主语。
"他是咱贫下中农的好后代。"同指一种人,同做定语。

2. 复指成分的种类及其作用。按结构的不同复指成分可分为三类:重叠复指、称代复指、总分复指。

(1) 重叠式复指:就是两个或两个以上的实词或词组重叠在一起,在句中作同一成分,互相补充说明。例如:

"我们共产党人从来不隐瞒自己的政治主张。"
"我们有批评与自我批评这个马克思列宁主义的武器。"
"世界上有两种人,压迫者和被压迫者。"

重叠式复指可以深刻地提示事物的本质,使语言表达更具体、更明确、更突出。例如,"伟大的无产阶级战略家的军队,列宁同志的军队就是由我们这些人组成的"。这句话,如果去掉复指成分"列宁同志的军队",从语法结构上看,句子仍然完整。但从语义上看就有些笼统了,加上复指成分就更具体、更明确、更通俗易懂了。再如,"中华民族的优秀儿女,共产党人的杰出代表,思想解放的先业先驱者,张志新烈士,为马列主义毛泽东思想的真理而惨遭四人帮法西斯匪徒的杀害"。"中华民族的优秀儿女"后面连用三个复指成分"从民族的精华""党的代表""思想的先驱"三个方面高度称赞了张志新烈士。大大地突出了张志新烈士生的伟大，死的光荣，激励读者更加热爱烈士、崇敬烈士。"四人帮"后面用复指成分"法西斯匪徒"，就一针见血地揭示了四人帮的凶残本质，唤起读者更加憎恶四人帮，痛恨四人帮，所以复指成分是有修辞作用的。

（2）称代式复指：一个词或词组放在句子的开头，后面用一个代词来指称它，这叫作称代式复指。

一事不做凭空想象，那是"空想"。

不动脑筋埋头苦干，那是"死做"。

祖国，这不是一个普通的词儿，这是一个至亲至爱的名字，尊贵的名字，神圣的名字。

青春，这是多么美好的字眼，这是人一生中最可贵的时期啊！热爱人民，真诚地为人民服务，鞠躬尽瘁，死而后已，这就是邹韬奋先生的精神，这就是他之所以感动人的地方。

称代式复指成分总是单独用在句子的开头，如果不是单独用在句子的开头，而是充当句子的其他成分，那就不是称代复指成分。例如，"越南扩张主义者胆敢来犯，我们就再一次反击它"。"扩张主义者"和"它"虽指同一事物，但"扩张主义者"是前一个分句的主语。"它"是后一个分句的宾语，不是做句子的同一成分，所以不是复指成分。另外，主谓词组不能作称代副词成分，否则就成为复句中的一个成分句了。例如，"我们应当相信群众，我们应当相信党，这是两条根本的原因"。这是有三个分句的二重复句，第三个分句是补充、解释前两个分句的，不是称代式复指。

称代式复指能够使句子重点突出，并能使句子语气活泼，意思显豁、关系清楚。例如，"那个身段苗条，脸儿很秀气的女民兵叫黄香云"。这样的句子重点不明，结构臃肿，关系不清，显得累赘，读起来很费劲。如用称代复指，"那个身段苗条，脸儿很秀气的女民兵，她叫黄香云"。把"那个身段苗条""脸儿很秀气的女民兵"明显地独立出来，突出语义的重点，又使句子结构清晰、关系清楚，读起来顿挫有力、语气活泼。

（3）总分式复指：先提出一个总说成分，然后分开说，用分说的成分各做一个分句的主语，这样的复指叫总分式复指。例如，"在农会的威力下，土豪劣绅们头等的跑到上海，二等的跑到汉口，三等的跑到长沙，四等的跑到县城，五等以下土豪劣绅崽子则在乡里向农会投降"。

"曾经留恋过别的东西的人们，有些人倒下去了，有些人觉悟过来了，有些人正在换脑筋"。

"门旁贴的两条标语，一条是破除迷信解放思想，一条是发扬民主，厉行法治"。

总分式复指，总说部分也不能是主谓词组，否则就成了复句的一个分句。例如，"文艺批评有两个标准，一个是政治标准，一个是艺术标准"。"我们现在有两个同盟，一个是同农民的同盟，一个是同各行业爱国者的同盟"。

总分式复指有总有分，先总后分，使句子结构严谨、条理清楚、脉络分明、便于阅读。

3. 什么是独立成分？在句子里插入一个成分（实词、词组、叹词），它不跟别的成分发生结构关系，不起连接作用也不表示语气，只在意义上有一定的作用的成分，叫独立成分。独立成分的特点：第一，由于独立成分在结构上和别的成分不发生关系，把它去掉之后，句子仍保持原来的意思不变；第二，它的位置比较灵活，可以在句中，也可以在句首或句末。例如：

"先进班集体，不用说，一定还是咱们班。"

"依我看，引进外国先进技术势在必行。"

"你应该亲自去走一趟，按理说。"

4. 独立成分的种类及其作用。

（1）呼语：呼唤人物的词语，常常独立于句子的结构之外，是独立成分的一种。例如：

"祥林嫂，你放着吧！我来摆。"（鄙视、轻视）

"同志，我要见见列宁。"（亲切）

大家应当提高警惕呀，亲爱的朋友们。（爱护、关心）

（2）象声：表示感叹应对或模拟事物的声音，帮助表达说话时的各种口气和心情。例如：

"啊！这不是我二十年来时时记得的故乡。"（惋惜口气、沉痛心情）

"呜——火车在鸣着长笛，飞驰前进。"（活泼口气、欢快心情）

"喂！同志，是你吗？"（疑虑口气、焦急心情）

（3）插说：插入在句子中间，或者在用在句首或句末，表示一些附加意思，可以丰富正文的内容，常见的插说有九种：

第一，引起对方注意。一般用"你看、你听、你瞧、你想、你看看、你听听、你想想、你瞧瞧"等词语来表示。例如：

"那西边，你瞧，绿油油的一片，都是用科学方法种植的庄稼。"

"你听听,他就是这样胡说八道的。"

"这样坚持的东西,你尽管放心,一定经久耐用的。"

第二,表示对情况的推测和估计。一般用"看来、看起来、看样子、说不定、不一定、充其量、大不了、想起来、恐怕"等词语表示。例如:

"由此看来,我国在工农业生产方面赶上资本主义大国,可能不需要从前所想的那样长的时间了。"(推测)

"这堆货物,看样子有一千来斤。"(推测)

"这堆货物,充其量有千把斤。"(往少方面估计)

"这堆货物,少说一点,有千把斤。"(往多方面估计)

"这篇社论,想来你已经看过了。"(推测)

"我们再不学习,恐怕就要落后了。"(推测)

"你再修改一遍,顶多再花半天工夫。"(估计)

第三,表示说话人的看法、意见、态度。一般用"依我看、我认为、据我看、老实说、不瞒你说、坦白地说、照我的意见"等词语表示。例如:

"依我看,早下种比晚下种好。"

"老实说,我们的准备还不充分。"

"雷峰夕照的真景,我也见过,并不见佳,我以为。"

第四,表示消息的来源。一般用"听说、据说、传说、相传、据报告"等词语表示。例如:

"今天的晚会听说改期了。"

"据说,苹果是天水地区的特产,是吗?"

"我家的后面有个很大的园,相传叫百草园。"

第五,表示列举。一般用"例如、比如"等词语表示。例如:

"长江以南有些地方,比如广东、福建,冬天很少见到雪。"

数词和量词常常结合起来用,如"一个、十斤、一趟"。

第六,表示肯定语气。一般用"毫无疑问、可以肯定、不用说、不错、不用问"等词语表示。例如:

"毫无疑问,试验一定能够成功。"

"可以肯定,他不会认输的。"

"不用说,他会来看你的。"

"不用问,赵志英又到井下夜战去了。"

第七,表示特定语气。一般用"一般说来、严格地说"之类词语表示。例如:

"一般说来，人们内部的矛盾是在人民利益根本一致的基础上的矛盾。"

"严格地说，两类性质不同的矛盾是不容混淆的。"

第八，表示注解、补充、强调。一般用即"特别是、尤其是"的词语表示。例如：

"鲁迅的杂文，尤其是他后期的杂文，概括了丰富的斗争经验。"

"这个经验值得文教工作者特别是中小学教师重视。"

第九，表示承上启下。一般用"总之、总而言之、由此可知、由此看来、一句话"等词语表示。例如：

"总之，四个月前被一般人看不起的所谓'农民会'现在却变成了顶荣耀的东西。"

"一句话，人民大众开心之日，就是反革命分子难受之时。"

"总而言之，一切从前为绅士们看不起的人，一切被绅士们打在泥沟里，在社会上没有立足地位，没有了发言权的人，现在居然伸起头来了。"

"由此可知，任何过程如果有多数矛盾仍存在的话，其中必定有一种是主要的，起着领导的，决定的作用，其他则处于次要和服从的地位。"

"由此看来，认识过程，第一步，是开始接触外界事情，属于感觉的阶段。"

"总之，独立成分是多种多样的，它能使表达准确鲜明、严密全面、富有色彩，形象给人以真实感。"

第四节 省略句 无主句 独词句

一、省略句

上面我们讲了单句的主要成分和次要成分。一个单句要有主语和谓语两部分，主谓具备的句子叫作主谓语句。一般情况下运用主谓句时必须把主谓两部分都说出来，但是语言的表达要求简练。如果省略其中一部分不说，听话的人照样能够明白你的意思，自然就不一定非把两个部分全说出来不可，这样就产生了句子的省略形式，省略句是在语言的实践中产生的。

1. 什么是省略句？省略句就是在一定的条件下省去一个成分或几个成分的句子。例如：

"（无产阶级）如果不解放全人类，无产阶级自己就不能得到最后的解放。"蒙后省略主语。

"别人洗衣服，他也去洗（衣服）。"承前省略宾语。

"问：你上街去吗？答：（上街）去。"对话省略主语。

承前省、蒙后省、对话省，就是省略句子成分所必须具备的条件。

2. 省略句的特点。第一，省略的成分一定是很明显的，如果需要就能肯定地补出来，不会有模棱两可的情况。如果不能肯定地补出来就不是省略句。"陈怀希会写行草，我们不会写"中省略的宾语是明显的，也可以肯定地补出来。"我听到弟弟考上大学的消息，很高兴"中省略的主语"我"是明显的，也可以肯定地补出来。如公共汽车上售票员向乘客说："票"，省略了什么不明确，也无法补出来，所以不是省略句。第二，省略句如离开了一定的语言环境，也就是离开了一定的条件，就不能表达明确完整的意思。这是省略句和非省略句的根本区别。如不说"别人洗衣服"，光说"我也去洗"，则句意不明确，也不完整。第三，恰当地运用省略句，可以使语言简练、明白，避免累赘、啰嗦。

3. 省略句的形式：有三种。

（1）对话省略：

第一，当面说话的时候。例如：

小张指着沙发说："（你）坐吧！（你）坐！"

小组长站起来说："（咱们）要加油干啊！"

第二，回答问话的时候。例如：

"他们捕了几条鱼？""（他们捕了）五条（鱼）。"

"你找什么？""（我找）水笔。"

（2）承前省略：

第一，上文刚才说过。例如：

"大伙劝他歇会儿。他不（歇）。"

"有的人会用这部机器，有的人不会（用这部机器）。"

第二，主语相同的时候，后面的谓语往往省去主语，例如：

"我们要开动机器，（我们要）破除迷信，（我们要）解放思想。"

"祁连山一带地势高峻，（祁连山一带）空气稀薄，（祁连山一带）风沙又大，（祁连山一带）人迹罕至。"

（3）蒙后省略：

"我如果（明天）没有事，明天一定去。"

"有些同学不上课，我也不上（课）。"

二、无主句

1. 什么是无主句：只有谓语部分没有主语部分，也能表达一个完整意思的句子，叫无主句。

2. 无主句的特点：无主句不同于省略句。一方面，无主句根本没有主语，省略句则是省去了主语。因此，无主句补不上主语，省略句如果需要就可以肯定地补上主语。省略句必须有一定的语言环境或上下文为其省略条件，无主句不需要这样的条件，就能表达完整的意思。另一方面，名词做谓语，说明某一事物"是什么"，必须把说明的对象说出来，"国家的主人是人民"。形容词做谓语，描写某一事物是"什么样子"，因此，也必须把描写的对象说出来。"前途光明，道路曲折"。所以名词、形容词做谓语的句子如果没有主语，便是一定条件下的省略，不是无主句。如"前途光明，远大，美好"。只有动词做谓语的句子没有主语也能表达完整的意思，是无主句。

3. 无主句的类型。常见的无主句有以下几种：

（1）说明天气等自然现象的。例如：

"下雨了。"

"刮风了。"

"出太阳了。"

"长出芽来了。"

"刮了一夜北风。"

"忽然下起雪来了。"

（2）叙述生活情况的，例如：

"上课了。"

"散会了。"

"开放了。"

"放假了。"

"打雷了。"

（3）表示要求或禁止的。例如：

"发扬革命传统！"

"爱护树木！"

"随手关门！"

"不许抽烟！"

"请勿随地吐痰！"

（4）表示事物存在出现或者消失的。例如：

"墙上挂着一幅毛主席的画像。"

"突然走进来了几个彪形大汉。"

"来了一个客人。"

"桥头站着一个小孩。"

"屋里有人吗？"

（5）有些格言或格言式的句子。例如：

"种瓜得瓜，种豆得豆。"

"世上无难事，只要肯攀登。"

"不经一事，不长一智。"

"吃一堑，长一智。"

"先做群众的学生，后做群众的先生。"

这类句子，因为要大家注意，对象就是"大家"，所以不必说出主语。

三、独词句

1. 什么是独词句。有一个词或一个以名词为中心的偏正词组构成的句子叫独词句。偏正词组里的中心词是构成这个句子的主体，所以从结构看是词组，从意义看是独词句。

2. 独词句的特点。独词句和省略句不同。省略句是在一定的条件下有意省略了句子的一些成分，如果需要就可以肯定地补出来。独词句是在一定条件下，用一个词或词组表达一个完整的意思，既不知道是否省略了什么成分，也不知道被省略的到底是什么成分。独词句如果附在一个句子上，用逗号隔开。

3. 独词句的类型。独词句可以分为以事物为说明对象的和不以事物为说明对象的两类。

（1）以事物为说明对象的。

第一，咏叹事物的属性。例如：

"多好的庄稼！"

"好热闹的场面！"

第二，表示事物呈现的。例如：

"火！"

"蛇！"

"飞机！"

这两种句子有强烈的感情色彩。前一种表示对事物的赞叹，后一种表示对呈现出来的事物的惊叹和注意。

第三，说明事物发生的处所和时间，这种独词句常常用在剧本开头。例如：

"陇南农村。"

"1979年春天的一个早晨。"

第四，表示和职业有关的事物。例如：

"票"（售票员）

"信"（邮递员）

（2）不以事物为说明对象的。

第一，应对语。表示同意、反对、疑问。例如：

"对，就是这个主意。"

"对，就应该是这样干！"

"是啊，老张是个好同志嘛！"

"行了行了，不用说了。"

"什么，他不来了？"

"算了算了，为一点小事也吵半天。"

"怎么？他走了？"

第二，表示强烈的感情，和叹词的作用接近。例如：

"哈！胡子这么长了！"

"啊！这不是我二十年来时时记得的故乡。"

"哎，现在总该满意了吧"。

第三，表示祝贺、尊敬的祝语和表示谦让的客气话。例如：

"万岁！"

"敬礼！"

"谢谢！"

"借光！"

"劳驾！"

"再见！"

"不敢当！"

"对不起！"

第五节 句子的分析和检查

有的句子结构简单，容易看清楚，有的句子结构比较复杂，不容易一下子就看清楚，这就需要进行语法分析，才能弄清楚它们的结构和关系。当然通常读书写文章，不可能也不必要逐句进行语法分析。但养成分析的习惯，能使我们的思路更有条理，写文章的时候，字斟句酌避免语法错误，减少杂乱散漫的毛病。阅读的时候，碰到结构复杂的句子，可以帮助我们理清句子的语法构造，准确地理解句子的意思。同时通过语法分析，可以发现句子的错误。找出改正的方法，常用的语法分析方法有两种，即紧缩法和类比法。

一、紧缩法

一个句子好比一棵树。一棵树有主干，有枝叶。枝叶纷繁，就不容易看清楚。句子也有"主干"和"枝叶"之分。"主干"是句子的基本成分（或主要成分），"枝叶"是句子的次要成分、附加成分、修饰成分。次要成分多了，句子的主要（基本）结构就不容易看清楚，紧缩法就是去掉句子的次要成分、附加成分、修饰成分，使句子的主要（基本）结构显示出来。例如：

"连接码头和林区的公路在当地人民公社和驻军的支援下提前三个月通车了"。

"公路"前面有一个动宾词组的定语"连接码头和林区"。"通车"的前面有两个状语，一个是"在当地人民公社和驻军的支援下"的介词结构，一个是"提前三个月"动补关系的偏正词组，去掉这三个修饰语，句子就紧缩成"公路通车了"。句子的基本结构没有问题。句子的主干没有问题。再分析检查它的枝叶。定语"连接码头和林区"是动宾结构词组。动词"连接"和宾语联合词组"码头和林区"，搭配得当去修饰"公路"也没有问题。两个状语，一个介词结构"在……下"格式里插入的是名词性的偏正词组，没有问题；一个偏正词组用数量词和时间名词结合做补语，也没有毛病。介词结构和偏正词组，做状语修饰"通车"，和中心词搭配是适当的。可见这个句子语法结构正确没有错误。再如：

"广大贫下中农，在毛泽东思想的指引下，经过八年的苦战，塞外高原变成了土肥水美五谷香的坝上江南。"

这个句子带有三个修饰语，两个状语，一个定语。去掉修饰语就紧缩成

"广大贫下中农""塞外高原变成了坝上江南"显然不能成句,前后两部分不能成构成主谓关系,这就说明这个句子的毛病出在主干上。"广大贫下中农"的后面缺谓语。改正的方法是使主干构成主谓关系,补上动词谓语"使"说成"广大贫下中农……使塞外高原变成……坝上江南"。也可以在"塞外高原"前加介词"把"构介词结构做状语。又如:

"这篇报道突出的是东风小学在党的十一届三中全会精神的鼓舞下,按照党的教育方针,依靠教师的革命干劲的先进经验。"

这句话在"先进经验"前面,带有一个很长的定语。去掉定语句子的主干是"这篇报道突出的是……先进经验",没有问题。那就进一步检查枝叶,枝叶定语是个主谓词组,词组里也还有主干即"东风小学……依靠……干劲"。"依靠""干劲"干什么?这里没有回答。那就需要补充。如果改成"依靠""干劲"办学,意思就完整了。可见这句话毛病出在次要成分上。又如:

"我们怀着为实现四个现代化的坚定信念"。

这个句子可以紧缩为"我们怀着坚定信念"。主谓宾俱全,同时搭配适当,没有问题。主干没问题,再检查枝叶。"坚强信念"的前头,有个定语是"为实现四个现代化",这个介词结构孤立地看也没有问题。可是做定语就不合适了。因为介词结构一般不做定语。由于形成的介词结构经常放在动词前面做状语,中间用"而"连接形成"为……而(动词)……"的格式。可见句子的毛病出在主干和枝叶的关系上,正确的说法应该是"我们怀着为实现四个现代化而奋斗的坚信信念"。或者删掉"为"字,用动宾词组做定语也可以。

运用紧缩法可以检查句子的语法结构,也可以检查句子各成分之间的逻辑关系和词语的搭配关系。例如:

"五班决定改革旧的折页机,他们的干劲得到了党支部和全车间工人群众的大力支持。"

这句话紧缩后成为"干劲得到了大力支持"。主宾搭配不当。"干劲"不能和"支持"搭配。"干劲"应改为"行动",或把"大力支持"改为"赞扬"。再如:

"他能密切联系和关心群众的痛痒,把群众的困难当作自己困难。"

这个句子紧缩后成为"他能联系和关心痛痒"。谓语是"能"和联合词组"联系和关心"。"关心"能和宾语"痛痒"搭配,"联系"不能和"痛痒"搭配。应改为"他能密切联系群众,关心群众的痛痒",或改为"他能密切联系和关心群众"。又如：

"他们的豪情壮志和新的规划得到了上级的批准和群众的赞扬。"

这句话紧缩后为："豪情壮志和新的规划得到了批准和赞扬"。"豪情壮志"可以"赞扬"却不能"批准"，"新的规划"可以"赞扬"，也可以"批准"。可改为"他们豪情壮志和新的规划得到了上级和群众的赞扬"。或改为"他们的豪情壮志得到了群众的赞扬，他们的新的规划得到了上级的批准"。主宾配合就合适了。

二、类比法

当我们对一个句子的语法结构产生怀疑的时候，可以按照原句的格式仿造若干句放在一起比较。如果仿造的句子都能成立，那就说明原句是正确的。如果仿造的句子都不能成立，那就说明原句有问题。例如：

"他们用的是梆子腔演出的。"这句话有没有毛病，不容易一下看出来。我们就仿造几句："我们用的是钢笔写的。"

"我们用的是卡车运输的。"

"我们是用的是凉水洗的。"

这三句显然不合习惯，证明原句有问题。

类比法不仅能检查句子的语法错误，而且对于如何改正也能给我们以启示。类似上面的句子，我们的习惯说法有两种，如"我们用的是钢笔"和"我们是用钢笔写的"。据此类比，原句也有两种改法，"我们用的是梆子腔"和"我们是用梆子腔演出的"。再如：

"由于思想水平不高和文字表达能力差的限制，缺点和错误是难免的。"

限制前面的定语是个联合结构，包括两个主谓词组。我们先紧缩一个主谓词组，将原句简化为"由于思想水平不高的限制，错误和缺点是难免的"。句子的主谓部分是没有问题的，修饰语"由于思想水平不高的限制"正确不正确？要用类比法检验。

"由于时间不够的限制"

"由于气候不好的限制"

"由于篇幅太短的限制"

这些说法都站不住。要表达这样的意思，我们常用的表达方法有两种：

"由于时间的限制""由于时间不够"

"由于气候限制""由于气候不好"

"由于篇幅的限制""由于篇幅太短"

类推原句：

"由于思想水平的限制""由于思想水平不高"

"由于文字表达能力的限制""由于文字表达能力差"

这样，我们就知道原句的毛病是把两种说法融合在一起，因为站不住脚不能成立。可改为："由于思想水平和表达能力的限制"或"由于思想水平不高和文字表达能力差"

运用类比法要注意两点：

第一，仿造的句子格式要和原文句子相同、词性相同、组合方式相同、必要的虚词相同。

第二，仿造的句子最好用日常生活里常说的话，对不对一听就知道了。

长句宜用紧缩法，短句宜用类比法。也可以把两种方法结合起来使用。

如何分析句子？有的句子结构简单，容易看清楚。如"东方红，太阳升，中国出了个毛泽东"。主谓分明一看就明白。有些句子结构比较复杂，不容易一下子看清楚，这就需要进行语法分析，才能弄清楚他们的结构和关系。当然，通常读书写文章不可能也不必要逐句进行语法分析。但养成分析的习惯，能使我们的思路条理化、科学化，能使我们熟练地掌握汉语语言的各种规律。写文章的时候才能字斟句酌，避免语法错误，减少杂乱、散漫的毛病。阅读的时候碰到结构复杂的句子，就可以理清句子的语法构造，准确地理解句子的意思。所以养成语法分析的习惯，是提高写作和阅读能力的一条重要途径，是训练驾驭语言文字能力的基本功。具有这样的基本功对于我们专门学习中国语言文学的同学来说，对于我们今后要从事语文教学工作的同志来说，其意义就至为重大，关系就更为紧要。

如何进行语法分析？一般采用先抓主干后找枝叶的方法。一个句子好比一棵树。一棵树有主干，有枝叶。枝叶纷繁就不容易看清主干。句子也有主干和枝叶之分，主干就是句子的主要成分，枝叶就是句子的次要成分、附加成分或修饰成分。次要成分多了，就不容易看清楚句子的主要成分，就像纷繁的枝叶掩盖了树木的主干。为此，我们分析句子首先要抓主干，找出句子的主要成分，即主语和谓语。然后以主干为核心去找他们的枝叶，明确主干的哪一段有分支，分支与主干有什么关系，有多少分支，分支与分支之间有什么关系。这样分析句子，头绪清楚、关系明确，对句子结构的分析是全面的、准确的。

现就《松树的风格》这篇抒情散文，找一些句子作语法分析。

去年冬天，我从英德到连县去，沿途看到松树郁郁苍苍，生气勃勃，傲然屹立。

"松树郁郁苍苍，生气勃勃，傲然屹立"。主谓词组做宾语，词组的谓语是三个成语，不能误以为兼语式句子。

第一，主谓词组做宾语的情况多是第一个动词管一件事或一个现象，兼语式句子第一个动词管一个人或一个物，这个人或物受动词的影响，产生一种相应的变化。"看到"管一个现象。即松树生长的状况——"松树的郁郁苍苍、生气勃勃、傲然屹立"，不是由于"看到"的影响而产生的一种相应的变化。

第二，主谓词组做宾语的句子，在读音上有两处停顿，即在主谓词组的主语前后。兼语式句子只有一处语音停顿，是在兼语的后面。这个句子有两处停顿。

第三，主谓词组做宾语的句子，在词组主语的前后都可以加上别的成分。兼语式的句子只能在兼语的后面带上别的成分。这个句子在松树前后都可加上"在路旁，在山坡，在沟壑"。

第四，主谓词组做宾语的句子，第一个动词是表示心理活动或思想感受的，两个动词或谓语之间没有因果关系。兼语式句子，第一动词有使令意义，前后两个动词有因果关系。"看到"虽不表示感受，但在这个句子里隐含着作者的感受，因为松树的生机勃勃，傲然屹立，是作者感受到的。"看到"和"松树郁郁苍苍，生气勃勃，傲然屹立"没有必然的因果关系。

第五，兼语式句子中有一种是，前一个是表心理活动的动词，后一个谓语是形容词，描写兼语，并是前一个动词谓语产生的原因。

"看到"不是表示心理活动的动词，"郁郁苍苍，生气勃勃，傲然屹立"也不是看到的原因。由此可知，这个句子的宾语是主谓词组，而不是兼语式句子。

"虽是坐在车上，一颗颗松树一晃而过，但它们那种不畏风霜的姿态却使人油然而生敬意，久久不忘"。

"虽是"的"是"在句中主要起关联作用，本身判断作用已不明显。

"一棵棵"是量词重叠，表示多量多数。

"一晃而过"，是古汉语结构。意思是晃一晃就过去了，此句把修饰语连接在中心词上，但修饰语是动词充当，表示一种动作，又修饰中心词"过"，共同做句子的谓语。这类结构还有"一闪而过、一蹴而就、一哄而散、一挥而就、一跃而起"，也可按修饰语连在中心词上来分析。

"姿态"前带有三个定语，"它们、那种、不畏风霜"。

"却使人油然而生的敬意，久久不忘"，兼语式套用连动式句子。

"油然"，文言词。"然"是副词词尾，浓厚地、充沛地之意，做状语。现代汉语中还保留有"忽然、突然、显然、猛然、当然、定然、悠然"等词语。

更不用说在夏天，它自己用树枝挡住炎炎烈日，叫人们在绿荫如盖下休憩，在黑夜，它可以劈成碎片做成火把，照亮人们前进的道路。总之一句话，为了人类，它的确是做到了"粉身碎骨"的地步了。

"更不用说""总之一句话"，独立成分中的插说。

"它""自己"复指成分中重叠复指。

"用树枝挡住炎炎烈日""用"作介词，则"用树枝"为介词结构，从方式上修饰动词"挡住"，做状语。"用"作动词，则构成连动式谓语，前一个动词仍表示方式。两种分析都可采用。

"叫人们在绿荫如盖下休憩"，兼语式句子，第一个动词有"使令"意义，前后两个动词"叫"和"休憩"有因果关系。

"它可以劈成碎片做成火把"，连动式句子，后一动作为前一动作的目的。

"要求于人的甚少，给予人的甚多，这就是松树的风格。"

"的字结构"做主语。"的字结构"是动补关系的偏正词组。此句不能理解为称代复指，因为称代复指不能由主谓词组充当。

鲁迅先生说："我吃的是草，挤出来的是奶、血。"也正是松树风格的写照。

"我吃的是草，挤出来的是奶、血。"联合词组做主语。其中每个词组都是"的字结构"做主语的主谓词组。

自然，松树的风格中还包含着乐观主义的精神，你看它无论在严寒霜雪中和盛夏烈日中，总是精神奕奕，从来不知道什么叫作忧郁和畏惧。

"你看"，独立成分中的插说，引起读者注意。

"无论"、"总"或"总是"，关联词语。

在"严寒霜雪中和盛夏烈日中"联合词组做状语，其中包含两个介词结构。

"什么叫作忧郁和畏惧"，主谓词组做宾语。

在他们的意念中，一切都是为了把社会主义革命进行到底，为了迅速改变我国一穷二白的面貌，为了使人民的生活过得更好。这又不由得使我们想起松树的崇高的风格。

"一切"，形容词名物化做主语。

"为了……"三个表示目的的介词结构。三个介词结构是由介词"为了"和偏正词组、动宾词组、兼语式谓语组成。

"由",动词,顺随、听从的意思。"得"用在动词后表示可能补语,"得"的可能补语,只能是一个动词或者形容词或者动词性形容词性的词组。

第六节　句法——复句

前面介绍了单句,不管其内部结构多么复杂,它所表达的意思总是比较单纯的。世界上的客观事物是错综复杂的。在社会实践中,人们为了反映这种错综复杂的客观事物,表达丰富多样的思想感情,就需要一种比单句容量更大、表意更丰富、结构更复杂的句型,这就是复句。在语言实践中的适用范围和频率都远远超过了单句。因此,为了准确而熟练地应用,充分表达我们的思想感情,就需要在学习单句的基础上进一步学习复句。

一、什么是复句

两个或两个以上在意义上有密切关联的单句,连在一起构成的句子叫复句。组成复句的单句叫分句。分句与分句之间有一定的语音停顿,书面上通常用逗号、分号隔开。

复句的特点：复句和单句相比具有以下的特点。

1. 在结构上,一个复句至少包含两个相对独立的分句。分句可以是主谓句也可以是非主谓句。

"你等等我,我就回来。"两个分句都是主谓句。

"好,你说吧!"前一个是独词句,后一个分句是主谓句。

"不,不是这样。"前一个分句独词句,后一个是省略句。

"过了几天,游击队又来了。"前一个无主句,后一个主谓句。

由主谓句形成的复句,如果每个分句的主语是相同的,主语往往在以第一个分句里出现。例如,"我吃过午饭,坐着喝茶,觉得外面有人进来了,便回头去看"。这种复句,在形式上和连动式或兼语式的单句很相似,要注意区分。一般来说复句的各个分句在意义上的联系比较松弛,语音上有较大的停顿。连动式或兼语式的单句的各个成分之间的联系比较紧密,中间没有停顿或停顿较小。例如：

"咱们开一个会讨论讨论。"连动式句子。

"老李找我到他那儿去谈谈。"兼语式句子。

有时候主语在后面的分句里出现。如"送走了马子怀，韩百仲回到屋里"。

有时候相同的主语在每一个分句里出现，往往表示强调的语气。如"我后悔，我自慰，我要哭，我喜欢，我不知道怎样好"。

有时候，几个分句的主语不同，就不能省略。如"人不犯我，我不犯人，人若犯我，我必犯人。"

在一个复句里各个分句都是相对独立的。所谓相对独立，一方面，每个分句是整个复句的组成部分，不能完全独立。另一方面，一个分句，不论是主谓句还是非主谓句，都不能充当别的分句的句子成分，独立地保持着句子的完整结构，是一个独立的句子结构。如"人不犯我，我不犯人"。两个分句都是结构完整的单句，都不互相做另一个分句的句子成分。在复句里独立地、完整地保持着句子的结构。但是前一个分句提出了一个前提条件，后一个分句是在这个前提或条件下产生的结果，在意义上、在逻辑上又是互相依存、不可分割的。如果缺少一个分句就不能表达上述完整的意思。

判断一个复句有多少分句，不能光凭标点，用逗号断开的不一定是分句。

"全党同志必须认识，对于知识分子的正确政策是革命胜利的重要条件之一。"

句中"全党同志"是主语，"必须认识"是谓语。"认识"什么？认识党"对知识分子政策的重大意义"。所以逗号后面的句子结构充当了"认识"的宾语，而不是独立的分句。由此可知，这个句子是主谓宾俱全的单句，而不是复句。

"粉碎四人帮，标志着无产阶级文化大革命的结束。"

句中动宾词组做主语，"标志着"是谓语，偏正词组做宾语。这个句也是单句，不是复句。

"遵守社会法纪，这是公民应尽的义务之一。"

这是称代复指，逗号前面是复指成分，后是用指示代词称代它。句子是单句，不是复句。

2. 在意义上，一个复句中的各个分句之间有紧密的联系。

构成复句的所有的分句，虽然各自表达了一个完整的意思，但是分句与分句之间在意义上又有紧密的联系，前呼后应，共同表达了一个更复杂、更为完整的意思。表示分句之间意义上紧密联系的方法有两种，一种用关联词语表示，一种不用关联词语，而靠意义上的联系来表示。这种不用关联词语的表示方法叫"意合法"。

（1）表示分句间意义联系的两种方法
①意合法
"百花齐放是一种发展艺术的方法，百家争鸣是一种发展科学的方法。"
"射箭要看靶子，弹琴要看听众。"
"从喷泉里出来的都是水，从血管里出来的都是血。"

以上三个复句中的两个分句都叙述了两种不同的情况。这两种情况在意义上是并列的，不分主次偏正。第一个复句中，两个分句分别说明了党的发展科学艺术方针的两个方面，这两个方面是密切相关的。第二个复句中的两个分句分别叙述了两种事实，这两种事实都说明了做事要看对象、要有目的。第三个复句中的两个分句分别说明了两种现象，这两种现象并列在一起进行对比，说明来源不同的事物有着不同质的区别。

②用关联词语的表示法
"人总是要死的，但死的意义有不同。"前一个分句阐述了一种自然规律，后一个分句表述了与前一个分句不同的意思。两个分句在意义上是转折关系，用关联词（连词）"但"表示。

"只要我还活着，我总要拿起笔来对付他们的枪。"前一个分句表示一个条件，后一个分句是在这种条件下产生的结果。因此，两个分句在意义上是条件关系，由关联词语"只要……总"来表示。

（2）关联词语的用法：在复句中能连接各个分句，表示分句间不同关系的词语叫关联词语。关联词语通常由连词或副词来充当，有时也用词组来充当，如"一方面……另一方面"。关联词语的用法有三种：
①单独用副词的
"没有共产党就没有新中国。"
"敌人手里拿着刀，我们也要拿起刀来。"
"我们从理论上掌握了遣词造句的规律，才能在写作上做到用词恰当，语句通顺，意思明白。"②单独用连词的
"他议论非常多，而且往往颇奇警。"
"如果我能够，我要写下我的悔恨和悲哀。"
"倘若我还活着，我一定要坚持战斗下去。"
③连词和副词配合使用的
他虽然是粗笨女人，心里却有所决断。
如果我们不学习群众的语言，我们就不能领导群众。
④连词和连词配合使用的

要么到工厂去，要么到农村去。

因为我们是为人民服务的，所以，如果我们有缺点，就不怕别人批评指出。

我们不仅敢于斗争，而且善于斗争。

（3）关联词语的作用：关联词语是复句的重要组成部分之一，它在表示分句间的意义关系时起着很大的作用。这主要表现在如下几个方面。

第一，有些复句中分句之间的关系，一定要用关联词语才能表示出来，去掉关联词语，分句就联系不起来。例如：

"尽管我国的革命有自己的许多特点，可是共产党人把自己所干的事业看成是伟大的，十月革命的继续。"去掉关联词语就不能成为复句。

第二，一个复句包含分句较多，关系也比较复杂，不用关联词语就不能把各种关系清楚表达出来。

"工作的条件虽然很好，可是困难也还不少，如果我们对困难没有足够的估计，就会给工作带来损失。"

第三，有时候，一个复句用了关联词语表示一种关系，不用关联词语就表示另一种关系。

"或者写封信去，或者拍份电报去，叫他马上回来。"这是选择关系，如果去掉"或者"就成为并列关系了。

第四，同一个关联词语也可以表示不同的关系。例如：

"就是剩下一个人，也要坚守阵地。" "就是"与"也"呼应表示假设关系，对事物的假设推断。

"小王学习很好，就是有点骄傲。" "就是"在句中，表示转折关系，表示委婉的转折。

第五，表示分句之间的不同关系，要用不同的关联词语。

"因为你能依靠党的领导，所以工作搞得好。"（说明因果关系）

"既然你能依靠党的领导，工作就一定搞得好。"（推理因果关系）

"如果你能依靠党的领导，工作就一定搞得好。"（假设关系）

"除非你能依靠党的领导，工作才会搞得好。"（条件关系）

（4）关联词语的活用。使用关联词语是复句的特点之一，但是有关联词语的句子不一定都是复句。因为关联词语除了连接分句之外，还可以连接词、词组、句子甚至段落。例如：

"我们这样的国家，可以而且应该用"伟大的"这几个字眼。"

"英雄的人民公社社员应该担负起，这个极其艰巨但是十分光荣的任务。"

以上连接词、词组的例子。这两个句子都是单句。

"哥白尼发表了地动学说,不但带来了天文学上的革命,而且开辟了各门科学向前迈进的新时代……因此,哥白尼的学说不止在科学上引起了空前的革命,而且对人类思想的影响也是极深刻的……""因此"用来连接段落的。

有时候,关联词语什么也不连接,用在句子里只起强调的作用。如"无论谁,都要学好理论课"这句话中的"无论"只有强调作用。这类句子是单句,不是复句。

3. 在语气上,一个复句表示一种语气。在书面上根据不同的语气,在句末分别用句号、问号、叹号表示。例如:

"团结起来,争取更大的胜利!"表示祈使语气,句末用叹号表示。(条件关系)

"努力与提高呢?还是努力与普及呢?"表示疑问语气,句末用问号表示。(选择关系)

"共产党人必须随时准备坚持真理,因为任何真理都是符合人民利益的;共产党人必须随时准备修正错误,因为任何错误都是不符合人民利益的。"表示陈述语气,句末用句号表示。(并列关系,因果关系)

二、复句的类型(一般复句)

按照分句之间的关系,复句可以分句联合复句和偏正复句两大类。

1. 联合复句:

联合复句是由两个或两个以上的分句平等地连接起来的,分句与分句在意义上不分主次。分句之间的联系,有的用关联词语,有的不用关联词语。联合复句的特点是可以增加分句,延长分句之间的关系。例如:

"或者你去,或者我去"中"你去"和"我去"在意义上不分主次,两个主谓句用表示选择关系的连词平等地连接在一起,表示在你去或我去两者中任选其一。这种表示选择关系的联合复句,还可以增加分句,扩展为"或者你去,或者我去,或者我们一块儿去"。将两者选择其一,延长为三者中任选其一,延长了选择的关系。

联合复句中分句之间的关系,常见的有下列五种。

(1)并列关系

几个分句分别说明或描写几件事情、几种情况或同一事物的几个方面,彼此平行、不分主次并列在一起,这种关系叫并列关系。并列关系有时不用关联词语,有时用关联词语。常用的关联词语有"也、又、还、另外、又……又、既……又、一边……一边、一方面……另一方面"。这些关联词语，或者表示同类事物的并列，或者表示两件事情的并存。例如：

"我不是你的奴隶，你也不是我的奴隶。"（说明两件事情，相关并存）

"河很深，水流又急。"（描写河水的深度和流速两个方面）

"这儿有长青的松柏，参天的白杨，还有名贵的水杉。"（并列几种树木）

"我们既要有冲天的干劲，也要有科学的分析。"（说明我们必须具备的两种素养）

"边防战士，一边参加生产，一边准备战斗。"（说明边防战士的双重任务）

"东西又好，价钱又便宜。"（说明东西的质量和价值）

表示并列关系，有时不用关联词语。例如：

"学生尊敬老师，老师爱护学生。"（说明尊师爱生是师生关系两个方面）

"去年我哥哥参军，姐姐进入了大学。"（与说话人相关的两件喜事）

"上午我们在学校上课，下午到自然博物馆参观。"（我们一天的两大活动）

（2）连贯关系（承接关系）

几个分句一个接一个地说出连续发生的事件和动作。这就是连贯关系。连贯关系，通常不用关联词语，而靠分句的排列次序来表示。分句的次序一般是按时间先后或逻辑顺序来排列的。分句的顺序，前后不能调换。有时也用关联词语。常用的关联词语有"又、就、便、然后、接着、于是"等。例如：

"他抬头看了看已经偏西的太阳，抹了抹脸上、额上的汗，解开领子上的纽扣，匆匆地朝着前面的村落走去。"（按动作的先后排列分句）

"风停了，雨住了，树木洗得那么干净，池子里的水又平静得像一面镜子。"（按事物变化顺序排列分句）

"我们第一天搜集材料，第二天编写剧本（节目），第三天排练，第四天就演出了。"（按时间先后排列分句）

"过了那林，船便弯进了汊港，于是赵庄便真在眼前了。"（按经过地点的顺序）

连贯关系不同于并列关系。并列关系的分句是互相对待的，成平行的雁形排列。连贯关系的分句是连续而下，成相继的鱼贯式排列。

（3）递进关系

后一分句比前一分句有更进一层的意思，就是递进关系。所谓更进一层，指后一分句在范围、数量、程度、时间等方面比前一个分句递进了一层。引进更进一层的意思是有好多关联词语可用。"不但（不仅，不光，不止），而且（并且，也，还，更）"，这些关联词语可以和"不但"配合使用，也可以单独使用。单独使用的是"而且""并且""还""更"。

"我们不但善于破坏一个旧世界，而且善于建设一个新世界。"（数量递进一层）

"我们的祖国，不只土地辽阔，而且物产丰富。"（范围递进一层）

"他不仅按时完成了各科作业，并且读了不少参考书籍。"（范围递进一层）

"我懂英文，也懂法文、日文。"（数量递进一层）

"后面还有签名的，而且人数很多。"（数量递进一层）

"你以为你聪明，人家比你还聪明。"（程度更近一层）

在递进式的关系里"不但……而且……"用得最多，我们不妨把它作为典型格式。"不但"启下，"而且"承上，承上比启下更为重要。因此，只用承上，不用启下是可以的；光用启下，不用承上则不能成立。例如：

"我不但认识他，而且了解他。"可以改成"我认识他，而且了解他。"但不能说"我不但认识他，了解他。"使人感到话没有说完。

如果句子的意思是从否定方面说的，那么在"不但"部分说的是"不怎么样"或者"没有怎样"，更进一层就成了"反倒怎样"。这样的递进，常用"不但……反而（反倒）"或只在后面的分句用"反而"来表示。例如：

"正确的东西，好的东西，人们一开始不承认它们是香花，反而把它们当作毒草。"

"他们不但不支持热情的群众，反而向群众头上泼冷水。"

含有反词语气的递进关系常用"尚且……何况"来表示。例如：

"这么冷的天气，大人尚且受不住，何况是孩子？"

句子的意思递进了一层，还可以再递进，直到最大限度。这种递进关系常用"不但……而且……甚至"表示。例如：

"小吴不但接受了同志们的帮助，而且主动表示愿意改正错误，甚至表示立即以实际行动将功补过。"

（4）选择关系。

两个或两个以上分句，分别说出几样事情，表示要在这几样事情中选择一样，这就是选择关系。

选择关系可以分为两类：一类是选择未定的，一类是选择已定的。

第一，选择未定的。所谓选择未定，是指说话人在几样事情中还没有选定。常用"不是……就是""或者……或者""要么……要么""是……还是"等关联词语来表示。

用"不是……就是"口气比较坚决，表示要在两样事情中选取一样，排除选取第三种的可能性。关联词语要成对地用，不能只用一个。例如：

"不是西风压倒东风，就是东风压倒西风。"

用"或者……或者"一类关联词语，可以表示在两样事情中选取一样，也可以在多样的事情中选取一样，不排除第三种可能性。例如：

"或者把老虎打死，或者被老虎吃掉，两者必居其一。"

"或者你去，或者他去，或你们一道去，都行。"

"歌颂呢？还是暴露呢？"

"要么被困难吓倒，承认失败，要么克服困难，夺取胜利。"

第二，选择已定。指说话者在几样事情中已经选择妥当，常用"与其……不如""宁可……绝不（也不）"来表示。例如：

"与其扬汤止沸，不如釜底抽薪。"

"宁可将可作小说的材料缩成速写，决不将速写材料写成小说。"

不难看出，用"与其……不如"的，选定的内容在后一分句；用"宁可……决不"的，选定的内容在前一分句，这两种句子选取和舍弃的两项是同时出现的。还有一种用"宁可……也"的句子，句子中出现的都是说话人要选取的，舍弃的方面隐含在句子之外。如"我们宁可多赶几里路，也要去看一看。"

（5）对立关系

对立关系和并列关系相似，所不同的只是意义是对立的。这种复句一般不用关联词语。例如：

"我们熟悉的东西有些快要闲起来了，我们不熟悉的东西正在强迫我们去做。"

"我们不能等待大自然的恩赐，我们要向大自然索取。"

"这个孩子闲耍起来很聪明，做起事情来很糊涂。"

2. 偏正复句。

偏正复句就是几个分句在意义上有主次轻重之分。表示主要意思的分句为正句，表示次要意思的分句为偏句。一般顺序是偏句在前，正句在后。分句之间的联系，也有专用的关联词语。偏正复句的特点是可以增加分句，但不能延长关系。如"风太大，所以比赛改期了"可以扩展为"因为风太大，又有雨，所以比赛改期了"。分句增加了，仍然是一个因果关系，关系并没有延长。

偏正复句都可以分成两部分，其中一部分是偏句，另一部分是正句。划分偏句和正句的语法标志是语序和关联词语。偏句和正句的顺序，常见的是偏句在前、正句在后。例如：

"因为世界上压迫人民的敌人存在，人民要推翻敌人的压迫，所以要有革命党。"

"虽然母亲自己不富裕，还接济和照顾比自己更穷的亲戚。"

也有正句在前，偏句在后的这种句子。偏句带有补充说明的意味。例如：

"大家都很敬重他，因为他一贯工作认真负责。"

"柴教授冬天坚持长跑，坚持冷水浴，虽然他已经是快七十岁的人了。"

两种不同语序的偏正复句，在关联词语的使用上也各有特点。偏句在前，正句在后的复句，关联词可以成对地使用，也可以只用一个，有些还可以不用。正句在前，偏句在后的复句，关联词语只能在偏句中用上一个，不能成对使用，也不能不用。这些特点，有助于把偏句和正句区别开来。

偏正复句中偏句与正句之间有各种不同的关系，常见的有以下 7 种。

（1）因果关系

因果关系有两种，一种是就既定的事实来说明其中的因果关系，可以叫作"说明因果"。另一种就是一定的根据推论出因果关系，可以称为"推论因果"。

第一，说明因果。常用"因为……所以""因此""由于""以致"等关联词语来表示。例如：

"因为今天进城要办的事情多，所以天刚亮他就出门去了。"

"因为父母死得早，他忘了生日是在哪一天。"

"他从小不愿多说话，所以养成了沉默寡言的习惯。"

"党创造了坚强的武装部队，因此也就学会了战争艺术。"

"他事先没有充分的调查研究，以致做出错误的结论。"

"他备课不认真不细致，因而在课堂上出了纰漏。"

"因为"（连词）和"由于"（介词）都表示原因，用法上稍有区别，"因为"常与"所以"等连词配合使用。"由于"经常是单独出现，有时可以看到连用几个"由于"的句子，强调原因或理由，连用几个"因为"的很少见。

"因此"的作用相当于"因为……所以"，凡是能用"因为……所以"的地方，大都可以改成"因此"。同样，用"因此"的地方，也可以改为"因为……所以"。

"以致"表示下文是上述原因所形成的结果,含有"因此而造成"的意思,多指不好的结果。

第二,推论因果。偏句在前,提出前提;正句在后,加以推论。常用"既然……就""既……也就。""可见"来表示。例如:

"你既然知道错了,就应当赶快纠正。"

"既然这种化肥很好,买的人一定不少。"

"我们既然解决了提高和普及的关系问题,则专家和普及工作者的关系问题也就可以解决了。"

"敌人把最后的兵力也抛出来了,可见他们的力量基本上已被我们消灭了。"

推论因果句,有时用疑问句、命令句、商量句的形式表示。

"你既然答应了人家,为什么不快一点给人家办?"(疑问)

"你既然答应了人家,就应该赶快去给人家办!"(命令)

"你既然答应了人家,就不能不给人家办吧!"(商量)

(2) 转折关系

前边分句先说一个方面,后面分句不是顺着前面分句的意思说下去,而是转到同前面分句相对、相反或部分相反的意思上去,这就是转折关系。

转折关系由于语义上的差别,可以分为"重转"和"轻转"两种。

第一,重转句前后两个分句,在意思上有明显的对立,要求使用成对的关联词语。常用的有"虽然……但是(可是,然而)""尽管……却(不过,但,可等)"。例如:"这篇小说虽然在写法上有些不足之处,可是思想内容是好的。"

"尽管他的学习成绩一贯优良,却从不骄傲自满。"

"他虽然多住未庄,然而也常常宿在别处,不能说是未庄人。"

"我们虽然是初会,木叔的名字却是早已知道的。"

第二,轻转句前后两个分句意思虽然不一致,但并不对立,或者并不着重强调这种不一致,常在正句里用一个关联词如"但是、但、不过、只是、可是、然而、却"等来表示。例如:

"他很注意搜集古今以来的观测记录和有关文献,但是绝不虚推古人。"

"我的确时时解剖别人,然而更多的是更无情面地解剖自己。"

"近几年来,有些朋友要我谈谈写作的经验,可是我一次也没有谈。"

"矛盾是普遍存在的,不过按事物的性质不同,矛盾性质也就不同。"

"他知道自己错了,只是不肯承认错罢了。"

仔细推敲,用"但是、然而、可是"一类关联词的句子,比用"不过""只是"一类的句子,转折语气略重一些。

(3) 条件关系

前面的分句提出条件,后面的分句表示在这个条件下产生的结果,这就是条件关系。条件关系可分为两种。

第一,特定的条件。常用"只有……才""只要……就""除非……才"来表示。

"只有……才"表示唯一的条件,排除其他的条件,强调"只有"这个条件才行。例如:

"领导者只有先做群众的学生,才能做群众的先生。"

"只有在思想感情上来一番改造,才能把立足点真正移到工农兵这方面来。"

"只要……就"表示假设性的条件,不排除其他的条件,意思是"只要这个条件就行"。例如:

"只要大家一条心,就没有攻不破的难关。"

"只要你说得对,我们就改正。"

"除非……才"也表示唯一的条件,但和"只有……才"不同,"只有……才"是通过肯定唯一的条件,来排除其他条件。"除非……才"是通过排除其他条件来肯定唯一条件。例如:

"除非把缺点克服了,你才会进步。"

"除非身体实在支持不住,他才休息。"

第二,无条件的条件,表示在任何条件下都有同样的结果。这种条件可以说是无条件的条件。常用"不管、无论、任凭"和"也、都、总、还"来表示。例如:

"不论在自然界和社会上,一切新生力量,就其性质来说,从来就是不可战胜的。"

"一切的势力,不管它们的数量如何庞大,总是要被消灭的。"

"缺乏艺术性的艺术品,无论政治上怎样进步,也是没有力量的。"

(4) 假设关系

前面的分句提出假设的条件,后面的分句说明在这个条件下要产生的结果。常用"如果""假如""假使""若是""要是""如""倘""若"和"那么""那""就""便"等关联词语来表示。例如:

"倘若你们偷偷摸摸到处乱跑,那是不许可的。"
"要是明天不下雨,我们就去参观工业展览会。"
"要是昨天不下雨,我们早就去参观工业展览会了。"

前一句"要是……去"是可能实现的假设条件,后一句"要是……去"是不可能实现的假设条件。后一种说法在于强调原来是准备去参观工业展览会的,只是因为下雨才没去。由此可见,假设关系有两种用途,一是用于推断事物的发展,得出假设情况,推断在这种条件下,会有什么样的结果。如"要是"句的第一例句。一是用于分析事物,用已知的结果来证明在这种条件下,事情不像假设的那样,或者从而强调假设部分说到的事情具有十分重大的意义。

还有一种新兴的用法,就是前后两个分句说的是相关的两件事情。例如:
"如果说,十月革命给全世界工人阶级和被压迫民族的解放事业开辟了广大的可能性和现实的道路,那么反法西斯的第二次世界大战的胜利,就是给全世界工人阶级和被压迫民族的解放事业开辟了更加广大的可能性和更加现实的道路。"

这种句子的偏句和正句说的都是已经实现了的事实,只不过是拿两种事物来对照,有假如承认偏句所说的是事实,就得承认正句所说的也是事实的意思。

(5) 让步关系

偏句表示退一步着想的意思,正句表示与偏句相反的意思。分句之间常用"即使、就算、就是、纵然、哪怕、和、也、还"等来表示,例如:
"即使我们的工作得到了极其伟大的成绩,也没有比任何值得骄傲自大的理由。"
"就算他现在工作不太熟练,不久也会赶上你们的。"
"就是人家不批评我们,我们也应该检讨。"
"水渠修成了,纵然老天不下雨,我们也有水来灌田。"
"哪怕天塌下来,我们也不怕。"(让步关系,以退为进,特别有力。)
另外,"尽管"既可以表示转折关系,也可以表示让步关系,例如:
"尽管他学习很努力,可是困难仍然不少。"(表示转折与"却、可是"配合。)
"尽管天气很冷,我们也要把这条路铺好。"(表示让步与"也、还"配合。)
条件关系、假设关系和让步关系的区别:

条件关系和假设关系，都是表示在一定条件下产生的结果。两者之间是相通的。所以有的汉语教材把假设关系包括在条件关系中去处理，作为条件关系的一种，叫假设条件。不过假设关系和条件关系仍有区别，条件关系侧重在条件，假设关系侧重在假设。条件关系中的条件和结果之间是必然的关系。假设关系的条件和结果之间只是可能的关系。例如，"只有你说，他才相信"中"你说"和"他相信"是必然的关系。"如果你说，他就相信"中"你说"和"他相信"是可能的关系。因此，不少的汉语教材仍把两种关系分别来处理。

假设关系和让步关系都是偏正复句。偏句在前，正句在后。偏句表示的意思都带有假设的意味，因为退一步着想也是一种假设。所以有些汉语教材把让步句包括在假设句里去处理，作为假设关系的一种，叫让步假设。但是假设关系中假设条件和结果是相承的，让步关系中分句之间关系是相反的。例如，"如果你说，他就相信。"中"你说"和"他相信"之间是承接的、相关的，"即使你说，他也不相信"中"你说"和"他不相信"之间是相反的、对立的。为此，我们仍把让步关系单独处理。

另外，让步关系的正句表示相反的意思，和转折关系很相似。但是转折关系中分句之间表示的是已经实现或已经证实的事实。让步关系中分句之间表示的是尚未实现或尚未证实的事实。例如：

"你的工作虽然成绩很大，但不能由此而骄傲自满。"

"你的工作即使成绩很大，也不能由此而骄傲自满。"

（6）目的关系

前面的分句说明要达到的目的，后面的分句说明达到的目的所采取的措施。或者前面的分句说明干什么事情，后面的分句则说明干这种事情为了达到什么目的或避免什么恶果。常用"为了""为着""以防""以免""免得""省得"等关联词语来表示。

"为了严格区分两类不同性质的矛盾，应该首先弄清楚什么是人民，什么是敌人。"

"我们把政策交给群众，就是为了更好地取得群众的帮助和监督，更好地落实党的政策。"

"他们不惜牺牲一切，为了争取人民的自由和幸福。"

"我们一定要设法解决木材问题，以免工程陷入停顿。"

"我打算搬进城去，免得天天两头跑。"

"我们一定要提高革命警惕，以防阶级敌人趁机捣乱。"

表示目的的关联词"为了""为着",本来都是介词,但在目的关系的复句里却当连词用。这是由于目的复句中的,"为了""为着"等后面紧跟的不是名词性的词组,而是动宾词组。这就使它暂时离开了介词类,充当了复句内部分句与分句之间的连接成分,起了连词的作用。

在分析和使用"为着""为了"等词语时,一定要弄清它后面连接的词语,辨明它的性质,否则就会发生错误。

"为了要实现四个现代化,我们一定要加倍工作。"(连词)

"我们为了实现四个现代化而努力工作。"(介词)

表示目的的,"为了""为者"和表示原因的"因为"很相似,要注意区别。"为了""为着"是介词,表示目的,目的是要实现而尚未实现的东西。"因为"是连词,表示原因,原因是已经实现了的东西或事实。

(7) 取舍关系

偏正句各说一件事加以比较,让人或取或舍这就是取舍关系。常用"与其……不如""宁可……绝不""宁可……也不"表示。例如:

"我们与其把船停在港口,不如冒着大雨前进。"

"我们与其在这儿老等,不如走着去。"(偏句表舍弃,正句表选取)

"我宁可过穷日子,也不稀罕你的施舍。"

"我宁可将小说的材料缩成速写,决不将速写材料写成小说。"

这两种格式中前者感情比较委婉,说理也比较充分,后者感情比较坚决,意思更加肯定。

(8) 连锁关系

几个分句里都用了一个相同的词语。这个相同的词语,除了表示它本身的意义外,还起一定的连接作用。它把各个分句组成不可分割的整体,并且使各个分句在意义上发生一种倚变作用,即前一个分句怎么样,后一个分句就紧跟着怎么样。常用"哪里……哪里……,谁……谁……,愈……愈……,越……越……"。例如:

"内容愈反动的作品而又愈带艺术性,就愈能毒害人民,就愈应该排斥。"

"在群众面前,把你的资格摆得越老,越像个英雄,越要出卖这一套,群众就越不买你的账。"

"大家有多大劲儿,就使多大劲儿。"(多大,形容词做定语)

"我们有一分热,就发一分光。"(一分,数量词做定语。)

三、紧缩复句

紧缩复句是复句的一种特殊形式。它的分句与分句连接得很紧密,中间没有语音停顿,又省略了一些词语。从形式上看类似一个单句,从意义上看仍然是一个复句。这样的复句叫作紧缩复句,或叫紧缩。常见的紧缩复句有两类:

1. 复句的分句各有主语,分句间没有明显的语音停顿,书面上不用标点隔开,省略了一些关联词语。例如:

"你不去我去。""你不去,我去。""如果你不去,我就去。"

"你去我就不去。""你去,我就不去。""你如果去,我就不去。"

"你有力气你搬吧。" "你有力气,你搬吧。" "只要你有力气,你就搬吧。"

"我再说他也不相信。""我再说,他也不相信。""即使我再说,他也不相信。"

"你上哪儿我也找得着。""你上哪儿,我也找得着。""不管你上哪儿,我也找得着。"

2. 整个复句只有一个主语,分句的谓语结合成一个整体,中间没有语音停顿,书面上不用标点隔开,并省略了一些词语。如"你愿意去就去"和"如果你愿意去,你就去"。这类紧缩复句有一些固定格式。

(1) "一……就……"这种格式表示条件关系,就像条件关系中"只要……就……"例如:

"母亲一知道就很着急。""只要母亲一知道,母亲就很着急。"

"我一见便知道是闰土。""只要我一见面,我便知道是闰土。"

"你一不小心就要摔跤。""只要你一不小心,你就要摔跤。"

"我们一起床就做早操。""只要我们一起床,我们就做早操。"

"妹妹一说话就脸红。""妹妹只要一说话,妹妹就脸红。"

(2) "再……也……"这种格式和让步复句中的"即使……也……"很相似。例如:

"困难再大,我们也能克服。""即使困难再大,我们也能克服。"

"狐狸再狡猾也斗不过好猎手。" "即使狐狸再狡猾,狐狸也斗不过好猎手。"

"我再讲也讲不清楚。""即使我再讲,我也讲不清楚。"

(3) "不……不……"这种格式表示假设关系,相当于假设复句中"如果……就……"例如:

"小孩子不教不成才。""如果对小孩子不教育,小孩子就不会成才。"

"打不尽豺狼决不下战场。""如果打不尽豺狼,就决不下战场。"

(4)"非……不……"的格式和"不……不……"的格式一样,也是表示假设和结果一致的假设关系,只不过语气更强烈一些。例如:

"我们的同志都非学语言不可。""我们的同志如果不学语言,就不行。"

"同学们非攻克科学堡垒不可。""同学们如果不攻克科学堡垒,就不行。"

"我非写完文章不休息。""如果我写不完文章,我就不休息。"

(5)"不……也……"这种格式和"再……也……"的格式一样,都是表示让步关系,和"即使……也"相似。例如:

"不拆墙咱们也是一家。""即使不拆墙,咱们也是一家。"

"这个道理不说也懂。""这个道理即使不说,大家也懂。"

"你不想去也得去。""即使你不想去,你也得去。"

"你不愿意也得干。""即使你不愿意,你也得干。"

(6)"越……越……"这种格式常用来表示连锁关系。例如:

"我们越打越强。敌人越打越弱。"

"大伙越干越有劲。他越说越糊涂。"

"越是艰险越向前(冲)。越是困难的地方越是要去。"

这种紧缩句,如果加上语音停顿,书面上用逗号隔开,连锁关系就明显了。

以上六种格式是紧缩句中的常见的格式。紧缩复句中也有不用关联词语的。例如:

"人多议论多。""因为人多,所以议论多。"分句间是因果关系。

"人在阵地在。""只要人在,阵地就在。"分句间是条件关系。

紧缩复句的谓语不止一个,而且谓语之间存在着因果条件、让步、假设、连锁等关系,如果加上适当的关联词语和停顿,就成了一般复句。

紧缩句的特点是精炼、紧凑,一般复句的特点是周密、郑重。前者多用于口头,后者多用于书面。

紧缩复句很像连动式的复杂谓语,它们都有两个以上的谓语。但两者之间却有着根本的区别。这主要表现在如下三个方面:

第一,紧缩句是复句的特殊形式,是一个结构复杂的句子。连动式复杂谓语只是单句中的一个结构复杂的句子成分。两者不是同等的语言单位。

第二,紧缩复句的两个谓语实际上代表两个分句。谓语之间存在着假设条件、让步、连锁等关系。连动式的复杂谓语之间,仅仅限于方式、目的关系,谓语之间的关系不同。

第三,紧缩复句的两个分句之间一般来说有特定的关联词语,或用特定的格式来连接。连动式的复杂谓语的几个谓语之间一般都不用关联词语。如果有关联词语也仅限于副词,而且副词不起关联作用,只起修饰作用。用不用关联词语又是两者的区别标志。

四、多重复句

1. 什么是多重复句

前面我们介绍的联合复句和偏正复句,一般是由两个分句构成的,分句之间只有一层关系,这叫作一般复句。可是实际语言中的复句并非如此简单。有的复句,它的分句本身又是复句,这就有了两个层次的关系。这样推想下去,还可以有三个、四个或更多的层次。两个以上的层次关系的复句总称多重复句。例如:

①只要我们为人民的利益坚持好的②为人民的利益改正错的③我们这个队伍就一定会兴旺起来。

这个句子由三个分句组成,①②分句和③分句构成了条件关系,这是一层关系。①分句和②分句又是内容相对的并列关系,这又是一层关系。这个复句是三个分句构成了两个层次关系的复句,我们通常把这种复句叫二重复句。

以此类推,可以有三重复句、四重复句甚至多重复句。总之有两个以上的层次关系的复句都称为多重复句。

2. 怎样分析多重复句

分析多重复句必须抓住两点,第一点要通观全局,逐层进行剖析。第二点要抓住关联词语,注意意义关系。前者主要指分析的次序,后者主要指分析的依据,两者必须紧密地结合起来。

分析的次序是先总观全局,后逐层剖析。所谓总观全局,就是把整个复句从头到尾先看几遍,彻底了解整个复句的意思,确定整个复句包含了几个分句。所谓逐层剖析,是在确定分句的基础上,先找出第一层意义关系,即统帅全句的意义关系。然后逐层解剖分析,找出第二层、第三层的意义关系。

分析的依据是要是关联词语。因为关联词语是复句的特征之一,它标志着复句内部各种不同的关系,不同的关联词语代表着不同的意义关系,所以它是分析复句的依据,必须抓住它。有时分句之间不用关联词语,而靠意合法连接，那就必须注意分句之间是相关、相承或相对、相反的意义关系。所以在抓住关联词语的同时，还必须注意意义关系。

分析复句，还要用一定的符号和注释，一般常用的是画短竖线，表示层次。注上关系名称，表明意义关系。具体做法是：第一步，确定了分句之后，在每个分句的句末或句首用数词或英文字母标明分句顺序。第二步，找出统帅全句的意义关系之后，在两个分句间画一条短竖线，并在分句间的上方或下方标出什么关系，如并列、条件、因果、假设等，并加上括号。第三步，找第二层关系，同样注明什么关系，或画上两条短竖线。第三层关系画三条短竖线，第四层关系画四条短竖线。依此类推，也可以用在句子的下面画方框号的办法来表明层次关系。

3. 多重复句和一般复句的区别

多重复句是两个以上的层次关系构成的，一般复句只有一个层次关系。所以不管一个复句有多少分句，如果结构层次和意义关系只有一个，仍然是一般复句，而不是多重复句。例如：

"培养无产阶级革命事业接班人的问题，从根本上来说，就是老一辈无产阶级革命家开创的革命事业是不是后继有人的问题，就是将来我们党和国家的领导能不能继续掌握在无产阶级革命家手中的问题，就是我们的子孙后代能不能沿着马克思列宁主义的正确道路继续前进的问题，也就是我们能不能胜利地防止赫鲁晓夫修正主义在中国重演的问题。"

这个复句有四个分句和一个独立成分（从根本上来说）组成，这四个分句之间只有一种关系，即并列关系，所以不是多重复句，而是一般的并列复句。

"我一大早起来就开了门，拿小篮，盛了豆，叫我们的阿毛坐在门槛上剥豆去。"这三个分句间只有一种关系，即连贯关系，所以这个复句是一般的连贯复句。

第五章

修　辞

第一节　学习修辞的必要性

　　语言是人们进行交际和交流思想的工具。我们平常说话或者写文章就是运用口头语言或书面语言进行交际和交流思想的。我们说话，说得清楚不清楚、动听不动听，我们写文章写得明白不明白、动人不动人，这是由两方面的因素决定的。首先，要有正确的观点和健康的感情，这是主要的。其次，要有驾驭和运用语言的艺术修养，要善于遣词造句、抒情达意。在运用语言方面又有两项基本的要求：第一，清楚明白，准确严密；第二，生动鲜明，具体形象。前者主要是遣词造句问题，和语法有关。后者主要是运用语言的技巧问题，和修辞有关。我们要把话说清楚，说明白，说得娓娓动听、引人入胜、勾人心弦，就得学点语法、学点修辞。我们要把文章写得通顺，写得明白，写得激情洋溢、感人肺腑，也得学点语法、学点修辞。由此可知，对我们学习中文的同学们来说，不论现在还是将来，学习修辞和学习语法一样，是我们日常生活之必需，是不断提高教育语言能力之必需。总之，天天要和语言打交道，就要学好语法、学好修辞。

第二节　修辞的性质

　　什么是修辞？辞，就是言辞、文辞。言辞就是口头语言，文辞就是书面语言。修，就是调整的意思。所以修饰就是调整修辞语言，使语言生动活泼的方法和手段。研究修饰语言的方法和手段的学问叫修辞学。这种修饰语言的方法和手段，是语言里所固有的一种现象，本来就存在于人民群众的口头语言里，而且是丰富多彩的。比如，我们平常遇到令人生气的事，常说"真气死人""把人的肺都气炸了"。显然，这是夸大其词，是运用夸张修辞的手法。遇到麻烦的事情，常说"心里油煎火燎的"。这是打比方，是运用比喻修辞手法。小孩子遇见外国人就喊"大鼻子来了"，这无疑是用借代修辞手法。人民群众口头里的谚语、俗语、歇后语，都包含着修辞的方法和手段。由此可知，修辞也是一种语言现象，一种语言的加工润色现象。

第三节 修辞同语法要素和风格文风的关系

语言的修辞现象是综合性的，它和语言的要素（语音、词汇、语法）都有内在的联系，和语言的风格（文风）也是相关联的。

一、修辞和语音的关系

语音是以语言声音的内部结构（声，韵，调）为研究对象的。修辞可以利用语音，造成种种修辞手段，增强语言的表达效果。例如，谐音双关就是利用词的同音同调或同音不同调造成一词两用，一举两得，既经济笔墨，又含义丰富的修辞手段。如"孔夫子搬家——尽是书"，"二两棉花四张弓——细谈"，又如摹拟修辞格，就是利用同音词，把某种声音直接模拟出来，给人以新奇，立体的、直观的感受，增强语言的形象性生动性。如"我心突突地直跳""我连呼'吁'地一声刹住了车""我啪地一下，在空中打了个响鞭""骨碌碌的滚了出来，咕噜噜一直滚到我的脚下"。再如对偶利用平仄押韵增强语言的音乐美节奏感。

二、修辞和词汇的关系

词汇是研究词汇的形成和发展，以及词的意义的。修辞就可以利用词义的相同或相反，造成种种修辞手段，增强语言的表达效果。例如，修辞上的婉曲就是利用同义词把话说得委婉含蓄，富有感情。如"要是你有个三长两短，我可怎么办?"不说"死"，而说"三长两短"，词句间充满伤感。又如"弼时同志竟停止呼吸，和我们永别了"。不说"死"，而说"永别"。修辞上的对比、仿词，就是利用反义词构成的。如"虚心使人进步，骄傲使人落后，我应该永远记住这个真理。"用"虚心"和"骄傲""进步"和"落后"两组反义词，形成鲜明的对比，正反对照深刻地揭示了一条客观真理。修辞上的镶嵌，就是一个双音词里交错地嵌入另一个双音词，使词义扩大，而用词精炼。如"东奔西跑、东张西望、欢天喜地、眉飞色舞、连比带说、奇花异草"等。

三、语法和修辞的关系

语法是研究词的变化和组词成句的规律的，是研究怎样把话说得对。话说得对不对，要看用词造句合不合乎语法规范和语言习惯。修辞是讲求语言表达效果的，是研究怎样把话说得好。说得好不好，要看对语言的调整修饰、加工润色得怎么样，要看合不合乎生动鲜明、具体形象的要求。由此可知，语法和修辞是有区别的，但又是密切联系的。话说得对，不一定说得好，但要说得好，首先要说得对。如果连句子都写不通，就谈不上修辞了。所以，语法是修辞的基础，反过来修辞对语法也有一定的积极作用。主谓倒装就是为了强调谓语，突出语义的重点，加强表达的效果。如"怎么了，你？""出来呀，你！"。主宾倒装也是为了强调宾语，突出语义重点，加强表达效果。如"你放心走吧！大人孩子我给你照顾，什么也不要惦记""这事到了现在，还时时记起"。这就是语法上的倒装句，是从修辞的需要而产生的。因此，学点修辞，对语法的某些问题也会有进一步的理解。张静主编的《现代汉语》里提出状语和定语后置的问题，虽然也举的是名家例子，例如：

"他走过来了，悄悄地，慢慢地。"

"他要去广州，今天晚上八点钟。"

"他生下来的时候，并没有玫瑰花，他反而取得了成绩。而现在呢，因有所警惕了呢，当美丽的玫瑰花微笑时。"（徐迟《哥德巴赫猜想》）

"醒来吧，周总理！

继续你的革命生涯

以你对党的忠贞

和崇高的政治品质。"（郭小川《痛悼敬爱的周总理》）

"他一把手提着篮子，内有一个破碗，空的。"（鲁迅《祝福》）

"春天像小姑娘，花枝招展的，笑着。"（朱自清《春》）

"荷塘四面，长满了树，蓊蓊郁郁的。"（朱自清《荷塘月色》）

但这些句子都不符合汉语习惯，同时后置破坏了中心词和修饰语的关系，后置的状语也可能变成补语，如"到操场跑——跑到操场"。后置的定语变成谓语，或另一个分句。如"今天晚上，很好的月光""今天晚上，月光很好"。所以不能作为语法规律来讲，作为修辞的一种手段，偶一为之，也无不可。

四、修辞和风格的关系

风格就是作风，是各种特点的总和。语言风格，是指运用语言所表现出来的各种特点的总和。而修辞方面是为提高语言的表达效果服务的，它有助于语言的艺术化。例如，排比、重复押韵、平仄能增强语言的节奏感和音乐美，双关婉曲具有委婉含蓄的风格色彩。仿词、拈连、释词具有幽默生动的风格色彩。在一定的语言环境中，恰当地运用这些具有不同风格的修辞方式，使它们和语言表达的总的调子协调起来，就能够成为不同的语言风格。所以语言风格要通过一定的修饰方式才能表现出来，修辞和语言风格是密切相关的。

五、修辞和文风的关系

文风是运用语言时表现出来的思想作风，是作品的思想内容和表现形式两个方面各种特点的总和。文风的准则即文章的准确性、鲜明性、生动性。修辞的目的也是为了使语言准确、鲜明、生动，所以说文风的准则是修辞的指导思想，而修辞则是改进文风的手段。

第四节　修辞方式

修辞方式，又叫修辞格、修辞手法。它是完成修辞任务的手段，修辞效果是通过具体的修辞方式表现出来的，是广大人民群众在长期运用语言的过程中，在生产劳动和社会实践的过程中创造出来的，有着民族性和全民性。修辞方式可以分为两大类：第一，从内容方面着眼的，大多属于意境的描绘，跟风格和文风关系比较密切。第二，从语言形式方面着眼的，大都属于选词造句，跟语法关系密切。

一、从内容方面着眼的

1. 比喻：

（1）定义

比喻，俗称打比方，是加强语言形象化的修辞手法之一，富于幽默感。

善于打比方是汉语的突出优点。从古至今我国人民群众的口语里有各式各样的打比方的话。古典诗歌及《诗经》里几乎篇篇都用比喻,现在的民歌也以比兴手法为主。

比喻是根据事物之间的相似点,用具体熟知的事物来描绘生疏抽象的事物,用浅显易懂的道理来说明深奥难懂的道理。

(2) 三要素

比喻,一般有三个互相关联的组成部分,一个是被比喻的事物,叫主体(本体);一个是比喻的事物,叫客体(喻体);一个是把主客体联系起来的比喻词。例如,"共产党像太阳,照到哪儿哪儿亮"中的"共产党"是被比喻的事物,是主体,"太阳"是比喻的事物,是客体。"像"是联系主客体的比喻词。主客体是完全不同的东西,但它们又有共同之处。唯其有共同之处,比喻才是可能的。唯其有不同之处,比喻才有意义、有作用。"共产党"和"太阳"是不同的事物,但都能给人以光明、温暖,这就是共同的。因而把党比作太阳,就把党处处给人以光明、温暖的恩情,具体形象地表达出来了。

(3) 比喻的基本类型根据用不用比喻词,比喻可分为明喻和暗喻两类。

①明喻,用比喻词的比喻。常用的比喻词有"好像、象、如、同、好比、仿佛、宛如、好似、一样、似的、似、如同、一般"等。这种比喻因有比喻词,一看就知道。例如:

"军民团结如一人,试看天下谁能敌?"

"你们青年人朝气蓬勃,正在兴旺时期,好像早晨八九点钟的太阳,希望寄托在你们身上。"

②暗喻,也叫隐喻。不用比喻词的比喻,这类比喻主客体之间关系比较紧密,往往用"是"成为"当作"之类的词语联系主客体,或者用并列句式把主客体罗列出来,把比喻的意思隐藏起来,所以叫隐喻或暗喻。这种比喻带有强调或夸张的语气,意境比明喻更为深邃。例如:

"马克思列宁主义和中国革命的关系,就是箭和靶的关系。"

"刹那间,东西长安街成了喧腾的大海。"

"真正的铜墙铁壁是什么?是群众,是千百万真心实意拥护革命的群众。"

"长征是宣言书,长征是宣传队,长征是播种机。"

"山舞银蛇,原驰蜡象,欲与天公试比高。"

"射箭要看靶子,弹琴要看听众,写文章做演说倒可以不看读者,不看听众吗?"

"什么藤上结什么瓜,什么树上开什么花,什么时代唱什么歌,什么阶级说什么话。"

(4) 比喻的变式

第一，倒喻——主客体颠倒次序的比喻。一般比喻是主体在前，喻体在后。倒喻是本体和喻体秩序颠倒的一种比喻。这种比喻有的是明喻，但更多的是暗喻。因为是喻体在前，本体在后，所以叫作倒喻。例如：

"上海人叫小瘪三的那批角色，也很像我们的党八股，干瘪得很，样子十分难看。"（毛泽东《反对党八股》）（"党八股"像"小瘪三"）

"两岸都是峭壁，渡口是一条羊肠小道。"（"小道"像"羊肠"）

"至死不变，愿意带着花岗岩脑袋去见上帝的人，肯定有的，那也无关大局。"（脑袋像花岗岩）

这种比喻更能突出主体的特征。如由"羊肠"而想到"小道"，更突出小道的崎岖难行。由"花岗岩"而想到"脑袋"，更突出了脑袋坚硬，顽固不化。

第二，反喻——用否定语气构成的比喻。一般的比喻是用肯定的语气，从正面说明主体是（像）什么。反喻是从反面说明主体不像什么。这种比喻主客体之间没有什么相似点，用比喻的形式，以反衬的方式，可以使比喻的内容更加鲜明。常用"不像""不是"来表示。例如：

"我不像你那样蛮不讲理。"

"革命不是请客吃饭，不是做文章，不是绘画绣花，不能那样雅致，那样从容不迫、文质彬彬，那样温良恭俭让。"

第三，较喻——用比较的方式做比喻。这种比喻，主客体之间有程度上的差别，或主体高于客体，或客体高于主体。常用"比、不如、比不上"等比喻词。例如：

"妈！你的心比针尖还小。"

"十五的月儿，满天的星，比不上延安窑洞的灯火明。"

"五湖的碧波，四海的水，比不上韶山村里的清泉美。"

第四，项喻——连用两个以上的客体的比喻。这种比喻可以全面细致地说明主体的各种特点。例如：

"戏未演完滚下台。

一个倒栽葱摔破了天灵盖。

像一窝兔子堕胎。

像一篮鸡蛋打坏。

像一缸粪便倒尘埃。

像一头泥牛入沧海。

树倒猢狲散裙带。

看后台又怎样安排。

呜呼哀哉！"（郭沫若《猢狲散带过破葫芦》）

"这《孩儿塔》的出世……是林中的响箭，是冬末的萌芽，是进军的第一步，是对于前驱者的爱的大纛，也是对于摧残者的憎的丰碑。"（鲁迅《白莽作〈孩儿塔〉序》）

第五，迂回喻——迂回曲折地打比方，这种比喻是先提客体，再否定客体，最后提出主体。经过肯定、否定、再肯定，更能加强比喻的鲜明性。例如：

"站在高山向西看，

一条白带绕从山，

不是带，

原是新开公路上岭来。

站在高山往西瞧，

朵朵的云白云山上飘

不是云，

原是钻井工房搭山顶。

站在高山往下望，

井场流水翻黑浪。

不是水，

原是石油出闸展翅飞。"（青海民歌《站在高山上》）

（5）比喻的运用

比喻的作用有两个方面，刻画形象和说明事理。

刻画形象，着重主客体之间外部形态上的类似。例如：

"我吃了一吓，赶忙抬起头，却见一个凸颧骨，薄嘴唇，五十岁上下的女人站在我面前，两手搭在髀间，没有系裙，张着两脚，正像一个画图仪器里细脚伶仃的圆规。"（鲁迅《故乡》）

用比喻说明事理，则侧重于主客体之间内部本质上的联系。例如：

"一切反动派都是纸老虎。""一切反动派"和"纸老虎"在本质上是一样的，都是外强中干，貌似强大，实际脆弱，没有什么了不起的。

不论在说明事理还是在描写事物的过程中，比喻是陌生与熟悉之间的桥梁，是抽象与具体之间的桥梁，是深奥与浅易之间的桥梁。使陌生的东西成为熟悉的东西，使抽象的东西成为具体的东西，使深奥的东西成为浅显的东西。所以运用比喻不光是为了明白易懂，更是为了生动有力。

运用比喻时必须注意：首先，比喻要贴切。包括两个方面，一方面，主客体之间应该有相似点，或外部形态的某一点类似，或内部特征的某一点有关联。另一方面，主客体之间的情味色彩必须协调，忽略了比喻的感情色彩，往往会损害或歪曲主体。其次，比喻应力求新鲜。"光阴似箭""日月如梭"之类的比喻原来是很生动的，但是沿用久了便失去了光彩，成了烂词。好的比喻在于唤起鲜明的印象。如"只可惜官粉涂不平脸上的皱纹，看起来好像驴粪蛋上下了霜""红军像一个火炉，俘虏兵过来马上就融化了"。

2. 借代

（1）定义

借代也叫代替，是舍弃事物的本来名称，借用跟它相关或相似的事物名称来代替。如赵树理的《小二黑结婚》，把刘修德叫"二诸葛"。周立波的《暴风骤雨》里，把韩老六的大老婆叫"大枣核"。这里都是借代。

（2）种类

借代有对代和喻代两种。

第一，对代。用事物的特征、标志、局部来代替整个事物的。这种借代是一对一的，没有别的附带成分。例如：

"先生，给现洋钱，袁世凯，不行吗？"（事物标志代替）

"鲁迅的骨头是最硬的。"（具体代抽象精神）

"解放军不拿群众一针一线。"（局部代整体）

"你去剃个头，刮个脸。"（整体代局部）

"你喜欢田间，喜欢马雅可夫斯基。"（局部代局部）

"一间阴暗的小屋子里，上面坐着两位老爷，一东一西。东边的，一个是马褂，西边的一个是西装。"（特征代局部）

"我白费了半天唇舌。"（具体代抽象）

第二，喻代。用比喻的事物取代被比喻的事物。这种代替，有比喻，也有指代。指代是主要的。例如：

"你们杀死一个李公朴，会有千万个李公朴站起来！"（"李公朴"喻代千万个像李公朴一样的革命者）

"最可恨那些毒蛇猛兽吃尽了我们的血肉，一旦把他们消灭干净，鲜红的太阳照遍全球。"（"毒蛇猛兽"喻代反动统治阶级，"血肉"喻代物质财富，"鲜红的太阳"喻代共产主义事业）

"放下包袱,开动机器。"("包袱"喻代精神负担,"机器"喻代开动脑子思索问题)

"星星之火可以燎原"(喻代革命事业必胜)

(3)借代的运用

运用借代可以使我们的语言丰富多彩,鲜明别致或简洁精炼,生动有力,同时容易引起读者的想象,给读者以幽默感。应用借代应当注意三点:第一,要形象具体、新鲜活泼。第二,要注意明确性和代表性。第三,要注意思想性和感情色彩。

3. 比拟

(1)定义

把物当作人,或把人当作物,或把甲物当作乙物来描写。如"月亮笑嘻嘻地爬出了东山。"月亮是无生物,说它"笑嘻嘻",就是把它当作人了。说它能"爬",又把它当作物了。

(2)种类

比拟可分为拟人和拟物两种。

第一,拟人,把物当作人来描写。

"社员跟太阳比赛跑。

累得太阳把替工找。

月亮露面心里跳,

啊,我替不了来替不了!"(山西民歌·《找替工》)

"须晴日,看红装素裹,分外妖娆。"

"咱们的炮一发言,马上取消了敌炮的发言权。"

"姑娘一闪身向外跑,

屋子里连扫帚也在欢笑,

欢笑这新社会的订婚礼。

欢笑这一对青年人配得这么好。"(李季《报信姑娘》)

第二,拟物,把人当作物,或把一事物当作另一事物来描写。

"社会主义好,

社会主义好,

社会主义国家人民地位高,

反动派,被打倒,

帝国主义夹着尾巴逃跑了。"(把帝国主义视为野兽)

"小小寰球,有几个苍蝇碰壁。嗡嗡叫,几声凄厉,几声抽泣。"

(3) 比拟的运用

比拟跟比喻、借代是不同的修辞方式。比喻是以甲喻乙，重点在"喻"。借代是以甲代乙，重点在"代"。比拟是把甲当作乙来描写，一般是把适用于甲事物的动词、形容词用来描写乙事物，重点是"拟"。如"敌人像疯狗一样在声嘶力竭的狂吠"，这是比喻。"疯狗在声嘶力竭的狂吠"，在一定的上下文里可以作借代，"疯狗"指代敌人。"敌人在声嘶力竭地狂吠"，这是比拟。用了"狂吠"，就是把敌人拟作狗了。

运用比拟把无生物、生物当作人来写，赋予人的思想感情。它们具有人的音容笑貌，栩栩如生。把人当作物，或把这一事物当作另一事物，可以增加语言的绚烂色彩，鲜明生动地表达人们的喜怒情绪和爱憎感情。

运用比拟应当注意：第一，必须跟文章的主题思想，描写对象的特点，人物心情的变化配合起来。如"一捆捆的稿纸从屋角的两只麻袋中探头探脑地露出脸来"。就和环境气氛描述对象的心情配合得很紧密。第二，以人拟物，以物拟人，或以物拟物，物和人之间必须有某些相似之处能够引起人们的联想。第三，要注意感情色彩。运用比拟是为了更好地抒发感情，因此比拟的感情色彩必须鲜明。

4. 夸张

(1) 定义

通过想象，把客观事物合情入理地夸大或缩小。夸张是我国古典文学作品中常用的修辞手法。如"白发三千丈，缘愁似个长""飞流直下三千尺，疑是银河落九天""危楼高百尺，手可摘星辰。不敢高声语，恐惊天上人"。不少的成语也包含着夸张手法，如"震耳欲聋、天翻地覆、摩肩接踵、无孔不入、人山人海、天衣无缝、度日如年"等。

(2) 种类

夸张可以分为直接夸张和间接夸张两种。

第一，直接夸张——不借助其他修辞手段，直接夸大或缩小事实。"万木霜天红烂漫，天兵怒气冲霄汉""山，快马加鞭未下鞍，惊回首，离天三尺三""他看见那些受人尊敬的小财东，往往垂着一尺长的涎水""别说你转不过屁股的小不丁点儿的县城，就是千门万户也认不错门，也分得清敌与我""只哭得天昏地又暗，只哭得风号水呜咽"。

第二，间接夸张——借助比喻、借代、比拟等修辞手段夸大或缩小事实。"忽报人间曾伏虎，泪飞顿作倾盆雨。"泪飞如雨是比喻，倾盆大雨则是夸张。"一座粮山高万丈，白云缠在山腰上，太阳累得直淌汗，半天爬不上山岗。"把粮堆说成粮山是比喻也是夸张。说太阳累得直淌汗，半天爬不上山岗，是拟物也是夸张。

(3) 夸张的运用

夸张是使语言生动活泼的手段。通过夸张可以深刻地揭示事物的本质，引起人们丰富的想象，也可以表达作者对事物的态度，引起读者强烈的共鸣。

运用夸张时必须注意：第一，要有现实基础，有真实性。就是说被夸张的事物确有某些突出的地方，确有被夸张的可能性。鲁迅在《漫谈"漫画"》里说"燕山雪花大如席。"是夸张。但燕山究竟有雪花，就含有点诚实在里面，使我们立刻知道燕山原来有这么冷。如果说"广州雪花大如席"那可就变成笑话了。第二，要抓住事物的本质，深刻反映现实生活。第三，间接夸张要注意各种修辞方式的一致性，防止互相抵触。

5. 对照

(1) 定义

把两种对立的或者两种有差别的事物，用比较的方法加以描绘，使事物的特征更加鲜明突出，引导读者体会事物的差别。

(2) 种类

第一，两种不同事物的对照。例如：

"有缺点的战士终究是战士，完美的苍蝇竟不过是苍蝇"。从对比中揭示"战士"和"苍蝇"的本质的差别。

"你是革命第一，工作第一，他人第一。而在有些人却是出风头第一，休息第一，自己第一。"

第二，一种事物两个不同方面的对照。例如：

"不管收多收少，总不够人家地主的；如今收一颗落一颗，收一斗落一斗。"（统一收获而归人归己不同。）

"过去走娘家，谈鸡又谈鸭。现在走娘家，姐妹比文化。个个不落后，乐坏老妈妈。"

(3) 对照的运用

对照，把对立或有差别的现象加以比较，有助于揭示事物的本质，给人留下鲜明深刻的印象。

运用对照必须注意：第一，必须是对立的或有差别的事物；第二，对照要有目的有意义；第三，应该从事物的本质着眼，不要只看表面现象。

6. 映衬

(1) 定义

用相似的或相反的事物来陪衬主要的事物。

（2）种类

映衬分为正衬和反衬两种。

第一，正衬，用相似或相关的事物来做陪衬。例如：

"时候既然是深冬；渐近故乡时，天气又阴晦了，冷风吹进船舱中，呜呜的响，从篷隙向外一望，苍黄的天底下，远近横着几个萧索的荒村，没有一些活气。我的心禁不住悲凉起来了。"以阴晦、苍黄、萧索的深冬景象来衬托人物悲凉心情。

第二，反衬，相反或相异的事物来陪衬。

"庄稼长得真好啊！可是人们心里像铅块一样重。"这里用庄稼好，作为人们心情不好的反衬。

"李排长不是个怯懦的人。虽然在惊天动地的大战争中，他依旧笔直地梗着脖子，挺着胸脯，不慌不忙地同敌人周旋。但在这样的大自然所掀起的情况中，他带领一班骑兵转来转去，却终于疑惑地勒住了马。"用李排长勇敢机智反衬他当前面临的自然的环境的恶劣。

鲁迅的《祝福》的结尾，写祥林嫂刚刚凄惨地死去，鲁镇的有钱人开始了热火朝天的祝福。这种祝福对祥林嫂的悲惨命运是一种尖锐鲜明的反衬。作者正是通过这种手法，对万恶的旧社会进行了有力的控诉，对封建制度吃人的本质进行了无情的揭露，对富人的祝福进行了火辣辣的讽刺。

（3）运用映衬要爱憎分明，深刻鲜明地表达强烈的思想感情。陪衬的事物和被陪衬的事物必须宾主分明，让人一看就明白，才能突出主要事物，使文章的思想深化。

7. 示现

（1）定义

把过去的、未来的、悬想的事物，描绘得活灵活现，如在眼前。

（2）种类

示现有三种：示现过去的，叫追述；示现未来的，叫预言；示现悬想的，叫悬想。

①追述：

"我忘却周围的一切，回忆着往事。在记忆中出现了动乱的1919年。"

"大炮在怒吼……黑夜里火光冲天……大队的武装干涉者侵入我国。"

②预言：

"我们可以想象到，在十年八年以内，北京的全城会成为一座花园处处美丽，处处清洁，处处有古迹，处处也有最新的卫生设备。"

③悬想：

"艾戈尔卡的脑子里盘旋着一些恐慌的念头。假如天黑了，爸爸不回来怎么办呢？……水路标上的灯没点……，夜里有轮船通过……没有信号灯……"

"这时候，我的脑里忽然闪出一幅神异的图画来：深蓝的天空中挂着一轮金黄的圆月，下面是海边的沙地，都种着一望无际的碧绿的西瓜，其间有一个十一二岁的少年，项带银圈，手捏一柄钢叉，向一匹猹尽力的刺去，那猹却将身一扭，反从他的胯下逃走了。这少年便是闰土。"

"黄河，一个领导全中国人民大翻身的巨人，走近了你的身旁。他笑着向你打招呼，他也要你彻底翻一个身。从他的笑容里，我们看到了一个美丽动人的黄河远景。"

"规模相当于第聂伯河水电站的一个水电站，巍然屹立在三门峡上，这里的电门一开，无数工厂的机器立刻轰响起来，数以亿计的电灯，一起放出了亮光。"

"我在这里吃雪，真是为了我们祖国的人民不吃雪，他们可以坐在挺豁亮的屋子里，泡上一壶茶，守住个小火炉子，想吃点什么，就做点什么……"

（3）示现的运用

示现是通过想象再现某种情景，它有助于展现故事的情节背景；有助于刻画人物形象；有助于说明事理，增强文章的说服力；有助于抒发感情，加强文章的感染力。示现有的是细微描绘，形象生动；有的是粗笔勾勒，生动传神。运用示现要注意：第一，材料取舍要恰当，要从属于文章主题的需要；第二，描写叙述要合理逼真。

8. 双关

（1）定义

一个词语或句子兼有两种意思，一种是字面意，一种是言外之意。这种一箭双雕的词句，字面意思是次要的，言外之意是主要的。

（2）种类

双关可以分为谐音双关和语义双关两种。

第一，谐音双关是利用词的同音或近音条件构成的双关语

"我失骄阳君失柳，杨柳轻飏直上重霄九。""杨""柳"既指杨花、柳絮，又指杨开慧、柳直荀二烈士。"黄浦江上有座桥，江桥腐朽已动摇。江桥摇，眼看要垮掉；请指示，是拆还是烧？""江桥摇"既指黄浦江大桥动摇，又指张春桥、江青、姚文元三人。

"窗户里吹喇叭，——名声在外。"

"打破砂锅——问到底。"

"东边日出西边雨,道是无(情)晴却有晴(情)。"

"这就是文人学士究竟比不识字的奴才聪明,党国究竟比贾府高明,现在究竟比乾隆时候光明,三明主义。"

第二,语义双关是利用语句的转移条件构成的双关语

"秋菊,快走!洪湖就要天亮了!"中的"天亮了",字面意指天要亮了,言外之意是要解放了。

"可是匪徒们走上这几十里的大山,他没有想到包马蹄的麻袋片全踏烂掉在路上,露出了他们的马脚。"中的"马脚"既指马的脚印,又指露出破绽。

(3)双关的运用

双关能使语言委婉含蓄、生动活泼,是特定的语言环境里常用的修辞手法之一。它用于对敌人斗争,可以显出机智;用于教育人民,可以解人疑惑,令人深醒。运用双关时必须注意语义明确、含蓄深刻、耐人寻味。

9. 婉曲

(1)定义

婉曲也叫婉言,是故意不把本来的意思直接了当地说出来,而是闪烁其词,转弯抹角,迂回曲折,但又用跟本意相关相类的话来代替。

(2)种类

婉曲可以分两种:一种是讳言某事,故加掩饰,叫讳饰。一种是含蓄其词,回避刺激叫婉言。

第一,讳饰一般用于对尊者、亲者所避讳之事。

"当代最伟大的思想家停止思想了。"

"安静地睡着了"

"已经是永远地睡着了。"

"他爹,要是你有个三长两短,我可咋办呢?"

第二,婉言一般用于避免刺激对方。

"在战场上,他多次挂花带彩,(有功于人民)立了大功。"

"孔乙己一到店,所有喝酒的人便都看着他笑,有的叫道:'孔乙己,你脸上又添上新伤疤了!'"(不说偷书挨打而是说添上了新伤疤了。)

"不是我说丧气话,我看冯乐山替大房做的这个媒呀,将来是不是喜事很难说呢。"

(3)婉曲的运用

婉曲是为了把话说得委婉含蓄,富有感情,也是在特殊的环境中运用的

修辞方式。运用婉曲必须注意：第一，要区别对象，该用不该用；第二，要区别场合，用得恰当不恰当。

10. 反语

（1）定义

反语就是说反话，用反面的话来表示正面的意思。

（2）种类

反语有正话反说或是反话正说两种。

第一，反话正说

"艾奇逊是拿薪水上义务课的好教员，他是如此诲人不倦地、毫无隐讳地说出了全篇的真理。"

"你们的'理论'确比毛泽东先生高超得多，岂但得多，简直一是在天上，一是在地下，但高超固然是可敬佩的，无奈这高超又恰恰为日本侵略者所欢迎，则这高超仍不免要从天上掉下来，掉到地上最不干净的地方去。"

"从指挥刀下骂出去，从裁判席上骂下去，从官营的报上骂开去，真是伟哉一世之雄，妙在被骂者不敢开口"

第二，正话反说

"几个女人有点失望，也有点伤心，各个在心里骂着自己的狠心贼。"

（3）反语的运用

反语常常带有强烈的讽刺意味，能表达强烈的贬斥之意，增强文章的战斗力，比正面论述更能发人深思，有的只表示幽默诙谐情趣。应用反语必须注意：第一，要区分不同的对象，对敌人讽刺揭露，对人民讽刺规劝；第二，要语意明确，使人一看就知道是反语，不至于产生误会。

11. 粘连

（1）定义

利用上下文的联系，把适用于甲事物的词语，巧妙地运用于乙事物。例如：

"咱们人穷志不穷。
夜里天冷北风急，
班长下岗月儿西，
手拿针线灯下坐，
为我熬夜缝军衣，
线儿缝在军衣上，
情意缝进我心里。"《部队歌谣选》

"太平洋上不太平，上海港也不是避风港。"

"《文化列车》破格的开到我的书桌上面，是十二月十日开车的第三期，托福使我知道了近来有这样一种杂志，并且使我看见了杨邨人先生给我的公开信……"

"小韩，你摔掉的不是一张工作介绍信，而是摔掉了革命。"

（2）粘连的应用

粘连可以使语言生动活泼，使语义深化深入地揭示事物的本质，形象地表达真挚的感情。粘连要运用得自然巧妙，必须根据内容的需要和上下提供的条件。

12. 仿词

（1）定义

仿词也叫推衍。在特定的语言环境中，为了某种特殊的需要，按照现成的词语仿造一个格式相似而意义相反的新词，和原现成词语连用，可以收到很好的修辞效果。例如：

"有些天天喊大众化的人，连三句老百姓的话都讲不来，可见他就没有下过决心跟老百姓学，实在他的意思仍是小众化。"

"我们说，我们不是'文化团体'，我们有军队，是'武化团体'。"

"连长，你的记性不好，忘性倒不错呀。"

"咱们都是大老粗，好好学文化，变他个大老细。"

（2）仿词的运用

仿词能使语言生动活泼，诙谐而富有风趣。有利于揭示事物的本质，讽刺敌人；有利于对照说理，发人深思。运用仿词必须根据内容的需要和上下文提供的条件，才能做到自然、恰切、巧妙。

13. 移就

（1）定义

把表达人的思想感情的形容词移就在其他事物上，修饰其他事物。例如：

"到处都是仇恨的枪口，到处射出愤怒的炮弹。"

"晚上，独立喝了二两闷酒，蹲在炕头上乱骂人。"

"来，同志们，都来喝杯胜利酒吧！辛苦了！"

"每天劳动之后，这儿有个甜蜜的夜晚。"

"雪花大的有梅花那么大，满天飞舞，夹着烟霭和忙碌的气氛将鲁镇乱成一团糟。"

（2）运用

移就能使语言形象生动，具有强烈的感情色彩，便于抒发作者的感情。

14. 摹状

（1）定义

把接触事物情状所引起的各种感觉，如实地描写出来，就是摹状。

（2）种类

摹状有摹色和摹声两种。

第一，摹色是指直接描写事物的颜色，往往用形容词重叠或用比喻。如"绿荫荫的、绿茵茵的、绿油油的、绿沉沉的、红彤彤的、红殷殷的、红扑扑的、黑洞洞的、黑乎乎的、乌亮亮的、黑漆漆的""火红的眼睛一直盯住了阿多的身体。""天色漆黑，伸手不见五指。"

第二，摹声是指直接描写事物的声音，常用同音词或摹声词。如"光听见发动机突突地响。""那电车轮子'哐当，哐当'地响，好像一个人一边跑一边大声笑。"

（3）摹状的运用

摹状能给人以形象具体、生动真切的感受，增强语言的直观性和感染力，使读者如身临其境，耳闻其声，留下深刻的印象。运用摹状要恰当逼真，其关键在于深入生活、熟悉生活，对事物有本质的认识。

15. 引用

（1）定义

引用成语、谚语、别人言论或现成材料来说明问题的方法叫引用。

（2）种类

引用有明引和暗引两种。

第一，明引。凡是明白告诉读者引语的出处，在引语的前面加上说明词，或在引语的后面注明出处的，都叫明引。例如：

我们中国人民是处在历史上灾难最深重的时候。是需要人们援助最迫切的时候。诗经上说的："嘤其鸣矣，求其友声。"其意是鸟儿嘤嘤地叫唤，是希望得到伴侣的共鸣。毛主席引用它来说明中国人民迫切需要朋友援助的情况，既形象生动，又精炼简洁。

司马迁说过："人固有一死，或重于泰山，或轻于鸿毛。"引用"泰山"和"鸿毛"来说明死的意义，价值是不同的，唤起读者的联想，形象地说明道理，又用语精炼、节省笔墨。

任何时候，我们都应该有"常将有日思无日，莫待无时想有时"的精神，

妥善地安排生活，勤俭持家。（引用流行谚语）

第二，暗引。把引用的话划入文章中，表面看不出来是引用的。引语不交代出处，前无说明语，后无注释语，也不用引号。例如：

"嗟来之食，吃下去肚子要疼的。"（嗟来之食，见《礼记·檀弓》）

"嘴里天天说唤起民众，民众起来了，又害怕得要死，这和叶公好龙有什么两样。"（叶公好龙，见《新序·杂事五》）

"庆父不死，鲁难未已。战犯不除，国无宁日。这个真理，难道现在还不明白吗？"（语出《左传·闵公元年》。庆父是鲁国公子，先后杀死两位国君。齐国大夫仲孙湫说如果不除去庆父，鲁国的灾难是不会终止的。后用来比喻不清除制造内乱的罪魁祸首，国家就不得安宁。）

（3）引用的应用

引用有两个方面的作用，一方面，引用成语、谚语可以使文章精炼、含义丰富。成语、谚语长期在人民口头上或书面上流传，本身就是极其精炼的语言形式，其中有些还包含着历史故事或寓言故事。引用得好，可以引起读者对原来历史寓言故事的联想，用精炼的形式表达丰富的含义。另一方面，引用马列著作、英雄人物的豪言壮语，讲清道理，阐明观点，有助于加强文章的理论性和说服力。运用引用必须注意：第一，引文要切合自己想说的意思。第二，明引原文不能改动，要加引号。第三，暗引在一篇文章中不宜过多，而且要做到"不啻若自其口出。是能容之。"

后 记

在筹备2019年建校60周年校庆时，学校谋划多方收集德高望重的老教师讲义著作手稿，拟收藏陈列于正在筹建的雷达文学馆供师生阅览。当时计划征集张鸿勋、雒江生、王义、丁恩培等先生的手稿。其中王义先生讲义手稿《先秦文学作品选注》经其女婿、文史学院退休教师王德泰整理，由文艺学省级重点学科部分资助，已由中国社会科学出版社出版。由于偶然原因，得知丁恩培先生《韩愈散文选释》也经其子女整理，由甘肃人民出版社出版。后来通过刘雁翔教授联系上了其长子丁经建先生，相约带了几包手稿来，我领他参观了正在筹建的雷达文学馆，对着空荡荡的场馆方位，大体介绍了当时的板块设计思路和校内学者手稿陈列柜所在位置等。

丁先生先后担任中文科主任和教务处副处长，对中文学科发展和学校教学工作功不可没。他除了承担教学管理工作外，还一直坚守教学科研一线，留下了诸多讲义和著作手稿。编辑文学院60年回忆录《风景这边独好》时，特将聂大受教授撰写的《丁恩培先生二三事》作为重点文章收入。聂大受先生在文中对丁先生在天水师专工作的情况及贡献讲得十分清晰，也表达了不少遗憾。他写道："丁恩培先生于繁重的管理与教学工作中，一直没有停止过学术研究，在历史和语言文学领域辛勤耕耘，潜心研讨，写出了许多关于语文教材和教学的专论，取得了丰硕的科研成果。……可惜由于当时条件所限均未正式出版。"这其实也是学院教师和学校领导的共同关切。

受李正元书记等学校领导嘱托，由我承担起老先生讲义出版的有关协调工作。考虑到现任中文系主任田峰副教授是天水师范学院本科毕业，有母校情结，有扎实的古代文学基础和严谨的治学态度，且其博士也毕业于南京大学中文系，与丁先生有相同的学源关系，其时便约了他一同商议遴选部分讲义整理出版。经与丁先生长子丁经建先生初步商定，拟从遗稿中先期整理出版相对完整的《魏晋南北朝文学》《隋唐五代文学》《中国古典文学作品讲析》《现代汉语》等讲义。多方协商，先后安排几位研究生魏小雨、王晓、刘婷负责讲义的电脑录入，其中魏小雨参与了《魏晋南北朝》《隋唐五代文学》《现代汉语》等多部手稿录入。由于她们还有研究生课程学习任务，录入进度并不令人满意，后来不得不动员增派了李佩佩、贺建平等研究生加入，才算完成了此项工作。委托田峰老师负责校读《魏晋南北朝文学》《隋唐五代文学》《古典文学作品选释》，王建弢老师负责校读《现代汉语》。丁经建先生还利用今年春节前后时间多次审校讲义电子版。在他的基础上，由田峰老师再次审校全书文字。因这些讲义手稿由老先生用钢笔誊写在八开稿纸上，个别字迹不是很清晰，只能根据上下文和字形猜测补识，要做进一步整理完善也有一定难处，也正好保留了老先生手稿原貌。其间，李正元书记、安涛校长和王文东副校长多次指导和询问进展情况。因本人杂务缠身，力不从心，进度明显有些延迟，倍感内疚。此书得以出版，确实是学校各级领导、师生及丁先生家人共同努力的结果。

  需要说明的是，因手稿字迹有个别模糊和脱落之处，难免出现辨认出错的情况，加之水平所限，几位师生的编校一定存在诸多疏漏和遗憾，恳请读者批评指正。

郭昭第

2020 年 3 月 15 日